本书系安徽省高校优秀青年人才支持计划重点项目（主持，gxyq-ZD2016203）的结项成果和国家社科基金重大项目"现代斯拉夫文论经典汉译与大家名说研究"（参与，17ZDA282）的阶段成果，获得国家社科基金一般项目"新时期中国美学的存在论转向与理论形态建构研究"（主持，18BZX142）和安庆师范大学学术著作出版基金赞助。

文 学 性

雅各布森语言诗学研究

江 飞 著

人民出版社

策　　划：赵　新
责任编辑：陈文龙
封面设计：马德龙

图书在版编目（CIP）数据

文学性：雅各布森语言诗学研究 / 江飞著 .—北京：人民出版社，2019.11
ISBN 978 – 7 – 01 – 021388 – 0

Ⅰ . ①文⋯　Ⅱ . ①江⋯　Ⅲ . ①结构主义语言学—诗学—研究　Ⅳ . ① I052

中国版本图书馆 CIP 数据核字（2019）第 217683 号

文学性：雅各布森语言诗学研究

WENXUEXING YAGEBUSEN YUYANSHIXUE YANJIU

江　飞　著

人 民 出 版 社 出版发行

（100706　北京市东城区隆福寺街 99 号）

天津联城印刷有限公司印刷　　新华书店经销

2019 年 11 月第 1 版　2019 年 11 月第 1 次印刷
开本：710 毫米 ×1000 毫米　1/16　印张：25.5

字数：430 千字

ISBN 978 – 7 – 01 – 021388 – 0　定价：98.00 元

邮购地址 100706　北京市东城区隆福寺街 99 号
人民东方图书销售中心　电话（010）65250042　65289539

序　一 [*]

童庆炳 [**]

　　江飞的学位论文《罗曼·雅各布森语言诗学研究——以"文学性"问题为中心》，选择了20世纪著名结构主义文学理论家雅各布森为研究对象，并把研究聚焦于其所提出的"文学性"问题。此问题至今仍有生命力，因此江飞的论文选题是具有历史意义和现实价值的，对于我们进一步理解艺术各个领域中的"文学性"是有助益的。江飞的论文是有难度的，但他能知难而进。

　　江飞论文的特点是：在充分总结前人的研究的基础上，把雅各布森的"文学性"论说放置于其所处的时代和历史语境，从而深入地揭示了"文学性"对于文学批评和文学研究的意义。江飞的论文有不少创新点，如以"文学性"问题为中心，深入系统地阐述了雅各布森的语言诗学体系，揭示这一体系建构的内涵，以及其后在结构主义和后结构主义流变中的发展脉络；弥补了前人研究的不足，合理地梳理了雅各布森"文学性"论说的三种思想资源；对雅各布森的散文诗学、神话诗学以及审美符号学作了细致的探索，从而深化了雅各布森

---

　[*]　此文原为恩师童庆炳先生为博士论文所作之评议。童老已于2015年6月14日归于道山，今拙著付梓，无缘面临謦欬，故以之为序，永志师恩。

[**]　童庆炳（1936—2015），福建连城人，著名文艺理论家、教育家，全国模范教师，中央马克思主义理论研究和建设工程文学组首席专家，教育部人文社会科学重点研究基地北京师范大学文艺学研究中心首任主任，北京师范大学资深教授、博士生导师。著有《童庆炳文集》10卷。

语言诗学的主题。论文有历史价值与现实意义，显示出江飞的学术研究有相当
的功力。

这是一篇优秀的博士论文。

2013 年 5 月 31 日

序 二

周启超[*]

　　江飞是一位治学勤奋而成绩优秀的"80后"青年学者，多年前我们因雅各布森研究而结缘而相识，后来他又成为我主持的国家社科基金重大项目"现代斯拉夫文论经典汉译与大家名说研究"的重要成员。现在，他的博士学位论文《罗曼·雅各布森语言诗学研究——以"文学性"问题为中心》经过多年精心打磨，即将作为该项目的阶段性成果付梓面世，他请我作序。我首先要向他祝贺，向他道喜！

　　罗曼·雅各布森是世界著名的语言学家，现代斯拉夫文论大家，"结构主义领航员"。像巴赫金一样，雅各布森的文论探索可谓文论之跨学科跨文化旅行的一个杰出"典型"。1896年，雅各布森出生在俄罗斯，后来曾长期侨居捷克，流亡丹麦、挪威、瑞典，自1941年起定居美国，1982年在剑桥去世。雅各布森的一生是流亡奔走的一生，也是不断开拓的一生。他的整个学术探索都在试图确立语言学与诗学、民间文学、人类学、哲学、脑科学之间的相互作用。他将一些精确科学中的方法与成果在人文科学中加以应用，其诗学研究、民间文学

* 周启超（1959—），浙江大学"文科领军学者"，人文学院中文系教授，"外国文论与比较诗学研究中心"主任，世界文学与比较文学研究所博士生导师。多年从事俄罗斯文学、俄苏文论、现代斯拉夫文论以及比较诗学研究。2010年5月获俄罗斯科学院"普及俄罗斯文学经典与更新俄罗斯文学形象之突出贡献"荣誉奖。撰有《俄国象征派文学研究》《俄国象征派文学理论建树》《"白银时代"俄罗斯文学研究》《现代斯拉夫文论导引》《跨文化视界中的文学文本/作品理论》等。

研究、比较神话学研究都具有"大符号学"的视界，影响巨大而深远。正是像雅各布森这样一些大学者跨文化跨学科的"漫游"，像俄罗斯形式论学派与布拉格结构论学派这样一些大学派跨文化跨学科的"集结"，才促成了现代斯拉夫文论的独特建树，使其成为世界文论版图上与现代欧陆文论、现代英美文论鼎足而三的一大板块，成为跨文化跨学科的文学理论研究中一个价值丰厚的生动"标本"。

江飞这部专著，正是以雅各布森的诗学理论为研究对象，聚焦于雅各布森率先提出的"文学性"命题，切入语言学与文学学的跨学科研究，在20世纪外国文论研究领域具有学术史价值，在当代中国文学理论建设上也具有现实意义：有助于我们具体地梳理多形态的结构主义文论，有助于我们有深度地开采丰富多彩的现代斯拉夫文论。

对于江飞这部三十余万言的专著，可以谈论的很多，这里仅简要地谈三点。

第一，作者充分吸收了前人的研究成果，以"了解之同情"为研究立场，将雅各布森的诗学理论置于其所处的历史语境中，通过文本细读与阐释，清晰地论述了雅各布森前后期的学术思想，多方位地揭示了"文学性"命题对于文学批评和文学研究的意义，客观地探讨了雅各布森在现代文论史上的建树、地位、贡献和局限。

第二，这部专著一个突出的创新点，就在于以"文学性"命题为中心，深入系统地阐述雅各布森诗学理论体系的建构过程与丰厚内涵，清理"文学性"命题在结构主义与后结构主义流变中的发展轨迹，梳理雅各布森诗学理论的三种思想资源，对雅各布森的语言学诗学、神话诗学以及审美文化符号学等作了细致的探讨，显示出作者已经具备开阔的学术视野、敏锐的问题意识，相当扎实的理论研究功底。

第三，这部专著是当代中国雅各布森研究的又一个最新成果。2015年11月在意大利米兰举行的"雅各布森语言学与诗学国际研讨会"上，在介绍21世纪以降中国的雅各布森研究最新进展时，我们曾将《罗曼·雅各布森语言诗学研究——以"文学性"问题为中心》这部博士学位论文列入其中。后来，俄罗斯科学院有学者编《雅各布森读本》，要我们提供雅各布森文论在中国的译介与研究信息，我们也推介了江飞这部论文。

江飞《文学性——雅各布森语言诗学研究》的面世，对于雅各布森研究的深化，对于我们对雅各布森诗学理论精髓的借鉴，对于当代中国结构主义文论研究的推进，对于我们对整个现代斯拉夫文论的开采，对于当代中国文论的建设，都具有一定的学术价值和现实意义。

　　江飞这部专著今年问世，还别具意趣。整整一百年前，1919 年，雅各布森在其《俄罗斯新诗》中首次提出"文学性"命题。如今，在"文学性"命题诞生一百年之际，江飞聚焦于"文学性"命题的研究成果终于以专著形式问世，不正是我们中国学者对雅各布森的一份纪念？不正体现一种"理论的记忆"？

　　作为一位年轻学者，江飞已取得不少成果，在学界可谓崭露头角。在祝贺江飞这部专著面世之际，我希望江飞以这部著作为起点，在雅各布森文论研究上，在现代斯拉夫文论研究园地里，不忘初心，不懈耕耘！

　　是为序。

2019 年 6 月 20 日

目　录

绪　论

20 世纪 30 年代，国学大师陈寅恪（1890—1969）在《冯友兰中国哲学史上册审查报告》中明确提出：

> 凡著中国古代哲学史者，其对于古人之学说，应具了解之同情，方可下笔。盖古人著书立说，皆有所为而发。故其所处之环境，所受之背景，非完全明了，则其学说不易评论，而古代哲学家去今数千年，其时代之真相，极难推知。吾人今日可依据之材料，仅为当时所遗存最小之一部，欲藉此残余断片，以窥测其全部结构，必须备艺术家欣赏古代绘画雕刻之眼光及精神，然后古人立说之用意与对象，始可以真了解。所谓真了解者，必神游冥想，与立说之古人，处于同一境界，而对于其持论所以不得不如是之苦心孤诣，表一种之同情，始能批评其学说之是非得失，而无隔阂肤廓之论。否则数千年前之陈言旧说，与今日之情势迥殊，何一不可以可笑可怪目之乎？[①]

这段精微之论虽是针对治中国古代哲学史者而发，但我以为，陈先生所言的"了解之同情"对于所有人文学者来说，都是理应秉持的一种通达的历史观念与批评态度。所谓"了解之同情"，即不仅要了解古人所处的现实生活环境，还要了解其所受的特定历史时期的社会与文化背景，不仅要具有特殊的艺术审美判

---

① 陈寅恪：《陈寅恪集·金明馆丛稿二编》，生活·读书·新知三联书店，2001年，第279页。

断眼光和超越精神，透过材料窥斑见豹，真正了解其著书立说的用意和对象，更要尽力与其"处于同一境界"，同情其持论背后的难言之隐，良苦用心，只有这样，对古人学说的是非得失才可能作出"不隔"的批评来。

当我面对与陈寅恪生于同时代的另一位大师罗曼·雅各布森（Roman Jakobson，1896—1982）的时候，便深刻感受到这种"了解之同情"的艰难。在我和他之间，虽未有千年的阻隔，但毕竟横亘着跨世纪、跨地域的历史沧桑和中西文化差异。当雅各布森溘然长逝的时候，我还只是个蹒跚学步的婴孩而已，我不会想到我临睡前的呀呀自语就是他所说的"诗性功能"的语言，更不会想到他会成为我三十年后"了解之同情"的对象：历史的不期而期正如两个人的邂逅，也是极难推知的罢。我现在所能做的，唯有依据他留存于世间的大量论著文章和与其相关的中外研究成果，尽可能地复原他及其语言诗学所在的环境背景和时代真相，客观合理地描述、阐释和评论其立论的对象和用意，不奢望与他"处于同一境界"，但求在神游冥想之间，了解其孤诣之苦心，得悟其诗学之真谛，阐述其思想之要义，以有益于当下之中国文论。假如是，便足矣！

一　雅各布森的生平简介及其学术影响

1896 年 10 月 10 日，罗曼·雅各布森出生于莫斯科的一个犹太家庭，父亲奥斯普·阿布拉木维克·雅各布森（Osip Abramovic Jakobson），是一位杰出的机械工程师。1905 年，雅各布森求学于莫斯科的拉扎列夫东方语言学院（the Lazarev Institute of Oriental Languages），1914 年 5 月毕业，随后进入莫斯科大学历史语言学系（the historical-philological branch of Moscow University），师从俄国形式学派创始人福尔图纳托夫的学生乌沙科夫（D. N. Ushakov）和多尔诺夫（N. N. Durnovo），专攻斯拉夫语文学和历史比较语言学。其间，于 1915 年 3 月创立莫斯科语言学小组（Moscow Linguistic Circle），任第一任主席（1915—1920）。1918 年莫斯科大学毕业，留校任教，1920 年担任莫斯科大学戏剧学院正音学教授，同年作为苏维埃第一红十字代表团翻译员，前往捷克斯洛伐克首都布拉格，后在古老的查理斯（Charles University）大学任教，并成为驻布拉格大使馆的苏维埃文化参赞。1926 年与捷克语言学家马泰休斯等创办布拉格语言学学派，任副主席。1930 年在布拉格德意志大学（German University in Prague）获得哲学博士学位，学位论文题为《论塞尔维亚—克罗地亚语民间史诗的作诗法》（"Über den Versbau der serbokroatischen Volksepen"）。1931 年底离开布拉格去往布尔诺（Brno），1933 年任教于捷克马萨里克大学（Masaryk University），教授俄国语文学和捷克中世纪文学。1939 年德国占领捷克，生为犹太人的雅各布森不得不辗转流亡到斯堪的纳维亚半岛（Scandinavia），先是在丹麦的哥本哈根，后到挪威的奥斯陆和瑞典的乌普萨拉，讲授儿童语言、俄语史导论以及文学俄语的使用等课程。1940 年，随着纳粹占领丹麦和挪威，雅各布森又被迫于 1941 年由瑞典移民到美国。1942—1943 年，在纽约一所由法国和比利时流亡学者创办的"高等研究自由学院"（the Free School of Advanced Studies）任教，任语言学专业和斯拉夫专业主任、教授，讲授语言学导论、音位学、比较诗韵学等课程。1943 年 10 月，与马丁内特（A. Matinnet）等一同创立了"纽约语言学会"（the Linguistic Circle of New York），任副主席，并作为编委会成员筹办了语言学杂志《词语》（Words，1945），在这里结识并深深影响了时任法国驻美国参赞的人类学家列维 - 斯特劳斯。1943—1949 年任哥伦比亚大学教授，主要讲授普通语言学、比较语言学、捷克斯洛伐克文化和文学史等。1949—1965 年任哈佛大学斯拉夫语言文学教授、普通语言学教授。1957 年后任麻省理工学院教授，讲授普通语言学和斯拉夫语文学。1982 年 7 月 18 日在马萨诸塞州剑桥市（Cambridge）逝世，享年 86 岁。

　　纵观雅各布森波澜壮阔、曲折多舛的一生，不禁让人唏嘘感叹：两次世界大战的炮火洗礼，从东到西的流亡迁徙，如影随形的政治攻击，不仅没有消磨掉他的学术热情，反而激发了他在语言学、诗学、符号学、神话学、民俗学、病理学等众多学科领域内旺盛的创造力，以至于弗朗索瓦·多斯赞誉其为"十项全能"[①]；他出版的著述多达 650 多篇 / 部，[②] 绝大多数作品都已收入八卷本

---

① ［法］弗朗索瓦·多斯：《从结构到解构：法国20世纪思想主潮》上卷，季广茂译，中央编译出版社，2004年，第71页。

② Stephen Rudy, *Roman Jakobson, 1896-1982: A Complete Bibliography of His Writings*, The Hague: Mouton Publishers, 1990.

的《选集》中。① 从最初的莫斯科语言学小组的领袖，到布拉格语言学派的奠基人和领导人，后又通过列维－斯特劳斯和巴黎的"太凯尔"（Tel Quel）团体直接影响和推动了法国结构主义思潮的崛起，可以说，雅各布森是沟通结构主义运动三个阶段（俄国形式主义、捷克结构主义和法国结构主义）的桥梁式的核心人物，他的学术轨迹（即俄国时期、欧洲时期、美国时期）不仅见证了结构主义运动的诞生和兴衰，而且也见证了 20 世纪人文科学乃至自然科学的更新与发展。诚如英国著名文论家特里·伊格尔顿所言："在形式主义、捷克结构主义和现代语言学中，到处都可以发现雅各布森的影响。"② 其实，他的影响在现代人类学、精神分析、历史学（比如隐喻转喻模式对海登·怀特历史思想的影响）以及传播学等众多学科中同样非常重要。时至今日，雅各布森的文章著作依然在许多地方被编辑出版或再版。③

整体来看，雅各布森的学术体系呈现出一个层次分明的同心圆结构，由外而内分别是社会人类学、符号学、语言学、诗学，所以，我们在瞩目其语言学家光环的同时，切莫忽视他头顶上最美丽的诗学家的花环。语言诗学（linguistic poetics），或者说，以语言学的理论和方法研究文学，正是他引领我们踏上的一条既充满逻各斯诱惑又弥漫着诗性理想的道路。而这样一位声名显赫、贡献卓著的结构主义语言大师、现代语言诗学的创立者，在后结构主义时代，也不得不承受被遮蔽、被忽视的命运。比如在中国，雅各布森诗学研究相当薄弱，至

---

① 第一卷《音位学研究》（1962/1971/2002），第二卷《词汇和语言》（1971），第三卷《语法的诗歌和诗歌的语法》（1981），第四卷《斯拉夫史诗研究》（1966），第五卷《论诗歌，诗歌大家以及诗歌探索者》（1979），第六卷《早期斯拉夫的道路和交叉道路》（1985），第七卷《比较神话学论文：语言学和语文学研究（1972—1982）》（1985），第八卷《主要作品（1972—1982）》（1987）。

② ［英］特雷·伊格尔顿：《二十世纪西方文学理论》，伍晓明译，北京大学出版社，2007年，第95页。

③ 比如，2007年，由Hendrik Birus与Sebastian Donat编辑的 *Roman Jakobson: Samtliche Gedichtanalysen Band 1: Poesie der Grammatik und Grammatik der Poesie* 在德国出版（德语版）；2010年，由Lambert M. Surhone、Mariam T. Tennoe等人编辑的《罗曼·雅各布森》（*Roman Jakobson*）在非洲毛里求斯（Mauritius）的Betascript Publishing出版（英语版）；2002年，雅各布森与麻省理工学院教授Morris Halle合著的《语言的基础》（*Fundamentals of Language*）由德国Morris Walter de Gruyter出版（英语版，2011年再版）；2012年，雅各布森的专著《语言科学的主要趋势》（*Main Trends in the Science of Language*）由德国 Routledge出版（英语版）；等等。

今未有一本专论雅各布森语言诗学思想的理论专著，这不能不说是一件憾事。

二　国内外雅各布森诗学研究综述

（一）国内研究

毫无疑问，雅各布森首先是作为优秀的语言学家而为中外学术界所认识的。国内对雅各布森的研究肇端于结构主义文论引进的 20 世纪 80—90 年代，如布拉格学派的研究专家钱军，他在 2001 年编译出版了《雅柯布森文集》，选收了雅各布森的 23 篇语言学论文，其"目的是为中国高校开设的"功能语言学""语言学史""语言学理论与流派"等课程提供一个读本或必需的原始参考文献，力求展示雅各布森的普通语言学理论和其在具体语言层面上的运用"①。新世纪以来，对雅各布森语言学的研究已拓展至翻译学、传播学及符号学等领域。相比之下，国内专门以雅各布森的语言诗学为对象进行的研究还十分薄弱。这主要表现在两方面：一方面，雅各布森著作的中译文仍然十分缺乏，除《雅柯布森文集》外，其语言诗学论文只有几篇英文被译为中文，②这与他用英、法、德、俄等多种语言发表和出版的多达 650 余种专著和文章相比完全不成比例；另一方面，目前的雅各布森诗学研究，主要包括一些研究论文和学术专著的某些章节，不仅数量有限，而且质量上也亟待提高。具体说来，这些研究大致可分为两类：

一类对雅各布森诗学本身的价值或某个局部理论作简要介绍或初步分析：如任雍的《罗曼·雅各布森的"音素结构"理论及其在中西诗歌中的验证》，正确指出"雅各布森的细致入微的分析使我们认识到了许多以往未被注意的音素结构及其在诗歌中的作用"，"雅各布森不是在文化的层次上，而是在语言的层次上探讨诗的深层结构，因此这样发掘出来的'意义'实际上仍停留在指

---

① 钱军：《译者说明》，见［美］罗曼·雅柯布森：《雅柯布森文集》，钱军编辑，钱军、王力译注，湖南教育出版社，2001年，第1页。

② 这几篇译文是：《文学与语言研究诸问题》《主导》《结束语：语言学与诗学》（前半部分）、《波德莱尔的〈猫〉》，收入赵毅衡编选：《符号学文学论文集》，百花文艺出版社，2004年；《语言的两个方面》（选译），收入刘象愚等译的《文学批评理论：从柏拉图到现在》，北京大学出版社，2000年；《隐喻和转喻的两极》，收入胡经之主编的《西方二十世纪文论选》，中国社会科学出版社，1989年。商务印书馆"语言学与诗学译丛"即将出版雅各布森最为重要的一本语言诗学文集《文学中的语言》（*Language in Literature*），但雅各布森用俄语、法语、德语等写成的论文著作迄今未有中译文，亟待翻译。

事的层次，而且不免流于肤浅和简单化"。① 只是作者所言的"音素"（语音的物理属性）其实是"音位"，指的是具体语言或方言中能够区分意义的最小的语音单位，雅各布森正是在此层面发现了"区别性特征"并建构了影响巨大的结构音位学模式。此外，查培德《诗歌文体的等价现象：雅各布逊的"投射说"与文体分析方法述评》（《外国语》1988 年第 4 期），张旭春《从语言结构到诗性结构——索绪尔语言理论及雅各布森结构主义诗学》（《四川外语学院学报》1993 年第 3 期）、张冰《罗曼·雅各布逊和他的语言诗学》（《文学理论与批评》1997 年第 5 期）、陈本益《雅各布森对结构主义文论的两个贡献》（《四川外语学院学报》2002 年第 3 期）、李广仓《论雅各布森的"诗歌语法"批评》（《广州大学学报》2006 年第 2 期）等，分别对雅各布森的对等投射原则、隐喻转喻两极说以及诗歌语法批评实践等作了简略的介绍，并未对此问题有何深入拓展或新的发现，也因为篇幅和主题所限，大都存在着"只见树木不见森林"的缺憾。其他的，如蓝露怡《还原索绪尔——雅各布森诗学的复杂性》，论及雅各布森对索绪尔的继承和发展以及雅各布森诗学自身的复杂性问题，她认为，"雅各布森的语言诗学合一的研究与海德格尔关于诗与语言的亲缘关系的思考也具有某些相接近的指向"②。这是富有启示意义的，正如海德格尔将临近本源的诗性语言和不再召唤回响的日常语言相区别一样，雅各布森也将发挥诗性功能的诗歌语言和具有指称功能的普通语言相区分，但在海德格尔那里，"诗""语言"和"思"是一体的，"语言是存在的家园"，这种存在主义的语言观自然是超越雅各布森的，因为后者只是把诗歌当作语言的"实验室"，实验的是"语言是什么"和"语言做什么"的关系的问题——雅各布森毕竟只是语言学家而非哲学家。张杰、汪介之在《20 世纪俄罗斯文学批评史》中，以四页的篇幅非常简要地介绍了雅各布森的生平、基本观点等，他们指出，"雅各布森作为一位语言学家，在早期活动中提出'文学性'这一概念之后，始终努力从语言学的角度来说明文学性。从他对文学性的解释中我们不难看到，雅各布森由俄国形式主义经布拉格学派最终到现代结构主义所留下的探索的足迹"③。这个判断无疑是合理的，但作者并未深究这"探索的足迹"。王铭玉《语言符号学》（高

---

① 任雍：《罗曼·雅各布森的"音素结构"理论及其在中西诗歌中的验证》，《外国文学评论》1989年第4期。
② 蓝露怡：《还原索绪尔——雅各布森诗学的复杂性》，《外国文学》1998年第3期。
③ 张杰、汪介之：《20世纪俄罗斯文学批评史》，译林出版社，2000年，第309页。

等教育出版社，2004）从语言符号学的角度涉及雅各布森的诗学观点，黄玫《韵律与意义：20世纪俄罗斯诗学理论研究》（人民出版社，2005）论述了雅各布森诗学理论的意义，等等。这些专著因为阐述角度的限制，基本只能停留于对雅各布森诗学观点的零散陈述，而缺少更新的、更丰富的、更深入的发现和阐释。

另一类对雅各布森诗学做了开拓性的或较为深入的研究：如王生滋博士论文《罗曼·雅克布逊诗学理论研究》（北京外国语大学，1994）、田星博士论文《罗曼·雅各布森的诗性功能理论研究》（南京师范大学，2007）；杨建国博士论文《审美现代性视野下的雅各布森诗学》（南京大学，2011）。王生滋的论文主要在于阐述雅各布森诗学的几个主要观点，如"诗功能""隐喻和借代""对称原理"以及"诗的语法"，最后也论及了雅各布森诗学理论对中国诗学的启示，基本上是对雅各布森诗学基本要义的转述，较少评论和延展，没有把雅各布森诗学作为一个整体，也几乎未论及它所产生和发展的历史语境。无论如何，作为拓荒之作，该论文对此后开展雅各布森诗学研究依然具有重要价值。十余年后田星的论文更加集中地阐述了雅各布森诗性功能理论的内涵和价值，较为全面地论及了雅各布森诗学的几个关键问题，如对等原则、平行、隐喻转喻两极等，更重要的是论及了卡勒和雅各布森之间的批评和反批评，雅各布森诗性功能与中国诗学的比较，也有相关的文本分析，具有很高的参考价值，问题在于作者依然孤立地谈论雅各布森诗性功能本身，而忽视雅各布森的思想资源和所处的历史语境，对其诗学缺少整体性的把握和理解。杨建国的论文则是将雅各布森诗学置于审美现代性视野之下，探究二者之间的关联，其角度颇为新颖，某些观点也给人以启发，比如他认为"雅各布森的隐喻理论也成为审美现代性话语的一部分"，既是一种诗学理论，也是一种文化理论，等等。问题在于雅各布森诗学与审美现代性之间有千丝万缕的联系，但并未达到不可区隔的程度，作者仿佛是将两者强行黏合在一起，某种程度上使后者遮蔽了前者的独特性和丰富性，在其阐述过程中也存在着诸多重复、牵强、臆测之处。

近年来，雅各布森诗学研究也提出了一些新的发现，但总体上数量还比较少，研究的广度和深度也有待提高。比如，赵晓彬等人的《雅可布逊的诗学研究》（人民文学出版社，2014）是目前国内唯一一部比较系统的雅各布森诗学研究著作，着重论述了雅各布森"将诗学与语言学、民俗学、神话学、符号学相嫁接，将语言意识与无意识相结合的理论范式，梳理了他在俄诗、英诗以及艺术散文的实践分析方面所作出的巨大贡献，剖析了雅氏的文本理论与巴赫金的对话理论、里法代尔的读者理论的对话关系及介于他们之间的批评与反批评的诗学模式，旨在阐发雅可布逊诗学范式或方法论的发展脉络及其贡献"。作者作为斯拉夫语学院的教授占有一定的语言优势，对俄语资料的译介、利用和分析也颇有启发价值，但作者对雅各布森诗学的整体把握存在某些偏误，尤其是未突出其语言诗学的创造性与独特性，未指明其毕生对"文学性"的追求与探索，未立足于中西诗学比较的视野阐明其贡献与局限所在，在某些具体诗学理论（如文学性、诗性功能、对等、平行等）的阐释过程中缺少更为深入的理论思辨和思想开掘，也缺少对中国诗学问题的理论关切与现实回应。此外，周启超的《当代外国文论：在跨学科中发育，在跨文化中旅行——以罗曼·雅各布森文论思想为中心》（《学习与探索》2012 年第 3 期），将雅各布森诗学置入跨学科、跨文化的语境中，检视其独特价值和意义，涉及理论旅行及斯拉夫文论的独特性，视域广阔，富有启示性，但文章对雅各布森诗学思想本身未有过多涉及。冯巍的《回到雅各布森——关于"文学性"问题的语言学渊源》（《文艺理论研究》2018 年第 3 期）从"文学性"这一范畴的语言学起点上进行思考，是值得肯定的，但对雅各布森的理论内涵依然缺少整体把握和全面揭示。

　　总之，国内对雅各布森诗学理论还没有形成比较全面、深入、系统的研究。虽然上述著作、文章为研究雅各布森语言诗学奠定了基础，但依然没有凸显出这样一位影响世界的结构主义语言诗学家的巨大贡献和意义。造成这种状况的主要原因在于：首先，中国学术界自 20 世纪 80 年代以来形成了一种"追新逐后"的风气，西方新潮文论不断涌入，又不断更迭，"结构主义"尚未熟悉，"后结构主义"又扑面而来，研究只能浅尝辄止。其次，雅各布森的"语言诗学"处于语言学与文艺学的交叉地带，而国内由于学科专业设置过于狭窄，导致这两个学科以及两个学科的研究者之间长期以来形成了隔膜，彼此不关注、不对话、不兼容。最后，雅各布森的论著数量庞大，且由俄语、英语、德语、法语等多种语言写成，研究者难以做到全部通读，而其诗学研究所应用的语言学方法，对于非语言学专业的研究者来说显得过于专业，其跨学科研究又涉及音位、音韵、语法、儿童语言习得、失语症、翻译以及斯拉夫文学、现代诗歌、散文、民间创作乃至音乐、电影、绘画等众多内容，跨度大，容量大，要完全读懂和深入研究自然也难度很大。这些也正是我们所面对的难题。

（二）国外研究

在雅各布森的祖国俄罗斯，对其语言学和诗学思想的介绍与研究充满着悲喜交加的色彩，虽然他的身份和学术贡献已得到确认，但研究尚待深入和提高。

1920 年，雅各布森离开祖国移民捷克；20 世纪 30 年代初，好友马雅可夫斯基的自杀促使雅各布森写下深情而激烈的"檄文"《论消耗了自己的诗人的一代》（"On a Generation that Squandered Its Poets"），抨击了当局对诗人的恶意歪曲，认为诗人之死是时代的悲剧，而这篇文章也"烧掉了雅各布森和俄罗斯之间的桥梁"[①]。1956 年，时任哈佛大学教授的雅各布森以美国学者的身份重返莫斯科，参加国际斯拉夫语文大会，不仅得以与形式主义学派的老友叙旧，还结识了洛特曼等新一代学者。1958 年，他的语言学论文开始在苏联的期刊上发表，思想得到初步传播。1966 年，他应邀参加了"莫斯科—塔尔图学派"（以洛特曼为代表）创办的"符号学夏季研修班"，一起探讨符号学问题，由此，雅各布森的语言交际理论对洛特曼文化符号学思想的形成产生了重要影响。但遗憾的是，雅各布森的理论著作在他生前未能在苏联出版，直到他去世后的第三年，他的首部语言学选集才终于出版（*Izbrannye raboty*，1985）。1987 年，雅各布森的诗学选集 *Raboty po poetike* 得以出版，[②]对雅各布森诗学思想的研究才算正式开始。1992 年，Bengt Jangfeldt 编辑出版了 *Jakobson-Budetljanin*，收录了雅各布森在未来主义时期写下的一些回忆文章、来往书信、诗歌和论文等。1996 年底，纪念雅各布森诞辰 100 周年的国际研讨会在莫斯科隆重召开，百余名学者从语言学、符号学、文艺学、民俗学等各个角度对雅各布森的语言学和诗学思想进行较全面的研讨，充分肯定了他杰出的"俄罗斯语文学家"这一身份及其世界性的学术贡献。[③]这次会议标志着雅各布森的地位与影响在俄罗斯真正确立起来；三年后，《罗曼·雅各布森：文本、文献、研究》（*Roman Jakobson: Texts,*

---

① Hugh Mclean, "Roman Jakobson Repatriated," in *Slavonica*, Vol.3, No.2, 1996, p.64.

② 《论消耗了自己的诗人的一代》一文没有收入该集。

③ 研讨会分六大主题：一、当代视域下作为真实形象的罗曼·雅各布森；二、罗曼·雅各布森与现代语言学和符号学发展的基本趋势；三、当代诗学研究中的雅各布森传统；四、罗曼·雅各布森的科学方法和人文自然科学的综合；五、罗曼·雅各布森与欧洲先锋派；六、洛特曼解读：罗曼·雅各布森与俄国结构符号研究。See Hugh Mclean, "Roman Jakobson Repatriated," in *Slavonica*, Vol.3, No.2, 1996, pp.61-67.

Documents, Studies，1999）在俄罗斯和美国同时由 Henryk Baran 编辑出版。总体来看，由于庸俗社会学自 20 世纪 20 年代到 20 世纪 60 年代一直主导着俄罗斯的文艺学研究和教学，理论诗学和文本分析实践在俄罗斯高校几乎消失，之后，洛特曼的文化符号学以及巴赫金的诗学又迅速成为俄罗斯文艺学的理论热点，再加上雅各布森的跨文化身份（美籍俄裔）在俄美关系场中显得格外特殊，所以，虽然雅各布森的论文已进入诸如《俄罗斯语文学》（弗·彼·涅罗兹纳克主编，2005）这样优秀的文论读本中，但其语言诗学的研究在俄罗斯既不充分，也不系统，尚待深入和提高。

在欧洲其他国家，雅各布森的语言学思想获得了深入系统的研究和高度评价，[①] 但对其诗学思想的研究依然比较薄弱。这主要是因为，雅各布森在欧洲时期主要研究的是音位学、失语症、儿童语言学等非诗学问题，结构主义思潮在 20 世纪 60 年代之后逐渐衰退，后结构主义思潮、文化研究范式迅速继起，雅各布森的语言诗学只能隐没在后现代的迷雾之中。

当然，在某些学者著作的某些章节中，雅各布森的诗学思想也得到了一定程度的继承和发展。比如，英国学者戴维·洛奇（David Lodge）在其《现代写作的方式：隐喻、转喻和现代文学的类型学》（*The Model of Modern Writing: Metaphor, Metonymy, and the Typology of Modern Literature*，1977）一书中，从现代写作的语言类型的角度，专门阐述和应用雅各布森的隐喻和转喻理论来讨论现代文学和后现代文学。当然，洛奇没有完全生搬硬套雅各布森的理论，而是对其进行了认真的思辨和总结，比如明确指出"语境是极其重要的"，改变的语境可以改变对隐喻和转喻的理解。可以说，雅各布森的语言诗学理论在洛奇的文学研究中留下了深刻的印迹，并获得了修正与发展。

许多年后，英国学者 Richard Bradford 的专著《罗曼·雅各布森：生活、语言、艺术》（*Roman Jakobson: Life, Language, art*，1994）千呼万唤始出来。这是国外迄今为止研究雅各布森诗学思想的唯一专著。作者将雅各布森诗学置于结构

---

① 重要的研究著作有：Elmar Holenstein 的《罗曼·雅各布森的语言学研究：现象学结构主义》（*Roman Jakobson's Approach to Language: Phenomenological Structuralism*，1976），Waugh 的《罗曼·雅各布森的语言科学》（*Roman Jakobson's Science of Language*，1976），Armstrong 主编的《罗曼雅各布森：学术之声》（*Roman Jakobson: Echoes of His Scholarship*，1977），Sangster 的《罗曼·雅各布森及其之后：作为符号学系统的语言——对语言永恒不变量的追寻》（*Roman Jakobson and Beyond: Language as a System of Signs: The Quset for the Ultimate Invariants in Language*，1982）。

主义和后结构主义的大环境中加以考察，主要讨论了雅各布森的"诗性功能""不
受欢迎的语境"及"空间与时间"三大方面问题。他首先探讨的是雅各布森诗
学的特性，如他的主题、方法论和实践，涉及雅各布森的隐喻和转喻、趋向、
双层系统等问题；其次，在更广泛的20世纪语言学、符号学和批评理论的语境中，
对雅各布森诗学的特性进行了进一步的探寻和辨析，涉及六功能模式、卡勒的
批评等问题；最后，作者对雅各布森作品中涉及的时间和空间问题，从语言特
殊功能的角度进行了初步探讨，这个问题在文学理论史中一般是被忽略或被边
缘化的。作者从总体上重新评价和肯定在后结构主义时期被轻视的雅各布森诗
学，认为雅各布森诗学为我们理解现代主义诗歌的形式和功能提供了新的看法，
特别指出了雅各布森语言学对列维－斯特劳斯、罗兰·巴尔特和拉康的影响最
有价值的是，作者把雅各布森和巴赫金放到一起比较，他认为，二者都承认现
实是脆弱的、相对的概念，是理解、意识形态与符号系统的一个建构，而非不
可改变的实体，但巴赫金认为文学艺术家（主要是小说家）是重组一种特殊环
境下社会的、意识形态的和语言的谱系的人，而雅各布森认为诗歌自身就是一
种环境，同时是一种独立的、无历史记载的语言以及能吸纳和反映诗人个性和
诗人在其世界中的理解的一个系统。这种判断是对是错还需要进一步加以辨析，
但这种比较一定程度上确实揭示了雅各布森诗学的复杂性，也开阔了相关的研
究方法和视野。

　　相比之下，作者对"文学性"的表述则非常简略。比如他说："'文学性'
概念对立于文学的更广的普遍性范畴，它被许多后形式主义者视为是形式主义
者艺术—科学合作的一个根本含混的、自相矛盾的例子而被孤立。但雅各布森
的意思是：文学性需要突出语言的符指功能，以它的指称对象为代价，但不是
完全消失，由此它在语言使用的所有类型中能被统一：如政治口号、玩笑、广
告、虚构和非虚构的散文，等等。"[1] 这里的"后形式主义者"主要指的是受解
构之风影响、对雅各布森诗学抱有质疑的玛丽·路易·普拉特，她认为"文学
性或诗性的本质并不在信息之中，而在于言者和听者对于信息的特定感受中，
那是文学语境所特有的感受"[2]。可惜，作者并未深入剖析普拉特以及里法泰尔

[1] Richard Bradford, *Roman Jakobson: Life, Language, Art*, London and New York: Routledge, 1994, p.85.

[2] Mary Louise Pratt, "The 'Poetic Language' Fallacy," in *Toward A Speech Act Theory of Literary Discourse*, Bloomington: Indiana University Press, 1977, p.15.

（Michael Riffaterre）等质疑者的观点，对雅各布森"文学性"也作了简单化理解。当然作者在肯定雅各布森诗学的同时，也作了相应的批评，比如他在该书结语中写道："他（雅各布森）所分析的平行手法、投射原则、六功能范式以及时间与空间的混合，是极好的、激发性的理解：它们可以聚焦于诗性功能，但它们也一再地提醒我们——诗性功能最终是关于语言的。""深层和表层结构模式不能使我们处理视觉和听觉认知之间的关系，或解释为什么文本中一个反复出现的能指有一种符号／语义力量的细微差别。"[①] 这种批评虽然也指出了雅各布森"诗性功能"的某些缺陷，但因为作者依然是从语言学视角来考察雅各布森的生活、语言和艺术问题，以偏重于对其语言学思想的肯定，而对其诗学问题本身的研究和反思则相对不足，比如对诗歌的对等原则、平行结构以及隐喻转喻论的深刻内涵等论述得比较简略，对诗性功能也缺少反思性批判。

在美国，雅各布森生活工作了 40 年（1941—1982），美国也成为雅各布森研究的重要基地。尤其是在他去世之后，他的理论文章、学术对谈、回忆散文和相关资料等相继整理出版，[②]"雅各布森研究"一度成为美国学术界的热潮。总体而言，这股"雅各布森热"存在这样一些特点。

其一，"近亲"性。研究者主要包括雅各布森的妻子（泼墨斯卡）、学生和学界友人，其中也有一些像乔姆斯基、伊万诺夫这样的美国当代著名语言学家。他们大都对雅各布森的为人治学非常熟悉，他们的研究文章大都充满着生动的交往经验和丰富的学术资料，对于我们理解雅各布森本人及其思想都十分有益。比如，泼墨斯卡编著的 *Jakobsonian Poetics and Slavic Narrative*（1992），融合了她自己的作品和对雅各布森影响力的客观评价；还有一些献给雅各布森的祝寿文集，如雅各布森的哈佛学生们编辑出版的 *For Roman Jakobson: Essays on the Occasion of His Sixtieth Birthday*（1956）、*To Honor Roman Jakobson: Essays on*

---

① Mary Louise Pratt, "The 'Poetic Language' Fallacy," in *Toward A Speech Act Theory of Literary Discourse*, p.132.

② 其中与其语言诗学密切相关的著作有：《对话》（*Dialogues*，1983）、《语言艺术，语言符号，语言时间》（*Verbal Art, Verbal Sign, Verbal Time*，1985）、《文学中的语言》（*Language in Literature*，1987）、《论语言》（*On Language*，1990）和《我的未来主义岁月》（*My Futurist Years*，1997）。《选集》（*Selected Writings*）目前已完成第十卷的收订工作。其他相关资料如Stephen Rudy整理出版的雅各布森著述目录*Roman Jakobson, 1896-1982: A Complete Bibliography of His Writings*，Toman等整理出版的*Letters and other Materials from the Moscow and Prague Linguistic Circles, 1912-1945*。

the Occasion of His Seventieth Birthday（1966）、*Roman Jakobson: Echoes of His Scholarship*（1977）等，显示出雅各布森日益扩大的学术影响力、普遍公认的教学成就以及和谐的师生情谊。①

其二，零散性。就已出版的研究成果来看，主要是单篇的、纪念性的论文或论文集，而缺少系统性、深广性、批判性的研究专著。除上述纪念文集外，重要的论文集还有：Morris Halle 主编出版的《罗曼·雅各布森：他教给我们什么》（*Roman Jakobson: What He Taught Us*，1983），雅各布森的妻子泼墨斯卡（Pomorska）等主编的《语言、诗歌和诗学：生于 19 世纪 90 年代的一代人——雅各布森、特鲁别兹科伊和马雅可夫斯基》（*Language, Poetry, and Poetics: The Generation of the 1890s—Jakobson, Trubetzkoy, Majakovskij*，1987），这是目前最好的一本理论性和历史性并重的研究文集。

其三，重"言"性。与俄罗斯、欧洲等学者相似，美国学者们也大多偏重于雅各布森的语言学理论，而较少研究其诗学理论。如 Toman 主编的《普通语言的魔力：雅各布森、马泰休斯和布拉格学派》（*The Magic of a Common Language: Jakobson, Mathesius, Trubetzkoy, and the Prague Linguistic Circle*，1995），即使像 Schooneveld 编辑出版的所谓"雅各布森语言学与诗学系列丛书"（1990—1997），也只是其诗学思想的浮光掠影而已。构成此种状况的主要原因是，在美国，诗学几乎在语言学中掀不起什么波浪，两个学科各自独立，诗学家和语言学家做着不同的事情，经常是语言学家知道诗学家不知道的东西；同时，在美国，语言学家的研究一般没有什么文学目的的残余，也就没有普遍的语言理论系统地处理文学语言，因此，"诗性"（poeticalness）常常只是一个类似于"语法性"（grammaticalness）的概念。

当然，某些诗学研究论文或某些著作的章节同样值得我们注意。比如，在上述论文集《语言、诗歌和诗学》中，Stephen Rudy 和 Dora Vallier 就雅各布森早期对"未来主义"的鼓吹和作为一个诗人创作的"无意义"诗歌进行了初步研究，Vallier 指出雅各布森作为先锋语言学家"试图把先锋派与语言研究结合起来"，而 Rudy 则比较客观地揭示了雅各布森对先锋艺术的态度。这些对雅各布森早期诗学思想的关注和研究，虽然还比较少，也不够深入，但无疑具有开拓意义和

---

① 早在1939年，雅各布森因为犹太裔身份而受到柏林的压力，被迫离开教授职位，布尔诺大学的学生为此编纂出版了一本小册子，名为 *To Roman Jakobson with Our Greetings and Gratitude*，献给雅各布森。

启示意义。某些著作章节，如乔纳森·卡勒（Jonathan Culler）的《结构主义诗学》第三章、罗伯特·休斯（Robert Scholes）的《文学结构主义》第二章等，对雅各布森诗学理论进行了一定的分析和批评。卡勒在"雅各布森的诗学分析"一章中对雅各布森的诗学分析方法进行了批评，无论是他对雅各布森的质疑、对"诗必须作为诗来读"的提倡、对读者之维的重视，还是其批评本身存在的误读和偏见，都值得深思，本书第四章对此进行了细致阐述。

休斯在"从语言学到诗学"一章中，肯定和批评了雅各布森诗学的隐喻和转喻说以及语言交际功能。他认为，雅各布森的隐喻和转喻理论是对索绪尔思想的补充和发展，在实践中（指对失语症语言行为的研究）为索绪尔的逻辑和理论术语找到了根据，对结构主义诗学至关重要；并认为雅各布森的交际理论为我们提供了一种方法，使我们能够清楚和系统地讨论语言的"诗歌功能"与它的其他功能之间的关系。但同时也指出，雅各布森的公式既卓有成效又存在着严重缺陷，卓有成效是因为它给人以众多启示，同时又在很大程度上清楚解释了诗歌语言的性质，它在任何意义上都不是"错误的"，可以作为更深一步诗学研究的一个极好的出发点；存在的缺陷在于：一是雅各布森使用的"信息"这一术语有时与"意义"等同，有时又与"语言形式"相反；二是忽略了笔头和口头交际的区别；三是忽略了语境的多重性。另外，他就雅各布森和列维－斯特劳斯对波德莱尔诗歌《猫》的分析也提出了一点意见，他认为："雅各布森和列维－斯特劳斯没有为我们提供这样一种有效的方法，它能够将仅仅表明'这是一首诗'的那些系统——诸如韵律模式及其他相当机械的过程——与能够使我们确信这不仅是一首诗而且是整个诗歌的那些系统——诸如体现在韵律的具体使用之中的那些系统——区别开来。而我们必须作出这个区别才能够从描写走向评价。"① 这些看法直抵了雅各布森交际理论和诗学分析的薄弱处，是非常正确的，只是他对"诗性功能"言之寥寥，对隐喻转喻说与"诗性功能"说的关系也未有提及。

综上所述，国外对雅各布森的语言诗学大抵上形成了三种研究态度和看法：一是像洛奇、布莱福德、托多罗夫② 那样，重在肯定和运用雅各布森的语言诗学，

① ［美］罗伯特·休斯：《文学结构主义》，刘豫译，生活·读书·新知三联书店，1988年，第52页。
② 托多罗夫对雅各布森诗学的研究体现在其专著《象征理论》的第十章"雅各布森的诗学"中，持完全肯定的态度，故此处略去。参见［法］茨维坦·托多罗夫：《象征理论》，王国卿译，商务印书馆，2004年，第372—387页。

认为其隐喻转喻理论和诗性功能理论具有一定的实用价值，对现代小说以及现代主义诗歌的分析和理解具有重要作用；二是像休斯那样，比较客观地对雅各布森语言诗学提出批评和修正意见，既不吝啬赞赏，也不隐藏批评，重在深入探究雅各布森局部诗学理论本身的价值和缺陷；三是像卡勒、里法泰尔那样，重在质疑和批评雅各布森语言诗学，认为其语法分析实践是失败的，忽视了读者能力，封闭了诗歌效果的产生以及读者感受的可能。这些都是非常有价值的思考和有启发性的思路。概括地说，他们分别把握了雅各布森诗学普遍性的实用价值、局限性的启示价值以及激发性的批判价值。当然，他们也为我们留下了两个方面悬而未决的问题：第一，雅各布森所遭遇的文化历史时代及生活遭际究竟赋予了他和他的诗学以怎样的表现和意义？第二，雅各布森所关注的中心问题是什么，他如何一步步构筑起自己的语言诗学体系，他到底想表达怎样的诗学追求和审美旨趣？本书的任务之一就是通过高度历史化、语境化的文本分析，回答这两方面的问题。

三　本书的研究方法与主要任务

为更好地结构本书，保证其整体性、深刻性和可读性，我们试图采用历时研究和共时研究相结合的方法，运用散文和论文交互的笔法，一方面以历史叙事的宏观视角，展现雅各布森各个时期的生命历程与诗学思想的建构过程，揭示二者之间的隐秘关联；另一方面以理论阐释的微观视角，分析其诗学话语的整体构成和内部关系，以点带线，以线带面，力求历史化、语境化、客观化地描述、分析和评论雅各布森的语言诗学思想及其价值。

第一，深入挖掘雅各布森诗学产生和发展的历史文化语境及其思想资源。上述三种态度和看法基本上都将雅各布森诗学置于悬空之中，忽视了任何个人、任何理论都是处于特定历史文化语境中并受其影响的，其主体思想和前后理论的发展都不可避免地带有时代精神和历史环境的深刻印记，对经历格外曲折的雅各布森来说更是如此。雅各布森所遭遇的历史时代正是激烈变动的时代，他感受到俄国"十月革命"前后极端压抑而又浓郁的革命氛围，随后又置身于不断高涨的未来主义和形式主义的艺术革命之中，两次世界大战更是如影随形，迫使他四处流亡，无家可归。动荡的、变化的、非理性的、破坏性的历史现实激发了他对稳定的、不变的、理性的、建构性的真理的追求，而这种追求也是在 19 世纪末 20 世纪初"科学主义"和"语言学转向"中一步步得以实现的,历史时代赋予他的正是语言科学的武器,也为他准备好了丰富而庞杂的思想资源。比如先锋艺术("未来主义"诗歌和立体主义绘画等)对其产生了终身影响,对视觉艺术和语言艺术的关注使他很早就有了符号学的意识,而俄国深厚的意识形态传统和胡塞尔现象学哲学,以及至关重要的索绪尔结构语言学,到美国之后接触并发掘的皮尔斯符号学,乃至爱因斯坦的相对论、当代生物学、霍普金斯的诗论、诺瓦利斯的浪漫主义诗学等,都为其提供了坚实的思想基础,使其能够在继承和批判的基础上,综合运用人文科学和自然科学的理论与方法,逐步形成自己兼容并包、融会贯通的结构主义认识论和方法论,尤其是在语言学和诗学的相互激发和互惠中建立了较为完善的现代语言诗学理论。从某种程度上说,语言诗学是雅各布森顺应历史时代要求而建立的新的诗学研究范式,既表现出他个人的学术视野和革新品格,也表现出语言研究和文学研究相互渗透、共同发展的历史趋向。

第二,以结构主义方法对雅各布森诗学理论进行整体性的、系统化的阐释,关注其理论内部各种诗学观点之间的关联性和延续性。雅各布森的语言诗学可视为以"文学性"问题为中心的语言学探索,或者说,是从语言学视角对"文学性"问题作出的相应回答,如果说他的语言诗学是一个连贯、动态而统一的整体结构,那么,这个结构的内核就是"文学性"问题。中外诸多的雅各布森研究者大都会提及"文学性"问题,但一般只是关注雅各布森提出这一问题的贡献,以及简单化地将其"诗性功能"等同于"文学性",或者只专注于对其局部观点进行共时性的、孤立的阐发或批判。这恰恰是一种变相的解构,其中的简化和误读需要揭示和澄清。

概括来说,雅各布森的语言诗学主要由两大部分构成,即诗歌诗学与散文诗学。诗歌诗学是最重要的部分,以"审美(诗性)功能"说为核心,以隐喻诗学和神话诗学为两翼。诗性功能是语言交际六功能结构的重要功能之一,同时也是相对自治的结构,聚焦于"信息"并指向信息自身,因此,"文本"成为诗性功能的着陆地。按雅各布森的意思,诗性功能是语言艺术的主导功能,指称等其他功能居于从属地位,而在其他非语言艺术中,诗性功能也可作为从属功能而存在。因此,"诗性功能占主导"成为区分文学与非文学的"文学性",也即"诗性"所在。如果诗性功能在非语言艺术中占主导,则该艺术符号变为符号自指的"第四种符号",比如诗性诗歌、抽象电影、非表征绘画、音乐等。

诗性功能在诗歌文本中的具体实现也即诗歌语法结构的实现，遵循普遍性的对等原则，并因为"对等原则的投射"而形成诗语各层面的平行结构，平行也是第四种符号的共同"语法"，对等关系同时也是一种隐喻关系。隐喻不仅是修辞手法，也是诗歌文本的构造模式，是隐喻诗学的重点。相应的，转喻是散文文本的构造模式，是散文诗学的重点。隐喻和转喻模式还被雅各布森推广为基本的文化模式，广泛存在于非语言符号的文化系统中。另外，雅各布森的神话诗学也突破文本的局限，将作者、文本与语境统一起来进行研究，建构起某个诗人的"个人神话"或某个民族的"民族神话"。隐喻和神话都可以说是文学文本的深层结构，前者主要关涉文本意义的深度拓展，后者主要关涉文本人文与历史内涵的深度挖掘。而雅各布森最引人注目的诗歌语法批评则是对文本符号的勘探，语法肌质（结构）可谓是文本意义（语义）生成的"深层结构"，是"文学性"在文本中潜在而具体的表现。总之，雅各布森坚持以"文学性"问题为中心，以结构主义思想为指导，以"在变量中寻找不变量"为原则，以"功能—结构"模式为框架，以语言的"手段—目的"模式为方法，建构起立体的语言诗学体系，表现出一个人文知识分子对艺术自律倾向的肯定和赞赏，对审美现代性的关切与思考。其语言诗学体系的结构如图1所示：

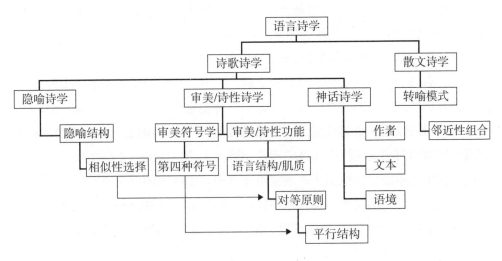

图1　雅各布森语言诗学体系结构图

第三，任何一个学者的理论学说都产生于具体的地域环境和思想氛围之中，也都是和他的个人命运紧密交织在一起的，尤其是像雅各布森这样的生平经历非常曲折的国际学者，动荡的时代环境和人生际遇使得他的语言学和诗学研究获得了与众不同的面貌。一方面，颠沛流离的生活，对他的身体、心理和研究工作带来许多不便，正如他在谈到自己离开布拉格学派之后的孤寂时所说："从那时开始，我不得不为自己未来的寻找和以后的希望而独自工作和证实。……于我而言，从一个国家到另一个国家的无家可归、四处漂泊的岁月已经开始了。"①另一方面，不断变换的科研环境也使雅各布森产生了不同的研究兴趣，接触到不同的思想，感受到不同的民族历史、人文风情等，因而又促使他不断思考、不断修正自己的问题，同时也扩大了研究视野。正是这种跨文化的国际体验使雅各布森在动荡不安的情况下仍然取得了丰硕的成果，形成了他善于博采众长、变不利为有利的治学风格。② 因此，本书在阐述过程中，对其理论生成与移民、流亡尤其是政治攻击所带来的"失语"等体验之间的关系有所涉及。

第四，无论如何，我们必须面对雅各布森留下的多达六百余种的著作和文章，并对其中关涉语言诗学思想的文本进行细读。一般来说，至高境界的理论话语都是及人的，正因为及人，话语本身常常带着言说者的生命体温与脉动。所以，通过理解他的理论文本，来理解他的诗学思想，甚至理解他这个人，是可能的。当然，他的学术风格和文本特性都是非常鲜明的，正如列维－斯特劳斯所评价的，雅各布森不是系统的理论家，而是新颖观念的构思者，"他不进行冗长的、抽象的、往往是困难的讨论，而是乐于引用来自各种语言、诗歌、绘画中的例证"③。在他用俄、德、法、英等多种语言写成的文本中，交杂着语言学、艺术学、符号学、人类学、病理学等多重语汇、范畴和命题，折射出不同历史时期的学术特征与时代精神。当然，他的文本也常常透露出一种把它们连成一体、构成一个相对统一的话语的线索，也就是说，这些话语或范畴存在着深层的意蕴，这些深层意蕴共同指向对"文学性"问题的回答。毫无疑问，他的探索是扎根于一种文化历史情境之中的，而他用来表述审美体验和思想探索的语汇或范畴，也同样存在于他同时代人的文本之中。他与他的同时代人，不仅出于同样的理论探索论域，而且还可能互相利用探索成果，事实也正是如此。比如，迪尼亚诺夫的"主

---

① Roman Jakobson & Krystyna Pomorska, *Dialogues*, New York: Cambridge University Press, 1983, p.34.

② 钱军：《结构功能语言学——布拉格学派》，吉林教育出版社，1998年，第24页。

③ Roman Jakobson, *Six Lectures of Sound and Meaning*, Cambridge, Mass.: MIT Press, 1978, p.12.

导"、穆卡洛夫斯基的"审美符号"、新批评的"肌质"等，都被雅各布森借题发挥，而反过来，他的结构音位学对列维－斯特劳斯，隐喻转喻说对拉康、巴尔特，对等原则对中国诗学家等也产生了巨大影响。所以，本书在分析中，必然会涉及雅各布森诗学与"他者"诗学话语的比较，也只有在比较中，才能看清他的诗学思想与他所处时代的思想之间的关联，从而看清他所处的位置，及其诗学的特点、价值和得失。

　　现在，就让我们跟随雅各布森一起，开始"文学性"问题的语言学探索之旅吧！

第一章

重返"文学性"：语境、内涵、意义及问题

　　1982年，结构主义时代的喧嚣早已尘埃落定，当年近九十的什克洛夫斯基再次回忆起那段激情澎湃的形式主义岁月的时候，其内心一定是百感交集的。其中不仅包含着对文学运动、人生际遇等浮浮沉沉的感叹，也包含着对刚刚故去的友人——雅各布森——的怀念与不满。他说："我尊重对老朋友的怀念。这友谊的久远因忘却而变得睿智。我忆起天蓝色眼睛的罗曼·雅各布森。……我的朋友，你为什么把论题弄窄？你为什么把艺术变成一种见解，把戏剧、散文和诗的艺术变成语言学？……老朋友，为什么你不改变？我们本来可以像荷马笔下的英雄们那样，交换盔甲，而不计较其价值。但我们被分开。被命运，大洋和不同的艺术目的分开。"[①]不能不说他的怀念和埋怨都是无比真挚的。然而，当我们真正了解了各自的生存境遇和文学研究的历史真相之后，我们可能会说：早在莫斯科语言学小组（1915）和彼得堡诗歌语言研究会（1916）成立的时候，他们其实就已经"分开"了；世事沧桑，改变的其实只是时代、生活以及什克洛夫斯基自己，而不变的却是雅各布森对语言诗学一往情深的执着与坚守。文学科学，正如什克洛夫斯基所回想的圣彼得堡安尼契科夫桥上的那匹骏马一样，虽然被有形的"铜手"紧紧勒住着，但是作为"革命的制造者，革命的儿女"，雅各布森、什克洛夫斯基以及赫列勃尼科夫、马雅可夫斯基等未来主义的诗人们，

---

① ［苏］维·什克洛夫斯基：《散文理论》，刘宗次译，百花洲文艺出版社，2010年，第134—135页。

都亲眼见证了 20 世纪初俄国"形式主义革命"的第一道曙光，我们可以说，那就是"文学性"。

第一节 "文学性"问题提出的历史语境

毋庸置疑，任何理论都是在历史进程中面向现实而产生的。如果说俄国形式主义运动"是对本土挑战的本土反应"（厄利希语）的话，那么，"文学性"问题也应作如是观。当然，"文学性"问题为何率先在俄国提出，又为何由雅各布森率先提出，要探究其中的历史必然性与偶然性，我们就必须重返俄国"白银时代"（Silver Age，1895—1930）[①]，在特定的历史语境中，检视"文学性"问题的深层内涵、意义及其自身存在的问题。

一 "白银时代"：历史转折与文化复兴

19 世纪末 20 世纪初，俄国历史上最强盛的也是最后一个封建王朝——罗曼诺夫王朝，已在风雨飘摇中渐渐走向它的终点。社会政治的反动，民粹派运动的失败，实证主义的危机，等等，构成了革命前夕社会文化精神的整体氛围。1905 年武装起义的失败，以及俄国在俄日战争中的惨败，不仅使俄国的社会矛盾更加尖锐，使社会各界对沙皇政权的信心进一步动摇，更使得人民在沙皇的血腥暴力中认清了残酷的现实，让新生的布尔什维克党积蕴起再次革命的力量。紧接着，1914 年第一次世界大战的爆发，把摇摇欲坠的帝国和人民再次推向崩溃和饥饿的深渊。最终，1917 年 2 月资产阶级革命完成了对罗曼诺夫王朝的最后一击，随后的"十月革命"的胜利则将俄国引向了新的历史征程。

---

① 关于"白银时代"的历史上下限问题，中西学者多有分歧：Ronald E. Peterson认为应从1890年到1917年（参见Ronald E. Peterson, *A History of Russian Symbolism*, Amsterdam and Philadelphia: John Benjamins Publishing Co., 1993, p.1）；国内俄罗斯研究学者周启超认为，有小写的"白银时代"与大写的"白银时代"之别，"白银时代一般来说喻指19世纪末20世纪初俄罗斯诗歌的再度勃兴的气象的"，应从1890年到1925年（参见周启超：《白银时代俄罗斯文学研究》，北京大学出版社，2003年，第1—4页）；学者张冰认为应从1895年到1930年，即以卢那察尔斯基被免职和马雅可夫斯基自杀为结束标志（参见张冰：《陌生化诗学：俄国形式主义研究》，北京师范大学出版社，2000年，第20页）。为论述方便，本书采用第三种观点。

显而易见，"1917年革命并不只限于是对俄国政治社会制度的一次彻底变革，它同时也极大地震撼了人们根深蒂固的行为方式、时代沿袭的道德规范和哲学体系。这一文化大变革不仅是政治革命的副产品，而且，一种旧制度的垮台也加速和催生了这场文化大变革。对一切价值进行重估的思潮，对所有传统观念和常规做法进行激烈的重新评价的潮流，渗透到了革命中俄国的方方面面"①。这种"重估一切价值"的思潮不仅是对俄国武装革命的呼应，更是对当时欧洲思想革命的应和。在强烈的革命冲击波中，俄国思想文化不可避免地也受到了巨大震荡，比如叔本华和尼采的非理性主义、悲观主义和虚无主义对俄国宗教哲学的影响，索绪尔结构语言学、胡塞尔现象学哲学等对俄国形式主义的影响等。可以说，在第一次世界大战结束后的时期中，雅各布森所言的"规避静态和僵化，审判绝对"②几乎成为一种普遍现象。

在历史转折的岔道口上，俄国知识分子背负起救国与启蒙的双重责任，成为社会文化思想解放和重组的主力军，他们在精神、自由、正义、自我救赎等信念的召唤下，以宗教、哲学、艺术等方式积极探寻着拯救民族和人民的真理，甚至不惜承受被监禁、流放乃至秘密杀害的命运。这些浸染了"弥赛亚情结"的俄国知识分子们，首先面临的是改造自己和民众的精神与灵魂。为了解决人们的信仰危机和良心危机，宗教哲学家们在道德哲学（受康德哲学影响）的唯心主义和马克思主义哲学的唯物主义之外，探索出适应俄国自身需要的宗教哲学的路径，"他们或寄希望于宗教与社会、神学与世俗的结合（梅列日科夫斯基、罗赞诺夫等）；或寄希望于个人的人格主义，探讨人的使命、人的存在、人的自由、人的命运、人存在的目的和意义（别尔嘉耶夫等）"③，或寄希望于理性哲学、社会批判以恢复精神世界的完整性（索洛维约夫等），或寄希望于启示哲学和超验体验的直觉顿悟（舍斯托夫）。总之，一种以宗教哲学形态出现的精神文化复兴运动就这样应运而生了。

而在艺术领域，不同思潮流派风起云涌，现实主义、自然主义、新古典主义、新浪漫主义、象征主义、阿克梅主义、未来主义等，同台竞技，多元共存。其中，

---

① Victor Erlich, *Russian Formalism: History-Doctrine*, 3rd edition, New Haven and London: Yale University Press, 1981, p.60.

② Roman Jakobson, "Futurism," in *Language in Literature*, eds. Krystyna Pomorska and Stephen Rudy, Cambridge, Mass.: Harvard University Press, 1996, p.30.

③ 张冰：《白银时代——俄国文学思潮和流派》，人民文学出版社，2006年，第7—8页。

最能代表白银时代成就的自然是诗歌，如雅各布森所言："俄国文学头二十年的主要成就在于诗歌。正是诗歌被感觉成为文学的纯粹权威的声音和完美的化身。"① 即使是在硝烟弥漫、饥寒交迫的时候，缪斯之神依然露出圣洁迷人的微笑。在这个"后普希金"的"诗歌时代"，诞生了一大批卓尔不群、睥睨千古的杰出诗人，比如勃洛克、勃留索夫、巴尔蒙特等象征主义者，古米廖夫、曼德尔施塔姆、阿赫玛托娃等阿克梅主义者，赫列勃尼科夫、马雅可夫斯基、谢维利亚宁等未来主义者，田园派诗人叶赛宁以及不属于任何流派的库兹明、布宁、帕斯捷尔纳克等，"这些诗坛英才空前热烈地直面生存窘困，空前执着地审视灵魂嬗变，空前热忱地施展诗人生活感受的鲜明和生存体验的深切，运用诗歌感觉的瞬间性与诗歌表现的敏捷性，去捕捉时代脉搏的律动，去抒发人们痛苦的心绪，而成为历史行进的缩影，成为时代精神的喉舌"②。除诗歌以外，小说、散文、戏剧、文学理论、电影、音乐、绘画、雕塑等各个艺术领域，也都获得了长足发展，从而构成了俄国艺术史乃至世界艺术史上举足轻重的部分。可以说，各种风格迥异的艺术作品，成为 19 世纪启蒙现代性转向 20 世纪初审美现代性的最有力的文化转型表征，成为俄国知识分子努力寻求民族身份的自我认同、追求审美自由的最宝贵的文化遗产。

需要指出的是，俄国艺术的繁荣离不开欧洲艺术尤其是德国艺术思潮的巨大影响，世纪之交的欧洲艺术作为最敏感的"时代晴雨表"，最先感受着并呈现出形式主义浪潮的潜流涌动。自 19 世纪下半叶始，随着康德、赫尔巴特（J. F. Herbart）、齐默尔曼（Robert Von Zimmemann）等德国哲学家、美学家对形式主义美学的建立和发展，艺术逐渐摆脱传统的"内容"束缚而迅速奔向现代的"形式"自由，所有门类的艺术批评也都因此而表现出鲜明的形式主义倾向，自律的或者说本体性的"艺术科学"成为它们的共同追求。比如，以德国为例，③ 在音乐领域，汉斯立克在《论音乐的美》（1854）中将音乐形式本身认作音乐之美所在，以此取代传统的自然模仿论、情感表现论；在美术领域，沃

① Roman Jakobson, "Maginal Notes on the Prose of the Poet Pasternak," in *Language in Literature*, eds. Krystyna Pomorska and Stephen Rudy, p.301.

② 周启超：《白银时代俄罗斯文学研究》，第4页。

③ 雅各布森始终对德国文化颇有好感。比如，在晚年的一个访谈中，当被问及"现在喜欢哪些诗人"时，雅各布森明确回答是三个德国诗人，荷尔德林、克利和布莱希特。See Emmanuel Jacquart, "Interview with Roman Jakobson: on Poetics," in *Philosophy Today*, Vol.22, No.1, 1978(Spring), pp.65-72.

尔夫林（Heinrich Wolfflin）继承布克哈特（Max Burckhardt）、费德勒（Konrad Fiedler）、李格尔（Alois Riegl）的衣钵而成为"艺术科学学派"的集大成者，"这个学派的纯形式理论拒绝分析美本身，而只分析美得以显现的要素，主张在由天才创立的视觉和形式的法则上建立艺术科学"[①]；在戏剧领域，凯泽（Georg Kaiser）、托勒尔（Ernst Toller）等剧作家则率领表现主义戏剧异军突起，借各种象征主义手法和变形、奇特的舞台手段表现现代人的内心等。当然，在德国之外，影响最大的形式主义美学观点莫过于英国艺术批评家克莱夫·贝尔（Clifve Bell）所言的"艺术是有意味的形式"。总之，俄国以"艺术革命"的决绝姿态迎接着欧洲先锋艺术的激发和影响，从而同步产生了表现主义、构成主义、未来主义等具有鲜明形式倾向的先锋艺术流派。一切都在表明："形式"翻身解放、当家作主的时代势不可挡地来临了！

二　"无主之地"：世纪之交的俄国文艺学

在白银时代，文学尤其是诗歌的繁荣，大大激发了文学研究的发展和要求突破传统研究模式的诉求。相对于其他自然学科，语文学科在俄国科学院人文学科的整体体系中是非常薄弱的，一直到 19 世纪中期，现代意义上的、系统的文艺学研究才正式展开。19 世纪末 20 世纪初的俄国文艺学思想话语纷繁复杂，不同的学派形成了不同价值的学术体系，归纳起来，大致有"四派"：

一是学院派批评。该派以身居高校、科学院的学者或学者兼批评家为主力，是 19 世纪中叶以来俄国人文主义、民主主义社会思潮与西欧实证主义思潮相结合的产物，包含了至今仍有影响的四个学派：一是以布斯拉耶夫为代表的神话学派；二是以佩平、吉洪拉沃夫为代表的历史文化学派；三是以维谢洛夫斯基为代表的历史比较学派；四是以波捷勃尼亚、奥夫相尼科 – 库利科夫斯基等为代表的心理学派。总体而言，他们既继承了俄国革命民主主义美学和文学批评的传统，又吸收了欧洲社会科学和自然科学的新成就，[②] 既力求将自然科学的概念与实证主义方法应用于文艺领域，也力求文艺学研究与文学史研究相结合。

二是马克思主义批评。该派以普列汉诺夫、列宁、托洛茨基等为代表，他

---

① 潘耀昌：《沃尔夫林和他的美学思想——中译者前言》，见［瑞士］沃尔夫林：《美术史的基本概念：后期艺术中的风格发展问题》，潘耀昌译，北京大学出版社，2011年，第19页。
② 刘宁主编：《俄国文学批评史》，上海译文出版社，1999年，第588页。

们都具有明确的意识形态倾向性。比如普列汉诺夫通过吸收和解释别林斯基关怀现实的社会政治学学说，在对民粹派文学的批评实践中建立了批评对象和标准，认为诗学的根本在于介入现实中的社会运动，提倡在历史唯物主义基础上的哲学批评和政论性的文学批评；列宁更是提出文学的阶级性和党性原则、反映论学说以及"两种文化"学说等，为马克思主义文艺学在 20 世纪 30 年代的最终确立奠定了基础。[①] 当然，按厄利希的看法，坚持马克思主义文学观的文艺学家在"十月革命"前寥寥无几，也就是说，马克思主义文学批评只是在"十月革命"后才逐渐成为文艺学界的主导和权威。

三是宗教哲学批评。阿·列·伏伦斯基是"哲学批评"的始作俑者，尼·马明斯基是"宗教批评"的创立者，此后，梅列日科夫斯基、索洛维约夫、罗赞诺夫、舍斯托夫、别尔嘉耶夫等宗教哲学家又掀起"新宗教意识运动"，以形而上学的宗教和哲学观念为方法论基础，姑且统称为"宗教哲学派批评"。他们在前期还曾是颓废主义者、象征主义者，如梅列日科夫斯基等，追求艺术的象征性、神秘性、音乐性等，不仅促进了象征主义批评的发展和繁荣，也使得最具俄国民族文化特色的宗教哲学再次迎来复兴。

四是直觉主义批评。以尤·伊·艾亨瓦尔德、米哈伊尔·格尔申宗为代表，如前者在其《俄国作家剪影》（1908）中，表现出一种以批评分析冗长累赘的伪诗意来取代精确严密而又散漫随意的印象主义倾向，后者在其《诗人的视野》（1918）中大肆宣扬带有鲜明非理性主义意蕴的"完整认知"（integral knowledge）。他们过分依赖批评家直觉主义的感受能力，以"鉴赏"式、主观印象式的"创作"替代了客观性的科学研究，为牵强附会和过分天真的阐释一类的指责提供了口实。宗教哲学批评和直觉主义批评以及后期象征派（别雷、勃洛克等）、未来派、意象派等，可统称为"现代主义批评"。现代主义批评虽然形态各异，但其哲学基础在于尼采和叔本华的唯心主义以及不可知论和神秘主义，其共同特点在于"拒不承认文学与生活的联系，反对俄国革命民主主义文学批评的现实主义与人民性的原则，崇拜非理性，主张作家创作的绝对自由"[②]。

---

① "巴赫金小组"在此阶段的文学研究试图把形式主义和马克思主义调和起来，同时对形式方法和马克思主义的庸俗化都进行了批驳，与其他的批评流派并不相类，严格来说，属于独特的中间道路。

② 刘宁主编：《俄国文学批评史》，第545页。

这四派文学批评构成了俄国形式主义诞生前后十分复杂的批评环境，一定程度上也反映了西方文学理论批评的主要倾向。按照韦勒克在《文学理论》（1942）中对文学批评方法作出的区分来看，这些文学研究大都属于文学的外部研究，他们或借用自然科学的实证主义、心理学等方法，或借用社会学、政治学、历史学等社会科学的观念与方法，虽然从不同角度论及文学的特性和价值，但"显然绝不可能解决对文学艺术作品这一对象的描述、分析和评价等问题"[①]。正如艾亨鲍姆在总结形式方法时所说，"学院式的科学对理论问题一无所知，仍然在有气无力地运用美学、心理学和历史学的古老原则，对研究对象感觉迟钝，甚至这种对象是否存在也成了虚幻"[②]。对于更年轻的学院大学生来说，比如莫斯科语言学小组和彼得堡诗歌语言研究会（即"奥波亚兹"）成员，这种"学院式的科学"无疑是一种"伪科学"，丧失了对研究对象的敏锐感知力，更重要的是，这些方法也并不能解决文学研究自身的问题，反而会言不及物地把对象置入唯心主义或庸俗社会学的机械决定论的幻象之中，不知不觉以主观替代客观，以社会、历史、生平、心理等取代实在的"文学事实"。

当然，不可否认的是，这些包括形式主义批评在内的多种多样的文学理论，正是当时俄国多元并存的社会思想的折射。它们在"十月革命"的时代氛围中，既保持着历史诗学或理论诗学自身的学术倾向，又分别与政治保持着若即若离的关系。而由于列宁的政治活动和无产阶级的胜利，马克思主义批评在多样化的批评形态中逐渐上升为占主导地位的统治阶级的文学理论。而在政治革命的浪潮中，形式主义者最初怀抱着相似的"革命"态度和热情，积极地参与政治活动，力图担当起"文化革命"的重任。最为典型的莫过于推崇形式美学的未来派代表诗人马雅可夫斯基，他毅然决然地加入到革命宣传的阵营中，用新的、带有未来主义色彩的语词讲述革命的好处，相继写下《革命颂》（1918）、长诗《列宁》等为无产阶级革命事业服务的作品，并因此而批评坚持形式至上的未来主义者、阿克梅主义者等。这种文学观的顺利转换，恰恰说明了语言变化与政治变化之间相辅相成的密切关系。换言之，与其说形式主义美学是一种"为艺术而艺术"的艺术观，不如说它归根结底是一种"别有用心"的政治观。诚

---

① ［美］勒内·韦勒克、［美］奥斯汀·沃伦：《文学理论》（修订版），刘象愚等译，江苏教育出版社，2005年，第73页。

② ［俄］鲍·艾亨鲍姆：《"形式方法"的理论》，见［法］茨维坦·托多罗夫编选：《俄苏形式主义文论选》，蔡鸿滨译，中国社会科学出版社，1989年，第22页。

如韦勒克所言："1916 年出现了一个自称'形式主义'的运动，主要反对俄国文学批评中流行的说教作风；而在布尔什维克统治之下，形式主义无疑也是对于党所指定的马克思派历史唯物主义默不作声的抗议，或者至少是一种逃避。"[①]然而，指向形式自身的自律艺术虽然也打着"革命"的旗号，却无法与"为无产阶级政治和文化服务"的根本目的达成一致，借用什克洛夫斯基的话来说，主导艺术不可能独立于生活（尤其是政治生活）之外，它的颜色必然要映现"飘扬在城堡上空的旗帜的颜色"，倘不，则必然遭受代表官方立场的"马克思主义者"的严厉批判和镇压。中外的历史不止一次地告诉我们：在一个激进的时代，当别人前进两步，而你只前进一步的时候，你可能会被指责为落后分子或保守主义者；当别人前进一步，而你坚持自身立场不愿跟进的时候，你很可能被定性为"反革命"。俄国形式主义的命运正说明了这一真理。

总之，在无产阶级政权取得胜利并巩固之后，文学史依然像是国际法中所说的"无主之物"（res nullius，拉丁文），而文学研究也依然是任何人都能踏足的"无主之地"（no man's land）。当几乎所有学科都圈定了自身的研究领域的时候，文学研究无疑成了学科体系中最薄弱的环节，它比任何时候都更期待自身学科范围内研究范式的根本革命，期待真正的、科学化的"主人公"出现。

三　雅各布森：从象征主义到未来主义

在"白银时代"诗歌兴盛的环境中，诗歌研究的态势同样非常繁荣，象征主义诗学和未来主义诗学正是其中最具代表性的研究范式，此外还有介于二者之间、但并非不重要的阿克梅派。从对语言形式和文学特性的探索角度来说，他们都可谓是俄国形式主义者的先驱，是撮合语言学和诗学结盟的同盟军。有意思的是，一方面，俄国形式主义者明确反对以"形象性"衡量一切文学的象征主义，如什克洛夫斯基在其形式主义宣言式文章《作为手法的艺术》中对波捷勃尼亚（Potebnja）的"艺术即形象思维"说进行了严厉的批驳；另一方面，形式主义者又潜移默化地受其影响，有选择地吸收了象征主义诗学的语言思

---

① ［美］雷内·韦勒克：《批评的概念》，张金言译，中国美术学院出版社，1999年，第263页。

想，如恰恰是波捷勃尼亚最先在俄国提出理论诗学的问题，认为诗歌实质上是一种"语言学现象"，得到形式主义者的广泛认同。其中，雅各布森与象征主义诗学的关系则更加复杂，当然，这对雅各布森语言诗学思想的形成也就格外重要。

从中学时代开始，诗歌便成为雅各布森的第一爱好乃至终生爱好，"对他而言，诗歌占据着文学阶梯的顶峰。而诗歌文本以超脱行为间作用为特征：它面对所有读者，亦即不面对任何具体读者，不等待任何回答；它所引起的反响不是某种'唱和'而是鉴赏和沉思"①。雅各布森最初鉴赏和沉思的是俄国本土的象征主义诗歌，那个时候他对俄国民间文学的兴趣已比较强烈，并已开始初步思考文学自身的语言特性问题。而这个时候，也正是俄国象征主义面临危机的时刻（1910），报纸文化版的大幅篇幅都在谈论着象征主义的终结以及要在文学和艺术中寻求新的开始。有意思的是，雅各布森恰恰在这些象征主义的"悼词"中，第一次对年轻一代的俄国象征主义者的作品熟悉并着迷起来，如亚历山大·勃洛克（Aleksandr Blok，1880—1921）和安德烈·别雷（Andrej Belyj，1880—1934）。相反，雅各布森不喜欢那些老一代的象征主义者，如勃留索夫（1873—1924）和巴尔蒙特（1867—1942），因为他们的诗歌让他觉得"冷"。

正是在勃洛克和别雷的作品中，少年雅各布森已经敏锐地感知到"对词语的一种全新的、非常'直接的'（immediate）态度"。尤其是别雷的宏大著作《象征主义》（1910）试图科学地处理诗歌和韵文，诗歌被当作直观对象加以分析的思想，对雅各布森"产生了不可磨灭的印象"②。在这本书里，象征主义成了一种具有神秘气息的"世界观"，在别雷看来，"诗化语言与神秘的创造直接相关，追求语词的形象性组合是诗的根本特征"③。这些都使雅各布森对诗体的结构问题、语言词语问题有了较为深刻的认识。此外，别雷对俄国抑扬格四音步句在200年历史中独特转换的评论，也促使雅各布森亲自动手来分析这种诗歌音步，他所处理的对象是别雷所未涉及的一位近代诗歌形式的创始人——瓦·基·特列季亚科夫斯基（V. K. Trediakovskij，1703—1768）。这就是后来他所写成的第一篇语言诗学论文《论特列季亚科夫斯基作品的语言》（"On the

---

① ［法］兹维坦·托多罗夫：《对话与独白：巴赫金与雅各布森》，史忠义译，《西安外国语大学学报》2007年第4期。

② Roman Jakobson & Krystyna Pomorska, *Dialogues*, p.5.

③ 转引自张冰：《陌生化诗学：俄国形式主义研究》，第38页。

Language of Tre'jakovskij's Works"，1915）。[1] 在这篇文章中，我们可以发现：雅各布森已经开始了对诗歌作品的语言价值的研究，他对民间诗歌形式方面，包括平行、音步、语音结构以及"不可思议"（unintelligible）词语的出现等，非常感兴趣；他不仅在特列季亚科夫斯基艰涩诗行中发现了俄国抑扬格四音步的历史性变化，而且还通过分析特列季亚科夫斯基的一首诗，特别指明了语音群的重复问题，而后者正是令形式主义者特别感兴趣的领域。不能不说，俄国象征主义对雅各布森的诗歌语言学研究有着巨大而深远的启示意义。

　　如果说别雷为雅各布森开辟了通往象征主义的俄国道路，那么，塔斯捷文则为其开辟了通往象征主义的法国道路乃至世界道路，而雅各布森童年时就已掌握的法语知识为其迈出这一步打下了坚实的基础。1912 年，雅各布森在法语教师亨利希·塔斯捷文（Henri Tastevin）（"法国象征主义的崇拜者"）的指导下，以马拉美的诗歌为首要主题，撰写了作文，并翻译和注释了马拉美的一首深奥无比的十四行诗《旧花边的碎片》（"Une dentelle s'abolit"），这是代表马拉美"隔绝艺术"（hermetic art）的高难度挑战的一个例子。[2] 雅各布森也一定注意到马拉美曾对其弟子瓦莱里所说的那句名言："人们不是用思想来写诗的，而是用词语来写的。"[3] 也就是说，对诗来讲重要的不是"思想"（理性），而是"词语"（语言），诗的语言是不同于"消息性语言"的"生成性语言"。所以雅各布森后来在《俄国现代诗歌》中说："口语言语为赫列勃尼科夫提供了主要的材料。这让我想起了马拉美，他曾说，他所提供的资产阶级词语，那些字母在每天的报纸上都能读到，只不过他提供给它们以令人震惊的语境罢了。"[4]

　　更有意味的是，几乎在同时，雅各布森又接触了另一位伟大的诗人——德国浪漫主义代表诗人诺瓦利斯（Novalis，1772—1801）：

① 特列季亚科夫斯基是俄国18世纪古典主义文学最初的代表诗人和文学批评家，他在近代俄国文学语言的形式方面（尤其是改革俄国诗律方面）发挥了重要作用，著有《泛论喜剧》（1751）、《泛论文学及诗的基础》（1751）等。雅各布森的这篇论文早在1915年就被莫斯科方言学学会读到。1966年，雅各布森以《民间诗歌对特列季亚科夫斯基的影响》（"Influence of Folk-poetry on Trediakovskij"）为题收入他的《选集》第四卷中（第613—633页）。

② Roman Jakobson & Krystyna Pomorska, *Dialogues*, p.6.

③ ［法］保罗·瓦莱里：《诗与抽象思维》，见伍蠡甫主编：《现代西方文论选》，上海译文出版社，1983年，第32页。

④ Roman Jakobson, "Modern Russian Poetry," in *Major Soviet Writers: Essays in Criticism*, ed. Edward J. Brown, New York: Oxford University Press, 1973, p.69.

> 但远在这（即 1915 年他读胡塞尔著作的那一年——原注）之前，约
> 1912 年（即他 16 岁——原注）时，作为已经决定选择语言和诗歌作为未来
> 研究对象的中学生，我偶然读到了诺瓦利斯的著作。我十分高兴地从这些
> 著作和马拉美的作品里发现了一位伟大的诗人与一位思想深邃的语言理论
> 家之间的紧密结合……所说的俄国形式主义学派在第一次世界大战之前正
> 处于酝酿时期。诗人提出的引起争议的形式自律这个概念在这个运动中得
> 到了发展，从最初的机械立场演变成完全是辩证的观点。这后一种观点从
> 诺瓦利斯著名的《独白》这种受到了综合的、全面的启发——它一开始就
> 使我十分惊讶，并使我着了迷……①

可以说，诺瓦利斯的"出现"，尤其是其关于浪漫派哲学和诗学的札记《独白》，
使得雅各布森对诗歌的"不及物性"即"为了表达而表达"的特性有了更为深
刻的理解，②而这种理解又在马拉美的象征主义诗歌和语言理论中同样得到了印
证，并影响其终生。正是对马拉美、诺瓦利斯等诗歌、诗论的阅读和研究，让
少年雅各布森对诗歌的结构问题愈加好奇，不知不觉中对象征主义诗学和浪漫
主义诗学相近的"形式自律"语言观心有所属，当若干年后他说"诗歌是一种
旨在表达的话语"（《俄国现代诗歌》）的时候，我们不妨认为这是对上述两
位诗人的公开模仿。此时的雅各布森，无疑已经为成为一个先锋的未来主义诗
人和形式主义语言学家做好了足够准备，文学的种子和语言的种子都已在他的
心底深深扎下根来，它们的枝叶何时交织在一起，这只是时间和雨水问题罢了。

　　总体来说，无论是俄国的象征主义，还是法国的象征主义，都已明确地将
重心移向了语言，语言本身开始在诗歌创造中享有至高无上的地位，象征主义
诗学也因此而成为走向语言诗学的关键性的过渡形式，或者说它为诗学与语言
学的融合扫清了道路。象征主义将原本只作为媒介的语言捧上了至高无上的"宝
座"，它对语言本体地位的论证，对语言特别是诗语形而上超验本质的揭示，
既为雅各布森等未来主义者、形式主义者预先准备好可供继承的诗学成果，又

---

① ［美］罗曼·雅各布森：《〈形式与思想〉跋》，转引自［法］茨维坦·托多罗夫：《象
　征理论》，第373页。
② 托多罗夫在《象征理论》第六章"浪漫主义转变期"中对诺瓦利斯的"不及物性"有较详
　细的阐述。参见［法］茨维坦·托多罗夫：《象征理论》，第221—226页。

为他们后来以"诗学科学"的名义革除象征主义诗学笼罩着的宗教神学色彩提供了可能。值得注意的是，在象征主义和未来主义的较量之间充当调和者或者说折衷者角色的是阿克梅主义，"在对抗象征派的等级化的价值世界这一点上，阿克梅派与未来派乃是殊途同归的，在尊重物象世界的自身价值这一点上，它们也是有共识的"①。此外，在批判象征主义将一切都"象征化"的泛符号主义倾向这一点上，阿克梅主义也绝不逊色于未来主义，正如阿克梅派的代表诗人曼德尔施塔姆所说：

> 形象的内涵被掏空了，有如动物的标本，而又被灌注进另一些内涵；取代象征的森林的乃是作坊里的标本，这就是职业象征主义者所要将人们引向的那个境界。感知与接受被败坏被涣散了。没有什么本真的东西，令人可怕的对应论泛滥。彼此总在点头示意，没完没了的丢眼色。没有一句清晰明了的话语，有的只是暗示，吞吞吐吐，含含糊糊。玫瑰向少女示意，少女向玫瑰示意。谁也不愿保持自身。②

也就是说，在"玫瑰"和"少女"之间并不存在所谓的对应或象征，更不存在价值世界中的等级序列，"玫瑰"就是玫瑰，它与"少女"或"爱情"无关：这实际上是阿克梅派口号"打倒象征主义！活生生的玫瑰万岁！"的再次声明，是一种回到事物自身、去除超验遮蔽的宣言，显示出对物象本体的尊重，对超验世界的拒斥。在他们看来，物象世界是以其自身存在而具有价值，而并不是由于它能呈现出那种最高的所谓"本质"。阿克梅派这种"祛魅"性的观点无疑击中了象征主义虚弱的心脏，将高高在上的超现实的神性世界拉回到实实在在的物象与词语独立自主的现实世界。而未来主义者则将步伐迈得更大、更坚决，他们在阿克梅派对象征派的"祛魅"基础上又进行了"再祛魅"，即去除词语的生活指向和现实对象，而凸显"词语作为词语"自身的符号价值。也就是说，在未来主义者看来，词语"玫瑰"（rose）的全部意义就在于这个词语的物质形式（音响效果和书写形式等），与日常生活的"玫瑰花"无关，更与"爱情"无关。即使是反对者如托洛茨基也对"作为音响效果或书写形式的词的专制主义"的

---

① 周启超：《白银时代俄罗斯文学研究》，第51页。

② ［俄］奥斯普·曼德尔施塔姆：《论词语的本质》，转引自周启超：《白银时代俄罗斯文学研究》，第49页。

未来主义心怀敬意，他在《词语的解放》一文中写道："对'自己时代的生活'和它的文学的任何充实的信念，都不能使人有权忽视这样一个事实，即未来主义现象是完全合理的，而且从某种意义上说标志着时代圆满的结束，对于这个时代可以有充分的权利这样说：在太初有词，而中期和末期也是词。"①这无疑是从时代生活和哲学本源的高度肯定了词语的本体价值，而未来主义正是以此来建造属于未来的"巴比伦之塔"的。

其时，雅各布森正身处于先锋派圈子的格调和布尔什维克革命的氛围中，他写下《未来主义》（1919）以及论未来主义代表诗人赫列勃尼科夫的专题论文《俄国现代诗歌》（1919）等，他创作的"无意义诗"（1915）甚至在俄国先锋派框架中也表现出一种极端倾向，可以说，他是坚定的未来主义美学的辩护者和实践者。此外，虽然在他的大学论文中，雅各布森很少提到俄国象征主义领袖勃留索夫对普希金诗歌摆脱当时流行诗歌的启示缺乏洞见，但 1919 年他在莫斯科语言学小组讲演时，称勃留索夫是一个骗子，并且要把他的诗学予以无情的鞭挞，以至于勃留索夫在后来的文章中便将雅各布森的攻击作为一个有代表性的靶子。而在雅各布森被迫接受讲演稿发表之后，伊万诺夫还严厉地批评出版商缺少内部审查，特别指明这是一本辱骂的集子。诸如此类，足以表明："语言学家"与"未来主义者"的双重身份，使得雅各布森同时具有了继承与革新象征主义诗学和阿克梅主义诗学所必需的科学立场和先锋精神。可以说，雅各布森是站在象征主义者、阿克梅主义者肩膀上的未来主义者，他手握的不是宗教的神杖，也不是"对事物存在的爱"②，而是语言学的"魔镜"，既是望远镜，也是显微镜。所以，他看见的不是神秘莫测的"象征的森林"，也不是简洁透明的"阿波罗"，③而是属于"未来"的、科学的语言形式和结构：这也成为他一生恪守的姿势。

总之，虽然雅各布森那时还不过二十来岁，却已成为莫斯科语言学小组理论探索的动力来源和精神领袖。他既对斯拉夫民间文学和人类学有着非常浓厚

---

① ［苏］托洛茨基：《文学与革命》，刘文飞等译，外国文学出版社，1992年，第385页。
② 曼德尔施塔姆在阿克梅主义的宣言《阿克梅的早晨》中写道："爱事物的存在甚于爱事物本身，爱你自己的存在甚于你自己——那就是阿克梅派最高的戒律。"［俄］奥斯普·曼德尔施塔姆：《曼德尔施塔姆随笔选》，黄灿然等译，花城出版社，2010年，第16页。
③ 阿克梅派是一个围绕《阿波罗》杂志形成的青年诗人群体，其成员主要有谷米廖夫、阿赫玛托娃、曼德尔施塔姆、格·罗杰茨基等。他们反对神秘的暧昧、象征主义的矫揉造作，企图代之以"优美的清晰"、简洁、透明、质朴和古典形式的完美。

的兴趣，同时又以一种敏锐的思辨精神如饥似渴地探索着西欧语言与哲学理论的最新成果，比如索绪尔语言学、胡塞尔现象学哲学等。同时，他还是先锋派艺术活动的积极参与者和推动者。正如雅各布森后来所言，"二十年代，俄国在诗学研究方面范围极为广阔，研究工作、教学、作者的人数、出版物、专门从事诗歌和其他艺术研究的研究所、开设课程和学术报告等等，都在不断增加。发展的危机迫在眉睫。诗学的持续发展要求还处于萌芽状态的普通语言学有一个新的飞跃"[①]。持续而热烈的诗学研究氛围对俄国当时较为保守的语言学提出了迫切要求，而这个使普通语言学产生新飞跃的时代重任，很自然地就落在了雅各布森身上。

第二节 "文学性"问题的内涵

终于在 1919 年，雅各布森在其研究未来派诗人赫列勃尼科夫（Velimir Khlebnikov）的论文——《俄国现代诗歌》[②]中第一次旗帜鲜明地提出了"文学性"问题，他说：

> 因此，文学研究（literary scholarship）[③]的对象不是文学，而是文学性（literariness），也就是说，使一部作品成为文学作品的东西。不过，直到现在我们还是可以把文学史家比作一名警察，他要逮捕某个人，可能把凡是在房间里遇到的人，甚至从旁边街上经过的人都抓了起来。文学史家就

①　[美]罗曼·雅各布森：《序言：诗学科学的探索》，见[法]茨维坦·托多罗夫编选：《俄苏形式主义文论选》，第4页。

②　此文最初是雅各布森为《赫列勃尼科夫全集》（未出版）所作的序言，后以学术报告《论赫列勃尼科夫作品的诗歌语言》（"On Poetic Language in the Works of Xlebnikov"）形式在莫斯科语言学小组会议中宣读（1919年5月11日），收入奥波亚兹第三本文集《诗歌语言理论研究》（1919）中。两年后他将此文略加扩充，以《俄国现代诗歌、草图：赫列勃尼科夫研究》（*Recent Russian Poetry, Prelimary Sketch: Approaches to Khlebnikov*, 1921）之名在布拉格公开出版单行本，后收入其《选集》第五卷中（第299—355页）。See Roman Jakobson, *Selected Writings Ⅴ: On Verse, Its Masters and Explorers*, eds. Stephen Rudy and Martha Taylor, The Huge: Mouton Publishers, 1978, pp.299-355.

③　在托多罗夫编选本《俄苏形式主义文论选》中，译者将"literary scholarship"译为"文学科学"，是不确切的，从整个句子的语义来说，译为"文学研究"更恰当。雅各布森对"文学科学"另有明确的表达，即"literary science"。

是这样无所不用，诸如生平材料、心理学、政治、哲学，无一例外。这样便凑成一堆雕虫小技，而不是文学科学（literary science），仿佛他们已经忘记，每一种对象都分别属于一门科学，如哲学史、文化史、心理学等等，而这些科学自然也可以利用文学作品作为不完善的二流材料。如果文学史想要成为一门科学，它就必须把"手法"（device）作为它唯一关心的东西。那么，根本问题就是手法的使用和判定。①

很显然，在雅各布森看来，只有"文学性"才是文学的根本特性，是区分文学与非文学的标准，是文学研究的真正对象。按其当时的本意来说，"使一部作品成为文学作品"的"文学性"只可能存在于文本的语言层面，说得更具体些，"文学性"就在于文学语言（尤其是诗歌语言）对日常语言的变形、强化和扭曲，就在于"对普通语言有组织的破坏"②。在这里，我们需要深入探究的是：雅各布森为什么要着力回答"文学研究的对象是什么"的问题？为什么以语言学方法来确立文学研究的对象，其研究的逻辑起点在哪里？又为什么认定"手法"是文学史科学的唯一主人公？只有回答了这些问题，才有可能接近"文学性"问题背后更深层次的内涵所在。

一 "文学性"：语言诗学的核心问题

显而易见，雅各布森对上文中提到的俄国当时四派（尤其是学院派）的文学研究是十分不满的，因为这些研究简单粗暴地把非文学的、原属于其他学科的许多对象当作文学研究的对象，而文学作品本身却并未在文学研究中得到足够重视和凸显，充其量只是其他学科可资利用的不完善的二流材料而已，如此"无所不用"的结果恰恰造成了对文学研究的"一无所用"。当然，雅各布森并不是要否定这些对象和方法，而是反对把不同的科学和不同的科学问题相混淆。那么，如何才能真正确立文学研究的对象，即解决文学科学自身的问题呢？

在刚进入莫斯科大学的时候，雅各布森就毫不犹豫地选择了斯拉夫与俄语系语言专业，因为在他看来，语言分析对总体上理解文学、民间故事和文化而

---

① Roman Jakobson, "Modern Russian Poetry," in *Major Soviet Writers: Essays in Criticism*, ed. Edward J. Brown, pp.62-63.

② Victor Erlich, *Russian Formalism: History-Doctrine*, 3rd edition, p.219.

言是必不可少的。而这种将语言研究与文学研究相结合的传统，莫斯科大学早在 18 世纪就已经建立起来了。正是在此浓厚的学院派语言教育以及他当时所参与的先锋派艺术运动的合力作用下，雅各布森清醒地意识到：文学研究不是一种美学，也不是一种方法论，而是一种独立的关于文学的科学，其任务不是搞清如何研究文学，而是要搞清文学研究的对象究竟是什么；而要确立文学研究的真正对象，则必须先确定文学究竟是怎样的艺术。在雅各布森看来，文学作品是由材料（词语）和形式（加工词语的各种手法）组成的，文学是以语言为媒介的艺术，"语言性"是文学与其他艺术形式（如绘画、音乐、雕塑等）相区别的根本特性；而要研究语言艺术，就必须借用更有活力的、更具体的科学"武器"，才能取代那种有气无力的、"雕虫小技"的"学院式科学"。这只能是语言学科学，因为"语言学在研究内容上是一门跨诗学的科学"，它"依据另外的原则探讨诗学，并且另有其他的目标"，而且，"语言学家也对形式方法感兴趣，因为诗歌语言作为语言现象，可以视为属于纯语言学的范畴。在材料的利用和相互区别方面，由此就产生一种类似物理学与化学的关系"。[①] 也就是说，以语言学方法来研究作为纯语言学范畴的文学语言是最科学、最合理、最有效的，由此，"文学性"问题才会迎刃而解。

此外，雅各布森之所以坚定地选择语言学来探求"文学性"，还因为他知道，他其实并非一个人在"战斗"，与他拿着同样的武器、在同一个战壕并肩作战的还有两支主力军：一支即他所领导的莫斯科语言学小组，"士兵"有小布拉斯拉耶夫、彼得·博加特廖夫、格·奥·维诺库尔；另一支即彼得堡诗歌语言研究会，亦称"奥波亚兹"（OPOJAZ）[②]，其队伍构成比较驳杂，一类是像列夫·雅克宾斯基和叶·德·波利瓦诺夫这样的"库尔特内学派"的语言专业大学生，另一类则是像什克洛夫斯基、艾亨鲍姆和谢·伊·伯恩斯坦这样的文艺学家。尽管他们分属两地，在研究重心上也存在着一定的差异，却都不约而同地把自己的工作集体面向语言学，正如厄利希所言，"诗歌语言问题以及文学研究与语言学的边界问题，成为具有方法论意识的文学研究者们和青年语言学家们相会的场地，而后者同样也拥有足以令人信服的理由来涉足一个长期被人漠视的

---

① ［俄］鲍·艾亨鲍姆：《"形式方法"的理论》，见［法］茨维坦·托多罗夫编选：《俄苏形式主义文论选》，第25页。

② "奥波亚兹"一词既可确指彼得堡的"诗歌语言研究会"，也可用来泛指"俄国形式主义"，此处用前意。

领域"①。毋庸置疑，这个领域就是雅各布森终生不渝的诗歌语言学研究，或者说"语言诗学"研究，而"文学性"问题就顺理成章地成为其语言诗学的首要且核心的问题。

二 "审美"：诗歌语言的独特功能

无论是就上述引文的上下文语境来看，还是就雅各布森自始至终对"文学性"的探索历程来看，诗歌语言（poetic language）都是其文学研究的逻辑起点和始终如一的重心所在。而选择诗歌语言作为语言学着力研究的对象，对于雅各布森以及两个研究团体的成员来说绝不是偶然的，而是经过深思熟虑的。雅各布森自己就明确给出了三条理由：一是诗歌语言这个领域一向为传统的语言学所忽视，容易摆脱新语法学家的常规；二是在诗歌话语里，语言的目的与方式的关系以及整体与部分的关系，即语言结构的规律和语言的创造性，比在日常语言里更容易引起人们的注意；三是诗歌的功能在纯文学言语结构中的烙印，为整个文学价值提供了明显的特点，因为文学史具有一条主线，能够把所有研究普遍性规律的科学汇合起来。②也就是说，对于当时正寻求开辟新领域的年轻语言学家来说，被正统新语法学派所鄙视的诗歌语言，正是他们求之不得的新研究领域，与日常语言相较而言，诗歌语言更能凸显出语言结构的特性和规律性；诗歌语言在文学系统结构中占据着主导性的功能地位，体现出普遍性规律的文学史价值。

雅各布森深切认识到，要真正理解诗歌语言的特性，就必须要建立科学的诗歌语言理论，即科学诗学，而建立科学诗学的前提在于创立一种"诗歌方言学"（poetic dialectology）。也就是说，"一种诗歌语言理论的发展，只有当诗歌作为一种社会事实（social fact）来看待，当一种'诗歌方言学'被创造的时候，才是可能的"③。其言外之意在于，当时的诗歌尚未成为一种"社会事实"，诗歌研究更是在"方言学"研究之外徘徊。在雅各布森看来，当时的诗歌研究是远

---

① Victor Erlich, *Russian Formalism: History-Doctrine*, 3rd edition, p.58.
② ［美］罗曼·雅各布森：《诗学科学的探索》，见［法］茨维坦·托多罗夫编选：《俄苏形式主义文论选》，第1页。
③ Roman Jakobson, "Modern Russian Poetry," in *Major Soviet Writers: Essays in Criticism*, ed. Edward J. Brown, p.60.

远落后于语义学研究的，它仅仅是在处理已经死去了的或者迟早要死去的那些诗人的生平往事，而且常常是在浩如烟海的卷宗资料中循环往复，这些历史实证主义方法早已是日常语言研究的老套，而那些追随语言学的诗歌语言研究者却被视为异端。更糟糕的是，"过去的诗歌研究者经常把他们的审美态度强加于过去之上，把诗歌生成的当代方法投射到过去：这就是现代主义者的韵律研究缺乏科学性的原因。过去被检验，或者由现在的立场来评估，只有当拒绝提供价值的判断时，科学的诗学才成为可能。按照他们相对的价值来对方言价值进行评估，对一个语言学家来说难道是荒谬的吗？"①这种缺乏相对性意识、在传统与现代之间"张冠李戴"的研究方式，使得创立科学的诗歌方言学成为难题。

为了规避如此脱离实际的价值绝对化谬误，雅各布森主张，"每一种当时的诗歌语言事实，必不可免地要和三种因素，即现存的诗歌传统，当前时代的实用语言，以及即将到来的诗歌倾向的表现进行对照。要利用过去时代的因素，我们便应该考虑恢复联系这三种因素"②。这也就意味着，无论是过去的还是现在的诗歌语言，都要在"过去—现在—未来"的三维向度中加以评估和重建，它只具有相对价值，而非绝对价值。正如普希金的诗歌在今天已经成为刻板的模式，而在普希金的同时代人那里则不然，普希金诗句中曾经明白易懂的市井口语，现在却并不比马雅可夫斯基或赫列勃尼科夫的诗句更容易理解。换句话说，普希金之所以占据了当时诗歌文化的中心，是因为他建立了与当时日常语言截然不同的诗歌方言领域，表现出新的诗歌倾向，这就是普希金诗歌语言的"事实"。由此也可以看出，诗歌方言学或者准确地说诗歌语言学，对于科学诗学乃至整个文学研究的建立和发展来说都是无可替代的。在雅各布森的作品中，语言学第一次被提到了一种研究模式的高度。而在雅各布森看来，被提升为模式的语言学根本而言就是实证主义方言学（positivist dialectology），这在他对赫列勃尼科夫的诗歌技巧所作的实证分析上就可看出，也可以说是"科学实证主义"（艾亨鲍姆语）的充分体现。自此之后，在雅各布森的思想体系中，语言学和诗学就被紧密地绑定在一起，诗学的发展随着语言学的发展而不断发展，而语言学的发展又借助于对诗歌语言的深入探究和方法检验而不断发展。

---

① Roman Jakobson, "Modern Russian Poetry," in *Major Soviet Writers: Essays in Criticism*, ed. Edward J. Brown, p.61.

② Roman Jakobson, "Modern Russian Poetry," in *Major Soviet Writers: Essays in Criticism*, ed. Edward J. Brown, p.59.

　　需要言明的是，雅各布森之所以如此强调"诗歌方言学"并非心血来潮，而是与他的学术起点密切相关。雅各布森的学术起点可以追溯到他的方言学和民间故事研究，这与其所就读的第一个学校——拉扎列夫东方语言学院又是分不开的。学院当时有着许多一流的教授，如古典哲学家克劳斯（F. E. Kors），民俗学家维斯诺夫斯基（A. N. Veselovskij）和博格达诺夫（V. V. Bogdanov），以及民俗学家和语言学家米勒（V. F. Miller）等。搜集民间故事和方言材料是雅各布森在俄国岁月里最有意义的事情，而他一生也都保持着对民间艺术的热情和崇拜，他后来甚至鼓励人们去研究民间烹饪和医药。作为"莫斯科方言学学会"（The Moscow Commission for Dialectology）的积极分子，雅各布森还在1915年和1916年两次参加了方言学和民间故事的探寻，对方言学和民间故事的语言（the language of folklore）的兴趣日益浓厚。正是在这一过程中，他理解并掌握了"方言学学会"发展的一套方言学术语，比如在《俄国现代诗歌》中借用的"过渡方言""趋向于过渡的方言"以及"混合方言"等。更重要的是，他的学术想象力得到了激发，他触类旁通地想要把方言学中运用的观点转换到不同的文学史研究中去。这一切都预示着：对雅各布森而言，从方言学到诗歌方言学仅仅只有一纸之隔。

　　于是，在《俄国现代诗歌》的开篇雅各布森就说道："方言学为基础语言学法则提供了主要的动力，并且通过现存言语过程的研究，我们才能洞悉早期积淀下来的语言结构的神秘之处。"[①]也就是说，方言学不仅具有坚实的历史基础，更有着现代的特点，因为它不处理僵死的文本，而是通过处理"活的语言"（living language）来洞悉语言结构的神秘。正是按此逻辑，雅各布森认为："诗歌方言学"同样可以为语言学发展提供动力，通过对诗歌语言使用过程（特别是词语创新手法等）的研究，能够帮助我们更好地洞悉"语言结构的神秘之处"。在他看来，俄国未来主义诗人创造了一种以"自我发展的、价值自足的语词"作为建构性、可视性材料的诗歌，而这样一种诗歌语言正是他们所造就的社会事实和诗歌方言学。因此，在经过雅各布森的理论转换之后，未来派的诗语实验被提高到一般诗学法则的水平，未来主义诗歌语言成为诗歌语言的典范，其特征在于：它是一种价值自足的、自我发展的语言，是一种拒绝自身之外的价值判断的语言，

---

① Roman Jakobson, "Modern Russian Poetry," in *Major Soviet Writers: Essays in Criticism*, ed. Edward J. Brown, p.52.

诗语本身的自足性确认了审美功能的本体价值。

所以，在回答"文学研究的对象是什么"之前，雅各布森写下了一句独立成段而又意味深长的话："诗歌是发挥其审美功能（aesthetic function）的语言。"之所以得出这个判定，是因为他在赫列勃尼科夫的未来主义诗歌中深切感受到与众不同的审美旨趣。他说："诗不过是一种旨在表达的话语。……造型艺术包括自足的视觉表现材料的形式显现，音乐是具有独立价值的音响材料的形式显现，舞蹈是具有独立价值的形体材料的形式显现；而诗歌则是具有独立价值的词、（或者像赫列勃尼科夫所说的）'自在的'（self-centered）的词的形式显现。"[①] 也就是说，雅各布森将诗歌置入造型艺术中，认为诗歌与音乐、舞蹈的区别在于构成形式的材料的不同，具有自足的视觉表达价值的"自在的词"就是诗歌语言的构形材料，从而通过"诗之所为"而不是"诗为何"给诗从功能上下了定义，确立了诗歌语言特殊的审美特性（即后来所谓的"诗性"）：这为其"文学性"的语言学探索奠定了一块最坚实的基石。

必须注意的是，雅各布森在作出"诗歌是发挥审美功能的语言"这一判定之后，紧接着提出"文学研究的对象是文学性"的判定，而非"诗歌研究的对象是诗性"，由"诗歌"到"文学"，从"诗性"到"文学性"，在这话语转换中由于概念的外延扩展而造成的断裂和跳跃，虽然不妨理解为雅各布森为表达己说而刻意选择的言说策略，但这无疑也成为雅各布森此后诗学演进过程中时隐时现的暗疾所在。

三　"手法"："文学性"概念的具体化

雅各布森在发表于 1921 年的一篇重要文章《论艺术的现实主义》（"On Realism in Art"）中，对当时俄国艺术史（文学史）研究的流弊作了更直接而中肯的批评。从中不难发现，20 世纪初俄国艺术史（尤其是文学史）研究依然是文化史家、美学家、语文学家和研究社会思想的学者争相猎奇的地带，而它自身却缺少一种批判性、准确性和对作品意义的揭示，只能在大量的生平材料、心理学、哲学和社会学问题上耗费精力，甚至连起码的科学术语也没有，只能

---

① Roman Jakobson, "Modern Russian Poetry," in *Major Soviet Writers: Essays in Criticism*, ed. Edward J. Brown, pp.62-63.

玩弄些印象主义或教条主义的文字游戏罢了。

之所以形成这种局面，主要是因为19世纪俄国文艺学中那些德高望重的文学史家们——浪漫主义者布拉斯耶夫和米勒，实证主义者德·季·洪拉沃夫和亚·佩平，历史诗学家亚历山大·维谢洛夫斯基——都已相继过世，而他们的学术继承人却都是些谨小慎微、缺乏想象力和综合视野与能力的学究们，他们迷恋于对诗人生平的琐碎细节进行上下求索的"传记学研究"。比如团结在《普希金和他的同时代》周围的研究者们，如尼·奥·赖帕和帕·奥·谢格洛夫等，或忙着记录普希金生平数不胜数的风流韵事，或专心研究"普希金生前吸不吸烟""普希金孩子和财产的管理"之类的问题，却对诗歌作品及其构成成分不屑一顾。当然，也有诸如像亚·叶夫拉霍夫、瓦·西萨马廖夫、弗拉基米尔·佩列茨这样的有志于寻求文学史真正"主人公"的文学史家，尤其是佩列茨，他认为，"在研究文学现象及其演变问题的过程中，我们必须永远牢记一点，即文学史研究的对象，并非作者说的是'什么'（what），而是作者究竟是'怎样'（how）说的。因此，科学的文学史的目标，是探索情节的演化……以及作为时代精神和诗人个性之体现的风格的演化"①。可以看出，佩列茨虽然提出"文学史研究的对象"这一问题，但并不赞成像形式主义者那样把"怎样"（how）当作文艺学唯一合法的对象，而是试图在"怎么"和"什么"之间划上清晰的界限，结果却无法厘清想象性文学的特殊属性，反而落入学院派折衷主义的窠臼之中。

而雅各布森却毅然接过"怎样"的问题，通过对未来主义诗歌和文学史的研究发现了"手法"之于文学史的重要意义，②从而将理论诗学与文学史紧密勾连起来，形成了与维谢洛夫斯基（Alexander Veselovsk, 1838—1906）的历史诗学迥然不同的对待文学史的科学立场和态度。③雅各布森认为，当马雅可夫斯基写道"我将为你揭示，用像牛哞一样简单的词语/你那像霓虹灯一样哼唱的崭新的灵魂"，正是"像牛哞一样简单"的词语作为诗歌手法的证据引起我们的兴趣，

① ［俄］弗拉基米尔·佩列茨：《文学史方法论讲座》，转引自Victor Erlich, *Russian Formalism: History-Doctrine*, 3rd edition, p.52.
② "手法"概念在形式主义者那里从未得到严格定义，是一个非常笼统的术语，主要是以此指代任何风格特征或修辞性构造，包含了语言的所有层次，即语音的、句法的、语义的等各层面。
③ 维谢洛夫斯基认为："文学史，就这个词的广义而言，——这是一种社会思想史，即体现于哲学、宗教和诗歌的运动之中，并用语言固定下来的社会思想史。"［俄］维谢洛夫斯基：《历史诗学》，刘宁译，百花文艺出版社，2003年，第15页。

而"灵魂"反倒成为次要的、附属的。同时，他非常细致地研究了赫列勃尼科夫诗歌中的种种诗歌手法：词语构造手法（如玩弄后缀、生造新词等）、语义变形手法（如明喻、隐喻等）、谐音创造手法（如押韵、部分谐音、语音重复等）等等。在文学史上，浪漫主义者经常被形容为人类精神王国的开拓者和情感体验的诗人，但事实是，浪漫主义运动的思想者是按照形式的创新来创造的，他们首先关注的是所有古典秩序的重建。也就是说，一种特殊的文学手法（literary device）是按照强大而反叛的精神、自由而随意的想象来逻辑地判定的，而感伤主义者受"感伤的旅行"的激发在其雏形中使用了同样的手法。类似的，浪漫主义艺术所信奉的神秘的和"自然哲学"元素，只是充当一种不合理的诗歌结构的判定而已。当梦幻、谵妄以及其他病理学现象作为诗歌主题来使用的时候，同样是如此，最典型的例证就是象征主义了。[①] 也就是说，不是内容决定形式，而是形式决定内容，在文学手法的创造下，主题、思想、情感乃至灵魂、梦幻等作为形式结构的因素而获得意义，与其说文学史的演变是内容（情感、思想等）的演变，不如说是文学手法的演变。即使是未来派的诗歌，其使用的特殊的现代诗歌手法，依然是对黯淡的传统诗歌手法的颠覆，我们也同样可以"按照强大而反叛的精神、自由而随意的想象来逻辑地判定"。

在雅各布森看来，诗人不应当以哲学家或思想家为己任，而应当以"语言学家"为目标，诗人使用语言媒介的方式就是"文学性"的所在。换句话说，确定虚构类文学的区别性特征的任务，实质上也就是把"诗歌语言"与其他陈述方式加以区别的问题。而"手法"作为创作文学作品——组合其材料、语言以及使其题材变形的一种精细技巧，正是作为区别诗歌语言与其他陈述方式的最好手段。更准确地说，"手法"是对"文学性"概念的进一步收缩和具体化，是诗歌语言与非诗歌语言的区别性特征所在，它理所当然应成为文学史科学的唯一关注对象。事实上，它作为文学史科学的核心术语，在形式主义早期阶段一直占据着重要地位；而文学史的演变归根结底就是"手法"形式的演变，即新手法取代旧手法而占据统治地位，随后，新手法因反复使用而褪变为旧手法，于是又被更新的手法所取代。因此，"文学史就是不断重新配置文学手法，反

[①] Roman Jakobson, "Modern Russian Poetry," in *Major Soviet Writers: Essays in Criticism*, ed. Edward J. Brown, pp.58-82.

复更新陌生效应"①。这既指明了"文学性"的形式内涵，更明确了文学史科学实质上就是研究文学的形式特性和内在法则的科学。

雅各布森对手法的看重，缘于他对未来派诗体革新家们积极探索诗歌手法的赞赏。这与其说是因为他与赫列勃尼科夫等未来主义者的私人交情使然，"毋宁说是莫斯科那些想要为其同时代人所创作的诗歌类型提供诗歌艺术观的青年语言学家们身上那种文学'现代主义'精神的一个写照"②，因为怀此精神的远不止他一个，还有其他的形式主义者们，最典型的莫过于什克洛夫斯基。他提出了"艺术即手法""陌生化手法""文学作品是其所用手法的总和"等一系列观点。有意思的是，先出现的"陌生化"概念成为后出现的"文学性"的标准，"文学性"成为"陌生化"手法的目标，正如张隆溪所评价的那样："什克洛夫斯基的'陌生化'概念把'文学性'更加具体化，既说明单部作品的特点，也说明文学演变的规律。在强调文学增强生活的感受性这一点上，'陌生化'正确描述了作品的艺术效果，……在说明文学发展、文体演变都是推陈出新这一点上，'陌生化'正确描述了文学形式的变迁史。"③在这些形式主义者看来，正是"手法"（尤其是"陌生化"手法）使一部作品成为文学作品，从某种程度上来说，"手法"（尤其是"陌生化"手法）成为比"文学性"这一概念更具化、更通用的代名词。

雅各布森宣称"手法"是文学史研究的唯一主人公，以此确立了文学史研究的科学术语之一，确立了"文学性"的更为具体的存在形式。更重要的是，他同时站在形式主义和未来主义的双重立场之上，将文学作品的其他构成成分诸如意识形态、情感内容、人物心理等都作为"手法"之外的"动因"（motivation）来看待，这些曾经的"主角"转眼间就变成了"手法"的配角。也就是说，"形式"从传统的"重内容轻形式"的偏见中解放出来，不再是"作为外壳、作为可以倾倒液体（内容）的容器的概念"，而获得了超越于内容之上的本体价值，如勃洛克所言，"无形式的内容自身既不存在，也没有任何分量"④。而霍克斯说得更明确："这种文学艺术观不旨在使形式和内容再度统一起来，它不把作

---

① ［法］安托万·孔帕尼翁：《理论的幽灵——文学与常识》，吴泓缈、汪捷宇译，南京大学出版社，2011年，第45页。

② Victor Erlich, *Russian Formalism: History-Doctrine*, 3rd edition, p.47.

③ 张隆溪：《二十世纪西方文论述评》，生活·读书·新知三联书店，1986年，第88页。

④ 转引自［苏］尤里·洛特曼：《艺术文本的结构》，见胡经之、张首映主编：《西方二十世纪文论选》第二卷《作品系统》，中国社会科学出版社，1989年，第363页。

品看成是信息的'容器'，而是看成内在的、自我生成的、自我调节并最终自我观照的整体，不需要参照在自己疆界之外的东西以证明自己的本质。"①当然，这种"形式"在获得独立和自足意义的同时，也就意味着与社会意识形态的割裂，正是在这一点上，雅各布森和什克洛夫斯基又一起"分享"了托洛茨基、巴赫金等社会学诗学批评家的批判。当形式方法在1924—1925年之后遭受官方马克思主义批评家（如托洛茨基、卢那察尔斯基等）全面批判和审查的时候，诗学立场的选择突然也就变成了政治立场的选择，形式主义者们被迫纷纷妥协、溃退或改弦易张，"文学性"问题最终在20世纪30年代的苏联黯淡下去，它只能随着雅各布森移居布拉格而开始了跨文化旅行的历程。

第三节　"文学性"问题的意义及其问题性

综上，雅各布森从科学性和具体化的形式原则出发，对早期形式主义方法论立场作了比较完整的阐述。一方面打破新语法学派的统治格局，另辟蹊径，另一方面继承象征主义诗学的语言本体观精髓，去其神秘的玄学倾向，以科学实证主义的态度专注于诗歌语言的审美功能和作为文学史"主人公"的手法，在其他形式主义者早期的理论与实践基础上，总结性、创新性地提出"文学性"问题，并充任旗手，高高擎起这面大旗。其意义在于以下几点。

其一，"文学性"这一崭新的文艺学概念和文学科学体系的构想，既是为形式主义诗学研究确立方向，也包含着为未来主义诗学语法辩护的意味，可看作与当时俄国如火如荼的先锋艺术革命（如未来主义、立体主义等）相互应和的"诗学革命"。如艾亨鲍姆所说："在文艺学领域里，形式主义是革命运动，因为它把这门学科从古老而破旧的传统中解放出来，并迫使它重新检验所有的基本概念和体系。"②换言之，古老而破旧的批评传统将文学淹没于历史、文化、社会的漩涡之中，消弭了文学与非文学之间的界限，而雅各布森等俄国形式主义者则反其道而行之，他们创用"文学性"这一新的概念和体系来代替传统的基本概念和体系，以达到廓清文学与非文学的界限、建立文学科学的"革命"目的。

---

① ［英］特伦斯·霍克斯：《结构主义和符号学》，瞿铁鹏译，上海译文出版社，1987年，第87页。

② 转引自［俄］维克托·什克洛夫斯基等：《俄国形式主义文论选》，方珊等译，生活·读书·新知三联书店，1989年，第8页。

其二，"文学性"问题的提出使文学研究的范畴和对象不再游移，为文学研究成为具有客观标准的真正科学作出了积极贡献。对于雅各布森等形式主义者来说，文学研究，只有从纯粹形式分析入手才能达到科学化的高度，因为对作品的结构原则、构造方式、音韵、节奏和语言材料进行语言学的归纳和分析，就如同自然科学一样，较为精确和可靠，极少受到社会政治环境因素以及哲学美学或历史哲学理论的影响，而内容则很容易受到政治、哲学乃至战争等外部诸多因素的左右。因此，"文学性"对文学研究自主性的强调和对语言形式本身的凸显，既是对文学研究的科学性诉求的结果，无疑也是在俄国革命以及第一次世界大战的炮火洗礼中获得的真知。要之，"文学性"问题的提出既诉诸文学研究学科化的追求，也反映了文学研究科学化的理想。

其三，无论从理论内涵还是学术使命来看，雅各布森提出的"文学性"概念都属于形式主义文学研究。也就是说，探求"文学性"既是俄国形式主义的一个核心理念，也是此后捷克结构主义、英美新批评以及法国结构主义等形式主义学派的共同追求。比如穆卡洛夫斯基的"审美功能"、布鲁克斯的"悖论"和"反讽"、燕卜逊的"含混"、托多罗夫的"抽象结构"等概念，其实都是从语言或修辞的角度描述"文学性"的构成。可以说，"文学性"问题的提出，为20世纪西方形式主义文论确立了明确的研究目标，后来的形式论者大都是沿着雅各布森所开辟的语言和文学联姻的语言诗学研究的方法和道路前进的。他们坚持"回到文学本身"的主张，并积极开展"以文本为中心"的批评实践，颠覆了"以作者为中心"的传统诠释观念和思维模式，建立起新的诠释范式和审美意识。

其四，严格说来，雅各布森对"文学性"概念的界说并不严谨，其不无夸张的理论表述表明了一个先锋诗人固有的批判精神与激进的言说技巧，这与形式主义早期好战的"性格"和表述策略是一致的。在众声喧哗的时代氛围中，矫枉过正未尝不是一种好战术。退一步说，这种暧昧与夸张也使得后来的继续理解和研究成为可能，激发人们对文学概念的内涵和外延、文学与非文学、文学内部研究与外部研究的关系等一系列问题进行探讨。特别是在又一个世纪之交，解构主义者希利斯·米勒再次提出"文学性"概念，认为现时代"文学性"除了在文学文体中得到集中表现外，还蔓延于许许多多非文学的文化样态中，比如商业广告和各种新媒体。虽然二者的理论内涵、时代格局与学术使命等方面相去甚远，但二者之间的传承关系和理论共性应该是可以肯定的，没有前者对文学研究独立性的理论构想和本质规定，也就不可能有后者在文学边缘化的现实情境下寻求文学研究的新突破。无论如何，这两种"文学性"都是在特定的历史文化语境中对"文学性"问题的思考和回答，这一头一尾的呼应，也恰是现代与后现代焦虑的文学表征，颇有意味。

毋庸置疑，"文学性"问题的提出也带来了一些不可避免的"问题"。最显而易见的是，雅各布森在提出此问题的同时，就偷偷转换了文学研究的问题意识、研究方法和知识结构：此前传统文学研究所偏重的构成文学整体的基本要素，如作家、作品、客观世界等，以及相关的历史、政治、经济、心理等诸多要素，都被置入背景之中，即整体意义上的"文学"不再是文学研究的对象，取而代之的是抽象的"文学性"，它成为现代文学研究的中心问题，而语言学的认识论和方法论因此而成为主导性的知识结构和研究方法。虽然他们当时提出"文学性"问题有其自身的考量，[①] 但这一概念一经诞生、语言诗学的思路一经开启，这种抽象性便不可避免地随着"语言学转向"和结构主义运动的历史进程而愈演愈烈。在早期俄国形式主义者（包括雅各布森）那里，"'文学性'主要是指文学作品语言形式的特点，即打破语言的正常节奏、韵律、修辞和结构，通过强化、重叠、颠倒、浓缩、扭曲、延缓与人们熟悉的语言形式相疏离相错位，产生所谓'陌生化'的效果"[②]。从捷克结构主义开始，"手法系统"（the system of devices）、"功能""结构"等逐渐成为雅各布森语言诗学的关键词。如果说俄国形式主义是用"形式"一元论取代了传统的"形式—内容"二元论，只看到了二者之间的对立而没有看到它们之间的辩证关系，那么，布拉格学派的音位学、词法学、句法学研究以及穆卡洛夫斯基的"结构观""前推"等概念，则对"文学性"问题做了比较科学、合理的探寻。而到了法国结构主义阶段，语言学方法完全演变为语言学模式（包括雅各布森的结构音位学模式），被运用到包括文学在内的更广阔的文化符号系统的解释中，"文学性"进一步演变为超文本的深层结构（如格雷马斯的符号矩阵、托多罗夫的"抽象结构"等）。

① "形式主义者实际上并不是那么'形式主义'，即并非全然抱着超历史、超政治的态度。他们的'文学性'概念不过是强调：文学之为文学，不能简单归结为经济、社会或历史的因素，而决定于作品本身的形式特征。他们认为，要理解文学，就必须以这些形式为研究目标，也正是在这个意义上，他们反对只考虑社会历史的因素。"张隆溪：《二十世纪西方文论述评》，第87—88页。

② 姚文放：《"文学性"问题与文学本质再认识——以两种"文学性"为例》，《中国社会科学》2006年第5期。

当"文学性"被逐步结构化、科学化和抽象化，变成易于分析掌握的"公式"的时候，"文学性"的结构主义末路便如期而至了。

由"文学"到"文学性"的转换看似只是词形变化（literature—literariness），实则蕴含着研究重心、理论思维的根本改变，即由侧重作品内容、思想、意义的一元实体思维，变为侧重文学作品与非文学作品之间形式差异的二元关系思维，这无论是在雅各布森的诗学话语中，还是在中外现代文学理论史上都具有"革命"的意味。后面我们将会说到，当时的先锋派艺术（尤其是未来主义诗歌、立体主义绘画）、索绪尔语言学以及俄国意识形态的辩证法传统、爱因斯坦的相对论等"革命"思想，都为雅各布森提供了这样一种隐在的思维方式和方法论启示，雅各布森此后的"文学性"探索也始终是围绕着文学语言与非文学语言、诗歌语言与非诗歌语言、诗性功能与非诗性功能等一系列对立关系而展开的。正是这些二元对立关系，造就了结构主义运动的辉煌，也使其陷入本质主义的窠臼之中。

比如，在作为语言学家的雅各布森那里，文学被简化为"文学性"，"文学性"实质上又变为了"语言性"，然后"语言性"被简化为"手法"，后来又变为"手法系统"，最后被具化为文本的语法结构。正如格林伯格所言，"每一种艺术都得通过其自身的实践与作品来确定专属于它的效果。诚然，在这么做时，每一种艺术都会缩小它的能力范围，但与此同时，它亦将使这一范围内所保有的东西更为可靠"[①]。这种缩小的过程，实质上也正是艺术"纯粹化"的过程，而最终这种"纯粹化"的艺术只能在自身特有的媒介特性中寻求质的标准和独立性标准，这正是雅各布森推演"文学性"所遵循的逻辑。为了在以语言为媒介的文学中发现或建构更为可靠的秩序、规则、结构等，他义无反顾地把文学研究（尤其是诗歌研究）置入语言学的框架之中，这既使得文学成了可以"精确"研究的对象，又同时遮蔽甚至抛弃了文学作为一种文化现象的其他特性，这种偏颇在雅各布森的语言诗学正式确立的时候才有所修正（但并未彻底），但并未改变传统意义上的文学之"好与坏"（价值判断）被现代意义上的"对与错"（科学判断）所取代的命运。在这里，我们既不能无视雅各布森从形式主义者走向结构主义者的跋涉历程，也不能忽视命题本身从一开始便埋下的诸多隐患，

[①] C. Greenberg, "Modernist Painting," in *Art in Theory 1900-1990: An Anthology of Changing Ideas*, eds. C. Harrison & P. Wood, Oxford: Blackwell Publishers Ltd., 1992, p.755.

正如有研究者所指出的，"'文学性'问题的提出，语言学理论的介入，在使文学理论走向科学化、专业化的过程中，却也隐藏了消解'文学'的异质性要素"①。反过来说，为了使这些异质性要素合理合法化，为了更科学地回答"文学性"问题，雅各布森矢志不渝地建构和完善自己的语言诗学体系，但颇具吊诡意味的是，其体系愈精密科学，文学本质特性的揭示愈遥遥无期。

　　总之，雅各布森不仅提出了"文学性"问题，而且对此进行了艰苦卓绝的语言学探索和文学批评实践。他不仅超越传统文学研究，创建了独立自主的文学科学，而且开辟了以语言学为方法论研究"文学性"问题的新思路，其"诗学革命"的成果影响了整个西方文论的现代进程。尽管其理论内部洞见与盲视共存，真知与谬误互见，尽管其语言诗学不能也无法从根本上解决"文学性"问题，但他的努力，无疑提供了一种可能性的答案，对中西诗学研究都提供了重要启示，产生了深远影响。随着文学观念的不断变化发展，"文学性"这个充满着变数、历久弥新的话题，依然不断地得到延续和增值，无论何时何地，雅各布森的语言诗学于我们都不只是过去的丰碑，更是不断为当下所唤醒、所利用的重要的思想资源。

---

① 李龙：《"文学性"问题研究——以语言学转向为参照》，人民出版社，2011年，第67页。

第二章

雅各布森语言诗学的思想资源

第一节　俄国先锋艺术

20 世纪初俄国的"先锋艺术"（avant-garde art）是雅各布森语言诗学首要的思想资源，对其结构主义思想的形成产生了至关重要的影响，是不容忽视的。也就是说，俄国意识形态传统、胡塞尔现象学以及索绪尔语言学等其他思想资源，只是为雅各布森提供了表达"直觉力"（intuition）的途径，而直觉力恰恰是他与先锋艺术、艺术家交往的结果。与其说雅各布森是一个语言学家或一个符号学家，不如说他根本上是一个艺术家或美学家，俄国先锋艺术是激发其建构语言诗学的主要动力所在。

一　雅各布森与俄国先锋艺术家的交往

在第一次世界大战前后的二十年里，俄国先锋艺术运动伴随着战争的炮火一路高歌猛进，赫列勃尼科夫的未来主义诗歌，马列维奇的"至上主义"几何形绘画，塔特林的构成主义建筑典范——"第三国际纪念塔"，兹达诺维奇的无意义先锋戏剧，等等，异彩纷呈。正如雅各布森后来所说："我是在艺术家中间成长起来的，艺术家对绘画基本要素如空间、色彩、线条特点和绘画布局的讨论，对我来说是那么亲近，就如同诗中的语言材料与日常语言相比较的成熟问题那样。从战前那些年代开始，俄国造型艺术与莫斯科、彼得堡两地的戏剧探索，建筑的创新设计，和上面所述的文学上相应的探索和成就一起，开始获得了一种真正的世界性的意义。"①雅各布森所交往的这些艺术家，如菲洛诺夫（Pavel Filonov）、拉里昂诺夫（Mikhail Larionov）、冈察诺娃（Natal'ja Goncharova）、马列维奇（Kazimir Malevich）、赫列勃尼科夫（Velimir Xlebnikov）、克鲁乔内赫（Aleksej Kruchenykh）、马雅可夫斯基（Vladimir Majakovskij）等，无一不是20世纪初先锋艺术的代表人物，他们对传统艺术的颠覆，对表现手法和形式的革命性创造，对艺术材料本身的凸显，对时空观念的重新理解和表现等，都对雅各布森的思想观念和语言研究方法论的转移产生了重大影响。

从某种意义上说，赫列勃尼科夫和克鲁乔内赫充当了雅各布森的"青年偶像"，雅各布森称前者为"词语的敏锐的解剖者"，称后者是"有创新精神的精巧的画家"。他一边与前者讨论18世纪记录下来的俄国教徒无声嗫嗫（speaking in tongues）的隐秘法则以及难解的魔法咒语的构成，一边又与后者讨论传统诗与新诗中理性与非理性之间可能的相互关系及其组合问题，他们有关"无意义语（诗）"②的主张与实践使雅各布森初步窥见了声音与意义之间的玄奥，也使其感受到征服时间、迎向未来的激进主义豪情。

雅各布森与立体主义画家马列维奇的交往早在1913年就开始了，那个时候，马列维奇已经打破了写实绘画的束缚，正在试图努力避免自足的装饰性，发现图像空间中直接的意义性要素，而马列维奇的想法正好和雅各布森不谋而合。在雅各布森当时的文学创作和理论冥想中，他固执地坚持：为了专注于词语的基本构成，应当避免有意义的词语，而只关注语言中的语音本身，避免以音乐作任何含糊的类比以及语音和书写之间的混淆。由此，他们相互启示，最终殊途同归地走向了"一个"共同目标——"无客体绘画"（nonobjective painting）和"无意义诗"（supra-conscious poetry）。对高扬"至上主义"的马列维奇来说，"我将自己变形为形式的零，然后再超越零而进入创造，即进入至上主义，

---

① Roman Jakobson & Krystyna Pomorska, *Dialogues*, 1983, p.7.

② "trans-sense language"也可译为"超感语言""莫名其妙的语言""玄奥的语言"等。1913年，克鲁乔内赫和赫列勃尼科夫在《词语作为词语的声明》（"Declaration of the Word as Such"）中首次提出这一术语，雅各布森习惯用"supraconscious"一词表示此意，大致指一种"超越理性的和处在思维之外的语言"，一种没有确定意义、超越人的感受和认识的个人创造的语言。

这是一种新的绘画现实主义，一种无形象的创造"①。也就是说，艺术家必须到达没有客观对象的一片"荒漠"。于是在他的经典之作《白上之白》（1918）中，白色背景上的白色方块被用来表现客体的"无"。而在雅各布森看来，诗歌仅仅应由辅音构成，进行"视觉诗歌"（visual poetry）的实验，以"交错的字母"（interlaced letters）组成难解的谜一样的文字，他甚至按照这样的诗歌观念亲自创作了一首"视觉诗歌"。这不得不让人想到雅各布森少年时就喜欢的诗人——马拉美，他说："在诗歌中应该永远存在着难解之谜。"②当然，马拉美的"谜"是象征之谜，是对事物的召唤，而雅各布森的"谜"却是词语自身之谜，是"视觉之谜"，或者说是"美之谜"，因为"在俄文中，'美'的意思是指人的视觉所喜爱的东西"③，对视觉形式的追求，也正是对审美的追求。从某种意义上说，他们都是制造谜语的人，只不过，雅各布森同时又是破解谜底的人。

二　雅各布森：作为未来主义诗人的理论家

首先需要提请读者注意的是，当时在俄国艺术领域存在着一种年轻化的整体倾向，比如，当时"官方"的先锋派艺术理论家冈察诺娃和拉里昂诺夫都生于1881年，赫列勃尼科夫生于1885年，克鲁乔内赫生于1886年，都不过二三十岁的年纪。雅各布森后来写道："一种独特的氛围此时出现了，这在社会学上是有意思的，也就是说，所谓的青年人的问题。……这真正是一个青年人站在中心的时期。"④毋庸讳言，雅各布森从艺术运动一开始就非常渴望站在先锋话语的中心舞台上，此时，他曾经迷恋的象征主义已成"贵族主义"的代名词，已是明日黄花，于是，他果断地离开了象征主义诗歌的怀抱，加入到未来主义先锋派的阵营之中。我们不妨检视他前后创作的三首诗歌，来审视其从象征主义到未来主义的转变轨迹。

---

① ［美］弗雷德里克·R.卡尔：《现代与现代主义——艺术家的主权（1885—1925）》，陈永国、傅景川译，中国人民大学出版社，2004年，第396页。

② ［法］马拉美：《谈文学运动》，见黄晋凯等主编：《象征主义·意象派》，中国人民大学出版社，1989年，第42页。

③ ［俄］列夫·托尔斯泰：《艺术论》，张昕畅等译，中国人民大学出版社，2005年，第12页。

④ Jindřich Toman, *The Magic of a Common Language: Jakobson, Mathesius, Trubetzkoy, and the Prague Linguistic Circle*, Cambridge, Mass.: MIT Press, 2003, p.17.

雅各布森在少年时就对诗歌中那些特殊的韵律体系感到惊奇，并开始尝试写诗。目前能找到的他最早的一首诗便是下面这首《死亡》（"Death"，1908）：

> 大地上的青草
> 大海里的沙子
> 都比我幸福。
> 童年匆匆而逝，
> 少年还在回荡着余响
> 也只有一天的光亮。
> 我所有的力量
> 坟墓将会隐藏
> 就像漆黑的夜晚。
> 死亡不会越过山岗
> 却爬上我的肩膀
> "把你带走，带走！"
> 生命正在停止
> 死亡正在逼近
> 然而，我想活着
> 尽管生命是一副重担……
> 生命之线已然断裂
> 就在那个时代。①

一个十二岁的少年思考形而上的"死亡"问题，这种聪慧和大胆是令人敬佩的。就主题而言，生命与死亡尖锐对立，"生存还是毁灭"这样的哈姆雷特式的焦虑隐含其间，无论是对幸福的比照，还是对时间的伤逝，"我"都以一种主观存在的视角，冥想着生死于"我"的意义。尤其是"死亡不会越过山岗，却会爬上我的肩膀"这两句，充满着耐人琢磨的哲理意味。在这十八行中，情感的

---

① Roman Jakobson, "Death," cited in Jindřich Toman, *The Magic of a Common Language: Jakobson, Mathesius, Trubetzkoy, and the Prague Linguistic Circle*, p.16.原文为俄文，由 Michael Makin译为英文，笔者据英文译出。

抒写非常单纯真挚，即使有些哀伤，也是一种明媚的哀伤，"青草""沙子""坟墓""夜晚""山岗"等传统的象征意象也格外简练干净。此外，主题的沉重并未能掩盖诗歌技法的灵动，即使是门外汉，也能轻易发现民间故事的影响，比如开头的平行句，这是俄国民间诗歌的典型模式；而有些则是在专门的民俗学研究者的术语里也不能被理解的，比如断裂的"生命之线"。虽然此时雅各布森还尚未认真阅读俄国象征主义的作品，但在俄国民间文学和象征主义个性解放的整体氛围中，他也忍不住开始在这扇"玻璃窗"上涂抹颜色了。

如果说《死亡》还难免有"为赋新词强说愁"的少年情怀，那么六年后，当青年雅各布森再次站在这扇"玻璃窗"前时，象征主义已经在阿克梅主义、未来主义的冲击下破碎了。为了在破碎和混乱之中寻找和重建一种新的审美秩序，他以自己的方式为象征主义诗歌写了一份"悼词"，或者说为当时正进入繁盛期的未来主义奉献了一首赞歌，这就是《词语的告别》（"Words' Farewell"，1914）：

> 宇宙中到处吹动着可怕的气流
> 穿过房屋，空虚也被刺透
> 我的城堡并不牢靠，摇摇晃晃
> 我不会因为瞬间的可能突然空虚
> 像空空的太空中一个空空的梦
> 房屋扶摇直上，仿佛哭泣的悬崖
> 房屋若隐若现，在沉闷的山谷中
> 梦中的城市，像一片昏暗的云
> 云是一种诱惑，缠绕着薄雾和水汽
> 处处微风吹拂
> 导线已被拉紧
> 向每个人匆匆传播着流言
> 一架粉笔盒状电话的阴影
> 已经摆脱脆弱的壶的丑恶
> 尽管古板的听筒比巨蟒更迅猛
> 但我紧抓不放，也不去抓绳索
> 三次铃声之间，是很长的梦

一杯茶，一片柠檬漂在里面

我躲在尘封的灌木丛后

突然，戏剧导演叫嚷：

"你怎么到这里，离远点看"

从这里爬到后台

是的，如果有翅膀该多么好

他们将获救，对虚空的羞涩不置一词

但所有的翅膀已被老鼠们啃啮

它们是果戈理所描写的检查员

像腐烂的蘑菇上的叮咬

词语被拴在电线上

而早些时候，这个城市等候着词语的天空

像一根杆子上的一块帷幕 [①]

显而易见，这首诗的总体情感是充满着活力和速度的，当然，似乎也潜藏着类似于早期德国表现主义的那种意味。诗中同样存在着一个深虑的、内省的诗歌自我，保持着与诗歌《死亡》的某种主体联系。在文本中，我们可以猜测那时非常受欢迎的"自我未来主义者"伊戈尔·谢维里亚宁 [②] 的某种影响，因为他也喜欢按照道具清单似的把现代技术的全套机械——排列。但以雅各布森的未来发展观来看，他可能更感兴趣的还是电话和电报的主题，因为从某种意义上说，它们提供了一种对词语乃至语言的新的反映方式，这种对现代都市生活、科技文明、速度运动之美的礼赞，无疑正是未来派诗歌或者说未来主义运动的典型特质所在。正如雅各布森在《俄国现代诗歌》中所说，"都市生活为大量诗歌手法的运用提供了机会，因此，马雅可夫斯基和赫列勃尼科夫的城市诗正

---

① RJP, box 31, folder 22; Jindřich Toman, *The Magic of a Common Language: Jakobson, Mathesius, Trubetzkoy, and the Prague Linguistic Circle*, pp.18-19.原文为俄文，由Michael Makin译为英文，笔者据英文译出。

② 伊戈尔·瓦西里耶维奇·谢维里亚宁（1887—1941），谢维里亚宁是其笔名，意为"北方人"，原姓洛塔列夫。他是俄罗斯白银时代著名诗人，俄国"十月革命"前曾积极参与诗歌运动，崇尚未来主义。出版诗集有《思想的闪光》（1908）、《高脚杯中泛起泡沫》（1913）、《香槟酒中的菠萝》（1915）。

由此而来"①。用这一后来遭到托洛茨基和巴赫金批判的观点，来注解雅各布森自己的这首诗，是非常恰切的。此外，这首诗的细节也显示出一些非常"陌生化"的修辞，比如短语"哭泣的悬崖"（crying cliff）、"腐烂的蘑菇"（rotten mushrooms）等。由此也可以看出，雅各布森正有意践行着未来主义的诗歌创作手法，追求一种词语的自在价值和流动效果，意义虽并未完全丧失，但却或隐或现，含混不清。如果我们对照俄文原文就可以发现，雅各布森的"词语的告别"虽然还不像赫列勃尼科夫的"无意义诗"那么激进，但其中一些诗行是真正的语言旋风，比如头韵和谐音，包括元音的和占主导地位的辅音等，为此后的"无意义诗"创作铺平了道路。

如果说《词语的告别》只是接近于"无意义诗"，那么，雅各布森真正"告别词语"则是在《无意义诗》（*A Zaum'Book*，1915）这本很薄的小册子的最后一页。在这里，雅各布森以"阿吉亚格诺夫"的笔名创作了一首真正意义上的"无意义诗"——《心烦意乱》（"Distraction"）：

ALJAGROV

mzglybzvuo jix"dr'ju čtlèš čk xn fja s"p skypolza

a Vtab-dlkni t'japra kakajzčdi evreec černil'nica

RAZSEJANOST

udu š a janki arkan

kankan armjank

du š janki kitajanki

kit y tak i nikaja

armjak

ètikètka tichaja tkan'tik

tkanija kantik

a o or šat kjant i tjuk

taki mjak

tmjanty chnjaku š kjam

---

① Roman Jakobson, "Modern Russian Poetry," in *Major Soviet Writers: Essays in Criticism*, ed. Edward J. Brown, p.66.

anmjɑ kyk'

atrɑziksiju namèk umèk umèn tamjɑ

mjɑnk-u š atjɑ

ne avaopostne peredovica

perednik gublicju stop

tljɑk v vago peredavjɑs[①]

首先需声明的是，对任何人而言，这都是一首只能"阅"不能"读"也无法译的"无意义诗"。仔细来看，这种排版的层序都很有意思：从作者的名字，再到标题，最后到文本，展示出两个明显的区隔。笔名使用 a、я、o 三个元音以增强发音响亮的效果，而 я 作为雅各布森姓氏的第一个字母，表明"我（I）——雅各布森（R）"的在场笔，笔名中的"jɑ"（也即"Jakobson"的"ja"）几乎贯穿于整个文本，在不同位置得以重复。尤其是名字之下的两行，以散文形式排列，这一串字母几乎不可能清楚地读出来，仅仅是"词语作为词语"的样子，通过空间的区隔，使它们看上去更可信。每个词语只是一串字母，读者的眼睛随着它们而滑动，从第一个直到第二行的最后一个，那里突然出现了一个词语"černil'nica"（意为"ink pot"，墨水瓶），似乎暗示出上述这一切正是写作自身的行为，言外之意在于，写作其实很简单，就是排列字母以形成词语，"写作"的意义在材料中就被暗示出来了。可以看出，诗人雅各布森努力制造与俄语不同的一种语音序列，他所关心的是声音，是符号和意义的分离，意义在写作语言中被完全删除了，字母最大化地转变为声音和图像。这里 42 个字母组成一串"字母表"（并非词语），它们彼此靠在一起，使读者认识到：词语实际上就是按一种准确的秩序分布的符号束，这种秩序导向意义；没有这种秩序，除了未加工的材料（即字母），什么都不会留下。在这一文本中，"无意义"的追求激发了他更细致地研究语言的破坏性，他以一个语言学家的系统方法来从事所有元素的操作，如辅音和元音的交错、"字母表"、词尾变化、语音重复、前缀等有秩序的进程，甚至沉默的标记（如句号、大写、连字符等）的使用，等等。由此可见，雅各布森在这里所实验的未来主义诗歌甚至比赫列勃尼科夫显得更无意义，已到达

---

① 此为该诗最初发表时的原文（捷克语）和排版样式。See Jindřich Toman, *The Magic of a Common Language: Jakobson, Mathesius, Trubetzkoy, and the Prague Linguistic Circle*, p.21.

了"无意义语（诗）"的极致。如果说它有意义的话，那么它的整体意义就完全在于它的破坏性结构，而这种表现作者"心烦意乱"的结构足以让所有试图寻找意义的读者都"心烦意乱"。这首"超意识的"（supraconscious）、"不可译的"（untranslatable）诗可以说是理论与实践的融合，因为雅各布森试图把先锋派创作与诗歌语言学研究结合起来，从某种意义上说，此时他已经是"先锋语言家"了。正是这种双重性，使他能够很快从同代人中脱颖而出，获得不同于他人的成就与声望。

值得一提的是，雅各布森所创造的这种纯粹视觉的"无意义诗"，既对应于抽象绘画的实验，也与上面提到的他对民间文学的兴趣密切相关，三者彼此呼应。比如，雅各布森在后来搜集的民间故事中发现，不可理解的文本接近于婴儿的呀呀自语、民间符咒以及语意不清（glossolalia）等等。"我们清楚地知道有些儿童民间故事只包含语音而没有意义，我们也认识到符咒和语意不清（同样如此）：这些都起着巨大作用。当我拿给赫列勃尼科夫一些文本——我为他而收集的一些完全无意义的、没有任何词语的儿童民间故事和符咒——的时候，我与赫列勃尼科夫的第一次交流就出现了。"[1]这实际上是为"无意义语（诗）"的存在合理性找到了某种理由，而这种类比本身，又进一步暗示出"无意义语（诗）"所具有的普泛性和神秘色彩，它理所应当享有语言学和诗学的特殊优待。与此同时，赫列勃尼科夫对雅各布森的民间文学研究也非常感兴趣，他甚至从雅各布森的"俄国通俗故事"中节选部分，运用到自己的诗歌《加利西亚的夜》（"Night in Galicia", 1913）中：这种互惠的交流也正是雅各布森与先锋艺术积极对话的体现。

三 先锋艺术对雅各布森语言诗学的影响

先锋艺术不仅使雅各布森成为一个"未来主义诗人"，更使他能够得心应手地将这种独特的诗歌创作体验和语言追求带到他的诗学研究中，也就是说，在研究未来主义、立体主义乃至"达达主义"等先锋艺术之时，他就开始了自己诗学思想的初步建构，这集中体现在《未来主义》（1919）、《俄国现代诗歌》

---

[1] Roman Jakobson & David Shapiro, "Art and Poetry: The Gubo-Futurists: An Interview with Roman Jakobson," in *The Avant-Garde in Russia 1910-1930: New Perspectives*, eds. Stephanie Barron and Maurice Tuchman, Los Angeles: Los Angeles County Museum of Art, 1980, p.18.

（1919）、《达达主义》（1921）、《论艺术中的现实主义》（1921）等早期论文中。此时他的语言诗学主要关注三个问题：其一，语音与意义；其二，时间与空间；其三，现实主义。这些问题正是先锋艺术所关注的焦点问题，也都成为雅各布森语言诗学持续关注的问题。

（一）语音与意义 ①

在未来主义诗歌中，雅各布森发现了"词语作为词语"（word as such）的自在价值，尤其是发现了赫列勃尼科夫诗歌押韵的语音系统，并提出了韵律系统的六个基本特征，推广到整个俄国现代诗歌。② 在《俄国现代诗歌》中，雅各布森不仅列举了赫列勃尼科夫诗歌中许多复杂的辅音结构的例子，还根据出现的语音次序进行了细致分析。他认为，赫列勃尼科夫不仅广泛地使用辅音，而且将辅音语音的重复作为主要手法而"裸露"出来。其实在汉语诗歌中，这种语音重复也是司空见惯的手法，比如，"冷冷清清，凄凄惨惨戚戚"［李清照《声声慢》（寻寻觅觅）］；"我不相信天是蓝的，我不相信雷有回声，我不相信梦是假的，我不相信死无报应。如果海洋注定要决堤，就让所有的苦水都注入我心中，如果陆地注定要上升，就让人类重新选择生存的峰顶"（北岛《回答》）。在这里，语音组合的重复和平行结构，不仅表达出浓烈的情绪，也为全诗奠定了音响的基调，成为读者在阅读中自觉关注和预知的形式美感特征。

之所以关注和凸显"语音"本身，是因为在雅各布森看来，"聚焦于表达，聚焦于语言模块自身，这是诗歌唯一根本的特性，不仅指向表述的形式，也指向词语自身的形式。语音和意义之间的联系变得更容易建立，因为它们变得习以为常。由于这些原因，日常实用语言是极端保守的，因为词语的形式很快就终止了被感觉"③。可以说，诗歌根本的特性在于词语自身的形式（语音、拼写、

① 雅各布森在《声音与意义》《意义的若干问题》以及《博阿斯的意义》等文章中，所关注的"meaning"准确地说是语义学（semantics）层面上的"语义"（基本等于"所指"），而非"意义"或"意味"（significance），如他说，"研究语义学的时候，必须区分一般意义与语境意义"，"语言学者必须把语音和意义作为语言的事实加以研究"，其中的"意义"二字即为"语义"。这里遵照国内翻译惯例依然沿用"意义"一词。

② Roman Jakobson, "Modern Russian Poetry," in *Major Soviet Writers: Essays in Criticism*, ed. Edward J. Brown, pp.80-81.

③ Roman Jakobson, "Modern Russian Poetry," in *Major Soviet Writers: Essays in Criticism*, ed. Edward J. Brown, p.73.

组合等）和词语表述形式（句法、语法）的表达，诗歌中的任何词语，无论是语音还是语义，与日常语言相比，都是变形了的。具体说来，诗歌语言与日常语言的不同在于：前者以多变的词语形式与语义相关联，语言中介成为感知的关键和价值的自治中心；而后者则往往直达语义，词语形式无须被感觉或匆匆掠过。一个词语在诗歌语言和日常语言中出现，其语音和意义的联系是不同的：诗语中的语音往往通过押韵、重复、有节奏的音调变化等有效组织，表现出含混、多重的意义；日常语言中的语音一般只通过语调、轻重的节约组织，表现出明确、直白的意义。从某种意义上说，语音可以作为区分诗歌语言与日常语言、文学作品与非文学作品的"区别性特征"即"文学性"来看待。这正是俄国形式主义学派早期（1915—1921）格外关注语音的根本原因之所在。[①]

在雅各布森看来，读者要理解诗语中的一个语音或语音组合，也与日常语言的理解方式不同，因为"在一首诗歌中（诗是语言体系的一种），一种语音的组合变成一种'语音形象'（sound image），并且仅仅被作为一首诗歌的'语音形象'体系的重复部分而得到理解"[②]。也就是说，在诗歌理解中，听觉方面发挥着决定性的作用，诗歌的韵律是一种带有语义功能的语音现象，语音或语音组合只有作为"语音象征"（sound symbolism）系统中重复性的组成部分才能被理解，语音和意义之间持续的相互作用，建立了一种双关语的、字谜的或比喻的、拟声的类比关系，这种关系在诗歌中常被利用。以谐音诗为例，苏轼有诗云："塔上一铃独自语，明日颠风当断渡。"（《大风留金山两日》），下句"颠"和"当断渡"四字以相同语音"d"的重复，摹拟出"当当、当当"的铃声，既富有独特的音乐性，更生动地表现出塔铃在大风中摇摆独语的情状。在这里，语音不再是中性的物理之声，而是与语义乃至言外之意紧密结合在一起的具有自身价值的"表意之象"，若独立理解这四字，则意味全无。

当然，这种"唯语音是从"的创新很可能引发语音和意义之间的分离，因为只有将意义驱逐出去，词语才能获得最大的自在价值，才能成为名副其实的"无

---

① 对语音问题的关注，是当时未来派影响之下早期俄国形式主义者的普遍选择。相关论著有：什克洛夫斯基的《词语的复活》（1914）、《论诗歌和无意义语言》（1919），雅克宾斯基的《论诗歌语言的语音》（1916），勃里克的《语音的重复》（1917），托马舍夫斯基的《诗歌的节奏问题》（1922），等等，表明了他们对"悦耳之音"的共同热爱。

② Roman Jakobson, "Modern Russian Poetry," in *Major Soviet Writers: Essays in Criticism*, ed. Edward J. Brown, p.77.

意义语"。正是在这一点上，"无意义诗"中的词语往往只具有"消极的内在形式"。在赫列勃尼科夫的某些诗歌中，不仅丧失了词语的具体内容，而且丧失了它们的内在形式，以至于最终丧失了它们的外在形式，成为所谓的"鸟语""猿语"了，甚至到最后连诗人自身都无法辨明词语的意义。

赫列勃尼科夫说："当我在爱克拉通（Ekhnaten，赫列勃尼科夫叙事诗中的英雄——笔者注）死之前写下关于他的词语——'manch, manch！'——的时候，它们于我产生了一种难以承受的效果。现在，我几乎不再感觉到它们。我不知道为什么。"[①]

诗人之所以无法再次感觉到曾经创作的词语的力量和效果，是因为任何词语都必须在特定的语境和语用中才表现出意义来，即使是"无意义语"也同样如此，一旦离开语境和语用，"无意义语"将只是诗人情感的幻觉，将变为彻底的"无意义语"，变成不具有可感性的一堆符号。由此，雅各布森不得不考虑这种追求的"限度"，其态度也变得犹疑起来："作为一个终极限定，诗歌语言力求达到语音，或者说语调短语——某种程度上说，这样的目的可能存在——也就是一种无意义语。"[②] 这种"可能存在"意味着，当语调结构为它们自身目的而被创造的时候，意义的重要性就被降解，甚至沉默，而当所有的意义都哑然的时候，读者在词语中又将获得什么呢？难道只是为了获得发音的快感，感觉"说话器官和谐的运动"（什克洛夫斯基语）？难道语音真的是诗人"唯一的声音"？难道"词语的复活"必须要以意义的死亡为代价？这正是"无意义诗"无可回避的限度所在。

通过上面的分析，我们大体知道：语言外在的语音和语言内在的意义之间的关系问题，在诗歌语言中表现得特别清楚，这也使得我们必须克服把语言的语音理论和意义分析相分离的错误倾向。在雅各布森看来，语音既是与意义（所指）相关的能指，又因为携带着内在的思想和主题而创造了新的符号关系，即"语音作为语音"而自足，雅各布森用了一个传统的修辞学术语"双关"（paronomasia），

---

① Roman Jakobson, "Modern Russian Poetry," in *Major Soviet Writers: Essays in Criticism*, ed. Edward J. Brown, p.82.

② Roman Jakobson, "Modern Russian Poetry," in *Major Soviet Writers: Essays in Criticism*, ed. Edward J. Brown, p.82.

来辨别语音系统层面的这种双面性。这种偏重词语本身自为价值的审美倾向，一直延续进其后来的"诗性功能"结构中，对"语音和意义"的关系问题的思考也一直是其后来语言诗学的重心所在。①

（二）时间与空间

时间和空间通常被视为语言代码的外在因素，但是研究证明它们的确是与语言不可分割的内在因素，语言以及对语言的解释都不能与这些因素割裂开来，尤其在文学语言中，这种时空性关系显得更为特殊。雅各布森认为，"空间作为一种绘画的惯例，一种实践的表意文字，这种思想已经渗入到绘画的研究中，但把时间与空间作为诗歌语言的形式问题，仍然是研究的陌生领域"②。在这里，他以开阔的比较视野，进入到诗歌与绘画各自的表意系统中，又颇有创意地将时间与空间问题纳入到诗歌语言的形式研究中，在揭示空间之于绘画意义的同时，更为诗歌语言打开了时间和空间这两个诗学家极少关注的论域，因为在他看来，语言使我们对时间的敏锐体验无与伦比，而对语言时间最有效的体验在诗歌里。他所思考的问题是：诗歌能否克服时间不息不止的流动，正如绘画能否展示运动？也就是说，在诗歌中，如何才能解决时间的同时性（simultaneity）和相继性（succession）之间的矛盾冲突呢？

这个问题可以说一直贯穿在雅各布森对语言诗学的思考过程中，直到晚年，在与泼墨斯卡的《对话》（*Dialogues*，1980）中，还专门辟有两章对话，名为"语言和文学中的时间要素"和"空间要素"。我们可以发现：文学的时空问题和语言的时空问题是紧密交织在一起的，都建立在其非常坚定的结构主义语言学立场之上。③

---

① 雅各布森曾围绕"声音和意义"的关系问题在美国纽约"高等研究自由学院"时（1942—1943）开过一门课程，其讲稿后整理为《声音与意义六讲》（*Six Lectures of Sound and Meaning*），以法语和英语分别出版（1978）。按其所言，该著作"聚焦于处理语言的音位外形与其语义方面之间关系的控制原则"。

② Roman Jakobson, "Modern Russian Poetry," in *Major Soviet Writers: Essays in Criticism*, ed. Edward J. Brown, p.68.

③ 雅各布森在《语言学和诗学》一文中已明确指出："关于语言现象在空间和时间中扩展的问题，同文学模式在空间和时间中扩展的问题是极为相似的，这种相似超出了批评家们的预料。"Roman Jakobson, "Linguistics and Poetics," in *Language in Literature*, eds. Krystyna Pomorska and Stephen Rudy, p.307.

　　我坚信，对语言时间最有效的体验在诗歌里，书面的、文学的诗歌是这样，口头的、民间的诗歌也是这样。无论是严格的韵律诗，还是自由体诗，诗歌都具有时间的两种语言变体：语言事件的时间和被叙述事件发生的时间。诗歌属于我们对语言活动（包括动作活动和听觉活动）的直接体验。同时，我们密切结合诗篇的语义学来体验诗歌的结构，而不管诗篇的语义学和诗歌的结构这两者是和谐还是矛盾。这样，诗歌就成为发展的情节的一部分。很难想象对时间流动的感觉比这更简单，同时又更复杂；比这更具体，同时又更抽象。①

　　首先，虽然口头语言和书面语言都表现出对语言时间最有效的体验，但是，二者之间的本质区别依然是不可忽视的。对此，雅各布森认为，口头语言只具有纯粹的时间特征，而书面语言则是把时间和空间联系在一起。对于读者而言，听到的口语语音稍纵即逝，而一旦阅读时，字母通常是不动的，词语的书写流动时间可以颠来倒去，读者可以反复地阅读，而且，读者可以通过预测跑到一个事件的前头。对于听者而言，预测是主观的；而对读者而言，预测则变成客观的了，因为读者可以先读作品的结尾，而后再去读前面的部分。也就是说，文学语言的媒介表现方式的差异决定了读者（听者）接受时时空体验的不同，而读者不同的阅读习惯和方法也会影响一个文本（无论口头还是书面）的语言时间的体验。从这个意义上说，"书写"比"语音"更能够显示出语言时空的稳定性和统一性，书写文本也比语音文本更能包容和检验时间的共存性和相继性。这似乎可作为后来者如德里达以"书写"解构"语音中心主义"的理据之一。

　　其次，读者在阅读体验过程中，不是通过文本结构来把握语义，而是通过"密切结合诗篇的语义学来体验诗歌的结构"，甚至结构与语义之间是否和谐也并不那么重要，诗歌的结构（比如韵律、词法、句法等）作为不变量，在诗歌阅读的时间流动中占据着比语义更为重要的地位，语义只是体验结构的辅助手段，是变量，而非接受目标。在雅各布森看来，"诗歌涉及对现在时间的直接体验，对先前诗句作用的回顾以及对下面诗句的生动期待。这三种印象结合在一起，

---

① Roman Jakobson & Krystyna Pomorska, *Dialogues*, pp.74-75.

形成变量与不变量之间积极的相互作用"①。也就是说，这些印象向读者（朗诵者、听者）提示了诗歌韵律不变的一面，而诗歌中移置和偏离的现象说明并加强了诗歌韵律不变的一面。总之，共时性的语言结构成为历时性的情节发展和读者接受的组成部分，这是其一贯坚持的"共时性与历时性相统一""在变量中寻找不变量"的语言观和诗学观的体现。

最后，雅各布森对"叙述时间"（语言事件的时间）和"故事时间"（被叙述事件发生的时间）问题的发现与思考是非常敏锐而深刻的，其所论话题正是经典叙事学所关注的重要话题之一，而其所涉范围也远远超越了诗歌本身，兼及史诗、小说、戏剧等各种文体。比如他认为，当叙述中遇到几个活动在不同地点同时发生的情况时，《伊利亚特》的传统是某一个人物的活动必然要使其他所有人物在同一时间不出现和不活动，而有一些诗歌方法则是通过把几个同时发生的事情在空间上分散开来以克服上述冲突——这不免让我们想起类似于中国古典章回小说中的"花开两朵，各表一枝"的叙述策略。在中世纪的复活节戏剧里，描写圣徒的神秘剧和描写怪人的传统滑稽剧被结合在一起，人物同时生存在两组时间里：一方面，他们参与福音故事所讲述的事情，而故事发生在耶稣复活之前；另一方面，他们又满怀喜悦期待着一年一度的复活节美餐。因此，福音故事所讲述的事情看上去既是过去遥远的事情，又是年复一年的现象。总之，雅各布森得出的结论是：在故事尤其是在诗歌中，时间可以是单线性的，也可以是多线性的；可以是平铺直叙，也可以是回转倒叙；可以是不断向前，也可以是中途间止；甚至可以是直线运动与环形运动的结合（比如中世纪的复活节戏剧）。②

当然，雅各布森对此问题的关注依然要追溯到他所受到的立体主义和未来主义艺术的启发。雅各布森所亲近的未来主义者赫列勃尼科夫、马雅可夫斯基以及马列维奇，都被时间动态性的问题所吸引。但他们中许多人（尤其是马雅可夫斯基）却从时间辩证法中得出绝对的结论，他们要征服时间，战胜永不停步的时间，就像陀思妥耶夫斯基《群魔》中的人物克里洛夫一样；马雅可夫斯基甚至相信，在空想的未来，时间会"从意识中消失"，不再被人们体验：这些"惊人"的结论说明他们所考虑的其实并非客观的时间，而是主观体验的时间。

---

① Roman Jakobson & Krystyna Pomorska, *Dialogues*, p.76.

② Roman Jakobson & Krystyna Pomorska, *Dialogues*, p.74.

在雅各布森看来，"时间移置"（temporal displacement）的手法正是一种"战胜时间"、把"未来"引入诗歌系统的策略，赫列勃尼科夫就提供了两种实现时间移置的例证。

一种是"时间误差"（the anachronism），即各个不同时期与不同民族的神话、英雄、历史事件、艺术场面、情节时间等颠倒交织，类似于今天的"穿越体"，比如在长诗《萨满和维纳斯》中，女主角是一个现代大学生，男主角则是波维尔（一沙皇贵族）的儿子；而在诗歌《灵魂》（"Ka"）的故事中，一系列无关的时间要素更是被完全编排在一起，跳跃无常，晦涩难懂；而另一个故事则从两个主人公生命的结尾讲起，往前追溯，但是又按照这些时间没有颠倒的正常顺序讲述过去和未来，诸如此类。正如雅各布森在《俄国现代诗歌》中所总结的："赫列勃尼科夫的诗歌有时涉及石器时代的深处，有时又处理俄日战争，有时还处理弗拉基米尔王子的岁月，然而又折向世界的未来：这没什么好惊奇的。"[①]简言之，赫列勃尼科夫诗歌中的时间转换根本不是按逻辑推动的。

另一种是通过没有动机的手法的"裸露"（laid bare）。比方说，他的作品由各种故事元素任意地串联在一起，如《小家伙》（*The Little Devil*）、《维德拉的孩子》（*Children of Vydra*），不是按照因果逻辑需要，而是按照形式的相似或相反的原则联结在一起。当然，这种手法很早就在使用了，在薄伽丘的《十日谈》里，每天的故事只因为相似的情节场景就被组合在一起；但在赫列勃尼科夫的诗歌中，这种手法被完全"裸露"。也就是说，没有提供可以逻辑判定的诗行，使得读者在阅读时本来熟悉的历时性的时间感，被一种陌生的共时性的空间感所置换，诗歌取得了立体主义拼贴画一般的空间视觉效果，实现了时间的相继性向共存性的过渡——这正是未来派诗人努力使语言追赶绘画的目标所在。克鲁乔内赫、马雅可夫斯基等本来就是未来派画家，赫列勃尼科夫在情绪勃发时更会创造出不可思议的抽象画，这种在绘画与诗歌之间进行审美元素的移接，正如雅各布森将时空问题从视觉艺术移入语言艺术一般顺理成章，这既是艺术本身发展的规律使然，也是艺术家、研究者进行科学探索的需要。

关于"手法的裸露"，需要说明的是，传统的现实主义写作方式尽量隐藏手法形式的操作痕迹，语言仿佛一面光洁透明的玻璃，读者可以轻易透过这面

---

① Roman Jakobson, "Modern Russian Poetry," in *Major Soviet Writers: Essays in Criticism*, ed. Edward J. Brown, p.61.

玻璃去观看手法形式所再现的世界，却往往对这面玻璃视而不见。而未来派"手法的裸露"则是"在一种暴露的力量之上来进行形式上的操作，将让读者参与艺术的作用当作自己的目标本身"。也就是说，通过作者的各种手法（正如生活中在玻璃上画上"X"）而变得五颜六色，这面玻璃被有意裸露凸显出来，引起读者对语言（和手法）本身的好奇与关注。读者要看清玻璃背后的世界，就必须参与到对语言和手法形式的感知和解读过程中，这自然延长了读者感知的时间，增强了读者感知的难度。无论在语言艺术中，还是在视觉艺术中，这种手法都具有共通性，正如雅各布森所发现的，"立体主义和未来主义广泛运用了阻碍感知的手法，这与当下理论家在诗歌中发现的阶梯结构（the step-ladder construction）是一致的"[1]。此外，雅各布森也认为："手法的裸露"同样是"达达主义"所建立的"一种艺术表现的科学观念"，因为在传统艺术中裸露的手法，已经变得不再醒目，索然无味，缺乏风格，所以达达主义者呐喊的是"传统艺术死了"或"艺术死了"，主张依靠人的性情来大喊大叫，呼唤艺术爱好者起来反对艺术，从"制造事物"的昨日崇拜中解放出来，创造一种词语滑动的诗歌。不难看出，"手法的裸露"以突破自动化获得陌生的"可感性"为目标，亦即什克洛夫斯基意义上的一种高妙的"陌生化"手法；要感觉先锋绘画是困难的，而要感觉这种诗歌（尤其是"无意义诗""达达主义诗歌"）中的时间流动，正如雅各布森上面所言，也是既简单、具体，又复杂、抽象的。

（三）现实主义

雅各布森娴熟地游走于绘画语言和文学语言之间，又在"语言学"的钢丝上完成着自己的独舞。他所关注的不仅仅是具体的绘画技巧，更是一种抽象的绘画理念，或者更准确地说，是超越视觉艺术与语言艺术界限的对世界、主体、时空、真实等存在的哲学认知。当后印象派绘画摆脱"客观主义"的束缚，把主体主义的豪情挥洒于画布上的时候，事物本身的神圣光环便悄然褪去，艺术从"模仿"（或"再现"）自然的铁链中挣脱出来，艺术家的情感和精神享有至高无上的权力，可以将事物任意变形，可以决定"何谓绘画"乃至"何谓现实"。紧接着，"事物"在立体主义者的多维审视下变得更加暧昧、不确定、不可靠，

---

[1] Roman Jakobson, "Futurism," in *Language in Literature*, eds. Krystyna Pomorska and Stephen Rudy, p.32.

一栋房子可以被压缩抽象为画面上的一个立体几何图案。而在未来主义者追求"速度之美"的世界中，"事物"要么已被时间腐蚀得锈迹斑斑，要么就正在现代工业文明裹挟下奔向"未来"的途中。可以说，"现实"的世界已在先锋艺术的主体性时空中支离破碎、面目全非了。

如何理解这种与客观现实不同的"现实"？搞清这个问题，对于正确评价不同艺术流派、不同风格的作家作品在艺术史上的价值至关重要。然而，当时的"艺术理论家和艺术史家（特别是文学理论家和文学史家）没有把现实主义这个词掩盖下的各种不同概念区别开来，他们把这个词当作到处都适用的词来对待，无限制地延伸扩展，因此在任何地方都用"[1]。为此，雅各布森写下《论艺术的现实主义》一文，对艺术领域中"现实主义"概念的诸多意义进行了澄清和重新把握。

在他看来，"现实主义"概念的混乱造成了文艺评论只倾向于漫谈艺术家的生活故事、作品的哲学内容、社会环境等，以此为"现实"，而缺少批判性、准确性和对作品意义的揭示。不可否认，"现实主义"是一个含混不清的概念，正如罗伯－格里耶（Alain Robbo-Grillet）在《从现实主义到现实》一文中所言："所有的作家都认为自己是现实主义者的。从来没有任何一个作家自称是抽象的、幻术的、异想天开的、凭空作假的……现实主义不是一种理论，被定义得毫无歧义，……他们感兴趣的是现实的世界；每个人都孜孜努力地在创造着'现实'。"[2] 因此可以说，只存在相对的、变化的"现实主义"，而不存在绝对的、不变的"现实主义"。对此雅各布森深有体会，在他看来，"现实主义"的意义取决于作者、读者的视角和态度以及他们与所在时代的艺术惯例之间的关系等，而且决不能把这个词的各种不同意义随意等同起来。

在文中，雅各布森细致梳理了"现实主义"的三种定义：第一种，现实主义可以认为是作者的愿望和意图，比如一个作品如果被认为是由作者构思创造的逼真（和生活一样真实）再现，那么就可被理解为是"现实的"（意义 A）；第二种，如果一个作品被判定它的人（读者、评论人等）认为和生活一样真实，那么它可称作现实的（意义 B）；第三种，"现实主义是十九世纪一种艺术流

---

① Roman Jakobson, "On Realism in Art," in *Language in Literature*, eds. Krystyna Pomorska and Stephen Rudy, p.27.

② ［法］阿兰·罗伯–格里耶：《为了一种新小说》，见《快照集·为了一种新小说》，余中先译，湖南美术出版社，2001年，第227页。

派的特征和综合"（意义 C）。对于当下的文学史家而言，20 世纪的现实性作品就是逼真性的最高标准，最忠实于生活。颇具吊诡意义的是，定义 A、B 依然是模棱两可的：对于追求艺术真实的作者，如果是"使现在的艺术标准变形的倾向"，则把这种倾向解释为接近真实（A1）；而如果是"局限在一种艺术传统内部的保守倾向"，则把这种倾向解释为忠实于现实（A2）。对于同样追求真实的艺术读者而言，如果他是现时的艺术习惯的变革者，那么他会认为"艺术习惯的变形是一种和现实的接近"（B1）；而如果他是保守者，那么他会认为"艺术习惯的变形是一种对现实的歪曲"（B2）。

如此繁杂、相对的定义，使得"现实主义"这样一个看似简单有用的术语，变成了不谨慎的、无经验的使用者的一个陷阱。但雅各布森既没有堕入绝对主义的深渊，也没有陷入不可知的相对论，因为他敏锐地借助"变形"（deformation）手法，不仅说明了艺术从传统向现代转换演变的途径，更为艺术理论（包括诗学）建立了科学的术语，圈定了"手法"的艺术领地，并澄清了"现实主义"概念的多元意义。比如，就绘画而言，绘画传统的层层累积，会使得图画的形象变成一种表意符号，变成一种我们马上按照邻近组合的原则与物体相联系的程式，我们甚至不需要"看"画了。所以，一个具有革新精神的画家应该使表意符号变形，应该从一种不同寻常的角度来表现事物，为观众提供一种之前未曾注意到的新的形式，这种形式可能是不合秩序的（disorder），甚至是违反规则的，但恰恰是为了更接近"现实"（A1、B1 的意义），比如毕加索的立体主义绘画《格尔尼卡》。就文学而言，雅各布森提出了"进步的现实主义"（progressive realism）概念，即以突出"非主要细节"（unessential details）作为其特点的现实主义（意义 D），这可以说是对定义 C 的变形。我们在果戈理、陀思妥耶夫斯基、托尔斯泰等大师的作品中，可以发现这种"新现实主义"或"高度意义上的现实主义"，比如，托尔斯泰在描写安娜·卡列尼娜自杀时，突出描绘的是她的皮包。雅各布森最后还指出连续动力的要求和诗歌手法（结构）的认识也被称为现实主义（意义 E），比如捷克诗人斯拉麦克（Srámek）的诗句"我不是一个女人，我是一棵树"，利用颠倒的否定平行式结构和隐喻手法来表现诗中一位年轻姑娘的哀伤。

可以看出，雅各布森从形式主义的立场为"现实主义"贡献了新的意涵，即意义 D、E，在作者、读者之外更增添了从文本手法和结构出发理解"现实"的形式维度，这无疑为后来的结构主义者甚至后结构主义者提供了一种理解文学与现实关系的路径。①按雅各布森的意思，对于诗人或艺术家的创造而言，"女人""树"等真实事物（指涉对象）是无关紧要的，现实主义的小说像任何其他文体一样，依赖于语言中介及其所暗示的惯例，正如贡布里希（E. H. Gombrich）所言，艺术家"不能记录他所看到的，他只能把它转化为他的中介表达方式"（《艺术与错觉》）。可以说，在语言艺术中，语言中介（包括手法、结构等）就是艺术的"现实"或"真实"，"现实主义"不表现确实存在的超文学（extraliterary）的世界，相反，它遵从某些语言规则，而规则的目的在于创造一个特殊的现实幻觉。这种"以语言为中心"的"现实观"，实质上坚持的是一种符号与指涉之间非此即彼的选择，其理据来自对索绪尔语言符号任意性的一种推论，即语言符号具有非指涉性，其意义和价值只来自于能指与所指的关系以及符号间的关系，而与现实世界无关。由此，文学的现实主义就是谈论语言中介的符号特性，而不谈论指涉的现实世界，这种"片面的深刻"，对雅各布森此后语言诗学的拓展、"文学性"问题朝"诗性功能"的前进以及"自律"的现代艺术理论的发展都是十分重要的。

正是在"艺术的现实主义"中，雅各布森充分意识到，破除旧的表意符号只是作为创造新的表意符号的一种手段，没有永恒的"新""旧"或"现实主义"，新与旧之间不确定的、可转换的、甚至某一时期共存的关系，使得"变形"手法具有了独立的审美价值和"现实"意味。正是在这个意义上，他坚信法国立体主义代表画家乔治·布拉克（Georges Braque，1882—1963）的名言："我不相信事物，我只相信它们之间的关系。"②布拉克的意思是，没有绝对的"事物本身"，事物与事物之间的关系比事物本身更值得信赖，或者更直接地说，不是事物而是事物之间的关系构成现实。这正如后来罗伯特·休斯在《文学结构主义》（*Structuralism in Literature*，1974）中对"结构主义"所下的定义："结

---

① 孔帕尼翁认为，被抽空了内容的现实主义成了一个用来进行分析的形式效应，整个法国叙述学都一头扎入了现实主义的研究，如托多罗夫的《文学与意义》（1967）和《幻想作品导论》（1970）、热奈特的《叙事话语》（1972）、巴尔特的《现实效应》（1968）、格雷马斯的行动元和同位关系研究等，都试图将现实主义重新理解为一种形式，甚至解构主义者也反对文学虚构中一切关于外部现实世界的指涉，指涉是没有现实性的。参见［法］安托万·孔帕尼翁：《理论的幽灵——文学与常识》，第125—129页。

② Roman Jakobson, "Retrospect," in *Selected Writings* Ⅰ : *Phonological Studies*, ed. Stephen Rudy, The Hague: Mouton Publishers, 1962, p.632.

构主义是在事物之间的关系中、而不是在单个事物内寻找实在的一种方法。"①
雅各布森也一定在布拉克采用分解形体、拼贴等手段创作的立体主义绘画中，
感受到了这种结构主义认识论、方法论指导下的"现实"。更重要的是，先锋
艺术所追求的结构主义"现实"在他的思维结构中掀起了一场"头脑风暴"，
即打破一元的、绝对的、局部的线性思维，而代之以二元的、相对的、整体的
立体思维。这也使得他后来以结构主义的"转换"（trans-forms）代替了形式主
义的"变形"。

　　总而言之，雅各布森凭着诗人和语言学家的敏感，从视觉艺术中抽象出了
语言学或符号学研究的基本原理。在时间与空间以及"现实主义"的相对性和
不确定性中，他意识到：语言学也好，诗学也好，都必须坚持一种动态的、"关
系"式的研究策略——这成为他此后建立动态共时性语言学、开启结构主义大
门的金钥匙。正如美国著名艺术理论家卡尔（Frederick R. Karl）所言："雅各
布森是通过先锋派艺术构建他的结构主义的：如马列维奇、冈察诺娃、拉里昂
诺夫等俄国实验派画家，以及立体主义、未来主义和抽象主义等。他在这些艺
术家对空间的运用上发现了能转移到语言中来的一种语义功能。"② 虽然我们不
需要像他这般将先锋派艺术对雅各布森的影响说得如此绝对，但不容否认的是：
雅各布森确实"在这些艺术家对空间的运用上发现了能转移到语言中来的一种
语义功能"，而且更重要的是，这种由绘画时空观念尤其是部分与整体、表现
与被表现等关系所引发的"关系"式结构思维，使他能够将爱因斯坦的"相对论"、
俄国意识形态的辩证法传统以及索绪尔的共时/历时二元对立原则等多元学科的
思想资源综合起来，从而发挥出巨大的结构主义阐释效力。一句话，俄国先锋
艺术为雅各布森结构观念的形成、语言诗学的发展，发挥了至关重要的作用，
其意义不容忽视。

　　最后要说的是：雅各布森每到一处，就和当地的先锋艺术家密切交往，比
如他和捷克画家 Joseph Sima 讨论语言符号的二元结构和语义等问题，长达二十
余天，画家说这些讨论对他自己的绘画产生了很大的影响。因为篇幅关系，这

---

① ［美］罗伯特·休斯：《文学结构主义》，第5页。
② ［美］弗雷德里克·R.卡尔：《现代与现代主义——艺术家的主权（1885—1925）》，第
　591页。

里不再赘述。① 不妨说，在长达六十年的不断迁徙和理论旅行过程中，雅各布森始终坚守一种跨界的、世界性的、真正指向未来的"未来主义"精神，这是极为不易的。正如他的夫人、学术伙伴泼墨斯卡所最终认定的那样，雅各布森"终其一生都是一位名副其实的作为未来主义诗人的理论家"②。

第二节　俄国意识形态传统与胡塞尔现象学哲学

一　雅各布森与俄国意识形态传统

雅各布森曾经用这样两句话来形容他自己：一句话是经常被引用的，他说，"作为一个语言学家，凡涉及语言的一切东西于我而言都不是界外之物"；另一句是在 1976 年，当有人问他："你用这么多的语言说话和写作，又在这么多的国家工作、教学和生活过，那么，你是谁？""一个俄罗斯的语文学家。"雅各布森非常简洁地回答道。这显然是深思熟虑的回答，因为几年后，在他的墓碑上，我们看到了用俄文镌刻着的同样简洁而意味深长的墓志铭："罗曼·雅各布森——俄罗斯语文学家"。

纵观雅各布森曲折的一生和漫长的学术生涯，我们不难看出：他的语言研究是带有强烈主体性的研究，是自身感知经验和科学方法高度契合的研究；虽然他大半生都流亡于俄罗斯之外，既拥有美国护照，也曾是捷克公民，但他最看重的还是作为俄罗斯语文学家的身份，而就他的学术立场而言，他也一直是在"俄罗斯意识形态传统"（Russian ideological tradition）中进行言说的。

（一）拜占庭文化与德国浪漫主义

俄罗斯思想史领域的专家一致同意的观点是，19 世纪 40 年代，世界知名的"俄罗斯知识分子"开辟了新纪元，此后，黑格尔哲学便和俄罗斯思想密不可分了，而黑格尔哲学在俄罗斯的接受，是内含于浪漫主义而得到传播的。总体而言，

---

① See Vratislav Effenberger, "Roman Jakobson and the Czech Avant-Garde between Two Wars," in *American Journal of Semiotics*, Vol.2, No.3, 1983, p.13.

② Roman Jakobson and Dean S. Worth, "Sofonija's Tale of the Russian-Tatar Battle on the Kulikovo Field," in *Selected Writings Ⅳ: Slavic Epic Studies*, ed. Stephen Rudy, Paris: Mouton Publishers, 1966, p.583.

俄罗斯知识分子当时对浪漫主义和黑格尔主义的接纳或吸收非常强烈，这或许只能由俄罗斯固有传统的运动来解释，而这种传统正是由"拜占庭"所塑造的。辩证地看，俄罗斯固有传统促进了浪漫主义和黑格尔哲学的接受；反过来，俄罗斯的拜占庭遗产又在浪漫主义和德国唯心主义（German idealism）思想之下被重新审视，简言之，"俄罗斯意识形态传统一方面植根于一种拜占庭的世界观，另一方面植根于德国浪漫主义和黑格尔哲学"①。

拜占庭—中世纪的俄罗斯艺术以及一战前的先锋艺术，对雅各布森产生了重大影响，而马蒂斯（Matisse）在 1911 年访问莫斯科更加深了他对这些艺术的亲近，正是这种亲近，使得后来他还推荐法国超现实主义作家阿拉贡（Louis Aragon）的一本拼贴艺术书，作为对拜占庭诗歌特殊结构的介绍（1973）。②也就是说，雅各布森的兴趣并非仅仅是浪漫主义和黑格尔理念世界的文化，归根结底，还在于拜占庭—希腊文化和它的宗教—斯拉夫文化（church-Slavonic culture）的民族传承，这从他对俄罗斯民间故事的搜集与整理以及二战后对俄罗斯古代英雄史诗《伊戈尔远征记》（"Igor' Tale"）、拜占庭对斯拉夫的使命、斯拉夫民族自决（Slavic self-determination）的历史等一系列研究中可以看出，而这些研究从总体上来说又是服务于"民族神话"的重建任务的。③

如果说与拜占庭文化相关的神话学研究是一位俄罗斯知识分子的人文精神与民族意识的情感外泄和深沉呐喊，那么，对德国浪漫主义的接受则表现出这位"未来主义诗人"的浪漫情结和审美理想。19 世纪上半叶，德国浪漫主义思潮影响俄罗斯。就哲学而言，俄罗斯对德国浪漫主义的接受，从某种意义上来说，也即对德国古典哲学（尤其是康德的审美哲学、谢林的自然哲学）的接受。当然，这种接受是与俄罗斯本土对伦理问题、社会政治问题、历史问题、人的命运问

---

① Elmar Holenstein, "Jakobson's Philosophical Background," in *Language, Poetry, and Poetics: The Generation of the 1890s—Jakobson, Trubetzkoy, Majakovskij*, ed. Krystyna Pomorska, The Hague: Mouton Publishers, 1987, p.16.

② Roman Jakobson, "Le métalangage d' Aragon," in *Selected Writings Ⅲ: Poetry of Grammar and Grammar of Poetry*, ed. Stephen Rudy, The Hague, Paris and New York: Mouton Publishers, 1981, pp.148-154.

③ Roman Jakobson, "The Puzzles of the Igor' Tale on the 150th Anniversary of Its First Edition," in *Speculum*, Vol.27, No.1, 1952, pp.43-66; "The Byzantine Mission to the Slavs," in *Dumbarton Oaks Papers*, Vol.19, 1965, pp.257-265; "The Beginnings of National Self-Determination in Europe," in *The Review of Politics*, Vol.7, No.1, 1945, pp.29-42.同时可参见第四章讨论重建"民族神话"的部分。

题的长期关注纠结在一起的。

对雅各布森来说，浪漫主义的影响既是文学意义上的，也是哲学意义上的。比如在第一章中提到的他最先关注的象征主义诗人马拉美，其早年便曾受过德国浪漫派和黑格尔哲学的影响。而另一位雅各布森心仪的德国早期浪漫主义诗人、哲学家诺瓦利斯，其诗论、哲学思想对雅各布森诗学观的形成也产生了重要影响，直到晚年，雅各布森仍对这位英年早逝的诗人念念不忘，他对德国科隆大学的师生说道："正如诺瓦利斯观察的那样，诗歌的价值重在表达——词语的最大限度的表达。正是语言的外在形式和内在形式使一首诗成为一首诗。"①在这里，我们仿佛再次听见"文学性"的回声，而这种对诗歌本体价值始终不渝的审美追求，也正是"浪漫主义"的最好注脚。此外，雅各布森对浪漫主义诗歌的关注与批评实践是始终如一的，比如，他对俄罗斯浪漫主义诗人普希金、爱尔兰浪漫主义诗人叶芝（William Butler Yeats）以及捷克浪漫主义诗人马哈（Macha）、英国浪漫主义诗人和画家威廉·布莱克（William Blake）等诗人诗作进行了细致解剖。可以说，浪漫主义思想所彰显的直觉、想象力和感觉等特质，在雅各布森身上表现得非常明显，比如他对文学、绘画、音乐等艺术的直觉力，对诗歌与绘画、视觉艺术与语言艺术、语言学与诗学之间关系的想象力和感觉等，都显得异常敏锐。当然，雅各布森毕生追寻的目标不是非理性主义的"诗化哲学"，而是理性主义的语言哲学，可以说，在科学上，雅各布森终生都是一位浪漫主义者。

正如德国古典哲学尤其是康德哲学为浪漫主义奠定了理论基础，雅各布森对康德哲学的继承与批判也奠定了他形式主义语言诗学的基础。早在《达达主义》（1921）一文中，他就借历史哲学家斯宾格勒（S. Spengler）和未来主义诗人赫列勃尼科夫之口，对康德哲学的应用效力进行了初步的批判：

> 按斯宾格勒所言，当康德推究关于规范的哲理的时候，他确信他所做的对所有时代、民族和人民的事业是实在的，但是他没有陈述得彻底，因为他和他的读者认为这是理所当然的。但与此同时，他所建立的规范只对

① Roman Jakobson, "On Poetic Intentions and Linguistic Devices in Poetry: A Discussion with Professors and Students at the University of Cologne," in *Verbal Art, Verbal Sign, Verbal Time*, eds. Krystyna Pomorska and Stephen Rudy, Minneapolis: University of Minnesota Press, 1985, p.72.

西方思想模式尽了义务。典型的如赫列勃尼科夫在十年前就曾写道："康德，思考着建立人类理性的边界，仅仅决定德国精神的边界：这是一个学者的一次漫不经心。"①

也就是说，康德哲学所建立的理性规范只具有相对的效用，只是对德国思想和精神模式有效，而并非放诸四海而皆准的真理。当然，雅各布森的这种批判是为了凸显建立"相对论"的历史认知的必要，可能并非针对康德哲学内涵本身，但这种引用本身无疑也表明了他对斯宾格勒和赫列勃尼科夫观点的认同。实质上，他早期对诗歌的形式主义认识与判断，还是可以看见康德哲学"越界"投射的阴影的。在康德那里，"美，它的判定只以一单纯形式的合目的性，即以无目的的合目的性为根据的"②。也就是说，美具有独立自足性，与概念或逻辑判断无关，只与单纯形式有关，审美判断是一种无利害的形式愉悦。而对于雅各布森来说，"文学性""手法""无意义语（诗）"等同样具有独立自主性，"诗歌是发挥其审美功能的语言"，文学（诗歌）不以指称事物为旨归，而是以专注于语言形式本身为审美目的。正如日尔蒙斯基在评价雅库宾斯基的诗语系统特征时所说："在这一系统中，'实用目的退居末位，语言组合获得自我价值'。诚然，自我价值的言语活动（按照雅各布森的定义就是'旨在表达的话语'——原注）的概念，对于鉴定诗语来说未免过于宽泛，……但是，雅库宾斯基毕竟指出了诗语的许多重要并行特征中的一个特征，此特征在康德的美学体系中被称为'没有目的的合目的性'。"③日尔蒙斯基在《论"形式化方法"问题》一文中说得更具体："康德的美学公式是众所周知的：'美是那种不依赖于概念而令人愉快的东西。'在这句话中表达了形式主义学说关于艺术的看法。"④可见，康德哲学对雅各布森等俄罗斯形式主义者的影响是巨大的，从某种程度上说，这种先验的唯心主义哲学对于未来主义美学和诗学也不啻为一种莫大的精神激励和理据支持。

---

① Roman Jakobson, "Data," in *Language in Literature*, eds. Krystyna Pomorska and Stephen Rudy, p.35.
② ［德］康德：《判断力批判》上册，宗白华译，商务印书馆，1964年，第64页。
③ ［俄］维克托·日尔蒙斯基：《诗学的任务》，见［俄］维克托·什克洛夫斯基等：《俄国形式主义文论选》，第219页。
④ ［俄］维克托·日尔蒙斯基：《论"形式化方法"问题》，见［俄］维克托·什克洛夫斯基等：《俄国形式主义文论选》，第365页。

如果说此时雅各布森是在不知不觉中受了康德美学影响的话，那么后来他对康德美学的拒绝，便带有强烈的为形式主义诗学和自己正名的意味了。在布拉格时期的一篇重要诗学文章《何谓诗？》（1935）中，雅各布森说道：

> 批评界非常流行的做法是，对他们所谓的"文学的形式主义研究"提出某种质疑。这些贬低者说，形式学派没有抓住艺术和现实生活的关系；这是一种"为艺术而艺术"的研究；它跟随的是康德美学的脚步。持这种反对倾向的批评家从单一的角度看问题，因此是完全片面的、极端的，忘记了还存在第三种维度。[1]

显而易见，雅各布森此时对康德美学是格外警惕甚至排斥的，在他看来，这些别有用心的批评家有意混淆了诗学的形式主义观念与"为艺术而艺术"学说，尽管德国浪漫主义是它们的共同源头，但二者之间还是有着本质区别的。对此，托多罗夫认为，形式主义诗学涉及的是文学中语言的功能问题，而"为艺术而艺术"涉及的却是文学或艺术在社会生活里的功能问题。[2] 从某种程度来说，正是为了避免堕入康德形式美学的偏颇之中，为了与"为艺术而艺术"拉开距离，雅各布森布提出了新的方法论取向，即主张"审美功能的自治性"（the autonomy of the aesthetic function）而非艺术的"分离主义"（the separatism of art）：

> 无论是迪尼亚诺夫、马雅可夫斯基，还是什克洛夫斯基和我，都从未声明过艺术的自足。我们所试图表明的是，艺术是社会结构的不可分割的一部分，一个与其他结构相互作用的组成部分，由于艺术范畴及其与社会结构其他构成部分的关系处在不断的辩证变化中，因此艺术自身也是易变的。我们所代表的并非艺术的分离主义，而是审美功能的自治。[3]

在这里，雅各布森以一种辩证、动态的结构主义立场和观点，明确修正了早

---

[1] Roman Jakobson, "What is poetry?" in *Language in Literature*, eds. Krystyna Pomorska and Stephen Rudy, p.377.

[2] ［法］茨维坦·托多罗夫：《象征理论》，第375页。

[3] Roman Jakobson, "What is Poetry?" in *Language in Literature*, eds. Krystyna Pomorska and Stephen Rudy, pp.377-378.

期形式主义过分偏重文学（语言）内在性的弊端，又坚决避开"为艺术而艺术"的艺术自足论，既强调文学艺术不能脱离社会结构而存在，而应在社会结构中承担相应的社会功能，又强调文学艺术审美功能的自治；既突出文学艺术与他者（其他社会结构）相互作用的关系是始终变动不居的，又突出在这种"关系"中文学艺术自身的动态演变性。当然，如何处理文学艺术的内在"文学性"及其与外在社会性之间的关系，对于雅各布森来说，依然是个悬而未决的问题，而这也正是他此后力图以语言交际多功能结构和诗歌的多功能结构来解决的问题。

（二）黑格尔哲学与雅各布森语言诗学

在 19 世纪下半叶，康德的德国后继者们，如谢林和黑格尔，在俄罗斯影响更大。正如当代自由主义知识分子以赛亚·伯林所言："德国形而上学在俄罗斯的确使观念方向剧烈改变，无论左派右派，无论民族主义者、正教神学家、政治激进分子，皆然，而大学中比较先觉的学生，乃至于一般具有思想倾向的青年，也都深受感染。这些哲学流派，尤其黑格尔与谢林学说，所演成的种种现代化身，今日犹不无影响力。"[①] 可以说，其时俄罗斯的知识分子在思想上基本都受养于德国思想的精神食粮，他们从谢林那里学到了整体性思想，又从黑格尔那里学到了辩证法的思想。虽然后来黑格尔哲学在俄罗斯被批判的命运算得上悲惨，但至少在当时，黑格尔和黑格尔主义还是深刻影响了一代追求真理的俄罗斯知识分子，如赫尔岑、别林斯基、巴库宁、屠格涅夫、斯坦凯维奇等。

事实上，雅各布森与"黑格尔"这个名字的关联远远小于他和"浪漫主义"的关联，因为雅各布森出生和成长的时期，黑格尔哲学已在索洛维约夫、车尔尼雪夫斯基等人的批判下变得暗淡，已和浪漫派哲学一样成为俄罗斯意识形态传统中不可分割的一部分了。但正是在这样的意识形态传统潜移默化的影响之下，雅各布森形成了自己的研究方法和特性：既是结构的、整体的，也是辩证的和强调动态的；既是历史性的，一定程度上是进化论、目的论的，也是现实的、反归纳主义和反实证主义的；而且，它特别关注普遍的、主体间的、无意识的

---

① ［英］以赛亚·伯林：《俄国思想家》（第二版），彭淮栋译，译林出版社，2011年，第163页。

以及特殊的审美方面。[1] 在雅各布森的语言学和诗学理论中，这种意识形态传统和方法的影响是清晰可见的。

很显然，雅各布森向黑格尔借取的不是某个概念范畴，而是一种哲学原则或逻辑思维，比如辩证法。[2] 如果我们把辩证关系理解为一种特征的相互说明，而它们自身又是相互排斥的话，那么，我们不妨把雅各布森所建立的语言语音的区别性特征之间的二元对立也称作一种辩证关系。正如光明与黑暗，它们自身是相互排斥的，因为一种东西不可能同时既是光明又是黑暗；另一方面，光明与黑暗又是相互包容的，不知道光明，也就不知道黑暗，只有当光明从黑暗的背景中凸显出来，我们才能理解什么是光明。这样的例子同样可以用来解释逻辑学结构主义和现象学结构主义之间的区别，比如马丁内特（Andre Martinet）提供了一种纯粹语言结构的逻辑分析，他把一种关系的相互排斥定义为一种对立。实际上，我们如果要分析语言现象学的结构，分析说话者意识到的或说出的语言结构，我们就必须像雅各布森那样，把同时的排斥和包容界定为辩证的对立，从这个意义上说，雅各布森的现象学结构主义比马丁内特的逻辑学结构主义更具合理性。他后来在此观念上通过实证研究而建构的音位学模式，一定程度上也以科学结构主义的形式突破了黑格尔唯心辩证法和纯粹逻辑推理的框架。

如果说哲学理论为雅各布森提供了探索的思想武器，那么诗歌与语言之间的不可分离的关系则为其提供了经验主义的支撑，使其能够在意识形态传统中，一步步由诗歌爱好者成长为一个经验的语言科学家。雅各布森甚至认为"只有诗歌才是语言的本质"，因为在诗歌中，他发现了他语言学的非常重要的原则，他试图寻找的也正是语言的诗歌起源，或者说在语言中寻找诗歌、诗性和美。这个浪漫主义的语言学声明无疑是对海德格尔的哲学格言"语言的本质是诗"（《荷尔德林与诗的本质》）的某种回应，只不过前者是科学主义、认识论意义上的，而后者则是非科学主义、本体论意义上的。对于语言和诗歌之间关系，

---

[1] Elmar Holenstein, "Jakobson's Philosophical Background," in *Language, Poetry, and Poetics: The Generation of the 1890s—Jakobson, Trubetzkoy, Majakovskij,* ed. Krystyna Pomorska, p.16.

[2] 雅各布森认为，当索绪尔强调语言内部相互对立的因素之间存在其他一些必然联系的时候，我们可以看到黑格尔思想的显著影响，而且，在亨利身上也可以找到黑格尔思想的烙印，甚至在现代语言学思想里，也可以找到黑格尔辩证法的影响，尤其在本维尼斯特的著作中。参见钱军编译：《雅柯布森文集》，第30页。

他至少取得了以下三个方面的成果。

其一，他认为诗歌利用了自然语言的普遍性。比如，在 20 世纪 60—70 年代，雅各布森分别与各语种的专家合作，对二十余位不同时期、不同风格、不同语言的诗人诗作，进行了庖丁解牛式的诗歌语法分析，甚至还对中国的古典格律诗和日本古典诗歌进行了深入研究，其研究时空跨度之大（近 13 个世纪，横跨欧亚）、内容之丰富、分析之细致，令人惊叹，至今无人能出其右。这些科学实证主义的诗歌批评实践证明：尽管横亘着语言的和时代的巨大差异，但存在着普遍使用的诗歌手法，存在着普遍性的对等原则和平行结构。

其二，面对诗歌文本与诗性功能之间的差异，雅各布森指出，诗性功能在诗歌文本中是主导功能，而诗性功能在非诗文本中也是普遍存在的。比如，他在最普通的日常语言系统中发现了诗性的感知。有一次在瑞士的一家餐馆，当突然听到"No service in this section"这句话时，他就思考这简单的抑扬格中"节拍的选择是有意识的还是无意识的"等诸如此类的问题。在演说家的演讲、日常交谈、新闻、广告、科学论文、玩笑等非语言艺术中，他也发现了诗性功能作为从属功能而发挥着重要作用。

其三，为最接近语言的诗歌起源，他还专注于儿童语言中自发的诗性语言的游戏及其对习得语言的可能意义。他从人类最早的阶段（儿童）入手，把这些语言使用者对语言的审美态度综合起来，提出了"元语言"（metalanguage）［即对客观语言（objective language）进行解释的语言］的问题。按黑格尔的观点，现代时期的特征在于艺术是一种关系性的中介关系，就此而言，语言关系和它的审美运用也不是一种直接的、单纯的关系，而是以元语言的反映为中介的关系，即"语言—元语言—审美运用（如文学艺术）"。雅各布森的观点与此相似，但在他看来，这种反映关系不是成熟的、完成了的关系，而是历时的、普遍的关系。可以说，雅各布森的浪漫主义思想正是通过俄罗斯意识形态传统与黑格尔哲学相关联的，而当浪漫主义和黑格尔主义产生分歧的时候，雅各布森基本上还是沿着黑格尔的线索前进的，对雅各布森而言，三者的关系是："浪漫主义（一般）—俄罗斯意识形态（中介）—黑格尔（特殊）"。

雅各布森的这些传统思想部分地与 20 世纪的科学发展相融合，可以说，雅各布森所取得的成就，尤其是在美国，如果没有这种融合是难以想象的。比如他的音位学观念、二元结构特征的语音分析，之所以能与美国结构主义学派（American Structuralists，即布龙菲尔德的"描写语言学派"）的"分布主义"

（distributionalism）相抗衡，并很快被普遍接受，是与其同早期信息理论的发展相融合分不开的。

　　总之，雅各布森的语言诗学没有经受像谢林"自然哲学"（naturphilosophie）那样的命运，这应当归功于他作为一个经验主义研究者的方法，也归功于浪漫主义和黑格尔哲学思想的综合。在 20 世纪 30 年代早期，雅各布森曾帮助另一位布拉格语言学小组的俄罗斯成员宣传阿克萨科夫（Konstantin Aksakov，1817—1860）的一本书《语言的辩证法》（*The Dialectics of Language*），一般认为阿克萨科夫的语言哲学是属于俄罗斯黑格尔主义的最积极的产物。如果我们考虑到雅各布森是如此之深地扎根于俄罗斯意识形态传统中的话，那么，我们或许也应该这样来评价：雅各布森的语言诗学是俄罗斯黑格尔主义的最积极的产物之一，甚至可被认为是"黑格尔派语言学"（Hegelian linguistics）的代表。可以作为佐证的一个极好的例子是，就在雅各布森逝世前的一个月（1982年 6 月），德国斯图加特市授予他"黑格尔奖"，雅各布森为此专门写了一篇《论语言的辩证法》，[①] 发表在《黑格尔的遗产》第二卷（1984）上。这正可以看作俄罗斯意识形态传统馈赠给他的最后一份精美礼物。

二　雅各布森与胡塞尔现象学哲学

　　"现代思想当中的现象学思潮，对于我们不依赖价值给我们头脑的体现形式而辨别每一价值帮助很大。"[②]1942 年，雅各布森在评价波兰现象学语言学家波斯的《现象学与语言学》时这样说道。其实，对语言进行现象学研究不仅是波斯所做的，更是雅各布森所做的，而其所接受的并非黑格尔的"精神现象学"，而是胡塞尔的"纯粹现象学"。1915 年左右，雅各布森开始阅读胡塞尔的著作，他后来说胡塞尔的《逻辑研究》"至今仍然是语言现象学论著当中最能赋予人灵感的著作之一"[③]，"或许对我的理论著作产生了最大的影响"[④]。这并非虚言。

① 参见［美］罗曼·雅柯布森：《论语言的辩证法》，见钱军编译：《雅柯布森文集》，第150—151页。

② Roman Jakobson, *On Language*, eds. Linda R. Waugh and Monique Monville, Cambridge, Mass.: Harvard University Press, 1990, p.375.

③ 钱军编译：《雅柯布森文集》，第91页。

④ 转引自［法］弗朗索瓦·多斯：《从结构到解构：法国20世纪思想主潮》上卷，第74页。

要论述胡塞尔现象学哲学思想与雅各布森语言诗学的关系，我们不得不从心理主义语言学研究开始谈起。

（一）整体与部分

20世纪初，语言学被当作一种解释工具的心理学，心理主义成为语言学者们非常刻板的信仰，这正是俄国当时推崇"联想心理学"（association psychology）的"库尔特内学派"的突出特征。在库尔内特看来，"人类语言的本质完全是心理的。语言的存在和发展受纯粹心理规则的制约。人类言语或语言中的任何现象，都同时又是心理现象"①。也就是说，人类的整个语言（语言进程）只不过代表了一个联想的整体，这种朝向心理主义的保守观点主导了俄国。在此背景之下，胡塞尔的《逻辑研究》的第一部分被翻译成俄文后（1909），立即在莫斯科产生了巨大影响。出于对德国哲学天然的亲近和接受，俄国语言学界尤其是年轻一代的语言学者自然萌生了一种以胡塞尔式的视角来反心理主义的倾向。

雅各布森在莫斯科大学开始他的语言研究的时候，自然也受到这种影响。他的老师切尔帕诺夫（C. J. Celpanov）和他的好朋友什佩特（Gustav Spet）是他接触和了解胡塞尔现象学的桥梁。雅各布森第一次接触胡塞尔哲学是在切尔帕诺夫的哲学研讨班上（1915—1916）。尽管切尔帕诺夫经常被当作折中主义者，但作为德国哲学家威廉·冯特（Wilhelm Wundt，1832—1920）的门徒，他坚持将心理学和哲学严格分开，另外，作为一个有人文倾向的学者，他又坚持心理学家和哲学家之间的一种永恒的对话。这个开明的老师无疑为雅各布森开辟了一个新的方向。正是在切尔帕诺夫的研讨班上，雅各布森第一次熟悉了格式塔理论和基础，并按照考夫卡（Kurt Koffka）的样子写了一篇关于"词语形象"（word image）的学期报告。最重要的是，胡塞尔哲学给他们带来了一次印象深刻、影响深远的训练，无论是狂热的心理学者还是激进的胡塞尔主义者，都受到同等欢迎，而他们的争辩都有着很高的水平。在这群胡塞尔主义者中，就有雅各布

---

① ［波兰］博杜恩·德·库尔特内：《文选》，转引自戚雨村：《博杜恩·德·库尔特内和喀山语言学派》，《中国俄语教学》1988年第2期。

森亲近的朋友之一、胡塞尔的俄国学生——什佩特①，正是由于他的著作和演讲，使得莫斯科的语文学家们（包括雅各布森）对"形式"与"意义"、"符号"与"所指"这样一些形而上学观念逐渐熟悉起来。

　　1935 年 11 月，76 岁高龄的胡塞尔应布拉格"哲学学派"邀请来到布拉格，在卡尔大学等地就"欧洲科学和心理学的危机"问题做了几次演讲，并对布拉格"语言学派"宣讲了"语言的现象学"。当时雅各布森作为"语言学派"的副主席迎接了胡塞尔，并公开表示：胡塞尔的《逻辑研究》对普遍语言学的现代发展，特别是对句法、语义和纯理论性从心理主义的影响下解放出来，发挥了重要作用；胡塞尔的《逻辑研究》对莫斯科年轻的语言学者来说是一本准圣经（quasi-Bible），在战争时期他们甚至不得不通过非法的方法从源头来获得这本书。雅各布森这样说并非客套，因为在这之前的文章《何谓诗？》（1933—1934）中他就明确说道："现代现象学正在揭示一个语言学的虚构。它巧妙地证明了符号和所指定的对象之间、词语的意义与内容（意义被定向于它）之间的最重要的区别。"②

　　一切似乎都表明，雅各布森受胡塞尔的影响已是铁定的事实，然而奇怪的是，在 20 世纪 30 年代雅各布森的著作中几乎没有对胡塞尔明确的引用或参考。而且在很长时间里，"胡塞尔"在雅各布森那里只是作为一个简单的"反心理主义者"而出现的。上述雅各布森关于老师的回忆的语言在这方面是有启示性的：研讨班介绍"胡塞尔的哲学"只是作为一个"狂热的心理学者和激进的胡塞尔主义者"的交战背景。这里没有提到现象学，没有明确引用具体的现象学的技巧，也没有引用"部分与整体"的逻辑。因此，胡塞尔的出现主要是作为一个反先前时代的心理主义遗迹的"权威的战斗者"。

---

① 什佩特是俄国现象学最重要的代表，20世纪20年代早期，他在莫斯科大学讲授胡塞尔《逻辑研究》一书中的语言哲学思想，其著作《人种心理学的对象和任务》《作为逻辑学对象的历史》等，运用和发展了"纯粹"语法概念，对莫斯科语言学派有重要影响，对清除语言学中的心理主义残余作出了贡献。他使雅各布森关注到胡塞尔、马蒂（Anton Marty）以及布伦塔诺学派（Brentano School），他所提出的"重返由十七、十八世纪的理性主义所构想的普遍语法思想"，对雅各布森构筑自己的普遍语法体系意义重大。See Roman Jakobson, "Retrospect," in *Selected Writings* Ⅱ: *Word and Language*, ed. Stephen Rudy, The Hague-Paris: Mouton Publishers, 1971, p.713.

② Roman Jakobson, "What is Poetry?" in *Language in Literature*, eds. Krystyna Pomorska and Stephen Rudy, p.377.

雅各布森在其《俄国现代诗歌》(1919)一文中第一次提到了胡塞尔,他指出,在某种新词中"胡塞尔所说的指涉事物的关系(dinglicher Bezug)"[①]是缺失的。这可以说是他的莫斯科岁月中最前沿的反应。然而,这种对《逻辑研究》中一种理论元素的引用是完全中立的,并未对胡塞尔有任何具体评价;而且,他在质疑语音结构时完全使用的是心理主义而非反心理主义的语言,比如"语言思想"(language thinking)、"联想"(association)和"分解"(dissociation)等库尔特内的一些标志性术语。当然,雅各布森在20世纪20年代早期又确实批评了心理主义,比如在1923年他和博格达耶夫合写的一个关于俄国语言学的声明中,什佩特的语言学被批评为"语言学和心理学不合逻辑地融合的严重后果"[②]。可见,雅各布森在心理主义和反心理主义之间还是犹豫不决的,胡塞尔的影响尚未明确显现。

俄罗斯先锋艺术再次为雅各布森提供了重要的反心理学手段。比如雅各布森不喜欢"蓝骑士"康定斯基(Wassily Kandinsky)的艺术作品,因为雅各布森觉得它缺少一定的精神"深度",而且在色彩与情绪间关联的基础上也表现出一种求解色彩心理学的企图,在《西方的新艺术》("New Art in the West",1920)的演讲中,他对这位抽象主义先锋者进行了批评。而在评论未来主义艺术的文章《未来主义》(1919)中,雅各布森专门讨论了形式和色彩互相依赖的法则,并指出其理论来源在于胡塞尔的老师、实验现象学的奠基人——德国心理学家卡尔·施图姆福(Carl Stumpf):

> 本质上而言,色彩创造性的神秘在于引向这样一种认识法则:任何形式的扩张都伴随着一种色彩的改变,而任何色彩的改变都生成新的形式。在科学中,这种法则看起来首先是由施图姆福提出的,他是新心理学的先锋者之一,他谈到色彩和色彩的空间形式之间的关联:广延(extension)的改变和质化(quality)的改变是相应的。当广延改变的时候,质化也发生转

[①] 笔者查阅《现象学概念通释》(倪梁康著,生活·读书·新知三联书店,2007年),未发现这一组合词语,可能是雅各布森自己根据胡塞尔的术语"dinglich"(事物的)与"Bezug"(关系)组合而成,姑且意译为"指涉事物的关系"。雅各布森的意思是,某种新词只具有自身的符号性,而没有相对应的指涉对象。

[②] Jakobson and Bogatyrev, "Slavic Philology in Russia during 1914-1921," in Jindřich Toman, *The Magic of Common Language: Jakobson, Mathesius, Trubetzkoy, and the Prague Linguistic Circle*, p.31.

换。质化和广延具有不可分割的特性和不能被彼此单独地想象。这种必要的联结，不同于两个部分缺少必要性的经验主义联结，比如头和身体，这样的部分能被单独想象。①

雅各布森在此处的注释中提到，他所参考的著作是施图姆福的《关于空间观念起源的心理学》（1873）。施图姆福那时把他的关于现象的前科学称作"现象学"，但毫无疑问，他的"现象学"比后来他的学生胡塞尔的"现象学"要狭窄得多，至少他排除了胡塞尔《逻辑研究》时期现象学研究的主要问题——"功能"或活动，并且"现象"没有经过"现象学的提纯"，而仅仅是处于心理学层面上的现象。但不可否认，胡塞尔将其《逻辑研究》题献给施图姆福，不仅表示对老师的尊敬，更意味着二者之间的承继和相似，"二者都想从对于直接现象不偏不倚的描述出发。二者都同意寻求比单纯经验概括更多的东西，研究这些现象之中和现象之间的本质结构。二者都承认逻辑结构的世界是某种与单纯心理活动分离的东西"②。

　　雅各布森通过阅读《逻辑研究》中胡塞尔论及施图姆福的那些部分，转而又直接阅读和借鉴了施图姆福的实验现象学理论。因为胡塞尔的整体与部分的逻辑明确贯彻了施图姆福的早期观念，具体说是施图姆福在19世纪80年代研究音响心理学时提出的，③ 所以，雅各布森在这里所引用的中心意思依然是与胡塞尔的"部分与整体"的逻辑相关的。他关注的是"感知"中的独立与不独立内容（independent and dependent elements），以及一种观念：一个复杂的整体不能拥有任意的构成部分，整体所具有的各个部分都是相互联结的，在绘画中，色彩（质化）和色彩的形式（广延）是不可分割和独立存在的，这种整体关系不同于头和身体的关系。胡塞尔在形式本体论的范围内，由第二研究中所讨论

---

① Roman Jakobson, "Futurism," in *Language in Literature*, eds. Krystyna Pomorska and Stephen Rudy, p.29.

② ［美］赫伯特·施皮格伯格：《现象学运动》，王炳文、张金言译，商务印书馆，2011年，第109页。

③ 胡塞尔在第三研究一开始便说："'抽象'内容与'具体'内容之间的区别表明自身是与不独立内容与独立内容之间的施图姆福式区别是相同一的，这个区别对于所有现象学研究来说都具有如此重要的意义，以至于看上去不可避免地要预先对它进行详尽的分析。"

　　［德］埃德蒙德·胡塞尔：《逻辑研究》第二卷第一部分，倪梁康译，上海译文出版社，1998年，第240页。

的"抽象"与"具体"，过渡到第三研究中所讨论的"独立"与"不独立"以及最后的"整体"与"部分"。所谓"部分与整体"，准确地说是观念的整体（或作为整体的观念）和观念的部分（或作为部分的观念），在胡塞尔看来，"整体"并不等于无论大小都相对独立的内容，而"部分"也不意味着就是相对不独立的内容。这实际上突破了施图姆福的"独立内容与不独立内容"的理论框架，而进入纯粹形式理论的论域。

承上所言，虽然雅各布森直接引用的是施图姆福，但他把作为心理学"工具"的语言转换为后来的一种反心理学的、感知现象的静态描述的语言，却是借用了胡塞尔的"部分与整体"的现象学学说。胡塞尔的《逻辑研究》第三研究题名为"关于整体与部分的学说"，就探讨了这一法则作为一个系统、一个统一体的构成问题。雅各布森后来在《语言的整体与部分》（1963）一文开篇便明确说道："埃德蒙·胡塞尔的《逻辑研究》至今仍然是语言现象学论著当中最能赋予人灵感的著作之一。在这部著作的第二卷，有两篇文章涉及'整体与部分'，介绍了这位哲学家对'纯语法理念'的深刻思考。尽管语言的整体与部分在许多方面互相依存，但是语言学者却容易忽略它们的相互联系。"[①] 雅各布森自然不会有这样的"忽略"，因为他最终得出的结论是："语言的结构包含整体与部分丰富的张力级别。一方面，部分为整体；另一方面，整体为部分，这些都是语言基本的手段。"[②] 也就是说，部分总是"整体的部分"，而整体总是"部分的整体"。他将胡塞尔的现象学学说与格式塔心理学相结合，恰当地应用于语言科学的系统研究和层级研究中，从而区别于形形色色的割裂主义的语言学研究。

这一思路在雅各布森的结构历史观中同样得到了体现。比如，在《文学和语言学的研究问题》（1928）一文中，他认为："文学史（或艺术史）和其他历史系列是密切联系的；历史系列中的每一种系列都包括一堆特有的复杂结构规律。如果预先没有研究过这些规律，就不可能确立文学史和其他系列之间严格的类比。"[③] 可见，雅各布森强调对文学系统内部结构规律的研究，把文学系统当作是和社会历史诸系统相互作用中的一个独立系统，它既是整体的部分（社

---

① ［美］罗曼·雅柯布森：《语言的部分与整体》，见钱军编译《雅柯布森文集》，第91页。

② ［美］罗曼·雅柯布森：《语言的部分与整体》，见钱军编译《雅柯布森文集》，第96页。

③ Roman Jakobson & Jurij Tynjanov, "Problems in the Study of Language and Literature," in *Language in Literature*, eds. Krystyna Pomorska and Stephen Rudy, p.47.

会历史系统中一个子系统），又是部分的整体（相对独立自足的文学系统）。这种态度无疑是对当时占主导的俄国历史文化研究的文学史观的反拨，既驳斥了达尔文或斯宾塞式的生物种族进化般的文学演化论，也有别于机械封闭的、只专注于手法的形式主义文学史研究。正如梅特钦科所言："形式主义的错误不在于把艺术形式作为文学特点的一个方面予以集中注意。单独析取一个成分来进行深入的研究，这是科学认识的合理的必要举动。形式主义者的错误在于不理解形式本身，在于把复杂的综合体的一部分当作整体。"① 雅各布森充分认识到文学的综合性与复杂性，他以"部分与整体"的现象学思想有效地避免了形式主义的简单化，构建了一种科学合理的、辩证的、动态的结构文学史观。

　　总之，整体性作为雅各布森结构主义思想的重要特征，其核心正是整体与部分之间的特殊关系，诚如霍伦斯坦所言，"正是在胡塞尔的著作中，雅各布森发现了结构单元运作的普遍法则的第一系统模式"②。当然，也正如上节所述，其直接的经验感知和对"部分与整体"关系的思考是从先锋派艺术那里得来的，而雅各布森在讨论课上所学到的格式塔心理学一定程度上也起到了促进作用。③格式塔心理学也吸收了胡塞尔现象学的思想，着重于强调心理现象的整体性，并强调整体大于部分之和，这与雅各布森在布拉克的话语里和在未来派的诗歌时空里所感受到的正可以两相印证，彼此交融。对此，雅各布森后来说道："正是在诗歌里，部分与整体的重要关系非常鲜明，这正激励我们通过运用胡塞尔和格式塔心理学的规则于这些基本问题，来深入思考和证实他们的教义。"④ 而他在 20世纪 40 年代进入美国学术圈后，更明确地感受到自己与布龙菲尔德语言学派的根本分歧正是这思想来源的不同。他说："我渐渐发现，我思想方法的倾向越来越朝向现象学，并与格式塔心理学的体验相近，而根本不同于行为主义者的意识

---

① ［苏］阿·梅特钦科：《继往开来——论苏联文学发展中的若干问题》，石田、白堤译，中国社会科学出版社，1983年，第160页。

② Elmar Holenstein, *Roman Jakobson's Approach to Language: Phenomenological Structuralism*, Indiana: Indiana University Press, 1976, p.2.

③ 格式塔心理学的主题在于即使是最简单的感知材料，也呈现出一种必然的、关系的组合网络，强调元素与结构的对立本质上是对象内在的结构关系的对立。当雅各布森在布拉格时期言及"现代心理学"时，他所特指的就是格式塔心理学，他将格式塔心理学所谓的"部分的整体"（partial wholes）这一概念应用于音位学研究中。

④ Roman Jakobson & Krystyna Pomorska, *Dialogues*, p.11.

形态，而行为主义者对美国学者尤其是语言学家的思想仍产生着巨大影响。"①

此外，按胡塞尔所言，"整体与部分"的纯形式理论的核心是"奠基关系"（Fundierung）。如果一个 A 根据本质规律性在其存在上需要一个 B，以至于 A 只有在一种全面的统一性中与 B 一起才能存在，那么 A 便是通过 B 而被奠基，A 与 B 之间的关系就是奠基关系。奠基既可以是相互性的，也可以是单方面的，在后一种情况中，被奠基者如果没有奠基者便不能存在，但奠基者如果没有被奠基者则能够存在。② 也就是说，A 选择 B，B 也选择 A，即为相互奠基，或者，A 选择 B，但 B 不选择 A，即为单向奠基。在雅各布森那里，胡塞尔的奠基关系即"意指关系"（relations of implication）构成了自然语言的系统，"双向奠基"和"单向奠基"分别对应于"双向意指关系"和"单向意指关系"。也就是说，意指的相互关系在哲学系统的二元组织中得到表达，单向关系体现在它的层级组织中。比如，在音位系统中，区别性特征如尖与塞、浊与清、圆与不圆等，彼此相互意指，二元对立的一方必然暗示它的对立面；而从最低的音位区别性特征层到最高的文本（语篇）层中间依次需经过音位层、音节层、词素层、词层、词组层、句层、句组层，这种从低到高依次建立、从高往低依次辖属的层级关系，建立起自然语言系统的金字塔结构。可以说，语言结构之所以具有系统性或整体性，应该归功于在胡塞尔的影响下构想出的这些意指关系。

（二）意向与意义

紧接着上段引文，雅各布森又借用了胡塞尔现象学的一个核心术语——意向：

> 对绘画而言，意向（set）于自然，为那些内容上断裂的部分创造了一种强制性的关联，而形式与色彩的相互依赖没有被认识到。相反，意向于图像表达，却导致一种对形式与色彩关联的必要性的创造性认识，在此情况下，客体被其他形式（所谓点彩画法）自由地渗透。③

在注释中，雅各布森明确表明，俄国术语"意向"（ustanovka）是由德语

---

① Roman Jakobson & Krystyna Pomorska, *Dialogues*, p.43.

② ［德］埃德蒙德·胡塞尔：《逻辑研究》第二卷第一部分，第285—289页。

③ Roman Jakobson, "Futurism," in *Language in Literature*, eds. Krystyna Pomorska and Stephen Rudy, p.29.

Einstellung 转借而来，是一个标示知觉（apperception）的哲学术语，是感知者在确定客体过程中的一个关键性的视点或精神意向。虽然雅各布森是在现象学意义上使用了"感知"[①]概念，却并未直接言明借自胡塞尔，但毫无疑问，他从现象学中借用此术语意在说明感知绘画的主体性原则，即作为意识主体的感知者对绘画的意向体验。如果以客观"自然"为意向对象，那么，意向行为的核心内容即模仿自然的意义，形式与色彩的纯形式关系让位于它们所指涉的现实内容和意义，正如观众在观看一幅古典主义肖像油画时，往往只关注画上的人究竟是"谁"，而对画面的色彩和形式置之不理；而如果意向体验以"图像表达"即绘画作品本身的质料为意向对象，那么，意向行为的核心内容即关注纯形式结构的意义，形式与色彩的关系超越指涉物而成为意识对象，正如观众观看一幅点彩画派的作品，如秀拉的《检阅》（1889），画面上直接堆砌的原色色点和彼此关联而显现出的整体形式，比表现的客体更值得"检阅"，因为客体已经完全是形式自由组合而成的客体。不难看出，雅各布森在未来主义的绘画中理解了"图像作为图像"的形式本体论偏好，正如他在未来主义诗歌中理解了"词语作为词语"的自在诗语的价值一样；胡塞尔的"意向性"哲学不仅为雅各布森把握视觉艺术（包括诗歌）提供了超越传统心理主义的现象学术语和逻辑学理路，更为其进一步思考语言学和诗学中相关问题（尤其是"意义"问题）奠定了不可或缺的思想基础，同时也为俄国形式主义、捷克结构主义灌注了新的活力。

"意向"根本上还是为胡塞尔现象学的核心——"意义"（Bedeutung）理论服务的，[②]而后者对雅各布森诗学的影响更是不容忽视，它直接推动了雅各布森对语言和诗歌语言的"意义"问题的持续思考与实践。在胡塞尔那里，虽然他在《逻辑研究》第一研究中就讨论了现象学中的语言问题，但因为他把感性的感知当作认识成就的第一形式，认为与意义相关的语言陈述和判断是奠基于

---

① 在切尔帕诺夫的讨论课上，雅各布森承担的任务就是处理德国哲学家、语言学家斯塔因·塔尔（Steinthal，1823—1899）和胡塞尔著作中的"感知"问题。

② 从总体上看，"意义"（Bedeutungen）概念与"含义"（Sinn）概念在胡塞尔那里显然是同义词，他虽未严格区分二者，但他对它们的使用始终各有偏重："含义"概念更适用于语言逻辑分析，而"意义"概念则更适用于意识行为分析；与"含义"相关的是"表达"，与"意义"相关的是"行为"；在讨论语言的第一研究中较多使用"含义"，在讨论"行为"的第五研究中较多使用"意义"；任何"含义"都是有意义的，但并不是任何"意义"都具有含义。参见倪梁康：《现象学的始基——胡塞尔〈逻辑研究〉释要》，中国人民大学出版社，2009年，第34页。

感知、想象等直观行为之上的意向活动，即符号和相关的符号行为，因此，现象学的意义理论和语言分析只占有意识哲学之后的第二性的位置。与关心语词记号的意义分析不同，现象学关心的是意义构成的意向经验分析，在胡塞尔看来，意义"不是意向对象全部组成中的一个具体的本质，而是一种内在于意向对象之中的抽象形式"[①]。也就是说，当我们以某个语言符号为意向对象的时候，这个语言符号本身已经蕴含着指向感知者的意义了，换句话说，意义就是在意向行为中语言符号所内有的部分，意向对象就具有意义。在感知对象时，当感知者在意向行为中将某个符号当作一种"表达"（即具有含义、意指某种东西）符号时，将获得符号所意指的实事，即通过这个符号而被标志出来的东西。而当感知者以直观意向朝向符号自身时，将获得这个符号的物理意义。以文字符号"QQ"为例。这个符号显现给我们（无论是手写的还是印刷的），作为意向对象引发我们（感知者）赋予意义的行为（意象活动），它甚至具有某种强制性，强迫我们将它视为"表达"，而引向它所意指的东西，比如腾讯公司的聊天工具，或"亲亲"的首字母缩写等，而一旦我们的意向朝向这个符号本身，将获得符号自身的物理意义（字母 QQ 的物理音响等）。在这两种意向体验中，意向对象不发生任何改变，变化的是体验的意向性质，可以说，意向方向的改变，使得意向对象中所蕴含的意义呈现出不同的面貌。

同时，在胡塞尔看来，"符号"一词具有"双重意义"，即意味着承担意义的符号——"表达"（Ausdruck）和不传递意义的符号——指号（Anzeichen），指号是被剥夺了或缺少了意义，但并不因此而是一个没有意义的符号，正如德里达对此所理解的那样，"从本质上讲，不可能有无意义的符号，也不可能有无所指的能指"[②]。胡塞尔的这一现象学意义理论对雅各布森等俄国形式主义者的启示是巨大的，尤其是对上述提及的"无意义语（诗）"的创作与批评实践都产生了重要影响，为讨论无意义语言的符号与意义关系问题提供了某种科学理据。比如什克洛夫斯基在《论诗歌和无意义语言》中说道："虽然讲到词的意义时，我们要求它必须用以表明某些概念，而无意义的结构仍然是语言之外的东西。但是，在语言之外的东西并不仅是无意义的结构；我们谈到的一些现象也促使我们考虑以下几个问题：在诗歌语言中，是否所有的词都有意义呢?

---

① ［德］胡塞尔：《纯粹现象学通论》，李幼蒸译，商务印书馆，1992年，第319页。
② ［法］雅克·德里达：《声音与现象》，杜小真译，商务印书馆，2010年，第17页。

或者是否应当认为这种看法是由于我们不注意而产生的空想呢？"[①]其言外之意自然是肯定诗歌语言中无"意义"（概念、所指意义）的词语是存在的，因此，对于形式主义者或未来主义者而言，不是要把词语从意义中解放出来，而是要使符号能指在意向活动中获得先于所指的优越地位。换句话说，无论作者还是读者都不是意向于词语的概念，而是意向于指号结构（如字母的声音、书写、变形的字体词形等），那么，无意义语便获得了与概念、形象等无关的独立自足的语言功能，这也正是上述雅各布森、赫列勃尼科夫等创作的"无意义诗"的旨归所在。在这个问题上，巴赫金的批评不妨视为对胡塞尔"意义"观的补充，他说："形式主义者为什么断定玄奥的词语具有决定一切的意义呢？通常的有意义的词语，不能充分表达出其物质的、物的现存性，不完全与之相一致。它具有意义，因而它要表现事物，表示词以外的意思。而玄奥词语完全与其本身相一致。它不越出自己的范围，它只不过作为一个成形的物体存在于此时此地。形式主义者担心'非此时此地'的意义能破坏作品的物性及其此时此地充分的现存性——这种担心对他们的诗歌语音起了决定作用。因此，形式主义者力求确定：意义及其共同性、超时间性、外时间性与作为单个物品的作品的现存性之间成反比。'玄奥的词语'的思想就符合这一公式的要求。"[②]虽然巴赫金从时间性角度把意义当作一种"非此时此地"的外在于符号的存在，但他正确揭示了形式主义者对"此时此在"的词语物性与现存性一面的热爱。

当然，在此"意义"理论影响之下，雅各布森的形式诗学所提出的纲领不是极端的"无意义语（诗）"，而是"诗歌是发挥审美功能的语言"，"诗歌是一种旨在表达的话语"。在其捷克结构主义时期，他对此说得更明确，所谓"诗性"（poeticity），就是"通过将词语作为词语来感知，而不是作为被指称的客体的纯粹的再现物，或作为情感的宣泄。是通过诸多词语和它们的组合、它们的含义、它们外在和内在的形式，这些具有自身的分量和独立的价值，而不是对现实的一种冷漠的指涉"[③]。综合这些诗学观念，不难看出：雅各布森如

---

① ［俄］什克洛夫斯基：《论诗歌和无意义语言》，转引自［俄］鲍·艾亨鲍姆：《"形式方法"的理论》，见［法］茨维坦·托多罗夫编选：《俄苏形式主义文论选》，第27页。

② ［俄］巴赫金：《文艺学中的形式方法》，《巴赫金全集》第二卷，钱中文主编，李辉凡等译，河北教育出版社，2009年，第244页。

③ Roman Jakobson, "What is poetry?" in *Language in Literature*, eds. Krystyna Pomorska and Stephen Rudy, p.378.

胡塞尔一般，先验地将外在于诗语符号的一切客观自然事物（现实指涉物）、情感逻辑等都置入括号之中，"悬置"不论，这样一来，诗语符号与指涉对象之间的正常关系就被取消了，符号作为自身即有价值的意向对象而获得了独立的审美品格和意义，如杰弗森所言，"不是事物决定词语的意义，而是词语决定事物的意义"①。更准确地说，这"意义"作为形式要素或者说结构规范内含于诗歌的文本结构之中，而诗歌的结构构成不仅包含音位的和韵律的特性，也包含语法的和语义的特性，这些结构特性所形成的格式塔即"诗性""文学性"之所在。雅各布森所定义的"文学性""诗性"概念，让我们不由得想起胡塞尔的"本质的抽象"（eidetic abstraction）理论，而这一理论主要由使一个可感知的事物成为一个事物的"物性"（thingness）概念发展而来，其旨归正在于通过直观而回到物之为物的物性、人之为人的人性上来，这才是现象学哲学的科学合理性，可以说，这种"回到文学本身"的形式诗学，与胡塞尔"回到事物本身"的纯粹现象学，在"表达与意义"问题上达成了某种本体论还原的默契，形成了某种同构关系。诚如霍伦斯坦所总结的那样，胡塞尔的影响在雅各布森的著作中是最清晰可见的，起码有三个基本主题可直接发现这种影响，即语言学和音位学之间关系的判定、"普遍语法"（universal grammar）的计划和捍卫语义学作为语言学不可分割的一部分。②这也正是他称雅各布森的语言研究为"现象学结构主义"的根本原因所在。而在其结构主义诗学成熟之时（1958），胡塞尔的"意向"身影将再次出现在"诗性功能"的定义之中。

由上可见，雅各布森在技术层面对现象学的基本要素和原理是很熟悉的，但直到20世纪30年代中期，雅各布森几乎都没有引用过胡塞尔的著作，这种现象又是令人疑惑的。进一步而言，雅各布森虽然在20世纪30年代被黑格尔辩证法强烈地吸引，他并未试图结合黑格尔和胡塞尔，也看不出有调和二者的任何打算，这或许又是因为非常典型的俄国哲学传统使然。当然，当雅各布森在《儿童语言、失语症和一般规律》（1940）中提及胡塞尔的时候，他借助于胡塞尔的"部分和整体"逻辑的语言，提出了自己语言学分析的经验主义内容，他尤其是以胡塞尔《逻辑研究》中的一句话作为他对儿童语言研究的箴言，即"一

---

① ［英］安纳·杰弗森等：《西方现代文学理论概述与比较》，包华富等编译，湖南文艺出版社，1986年，第33页。

② Elmar Holenstein, *Roman Jakobson's Approach to Language: Phenomenological Structuralism*, p.3.

切真正的统一者都是奠基关系"①。

此外，与意义生成密切相关，雅各布森同样以胡塞尔的现象学著作作为奠定其"普遍语法"（universal grammar）理论的哲学著作。胡塞尔关于"普遍语法"的学说在他的《逻辑研究》第四卷，在胡塞尔看来，只有理念而无词语，只有意义的类型，而没有出于普遍性考虑的意义的表达，这依然是传统学说的类型，从亚里士多德到17、18世纪以及中世纪的继承者们，都非常重视这一专题的研究。而"普遍性"也是与黑格尔和浪漫主义建立某种关系的一个术语，只是黑格尔对普遍语言思想的判断是轻蔑的，而浪漫主义则习惯于突出自然语言的个人特性。相较而言，雅各布森早在大学阅读胡塞尔时便萌生了"普遍语法"的想法，②开始关注普遍与特殊、不变量与变量之间关系。在其第二部诗歌研究著作《捷克诗歌与俄国诗歌比较》（1923）中，推崇不变量的普遍主义态度就走到了前台。最终，他和朋友特鲁别茨柯依（Nikolay Trubetzkoy）一起开创了"普遍性"的现代研究，率先在音位学（phonemics）和类型学（typology）两个领域建立了普遍语法。③简言之，雅各布森对现代"普遍性"研究的特殊贡献在于，整合了变量与不变量的普遍类型的发现，使得这一来自传统语言学而被经验学派思想所摈弃的术语，最终成为新语言学的一个最重要的概念，为后来者如乔姆斯基的普遍语法的理论建构提供了坚实基础。

总之，胡塞尔的整体性、意向性、意义等现象学哲学理论始终贯穿于雅各布森的结构主义语言学研究中，这也正是霍伦斯坦称雅各布森的语言研究为"现象学结构主义"（phenomenological structuralism）④的根本原因所在。雅各布森又以这样的语言学理论应用于文学研究，从而形成了独具特色的"现象学结构主义语言诗学"。需要注意的是，雅各布森没有利用黑格尔和浪漫主义去建立

---

① ［德］埃德蒙德·胡塞尔：《逻辑研究》第二卷第一部分，第303页。

② 雅各布森在《语言普遍现象对语言学的启示》（1963）一文中提到："在莫斯科大学的时候，有一次考官问我对普遍语法可能性的看法，我回答时引用了该教授对胡塞尔'纯语法'的否定态度。教授问我个人的态度。使考官恼火的是，我提出有必要让语言学者在这一领域进行研究。"见钱军编译：《雅柯布森文集》，第110页。

③ 雅各布森极为赞同索奕费尔特的一句话，即"世界上的语音系统之间原则上没有差异"，他认为还可以说得更广泛一些，"世界上的语言系统之间原则上没有差异"。参见［美］罗曼·雅柯布森：《类型学研究及其对历史比较语言学的贡献》，见钱军编译：《雅柯布森文集》，第66页。

④ Elmar Holenstein, *Roman Jakobson's Approach to Language: Phenomenological Structuralism*, p.3.

意义表达的普遍规则，而是利用了胡塞尔，这可看作他对哲学文本自由、自信又较为隐蔽的处理特性。雅各布森作为一位应用型语言理论研究者，结合具体的语言现象、文学文本来实践和阐扬胡塞尔现象学思想，变抽象为具象，融哲学于诗学，正是其语言诗学的独特价值和成功关键。

第三节　索绪尔语言学

如果说，"结构主义在《逻辑研究》的哲学中找到的是它的精神支柱"（胡塞尔学生帕托奇卡）的话，那么，结构主义在索绪尔的《普通语言学教程》找到的就是它的肉身底座。早在莫斯科的时候（1917—1918），雅各布森就通过索绪尔的俄国弟子卡尔采夫斯基（Sergel Karcevski，1884—1955）了解到索绪尔的思想。1920 年到达布拉格不久，雅各布森就收到了《普通语言学教程》的编者之一薛施蔼（A. Sechehaye）送给他的一本索绪尔《普通语言学教程》，由此开始了 20 世纪最重要的两位语言学大师的理论"对话"。在随后的六十年里，雅各布森写下了多篇论述索绪尔语言理论的重要批评文章，如《索绪尔语言理论回顾》（1942）、《语言的符号与系统——重评索绪尔理论》（1959）等。一方面，他高度评价《普通语言学教程》是"天才的著作"，并肯定索绪尔语言思想对现代语言学巨大而深远的影响，赞扬索绪尔在克服 19 世纪语言学的孤立、片面的历史主义方面所具有的意义；另一方面，他又反对索绪尔抽象的形式主义，反对索绪尔推到语言身上的那些矛盾，如共时与历时、语言与言语、形式与意义、语言的内在研究与外在研究等等。[①]

总体而言，虽然雅各布森从手段—目的的角度出发，证明了索绪尔的两条"基本原理"——符号的任意性和能指的线性都是幻想，但索绪尔结构语言学依然为他提供了非常重要的思想资源，这就是语言的符号系统观和"二元对立"（binary opposition）的结构原则。雅各布森将这些都广泛应用于其语言学和诗学研究中，并批判性地修正和发展了索绪尔的思想，建构了结构主义的动态共时的功能系统观，这成为雅各布森从事语言诗学研究的指导思想。此外，索绪尔的许多概念如系统、符号、时空、普遍现象等也被雅各布森及布拉格学派所承继和发展。

---

① ［美］爱德华·斯坦科维茨：《罗曼·雅各布森》，见钱军编译：《雅柯布森文集》，第27页。

可以说，索绪尔传统与雅各布森理论之间应被视为一种功能上的对应关系，而并非直接的"师生关系"［即"线性的因果关系"（linear causality）］。①

一　语言系统：动态共时的功能系统

按伊格尔顿所概括的，索绪尔语言理论的主要观点在于：其一，语言是一个符号系统，这个系统应该被共时地（synchronically）研究，即将其作为时间截面上的一个完整的系统来研究，而不是历时地（diachronically）研究，即在其历史发展中去研究；其二，每个符号都应该被视为由一个能指［signifier，一个音—象（sound-image），或它的书写对应物］和一个所指（signified，概念或意义）所组成，能指与所指之间的关系是一种任意关系，整个符号与它所指涉的东西［即"所指物"（referent）］的关系也是任意的；其三，系统中的每个符号之有意义仅仅是由于它与其他符号的差异（differences），意义并非神秘地内在于符号，它只是功能性的，是这一符号与其他符号之间的区别的结果；其四，索绪尔相信，如果语言学让自己去关注实际的言语（parole 或 speech），那它就会堕入令人绝望的混乱。他无意于考察人们实际所说的种种真实的东西，他关心的是使人们的言语从根本上成为可能的客观的符号结构，即语言（langue）。②也就是说，索绪尔建构了一系列二元对立关系，语言／言语、能指／所指、共时／历时等，而在这些对立中，索绪尔所强调的是前者，因为他所针对的是此前的语言学研究（尤其是新语法学派的研究），他们特别强调历史发生学的解释，比如探究某一成分的起源是什么、同一语言早期的对应现象是什么之类的问题，花费大量精力探索各种语言的变化，却并不追问这变化背后不变的东西。按雅各布森所言，他们有"严格的历史取向"，却"缺乏历史意识"，而索绪尔所寻找的正是某种潜在的历史依据或者说不变的结构法则，即作为语言固有秩序的"一个系统"。

对于接受了库尔特内（Baudouin de Courtenay，1845—1929）及其弟子谢尔巴（Lev Vladimirovich Sherba，1880—1944）和克鲁泽维斯基（M. Kruszewski，1850—1887）语言学影响的雅各布森来说，反对新语言学派的历史主义，肯定

---

① Krystyna Pomorska, "The Autobiography of a Scholar," in *Language, Poetry, and Poetics: The Generation of the 1890s—Jakobson, Trubetzkoy, Majakovskij*, ed. Krystyna Pomorska, p.7.

② ［英］特雷·伊格尔顿：《二十世纪西方文学理论》，第93—94页。

索绪尔的系统观，是再自然不过的。索绪尔"系统"概念的引入，使得语言学具有了像自然科学、政治经济学等那样的独立自主的科学性，因此，他不吝称赞"索绪尔是充分理解系统观对语言学重要意义的第一人"。但是，对于已经历了先锋派艺术和相对论思想洗礼的雅各布森来说，索绪尔的理论缺陷，比如其幼稚的心理主义、"新语法学派"的思想残余（如静止地看待事物）等，也是显而易见的：

> 索绪尔的伟大功绩在于强调把语言系统作为一个整体，并且结合系统与其构成成分的关系进行研究。但是另一方面，他的理论需要很大的修改。他把系统完全归入共时领域，把变化归入历时领域，试图割断语言系统与自身变化的联系。事实上，就像社会科学的不同学科所表明的那样，系统的概念和变化的概念，不仅可以相容共存，而且不可分割地联系在一起。把变化和历时同等看待，这与我们的所有语言体验严重矛盾。①

在雅各布森看来，索绪尔的谬误在于把共时和历时的对立等同于静态和动态的对立，他的思想完全排除了时间的同时性和相继性两方面的兼容性，而事实上，"每一种系统都必定表现为一种演变，另一方面，演变又必不可免地具有系统性"②，共时与历时、系统与变化，不是相互排斥、彼此对立，而是不可分割地联系在一起。我们不妨以电影感知的例子来说明这一点：当我们问一个正在看电影的观众"你此刻看到了什么？"，他（她）可能会说，一辆汽车在疾驰，一个女演员在跳舞，一个坏人被子弹击中，等等，可见，共时是动态的，共时包含着历时成分，而非绝对的静止，先锋艺术早就告诉雅各布森和我们，"静止的感觉不过是一种虚构"。同样，历时不能仅仅局限于变化的动态性，它同样包含着共时的、静态的成分，正如在一个语言社会里，语言变化不可能在一夜之间全部完成，在每个变化的开始和结尾都会有一个共存的时期。总之，雅各布森认为，语言是一个永恒的动态共时（dynamic synchrony）系统，不能将语言的共时研究与历时研究割裂开来，把语言解释为缺乏系统性的历史（如比较语文学），或把语言看成从历史角度无法把握的系统（如索绪尔），都是错误的，

---

① Roman Jakobson & Krystyna Pomorska, *Dialogues*, pp.57-58.

② Roman Jakobson and Jurij Tynjanov, "People in the Study of Language and Literature," in *Verbal Art, Verbal Sign, Verbal Time*, eds. Krystyna Pomorska and Stephen Rudy, p.26.

而雅各布森的高明之处就在于相信了时间因素的"象征价值"，[①]科学之处就在于借用了黑格尔的理论，辩证地综合了这两个方面，从而赋予索绪尔的静态二元论以一种动态的、辩证的统一。

　　雅各布森没有在这里止步，而是根据形式主义时期就已具备的目的论思想，进一步追问语言系统的本质特征问题，如某一成分的目的是什么？它在语言中的功能是什么？它与某一特定语言中以及人类语言中的位置如何？等等。他认为：语言学的首要任务，不是像新语法学派那样把目的描述成实现某一特定目的而服务的手段或工具，而是要研究手段和目的之间的关系，即从功能和相互关系的角度来研究语言的成分。也就是说，语言不仅是一个系统，而且是一个功能系统，不仅共时语言学要从功能角度评价语言系统的成分，而且历时研究也不能排除系统和功能的概念，不考虑这些概念，历时研究就不完整。因此，语言系统归根结底是一个动态共时性的功能系统，这成为雅各布森语言学和诗学坚定不移的立场，这也成为布拉格功能语言学的理论基石。

　　在继承与批判索绪尔系统观的基础上，雅各布森确立了自己的上述语言科学立场，也自然而然地开始了语言和文学的比较研究，这集中体现在他和迪尼亚诺夫（Jurij Tynjanov）合著的重要文章《文学和语言学的研究问题》（1928）中。在这篇论纲式的"结构主义者宣言"中，两位学者首先驳斥了空谈形式主义理论的那些人，因为他们把审美"系统"从其他文化领域中抽离了出来；同时也谴责了那些否定每个领域都有其内在机制和特殊性的机械因果论；接着从共时与历时对比的工作假设出发，认为共时性科学已用系统、结构的概念替代了历时性科学的那些机械地堆积现象的概念，"系统的历史也成为一种系统。纯粹的共时性现在恰恰是一种幻想，因为每个共时性系统都包括它的过去和未来，这两者是系统中不可分离的结构因素"[②]。换句话说，没有不变的系统，系统具有变化性，变化也总具有系统性。对于文学来说，文学演变的内在性质以及这些演变与文学系统的密切关系，必然隐含着文学共时与历时的协作关系。

---

① 雅各布森认为："时间因素本身进入语言这样一个象征系统之后就具有了象征价值（symbolic value），因为可以用共时的系统来分析变化，就像分析共时系统的静态成分那样，因此共时语言学与历史语言学之间人为的障碍也就消失了。"［美］罗曼·雅柯布森：《语言学的系统》，见钱军编译：《雅柯布森文集》，第51页。

② Roman Jakobson and Jurij Tynjanov, "People in the Study of Language and Literature," in *Verbal Art, Verbal Sign, Verbal Time*, eds. Krystyna Pomorska and Stephen Rudy, p.26.

最终他们主张：

> 揭示文学史（或语言史）的内在规律，可以使我们确定各种文学系统（或语言学系统）实际替代的特点，但是并不能解释演变的速度，也不可能解释当演变面临几种在理论上可能的演变途径时，究竟选择哪个方向。……如果不分析文学系列和其他社会系列的类比，就不可能解决方向或至少是主要因素的具体选择问题。这种类比（系统的系统）（a system of systems）有它特有的规律，我们应加以研究。从方法论的角度看，脱离每个系统的内在规律来考虑各种系统的类比，是一种有害的做法。①

在这里，雅各布森实际上充当了文化研究者，他明确指出了文学（语言）研究者的双重使命：其一，要搞清楚文学演变的内在动因，即文学（语言）系统的内在法则或规律；其二，要确定超越文学（语言）系统的组织原则或与其他社会系列之间的相互关系。就方法论而言，前者是更为重要的，因为如果预先没有研究过文学（语言）系统的结构规律，就不可能确立文学史（语言史）和其他系列之间严格的类比。可见，雅各布森在这里深入贯彻了共时（系统）与历时（演变）辩证统一关系的思想，既强调文学系统的独立特性和结构规律，也强调文学系统与其他社会系统、文学系列与其他历史系列之间的关系，只有二者结合，方可解释文学的自身特性、文学史的演变规律。对此，他们做了简洁有力的阐释。

一方面，对于文学系统本身来说："我们只有从功能的角度来考虑文学中所利用的材料，不论是文学的材料或是文学之外的材料，才能把这些材料引进科学研究的领域。"②换言之，文学系统是它的内部各个成分都有其"建构功能"的系统，即一个审美结构系统，只有从功能的角度才能认清材料自身在系统中的作用，而不论它是文学的材料，还是非文学的材料。比如文学作品中使用了一则报纸上的新闻，其功能在于实现文学的整体意图（如表现某些真实性和在场感），其承担的不再是日常语境中的信息报导的功能，而是审美功能。

---

① Roman Jakobson and Jurij Tynjanov, "People in the Study of Language and Literature," in *Verbal Art, Verbal Sign, Verbal Time*, eds. Krystyna Pomorska and Stephen Rudy, pp.26-27.

② Roman Jakobson and Jurij Tynjanov, "People in the Study of Language and Literature," in *Verbal Art, Verbal Sign, Verbal Time*, eds. Krystyna Pomorska and Stephen Rudy, p.25.

此外，雅各布森还提醒我们注意的是，共时的文学系统概念和编年的时代概念（a chronological epoch）并不是吻合的，"因为这个系统不仅包括在时间上接近的作品，而且也包括被吸纳到这个系统中的来自外国文学的或以前时代的作品。把共存的各种现象罗列出来并且同等看待是不够的，重要的是它们对于某一特定时代的不同层级的意义"①。比如，若考察中国唐代的文学系统，其中所包含的作品并不仅仅指公元618—907年之间唐王朝境内的文学作品，还包括唐以前各时代的作品，以及被吸收内化的外来文化（基督教文化、阿拉伯文化、印度佛教文化等）影响的作品，而它们在唐代整个文学系统中的层级、功能和意义是各不相同的。

另一方面，雅各布森充分认识到：如果只专注于研究文学系统的内在法则，虽然可以解释文学变化的特点，但是无法解释变化的速度以及变化的途径，因此，必须要研究文学(语言)系统与文化系统中其他系统的"相互关系"(correlations)，即"系统的系统"，必须"以'系统的系统'这一新的、富有成果的符号学概念为基础，进行更加广阔的结构分析，以便解释把不同文化层次联系起来的连接点，而又不借助于令人困惑的、机械的前因后果的概念"②。也就是说，在动态的演变进程中，文学系统的内在法则与"超文学"的外在文化影响紧密关联，内在法则对特殊变化的具体特性负责，而外在压力对特殊方向和演变的速度负责，对这一"系统的系统"进行结构分析，正是诗学研究的任务所在。可见，雅各布森此时已发展了索绪尔的"系统"观，从动态的系统与功能的意义上较全面地理解了"结构"。③他将文学系统纳入整个文化结构中，尤其关注文学与文化情景中不同的相邻学科的相互关系，其意图也正在于以功能、系统的结构分析，代替静态、孤立的形式分析，可以说，他已经初步建立起了结构主义（或者说"准结构主义"）的文学历史（系统）观。

值得一提的是，这篇文章在迪尼亚诺夫回到列宁格勒后，发表于俄国形式

---

① Roman Jakobson and Jurij Tynjanov, "People in the Study of Language and Literature," in *Verbal Art, Verbal Sign, Verbal Time*, eds. Krystyna Pomorska and Stephen Rudy, p.26.

② Roman Jakobson & Krystyna Pomorska, *Dialogues*, p.64.

③ 索绪尔几乎未使用过"结构"（structure）这个概念，而是"系统"（system），二者严格来说是有着区别的。系统指一套相互关联的实体结合而成的体系，譬如一个家庭或一盘棋。而结构稍有不同，它更侧重"系统内部的整套关系"。这套关系既可用抽象逻辑形式予以概括，也能在系统运作中得到"象征性的体现"。参见赵一凡：《结构主义》，《外国文学》2002年第1期。

主义者的阵地《新左翼》（*Novyj Lef*）杂志上，并引发了彼得堡诗歌语言研究会成员的强烈反响。雅各布森和迪尼亚诺夫试图以这种"准结构主义"方法来修正俄国形式主义诗学的偏颇，但或许是因为来得太迟，终无力挽救形式主义运动在官方压制和制裁之下的颓势，这一论纲所包含的方法论建议最终未能在俄国得到详尽阐释，而是在捷克开花结果（布拉格结构主义不妨称之为"俄国形式主义学说的结构变体"），在经历理论旅行之后又"暗度陈仓"地在"莫斯科—塔尔图符号学派"那里嫁接成功。这不得不说是诗学系统演变的历史性和戏剧性共同使然。

二 "二元对立"：雅各布森结构主义思想的灵魂

毋庸置疑，索绪尔并非"二元对立"的始作俑者，他也只是在德里达所称的"西方逻各斯中心主义传统"，或者说一种根深蒂固的思维模式中，建构其语言理论的。在早期希腊哲学中，语词（word）在祛除超自然的神秘之后，便"被提到了更高的甚至最高的地位"，"逻各斯成为宇宙的原则，并且也成了人类知识的首要原则"，[①] 也即赫拉克利特所表达的，"语词—逻各斯"（the Word）成为人类所听从的最高的"一"，由此开启了作为西方思想基础的二元对立结构：从柏拉图的理念界和事物界的对立开始，本质与现象、真理与谬误、精神与物质、主体与客体、光明与黑暗、自然与文化、善与恶、神与人、灵魂与肉体、男性与女性、内容与形式、心与物等等，无不体现出中心与非中心的二元对立关系，以及德里达所言的"暴力等级"关系，而探索至高无上的本质（真理）成为二元对立思维模式的旨归所在。至胡塞尔，意识与外物之间的二元对立依然存在，但渐趋融合；至海德格尔，为结束二元论哲学而放弃对存在者的追问，而追问"存在"。就"结构主义"而言，也依然秉持着一种本质主义（"深层结构"）的理想，或者说最后的形而上学思想。无论如何，"二元对立"作为一种逻辑分析原则，在认识论、知识论、方法论的框架中具有相当的普遍性和合理性。

---

① ［德］恩斯特·卡西尔：《人论》，甘阳译，上海译文出版社，1985年，第143页。"逻各斯"在希腊文中兼有"理性"和"言语"双重含义，由此，逻各斯与语言之间的关系研究，成为西方哲学尤其是近代哲学所关注的重要问题。如海德格尔认为"人是理性的动物"，意即"人是会言语的动物"（《存在与时间》）；而卡西尔则"把人定义为符号的动物来取代把人定义为理性的动物"。

索绪尔及其日内瓦学派从斯多葛学派和经院哲学的传统那里继承了语言符号二元性的思想，创造性地提出了四组二元对立关系：语言与言语，能指与所指，共时与历时，句段与联想，以此构成了欧洲结构主义语言学最基本的语言学范畴组，拉开了结构主义运动的序幕，"二元对立"也因此而几乎成为"结构主义"的同义语。对雅各布森来说，二元对立的结构主义原则是其语言学和诗学研究中终生恪守的原则；布拉格学派最具标志性的结构音位学理论即建基于二元对立关系之上；而后来的法国结构主义者，如列维—斯特劳斯和罗兰·巴尔特等，更是将此二元对立的语言模式运用于更广阔的文化现象的结构主义分析中，意图寻找"言语"背后的"语言"、表层结构背后的深层结构所在。"可以说，二元对立，就是欧洲结构主义思想的基本认识论和方法论原则。"[1]

（一）结构音位学的基石：二元对立的"区别性特征"

在索绪尔的开拓性研究遭受冷落和批评的时代（1920—1940），雅各布森却将索绪尔的二元对立原则广泛运用于自己的语言学和诗学研究中，从而产生了最具代表性的成果——结构音位学（structual phonology）。

在现代语言学史上，库尔特内首先发起音位问题的讨论，其"音位具有区别价值"的思想，最终进入到语言学中，但他所建立的"心理语音学"（psychophonetics）未曾从语音和意义的关系的角度考虑这一学科。而索绪尔的贡献在于其音位之间的关系即音位系统的思想，他的著名观点是："音位首先是对立的（oppositive）、相对的（relative）、否定的（nagative）实体。"[2]也就是说，音位是由关系构成的，但遗憾的是，索绪尔并未说明"音位的表示差异的要素"。正是在索绪尔的"音位系统""音位对立"思想的基础上，雅各布森在布尔诺的最后几年，通过对语音和意义关系的分析解决了这一问题，建构了不同于语音学（phonetics）的"音位学"（phonemics），为音位学的新观念奠定了基石。二战后的十年间他又与美国同事做了更为系统详细的证明，从

---

① 李幼蒸：《理论符号学导论》（第3版），中国人民大学出版社，2007年，第306页。

② ［瑞士］费尔迪南·德·索绪尔：《普通语言学教程》，高名凯译，商务印书馆，2009年，第165页。雅各布森后来指出，在索绪尔的授课的原始记录中，不是"音位"而是其"要素"（elements）被赋予了一种纯粹对立的、相对的和否定的价值（See Roman Jakobson, "Retrospect," in *Selected Writings* I : *Phonological Studies*, ed. Stephen Rudy, p.637）。

而再次超越了他的布拉格同事以及他自己早先的音位系统观。

在《音位的概念》（1942）一文中，雅各布森开篇就借索绪尔的术语表明："每一个语言符号都是声音与意义的统一体，换句话说，是能指和所指的统一体。"①问题在于，索绪尔以任意性原则将符号的能指与所指割裂开来，忽视了声音与意义之间的关联问题；而传统语音学也只是从纯生理的、物理的、心理—听觉的角度研究语音，而未认识到语音其实是"有意义的声音"（significant sounds）。实际上，语音学并非一个封闭自足的领域，而是语义学的重要组成部分，声音（语音）具有区分意义（语义）的功能，比如在汉语中，不同的声调完全可以区分不同词语的意义。②由此出发，雅各布森把音位定义为"具有区分词义价值的语音"，音位系统就是一个语言所特有音位对立的总和，音位只是纯粹区分性的、没有内容的符号，它本身没有实在的、特殊的意义，但是，语言赋予了它们不同的用法即功能，语音差异可被用来区分更高一个层次上的实体（如词素、词汇等），所以，重要的不是音位孤立的、自我存在的音质（phonic quality），而是音位在音位系统内部彼此的对立关系以及所实现的意义区分的目的，只有从功能角度出发研究语音，才能找出能够区分意义的最小语音成分。雅各布森认为，一个音位是由其符号功能来决定的，而音位并非不可再切分的区分语义的最小语音成分，还有比它更小的语音成分，这个成分并非声音的物质实体，而是"区别性特征"（distinctive features），如果说音位是"符号原子"（萨丕尔语）的话，那么，区别性特征就是"基本粒子系统"，后者使前者实现严格的量子化。③

---

① ［美］罗曼·雅柯布森：《音位的概念》，见钱军编译：《雅柯布森文集》，第160页。

② 雅各布森在《语言学和诗学》一文中就明确指出："音节声调的不同经常用来区分词语的意义，如在中国古典诗歌中，仄声音节对立于平声音节，但很显然在这种对立之下有一种惯例规范，已由王力解释；在中国的韵律传统中，平声与仄声的对立被证明为是音节的长调峰值与短调峰值的对立，因此诗歌是建立在长和短的对立基础之上的。"Roman Jakobson, "Linguisitics and Poetics," in *Language in Literature*, eds. Krystyna Pomorska and Stephen Rudy, p.74.

③ 术语"distinctive features"最初由布龙菲尔德（Leonard Bloomfield, 1887—1949）在其著作《语言》（*Language*, 1933）中创造使用，索绪尔称之为"differential elements"。雅各布森认为，区别性特征的语言学发展，完全对应于现代物理学概念的新近发展（如"场"问题，由"基本粒子"构成的物质"颗粒"结构），结构主义语言学的进程是可以与现代物理学的革命性的发展相提并论的。参见［美］罗曼·雅柯布森：《普通语言学的当前问题》，见钱军编译：《雅柯布森文集》，第41—43页。

所谓"区别性特征"，就是所有不能再分解为更小的下一层音位对立的音位对立项，对立项之间的对立是真正的二元对立，就像逻辑学所定义的那样，也就是对立的一方必然暗示它的对立面，比如圆唇对立于非圆唇。它是声音特征的高级系统中最重要的"固有特征"，通过听觉感知而生物性地被界定，它本身没有意义，它在音位系统中的唯一功能就是它的区分意义的功能（meaning-differentiating function）。所谓"音位"就是二元对立的区别性特征组合成束（bundles）。比如，dog（狗）与 tog（衣服）的区别在于：浊辅音 /d/ 与清辅音 /t/ 的感官特性（sensory quality）在同一位置的对立，二者发音的口型、舌位、唇形都是完全一样的，只是声带振动与不振动造成了浊与清的区别，其区别性特征就是浊音性与清音性。但它们若与 nog（木钉）相较来看，/d/、/t/ 与 /n/ 的区别又变成唇音与鼻音的对立，前二者同属于双唇音辅音。可见，区别性特征既互相暗示，相反相成，又在语言里自主运作（/dog/ ≠ /tog/ ≠ /nog/），以其在音位系统中发挥自己的不同功能作用，来实现对不同音位、不同词义的区分。更重要的是，虽然世界上诸多语言都具有多种多样的音位，但这些音位分解之后的区别性特征则是数目有限的，比如法语有 36 个音位，但其区别性特征只有六组对立。因此，这些特征的分析能使我们把可能选择的大量语音降减到最小数值，使语言团体的成员能够快捷地察觉、记住并且运用它们，从而通过有限的区别性特征而识别无限的、难以捉摸的语音。这在学习外语以及儿童语言习得的过程中是最为常见的。从这个意义上说，二元对立的区别性特征，也正是乔姆斯基先验的"语言能力"（competence）或者说"深层结构"的构成部分。

1952 年，雅各布森与哈勒等学者更是在精细的声学频谱分析基础上，对语言音位方面作出了一种典范的逻辑描述，为人类一切语言系统找出了共同的区别性特征，最终他们得出了 12 个普遍性的区分性特征的对立项（每一种语言均从中选择若干组）。[①] 当然，无论是在布拉格还是在美国，雅各布森都一直努力在哲学（如皮尔斯符号哲学）、神经语言学等研究中寻找区别性特征存在的理据。

---

① Roman Jakobson, E. Colin Cherry & M. Halle, "Toward the Logical Description of Languages in Their Phonemic Aspect," in *Selected Writings* Ⅰ: *Phonological Studies*, ed. Stephen Rudy, pp.449-463. 雅各布森将这12种区别性特征按响音性、时延性、调性分为三大类：响音特征包括元音性/非元音性、辅音性/非辅音性、鼻音性/口腔音性、聚音性/散音性、突发音/延续音、糙音/润音、受阻/不受阻，时延性特征为紧张/松弛，调性特征包括钝音/锐音、降音/平音和升音/非升音。

可以说，区别性特征不是雅各布森主观想象的结果，也不仅仅是语言学为更好划分语音现象而发明的方法论概念，而是能够展现心理学的、实证操作的现实，正是"区别性特征"，使索绪尔所谓的"对立的、相对的、否定的"音位成为可能。

相较之下，"索绪尔的思想完全排除了时间的同时性和相继性这两个方面的兼容性。所以，动态性的思想在对系统进行研究时被排除在外，能指被缩小为纯粹的线性事物，因而也就不可能把音位看作是一组同时发生的区别性特征"①，从而导致了语言分析的对象枯萎。而雅各布森则比索绪尔以及他的挚友特鲁别茨柯依更坚决地贯彻了二元对立的结构原则，② 兼容时间的同时性与相继性，将对立值（value）从音位转移到区别性特征上来，以区别性特征打破了对能指历时性感知的线性模式，从而表明语音的意义是在共时与历时相统一的整体感知中生成的，由此他也走向了以声音系统去发现"语音类型学"的道路。③比如我们之所以把"dog"当作"dog"来理解，是因为我们在说或听这个词语开端辅音的时候，首先在"tog""dog""nog"等词的一系列音位区别性特征 /d/、/t/ 和 /n/ 中对 /d/ 作出了区分判断，然后将 /d/ 置入与 /o/、/g/ 的历时序列之中加以辨识的。可见，识别一个音位，或理解一个语词，都是在语言系统的共时与相继的双轴坐标上进行的，正如音乐，不仅表现出相继轴上的组合（序列），也表现出共时轴上的并发（和弦）。

在雅各布森看来，这种二元对立与其说是一种"对立"，不如说是一种"辩证统一"，因为在坚持二元对立原则的同时，他又吸纳了黑格尔的辩证法思想，并使辩证法成为否定差异或者说消解差异的"黏合剂"，而这也正是雅各布森与索绪尔对二元对立的不同理解所在：

> 对立在数目上是两个，对立双方以特殊的方式相互联系在一起：如果一方出现，大脑就会推断出另一方。在一个对立的两重事物当中，如果一方出现，即便另一方不出现，我们也会想到它。白的概念对立于黑的概念，

---

① Roman Jakobson & Krystyna Pomorska, *Dialogues*, p.59.

② 特鲁别茨柯依的《音位学原理》是布拉格学派语音学理论经典，但雅各布森认为他并未严格贯彻二元对立原则。

③ 雅各布森在与其弟子合著的最后一本音位学专著《语言的语音形式》中指出，语音类型学应考察区别性特征、其同时性和相继性的各种结合可能，以及它们在此系统中的等级性相互关系及其在时空中的稳定性。See Roman Jakobson & L. Waugh, *The Sound Shape of Language*, Bloomington: Indiana University Press, 1979, p.123.

美对立于丑，大对立于小，封闭对立于开放，等等。对立双方联系紧密，一方的出现不可避免地引出另一方。[1]

可见，二元对立的结构原则就是一种"暗示法则"（rules of implication）[2]，即对立的一方明确地、可逆地和必然地暗示另一方，成分 B 的存在意味着成分 A 的存在，或者相反，意味着 A 的不存在，二者既是兼容的，又是不兼容的。这种对立包括两种差异：相对（contradictory）和相反（contrary），"相对差异"存在于一个元素或特征的在场与缺席之间，在场的与缺席的相反相成，彼此召唤，如浊音/清音（voiced/voiceless）、元音/非元音（vocalic/non-vocalic）的关系；"相反差异"在特定的两个元素间的关系中，这两个元素属于同一种属，并在其中最大化地彼此区别，或者被认为是表现某一渐变范围的最大或最小特征，如光明/黑暗、黑/白的正对关系（polar oppsition）。雅各布森只将这两种差异视为对立，从而与那些简单的或偶然的差异相区别。在后者中，特定的一项是无法召唤它的对立项的，比如当我们说"我看见了一片草原"，那么，我们无法断定这"草原"究竟是与森林、湖泊还是沙漠、丘陵等相区别，因此它没有明确的对立项。总之，"所有的音位指示的只是'他者'。这种独特的指示把区别性特征及其组合而成的音位，与所有其他的语言单元区分开来"[3]。按胡塞尔的术语说，这种定义是一种"本质定义"（eidetic definition），也就是说，音位是内在于实在的语音中的一种复杂的构成，[4]音位与音位指示的"他者"之间、音位的区别性特征之间，构成一种相反或相对、地位对等、辩证统一的"相关关系"。

这段话也不由得让我们想起索绪尔的"差异"理论。索绪尔认为，"在词里，重要的不是语音本身，而是使这个词区别于其他一切词的语音上的差异，因为

---

① ［美］罗曼·雅柯布森：《音位的概念》，见钱军编译：《雅柯布森文集》，第178页。

② Roman Jakobson, "Implications of Language Universals," in *Selected Writings* Ⅱ: *Word and Language*, ed. Stephen Rudy, pp.581-582.雅各布森将暗示法则作为模型，首先应用于音位学中，而后也应用于形态层面和句法层面。

③ Roman Jakobson, "Phonology and Phonetics," in *Selected Writings* Ⅰ: *Phonological Studies*, ed. Stephen Rudy, p.470.

④ "音位不等同于语音，也不外在于语音，而是必然地存在于语音之中，是被叠加的、内在于语音：它是变量中的不变量。" Roman Jakobson, "Un manuel de phonologie générale," in *Selected Writings* Ⅰ: *Phonological Studies*, ed. Stephen Rudy, p.315.

带有意义的正是这些差异"①。也就是说，一个语言符号的意义取决于它与其他符号的差异关系，依赖于它在整个符号系统中的位置，索绪尔甚至强调，在语言中只有差异，没有确定的要素。比如，就"母亲"而言，至少要有两个以上的"他者"，"母亲"才会成为有意义的符号，"母亲"的意义在于，他既不是"父亲"，也不是"儿子""女儿"。索绪尔对实在的"事物本身"的剔除，对差异性、任意性以及相继性的过分强调，对对立的一方（起源性的）有着高于另一方（派生性的）特权的等级假定，使其语言系统成为一个非整体性的、静态的、线性的结构，这也正是后来德里达所批判和解构之处，也正是雅各布森反拨和重建之处。在后者看来，区别性对立是语言层级结构固有的内在现象，即整个语音系统、词法结构以及句法结构都以二元对立原则为基础，对立双方的差异关系同时是一种辩证统一的相关关系，参与语言交际的人都可以掌握、运用、感知、解释这些确定的区别性成分。可以说，一切二元对立项都共存于一个普遍性、整体性、动态性的功能语言系统中，由此而超越了索绪尔的任意性、差异性和线性原则。

不容否认，索绪尔的这种对立的差异观对雅各布森诗学是有一定影响的。从一开始，雅各布森关注的就并非文学本身，而是文学与非文学的差异性或区别性对立关系，对"文学性"的界定即是如此。正如托尼·本尼特所言："实际上，形式主义者根本没有研究文本，他们的研究对象显然更抽象——虽然，从本质上讲，也更为具体——其研究的是文本间的关系系统。"②这一"关系系统"无疑是建立在文学文本与非文学文本之间"差异"的基础之上的。雅各布森在《语言学与诗学》（1958）中更是明确指出："诗学涉及的首要问题是：什么使语言信息成为艺术作品？因为诗学的主要对象是语言艺术相对于其他艺术和其他各种语言行为的特殊差异（differentia specifica），所以诗学在文学研究中有资格占据首要地位。"③这与"文学性"的判定逻辑如出一辙。可以看出，雅各布森诗学所致力于寻找的正是语言艺术与非语言艺术之间的"特殊差异"。

相较于索绪尔"就语言而研究语言"的态度，雅各布森则意识到：这种作

---

① ［瑞士］费尔迪南·德·索绪尔：《普通语言学教程》，第164页。

② Tony Bennett, *Formalism and Marxism*, London and New York: Taylor & Francis e-Library, 2005, pp.46-47.

③ Roman Jakobson, "Linguistics and Poetics," in *Selected Writings Ⅲ: Poetry of Grammar and Grammar of Poetry*, ed. Stephen Rudy, p.18.

为"特殊差异"的"文学性"并不仅仅体现于文学系统内部，还存在于文学系统与其他系统的关系所组成的更大的结构之中，因此，要探究"文学性"，就必须从文学系统内部尤其是文学文本的语言法则和内部结构入手，并兼顾文学系统与非文学系统的比较。这也就决定了雅各布森语言诗学的两种研究方向，即侧重于以共时性的语言学方法研究文学系统本身（以文本为中心），和侧重于以历时性的语言学方法研究文学与其他文化符号系统（如艺术、历史、社会等）之间的关系。当然，二者之间并非泾渭分明，而是彼此渗透的，前者按雅各布森的意思，应称之为"文学研究"，后者则可以称之为"文学批评"，这两种研究方向也就决定了雅各布森语言诗学文章的两幅笔墨，两种追求，两重境界。这是我们在研究雅各布森语言诗学过程中需要格外注意的。

（二）雅各布森对索绪尔二元论的修正及"结构主义"概念的诞生

雅各布森的过人之处在于擅长从百家之中"取其精华弃其糟粕"，对浪漫主义和黑格尔辩证法的吸纳与扬弃、对索绪尔的二元对立语言系统理论的继承与修正等，都可见出其兼容并包、为我所用的大家胸怀。比如，雅各布森曾结合自身的文学研究，指出索绪尔的某些疏漏之处：索绪尔在谈到说话者无力改变他们的语言的时候，从口头语言出发而忽视了文学语言在语言活动中的历史作用，他所遵循的是新语法学派的传统，而新语法学派感兴趣的正是普通百姓使用的口头语言，而不是知识分子所使用的文学语言。对此，雅各布森恰恰认为，"对语言的一种有意识的态度是一种可能性"[1]，文学语言为了适应科学、技术、宗教、美学等各种需要，而有意识地被精雕细琢和革新调整，每一种文学语言的历史都提供了大量的例子说明，文学语言在语言发展和变化过程中发挥了重要作用。这无疑是以更为辩证合理的二元关系修正了索绪尔片面的语言演变观。

在思考如何将"语言和言语"的对立关系转运到文学研究时（1928），雅各布森同样表现出应有的审慎和周全态度：

> 确定言语和语言这两个不同概念，并分析它们之间的关系（日内瓦学派），对于语言学来说是富有成果的。把这两个范畴（现有标准和个别的表述）

---

[1]　［美］罗曼·雅柯布森：《索绪尔语言理论回顾》，见钱军编译：《雅柯布森文集》，第34页。

运用到文学上并研究它们之间的关系，是需要深入探讨的问题。在这个问题上也是一样，如果不把个别的表述和现有的标准整体联系起来，就不可能考虑个别的表述。研究者如果把这两种概念孤立开来，必然会歪曲审美的价值体系，并且也不可能建立起内在的规律。①

雅各布森对索绪尔"语言与言语"的二分法是肯定的，但对其缺乏整体性、割裂对立项之间关系是坚决反对的。在《教程》的结尾处，索绪尔说道："语言学的唯一的、真正的对象是就语言和为语言而研究的语言。"② 对此，雅各布森认为这种"不足为信的说法"必须抛弃，因为语言学已经成为两条科学战线上的科学，既要把语言整体设想为"为语言自身"，同时也要把语言设想为文化与社会的一部分，部分与整体的相互关系应当始终关注。二人之间的区别，用索绪尔下棋的比喻来说就是：索绪尔关注的是主导性的下棋规则，而不是被支配性的每一步棋；雅各布森关注的不是二者其一，而是每一步棋和下棋规则之间的关联，只有在二者的整体关系中才能走好每一步棋，也才能真正建立和实现规则。对于文学研究来说，必须把单个的文学作品和其所践行的文学规则（惯例、规范等）整体联系起来，正如"音位的改变必须在经受这种变异的音位系统的关系中来分析"③一样，否则，将无法理解这个作品。一旦孤立、割裂二者之间的结构关系，必然会导致对作品审美价值体系的歪曲，也就不可能建立起文学系统的内在规律。这种重视整体性和关系性的态度和立场，成为雅各布森结构主义诗学诞生的标志，虽然"结构主义"这一概念此时（1928）还尚未诞生。

翌年，在布拉格举行的第一届国际斯拉夫学者大会上，雅各布森作了《浪漫的泛斯拉夫主义——新斯拉夫研究》的报告，第一次创用了"结构主义"（structuralism）这一术语：

> 如果我们要概括当今各种科学的主导思想的话，再没有比"结构主义"更贴切的术语了。当代科学把任何一组现象都视为一个结构的整体，而不

---

① Roman Jakobson and Jurij Tynjanov, "People in the Study of Language and Literature," in *Verbal Art, Verbal Sign, Verbal Time*, eds. Krystyna Pomorska and Stephen Rudy, p.26.

② ［瑞士］费尔迪南·德·索绪尔：《普通语言学教程》，第323页。

③ Roman Jakobson, "The Concept of the Sound Law and the Teleological Criterion," in *Selected Writings Ⅰ: Phonological Studies*, ed. Stephen Rudy, p.2.

是一个机械的结合体，科学的基本任务是揭示这个系统的内在法则，不管这些内在法则是静态的还是发展的。科学研究的核心不再是事物发展的外在刺激，而是事物发展的内在的根据。事物发展的机械的观念让位给了功能问题的研究。①

可以看出，雅各布森是站在当时"科学主义"的宏大立场和时代特点上，来审视"结构主义"这一主导思想的，②同时也是在"系统"的意义上来谈论"结构"的，二者在"整体性"上是一致的。所谓"系统"是指"一个通过改变自己的特点但同时保持其系统结构来适应新条件的完整的、自我调节的实体"③，它并非索绪尔意义上的那个共时、静态的符号系统，也不是一般的由某种物质性部分构成的整体，而是一个动态性的关系组合的整体，语言现象和文学现象都是这样的整体。以"结构"或"系统"作为结构主义的核心概念，是自亚里士多德的"有机体"说产生以来，西方关于"结构"的一系列思维形式不断演进的必然结果。④

由于一心专注于音位结构的内在法则的研究，雅各布森并未对"结构主义"概念作过多的理论阐释，倒是他的布拉格同事穆卡洛夫斯基紧随其后，对"结构""结构主义""艺术结构"等问题进行了更深入的阐发。比如他认为，"结构的概念建立在由各个部分组成的整体的相互关系内在的一致基础上：这个关

① Roman Jakobson, "Retrospect," in *Selected Writings* II : *Word and Language*, ed. Stephen Rudy, p.711.

② 雅各布森的亲密朋友、音位学家特鲁别茨柯依也曾对当时的时代特点总结道："我们这个时代的特点是这样一种倾向，即所有的科学学科都在用结构主义取代原子主义，用普遍主义取代个体主义（当然是在这些术语的哲学意义上讲）。"（《音位学原理》，1933）随着"科学主义"的发展，这场结构主义的科学运动并未局限于科学，而是席卷了一切艺术文化，最终变成了"作为一种思想运动的结构主义"（罗伯特·休斯语）。

③ ［美］罗伯特·休斯：《文学结构主义》，第15页。

④ 按杰姆逊所言，西方所有有关思维形式的理论都有一系列关于结构的概念，即有某种模式，通过它可以理解不同的因素之间相互起作用的各种关系，把事物间的相互关系观念化。比如有机论模式，这是西方最早关于结构的概念，是用以理解具有各个不同元素的总体的模式；西方文化所特有的工业化模式，即人类生产力和结构（机器）的关系改变了所有关于结构的疑问；格式塔模式，即从人类认识角度提出的一种模式；结构主义语言学模式，即以"系统"或"共时体"概念为核心；等等。参见［美］弗雷德里克·杰姆逊：《后现代主义与文化理论——杰姆逊教授讲演录》，唐小兵译，陕西师范大学出版社，1987年，第12—13页。

系不仅表现为一致与和谐的肯定性关系，也表现为对立与冲突的否定性关系"①。穆卡洛夫斯基既强调了结构内部关系的辩证统一，也指出了结构转换的动因所在。雅各布森对此也是有着清醒认知的，比如他从功能角度认为，语言结构的变化不是偶然的，而是像其他社会文化系统的发展一样，有着自身的规律性和目的性，因此他提出了语言变化的"疗救性特征"（therapeutic character）理论，认为"语言系统总是在寻找一种平衡，这种平衡常常会在系统内部的某一点遇到危险。为了恢复平衡，就要在系统内部进行变化调整，而这一变化调整在恢复原有平衡的同时，又会给系统内部的另一部分带来问题，因而又需要有疗救性变化，如此往复不断"②。在这里，"语言系统"可以置换为"文学系统"，文学（语言）系统的演变也就是"平衡—平衡被打破—恢复新的平衡"的动态演进过程，也就是说，文学（语言）结构是一个自我调节的功能系统，这里的"结构"亦即皮亚杰所定义的具有整体性、转换性和自我调整性的"结构"。③由此，结构主义诗学（语言学）的任务不再是对静止元素的有限检验，而是运用功能研究的方法，对文学（语言）系统中不断发展、演变的内在法则进行研究。

（三）结构音位学的影响与二元对立对雅各布森结构主义思想的意义

任何理论一旦成为模式，便意味着它超越自身领域而被继续推广应用的可能，雅各布森的音位学作为结构主义的一种科学模式便是如此。比如，音位学的方法为阐明诗歌的结构法则，特别是诗歌文本整体的各部分之间的层级关系问题提供了可能，使我们有可能解决拼写、速记改革、为没有文字的民族创造字母等问题。更重要的是，雅各布森将布拉格结构音位学"遗产"背到了美国，也正是在流亡美国的最初时期，邂逅了列维-斯特劳斯。这次具有历史意义的意外邂逅，不仅使列维-斯特劳斯苦苦思考的人类学问题终于获得解答，更开启了结构主义语言学向西欧传播的序幕。如列维-斯特劳斯所说：

> 在关于亲属关系问题的研究中，人类学家发现自己正处在一种形式上与结构语言学家相似的情形中。如音位一样，亲属称谓是意义的元素；亦

---

① R. Wellek, *Discriminations: Further Concepts of Criticism*, New Haven: Yale University Press, 1970, p.278.
② 钱军：《结构功能语言学——布拉格学派》，第6页。
③ ［瑞士］皮亚杰：《结构主义》，倪连生、王琳译，商务印书馆，2009年，第3页。

如音位一样，只有当它们整合到系统中去之后，它们才获得意义。"亲属制度"像"音位系统"一样，是由思维在无意识思想的水平上建造起来的。①

正是在这样的比附应用过程中，雅各布森的音位学先锋思想成为现代人类学领域的奠基石，一如列维－斯特劳斯所赞叹的，它对社会科学所起到的革新作用，与核物理学对整个精密科学领域所起的作用一样。②后来杰姆逊（Fredric Jameson）对雅各布森和列维－斯特劳斯的结构主义语言学模式所做的综合评价更是简明中肯："这种语言学模式的基本观点即：语言意义中的关键元素是二项对立。语言中的声音、概念和词汇永远处于对立状态，即单独一个元素不可能表达任何意义。正是这种二项对立可以发展成一套完备的语言学系统。这一发现是完全崭新的，而且带来了人类认识方面的革命性变化。"③从索绪尔到雅各布森再到列维－斯特劳斯，从俄国到美国再到法国，形式主义和结构主义的思想火炬被不断传递，语言学（音位学）模式仿佛黑格尔之"绝对精神"，从此开始在社会科学领域熠熠生辉，最终燃起法国结构主义的熊熊大火，其火光更是笼罩四野。

雅各布森所坦率承认道："二元对立的研究方法一直吸引着我。"④这一方法也确实自始至终贯穿在其语言学、诗学乃至失语症等全部研究中。比如在诗学中，二元关系变为了无所不包的原则，一系列二元关系产生了诗歌重要的基本结构和原则——"平行"（parallelism），而平行不是由同一（identity）而是由对等（equivalence）构成，也就是说，对音位的二元对立的研究为诗歌批评提供了方法论支持，为我们更深入地理解诗歌提供了一把崭新的钥匙。又如在病理学、儿童语言等研究中，他借儿童心理学家的研究成果认为"儿童早期的思想发展直接以二元对立为基础"（《儿童语言的语法构成》）。⑤其成就卓著的

---

① ［法］克洛德·莱维－斯特劳斯：《结构人类学》，谢维扬、俞宣孟译，上海译文出版社，1995年，第36页。

② 参见［比］J.M.布洛克曼：《结构主义：莫斯科—布拉格—巴黎》，李幼蒸译，中国人民大学出版社，2010年，第8页。

③ ［美］弗雷德里克·杰姆逊：《后现代主义与文化理论——杰姆逊教授讲演录》，第13页。

④ Roman Jakobson, "My Favorite Topics," in *Verbal Art, Verbal Sign, Verbal Time*, eds. Krystyna Pomorska and Stephen Rudy, p.7.

⑤ ［美］罗曼·雅柯布森：《儿童语言的语法构成》，见钱军编译：《雅柯布森文集》，第287页。

"失语症"研究更是如此，他认为："语言研究中基本的二项对立概念是了解失语症二分法的钥匙，这种二分法很明显也就是诸如编码—解码、组合关系—聚合关系、邻近性—相似性等二分体。这些概念已经逐步进入高级神经心理学对失语症之谜的研究。"[①] 也正是在失语症研究中，雅各布森演绎了索绪尔的"组合关系与聚合关系"的二元区分，发现了作为"语言对立两极结构"（bipolar structure of language）的隐喻和转喻在诗歌和散文中的表现，如此等等。

总之，二元对立不仅是雅各布森建构结构主义诗学的方法论，更是其整个结构主义理论的根本原则，结构主义思想的灵魂所在。尽管后来寻求二元对立的语法分析模式，被某些批评家批评为"一种具有很高价值的文学表演"，至多对科学有某种启发效用，但其表现出的最大化的科学性、有效性和可操作性是不容否定的。

以上我们简要分梳了对雅各布森语言诗学产生重大影响的几种思想资源，对雅各布森语言诗学体系中的相关概念和方法也做了相应的交代。正是在这些主要思想彼此交融、相互启示的影响下，雅各布森自始至终坚持一种朝向艺术作品的严格的科学态度，认为文学是一种通过严格的语言学方法论可被分析的纯粹的语言现象，从而提出文学的语言技术模式和有其自身目的的审美功能的先锋观念。有必要说明的是，作为一个善于博采众家之长的学者，无论面对自然科学的发现，还是人文科学的创造，他都以"拿来主义"为践行原则，以兼容并包、去粗取精的胸襟与眼光积极吸纳，为我所用，从而形成了其思想体系的丰富与庞杂，尤其他后期对皮尔斯符号学的吸收和发展，更是将诗学置入文化符号学的广阔视域之中，进一步拓展了其诗学的结构空间和审美容量——这将是后文所着力阐述的问题了。

---

① Roman Jakobson, "My Favorite Topics," in *Verbal Art, Verbal Sign, Verbal Time*, eds. Krystyna Pomorska and Stephen Rudy, p.6.

第三章

隐喻与神话：文学文本的深层结构

去国之后的雅各布森，既将形式主义的火种在布拉格语言学派中进一步传播，又从中吸收多元的文化思想，逐步建构起功能、系统、结构三位一体的语言诗学。许多年后，当雅各布森在哈佛大学喟叹"形式主义是结构主义的幼稚病"的时候，我们与其把它理解为对俄国形式主义的批评，不如理解为对捷克结构主义的感激与怀念。

现在，我们无法想象雅各布森躲在棺材里，被挪威反法西斯的同志们偷运到瑞典时是怎样的心理，但至少应当包含着对战争、极权政治、动荡、封闭、黑暗的抵制与反抗，对民族、种族、国家、身份、流亡的历史思考与命运体悟，这思考与体悟早在捷克时便已熔铸在他对英雄史诗和历史事实的尊重和研究中。当他到纽约后，更是不辞劳苦地发明并积极推广"国际语"（interlingua），力图祛除纳粹德国排他的、扩张的极端民族主义之祸害：这是一位语言学家所采取的最具民族性、世界性和人道主义精神的抗争。从这个意义上说，他对表征俄国精神传统和个人（普希金）命运的"雕像"的关注，对被时代所耗费的"悲剧英雄"（马雅可夫斯基）的痛悼，对"失语症"和"文化隐喻"的研究，对"民族自决"的张扬和对斯拉夫民族神话的重建，显然不是随意而被动的行为，而是在特定的时代语境中，一位真正的科学主义者、民族主义者、"未来主义诗人"内在的人文精神与民族意识的情感外泄和深沉呐喊。

欧洲时期（1920—1941）的雅各布森，在经历了从"激进主义者"到"政治失语者"的彷徨与转变后，便"心无旁骛"地浸淫于学术，发表了大量文章，几乎囊括了他整个学术生涯中的所有主题，为语言病理学、修辞学、文化人类学、神话学等都作出了巨大贡献。其语言诗学不仅完成了从形式主义向结构主义的演变而日益成熟，更因为跨文化的旅行、跨学科的探索而获得诸多启示与洞见，从而对"文学性"问题有了别样的回应，即隐喻和神话作为文学文本的深层结构，在文本的纵向空间上和在文本与生命和历史的交汇中，使多重意义得以生成，使文学之为文学成为可能。

第一节 从"激进主义"者到"政治失语"者

或许是因为过早预见了形式主义的未来，雅各布森在形式主义走向鼎盛的前夜独自离开了莫斯科，这也使得他此后动荡不安的移民岁月不像是自主的选择，更像是宿命的安排。无论如何，追踪雅各布森"激进主义"（radicalism）的脚步，尤其是他在布拉格时期或隐或现的政治命运，[①]是更好地理解他本人及其语言诗学的不二法门。

1918 年，雅各布森从莫斯科大学毕业之后，任教于莫斯科戏剧学院。其实在 1917 年之后，雅各布森就发现自己正处在青年知识分子的左翼阵营中，他们都被新政权向艺术和学术研究打开的可能性吸引住了。那个时候，勃里克和马雅可夫斯基都在首都活动，成了莫斯科教育人民委员会之视觉艺术部（简称"IZO"）的积极成员，雅各布森经常与他们联系，并担任部门主管勃里克的学术秘书。在此期间，雅各布森以他的未来主义者的笔名——阿吉亚格诺夫（Aljagrov），写了篇题为《艺术中宣传的任务》（"The Tasks of Propaganda in Art"）的文章，发表在 1919 年 9 月 7 日的《斯拉夫宣传日报》上。文章与当时流行的青年知识分子情绪是完全合拍的，其主要观点是指责艺术和审美规范领域中的自由主义。在文中，雅各布森公开指责自由多元主义，并为一种以新的艺术形式激进地取代旧的艺术形式辩护，他指出，艺术不是由供求法则掌控的市场：

---

① 关于雅各布森在二战时期布拉格的政治命运、政治态度以及受到捷克斯洛伐克政府怀疑等的详细材料，可参见［美］彼得·斯坦纳（Peter Steiner）：《究竟站在哪一方——罗曼·雅各布森在两次世界大战期间的布拉格》，雷碧乐译，见张进、周启超、许栋梁主编：《外国文论核心集群理论旅行问题研究》，中国社会科学出版社，2018 年，第22—30页。

> 艺术中的形式不是像一个顾客在商店里挑选手套那样来被选择。
>
> 我们经常忘记了，艺术的生命在于形式化方法的取代，对所有形式而言，存在着这样一种运动，即它们"从产品的意义生成的形式转变为这些意义的枷锁"（马克思语）。
>
> 新的艺术形式是旧的形式的一种变形，一种反抗。两种艺术形式和平共存于同一个时期是不可思议的，正如在同一个空间同时存在着两个几何体。
>
> 在这个范围内，革命性的艺术启蒙的任务是文化领域的一场革命，尤其是在审美惯例方面，启蒙必须摧毁和消灭文化中过去的残余。换句话说，艺术中静态的延续，与模仿行为作斗争，是艺术中启蒙的任务。[1]

这里，与政治没有丝毫关系，没有明确表明对新政权的支持，与革命背后的政治的和社会的压力也无关，只有对自由艺术市场的谴责。文章中还有一种米兰·昆德拉式的"青年人的抒情"品质，显露了一个激进的艺术理论家要求一种存在的完全统一。其意义在于，雅各布森明确表明了艺术和社会的发展之间的一种深刻一致、而非相似性的巧合。"折衷主义和艺术保守主义的愧疚表明了创造性的重要。这种保守主义的流行、爆发是与社会低迷的运动相一致的。"[2]显然，这种有关先前时代的一种判断，可被视为不连贯性的表现和统一风格标志的缺失。同时，也表明雅各布森在未来主义文章中有关自然主义的判断，在那文章里，自然主义——19世纪下半叶的一种风格——是作为一种创造无关紧要的联系的风格被提出的。

雅各布森与IZO的联系并不长。1920年早期，雅各布森被任命为斯拉夫外交大使，派往爱沙尼亚首都塔林。然而，很快他又被召回莫斯科，因为当时准备成立一个新的委员会，来为解决新的俄国与波兰边界问题提供保障。然而，就在1920年5月4日，俄国与波兰的战争爆发了，于是这项任务成了插曲。就在这年6月，另一项外交任务来了：苏维埃第一红十字代表团将派往布拉格。

我们无法判断雅各布森的外交任务是否应当被理解为"安全移民"（soft

---

[1] Roman Jakobson, "Tasks of Artistic Propaganda," in *Works on Poetics*, ed. M. L. Gasparov, Moskva: Progress, 1987, p.421.

[2] Roman Jakobson, "Tasks of Artistic Propaganda," in *Works on Poetics*, ed. M. L. Gasparov, p.421.

emigration）的例子，另一个方向上的证据也难以找到。显然，当时的政治局势迅速恶化，移民不仅发生在反布尔什维克的在野党中，在进步知识分子中也发生了。雅各布森的父母和兄弟此时被迫迁到了柏林，他有理由选择逃离。1950年12月28日，那时他已经流亡到了美国，在给捷克斯洛伐克政治家彼得·泽恩科（Petr Zenkl）的信中，他表明了这个意思：

> 1917—1918年，我是米勒科夫领导的俄国宪政民主党的学生部执行委员会的成员之一，对我来说，待在苏维埃俄国已经变得越来越危险。带着反苏维埃的俄国重要学者萨克米托夫和斯皮尔安斯科基给他们的布拉格同事和朋友写的热情的推荐信，我作为红十字代表团的成员成功离开了莫斯科。[①]

雅各布森所说的"危险"是无比真实的，因为就在1917年11月28日，布尔什维克党和左派社会革命党组成的苏维埃政府就宣布宪政民主党为"人民的敌人"，同时取缔了宪政民主党，并逮捕了该党的领袖。雅各布森作为宪政民主党的学生部执行委员，其"反革命分子"的处境是可以想象的。撇开学者的关心不谈，事实上，萨克米托夫给了雅各布森一封推荐信在雅各布森所说的环境下是讲得通的，因为萨克米托夫当时是宪政民主党的中央委员会的成员之一。这个重要片段可以说是"安全移民"的例证，而表现在信中的被推荐的谨慎也是很有价值的，我们不得不再考虑到，雅各布森当时给泽恩科写这封信的唯一目的：在20世纪50年代早期，雅各布森申请美国公民身份遇到麻烦，联邦调查局甚至曾找他谈话，可以说，他写这封信时的环境是十分特殊的，是为了摆脱后革命事件的影响，虽然他也因此而认为有些美国学者对欧洲学者存有敌意——这自然是后话。

总之，1920年初夏，雅各布森作为苏维埃红十字代表团的成员，[②]经过德国来到了捷克斯洛伐克的首都布拉格。也正是在这短暂的安宁之间（1920—

---

① Carbon copy, in English, in RJP, box47, folder 32; *Letters and Other Materials from the Moscow and Prague Linguistic Circles, 1912-1945*, ed. Jindřich Toman, Ann Arbor: Michigan Slavic Publications, 1994, p.25.

② 苏维埃红十字官方代表团，领队是吉尔森（Gillerson），成员包括维斯科夫斯基（Visovskij）、雅各布森（Jakobson）、列宾（Levin）、内特（Nette）和库兹明（Kuzmin）。

1939），布拉格——这个美丽的中欧古都——为极富创造力的俄国流亡知识分子和西北欧学术深厚的人文学者，提供了学术创造和精神交流的机会。然而，布拉格时期的雅各布森注定是忧喜参半的。忧虑主要来自于政治事件的后续影响，他在资产阶级政党与无产阶级政权之间的尴尬处境以及他的逃离本身，从一开始似乎就笼罩了不安的阴影。20 世纪 20 年代至 20 世纪 30 年代的捷克斯洛伐克，正处于无产阶级与资产阶级你死我活的革命斗争之中，就在雅各布森到达布拉格之前，捷克资产阶级政治家马萨里克刚刚领导建立了捷克斯洛伐克共和国，并且没有官方承认苏维埃政权，毫无疑问，无产阶级的俄国文化再次被视为敌对国家的文化，任何人与苏维埃政权机构的联系都会引起巨大的怀疑。更让人觉得荒谬的是，当时一些捷克人甚至认为到达布拉格的"雅各布森"并不是萨克米托夫推荐的那个人，真正的"雅各布森"被谋杀了，而萨克米托夫的信被偷了；还有人怀疑雅各布森是苏俄间谍，等等。几个星期后，雅各布森离开了红十字代表团，开始在查理斯大学进行研究。在 1920 年 11 月 14 日给挚友法国作家艾尔莎·特奥列特（Elsa Triolet）的信中，雅各布森当时愤懑苦闷的精神状态一览无遗：

> 你问我在布拉格做什么，我不知道你是否已经知道还是不知道，在九月，在这里，我被当作严重的攻击目标，因为红十字。报刊叫嚷着"一条顽固地围着我们专家的蛇"（就是我）等等。专家们正在犹豫，是否我是一个土匪，或是一个学者，抑或是一个非法的杂种，在滑稽剧中唱着关于我的歌，所有这些并不是非常诙谐的。局势很复杂——看起来我的命运只能在无法想象的环境中寻求平衡。作为一个结果，我离开了服务队——没有眼泪，没有糟糕的言辞——转向了大学。[①]

命运似乎跟雅各布森开了个不大不小的玩笑。然而，大学环境对于他这条"非法的蛇"来说似乎是更好的去处。在接下来给艾尔莎的信中，雅各布森表明了自己正试图以艰苦的工作来"在无法想象的环境中寻求平衡"：他开始发表关于俄国革命时期的语言的长篇文章（1920—1921），接着关于赫列勃尼科夫的

---

① Roman Jakobson, "The Futurist—A Collection of Materials," in *Stockholm Studies in Russian Literature*, ed. Jangfeldt, Swedish: Stockholm University, 1992, p.82.

书（即《俄国现代诗歌》）获得出版（1921），并且获得一批法语书籍（其中就有索绪尔的《普通语言学教程》）。在他到达布拉格一年之后，一位捷克评论家仍在暗示：在找到宣告他无过的理由之前，关于这位"年轻的俄国斯拉夫学家"的早期依然存在着许多负面的报道。为了使命，雅各布森不得不重返他的工作，后来在好友安东诺夫（Antonov）[①]的帮助下，成了驻布拉格大使馆的苏维埃文化参赞，直到 1928 年后期。值得注意的是，雅各布森的政治背景在他的整个捷克斯洛伐克生涯中一直是一个不断循环重现的问题。比如，在雅各布森不再同代表团在一起，而且布拉格学派也已经完全摇荡的时候，1929 年 6 月 23 日的 *Národní Listy* 日报发表了这样的话："在整个捷克斯洛伐克共和国，没有人如此天真地看不到雅各布森先生在布拉格的斯拉夫式行动完全是一个伪装，在此之下，雅各布森履行着他的真正使命——一位共产主义代理人的使命。没有人愿意相信，雅各布森先生生活在布拉格，他所做的方法只是为了获得斯拉夫语言研究的谢礼……"[②] 这种匿名文章一般归之于保守政治家 Karel Kramar 名下，当雅各布森要求法律赔偿之后，这些言辞被收回。随着 20 世纪 30 年代政治环境的变化，一位捷克的新斯大林主义者又暗示雅各布森是为资产阶级情报机构服务的某种线人。同时，攻击也来自前莫斯科左派，比如诗人诺依曼（S. K. Neumann）在 1938 年公开指责雅各布森——这次是因为他是 USSR（即"苏维埃社会主义共和国联盟"）的逃兵，这种指责在法庭程序之下同样被收回。

对于这些险恶的、别有用心的攻击、谣言和莫须有的罪名，雅各布森的反击倒显得有些轻描淡写。比如他第一次公开露面，在回答有关苏维埃文化和学术研究的问题时，他强调行进中的改变的价值；而在另一次露面，在关于无产阶级艺术的公开讨论中，他指责一位参加者对主题的议论缺少才能。也就是说，他对无产阶级政治并不十分看重，他所忠诚的是马雅可夫斯基和左翼先锋派，这可以从他写给马雅可夫斯基的信看出来。1921 年 2 月 8 日，雅各布森在寄给马雅可夫斯基的信中这样写道：

> 今天的一张政府报纸严重地玷污了你。"狗娘养的儿子"是最温柔的

---

① Vladimir A. Antonov-Ovseenko（1884—1939），时任苏维埃驻捷克斯洛伐克外交发言负责人（1924—1928）。

② Jindřich Toman, *The Magic of a Common Language: Jakobson, Mathesius, Trubetzkoy, and the Prague Linguistic Circle*, pp.39-40.

表达。在左翼圈子中，你的名气正在增长。当地的出版社正在策划翻译你的《宗教滑稽剧》（*Mystery Bouffe*）——围绕它将会有一场令人敬畏的骚乱。无论何时，这里最好的戏剧家，德沃夏克（Dvorak），现在是一位议员，在一份左翼布拉格报纸上关于戏剧写了篇文章，他断言，相较于你来说，这个戏剧就是资产阶级的污秽。最好的捷克左翼诗人诺依曼正在翻译你的《15000000》。①

在恳请马雅可夫斯基提供一些关于他的最新著作的新闻之后，雅各布森以这样的话结束了这封信："对于在捷克的工业中心布尔诺的工人们来说，阅读你的诗歌将持续很长时间。"可以看出，这里没有明确的政治表达，但总体上的口吻是一种对积极乐观的革命精神的断言和忠诚；这里也没有犹豫，没有对革命文化的效力的怀疑——工人聆听着革命的诗歌被视为无比正确的事情。使他感到满意的，还有反资本主义情绪在捷克斯洛伐克的传播。在1921年2月的文章《俄国文学法庭上的一位俄国诗人》中，他对马雅可夫斯基作了一种防御性的论战，即声明：未来主义诗人不是服务于新政体的政治性的投机主义者——他纯粹是一个布尔什维克人。② 有意味的是，在布拉格早期，雅各布森与苏维埃同盟几乎失去了联系。在1924年写给老师多尔诺夫（Durnovo）的信中，他作了如下黯淡的描述："总体来说，莫斯科的局势越来越令人沮丧……雅罗斯拉夫·弗朗什维克（Jaroslav Francevic）③从莫斯科回来，一直充满着黑暗的悲观情绪。索尼娅（Sonja，雅各布森的前妻）昨天收到她家的一封信，提到的都是些黯淡的事情：有的已经死了，有的正在病着，有的失业了，有的被抓起来了。"④ 也就在这一年，列宁逝世，托洛茨基遭到党内批判，斯大林继续担任总书记，反苏维埃的其他党派都已被彻底镇压。对于身居异乡的雅各布森来说，莫斯科的局势让他对政治更加失望，内心的黯淡和悲观挥之不去。

　　近五十年后（1969），当雅各布森作为一个来自美国的游客，再次重返捷克斯洛伐克的时候，一切都已面目全非了。在《为捷克国家和人民祝福》一文中，

① Jindřich Toman, *The Magic of a Common Language: Jakobson, Mathesius, Trubetzkoy, and the Prague Linguistic Circle*, p.33.

② Roman Jakobson, "A Russian Poet in the Court of Russian Literature," in *Tribuna*, Vol.3, No.45, 1921, pp.1-2.

③ Jaroslav Francevic（1890—1945），捷克史学家，捷克外事办官员。

④ Roman Jakobson, "Jakobson to Durnovo, November 19, 1924," in *Letters and Other Materials from the Moscow and Prague Linguistic Circles, 1912-1945*, ed. Jindřich Toman, p.28.

他深情回望了他在 20 世纪 20 年代来到布拉格的活动："革命——一种真正的、纯粹的革命——使我成为了捷克斯洛伐克的外交代表和忠诚的战士。……准确地说，在这里，我认识到这一革命对于我出生的国家是多么必要，而且从某种程度上说，革命的命运也是俄国原初的、险恶的历史传统的一种表达。"① 如果说这是雅各布森对 1917 年"革命"的本真理解的话，那么其中隐含着反讽意味和"被革命"的悲凉。什么是"一种真正的、纯粹的革命"？雅各布森含混的表达其实暗含着对"革命"的某种疏离甚至沉默，和许多俄国形式主义者的记述一样，雅各布森的回忆录对俄国现代历史的最重要的政治事件都保持沉默，这沉默的根源应该来自他童年经验中对"革命"最初的、并不美好的记忆：

> 1905，俄国第一次革命的年份！我是一名学校新生，我们都是孩子，突然老师走进来说："所有人都回家去！小心点，快点！"对将要发生什么我们毫无想法。这就是莫斯科革命的开始。我们走出来，看见高年级的教室——所有的东西都被掀翻了，凳子和桌子，以及黑板上写着我们能读到的"打倒贵族！打倒考试！"。我们在家里待了好几个星期。枪声此起彼伏，透过窗户还可以看到鲜红的横幅。对于一个小学生来说，他经历了这些事件，就不可能忘掉。（1974）②

对于一个九岁的孩子来说，记忆里的枪声是终生难以忘却的，如此我们也就理解了雅各布森在 1917 年公共事件中的克制与沉默，理解了他的逃离、苦闷和谨小慎微。"我们当时这样想：我们生活在一个巨大变革的时代，一个颠覆和躁动的时代；我们应该尽快结束我们的学业、我们的研究，趁着还有这种可能，达到从知识上武装自己的目的。"③ 这是雅各布森晚年谈论"十月革命"的全部话语。在麻省理工学院档案馆收藏的雅各布森的档案材料里，既没有"案件"，也没有"污点"，被保存下来的其实只是他和那个时代以及被时代所消耗的一

---

① Roman Jakobson, "A Toast to the Czech Lands and Their People" (1969); Jindřich Toman, *The Magic of a Common Language: Jakobson, Mathesius, Trubetzkoy, and the Prague Linguistic Circle*, p.40.

② Jindřich Toman, *The Magic of a Common Language: Jakobson, Mathesius, Trubetzkoy, and the Prague Linguistic Circle*, p.35.

③ Jindřich Toman, *The Magic of a Common Language: Jakobson, Mathesius, Trubetzkoy, and the Prague Linguistic Circle*, p.35.

代人的一种纸上"对话"。不得不说，时代精神孕育了一代知识分子，他们在19 世纪文化的自由禁锢里自发地行动起来，他们的研究旨在彻底地改变世界，而他们的生活却被社会的混乱、政治的博弈彻底分割和篡改。1920 年 9 月，也就是雅各布森抵达布拉格两个月后，在写给好友艾尔莎的信中，他激动而无奈地表达了这种时代氛围和一代人的生存处境：

> 在最近的两年，我们中的每个人活着都不是一条命，而是十条命。比如，我在近些年是一个反革命分子，学者（并不坏的一个），艺术部门主管勃里克的学术秘书，逃亡者，外卡选手，一家供暖企业的不可替代的专家，信件的主人，滑稽演员，记者，外交官，一个浪漫主义爱人的角色，等等。相信我，这所有的一切都是一个冒险故事，而完成它就是全部。对于我们中的几乎任何一个都是如此。①

是的，每一个知识分子都在这动荡不安的时代中寻求着自己的身份角色和精神的栖息之地，在黑暗与光明之间，在革命与"反革命"之间，在坚守与逃亡之间，在谣言与真相之间，无论自愿，还是被迫，每一个知识分子都在拿自己的生命抒写着这样的"冒险故事"。而对于雅各布森来说，这个"冒险故事"无疑是格外漫长且折磨心智的，"逃亡"成了叙述这个故事必不可少的手法，即使是在 40 年代逃往美国之后，他仍经常被所谓的"反共产主义者"（anti-communist）定为攻击目标，试图从他身上找到与布尔什维克主义的某些关联。雅各布森后来或许已经感觉到，在某种意义上，他在 1918—1920 年间的积极，在政治意义上来说不是特别重要的。相较于他联系密切的马雅可夫斯基和勃里克，他的公共活动是非常少的，此后也基本如此，而这种主观上的逃避同样是不幸的。在"回还是不回"莫斯科的问题上，雅各布森当时一直徘徊纠结着："来自于莫斯科的要求又传达给我了；……安东诺夫正在抵抗，但不可能永远这样下去。我不愿回到俄国；如果在这里的事情不能持续，正如英语谚语说的，那我只好去花园里咬酸苹果了。"② 然而，他的好朋友安东诺夫后来还是没有抵抗住，"安东

---

① Roman Jakobson, "The Futurist—A Collection of Materials," in *Stockholm Studies in Russian Literature*, ed. Jindřich, p.77.

② Roman Jakobson, "Jakobson to Durnovo, November 19, 1924," in *Letters and Other Materials from the Moscow and Prague Linguistic Circles, 1912-1945*, ed. Jindřich Toman, p.28.

诺夫连同整个大使馆，奉召回国。他们被一一枪毙，包括勤杂工和洗衣妇，无一幸免"①。在飘荡着血腥和暴力的紧张气氛中，雅各布森终究没有回去。

总之，在亲身经历或耳闻目睹种种政治事件和友朋的遭遇之后，雅各布森把自己激进主义的政治立场和党派偏见更深地隐藏起来，无论何时都更加刻意地与政治保持着安全距离。他小心翼翼地做着学术圈子里的"先进分子"，在关键的地方和时候也不得不经常使用策略，与其说他是一个革命的"忠诚战士"，不如说他最终成为一个谦卑的、沉默的"政治失语者"。也只有在这个意义上，我们才能真正明白托多罗夫如此评述的深意：

> 事实上，对革命思想的忠诚和对苏联现实的失望使他（雅各布森）很痛苦。然而，在公开发表的文字里，他从来不提自己如何且为何决定留在捷克斯洛伐克，即与成为苏维埃联盟的祖国决裂。他对俄国意识形态和共产主义体制的态度以极其审慎而惊人。雅各布森曾多次论述他的朋友马雅可夫斯基的诗，马雅可夫斯基既是未来主义诗人，亦是苏联政权的歌颂者，雅各布森在意识形态争论中很少表示立场：既未颂扬、也未否认共产主义理想。②

无论甘心与否，他最终隐藏起革命的豪情和政治的立场，而将这些都转换为革新的精神力量，虔心诚意地付诸他的语言诗学、音位学以及儿童语言、失语症等研究中，可以说，他的具有"革命"意义的学术研究成为其政治失语之后的一种隐喻性的发声和补偿。

第二节　隐喻与转喻：文化符号系统的结构模式

一　"失语症"的语言学研究

二战的炮火和希特勒的"反犹"屠杀，迫使雅各布森疲于奔命，从捷克到丹麦，再到挪威、瑞典。正是在流亡瑞典期间，他借助斯德哥尔摩医学图书馆的丰富馆藏以及乌普萨拉精神病诊所主人雅可鲍斯基（V. I. Jacobowsky）的

---

① 转引自［法］弗朗索瓦·多斯：《从结构到解构：法国20世纪思想主潮》上卷，第75页。
② ［法］兹维坦·托多罗夫：《对话与独白：巴赫金与雅各布森》，史忠义译，《西安外国语大学学报》2007年第4期。

私人帮助，完成了对失语症的语言学研究，其成果便是著名的《儿童语言、失语症以及音位的普遍现象》(*Child Language, Aphasia, and Phonological Universals*, 1941)。这部著作的主题是失语症的音位丧失与儿童习得音位对立的次序之间的镜像关系。[①] 在其后陆续发表的《失语症作为一种语言学主题》("Aphasia as a Linguistic Topic", 1953)、《语言学的两个方面和失语症的两种类型》("Two Aspects of Language and Two Types of Aphasic Disturbances", 1956)以及《失语症受损的语言学分类》("Toward a Linguistic Classification of Aphasic Impairments", 1963)、《失语症的语言类型》("Linguistic Types of Aphasia", 1963)等一系列论文中，雅各布森通过对失语症与语言学的比较研究，在库尔德内、索绪尔之后又开创了病理语言学（pathological linguistics）的新局面，尤其是他对失语症两种类型的划分及语言分析，对语言符号两种操作模式的阐述，为其语言诗学的发展提供了新的契机和延展空间。

(一) 语言的两种操作模式：选择与组合

无论在日常言语中，还是在书面语言中，言说者都可以使用语言符号来表达自己的精神和世界观。根据日常经验我们知道，人们若想正确地表达想法、传递信息，则必须借助两种紧密相连的语言行为，即"遣词"和"造句"：首先要选择词语，然后根据特定的句法规则把这些词语组合成句。比如，如果"北京"是信息的主题，那么发送者首先要在与之相似的指称名词中进行选择（如北京、京城、首都等），随后根据信息要求对这一主题进行补充说明，发送者再次从相似语义的词语中选择合适的充当谓语和宾语，比如选择动词（欢迎、迎接、接待等）和人称代词（你、我、他等），最后将选择好的三个词语按照"主谓宾"的句法规则组合在一起，形成一个准确、完整、有效的话语符号链条，完成一次语言行为的操作。因此，雅各布森认为，任何语言符号都具备两种操作模式——选择（selection）和组合（combination），即任何言语行为都包含着对某些语言实体的选择和把它们组合成更加复杂的语言单位的过程，[②] 话语的每个元素因此在选择轴（axis of selection）和组合轴（axis of combination）这两条轴上展开，

---

① 参见钱军：《结构功能语言学——布拉格学派》，第28页。

② Roman Jakobson, "Two Aspects of Language and Two Types of Aphasic Disturbances," in *Language in Literature*, eds. Krystyna Pomorska and Stephen Rudy, pp.98-99.

此即雅各布森的"双轴理论"。

在雅各布森看来，任何符号都由其组成部分构成，而且（或者）只在与其他符号的组合中出现，这意味着任何语言单元同时既是整体又是部分，它为比它更简单的单元提供语境，而且（或者）在比它更复杂的单元中找到自己的语境，所以，任何语言单元的实际归类都把它们整合为一个更高级别的单元。组合和构造（contexture）是同一操作的两面；所谓"选择"，意味着两个或多个选择项之间彼此替换的可能，它们彼此差异又相互对等，事实上，选择和替换（substitution）是同一操作的两面。选择和组合这两种行为，被认为是传统心理学中两种占主导的关联形式，而且，是诗歌言语中两种最普遍的构造方式。值得注意的是，通过不同语言单元的选择和组合，语言为言说者提供了表达和认知世界的可能，但不可否认，在组合与选择过程中，限制性的力量（比如句法规则）是始终存在的，发送者貌似自由的言语行为既意味着获得或洞见，也可能意味着失去或盲点。从这个意义上说，任何话语既是一种呈现和肯定，同时也可能是对其他话语可能性的遮蔽和否定：这就涉及言说者作为主体进行选择和组合的自由问题。

雅各布森认为，作为一种规则，任何言说者都不是一个词语的创造者，而只是一个词语的使用者。当面对独立的词语时，我们希望它们是已被编码的单元，比如为了要理解"偈语"这个词，我们就必须知道这个词在现代词典代码中所指定的意义。而在任何语言中，也存在着被编码的词组，一般称之为惯用语（phrase words），比如汉语中的成语"暗送秋波"，英语中的问候习语"How do you do"（"你好吗"）等，显而易见，它们的意义不是由其每个单字（词）的词典意义构成的，整体并不等于其部分之和。无论如何，为了理解词组在语用中的惯常意义，我们就必须熟悉构成词组的每个词语以及它们组合的句法规则。在这些限制中，我们可以自由地把它们放进新的语境中。当然，这种"自由"是相对的，因为我们必须考虑到在组合和选择之上的通行惯例，但是，组成全新语境的自由也是不能被否定的。

由此，雅各布森强调：在语言单元的组合中，存在着"自由"的递增等级。具体而言，在音位的区别性特征的组合中，个体言说者的自由为零，因为代码已经建立了在特定的语言中可被利用的所有可能性；音位组合成词语的自由是被限制的；创造新词汇也是被限制到微乎其微的境地。在词语形成句子的过程中，言说者较少受到限制。最后，在句子组合成篇的过程中，强制性的句法规则的作用消失了，虽然不能忽视还有大量模式化语篇存在，但任何个体言说者创造新奇语境的自由大大增加了。由此看来，语言单元层级的高低与言说者自由度的大小是成正比关系的，作为语言系统核心层面的"词语"也正是言说者自由选择和组合的起点，因为词语是被编码了的最高的语言单元，也是一个语篇中能从语境中分离的独立元素。可以说，语言的各方面都聚焦于词语，而且事实是，不仅语言学、诗学，而且社会学、人类学以及逻辑学都处理词语。雅各布森也因此而聚焦于作为一种中心和真正实体的词语，来考察失语症者选择和组合词语的特点，以及在失语症中不同单元对代码的各种依赖。

关于语言中这两种操作方式的根本作用，索绪尔当时就已清楚地认识到了；而组合的两种变化——同时与相继——尤其是作为时间序列的后者，也已被日内瓦语言学家认识到。按索绪尔的命名，选择轴和组合轴即为句段关系（syntagmatic，即水平的组合关系）与联想关系（paradigmatic，即垂直的聚合关系），他认为前者是以在场的（in praesentia）两个或几个在现实系列中出现的要素（比如词语）为基础，而后者则把不在场（in absentia）的要素联合成潜在的记忆系列。[①] 索绪尔对同时性的音位区别富有洞见，但又屈从于传统学者所信奉的语言线性特征，以至于人为地将同时性和相继性割裂开来，要么偏重于句段关系（组合）的相继性，要么偏重于联想关系（选择）的同时性，而无法整体全面地认清选择和组合。雅各布森则通过对选择和组合的阐释（尤其在信息交往中），进一步深化了索绪尔的双轴理论，而且对其上述弊端也有所纠正。

其一，选择（替换）处理的是与代码结合在一起相似的实体，它们存在于虚拟的记忆系列中，而不是在特定的信息中。这种相似性在对等的同义词、具有共同内核的反义词之间波动。在信息交往中，发送者与接收者之间也正是通过这种相似性而实现信息交换和沟通的，也就是说，发送者所使用的符号和接收者知道和理解的符号之间必须存在着一种对等关系，如果没有这种对等，那么，即便信息传达到接收者，也不能影响他。

其二，组合（构造）是将邻近的各个语言实体结合在一起，在同一语境中构成一个确定的信息。这种邻近性一定程度上受到语法规则的限制，与语言结构的逻辑、发送者的意图也密切相关，具体呈现为一种历时性的空间序列。无论是信息的交换，还是从发送者到接收者的单方面的交往进程，无论是发送者与接收者同时在场（日常对话），还是隔着时空的距离（对历史作品的阅读），

---

① ［瑞士］费尔迪南·德·索绪尔：《普通语言学教程》，第171页。

都必须存在这样一种邻近性，以确保任何言语事件的组成部分都能被有效传播。比如在上述提到的例子中：

北京　欢迎　你
京城　迎接　我
首都　接待　他

每一列的三个词语都属于可联想到的相似的同义词，在组合成句的过程中可以彼此互换；但是，这三个系列在组合的时候，必须遵从"主＋谓＋宾"的基本语法规则，因此只能从左至右地选择和组合，而不能够相反或颠倒，由此可形成"北京欢迎你""京城迎接我""首都接待他"等27种有效短句。可见，相似性是选择和替换的基础，邻近性是组合和构成的基础，任何信息的组成部分都必然通过一种内在关系（如相似关系）与代码相联结，通过一种外在关系（如邻近关系）与信息相联结，而语言的不同层面（从音位的区别性特征到整个语篇）都处理这两种关系模式。

其三，选择和组合这两种操作为每个语言符号都提供了两套"解释"（interpretants，皮尔斯的有效概念）：一个指向代码，另一个指向语境。无论是已被编码的，还是自由的，每一个符号都与另一套语言符号相关。也就是说，一个特定的、有意义的单元，经过选择可作为意义更明确的符号替换相同代码中的其他符号，通过组合而在整体语境中与同一序列中其他符号紧密联系，前者揭示出它的一般意义（general meaning），后者揭示出它的语境意义（contextual meaning）。

其四，选择和组合既是共时性的，又是历时性的。比如在信息交往中，发送者或接收者所传递或接收的特定话语（信息）是语言的各组成部分（音位、词语、句子）的一种组合，这些部分都是从他们预先掌握的所有可能的代码库存中选择而来的，充满着诸多的变数和搜寻的印记，因而，选择既是共时的也是历时的。而在各部分的组合中，每个语言单元也都是相继地或同时地与其他单元组合在一起，比如上一章中对音位的区别性特征的解释即可证明，语音的意义是在共时与历时相统一的整体感知中生成的。因此，选择和组合兼容了时间的同时性和相继性，是语言的共时性和历时性在具体操作层面的根本显现。

雅各布森对选择和组合的阐释并非仅仅停留于语言学领域，而是将这种纯粹的语言学标准和方法与失语症事实的理解和分类结合起来。在他看来，这种结合能够使语言学家在处理心理学和神经学的材料时，保持在语言学领域一样的认真和严谨，同时，言语系统的失语症调查也可以对语言的一般发展提供新的洞见。雅各布森将这两门学科进行交叉融合，既使得结构语言学的观点与方法在病理学中得到应用和检验，又使得像失语症这样的临床案例，在语言学分析中找到合理解释与治疗的途径，从而有力地促进了语言科学、病理学以及病理语言学在 20 世纪的共同发展，迈出了语言科学模式扩张的第一步。

（二）"失语症"的两种类型：相似性紊乱与邻近性紊乱

在《语言的两个方面和失语症混乱的两种类型》中，雅各布森明确指出："我们可以区别失语症的两种基本类型——具有相对稳定的组合和构成，而主要缺乏选择和替换；或者相反，具有相对保留的正常的选择和替换，而缺乏组合和构成。"[1] 也就是说，失语症是一种语言紊乱，而造成紊乱的原因正在于选择（替换）和组合（构成）能力的受损。雅各布森根据失语症病人语言行为能力受损情况的差异，归纳出了语言紊乱的这两种类型：前者为相似性紊乱（the similarity disorder），后者为邻近性紊乱（the contiguity disorder）。

1. 相似性紊乱

这类失语症者缺乏言语的选择和替换能力，而只具有相对稳定的组合和构成能力，语境成为他操作言语的决定性要素。也就是说，他的话语越依赖于语境，他就越能更好地处理他的言说任务，而如果既不面向对话者，也不面向实在情境的话，那么他将无法言说。对这类病人而言，如何开始对话是最难的，因为他的言语纯粹是反应式的，当他是或想象自己是信息的接收者时，只能对真实的或想象的发送者作出回应，而无法开始一次对话。比如，他只有看到确实在下雪，才会说"下雪了"，否则他说不出这样的话。可见，话语嵌入言语或非言语性的语境越深，他成功表达的机会就越大。类似的，一个词语越是依赖于同一个句子中的其他词语，越是与句法结构相关，那么，它受到的言语替换的影响就越小，也就越容易被保存和使用。相反，那些与语法规则关系不那么密切的词语则容易被忽略，如此一来，这类病人最后可

---

[1] Roman Jakobson, "Two Aspects of Language and Two Types of Aphasic Disturbances," in *Language in Literature*, eds. Krystyna Pomorska and Stephen Rudy, p.100.

能只会剩下与语境构造密切相关的基本框架和交往连接词，如代词、代词性副词、连词、助动词等。

在这类病人看来，两种语境中的同一个词，只是同音异义词，他只能用不同的替代词对应特定的语境。比如戈德斯坦（Goldstein）[1]的一个病人无法单独地说"刀"这个词，而只能根据它的用途和环境称之为"铅笔刀""面包刀"或"刀和叉"等，于是，"刀"就由一种能单独现身的自由形式变成了一种绑定的形式（bound form）。雅各布森同时认为，正是外在关系（邻近关系）把语境的各组成部分组合起来，内在关系（相似关系）承担了替换系列。因此，对一个替换受损而构成未受损的失语症者来说，相似性的操作让步于邻近性基础上的操作。由此也可预测：在这一条件下，任何句群都将由时间或空间邻近性而非相似性来引导。比如戈德斯坦的一个女病人，当被要求列出一些动物名称的时候，她按照她在动物园里看到它们的先后顺序写了下来，对她来说，词语不具有与对象的主要意义借相似性而连接的其他意义。

由此，雅各布森认为，这类病人已丧失了转换代码的能力，用皮尔斯的术语来说，就是不能从一种图像符号（icon）或索引符号（index）转换为一种相应的象征符号（symbol）。而"象征"的逻辑对客观语言（object language）和元语言（metalanguage）的区别，是它对语言科学的重要贡献之一。所谓"元语言"，也就是解释语言的语言，比如，我们可以用普通话或白话文（作为元语言）来解释方言或文言文（作为客观语言），借助同义词、迂回表达以及意译的方式来解释某个词语或句子。例："夙夜：早晚"，前者为客观语言，后者为元语言，意义的相似性将二者联系起来。[2]雅各布森认为，失语症命名能力的缺陷正是元语言的丧失。换言之，元语言的崩溃是语言紊乱的一个重要原因，即他不能在同一种语言中用某些相似符号来解释这一符号，不能把一个词语转换为它的同义词，丧失了语内翻译（initralingual，同一种语言内）或语际翻译（interlingual，不同语言之间）的能力，也即"元语言功能"的丧失（参

---

[1] 雅各布森在失语症研究过程中，多处借用了德国神经病学家戈德斯坦（Kurt Goldstein）的研究成果。

[2] 雅各布森同时认为，元语言操作在儿童语言习得方面发挥着重要作用，依靠元语言对于语言的获得和语言的正常运行来说，都是非常必要的。这种元语言操作不仅是科学领域中研究对象，在日常言语中也经常使用，比如可以用来检查对话双方是否使用同一种代码，如发送者问："你明白吗？你知道我的意思吗？"发送者用同一种语言代码中的另一个符号来取代那个可疑的符号，使接收者更易理解。

见第四章）。由此，失语症者将只能按自己个人的方式使用符号，这成为他唯一的语言事实。而如果没有共同的、社会通用的正常代码，我们也就无法理解失语症者的个人语言，因为作为交际的语言，社会属性是第一位的。由于他不能把别人的言语（正常代码）按他自己的言语系统转换为信息，所以，他能听得到声音，却听不见词语，对他来说，别人的话要么是莫名其妙的话，要么就是他不知道的语言。雅各布森最后作出这样的界定：当选择能力极大受损而组合能力至少部分保存的时候，邻近性决定了病人的整个言语行为，我们把这种失语症类型称之为相似性紊乱。

2. 邻近性紊乱

对这类失语症者来说，他们表述命题（propositionize）的能力，或者说把简单语言单元构造成复杂单元的能力受到损伤，在这种情况下，他们不是说不出词语，而是完全保留了词语。但言语并非只是词语随意地排列，言语的词语组成是与一种特殊的方式有关的，如果各部分之间没有恰当的相互关系，那么一种言语就纯粹只是一系列无意义的名称而已。所以，他们虽然能够识别、理解、重复和有意识地说出单个词语，但不能将词语组合成完整的语句，比如他们能够识别"风、雪、上、下、着、了"等词语，但不能说出"下雪了"这样的短句。这种构造缺陷的失语症即为邻近性紊乱。

对这类病人而言，把词语组织为更高单元的句法规则丧失了，这被称为"语法缺失"（agrammatism），其结果导致词语堆积、词序混乱以及句子的长度、变化的减少。在这种情况下，只承担纯粹语法功能的词（如代词、连词、介词、冠词等）首先消失，从而产生了所谓的"电报体"（telegraphic style），而它们在相似性紊乱的情况中是最稳固的。可以说，一个词语越少地依赖于语法和语境，就越容易被邻近性紊乱的失语症者保存，也就越容易被相似性紊乱的失语症者抛弃。在这种病症的早期，每个话语都被缩减为一个单句，甚至只有一个单词的句子。雅各布森结合自身的音位学研究，特别指出了这类失语症者在语音识别方面的缺陷。

他首先指出，音位学在二战之前就已成为语言科学中最受争议的领域，一些语言学家怀疑音位是否真的是我们言语行为的原子部分。他们认为语言代码的意义单元（如词素或词语）是我们在一个语言事件中的最小单元，而区别性单元（如音位）只是便于科学描述和语言分析的人为构造而已。雅各布森认为，这种观点虽被萨丕尔批驳为"反现实的"，但对邻近性紊乱的失语症者而言却是比较恰切的，因为对这类病人来说，词语是唯一保留的语言单元，而任何熟悉的词语也只有一种整体的、不可分解的形象，所有其他的语音序列（sound-sequences）要么是陌生的、神秘莫测的，要么他干脆不顾它们的语音来源而将其合并到熟悉的词中。比如戈德斯坦的一个法国失语症病人，他能说出单词café和pave，但是不能掌握、辨别或重复像"feca，fake，kefa，pafe"这样的无意义的序列。对正常的说法语的人来说，这些困难是不存在的，因为它们的语音序列及其组成都是适应法语音位系统的，由于它们的音位顺序或音位本身都各不相同，听者甚至会把它们理解为他所不知道的但属于法语词汇且有着不同意义的词语。

如果一个失语症者不能把词语分解为它的音位构成，那么他对词语构造的控制力就弱化了，而对音位及其组合的理解也易于受损。雅各布森进一步指出，失语症者的语言系统逐渐衰退的过程与儿童的音位获得的顺序正好相反。这种衰退表现为同音异义词的增加和词汇量的减少。如果这两方面（音位和词汇）进一步丧失的话，那么到最后，言语剩下的可能只有非常简单的一个音位、一个单词、一个句子话语，他将再次陷入一个婴儿语言发展的最初阶段，甚至到达"前语言"阶段（prelingual stage）而面临完全失语（aphasia universalist），即运用或理解言语的能力完全丧失。

雅各布森最后总结道：与其他符号系统相比，语言的一个特殊特征在于，它具有两种不同的功能：区别功能（distinctive function）和意指功能（significative function）。当失语症者丧失构造能力，而表现出一种取消语言单元的等级和把语言单元的等级缩减到一个单独层面的倾向时，就会产生语言的这两种功能的冲突。邻近性紊乱的失语症者保存下来的最后层面，要么是一类简单的有意义的词语、价值，要么是一类区别性音位、价值，病人在后一种情况下仍然能够识别、区分和复制音位，但不能理解，在这里，词语丧失了它正常的意指功能，而只承担纯粹的区别功能。

二 隐喻与转喻：从修辞学到文化学

在《语言的两个方面和失语症的两种类型》一文中，雅各布森明确指出：

> 失语症的种类是繁多而各不相同的，但它们都介于刚才描述的那两种类型之间。失语症紊乱的每种形式都存在着程度不等的功能受损，要么是

选择和替换受损，要么是组合和构造受损。前者涉及一种元语言操作的衰退，后者则损坏了保持语言单元层级的能力；在前一种失语症类型中，相似性关系被抑制；在后一种类型中，邻近性关系被抑制。隐喻（metaphor）与相似性紊乱相悖，转喻（metonymy）与邻近性紊乱相左。[1]

可以看出：相似性紊乱的失语症者只能把握词语的字典意义（literal meaning），而不能借助于相似性来理解这个词语的隐喻特性（metaphoric character），他只能在邻近性基础上应用和理解转喻特性，比如用"帆"来转喻"船"，以"地狱"来转喻"魔鬼"。而邻近性紊乱的失语症者虽然构造能力崩溃了，但选择操作依然在进行，对他们而言，要说一个东西是什么，就说它们像什么，即通过相似性来完成替换和指代。这种识别方法可以说是一种隐喻操作，比如用"望远镜"替换"显微镜"或用"火"替换"煤气灯"。当然，这种表达与修辞性的或诗歌隐喻有所不同，它们没有提供深思熟虑的意义转换，所以雅各布森称之为一种"准隐喻"。

在他看来，隐喻和转喻的语言的两极，代表了语言符号两种基本关系模式的最精炼的表达：隐喻是通过相似性将一种事物转换为另一种与之相关的事物，所谓"相似"是指形象的相似，包括事物的声音、形状、色彩、味道、象征或语法位置等，如"她是一个母老虎"，以"母老虎"喻指性格凶猛的"她"。另外，所有的对立都是相似的，因为对立的两项（互为反义词）是建立在共同的语义素基础上的，如"远"和"近"构成隐喻，因为二者都是形容距离的词。转喻则是通过邻近性用一个事物的名称取代另一个事物，所谓"邻近"是指时间、空间或因果逻辑的相近，如"三碗不过冈"，以"碗"喻指其所盛的"酒"。对失语症者来说，隐喻和转喻这两种过程中的某一种受到了抑制或完全受阻；而对于正常的言说者来说，这两种过程在言语行为中是始终发挥效用的，话语的展开可以沿着隐喻或转喻两条不同的语义线路来进行。换言之，一个话题可以通过相似性或邻近性而引向另一个话题。不可否认，这种隐喻和转喻模式是对波兰学者克鲁舍夫斯基（Mikolaj Kruszewski）和索绪尔的双轴理论的继承和

---

[1]　Roman Jakobson, "Two Aspects of Language and Two Types of Aphasic Disturbances," in *Language in Literature*, eds. Krystyna Pomorska and Stephen Rudy, p.109.

发展，①雅各布森的突出贡献在于，他第一次借助于对失语症的实证研究，确认了隐喻与相似性、转喻与邻近性之间的直接联系，进而将隐喻和转喻这两个原属传统修辞学的术语，与人类语言行为的两种操作方式对应起来，并率先应用于对语言艺术以及非语言符号系统的分析实践中，既为索绪尔的逻辑和理论术语找到了根据，又激活了语言学在病理学中的应用价值，更为探讨文学等各种文化符号的意义生成机制提供了认识论和方法论依据。由此，作为传统修辞格的隐喻与转喻，被雅各布森修正并提升为关涉一切符号运作机制的两种最基本的模式，而文学再次首当其冲地成为该模式的实验场地。

（一）作为文学分析基本模式的隐喻和转喻

就语言艺术而言，隐喻和转喻这两种运作模式，在不同文学流派中发挥着至关重要的作用。雅各布森认为，人们早已明确认识到隐喻手法在浪漫主义和象征主义流派当中所占据的优势地位，但尚未充分认识到现实主义和转喻之间的紧密联系，正是转喻手法支配了并且实际上决定了所谓的"现实主义"文学潮流。②后者属于在浪漫主义衰落和象征主义兴起之间的过渡阶段，并且与这两者相对立。现实主义作家遵循邻近性关系的路线，以转喻的方式偏离情节而转向氛围，偏离人物而转向时空场景。③现实主义作家尤其喜好以部分代整体的提喻性细节（synecdochic details）④，如托尔斯泰在《战争与和平》里，使用

---

① 雅各布森在《语言的符号与系统》一文中说道："克鲁舍夫斯基区分语言过程当中的两个基本因素，两种关系：相似性和相邻性。索绪尔把能指与所指之间的关系武断地说成是任意的关系，而实际上是一种习惯性的、后天学到的相邻性关系。这种相邻性对一个语言社团的所有成员具有强制性。但是，伴随相邻性的还有相似性的原则表现出来。"Roman Jakobson, "Sign and System of Language: A Reassessment of Saussure's Doctrine," in *Verbal Art, Verbal Sign, Verbal Time*, eds. Krystyna Pomorska and Stephen Rudy, p.28.

② 按雅各布森的意思，此处的"现实主义"指的19世纪的现实主义艺术流派。

③ Roman Jakobson, "Two Aspects of Language and Two Types of Aphasic Disturbances," in *Language in Literature*, eds. Krystyna Pomorska and Stephen Rudy, p.111.

④ 提喻（synecdoche）作为一种修辞格，一般指部分与整体互代，或以材料代替事物，或抽象与具体互代；转喻一般指用某个词或词组代替与其在空间、时间或因果关系上密切相关的另一个词或词组。雅各布森大体上将提喻归属于转喻的一种，二者都以邻近性为操作原则，以对立区别于以相似性为操作原则的隐喻。当然，他也强调，"内邻近和外邻近的不同即划清提喻和转喻之间真正的界限也应考虑到"。See Roman Jakobson & Krystyna Pomorska, *Dialogues*, p.134.

了诸如"上唇边的汗毛""裸露的肩膀"之类的提喻手法，用来代表具有这些特征的女性人物；而在《安娜·卡列尼娜》自杀的场景中，托尔斯泰将艺术注意力聚焦在女主人公的手提包上。

由此，我们可回想起雅各布森在《论艺术中的现实主义》一文中，同样以此为例来说明"进步的现实主义"对"非主要细节"的凸显（参见第二章第一节）。在这篇文章中，我们就已看到了雅各布森对隐喻和转喻问题的初步思考："难道我们能提出诗歌的某种比喻的真实程度问题吗？难道我们能说这种隐喻或转喻从客观上说比另一种隐喻或转喻更为现实吗？"[1]在他看来，无论在日常语言中，还是在诗歌（文学）语言中，隐喻、转喻或提喻都是作为手法而被利用，其目的是为了使我们感觉事物更明显，并且帮助我们理解它，总之，是为了表现出最大限度的真实性。在与其他艺术（尤其是绘画）的比照中，雅各布森自觉地将隐喻和转喻与文学真实性问题关联起来，意味着他从一开始就意识到这二者对于求解文学的本质规定性有着特殊功用，只不过此时他对隐喻和转喻问题点到即止，并没有在"比喻"的总体概念下对二者作出明确区分，更没有在文学类型和诗歌体裁内部进行细化分析，但他对现实主义小说中转喻手法的敏锐发现，对诗歌中隐喻手法（结构）作为现实主义之一种的突出强调，[2]都有力地表明了这一问题在其语言诗学中被持续关注和拓展的可能。

雅各布森认为，不仅在不同的文学流派中，对隐喻和转喻的运用会各有偏重，即使在文学系统内部和在同一种文学体裁中也存在这样的差异。比如单就诗歌这种体裁来说，在俄国抒情诗中，隐喻结构（metaphoric constructions）占支配地位，而在英雄史诗中，转喻过程则占有优势。再比如，就诗歌和散文这两种

---

[1] Roman Jakobson, "On Realism in Art," in *Language in Literature*, eds. Krystyna Pomorska and Stephen Rudy, p.21.

[2] 雅各布森在《论艺术的现实主义》中指出："我们可以把一个不相干的词加到一个事物上，或者可以把这个词作为事物的一个特定的方面提出来，否定的平行明确地拒绝把隐喻替换为这样正当的句子'我不是一棵树，我是一个女人。'……颠倒的否定平行拒绝一种正常的表述，而利用一种隐喻（"我不是一个女人，我是一棵树"）。"Roman Jakobson, "On Realism in Art," in *Language in Literature*, eds. Krystyna Pomorska and Stephen Rudy, p.26.

文学话语而言，①相似性原则构成了诗歌的基础，而散文则相反，根本上是由邻近性所推进，因此，隐喻之于诗歌，转喻之于散文，分别构成最小的阻力线路，而且，诗歌的比喻研究首先直达隐喻。②这意味着诗歌与散文的主要差异在于对隐喻和转喻、相似性与邻近性的各自操作的不同，由此造成诗歌对符号选择（内在关系）的关注，散文对符号组合（外在关系）的关注，诗歌聚焦于符号自身，而偏于实用的散文则主要集中于指涉物。因此，比喻或修辞主要作为诗歌手法而被研究，这也是为什么在学术研究中对隐喻的研究远比对转喻的研究更占优势的一个原因，诚如他在《语言学和诗学》中再次强调的，"转喻结构比隐喻领域的研究要少，这不是偶然的事"③。另外的原因在于研究者的方法，因为元语言和元语言所解释的语言符号是通过意义的相似性而联系起来的，而隐喻项和它所替换的另一项（即喻体和本体）也是通过相似性而联系在一起，因此，当研究者为解释这一比喻而建立起一种元语言时，他便拥有更为同类同质（即同构）的方法来处理隐喻，而基于不同原则的转喻则不容易被解释。正如罗兰·巴尔特所言："建立在隐喻秩序上的文学相当丰富，而建立在转喻秩序上的文学则几乎不存在。"④在雅各布森看来，这种人为的偏颇是以一种单极模式替代真实存在的两极结构，是与邻近性紊乱的失语症相一致的，事实上，"当分析浪漫主义诗歌的隐喻文体的时候，诗学所用的同样的语言学方法，是完全可用于现实主义散文的转喻组织的"⑤。雅各布森的这一深刻洞见，不仅为诗歌诗学和散文诗学的语言学研究指明了方向，更为厚此薄彼、人为割裂的文学研究敲响

---

① 雅各布森所言的"散文"（prose）是相对于韵文（verse）（尤其是诗歌）而言的，指"不讲求回旋往复，平铺直叙的文体"，包括实用散文、文学散文（literary prose，或称艺术散文）、小说、民间故事（folktale）等，与汉语中作为艺术文体类型之一的"散文"差别较大。而"verse"在拉丁文中的原意是"回旋往复"，一般指有节奏结构的文体，包括诗歌。韵文实际上是个错误的译法，因为它不一定有韵。但verse与poetry之相对大致上等同于汉语中的"韵文"与"诗"的相对。

② Roman Jakobson, "Two Aspects of Language and Two Types of Aphasic Disturbances," in *Language in Literature*, eds. Krystyna Pomorska and Stephen Rudy, p.114.

③ Roman Jakobson, "Linguisitics and Poetics," in *Language in Literature*, eds. Krystyna Pomorska and Stephen Rudy, p.89.

④ ［法］罗兰·巴尔特：《符号学原理》，李幼蒸译，中国人民大学出版社，2008年，第36页。

⑤ Roman Jakobson, "Linguisitics and Poetics," in *Language in Literature*, eds. Krystyna Pomorska and Stephen Rudy, p.90.

了警钟，而他自己对帕斯捷尔纳克散文身体力行的研究（《旁注诗人帕斯捷尔纳克的散文》，1935），也正可视为对隐喻和转喻、诗歌和散文关系问题的提前回应。

（二）非语言文化符号系统中的隐喻和转喻

雅各布森认为，隐喻和转喻手法非此即彼地占据优势，并不仅限于语言艺术，在非语言的文化符号系统中，这种摇摆于隐喻和转喻两极之间的现象同样存在。比如，就绘画来说，"立体主义"常表现出鲜明的转喻倾向，在这一画派的作品中，对象被转换为一系列的提喻（如毕加索）；而超现实主义画家则以一种鲜明的隐喻态度对对象作出回应（如萨尔瓦多·达利）。就电影而言，隐喻和转喻是"电影结构的两种基本类别"[①]。自美国电影大师大卫·格里菲斯（D. W. Griffith，1875—1948）以来，电影艺术便和传统戏剧分道扬镳，因为它具有变换角度、景深和镜头聚焦等高度发达的能力，并且探索出了提喻式的特写镜头和转喻式的剪辑手法等各种前所未有的类型。而在卓别林和爱森斯坦的运动影像中，上述手法反过来又被一种新颖的、隐喻式的"蒙太奇"所取代。[②]

从失语症到文学，再到绘画和电影，雅各布森的论域不断拓展，更重要的是，他依然没有局限于人类在艺术领域的创造，而是在隐喻和转喻的语言两极结构（the bipolar structure of languagge）中看到了更为广阔的跨学科应用的研究前景，也就是说，可在精神分析学、心理学、语言学、诗学和符号学等一般符号科学中进行系统的比较研究。在他看来，隐喻（相似性）和转喻（邻近性）的"二元模式对于认识所有的言语行为和人类一般行为都具有根本性的意义和影响"[③]。这也就意味着，隐喻和转喻的结构模式作为一种普泛性的研究范式，

---

① Roman Jakobson, "Is the Film Decline?" in *Language in Literature*, eds. Krystyna Pomorska and Stephen Rudy, p.460.

② 蒙太奇（montage）在法语中是"剪接"的意思，但到了俄国它被发展成一种电影中镜头组合的理论。俄国导演谢尔盖·爱森斯坦最早提出"蒙太奇理论"，主张将一连串分割镜头以"慢转换"（lap dissolves，一种电影明喻）的剪辑方式来重新组合，创造新的意义。雅各布森在20世纪30年代早期开始接触电影，在朋友的安排下参与了电影剧本的创作等工作，并以捷克语写下了一些讨论"文学蒙太奇"的文章，如"Perpetual Motion of the Pendulum"（1934）、"Russian Sorties into the Future"（1938）等。

③ Roman Jakobson, "Two Aspects of Language and Two Types of Aphasic Disturbances," in *Language in Literature*, eds. Krystyna Pomorska and Stephen Rudy, p.112.

从修辞学走向文化学的必然，这对于更深入地解释人类行为、精神病症、深层心理等棘手而重要的问题，具有巨大的方法论和认识论价值。雅各布森以俄国小说家乌斯宾斯基为个案，为我们提供了这种比较研究的实例。

格莱伯·伊万诺维奇·乌斯宾斯基（Gleb Ivanovic Uspenskij，1840—1902）晚年被一种言语紊乱的精神病所折磨。他的姓和父称在日常交往中是传统地结合在一起的，但他却将它们分裂为两个不同的名字，并指定为两种独立的存在："格莱伯"被赋予了他所有的优点，而子承父名的"伊万诺维奇"变成他所有缺陷的化身。这种人格分裂在语言方面的表现是，这个病人不能对同一个事物使用两种符号，因此这是一种相似性紊乱。因为相似性紊乱是与转喻的癖好绑定在一起的，所以，对青年作家乌斯宾斯基所运用的文学写作方式进行检视是特别有意思的。雅各布森以卡梅古洛夫对乌斯宾斯基文体的研究来证实他的理论期待。卡梅古洛夫表明：乌斯宾斯基对转喻特别是提喻有着一种特殊偏好，他将此种技法运用得非常娴熟，以至于读者在一个有限的语言空间中被无法承受的大量细节所压垮，完全不能把握整体。[1] 不可否认，乌斯宾斯基的转喻风格（the metonymical style）显然受到他那个时代流行的文学规范（即19世纪后期"现实主义"）的推动，但他本人的个性特征使他能够以其极端的表现力适应于这一艺术潮流，并且最终在他精神病的语言特征之上留下了这一潮流的印记。

不难看出，雅各布森的理路是由此及彼、纵横相连的，他以相似性紊乱的语言转喻风格，勾连起作家人格分裂的精神病症与特定时代的现实主义文学思潮之间的隐秘关系，以一种人文关切的比较意识，穿梭于精神病理学、语言学、诗学（文体学）之间。他之所以坚持这样的综合研究，是因为他认为在不同的文化模式、流行风尚、个性习惯和语言风格的影响之下，是隐喻（相似性）占优势还是转喻（邻近性）占优势，其优先权是特定的。也就是说，对个人（比如作家）而言，正是在对语言进行选择和组合的过程中，在对语言的两种联系（相似性和邻近性）在其两方面（语义的和位置的）加以运用的过程中，显示出了他的个人风格、语言偏好和审美趣味。像乌斯宾斯基这样人格分裂的作家，正是以其个性的转喻风格接通了以现实主义（以转喻为特征）为主导的时代风

---

① Roman Jakobson, "Two Aspects of Language and Two Types of Aphasic Disturbances," in *Language in Literature*, eds. Krystyna Pomorska and Stephen Rudy, p.113.

格，二者两相应和，达到共振。[①]中国当代先锋作家余华亦是如此，在其20世纪80—90年代的作品中，常表现出一种隐喻占绝对优势的语言偏好。比如，"街上说话的是几个男子的声音，那声音使瞎子感到如同手中捏着一块坚硬粗糙的石头"（《世事如烟》），在作为听觉的"声音"和作为触觉的"瞎子捏着一块石头"之间，是"坚硬粗糙"的相似性，这种远距离、通感式的隐喻，表现出余华在语词选择、意义营构、审美追求等方面的个性风格，这与其当牙医的个人经历、语言观念[②]，尤其是西方现代主义的影响（比如卡夫卡）密切相关。而按戴维·洛奇所言，现代主义本质上正是隐喻的。

通过这种比较研究，雅各布森进一步将隐喻和转喻模式延伸至人类的内心（精神）世界。他认为，这两种手法在任何符号过程中都有所表现，比如在原始巫术和精神分析中，英国人类学家弗雷泽（G. Frazer）在《金枝》中根据构成巫术仪式原则的不同把巫术分为两类，即基于相似性的交感巫术（sympathetic magic）和基于邻近性的模拟巫术（Imitable magic），与隐喻与转喻两种操作模式正相对应；而弗洛伊德对梦的结构的探讨同样如此，他所提出的"移置"（displacement）和"凝缩"（condensation）基于邻近性，前者具有转喻性，后者具有提喻性；而"认同和象征"（identification and symbolism）则基于相似性，具有隐喻性。值得注意的是，雅各布森的"隐喻和转喻"思想还直接影响了拉康。按霍克斯所言，正是雅各布森的这两种象征表达模式为理解心理功能提供了范例，也即为拉康哲学提供了重要的逻辑构件："隐喻的概念说明了症候概念（一个能指被另一个有关联的能指所替代），转喻的概念则讲清楚了欲望的起源（通过能指与能指之间的组合连接，产生一种把这一过程延伸到未知领域的无限制

---

① 英国哲学家库珀（David E. Cooper，1942—　）对此提出不同看法："事实上，我们在乌斯宾斯基的文章中发现，他不仅是一位散文大师，而且他的文章中包含着一些隐喻（例如，戒指"吞入了他的手指"），同时并没有转喻的明显例子。事实上我们发现，乌斯宾斯基是根据空间的邻近性从一事物转移到另一事物（从下巴到脖子再到手）的。但是，把这样的描述看作揭示了一种'特殊的转喻倾向'是幼稚的。"［英］戴维·E.库珀：《隐喻》，郭贵春、安军译，上海科技教育出版社，2007年，第31页。

② 余华认为："因为世界并非一目了然，面对事物的纷繁复杂，语言感到无力时作出终极判断。为了表达的真实，语言只能冲破常识，寻求一种能够同时呈现多种可能，同时呈现几个层面，并且在语法上能够并置、错位、颠倒、不受语法固有序列束缚的表达方式。"（余华：《虚伪的作品》，《上海文论》1989年第5期）余华的这种语言观及其话语实践可认为是一种突破语言限度、追求隐喻性的努力。

的扩张感）。"① 可以说，隐喻和转喻的二元模式，使拉康以语言科学重释弗洛伊德精神分析学说成为可能。在《字符的代理作用》（1957）中，拉康将这一象征性的修辞结构与弗洛伊德释梦逻辑中的凝缩和移置关联起来，即凝缩等同于隐喻，用于掩饰，移置等同于转喻，用于揭示，虽然他对雅各布森的观点有所修正，② 但不可否认，拉康正是因为置身于弗洛伊德和雅各布森之间，正是因为与雅各布森在 20 世纪 50 年代的亲密交往，才选择了这种跨学科的比较研究，重新解释弗洛伊德模式和无意识，并最终得出"无意识也具有语言结构"的著名结论。

三　隐喻和转喻：二元模式的阐释效力与影响评估

自亚里士多德的《诗学》《修辞学》以降，隐喻和转喻便成为传统修辞学的核心范畴，也成为语言学、诗学、哲学、认知学、文化学等研究的重要问题，时至今日依然如此。相较于此前单一性的研究视角，雅各布森的研究显得与众不同，他从文化人类学的整体立场出发，综合考察了人类文化中重复出现的隐喻和转喻模式，一步步将其从修辞学延展至一切文化符号系统，建立起一个宏大的二分模式，并将此模式应用于诸多诗歌文本的语法结构分析中，堪称结构主义理论和实践的经典。由此我们不难看到雅各布森试图以语言学为科学理性，构筑统一的人类学科体系的"野心"，以及"普遍性"幽灵那充满魅惑的身影。戴维·洛奇曾把雅各布森的上述主要观点以图式进行总结，③ 今加以修改，列为一表（见表 1）。

---

① ［英］特伦斯·霍克斯：《结构主义和符号学》，第79—80页。

② 霍伦斯坦认为，拉康的对应是值得批评的，因为凝缩中不仅有隐喻，也有转喻，可被描述为一种"合并与综合"；而移置也存在着隐喻的可能，具有另外一种替换特性。See Elmar Holenstein, *Roman Jakobson's Approach to Language: Phenomenological Structuralism*, pp.149-150.

③ David Lodge, *The Model of Modern Writing: Metaphor, Metonymy, and the Typology of Modern Literature*, London: Edward Arnold, 1979, p.185.

表 1　文化符号系统二分模式

Ⅰ（纵聚合）轴	Ⅱ（横组合）轴
隐　喻	转　喻
相　似	邻　近
选　择	组　合
替　换	构　成
聚　合	组　合
共　时	历　时
邻近性紊乱	相似性紊乱
浪漫主义和象征主义	现实主义
超现实主义	立体主义
抒情诗	史　诗
诗　歌	散　文
蒙太奇	特　写
交感巫术	模拟巫术
梦的认同与象征	梦的移置与凝缩

如果说语言是文化的载体，那么，语言的两极性自然也体现于文化之中，因此，隐喻和转喻模式变成了一个具有普泛性的文化命题，文化符号可据此而划分为隐喻型和转喻型，或者说聚合型和组合型两大类型，即聚合型文化是基于垂直的选择轴的符号系统（第Ⅰ列），组合型是基于水平的组合轴的符号系统（第Ⅱ列），这对立又彼此交合的双轴模式成为一切文化符号系统的结构范式，文化也就摇摆、震荡于隐喻和转喻这两极之间。当然，这种二元对立的建构对于文化人类学的理解与把握是简便而必要的，但也是粗糙的，因为对于任何特定的民族、地域、宗教信仰的文化来说，想要在隐喻和转喻这两种类型中作出截然区分是很困难的，正如在一种文学体裁内部（比如诗歌），想要把隐喻和转喻一分为二地区隔开一样恐非易事，这也就意味着有必要对隐喻和转喻关系进一步深入认识，以观其阐释效力和影响。

（一）"以隐喻写转喻"：对《静夜思》的一种阐释

由表 1 可见，隐喻和转喻模式具有很强的应用性和启示性，它对任何符号行为，特别是对文学研究具有广阔而重要的意义，这也正是雅各布森不遗余力反复强调其不可忽视、不可偏颇的原因所在。有人可能因此而产生误解，以为雅各布森为了结构分析的方便，而将隐喻与转喻、诗歌与散文截然对立起来，只重隐喻而不顾转喻，事实并非如此。

在《语言学与诗学》一文中，他明确说道："在诗歌中，相似性是添加于邻近性之上的，任何转喻都有轻微的隐喻性，而任何隐喻都具有一种转喻色彩。"① 而在《对话》中，他说得更为直白："在相似性和邻近性之间没有无法解决的障碍，二者是通过语境互相连接的。越来越多的诗歌作品考虑到这种相似和邻近的双重性。"② 这就是说，在诗语结构中，语境可以使相似性与邻近性相互融合，即隐喻和转喻同时共存，而在这融合和共存过程中，选择和组合的词语彼此沾染，使隐喻携带转喻之色，使转喻附着隐喻之彩，诗语由此而成为具有双重性的独特话语，这好比纵向的选择轴（共时性）与横向的组合轴（历时性）彼此缠绕、交错。所形成的动态繁复的话语流，一如拉康所言的"迷人的隐喻的织体"。正因如此，雅各布森在进行诗歌语法分析时，对诗语的转喻用法也颇为留意。比如，在分析现代希腊诗歌创始人卡瓦菲（Constantine Cavafy，1863—1933）的诗歌《记住吧，肉体》（1918）时，雅各布森就认为，这首诗没有使用任何明喻和隐喻，只是一种朴素真实的描绘，诗中的名词纯粹是转喻的（如以"床"代替情人）和提喻的（如以"肉体"取代肉欲的男人），前者使我们难以说出卡瓦菲诗歌中究竟运用了什么"意象"，而后者则使我们确信"语法意象"（grammar imagery）正是这位诗人最富有力量的手法。③

在这里，我们不妨以大家耳熟能详的中国古诗——李白的《静夜思》为例，来对隐喻和转喻模式的效力和内在关系进行细致的检验和深入的阐发。④

> 1 床前明月光，
> 2 疑是地上霜。
> 3 举头望明月，
> 4 低头思故乡。

① Roman Jakobson, "Linguisitics and Poetics," in *Language in Literature*, eds. Krystyna Pomorska and Stephen Rudy, p.85.

② Roman Jakobson & Krystyna Pomorska, *Dialogues*, p.166.

③ Roman Jakobson, "Grammatical Imagery in Cavafy's Poem," in *Selected Writings Ⅲ: Poetry of Grammar and Grammar of Poetry*, ed. Stephen Rudy, pp.586-590.

④ 本部分例证分析受到北京师范大学钱翰老师文章《课堂上的〈静夜思〉》（《脉动》2012年第5期）启发，对其观点和思路有所借用，特致谢意。

其一，这首五绝是按照空间邻近性即转喻的逻辑来写的，从"床前"到"地上"，再到"明月"，最后到"故乡"，句与句之间视觉行为的空间转换（俯→仰→俯），交织着心理诉求的空间转换［理（求真）→事（求善）→情（求美）］：辨象体物，逻辑判定，是为真；各就其位（在床前或在地上或在天上），俯仰自得，是为善；物（月光，或霜，或明月）以情（思乡之情）观，情以物兴，是为美；总体情感倾向是由近及远、由实入虚、由浅入深、由淡渐浓的。

其二，这首诗的最大特色在于以隐喻来写转喻：床前的月光与地上的秋霜之间通过"白色""清幽""静谧"等相似性而构成隐喻，明为隐喻，实为转喻。而且，"床"（无论是"井台""井栏""窗"还是"卧具""胡床"）之前的空间属于个人所在，而"地上"的空间则属于众人所在，由此，隐喻的相似转换蕴含着转喻的空间扩大，喻词"是"承担着隐喻和转喻连接的双重功能，"疑"则暗示着"霜"的若有似无和诗人欲隐还现的在场。"望月思乡"是中国文化中的传统情怀和典型意象，"明月"成为沟通此处的诗人和远方的"故乡"之间的中介，最妙处在于，"举头"与"低头"的动作行为既是空间的转喻，又因彼此"对立"而构成相反相似的隐喻。同样地，"望明月"与"思故乡"本来是转喻的空间逻辑，但诗人以隐喻为出发点和推动力，将举头望月与低头思乡构成对立相似的隐喻游戏，于是，"明月"和"故乡"之间空间相近的转喻交融了某种对立的隐喻色彩，即诗人眼中之月与故乡之月的对立，望月之孤幽与思乡之伤悲的对立等。此外，另一重对立也凸显出来。"明月光"与"地上霜"同为真实时空中的相似相对，而"望明月"与"思故乡"则为一实一虚的对立，举头所望为有形之明月，月、光入目，低头所思为无形之故乡，不可捉摸。可感之"望"是诗人的个体行为，不可感之"思"已悄然转换为思乡游子的集体情怀，转喻似乎将诗人的生活情境与明月、故乡拉近，隐喻却仿佛将诗人的内心世界与现实时空疏远，二者不是相互抵消，而是彼此转化和渗透，你中有我，我中有你。就整个文本来说，远和近之间、内在世界与外在世界之间、心理空间与视觉空间之间、心（情）与身（物）之间的张力，皆来自于转喻和隐喻之间的互动和胶着，最终形成了一种言近旨远、质而实绮的艺术效果。

其三，从1句"月光"到3句"明月"，是经由因果推理和空间邻近的转喻而来，1、3句"明月"二字的重复亦如1、3、4句韵脚（ang）的同音重复，更加强化了转喻之上的隐喻效果，而4、2、1句之间又经由韵脚的语音重复和语义的相对相似（诗人低头所思之故乡与诗人低头俯视床前之月光或霜）而形成隐喻关系，故乡之思如月光或寒霜一般，白亮、清幽、冷寂、凝重。如此一来，我们可以获得四层转喻关系（1—2，2—3，3—4，1—3）和四层隐喻关系（1—2，3—4，1—3—4），交融互渗，层层叠合，构成文本话语的整体结构，从而使全诗意蕴饱满，极富张力与层次感。

从版本学角度而言，自明代即确定下来且经过国人千余年诵读而流传至今的通行版本，与其他颇有争议的50余种版本相比，这种以隐喻写转喻的独特效果表现得更加鲜明。比如《静夜思》的另一版本为："床前看月光，疑是地上霜，举头望山月，低头思故乡。"[①] 相较而言，这种版本以"看月光"替换了"明月光"，以"望山月"替换了"望明月"，其好处在于避免了"明月"二字的重复，且平添了"山"的意象，就整体形象来说，似乎更为充实。但细究而言，"山月"依然是"月光"的转喻，"山"的出现只不过表明了诗人创作时的空间所在，在表层意思上强化了转喻而已，除此，别无深意。而通行版本中"明月"二字的重复，直接使1、3句之间形成回环，而且，"明"字的语音（ing）与韵脚（ang）之间也形成了一种后鼻韵音节的相似，使句中与句尾也形成应和。更重要的是，这一重复在转喻性的表层结构之上又叠加上隐喻的逻辑，从而产生了一种"套彩"的效果。这种看似无甚创新的重复，恰恰于有限的字句中制造出无限的重章叠唱的效果，在音律重复的审美原则之上，又增加了一重隐喻的诗学原则，二者相互融合，相得益彰，使音韵、语义乃至意境更加谐和婉转，也使整首诗的气息节奏更加流畅、自然、浑然一体。这种重复自《诗经》以来就成了中国古诗的重要美学原则，只要用得恰到好处，便会使诗歌摆脱单调的转喻设置，而增添几分隐喻色彩，正如李清照之"冷冷清清凄凄惨惨戚戚"，李商隐之"君问归期未有期，巴山夜雨涨秋池。何当共剪西窗烛，却话巴山夜雨时"，等等。

这种以隐喻写转喻的例子在中国古典诗词中也是较为常见的，如"小桥流水人家，古道西风瘦马，夕阳西下，断肠人在天涯"，"春蚕到死丝方尽，蜡炬成灰泪始干"，"在天愿为比翼鸟，在地愿为连理枝"，等等。与之类似，以转喻写隐喻也屡见不鲜，比如"云想衣裳花想容"之句，由"云像衣裳花像容"通过"像"与"想"的相似替换得来，即变隐喻为转喻，以转喻词"想"点石成金地创生出了"云"和"衣裳"、"花"和"容"之间的相似关系，这

---

① 中华书局编辑部编：《全唐诗》卷一百六十五，中华书局，2008年，第1709页。

与把"花容月貌"转变为"沉鱼落雁"有异曲同工之妙。无论哪种写法，隐喻与转喻都构成了诗歌语言操作的基本模式，都能创造出优秀的作品。虽然二者都是一种词语替换，但相较而言，隐喻是诗人创造诗意与审美意蕴的首选技巧。隐喻之所以如此重要，在雅各布森看来，是因为"诗性功能把对等原则从选择轴投射到组合轴"[①]。简言之，诗性语言就是把对等词语的隐喻关系置于转喻关系之上，从而使原本按历时性组合的词语具有了共时性的纵深空间，使有限的诗语构造呈现出无限的意义可能来，从这个意义上我们完全可以说，"没有隐喻，就没有诗"（华莱士·史蒂文斯语）。

总之，雅各布森的隐喻和转喻模式对中国古典诗歌的阐释是非常有效的，《静夜思》作为以隐喻写转喻的经典范例，经千年而不朽，无论现代都市的霓虹灯多么灿烂耀眼，我们依然能感受到那轮明月抒写乡愁、温暖人心的迷人光芒。

（二）对英国文学研究和法国结构主义批评的影响

由上可见，雅各布森的隐喻和转喻模式对中国古典诗歌的阐释是非常有效的，他由此而建构的"诗性功能"理论和对但丁、波德莱尔、叶芝、莎士比亚等人诗歌的语法批评实践，同样证明了其阐释的有效性和深刻性。总之，对于恪守语义或效果的传统诗歌批评而言，这种比"新批评"（New Criticism）有过之而无不及的结构分析方法，对诗歌话语的意义生成机制的揭示无疑更鞭辟入里，更具说服力。随之而来的问题是，这一模式在现代小说中能否有所作为？对此，英国著名文学评论家、小说家戴维·洛奇给出了很好的回答。

洛奇直接应用雅各布森"隐喻与转喻"的基本理论来讨论现代和后现代文学。在分析现代小说时，他认为，"尽管现代小说属于雅各布森体系中隐喻的一端，但它与转喻手法的保留和大规模的使用是不矛盾的。我之所以这样说，是因为两方面的原因，第一，散文小说天生就是转喻性的，如果硬把它推向隐喻的一端，那么它就会变成诗；第二，转喻的技巧能够配合隐喻或帮助达到隐喻的目的"[②]。可以看出，他对隐喻和转喻两极的理解是较为辩证而灵活的。他甚至还

---

① Roman Jakobson, "Linguisitics and Poetics," in *Language in Literature*, eds. Krystyna Pomorska and Stephen Rudy, p.71.

② ［英］戴维·洛奇：《现代小说的语言：隐喻和转喻》，陈先荣译，《文艺理论研究》1986年第4期。

举了一个简单例子对隐喻与转喻同时存在进行说明："'一百条龙骨犁过波浪'，龙骨是提喻，指船，它是从龙骨和船这两者事物的相邻性中派生出来的；犁是隐喻，是从船和犁的运动间觉察到的类似性中派生出来的。"[①]洛奇进一步指出，隐喻与转喻影响着人们的思维和创作，如雅各布森所言，在正常的语言行为中，这两个过程都在不断起作用，但是在文化模式、个性和语言风格的影响下，人们往往会偏重这两个过程的一个，而压抑另一个。当人们用语言描述一个自认为客观、真实、自足、有序的世界时，常常会倾向于转喻性的描写，例如在许多现实主义的传统小说中就是如此。但是，当人与世界处于一种分裂的状态，人在现实生存环境中无法获得整体感时，人们通常会选用隐喻的语言来描述世界，就像许多现代小说所表现的那样。由此，他把文学分为隐喻型（如乔伊斯、艾略特）和转喻型（如奥登、奥威尔）两种。这些观点后来都写进了他的理论代表作《现代写作的方式：隐喻、转喻和现代文学的类型学》中。此外，洛奇还将隐喻和转喻模式运用于他自己的小说创作实践中，以此作为结构小说的典型话语模式（如小说《小世界》就是一个庞大的隐喻体系），取得了不错的效果。这种对文化模式、作家个性、语言风格以及人的现实存在状态的理解、研究和实践，一方面体现了雅各布森隐喻和转喻理论在现代小说分析和创作中的实用价值，另一方面也将雅各布森诗学理论由语言向度延展至人与世界对立关系的现代语境中，更揭示出这一理论的现实感与人文性。

由此，我们不妨说，雅各布森的隐喻和转喻模式是其语言诗学中最著名的成功范式（仅次于区别性特征的音位理论），对后来的诸多研究大家（尤其是法国结构主义者）都产生了深远的影响。比如，罗兰·巴尔特认为，"雅各布森有关隐喻主导地位和转喻主导地位的论述使语言学研究开始向符号学研究过渡了"[②]，他在《拉布·吕耶尔》一文中对雅各布森的隐喻和转喻模式进行了

---

① ［英］戴维·洛奇：《现代小说的语言：隐喻和转喻》，陈先荣译，《文艺理论研究》1986年第4期。
② ［法］罗兰·巴尔特：《符号学原理》，第149页。

言简意赅的阐释，[①] 并把雅各布森的隐喻／转喻以及索绪尔的能指／所指、共时／历时等对立关系当作结构主义的标准，广泛应用于文学、服饰、食物、家具、建筑等非语言的社会生活的符号学分析中。而热奈特（Gérard Genette，1930—2018）则将这一模式应用于普鲁斯特研究，如在《修辞Ⅲ》的一篇文章《普鲁斯特的转喻》中，他以颇有说服力的例子揭示出普鲁斯特作品中隐喻和转喻关系的一种奇妙的交织创造，即普鲁斯特的隐喻依赖于邻近性的转喻关系，如本体"教堂的尖顶"，在乡村像麦穗，在海边则像鱼，在早餐时像羊角面包，在黄昏则像枕头，等等。列维－斯特劳斯则将此模式应用于人类学的结构中，比如他在《野性的思维》中把鸟类世界定义为"一种隐喻的人类社会"，在民间传说和神话中经常有这种表现方式，而作为家养动物的狗，则被认为是人类社会的转喻部分，但在对它们的命名过程中，关系则是相反的：鸟类经常由人类有限的名称种类来特定命名（如皮埃罗、玛戈特、雅克），因此鸟类名称与人类的名字（first name）的关系是一种句段的或转喻的部分与整体的关系；而狗则经常在舞台上或神话中被赋予名字（如阿左尔、菲多、黛安娜），因此形成了一个类似于日常生活的人名或一种对称的、隐喻的名称系列。[②]

　　雅各布森突破文学系统的限制，将隐喻和转喻从修辞范畴引入到更广阔的文化系统中，无疑具有开风气先的重要示范作用，但他所强调的还是它们的形式意义，与历史和社会的根本要求无关，而且他也并未解释一个更根本的问题，即二者产生和运作的思维机制是什么。笔者认为，联想是隐喻和转喻核心的思

---

① "在拉布吕耶尔的作品中，片段的语义结构是非常强的，以至于人们可以毫无困难地将这种语义与语言学家雅各布森在任何符号系统中满意地区分出的两种基本方面联系起来。雅各布森在言语活动中区分出一种选择方面（在相似符号的一种潜在存库中选择一个符号）和一种组合方面（把根据一种话语而选择的符号连接起来）。这两个方面中的每一个，都对应遗忘修辞学的一种修辞格，人们借此可以指明是哪一个方面。与选择方面对应的，是隐喻，他是用一个能指取代另一个所指，而这两个能指具有相同的意义，甚至具有相同的价值。与组合方面对应的，是转喻，它是依据一种意义从一个能指向着另一个能指的滑动。从美学上讲，向隐喻方法求助可以建立有关变化的所有艺术；向转喻求助可以建立有关的所有艺术。"［法］罗兰·巴尔特：《拉布吕耶尔》，《文艺批评文集》，中国人民大学出版社，2010年，第278页。

② ［法］列维-斯特劳斯：《野性的思维》，李幼蒸译，商务印书馆，1987年，第233—234页。在文中，列维-斯特劳斯还总结道："如果鸟是隐喻的人，而狗是换喻的人，那么家畜可看作是换喻的非人，而赛马可看作是隐喻的非人；家畜是邻近性的，只因为缺少相似性；赛马是相似的，只因为欠缺邻近性。"（第236页）

维机制，共时性和历时性的联想路径，分别构成了人类的隐喻思维（metaphorical thinking）和转喻思维（metonymical thinking）。一般来说，隐喻是一种文学的、形象的思维，转喻是一种科学的、逻辑的思维，但归根结底，人类是以隐喻的方式来认知和把握世界（自然世界和人类世界）的，"人类的全部知识和全部文化从根本上说并不是建立在逻辑概念和逻辑思维的基础之上，而是建立在隐喻思维这种'先于逻辑的概念和表达之上'"①。也就是说，隐喻思维是人类最原初最基本的思维方式，同时，它作为主导思维，决定了人类的语言、神话、宗教、艺术等人文学符号形式。这正如卡西尔（Enst Cassirer）在"隐喻的力量"中所深刻揭示的，"隐喻式思维"在语言世界和神话世界中"相同地作用着"，语言和神话是隐喻思维（原则）的"不同表现、不同呈现和不同等级"，作为一种心智概念的形式，隐喻使语言在艺术中"复活了全部的生命"，使神话成为文学的起源和意象。②雅各布森的语言诗学恰恰通过具体的诗歌研究，将语言（隐喻）和神话（诗歌）紧紧绑定在一起，从人类精神生活的符号结构中寻找文学艺术的"文学性"之所在。

雅各布森虽未言明作为思维方式的隐喻，但不容否认，在隐喻和转喻中，雅各布森对作为修辞格和诗歌话语深层结构的"隐喻"更怀有偏爱，他有时干脆称二者为"隐喻结构"（metaphoric construction）和"转喻手法"（metonymic way）。也就是说，在雅各布森心目中，文学文本的隐喻结构必然优于转喻关系。这是有道理的，因为隐喻直接源于作者的意图，而转喻则比较被动，主要依靠描述的环境，而不是依靠作者的创作意愿。诚如罗钢所言："隐喻，就其本质而言，是诗性的。因此一部叙事作品可以通过隐喻来丰富、扩大、深化文本的诗意内涵。从某种意义上说，作品是作者从时间中赢取的空间，隐喻是在垂直轴，也就是选择轴和联想轴上发生，选择轴实际上也就是空间轴，被选择出来的字词占据了某一特定空间，而它的存在，又暗指着那些与其相似但未被选择的不存在，这种暗指激发读者的联想，引导他去搜寻捕捉隐藏在意象里的种种言外之意，韵外之致，于是在无形中便大大丰富了作品的意蕴。"③可见，隐喻不仅

---

① 甘阳：《从"理性的批判"到"文化的批判"（代序）》，见［德］恩斯特·卡西尔：《语言与神话》，于晓等译，生活·读书·新知三联书店，1988年，第13页。

② ［德］恩斯特·卡西尔：《语言与神话》，第102、113—114页。

③ 罗钢：《叙事文本分析的语言学模式》，《北京师范大学学报（社会科学版）》1994年第3期。

是"语言的普遍法则"（瑞恰兹语），更是诗歌语言的普遍法则，隐喻性愈强，诗性也就愈强。更重要的是，对视觉艺术和听觉艺术都非常热爱的雅各布森，清楚地意识到，隐喻不仅仅是一种创造意蕴的诗歌手法，一种修辞现象，更是一种文化现象。在亚里士多德的"修辞隐喻"统治两千年之后，在隐喻成为拉科夫（George Lakoff）所谓的"我们赖以生存的隐喻"[①]（即认知隐喻）之前，雅各布森的"文化隐喻"无疑是一种难能可贵的创新和突破，是认知语言学的滥觞。正如布斯在《作为修辞的隐喻》一文最后所断言："文化的性质大部分是隐喻的性质，隐喻是由文化创造和维持的，我们要相信这一点。"[②]国内已有学者从文化学的广阔视角，对"隐喻"的诗性传统和文化意味作了深入剖析，此处不赘。[③]

如果我们对照雅各布森一前一后的两篇文章《语言的两个方面》（1956）和《语言学和诗学》（1958），就可以发现他对隐喻和转喻的看法是不同的，前者提出的"文学性"概念包括隐喻和转喻，而后者则只把"文学性"与隐喻这一种类型相联系。这意味着，雅各布森的这种"重隐喻轻转喻"的"偏见"，是与其"文学性"的语言学界定密切相关的。简单说来，他认为，诗歌文本是诗性功能占主导的语言结构，而诗性功能是"将对等原则从选择轴投射到组合轴"。选择轴即根据相似性替换的隐喻轴，组合轴即根据邻近性结合的转喻轴，对等原则是诗性话语的普遍原则，对等原则的投射使转喻的横向组合序列也具有了隐喻性，隐喻成为诗歌文本的结构特性，语言符号各层面上的对等关系也都具有了隐喻色彩，尤其是音位层和语法层的对等更是成为一种隐喻修辞，对应于语义层的对等。这种语法肌质的隐喻特性是非诗语言所不具备的。因此，雅各布森格外突出"隐喻"结构在诗歌中的地位和作用，有意或无意地将"隐喻"或"隐喻性"和"诗性"或"文学性"关联甚至等同起来，隐喻结构成为诗歌话语的"深层结构"，成为"文学性"在文本中直观而具体的体现。由此，他认为，诗学就是对诗歌中占主导的诗性功能的细察，也就是对诗歌文本中隐喻结构的揭示，更准确地说，是对诗语各层面（尤其是语音和语法层面）的相似或相反的对等关系的发掘。事实证明，隐喻确实常常被诗人或作家用来丰富、

---

① George Lakoff and Mark Johnson, *Metaphors We Live By*, Chicago and London: The University of Chicago Press, 1980.

② ［美］韦恩·布斯：《修辞学的复兴》，穆雷等译，译林出版社，2009年，第86页。

③ 季广茂：《隐喻视野中的诗性传统》，高等教育出版社，1998年。

扩大和加深文本符号的自身容量和诗意内涵，而隐喻的认知功能也非常有利于"唤醒"读者对含混诗语的注意和感知，世界范围内的经典文学作品以隐喻作品为多，这自然不是巧合，比如荷马史诗、但丁《神曲》、乔伊斯《尤利西斯》、《庄子》、蒲松龄《聊斋志异》等等，都可谓是直抵人类精神世界的隐喻性杰作，雅各布森对隐喻的突出和强调必然也包含了这样的清醒认识。

雅各布森对隐喻的"偏爱"还暗含着对现代人隐喻能力衰退的善意提醒。在现代的生存境遇中，可供人们选择的事物看似越来越多，其实人们的选择常常不是主动的隐喻性选择，而是被动的转喻性选择，即不是根据相似性进行想象和选择，而是从时间、空间和因果关系上进行最轻省的选择，而现代高科技（如新媒介）的发展，正使得这一转喻性的组合式选择成为必然。每个人无时无刻不身处于物（包括人）所充斥的时空之中，简单而实用的工具理性思维更信赖这些转喻的必然关系，习惯于甚至顺从于从某物（人）到邻近的某物（人），仿佛从一个地址链接到另一个地址，从一个好友找到另一个好友，按图索骥，顺藤摸瓜。对词语的应用和选择亦是如此：组合惯性、客套俗语、习惯用法等，往往轻巧地替代了相似性的联想、想象、远距离的跳跃，由此生成的语句和话语服从于经济节略的语法强制力，如超链接文本般不断绵延，形成对意义的组合包围，意义在其中生成，也在其中陷落，难以逾越包围圈的封锁，难以有言外之意的余韵。这正是黑格尔所言的现代散文式生活的症候，语速如步速，语调如步调，线性，规整，陶醉于量的累积、感官的轻松愉悦，而疏忽质的飞跃、精神的涵咏沉吟，可谓现代人隐喻力的衰退和弱化。换句话说，隐喻诞生于人与人、人与物、物与物之间"天涯若比邻"式的远距，而终将消亡于"比邻若天涯"式的切近，文学（诗歌）、艺术、伦理等不可避免的现代危机恐怕与此密切相关吧。

第三节　散文诗学：以《旁注诗人帕斯捷尔纳克的散文》为例

在隐喻和转喻理论的形成过程中，雅各布森始终保持着对艺术的敏感与责任，这从他在 20 世纪 30 年代写下的一系列艺术批评文章中可以看到，比如对马雅可夫斯基诗歌的礼赞，对现代电影衰落论的质疑及重新评估，等等，尤其是对诗人帕斯捷尔纳克散文的研究，使散文诗学与诗歌诗学同步建构，使更为客观辩证地看待隐喻和转喻在具体文学话语中的运作方式、功能等成为可能，也使其语言诗学的整体结构更趋合理完善。然而，对雅各布森诗学的研究历来偏重于他的诗歌诗学，而对其散文诗学则几乎未有论及。[①]

从 20 世纪散文诗学的历史来看，俄国形式主义者最先围绕散文的结构组成部分进行了分析研究，他们以全新的方法开拓了几个新的领域：首先，他们（如什克洛夫斯基、艾亨鲍姆）提出了"情节"（syuzhet）和"故事"（fabula）这两个相关但根本不同的要素。其次，他们引入了"口述"（oral narration）的观念，从而产生了"叙述者作为一个面具"的思想，这使得清除"叙述者作为对立于作者的一种纯粹手法"的描述成为必要。后来，艾亨鲍姆又进一步表明了口述作为一种语音模式系统的相关思想。最后，"主人公"被视为一个"手法"，或更准确地说，是一个更大单元（即所谓的一个寄生性的、模仿的"情节"）的组成部分（什克洛夫斯基）。尤其不能忽视的是"亲形式主义者"普罗普的《民间故事形态学》（1928），他从故事的功能因素出发探究叙事结构规律的努力，为后来的结构主义者以及现代叙事学的研究提供了坚实的方法论基础。在形式主义理论的诸多批评家和研究者中，维戈茨基和巴赫金也应当被提及，他们分别从心理学和哲学的更大视域来审视艺术形式。从他们的立场来看，形式主义理论根本上是分类学的，因此是不充分的，甚至是自相矛盾的。与他们不同，雅各布森作为形式主义的奠基人、批评家和"修正者"，正是他的理论构成了形式主义的延续——塔尔图—莫斯科学派（Tartu-Moscow School）体系的基础，而且，他还在 20 世纪 50 年代将普罗普的《民间故事形态学》译为英文，大大促进了结构主义叙事学在欧美世界的发生、传播与发展。

而在雅各布森的语言诗学体系中，"散文"（prose）与"诗歌"（verse）始终是他有意并置、互为参照的两个对立范畴，不仅在体裁层面，更在其语言特性层面，二者构成了不可割裂的统一整体。《旁注诗人帕斯捷尔纳克的散文》（"Marginal Note on the Prose of the Poet Pasternak", 1935）是雅各布森散文诗学的代表作，这是一篇长达 16 页、没有一个引用和注释的文章，也是一篇素未受到关注的文章。在文中，雅各布森将帕斯捷尔纳克置入俄国"诗歌时代"的艺术潮流中，平行比较了诗人帕斯捷尔纳克与同时代的两位著名诗人赫列勃尼科夫、

---

① 笔者只找到泼墨斯卡的一篇《散文诗学》。See Krystyna Pomorska, "Poetics of Prose," in Roman Jakobson, *Verbal Art, Verbal sign, Verbal time*, eds. Krystyna Pomorska and Stephen Rudy, pp.169-177.

马雅可夫斯基之间的异同，指明了"转喻"手法在帕斯捷尔纳克诗歌和散文中的独特应用，并对诗歌与隐喻、散文与转喻的密切关系作了明确阐释，对帕斯捷尔纳克作品中的主题结构进行了深入剖析，最后通过对某些机械论者的批驳，积极肯定了帕斯捷尔纳克摆脱诗歌习惯语法的审美个性与艺术使命，确立了他在现代艺术运动中的重要地位。其角度之新颖，视野之宽阔，观点之独到，分析之细致，都是 20 世纪 30 年代文学研究中所少见的。尤其需要言明的是，二十多年后，帕斯捷尔纳克因为在"当代抒情诗创作和继承发扬俄国伟大叙事文学传统方面所取得的主要成就"而获得诺贝尔文学奖（1958），雅各布森此时对帕斯捷尔纳克散文和文学地位的研究和肯定，无疑表现出一个文学批评家优异的学术敏感性和审美判断力。尽管帕斯捷尔纳克后来对自己早先的散文有所否定，[①] 但并不能因此而遮蔽此文在俄国文学批评史以及帕斯捷尔纳克研究中的重要贡献。

一 确立对象：一位"诗歌时代"抒情诗人的散文

在雅各布森写作此文之前，帕斯捷尔纳克的主要成就在于诗歌，其出版的诗集有八部：《云雾中的双子星座》（1914）、《超越障碍》（1916）、《生活，我的姐妹》（1922）、《主题与变奏》（1923）、叙事诗《施密特中尉》（1926）、历史长诗《一九〇五年》（1927）、《热病》（1923—1928 年）、《重生》（1932）；而他的散文作品则相对较少，只有四篇：中短篇小说《阿佩莱斯线条》（1915）、《柳威尔斯的童年》（1918）、《空中通道》（1924）、自传体散文《安全通行证》（1930）。之所以"避重就轻"地选择以帕斯捷尔纳克散文为研究对象，是因为在雅各布森看来，帕斯捷尔纳克和勃留索夫、别雷、赫列勃尼科夫、马雅可夫斯基等现代诗人，将"散文"变成了自己富饶的"殖民地"。他们的散文"开辟了复兴俄国散文的隐秘道路，就像普希金和莱蒙托夫的散文预告了由果戈理

---

① 帕斯捷尔纳克1945年在与伯林的谈话中提到："我为写出这样的东西而脸红——我说的不是我的诗歌，而是我的散文——它受了象征主义运动中最微弱最混乱的那部分东西的影响，……当时我所写的一切都像是着了魔似的，言不由衷、支离破碎、矫揉造作、毫无价值。"（［英］以赛亚·伯林：《苏联的心灵——共产主义时代的俄国文化》，潘永强、刘成译，译林出版社，2010年，第56页）1956年，他在《人与事》的开头写道："遗憾的是那本书（《安全通行证》）被当时流行的一种通病——毫无必要的矫揉造作——给糟蹋了。"（［俄］鲍里斯·列·帕斯捷尔纳克：《阿佩莱斯线条》，乌兰汗、桴鸣译，上海译文出版社，2011年，第261页）

开辟的散文伟大节日的到来一样"，"帕斯捷尔纳克的散文是在一个伟大的诗歌时代的一位诗人的散文"。

在这里，雅各布森对"诗歌时代"的确定是尤为重要的。他认为，俄国20世纪头三十年的主要成就在于诗歌，无论是象征主义、阿克梅主义，还是"未来主义"，诗歌始终是代表，是文学的纯粹权威的声音和完美的化身，可以说，这是一个"诗歌时代"（即"白银时代"）。雅各布森认为，"诗歌时代"的散文境遇是独特的，这至少表现在两个方面：其一，这一时期标准的文学散文，总体来说只是一种追随诗歌的生产样式，是对19世纪传统模式或多或少的延续和再生产。这种粗劣的散文作品的价值仅仅在于对传统模式的成功模仿，或巧妙地将新的主题迎合于传统的形式，可以说，在艺术散文的历史上，俄国传统现实主义在这百年当中少有革新。其二，以诗歌为导向的一种文学思潮中的散文，不同于以散文为导向的文学时代和流派中的散文，在以诗歌为主导的文学运动中，散文作者很明显要受到主导因素（即"诗歌"）的限制，所以他们尽力摆脱诗歌强烈的、有意识影响的自由形式的束缚。而"诗人的散文"无疑具有实现这种突破和创新的可能。雅各布森首先肯定，在诗歌与散文、诗人的散文和散文家的散文、散文家的诗歌和诗人的诗歌之间存在着显著差异，并进而指出，诗人的散文具有一种独特的印记，尤其是诗人帕斯捷尔纳克、普希金、莱蒙托夫等诗人，具有出色的"双语能力"（bilingualism），正是在这第二种语言（散文）中，他们实现了从诗歌之山峰到散文之平原的成功占领。

雅各布森更敏锐地认识到，帕斯捷尔纳克的双语作品显然都是抒情的，尤其他的散文，是"一个抒情诗人的典型的散文"。他的这一观点在二十多年后得到了以赛亚·伯林的呼应，后者在回忆帕斯捷尔纳克时（1958）说道："他所说、所写的每一件事都富有诗意：他的散文不是散文作家的散文，而是诗人的散文，带有诗人所具有的一切优缺点；他的观念，他对生活的感悟，他的政治观点，他对俄国、对'十月革命'、对未来的新世界所抱有的极其坚定的信念，都带有诗人清澈透明而又具体形象的视域。"[①] 也就是说，有的作家在写诗的时候是诗人，在写散文的时候则是散文家，而对于帕斯捷尔纳克来说，他的诗人气质始终弥漫在他的诗歌和散文乃至生活中，因此，他的散文如同诗歌一般，有着浓重的抒情意味，他的历史诗根本上与他的抒情组诗也没什么不同。在这一点上，

---

① ［英］以赛亚·伯林：《苏联的心灵——共产主义时代的俄国文化》，第86—87页。

或许只有曼德尔施塔姆可以相提并论。

帕斯捷尔纳克作品将抒情性与史诗性相融合的特性，与同时代的另两位诗人有着一定的差异：在马雅可夫斯基的作品中，抒情传统获得了最高表现，而在赫列勃尼科夫的完全不平行的诗歌和散文中，纯粹的史诗元素找到了另一个出路。之所以有这样的差异，雅各布森认为原因在于：帕斯捷尔纳克作为斯克里亚宾、勃洛克、别雷以及里尔克或者说象征主义流派虔诚的学生，一直坚定地信奉象征主义，他将自己的作品建基于个性的、情感的现实体验之上，表现出一种强烈的热情和富有生气的力量，继承和延续了被未来主义所拒绝的象征主义的浪漫派传统，因此他的"与历史相融并与现实生活合作"的作品，成为象征主义和随后流派的联结，具有了与其前辈不同的非寻常的元素，一半陌生又一半类似于他的同代人。而随着他作品的日益成熟和个性的不断凸显，他最初浪漫的、情感的语言逐渐演变为一种有关情感的语言，正是在他的散文中，这种描述性的、转喻的特征获得了它最极端的表达。

二　比较研究：隐喻与转喻，诗歌与散文

雅各布森的批评者——特别是那些对现代语言学没有充分了解的人，常把隐喻与转喻的对立观点拿来攻击，他们的误解来自两个方面：一方面，他们经常误认为隐喻和转喻只是纯粹的言语标志，而不是操作中组织语言的普遍的强制力；另一方面，他们没有认识到隐喻和转喻的对立不是绝对的对立，而是一种倾向。雅各布森在最早的文章《俄国现代诗歌》中就已表明，"绝对的事物是不存在的"（nothing exists as an absolute）。在该文中，雅各布森更是始终贯穿着综合比较研究的方法，通过对象比较（帕斯捷尔纳克与马雅可夫斯基）、文体比较（抒情诗与史诗、诗歌与散文）、观点比较（结构主义语言论者与机械心理学论者、机械唯物论者）以及整体上的跨学科比较（语言学与文学），深刻阐明了帕斯捷尔纳克对转喻的忠诚及其追求新颖语法的独特价值，甚至在论述过程中，他还有意无意地借用了一种互文研究的方法，在诗歌文本与散文文本的互相指涉中，检验观点，得出结论。毫不夸张地说，这是一个严整、对称、开阔、细致的结构主义文学研究范例。

（一）马雅可夫斯基的隐喻 VS 帕斯捷尔纳克的转喻

我们知道，帕斯捷尔纳克无论在其年轻时还是成名后，都受到了马雅可夫斯基的深刻影响，他在自传体散文《安全通行证》（1930）和《人与事》（1956）中都曾明确说到这一点，他作品的隐喻结构也表露出他对"穿裤子的云"的作者热衷的印迹。但雅各布森更敏锐地指出，隐喻在两位诗人的作品中起着非常不同的作用。

在马雅可夫斯基的诗歌中，隐喻由象征主义传统所塑造，不仅是最典型的，而且是最重要的诗歌比喻，决定了抒情主题的结构和发展，按帕斯捷尔纳克的话来说就是，诗歌开始"以一种宗教寓言式的语言说话"。可以说，隐喻决定了马雅可夫斯基诗歌的主题结构。同时，在其作品中，抒情成为主导，达到它的最高点的表达，而抒情冲动是由诗人自身提供的。正是在这样的"隐喻的抒情"（metaphorical lyric）中，外在世界的形象与这种抒情冲动相和谐，它被变换为不同的层面，建立起一种不同宇宙观之间相融为一的、完全同化的网络，它把抒情主人公融合为多重性的存在，并消解抒情主人公身上多面性的存在。隐喻作品中始终贯穿着"相似"和"相反"的创造性的联合，比如抒情主人公将遭遇到对他致命的对立形象，而这样的诗歌不可避免地以诗人最后的死亡达到顶点。通过一条坚实而紧凑的隐喻链，主人公的抒情把诗人的神话（the poet's mythology）与他的存在合为一个不可分割的整体，而马雅可夫斯基为这种包容一切的象征付出了生命的代价。①

帕斯捷尔纳克的隐喻可能更丰富、更精练，但这些隐喻并不主导和指引他的抒情主题。不是隐喻而是转喻的章节，使他的作品成为一种"远离平庸的表达"。他的抒情在其诗歌和散文中都充满着转喻，换句话说，是通过占主导的邻近性联合起来的。与马雅可夫斯基的诗歌相比，在帕斯捷尔纳克的诗歌中，第一人称被置入背景之中，但这只是一种表面的贬黜——抒情的主人公仍是在场的，只是一种转喻式的在场罢了。正如在卓别林的电影《巴黎女人》（*A Woman of Paris*，1923）中，我们看不到火车，但我们从镜头前人们的反应中意识到火车

---

① 雅各布森在《论消耗了自己的诗人的一代》一文中对马雅可夫斯基的诗人神话有深入阐述，参见Roman Jakobson & Dale E. Peterson, "On a Generation That Squandered Its Poets," in *Language in Literature*, eds. Krystyna Pomorska and Stephen Rudy, pp.273-300.具体论述见下节。

来了，好像那是一列无形的、透明的火车，在荧幕和观众之间行驶。类似地，在帕斯捷尔纳克的诗歌中，周围世界的形象作为诗人自身邻近的反映或转喻的表达起作用。就艺术而言，他不相信对外在的世界采取一种完全史诗的态度（即一种过去时的、第三人称的态度）是可能的；他确信的是，真正的艺术作品，实际上是讲述它们自己诞生的作品。在帕斯捷尔纳克看来，"现实显现在一种崭新的形式中，这种形式在我们看来有其自身的状态，而不是我们的状态，我们试图命名它，结果便是艺术"。在诗人的诗歌中，尤其是在散文中，对无生命世界的拟人化清晰地呈现出来：周遭的事物（而不是抒情主人公）被扔进焦虑中，于是在诗人笔下，屋顶僵直的轮廓变得好奇，一扇弹簧门默默自责地关上，一盏温暖的、热情的、奉献的台灯被用来表现家庭和解的愉悦，当诗人被他所爱的女子拒绝之后，他发现"山峰变得更高更瘦，城市变得贫瘠而黑暗"（《安全通行证》）。在帕斯捷尔纳克的作品中，这类意象是非常多的。可以说，邻近事物的转喻，是通过邻近性来连接的最简单的形式。

相较来看，帕斯捷尔纳克建立的转喻连接，并不少于马雅可夫斯基的隐喻连接，或赫列勃尼科夫诗歌中用来凝缩话语的各种内在和外在的方法，这种转喻连接表明了一种摈弃客观对象的坚持不渝的倾向。这种连接一旦创造出来，就以其自身的权力成了一种客体。帕斯捷尔纳克并没有厌烦对可有可无的事物的强调，偶然性的事物被连接在一起。如帕斯捷尔纳克所言："每个细节都能被另一个所替代……它们中的任何一个，都被任意选择，将用于承担对换位情境的见证，而这情境是已被现实整体所攫住了的。……现实的各个部分是彼此冷漠的。"[①] 诗人把"艺术"界定为诸多意象的彼此可交换性（the mutual interchangeability）。我们小心翼翼选择的任何意象，所包容的都不止是一种相似性，而是相互的隐喻，所有的意象都以某种途径潜在地彼此毗邻。诗人创造的这种转喻选择关系越难以分辨，创造的这种共同体越独特，被并置的意象和整个意象系列就越会变成碎片而丧失它们的明晰性。值得注意的是，帕斯捷尔纳克坚持把"事物本身的意义"对立于它们的可塑性，为此，他热衷于寻找一些贬义词——在他的世界里，意义不可避免地变得苍白，而可塑性则变得醒目。

由雅各布森的观点我们也可得到启示：马雅可夫斯基对隐喻极为热衷，这

---

① Roman Jakobson, "Marginal Note on the Prose of the Poet Pasternak," in *Language in Literature*, eds. Krystyna Pomorska and Stephen Rudy, p.154.

使得他虽然很想写一部小说，甚至为这部小说都拟好了题目，但只能一再地延迟。他所擅长的要么是抒情独白，要么是戏剧对话，而对描述性的、转喻的陈述格外陌生，在诗歌中，他只好以第二人称替代了第三人称的主题。他感受到与自己相关的一切都不是孤立的，而是对立和冲突于他，他和他的"对手"狭路相逢，他只能采取决斗、揭露、谴责、嘲弄以及驱逐等各种方式来挑战"对手"。正因为如此，在其生命的最后几年，马雅可夫斯基在文学散文领域完成的只有几个较出色的舞台剧本，这并不令人惊奇。反过来说，帕斯捷尔纳克走向叙述散文（即小说）的道路是同样的逻辑。

（二）诗歌与隐喻 VS 散文与转喻

雅各布森辩证合理地指出，完全由转喻构成的诗歌是存在的，而叙事散文（narrative prose）也可以由隐喻构成，比如别雷的散文（如《银鸽》）就是一个很好的例子。但主要来看，在诗歌和隐喻之间，在散文和转喻之间，存在着不可否认的更为密切的关系。也就是说，诗歌和散文，作为语言艺术的基本话语形式，分别依靠两种基本轴来运作，即选择轴和组合轴。诗歌依赖于相似性的连接，对诗歌的接受来说，诗行的韵律相似是基本要求，而且，这种韵律的平行伴随着意象的相似（或相反）能够很强烈地感受到。而叙事散文的基本动力是邻近性的连接，沿着时间和空间或因果关系的路径，叙述过程从一个事物移到一个相邻事物，从整体到部分（或从部分到整体）只是这一过程的特例。按雅各布森的意思，散文与实质性的内容联系紧密，邻近性的连接独立性有限，换句话说，散文的材料内容被剥夺得越多，这些连接获得的独立性就越大。总之，对隐喻来说，与之最兼容的是诗歌，对转喻来说，与之最兼容的是散文。

雅各布森进一步认为，无论隐喻还是转喻，诗歌比喻（the poetic figures）的本质不仅仅在于它们对事物之间各种关系的记录，还在于以这种方法来扰乱相似关系。也就是说，在一个特定的诗歌结构中，隐喻的作用发挥得越大，传统的分类就被颠覆得越彻底。事物按照新引入的普遍符号进行重新安排，而创造性的转喻将改变事物的惯常秩序。换言之，邻近性连接在帕斯捷尔纳克作品中成为艺术家的灵活工具，它将转变空间的分布和时间的相继。这在帕斯捷尔纳克的散文历险中表现得特别明显。如果我们以文学的表现功能为起点的话，那么，帕斯捷尔纳克正是以这种扰乱作为主体情感的基础，或者说，他用这种扰乱来帮助他表达这种情感。

在帕斯捷尔纳克的作品中，雅各布森发现了诗人使用的不同的转喻手法，比如，他能从整体写到部分（或者相反），从原因写到结果（或者相反），从空间关系写到时间关系（或者相反），如此等等。但帕斯捷尔纳克运用得最典型的转喻，或许还是以"行动"（action）来代替"行动者"（actor）、人物的状态、话语或品质，从而使这些抽象的东西变得客观具体。雅各布森认为，这些被当作作品血肉的客观统一体，在帕斯捷尔纳克的诗歌和散文中最为丰富，但如果按哲学家布伦塔诺（Franz Brentano，1838—1917）的观点来看，这种"客观"则是可疑的，因为他坚决反对基于语言之上的对虚构物的不合逻辑的客观化。我们不妨来看雅各布森所提及的帕斯捷尔纳克具有"互文性"〔intertexuality，狭义互文性；或热奈特所称"跨文本性"（transtextuality）〕的诗文例证：

> 生活——我的姐妹，就在今天 / 它依然像春雨遍洒人间，/ 但饰金佩玉的人们高傲地抱怨，/ 并且像麦田里的蛇斯斯文文地咬人。（诗歌《生活，我的姐妹》，1917）

> 生活只让极少数的人知道它在对他们做什么。生活太喜欢这桩事了，它在工作时只同那些祝愿它成功和喜欢它的工作平台的人交谈。（小说《柳威尔斯的童年》，1918）

> 忽然间，我似乎看到了他的生活就在下面，就在窗下，它现在已是彻底逝去的生活了。它以一条类似于波瓦尔斯卡亚街那样的两旁栽满树木的宁静街道的样子，从窗户下开始通往一边去了。第一个站在墙角旁的这条大街上的是我们的国家，即我们那个硬要闯进时代并已被时代所接纳、前所未有的、难以置信的国家。它就站在下面，可以唤它一声，并拉住它的一只手。（自传体散文《安全通行证》）[①]

通过比较我们可以发现："生活"在俄语中是阴性词，按雅各布森的术语来说，"生活是一个标记范畴（marked category），只有当有生活动机的时候，它才能够实现"[②]。这个标记范畴并非孤立的、不可译的，它所携带的相近蕴涵在

---

① ［俄］鲍里斯·列·帕斯捷尔纳克：《阿佩莱斯线条》，第39、258页。

② Roman Jakobson & Krystyna Pomorska, *Dialogues*, p.93.在这篇对话中，泼墨斯卡同样认为，"运用标记概念分析文学散文似乎大有希望"。

例证中乃至其他作品中也反复出现，不同文体的文本之间互为指涉，只不过在转喻安排上有简单或复杂的区别。在这三个文本中，抽象的"生活"（life）都被客观化地、个性化地甚至以生硬的词形变化（如"My Sister Life"）等得以具现，抽象物具有了独立行动的能力，并且这些行动反过来也被具体化了。可以说，这三个不同文本以相似的转喻结构，一起生动地揭示了这个"神话"的语言学根源。由此，雅各布森得出结论：帕斯捷尔纳克的诗歌和散文是意识到"独立生活"的"一个转喻王国"（a realm of metonymies）。

前面已经说过，"转喻"与时间、空间以及因果关系之间的密切联系是不言而喻的。对此，雅各布森也作了深入剖析。其一，在以转喻为支配的散文世界中，事物的轮廓被模糊了。比如，在帕斯捷尔纳克的中篇小说《柳威尔斯的童年》中，"四月"模糊了房子和院子之间的界限；类似地，一个事物的两个不同方面和同一个事物都变成了独立的事物，正如小说中女孩柳威尔斯认为，从屋内看一条街道和从屋外看这条街道是两条不同的街道。这两种特征——事物的相互渗透（转喻的实现，在词语的严格意义上）和事物的分解（提喻的实现）——使帕斯捷尔纳克的创作接近于立体主义画家的努力，也就是说，事物的维度或事物之间的距离改变了，变成了有关陌生物的交往。因此，帕斯捷尔纳克笔下的空间变成了"被扰乱的空间"，这使得"突然在所有方向看更远的距离成为可能"（《安全通行证》）。其二，空间关系与时间关系紧密结合在一起，而时间序列也已丧失了它严格的规律——事物"不断震动着，从过去到未来，从未来到过去，仿佛沙子在一个不停摇晃的瓶子里"。其三，任何空间的或时间的邻近性都能解释为一个因果系列。帕斯捷尔纳克借一个从情境出发来把握句子意思的孩子（他的儿子）之口说道："我不是从词语而是从因果关系来理解这个句子的。"（《安全通行证》）在这里，诗人趋向于认为情境等同于原因，他有意识地把世事变化的猜想提升为雄辩的事实；他表明"时间弥漫在一个生命的所有事件的整体中"，并在这种先验的基础上建立时间与事件之间的关系。可以说，当诗人用许多"因此"来一次次引导从句的时候，因果关系本质上是一个纯粹虚构的东西，"因"并非"果"的"因"，"果"也并非"因"的"果"。

通过雅各布森深入细致的阐释，我们确实看到了帕斯捷尔纳克对转喻的极度忠诚。转喻在他散文和诗歌中的普遍使用，既验证和强化了散文与转喻之间的密切关联，又通过对诗歌与隐喻惯常关系的有意违背而使得他的诗歌与众不同。雅各布森通过一系列的比较，凸显出转喻在帕斯捷尔纳克诗歌与散文中的主导地位与诗性功能，这是在此前和此后的帕斯捷尔纳克研究中都未曾有过的创见，而这种创见也并非完全臆测，而是包含着对帕斯捷尔纳克本人主张的进一步确认和深化。[①]如果说转喻还只是对作品词语层面的结构模式有所发掘的话，那么，雅各布森对诗人作品主题结构的探究以及对其艺术使命的褒扬，则意味着在更大的文学系统乃至艺术系统的整体结构中的揭示与判定。

三 逻辑升华：主题结构与艺术使命

雅各布森依然在诗歌与散文、帕斯捷尔纳克与马雅可夫斯基的相互对照中，从他们诗歌作品基本的结构特征推断出二人不同的主题。对帕斯捷尔纳克来说，他在其早期诗集《超越障碍》（*Over the Barriers*，1916）中，就承认他已找到了自己的诗歌系统。比如诗歌《马尔堡》（"Marburg"）的主题是诗人被拒的求婚，但行动中的"主角"不是抒情主人公，而是石板、人行道、风、天生的本能、新的太阳、雏鸟、蟋蟀、蜻蜓、正午、逼近的风暴、天空等等。主人公仿佛在一个拼图游戏中藏了起来，或者说，他被具体情境和周围的事物（有生命的和无生命的）所形成的链条所取代。"每一个小小的细节都鲜活而凸显，但与我无关，……它有其自身的意义。"在《安全通行证》中，帕斯捷尔纳克提到：他有意地让自己的整个生活处于偶然之中，他能够增加大量有意义的特征，或者用其他的特征来取代它们。在其作品中，抒情主人公由转喻法画出轮廓，由提喻法分解为个人特征、反应和处境；我们得知他与什么有关、他处于怎样的状态以及他被指责的是什么，但真正的主人公要素——主人公的行为——则逃避了我们的感知；行动被不断连续的、延展的"拓扑学"（topography）[②]所代替。

在马雅可夫斯基的文学里，现实世界与内心世界的冲突不可避免地以一场"决斗"而告终；而帕斯捷尔纳克诗歌中被打磨得光亮的意象是——世界是世界的一个镜像，这反复传达的意思不言而喻：冲突是虚幻的。如果说马雅可夫

---

① "在他们（"离心机派"）出版的一本杂志上，发表了鲍里斯的三首诗和诗歌评论。在评论中，他拒绝了以相似为基础的传统诗歌意象。他认为，普通意象让阅读变得太容易。他提出一种邻近相切的修辞原则，即转喻。"北岛：《帕斯捷尔纳克：热情，那灰发证人站在门口》，《时间的玫瑰》，中国文史出版社，2005年，第195页。

② 拓扑学是近代发展起来的一个研究连续性现象的数学分支。"Topology"原意为地貌，于19世纪中期由科学家引入，当时主要研究的是出于数学分析的需要而产生的一些几何问题。发展至今，拓扑学主要研究拓扑空间在拓扑变换下的不变性质和不变量。

斯基是按照主人公承受的一整套转换形式来展开他的抒情主题的话，那么，帕斯捷尔纳克抒情式散文所热衷的转换程式就是一次火车之旅，在这途中，他兴奋的主人公以各种方法和被迫的空虚历经了一次次的位移。行动的声音已经从帕斯捷尔纳克的诗歌语法中抹去了。在他的散文历险（prose ventures）中，他准确地利用了以行动替代行动者的转喻，因此，动因（the agens）从他的主题材料中被排除掉了。在其散文中，主人公是一个完全清醒的、充满活力的男人，但对任何事都无能为力，抒情的"我"仿佛是一个"病人"，而另一些行动的第三人称也并非真正的主人公，它们只表明工具而非代称。第三人称补充的、从属的、边缘的特性，经常在帕斯捷尔纳克的主题中被明确强调，比如，"另一个人已进入她的生活，第三人称，正如任何人，没有一个名字或只有一个随意的、引不起恨也激不起爱的名字"（《柳威尔斯的童年》）。只要是与这孤单的主人公无关的，无论什么都只是"没有姓名的模糊的聚积物"，唯一重要的是"他"渗透进抒情诗自身生命中。

　　雅各布森发现，语义法则的这种严格规定性，也决定了帕斯捷尔纳克散文叙述的简单模式。主人公受一种外在冲动的支配，要么欣喜，要么恐惧。他在这一刻被冲动打上烙印，下一刻又突然与它失去联络，另一个冲动取而代之。《安全通行证》就是这样一份不断被驱动的记述，关于作者的赞赏如何聚焦（取决于几位美丽的女孩和马雅可夫斯基等），以及在这过程中他如何起身反抗"他理解的限度"（"一个人的不理解"是帕斯捷尔纳克的抒情主题中最敏锐、最引人入胜的一个主题，正如"一个人的被他人误解"是马雅可夫斯基的一个最重要的主题）。随着困惑和不解的不断发展，不可避免的消极结论随之而来：主人公消失了，只留下音乐、哲学和浪漫主义诗歌，一个接着一个地处于困境之中。而当他确实安排行动的时候，他又是平庸的，没有创意的，以假设的离题来安慰自己对琐事的权力。马雅可夫斯基也把琐事作为他素材的一部分，但与帕斯捷尔纳克相比，他完全用它们来塑造敌对的"他者"（Other）。帕斯捷尔纳克的短篇小说同样是缺乏行动的。比如最具戏剧性的《空中通道》（"Aerial ways"）由一系列"不复杂的事件"组成，任何类似于行动的事情（男孩消失的原因，他的营救的原因以及他死亡的原因）都没有被描述，因此，所有被写出的事情都只是不同阶段的情感混乱及其反映的记录。

　　显而易见，雅各布森依然保留着形式主义语言诗学的理论印记，主要从作品的语言系统和文本结构出发来分析研究对象，而其他的批评家可能试图按他们的方法来证实帕斯捷尔纳克作品的主要内容。机械的形式主义者可能认为，帕斯捷尔纳克由马雅可夫斯基所决定，支撑他们的证据是：帕斯捷尔纳克自己声明，在他的青年时期，他对马雅可夫斯那种几乎失控的形式很赞赏，因此他激进地选择了他的诗歌手法，并以它为基础建立自己的生活意识。实际上，隐喻高手的地位已被马雅可夫斯基占据了，因此，诗人帕斯捷尔纳克成了转喻高手，并得出恰当的意识形态结论。心理分析学派的机械论者可能会发现帕斯捷尔纳克主题素材的来源。比如帕斯捷尔纳克自己承认，他长期处在"儿童的想象、少年的感知和青年的渴望所造成的错误地带"而备受折磨。据此，他们可能会提出被动兴奋和必然沉沦的重复主题，提出诗人青春成长期焦虑的、求助的主题，以及他对周围所有僵化事物的偏离。而机械的唯物论者可能会坚持一种社会经济学的立场，来苛责诗人对社会、政治问题——特别对马雅可夫斯基诗歌中的社会悲悯的视而不见，以及弥漫在《安全通行证》和《空中通道》中的那种困惑、消极、感伤、心烦意乱的情绪。

针对上述三种机械论者的观点，雅各布森进行了适度的肯定和尖锐的批驳，证明了自身观点的合理性：一方面他认为，试图在现实的不同面之间找到一种对应，同时也试图从有关彼方的相应事实的许多方面来推断有关此方的事实，这是把多面的现实（multidimensional reality）投射在一个表面上的一种方法，这是具有合理性的；另一方面他也认为，把这种投射与现实自身相混淆以及无视个体方面的性格结构和自主活动，可能是一个错误，也就是说，他们的转换是一种机械的分层。归根结底，他们简单地把这种具体的艺术现象附加于一个有限的社会领域或一种特殊的意识形态，这种企图正是典型的机械主义谬误，即从一个人艺术的"非写实"性（the nonrepresentational nature）推导出他生活观的非真实性（unreality），从而武断地压制了二者之间的根本矛盾。在反驳之后，雅各布森确立了自己的论点，即从艺术形式生成的真实可能性出发，一个人（比如作家）或一种具体环境能够选择与特定的社会的、意识形态的、心理的以及其他条件最密切相关的东西，但这种多维度的融洽不应当理想地绝对化，因为在现实的不同方面之间可能存在着辩证的张力，而这样的冲突对文化史的进程是必不可少的。雅各布森的这种真知灼见无疑是对机械论者的沉重打击，更重要的是，他揭示出文学史乃至文化史发展的动因所在，艺术家或艺术正是扎根于多面的现实，在多维上层建筑的融合与冲突中实现文化艺术发展的可能。可以看出，雅各布森的独特之处在于：他始终坚持一种辩证的、相对的、部分与整体的"关系式"逻辑思维，而否定一种单向的、绝对的、一一对应式的僵化思维，这样的结构思想保证了他能更合理地提炼和揭示出作家作品的"不变量"，乃至文化发展的"不变量"。

正是在此基础之上，雅各布森对帕斯捷尔纳克的理解与评判才更具有客观性和说服力。在他看来，如果帕斯捷尔纳克作品中的许多独特人物，只是按照他的个性及其社会环境的典型特征活动的话，那么，在他的作品中不可避免地也会存在着这样的现象，即当代诗歌习惯语法压迫着它的每一个诗人，即使这些习惯语法与诗人自身个体的、社会的个性相抵触。这是时代整体结构的"绝对轴心"（the absolute axes）的问题。如果诗人拒绝习惯语法的要求，那么他就自动地脱离它的轨道，对帕斯捷尔纳克来说正是如此：他既不愿意归属于一个所谓的群体，也不愿意跟随某种具体的方向而与他的同代人保持一种"平庸的"雷同，因此，他把自己与同代人"错位"（displaced）开来，以远离"普遍道路"（the common path）为自己的追求。尽管帕斯捷尔纳克生活的那个时代的意识形态几乎混乱到了相互憎恨、缺乏理解的境地，但帕斯捷尔纳克还是非常坚定地以他的写作为他的时代"还债"，这种艺术使命表现在两个方面，即坚持取消客观事物的创新和对艺术语法的重建。按伯林的理解，帕斯捷尔纳克由此而形成了一种破碎的、激烈扭曲的、断断续续的写作方式，而"这是一种手段，仅仅是用来表达和重构他完全置身其中的由行动、社会剧变和政治构成的真实世界的手段"[1]。正是在这个意义上，雅各布森坚定地说："没有经过一次战斗，诗人的艺术使命不会渗透进他的生平，正如没有经过战斗，他的生平不会完全地全神贯注于他的艺术使命一样。"也就是说，帕斯捷尔纳克在生平中经历了音乐的、哲学的、浪漫主义诗歌的种种困境和痛苦之后，最终专注于以艺术（主要是诗歌和散文）担负其历史与现实的重任，并力求以自身的创新个性摆脱习惯语法，重建新的艺术语法，最终实现了艺术与生命的完美融合。

最后，雅各布森在更大的现代艺术运动乃至哲学运动的潮流中，给予帕斯捷尔纳克以合适的定位。他认为，我们在帕斯捷尔纳克作品中已认同的这种取消客观事物、重建艺术语法（比如"转喻"）的倾向，和他的同代人激进地使符号独立于它的对象的倾向，是艺术中与自然主义（naturalism）相对的整个现代运动的基本努力。雅各布森同时提出，艺术中的这种"非写实"的现代倾向，

---

① ［英］以赛亚·伯林：《苏联的心灵——共产主义时代的俄国文化》，第85页。

是与朝向"实在"（concrete）的哲学倾向①密切相应的。遗憾的是，雅各布森并未沿此而继续展开，否则他对"转喻"的哲学意义的生发可能会提供更多的高论。当然，雅各布森作为一个真正的"未来主义诗人"，再次领悟到"时间"这种第四维度在艺术演进中的特殊价值。②在他看来，传统艺术语法由"过去"和"现在"组成，"过去"是简单的，而"现在"也只被视为一种无特征的"非过去"（non-past）。事实上，正是"未来主义"希望把"未来"引入诗歌系统中，通过规则、理论和实践，并希望将它作为决定性的范畴。赫列勃尼科夫和马雅可夫斯基的诗歌与新闻工作（journalism）为此不知疲倦地大声疾呼，而帕斯捷尔纳克的作品充满着同样的悲壮，尽管他对"回忆的深度视野"（the deep horizon of recollection）怀有深厚的偏爱。

值得注意的是，雅各布森并未因"未来"而否定"现在"，也未因"现代"而否定"传统"，恰恰相反，他在帕斯捷尔纳克身上感受到现在与未来、传统与现代相互碰撞与共存的可能。在他看来，任何一个艺术家都要延续一种传统，而在其他方面则会果断地打破传统，传统是不能完全否定的，否定的要素总是在与持续的传统要素相关联时才出现。也就是说，新艺术进入存在，不是作为旧艺术的替代物，而是作为现存模式的一种重建而呈现，帕斯捷尔纳克正是以一种新的方式，即在新的现代语境中，把"现在"构想为一种独立的范畴，并理解到"对现在的纯粹感知已是未来"。雅各布森的这种深刻洞察，无疑发现了帕斯捷尔纳克作品由现在出发抵达未来的可能，事实上，帕斯捷尔纳克后来创作的长篇叙事小说《日瓦戈医生》正是秉持了这样的创作理念而获得了成功。一言以蔽之，"传统"孕育了"现代"，"现在"成就了"未来"。

"语言的每一个现象都是整体的一部分，所有的部分相互联系。"③雅各布森曾将梅耶（Antoine Meillet，1866—1936）的这句名言作为其论文《论俄语语

---

① 雅各布森指的是19世纪末20世纪初发展而来的现代"实在论"哲学思潮，以英美实在论哲学为代表，与传统的"实在论"（如19世纪的自然主义实在论）不同。现代实在论哲学形式繁多，其基本倾向在于承认认识对象不依赖于我们的认识而存在。

② 时间成为所有三维事物的一部分，我们的空间维度事实上不是以三维多样性存在，而是四维多样性。这种思想在当时已经由俄罗斯物理学家O. D. Khvol'son 和N. A. Umov所提出，也经常被年轻的语言学家所引用，受到未来主义画家们的欢迎。这种思想也构成了雅各布森语言学研究的基础，并一直贯穿在他的作品中，他的兴趣在于时间和空间在语言的演变和不同功能中的作用。

③ Roman Jakobson & Krystyna Pomorska, *Dialogues*, p.96.

音的演变》的卷首语，而对于雅各布森的语言诗学来说，将句中的"语言"替换为"文学"，是再恰切不过的。纵观雅各布森对诗人帕斯捷尔纳克散文的研究，可以看出他对此种结构观的严格坚守和方法论操作：将诗人的散文当作一个整体，其中的转喻手法和主题结构是其相互关联的重要组成部分，而同时将散文与诗歌作为诗人文学系统的相互联系的部分，又将诗人的文学系统作为社会意识形态（比如艺术运动、哲学思潮等）整体系统的一部分，步步为营，层层结构，既将帕斯捷尔纳克作为一个独特现象在 20 世纪现代艺术的地图上清晰地凸显出来，又表露出一个文学批评家开阔而精细的研究风格，更重要的是，初步实现了他在《文学和语言学的研究问题》中拟定的那些结构主义设想。

雅各布森的散文诗学研究虽然数量有限，[①] 但兼具了语言学研究的严谨和文学研究的细腻，尤其是开创了将语言学的结构分析应用于散文研究的先例，并通过使散文与诗歌这两种话语类型紧密相关而为散文研究开辟了远景。这样的散文研究既不同于偏重人物形象、道德、思想等内容的传统散文研究，也不同于后来偏重叙述"语法"、追寻"故事之下的故事"的结构主义叙事学研究；相较于前者，它是一种向内扭转的形式简化，相较于后者，它仍是一种向外开拓的层层累加，可以说，在文本分析的"加法"与"减法"之间，它具有过渡性的承上启下的意义。可惜的是，"文学性"终究不是神话，它的审美光辉可以映照诗歌的隐喻之体，却难以覆盖散文的转喻之躯，在后来的诗学研究中，雅各布森最终还是将诗歌摆在了中心。

第四节　神话诗学："诗歌神话"研究

作为结构主义神话学研究的先驱，雅各布森的贡献不仅在于其对著名的结构主义神话学家列维－斯特劳斯产生了巨大影响，更在于他对"诗歌神话"的研究，即对"个人神话"和"民族神话"研究的开拓。自 20 世纪 30 年代之后，"作

---

① 笔者只找到雅各布森散文诗学研究文章四篇，收在选集第 Ⅱ 卷第三部分中，这部分题为"写在文学艺术的边上"（"On the Margins of Literary Art"），包括英文两篇：《果戈理的一份不为人知的册页》（"An Unknown Album Page by Nikolaj Gogol"，1972）、《论一则谚语的构造》（"Notes on the Makeup of a Paroverb"，1972），以及俄文两篇。See Roman Jakobson, *Selected Writings Ⅱ : Word and Language*, ed. Stephen Rudy, pp.679-712.

者""生平""神话"成为其语言诗学的关键词。[①] 他在相继写下的《论消耗了自己的诗人的一代》（1931）、《何谓诗？》（1933—1934）、《论艾尔本作品中的神话》（1935）、《普希金诗歌神话中的雕像》（1937）等一系列文章中，细致生动地阐述了自己神话诗学的主张。

这些文章的共同之处在于：雅各布森不拘一格地将作者、文本与语境统一起来，服务于生平与作品关系的研究，虽然其结构分析的重心依然在于探求文学文本的语言系统，但一定程度上复活了被形式学派所抛弃的"作者"和"语境"这两种要素的决定性价值，使文本从一种自足封闭的"语言"，变为具有个人性、目的性和现实性的"言语"或"话语"，从而实现了对当时盛行的庸俗生平主义研究和反生平主义研究的超越，也与稍后的英美"新批评"（如"意图谬误"）以及法国后结构主义（如"作者之死"）等文本科学理论区别开来。而由诗歌的个人神话进一步拓展到"民族神话"，不仅仅是为了研究拓展的需要，更是雅各布森的人文关怀、历史理性和民族意识在特殊的历史语境下沉淀和迸发的必然结果。

一 神话："对难以表达的东西的一种暗指"

无论中外，抑或古今，"神话"（myth）都是一个含混而多义的概念。文学意义上的"神话"一般是指原始人类对自然现象和社会现象等进行想象性解释的一种艺术创造，是以传说、故事等口传或文字的方式流传的一种文学样式，正如鲁迅所言："昔者初民，见天地万物，变异不常，其诸现象，又出于人力所能以上，则自造众说以解释之：凡所解释，今谓之神话。"[②] 这样的神话尤以创世神话和英雄神话为代表，比如古希腊神话、中国上古神话等。一般认为，神话是文学的起源，神话为文学提供了创作依据，因为"神话创作是一种最古老的形态，是一种象征'语言'；借助于其用语，人们对世界、社会以及其自身加以模拟、分类和阐释"[③]。按索绪尔的术语来说，文学与神话的关系一如"言语"和"语言"的关系，神话对世界、社会及人类自身的隐喻（象征）式表达，

---

① 这三个关键词正是*Language in Literature*中第三部分的标题。
② 鲁迅：《中国小说史略》，百花文艺出版社，2002年，第7页。
③ ［俄］叶·莫·梅列金斯基：《神话的诗学》，魏庆征译，商务印书馆，1990年，第163页。

成为文学艺术（尤其是诗歌）源源不断的精神息壤。正如谢林所赞颂的，"神话是任何艺术所不可或缺的条件和原初质料"，神话就是"绝对的诗歌""自然的诗歌"。[①] 当然，他所指的"神话"是古希腊神话。

就西方的"神话"发展史而言，在古希腊时期，希腊语"mythos"（"myth"的本源词）指任何故事或情节，不管是真实的还是发明的。而在其现代意义中，一个神话（myth）只是神话学（mythology，指神话的总称）的一个故事而已。神话学可以说是古代原始的代代相传的一系列故事，这些故事曾被某一具体的文化群体信以为真，它们被用来解释为什么世界之所以像现在这样，事情之所以像它们那样发生。它为社会习俗和惯例提供一种合理性的根据，为指导人类生活的规则建立一种约束力。按马克思的话来说，神话就是"通过人民的幻想用一种不自觉的艺术方式加工过的自然和社会形式本身"[②]。绝大多数的神话都与仪式有关，在宗教仪式中建立形式和程序，但人类学家既不同意仪式生成神话，也不同意神话生成仪式。如果故事的主人公是人类而不是超自然的存在物，那么，这样的传统故事经常被称为"传说"（legend）而不是"神话"；如果流传的故事是关于非神的超自然存在物，而且它也不是神话学系统的一部分，那么，它常被称为"民间故事"（folktale）。

后来，"神话"这一术语被扩展，用来表示作者有意发明的超自然的传说。如公元前 4 世纪的柏拉图为了提出哲学思考超越某种知识点是可能的，便使用这样的发明的神话。近代，德国浪漫主义作家席勒和施莱格尔提出，若要写出伟大的文学，现代诗人必须发展一种新的统一的神话，这种神话要把根据哲学和物理科学的新发现而提出的对西方过去神话的洞见综合起来。在同一时期的英国，威廉·布莱克通过融合流传神话、圣经历史和语言，以及他自己的直觉、想象和智慧，在其诗歌中创造了一个神话系统。而大量的现代作家也坚持一种对文学必不可少的综合的神话，不管它是继承古典神话而来还是自己发明创造的，比如艾略特的《荒原》、乔伊斯的《尤利西斯》、托马斯·曼的《魔山》以及卡夫卡的《审判》《城堡》等"神话主义"（梅列金斯基的术语）作品。正如功能学派神话学家马林诺夫斯基所言，神话"为我们提供了一种远古时代

---

① ［德］弗里德里希·威廉·约瑟夫·冯·谢林：《艺术哲学》，魏庆征译，中国社会出版社，2005年，第54页。

② 马克思：《〈政治经济学批判〉导言》，见中央编译局编译：《马克思恩格斯选集》第二卷，人民出版社，2012年，第711页。

的道德价值、社会秩序与巫术信仰等方面的模式。……在传统文化的延续、新老事物之间的关系以及人们对远古过去的态度等方面，神话都发挥了与之密切相关的作用"①。可以说，神话作为人类认识世界和理解世界的一种最原初的诠释方式，依然发挥着意识形态功能，在传统与现代乃至后现代之间完成着人类文化的交接与传承。

不难发现，最初作为神话学术语的"神话"，已逐渐延伸至文化学领域，尤其成为政治批评、文化批评的关键词，其意涵越来越远离具体的神话故事或神话传说，而被抽象为对某种强势或神秘力量充满敬畏和崇拜的认知模式和思维方法，因而才会有诸如"科技神话""国家神话""消费神话""英雄神话"等一系列"现代神话"，新世纪以来，更是出现了"新神话主义"的说法。②这些五花八门的"神话"，一方面表明了它们与古典神话的因缘承继关系，另一方面也造成了概念的混乱和膨胀。而在这些"神话"研究中，雅各布森的结构主义神话学有着承上启下的特殊意义。他所标举的"神话"，既不同于传统神话学或人类学（如人类学家弗雷泽的"仪式—神话学"）意义上的"神话"（相当于神话故事），也不同于现代主义文学意义上的"神话"（相当于超自然的传说），而是文化符号学（如巴尔特"政治神话"）意义上的作为一种深层结构的神话，既摆脱了前者的过分具象性，又避免了后者的过分抽象性，既可以以神话故事为具体题材，也可以寓含着某种超自然的神秘内涵。

在《论艾尔本作品中的神话》一文中，雅各布森明确说道：

> 神话是首要的，它不能被取自任何东西，也不能被降减为某种东西。它是一个幻影（phantom），因此不可被理性地和寓言地解释。它是客观的，又是强制的。它由内在的、固有的法则单独控制。它有其自身的真正的标准，

---

① ［英］B.马林诺夫斯基：《神话在生活中的作用》，见［美］阿兰·邓迪斯编：《西方神话学论文选》，朝戈金等译，上海文艺出版社，1994年，第257页。

② 国内"新神话主义"的倡导者叶舒宪认为，新神话主义是20世纪末期形成的文化潮流，在一定程度上代表着世纪之交西方文化思想的一种价值动向。它既是现代性的文化工业与文化消费的产物，又在价值观上体现出反叛西方资本主义和现代性生活，要求回归和复兴神话、巫术、魔幻、童话等原始主义的幻想世界的诉求。其作品的形式多样，包括小说、科幻类的文学作品，以及动漫、影视、电子游戏等，如《指环王》《哈利·波特》《蜘蛛侠》《达·芬奇密码》等，新神话主义浪潮已成为大众文化的主流。参见叶舒宪：《新神话主义与文化寻根》，《人民政协报》2010年7月12日。

有其自身的深奥话语。它先于历史，而且是不朽的。神话只充分地提出现实，而不动摇现实；神话只是对难以表达的（inexpressible）东西的一种暗指。[①]

在这里，雅各布森主要强调了这样三层意思：其一，"神话"是一种特殊的、本源的、相对自足自治的世界，是一种具有客观性和强制性的形式结构，具有某种非理性的、超验的甚至神秘的永恒性。当然，雅各布森并未言明其为何如此的原因。对此，美国宗教学家伊万·斯特伦斯基（Ivan Strenski）做了较好的应答，他说："神话在某种意义上代表着一种积极地以非理性方式构成文化形式的典型规范。神话之意义，不假任何自治的逻辑力量而成，全然不似三段论逻辑那样，以演绎而成意。"[②] 由此可见，神话是人类以非理性的原始思维构造的"幻影"，不依赖于理性的逻辑演绎。按列维－斯特劳斯的观点，神话就是集体无意识的产物，因此对其进行理性的或寓言的解释是无效的。

其二，神话是一种既提出现实又超越现实的有秩序的结构，有其自身独有的规则、标准和话语，从而确保其成为先于历史且不被历史轻易改变的本源。它寓居于各种文化形式中，以隐喻手段来表达现实，我们总可以在"莫名其妙的"神话故事中，发现当时的某些社会现实，如宗教、风俗、人伦等。比如"女娲造人"的创世神话，反映出史前时代母系氏族的社会现实，表现了原始先民对人类起源的最初想象。而在不同的社会现实、文化环境中诞生和传播的神话作品，其多样性和差异性虽然显而易见，但在其中却总能发现某些同质性的神话创作功能或结构，这已为诸多人类学家和人种学家所证实。雅各布森虽然没有明确指明这一点，但可以肯定的是，他在自己的音位学研究（在繁多的音位中寻找极少的、共同的"区别性特征"），以及普罗普的功能理论（民间故事的形态学研究）中，[③] 明确意识到这种本原的、恒定的"神话"是存在的，因此，他专注于在某个诗人甚至整个民族的不同作品中寻找和发现这种神话结构，并且不忘与现实和历史相结合。

其三，神话本身并非目的，它只是一种功能，一种特殊的符号代码，其所

---

① Roman Jakobson, "Notes on Myth in Erben's Work," in *Language in Literature*, eds. Krystyna Pomorska and Stephen Rudy, p.381.

② ［美］伊万·斯特伦斯基：《二十世纪的四种神话理论——卡西尔、伊利亚德、列维-斯特劳斯与马林诺夫斯基》，李创同、张经纬译，生活·读书·新知三联书店，2012年，第48页。

③ Roman Jakobson & Krystyna Pomorska, "Approaches to Folklore," in *Dialogues*, p.16.

暗指的"那些难以表达的东西"才是最重要的。大而言之，那是人类从古至今试图参悟的社会秩序和宇宙奥秘；小而言之，正是文学艺术（以神话故事为源头）的形而上追求所在。正如清代文论家叶燮所言："可言之理，人人能言之，又安在诗人之言之；可征之事，人人能述之，又安在诗人之述之。必有不可言之理，不可述之事，遇之于默会意象之表，而理与事无不灿然于前者也。"（《原诗·内篇》）人人能说的理和事是浅显的、易表达的，而"不可言之理，不可述之事"才是根本的、难以表达的。按雅各布森的意思来说，诗人之所以能够传达出"幽妙"之理，凭借的正是反复出现的神话"意象"（比如普希金的"雕像"）。这意象不是突然诞生于文本语言中的，而是存在于诗人实在的生平中，甚至是内含于特定民族的精神传统中的，从这个意义上说，历史语境的不同，也使"神话"具有了多种可能性，既可能是某个诗人的诗歌神话，也可能是某个民族的诗歌神话，本质而言，都可以说是一种"集体的表征"。为揭示此种神话，神话学者必须坚持结构分析法，对神话的衍生文本（总体话语）进行深入的比较、发掘和阐释，以析取出晶体一般的神话结构。而对一般读者而言，"默会"便足矣。

总之，在雅各布森看来，"神话"不仅是值得研究的一种口语传统，而且是一种无所不在的要素，潜藏在我们的所有行为背后。[1]换言之，神话作为一种先验的、本源的结构，影响甚至决定着人类认识世界、改造世界的行为和方式，或许，我们可以称之为"元结构"。在结构主义的神话学研究中，这一"神话结构"到了列维－斯特劳斯那里，具化为各种神话变体所共有不变的"神话素"（mythème），而到了弗莱（Northrop Frye，1912—1991）那里，就变成了后代一切文学类型最初形式的"原型"（archetype）。[2]

---

[1] Krystyna Pomorska, "Introduction," in *Language in Literature*, eds. Krystyna Pomorska and Stephen Rudy, p.300.

[2] 列维－斯特劳斯认为，神话同语言一样由构成单元组成，语言由语素、词素和义素等构成单元构成，而神话则由一些大构成单元即"神话素"所构成，神话素的不同组合形成不同的神话结构，因而便有各种各样的神话（参见［法］克洛德·莱维－斯特劳斯：《结构人类学》，第226页）。弗莱认为，原型就是"典型的反复出现的意象"，最基本的文学原型就是神话，神话是一种形式结构的模型，各种文学类型无不是神话的延续和演变（参见［加］诺斯罗普·弗莱：《批评的解剖》，陈慧等译，百花文艺出版社，2006年，第3页）。

二 符号学视域下的"诗歌神话"研究

对诗人生平事实和符号事实之间对应关系的研究，是雅各布森神话诗学的重要方面，其研究结果表明：所谓的真实的事实对诗人来说是不存在的，生活中的每个细节瞬间转变成一个符号元素，并以这种形式与诗人紧密相连。也就是说，符号现象对他的生活是有效的，并且至少和真实事件一样重要，诗歌神话和日常生活之间的界限就被自然而然地抹去了。当人类学家还在争论神话学思想的特性、范围、应用领域等问题的时候，雅各布森已率先以符号学的视角和方法来研究文学领域中的神话问题了，从诗人个人的诗歌神话研究，到民族的斯拉夫神话乃至印欧神话，雅各布森建构了一个庞大而精微的神话诗学体系。而将符号学的研究对象从文学现象进一步扩展至一切文化符号现象，则是法国结构主义时期的显著成就，最具代表性的莫过于罗兰·巴尔特及其《神话修辞术》（*Mythologies*，1957）了，在其洞察之下，神话浴火重生为意识形态神话，或称"政治神话"。对这二者进行比较，无疑有助于更加全面、合理地理解雅各布森的神话诗学思想及其启示意义。

（一）个人的诗歌神话：生平与文本之间的反馈系统

在雅各布森看来，诗人的诗歌神话是指"某种组织性的、凝聚性的恒定要素，它们是诗人多样化作品中的统一手段（或"媒介物"），它们给这些作品打上诗人的个性烙印"[1]。很显然，这个界定是有意含混且充满歧义的，我们可以这样理解：神话是诗歌文本的深层结构，"结构的事实是第一位的"[2]，存在于诗人想象的、易变的、多种形式的文本符号之下。这一隐在的恒定要素作为手段，把诗人的个人生平（生活）引入到多样化的诗歌主题之中，其目的在于在常规文学之上获得最大化的个性认同，使普希金的诗成为"普希金的"，使马哈的诗成为"马哈的"，使波德莱尔的诗成为"波德莱尔的"。同时也在于创造一个神话，寻求它在传统神话学序列中的正当理由，如艾尔本的神话。这种"神话"

---

[1] Roman Jakobson, "The Statue in Puskin's Poetic Mythology," in *Language in Literature*, eds. Krystyna Pomorska and Stephen Rudy, p.318.

[2] ［法］克洛德·列维-斯特劳斯：《列维-斯特劳斯文集6·神话学：裸人》，周昌忠译，中国人民大学出版社，2007年，第676页。

乍看起来类似于某种标志性的作品"风格",但很显然,作品风格不仅表现出作家主观的创作个性或装饰思想(意义)的修辞意图,更体现出某一特定时代、民族、阶级等属性,它并非恒定的,常常是不断变化的;[①] 而"神话"则是内存于文本中的一种客观不变的深层结构,起着主导作用,控制着具体的文本结构(如韵律安排、行节设计、语义选择等)和功能机制,完成着对意义的直接表达,并对其他变化要素进行限制,同时还确保这些诗歌文本与一般语言的诗歌形式区别开来。

雅各布森对个人的诗歌神话的研究缘于两个接连的事件:一是他的挚友马雅可夫斯基的自杀(1930),二是他的好友帕斯捷尔纳克出版了著名的长篇自传散文《安全通行证》(1931),尤其是马雅可夫斯基的悲剧和意味深长的死,促使雅各布森开始认真回想诗人的生活,而不是置生活背景于不顾,仅仅专注于诗人诗作的符号和韵律。在形式主义早期,雅各布森一方面为了建立文学科学的研究对象,另一方面为了坚决区别于当时盛行的"传记学研究"(如赖帕、谢格洛夫等)、心理学研究等庸俗模式,不得不将"文学性"聚焦于文本本身,作者的生平因而被抛弃掉。而随着结构主义思想的建立,雅各布森又不得不寻回失落的"生平",再次追问起作家生平与作家所创作的作品之间的关系。这与其说是一种倒退,不如说是一种为了更好前进的战略性后撤。

生平与作品之间的关系,在浪漫主义时代被认为是"诗与真"的问题,即作为作家生活的"铁的事实"与呈现在作家作品中的"美丽的谎言"之间的一种明显的分裂。而19世纪后期的实证主义传统,则坚持这两个领域之间的一种机械因果关系,把生平视为一个作家作品的主要成因。这两种研究的共同之处在于强调现实与心灵之间的一分为二的假定,而这种区分早在康德的哲学中已经错误地提出。此外,世纪之交的格式塔心理学,以心理—生理学的检测对哲学的客观对象进行了证实,他们认为,人们有意识的知觉(内在心理世界)不仅是对客观对象的外在世界的复制,而且与这些对象形成一种同构关系。

相较于浪漫主义者或实证主义者的主观或机械,雅各布森的方法可说是既实在又辩证的,他通过指出二者之间的相互关系,解决了因与果、现实与心灵的矛盾。他所坚持的是,在诗人的真实生活中,这两个传统上对立的领域融合

---

① 罗兰·巴尔特认为:"风格不是一种形式,它并不属于文学的符号学分析的范围。风格其实是不断遭到形式化威胁的实体。"[法]罗兰·巴特:《神话修辞术》,屠友祥译,见《神话修辞术·批评与真实》,屠友祥、温晋仪译,上海人民出版社,2009年,第220页。

为一个不可分割的整体：诗人自己的"神话"（the poet's own myth）。也就是说，一方面，生平（传记）事实（biographical fact）可被诗人以一种完全不同于他人感知的方法来解释；另一方面，他自身所创造的诗歌事实（the poetic fact）能在他的生活中获得一种现实地位。比如，赫列勃尼科夫几乎无意识创造的语言实验作品，引起他生理上可感知的种种情绪；马雅可夫斯基则存在于他的生活情境中，而这生活情境在他的诗歌中被先在地或同步地创造出来；在对德国诗人荷尔德林的研究中（1975—1976），①雅各布森更是揭示出诗人精神分裂症、言语交往障碍的生活，与其诗歌的语言学症状（丧失了人称和语法时态）之间的密切关系。可以说，"神话"是雅各布森在作者生平与文学文本之间建立起的一种特殊的反馈系统，具有跨界、比照和综合的特性。

　　由此，这种"神话"观对读者或研究者就提出了特殊的要求。读者在阅读某个诗人作品的过程中，能够直觉地感知到某些神话要素构成了文本动力结构的不可取消的、不可分割的组成部分，读者的这种直觉力是值得信赖的。而研究者的任务就是遵从作为读者的这种直觉力，并通过一种内在的、固有的分析，从诗歌作品中直接提取这些不变的组成部分或者说不变量（常量），如果面对的是一个可变组成部分的问题，则要查明在这种辩证的运动中，什么是一贯的和稳定的，从而决定变量的底层结构。很显然，雅各布森的这种结构主义分析思路与方法，是从比较语言学研究转化而来的，其意图在于以系统描述为先决条件，在作者生平和作品之间、作者单个作品与其作品系列之间，进行一种富有成效的比较，以确保对符号常量的提取与定位，从而与当时颇为流行的"庸俗生平主义"和"反生平主义"区别开来。

　　庸俗生平主义（vulgar biographism）把文学作品当作最初的生活情境的再生产，并从一部作品来推测某种鲜为人知的情境；反生平主义（antibiographism）则武断地否定作品与情境之间的任何联系。而在雅各布森看来，"把诗歌虚构作为一种现实之上的机械的超结构，以及排斥艺术和它的个性与社会背景之间关系的'反生平主义'，这些庸俗观念是必须反对的"②。"反生平"的立场与过分简单化的生平研究是等同的，文学批评家不应当也无法在诗人的个人命运与其文学生平之间划定严格界限，因为我们不能机械地把一个作品抽离出一种

---

① Roman Jakobson & G.Lübbe-Grothues, "Ein Blick auf Die Aussicht von Hölderlin," in *Selected Writings Ⅲ: Poetry of Grammar and Grammar of Poetry*, ed. Stephen Rudy, pp.388-446.

② Roman Jakobson & Krystyna Pomorska, *Dialogues*, p.144.

情境。在分析一个诗歌作品时，我们也不应忽视一种情境与一个作品之间重要的重复性的一致，尤其是一个诗人的几部作品中所表现出的普遍特性，与一种普遍地点或时间之间的有规律的联系，如果它们是相同的，我们也不应忽视作为它们起源的生平的（传记的）先决条件。正如雅各布森在《普希金诗歌神话中的雕像》一文最后所说："从一部作品中提取出最深地植根于其中的要素，是困难的。我们中止了在《青铜骑士》中理解法尔科内的雕像（指他雕刻的彼得大帝雕像——笔者注）；我们体验它是诗人的超现实神话（surreal myth）。我们能够对一句法国诗人的警句——'一部诗歌作品的花朵并不生长在任何花园里'——进行释义。普希金诗歌的雕像也不能在任何雕刻中被分辨出。"① 正是秉持这种作品与生平之间、作品与作品之间的对应与比较研究，雅各布森对普希金、马雅可夫斯基等诗人的"超现实神话"进行了细致考察，在作品变量中寻找主题不变量，在符号系统中提炼深层结构。

（二）诗歌神话：文本符号系统的深层结构

正如雅各布森自己所言："不变量与变量的问题，几乎贯穿在我关于语言音位和语法结构以及诗歌规则的所有作品之中。"② 在对俄国和捷克等国诗人的神话研究中，雅各布森始终践行着这一指导原则，"在变量中寻找不变量"，在诗歌中寻找神话。之所以必须如此，是因为在雅各布森看来，诗歌与神话是两种紧密关联同时又非常矛盾的力量，这两种基本力量之间的冲突在于：诗歌被定位于变化，而神话的目的在于不变。按巴尔特的理解，它们是两种不同的符号学系统。③ 而这种关联和差异由诗歌和神话之间大量的相互关系所连接，也就是说，在种种显而易见的变化之下，潜藏着一个深层的、个人的、不变的诗歌神话。

举例来说，普希金的三篇著名的诗歌作品，戏剧《石客》（1830）、叙事诗《青铜骑士》（1933）、童话《金鸡的故事》（1834），存在着一个共同的主题不变量，

---

① Roman Jakobson, "The Statue in Puskin's Poetic Mythology," in *Language in Literature*, eds. Krystyna Pomorska and Stephen Rudy, p.365.

② Roman Jakobson & Krystyna Pomorska, *Dialogues*, p.145.

③ "诗占据了与神话相反的位置：神话是自信能超越自身而成为事实系统的符号学系统；诗则是自信能收缩自身从而成为本质系统的符号学系统。"［法］罗兰·巴特：《神话修辞术》，见《神话修辞术·批评与真实》，第195页。

即"致命的雕像"（destrctive statue），它预告和预见了诗人生活中的某些"致命的"事件。一方面，在作品中，雕像既是话语的客体，又是行动的主体，是具有造反精神的悲剧主人公（指挥官、彼得大帝、占星家）的化身，是一个"僵化的人"的形象。另一方面，雕像主题和与之紧密相关的凯瑟琳沙皇（即叶卡捷琳娜二世）时代背景也悄悄进入诗人的私人生活中，比如他的婚姻便建立在他祖父铸造的一尊凯瑟琳雕像之上，诗人半开玩笑半可悲地称之为"青铜祖母"；而诗人在故乡波尔金诺的三个秋天，对应于他创作生涯中"雕像"神话诞生的三个特殊阶段：第一个秋天写《石客》时，诗人渴望妻子，却试图逃避婚姻；他的诗歌和绘画都充满着雕像的意象，他不自觉地回忆起彼得堡皇村的纪念碑和花园中的雕像以及少年记忆，并以雕像为主题写下了一系列诗歌，如《皇村的雕像》《皇村回忆》《在生活的开端》等，甚至还在理论文章《论戏剧》（"On Drama"）中讨论了雕像问题。第二个秋天写《青铜骑士》时，诗人年轻时的反抗与批判激情，此时遭到压制而被迫顺从，加上经济窘迫，他不得不过着大理石般的没有自由的生活；在给妻子冈察诺娃的信中充满了伤感和猜疑，因此，婚姻生活在《青铜骑士》第八章中被略去；在该作初稿中，诗人称青铜彼得是一个偶像，并否定其权威，而在最终版本中却没有丝毫"好战"的踪迹。在第三个秋天写《金鸡的童话》时，一种嘲弄的怪诞风格取代了悲剧的彼得堡传统，一位被阉割的占星家取代了彼得大帝，一只塔尖上的公鸡取代了悬崖上的那个巨大骑士；此时雕像的牺牲者（即诗人）已经变老了，诗人对他妻子轻率的抱怨不由自主地流露出来，而带给他致命的自我毁灭的决斗也随之而来。由此，"诗人的神话完整而有机地与它的不同变量融合在一起，以至于难以将这三部作品标题的主人公从神话中抽离出来，正如难以把他们与三尊真实的雕像混为一谈一样"[1]。可以说，"雕像神话"成为诗人作品中独立自主的周期性的刺激物，是普希金生平和作品之间共鸣的音叉，三部诗歌作品成为诗人的"个人神话"（personal mythology），三个雕像形象实质上是一个符号系统中的要素。雅各布森更敏锐地注意到，普希金这三部作品的诗歌类型随着雕像主题的消失也消失了：《石客》是诗人最后以诗歌形式写成的独创的、完整的剧本，《青铜骑士》是其最后的叙事诗，《金鸡的故事》是其最后的童话。

　　如果仅仅到此为止，那么，神话诗学似乎只是对作家的作品和生活语境中

---

[1] Roman Jakobson & Krystyna Pomorska, *Dialogues*, p.146.

的主题不变量进行追踪和提炼而已。事实上，对于雅各布森的神话诗学研究来说，这只完成了一半任务，另一半任务在于对这一诗歌意象和诗歌神话的内在结构进行深入探究，而这种探究必须要进入符号学的论域中才可能得以进行。仍以普希金的雕像神话为例，雅各布森继续关注的是，一种艺术作品（雕塑）转换为另一种艺术模式（诗歌）中的符号问题，对此，他明确指出：

> 一尊雕像，一首诗歌——简言之，每种艺术作品——都是一种特殊符号。关于一尊雕像的诗歌，因此是一个符号的符号，或一个意象的意象。在一首关于雕像的诗歌中，一个符号（signum，能指）变成了一个主题，或一个意指对象（signatum，所指）。①

在诗歌中，符号的内在系统与符号间接指称物之间总有一种张力，这是任何符号世界必要的、不可缺少的基础，可以说这是一种具有强制力的"普遍法则"；而在一首关于雕像的诗歌中，指涉物自身又是符号组成的，即雕像符号成为诗歌符号的主题成分（能指），成为诗歌语言所意指的对象（所指），因此，诗歌变成了"符号的符号""意象的意象"，其结构表现为这两种符号之间以及它们与实在的雕像之间的对立与张力。雅各布森选择普希金和"雕像"是非常有眼光和启发性的。一方面，"雕像"是图像符号、索引符号和象征符号结合的一个很好的例子，它是主要的、多样性的图像符号，它的姿势和位置又是指向一个特殊情境的索引符号，而它在西方艺术的社会文化语言中的功能，又在一个特定的差异系统中提供给它一种象征的作用。另一方面，普希金非常喜欢的一种形式手法，就是把一个符号转变为一种主题的成分，由此在一个符号交汇的结构中，表现出一个主题意象自身所包容的冲突和对立，正如我们在上述三部作品中看到的，雕像无生命的、固定的物质形态与雕像所代表的有生命的、运动的生物之间的对立，构成了这一诗歌神话的内在结构，一如作品标题（"石

---

① Roman Jakobson, "The Statue in Puškin's Poetic Mythology," in *Language in Literature*, eds. Krystyna Pomorska and Stephen Rudy, p.352.

客""青铜骑士""金鸡"）所显示出的根本对立和矛盾。①

　　进而言之，在普希金的诗歌活动中，"雕像神话"是在有雕像介入的全部作品中唯一的恒久形式，这是一个症候；而在普希金的所有作品中，雕像意象又不是孤立的，而是与他的整个诗歌神话有机联系的。也就是说，在普希金的符号系统中，二元主义是其个性原则，雕像所具有的能指固定性和所指运动性，同样是其诗歌神话的内在结构。正因如此，在其诗歌中，"流水""船"等具有动态特性的符号意象被频繁使用，同时，诗人又希望时光在短暂的睡眠中安静下来，把庄重的、平静的休憩与神圣美妙的"美"联系在一起，赞颂"永恒的沉睡""庄严的安息"。雅各布森还采用统计学的方法，将"普希金作品中的雕像"按时间（1814—1836）和文本（诗歌、书信、散文和绘画）制作成表，使得这一长达五十页的细致入微的神话分析，更加令人叹为观止。总之，雅各布森对普希金诗歌神话的条分缕析，预设了作者意图的一致性，而采取了对应（平行）分析法，并效仿语言的结构分析法而创用了一种主题批评法，试图重新建构作品的内在隐喻，他将普希金不同时期创作的所有文本都视为一个整体（如一个句子），经由整体到部分、由变量到不变量的深入阐释，提炼出潜在的具有客观稳定性的深层结构（如某个音位），并发现其最本源的二元对立项（如音位的区别性特征），从而建构起纵横开阔又层层相连的神话诗学体系。

　　如果将上文当作雅各布森神话诗学研究的集大成之作的话，那么，他的神话诗学研究的起点，则肇端于好友马雅可夫斯基的自杀带给他的极大震动。事件发生后，雅各布森闭门数周，思考诗人自杀的真正原因，终写成充满深情、悲愤与洞见的《论消耗了自己的诗人的一代》。当时一些苏维埃体制内部的批评家别有用心地把马雅可夫斯基的死亡解释为"纯粹的个人的悲剧"，雅各布森对此不以为然，他力求揭示出诗人自杀与历史时代之间的密切关系，发掘出植根于文本中的某种神话结构。在他看来，如果把马雅可夫斯基的神话翻译成思辨哲学的语言的话，那就是"我"（I）与"非我"（not-I）的对立。也就是说，诗人的创造性的"自我"（ego）与他实际存在的"自身"（self）不能共存，后者无法接受

---

① 雅各布森认为，雕像与生物（人）之间的冲突总是话语的起点，两个主题相互渗透，要么一个生物被比作一个雕像，要么雕像被描绘为一个生物，雕像的恒久对立于生物的短暂（或消失）；雕像与死者的关系不是表征对表征对象的关系或一种相似性（一种模仿的联系），而是一种邻近性（一种毗邻的联系），一种时间或空间的临近，雕像只是死者的转喻，作为表征，它可以被一种纪念性的圆柱所代替。

前者，从而形成了冲突。这冲突又具体表现为"革命""爱""复活""未来"等重复性的主题，而在此之下，存在着革命与诗人的毁灭、理性与非理性、个人的不朽与俗世的肉身、对未来的迷恋与对存在的厌恶等一系列二元对立结构。"自我"热切地呼唤来自未来的"一次精神革命"，相信超越死亡、征服时间的复活的胜利，然而，"自身"却堕入权力机制之下渺小的处境，忍受着难以忍受的、狭窄的生活和"爱"的折磨，孕育着这一代人无法平衡、无法和解的苦痛：诗人注定是"存在的弃儿"，是乌托邦理想的殉道者，是献祭于即将到来的普遍的、真正的"复活"的牺牲品。因此，当诗人在 1930 年 4 月 14 日饮弹自杀的时候，他那些诗歌中早已反复渲染的"自杀"主题，实实在在地被转换为一种"文学—历史的"事实，正如诗人叶赛宁死后，马雅可夫斯基说，他的死变成了一个"文学的事实"（literary fact）。因此，雅各布森认为，"马雅可夫斯基诗歌中曾经想过的自杀主题，成了一个纯粹的文学手法"①。进而言之，无论是马雅可夫斯基、普希金，还是中国当代诗人海子，他们都非常理解诗歌与生活的联系，并经常在自己的作品中预见他们的生活进程，而不是相反。这成为他们对"艺术现实主义"的某种界定，显示出他们创造自己命运的神话的预言意义，而仿佛宿命的"自杀"，更是将诗人的生活与文学作品升华至一个无以复加的神话顶峰：诗人已逝，神话犹存，这正是"诗歌神话"或者说"诗人神话"的魅惑所在。

顺便说一句，当现代艺术家前赴后继地以"自杀"完成自我神话的时候，"神话"的不断复制恰恰使其意指作用逐渐减弱、丧失，直至成为某种"直陈式的零度状态"（巴尔特《神话作为劫掠的语言》）。"零度"意味着对神话的反抗和摧毁，艺术家的"自杀"因此而成为非神话的无效行为。归根结底来说，"神话"有待于历史的创造，而无待于个人拙劣的模仿。当马雅可夫斯基的历史意义得到确认之后，雅各布森不无悲伤地写道：

> 我们都专注于未来之歌，突然间，这些歌不再是动态历史的部分，而转变为文学—历史的事实了。当歌者被杀，他们的歌被刻入纪念碑和钉进过去之墙的时候，他们所代表的一代，更加寂寞、孤独甚至不知所措，他

---

① Roman Jakobson, "What is Poetry?" in *Language in Literature*, eds. Krystyna Pomorska and Stephen Rudy, p.373.

们对词语的最真实的感觉也慢慢枯竭了。①

马雅可夫斯基这代人对未来的追求太急切、太冲动，他们渴望融入动态的历史之中，然而，"未来"却并不属于未来主义的"我们"，相反，它变为此在的现实，遥不可及的乌托邦幻想，正如泼墨斯卡所评价的那样："雅各布森的文章不仅揭示了马雅可夫斯基，而且揭示了整个俄国未来派的真正面貌：他们充满着普罗米修斯式的乌托邦幻想——冲向宇宙，战胜宇宙。"② 而事实上，生存于"未来"幻想中的这些"歌者"，因为早已失去了一种"现在感"，注定只能被杀或挣扎于历史时代的断裂之处，寂寞，孤独，不知所措。这是"我们"的命运，又何尝不是身处现代焦虑中的我们的命运？或许在诗人以及雅各布森看来，神话就是命运。

（三）雅各布森的"诗歌神话"与巴尔特的"政治神话"

在雅各布森看来，要掌握一个诗人的符号系统，首先必须提取组成诗人神话的"符号常量"（the symbolic constants），正如在语言学中，如果我们不对语法形式的"一般意义"（general meanings）提出疑问，就不可能恰当地理解一个语法形式的"特殊意义"（partial meanings，即语境意义，由特定的语境或情境决定的意义）。当然，我们也不能人为地孤立一个诗人的符号常量，相反，我们必须从它与其他符号的关系以及与诗人作品的整个系统的关系入手。从这个意义上说，诗歌神话可以认为是一种个性化的言说方式，既面向生活，也面向文学，诗人个体的生活情境如同一种艺术符号（如雕像），与另一种艺术符号（诗歌、散文、绘画等）交融为一，成为一个恒定的符号系统。而"神话的研究"（mythological study），则仅仅是一种解说，或仅仅是对这个神话的一串注释。

如此一来，雅各布森的诗歌神话学与罗兰·巴尔特的政治"神话学"（mythologies）可谓形成了一种前后呼应关系。在后者的神话学构建中（1957），"神话"被理解为一种言说方式（措辞、言语表达方式），"一种被过分地正当化

---

① Roman Jakobson, "The Statue in Puskin's Poetic Mythology," in *Language in Literature*, eds. Krystyna Pomorska and Stephen Rudy, p.300.

② Roman Jakobson, "Slavic Epic Verse: Studies in Comparative Metrics," in *Selected Writings Ⅳ: Slavic Epic Studies*, ed. Stephen Rudy, p.445.

的言说方式"，一种"集体表象"，一种符号学系统，"它属于作为形式科学的符号学，又属于作为历史科学的意识形态，它研究呈现为形式的观念"。[①] 巴尔特的根本意图在于以符号学模式破解资产阶级的意识形态或神话。追根溯源，这一模式借用了索绪尔的语言符号理论，他将索绪尔的"语言学是符号学的一部分"颠倒为"符号学是语言学的一部分"，因此，语言学模式（索绪尔的"横组合关系与纵聚合关系"、叶尔姆斯列夫的"图式／习用"理论、雅各布森的"隐喻和转喻模式"等）被普遍应用于各种文化现象（照片、服饰、电影、广告等）的符号分析，这种文化意指分析具有意识形态批判的意味。其神话学的核心在于"三维模式二级系统"，如图2所示：

语言神话	1 能指	2 所指		
	3 符号／Ⅰ能指 （意义／形式）		Ⅱ 所指（概念）	
	Ⅲ 符号（意指作用）			

图2　罗兰·巴尔特神话学的"三维模式二级系统"

首先必须强调，图2只是神话模式的一种人为的空间化呈现，而"这种模式的空间化呈现在此只能作为易于理解的隐喻来看待"[②]。不难看出，三维模式（1能指、2所指、3符号）构成了神话的初级语言系统（primary semiological system），即抽象的整体语言（langue），可称为"直接意指"（denotation）系统；而三维模式（Ⅰ能指、Ⅱ所指、Ⅲ符号）构成了二级符号系统（second-order semiological system），即神话本身（元语言，释言之言），可称为"含蓄意指"（connotation）系统；关键在于，直接意指系统中的符号（能指与所指的结合）在含蓄意指系统中变成了单一的能指，换句话说，含蓄意指的能指具有双重性：它既是充实的（意义），又是空洞的（形式）。含蓄意指的能指的常量就是修辞术，而含蓄意指的所指中的不变量或常量就是意识形态。如在著名的图片《身穿法国军服的黑人青年行军礼》的例子中，直接意指即"一个黑人士兵行法兰西军礼"，而含蓄意指则以此为能指，其所指表明法兰西的帝国性和军队特性

---

① ［法］罗兰·巴特：《神话修辞术》，见《神话修辞术·批评与真实》，第190—191页。
② ［法］罗兰·巴特：《神话修辞术》，见《神话修辞术·批评与真实》，第175页。

的混合。① 整幅照片可视为法兰西帝国意识形态的一个"神话"，它利用直接意指的自然性，而把集体（"国家"）的意识形态转变为寓于其中的"自然物"，而巴尔特的文化意指分析（即神话批评）就是要揭示出这种政治神话的"自然"幻象。

在雅各布森的神话系统中，我们同样可以发现类似的甚至更复杂的系统结构，如上文提到的普希金诗歌中的"雕像"神话："雕像"本身作为一个直接意指符号系统，成为三种不同类型诗歌文本（即含蓄意指符号系统）的能指，其最终的神话的意指作用（signification）在于表现了作品主人公的悲剧性命运，而诗人的悲剧命运同样也通过诗人生活中真实的"雕像"而直接、自然地显现出来的，含蓄意指的能指形式（即诗语的符号能指）作为修辞术完成了这二者之间的沟通与转换。马雅可夫斯基的"自杀"神话亦是如此：马雅可夫斯基诗歌文本中反复出现的"自杀"描写甚至死后人们的种种表现作为直接意指系统，而诗人真实"自然"的自杀成为"神话"的含蓄意指系统，其所指所表现的主人公迎向未来的决心与面对现在的绝望，在诗歌与生活中得到同时确认，直接意指与含蓄意指融合成一个难以分解的神话符号系统，正如诗人一再说到的"没有出路"，既是诗语，又是遗言。

由此，我们也可以看出，雅各布森与巴尔特的神话系统虽都侧重于神话的形式特征，但也有所不同，原因在于，前者作为神话言说方式的诗歌文本，是蕴含着个人生活经验、情感、行为及意图的材料整体，并非如后者所使用的照片、绘画、电影、广告、报道、仪式、竞技、戏剧表演等材料，因此，前者神话的意指作用最终指向个体的意识形态，而后者则极力揭示集体（甚至国家）的意识形态，前者的神话力图取消两层系统间的区隔而使之自然为一，而后者的神话则以扭曲、改变直接意指的所指（意义），来完成对直接意指的"自然"幻象的揭示。② 当然，如果说"神话实际上就具有双重功能，它意示和告知，它让我们理解某事并予以接受"③，那么，二者根本上来说也是殊途同归的。

---

① ［法］罗兰·巴特：《神话修辞术》，见《神话修辞术·批评与真实》，第176页。

② 罗兰·巴尔特明确说道："神话什么也不藏匿，虽则这看起来是矛盾的：神话的功能是扭曲，而不是消失。""神话不隐匿什么，也不炫示什么，神话只是扭曲；神话不是谎言，也不是坦承实情，它是一种改变。"［法］罗兰·巴特：《神话修辞术》，见《神话修辞术·批评与真实》，第182、190页。

③ ［法］罗兰·巴特：《神话修辞术》，见《神话修辞术·批评与真实》，第177页。

无论在诗歌神话中，还是在政治神话中，能指与所指的关系、符号与指涉对象的关系都是神话学者所必须考虑的问题。雅各布森发现，符号的二元论（能指与所指）是神话不可或缺的先在条件，一旦符号的内在二元论被取消，那么，符号与对象之间（或者说符号世界与客观世界）的对立和界限也必然消失，符号将变得具体化，正如普希金在《皇村的雕像》中所描述的那个提着水罐的女孩雕像，"女孩坐在那里，永恒的悲伤超过了永恒的流水"，雕像的固定性被理解为女孩的固定性，因为符号的对立和事物都消失了，所以雕像的固定性转化为真正的时间，并作为永恒而呈现。在普希金的诗歌中，雕像神话的实现正依赖于这种语言符号与客观对象之间（尤其是表征与表征对象的关系）既认同又差异的同时性关系。可以说，这种关系是最引人注意的符号矛盾之一，经常上演的对"现实主义"的争论，与这种矛盾相联系，因为它关注的是语言符号对现实对象的客观再现，而"象征主义"则利用这种矛盾，因为它关注的是语言符号自身的形而上意义对客观对象的超越。

巴尔特同样赞成"在所指与其能指之间有必要保持一定的距离"[1]，并在福楼拜笔下的"晴雨表"中发现了这样一种特殊符号："能指与指涉直接秘密结合，在符号上就构成了'具体细节'；所指被排除出符号，于是乎也就排除了任何发展'能指形式'的可能。这就是所谓的'指涉幻象'。……换言之，因指涉而引发的所指缺失，反而成了现实主义的能指：于是'真实的效果'得以生成。"[2] 也就是说，这些符号只作为缺失了所指的能指而直接表达真实，除此之外没有别的意思，"晴雨表"作为一个符号只是让读者觉得他所阅读的是一部现实主义作品：这其实只是一种"指涉幻象"而已。神话符号系统也与此相似，即直接意指系统的能指逾越其所指而抵达含蓄意指系统的概念，其目标在于以此构筑一种意识形态的"真实幻象"。而为了揭穿这种幻象，神话修辞学家（如巴尔特）不得不"不停地从事蒸发现实的工作"，远离大众，远离神话对象，明晰神话的能指（意义与形式的混合体）。可以说，神话作为"释言之言"，

① ［法］罗兰·巴尔特：《布莱希特批评的任务》，《文艺批评文集》，第91页。
② ［法］罗兰·巴尔特：《真实效应》，转引自［法］安托万·孔帕尼翁：《理论的幽灵——文学与常识》，第110页。

关注的不是事物，而是事物的名称及其被遮蔽的意识形态所指。[①]

我们不得不由此继续追问一个至关重要的问题：神话诗学家（如雅各布森）和神话修辞学家（如巴尔特）是如何破解神话的？神话虽然并不隐匿，但并非所有神话消费者都能一目了然，巴尔特认为存在着三种读解和破译神话的方式：其一是冷嘲式，即报刊编辑者的方式，关注空洞的能指，将神话的意指作用直接用形式呈现出来，实质上是神话制造者的方式；其二是揭秘式，即神话修辞学家的方式，揭露神话的意指作用的秘密，理解变形，去除假象；其三是动态关注式，即"根据神话结构蕴含的目的来享用、欣赏神话，读解者以对待真实和虚构兼具的故事的方式享受着神话"。[②]巴尔特所主张的是第三种方式，因为这种对神话的尊重使其能够回返到神话化的状态，使得揭示神话模式与历史、社会等意识形态的关联与反应成为可能。严格说来，他虽倾向于承认历史的权威，但更倾向于神话的形式主义阐释，因为在他看来，"将历史转变成自然"正是神话的原则，而历史正是依靠含蓄意指的能指（即意识形态的"形式"）的一再重复而成为自然的。也就是说，神话的概念具有无数的能指，正如我们可以用无数张照片来表示法兰西的帝国性，可以为一个所指（如"死亡"）找到若干个能指（如"薨""卒""不禄""夭折""殇"等）一样，这种形式的重复使其蕴含的理据性及"虚假的自然"更加醒目，[③]也就为神话学家破译这种"当代神话"提供了可能。正如巴尔特所言，"概念通过各种形式展现的这种重复，对神话修辞学家来说很珍贵，使他能够破译神话：正是对某种行为的重复、强调，才泄露了它的意图"[④]。当然，巴尔特对古代神话与当代神话之间的历史差异没有加以认识和说明，与雅各布森或列维－斯特劳斯相比，缺乏历史主义的深度，而也正是在这一点上，雅各布森紧扣神话的重复性、历史属性、自然性等对诗

[①]　"我创造了一种次生语言，一种释言之言，我使用这种语言不是作用于事物，而是作用于事物的名称，次生语言之与初生语言就好比姿势之与行动。"［法］罗兰·巴特：《神话修辞术》，见《神话修辞术·批评与真实》，第206页。

[②]　［法］罗兰·巴特：《神话修辞术》，见《神话修辞术·批评与真实》，第190页。

[③]　"从道德的角度看，神话中令人难以忍受之处，就是其形式蕴含理据性。……神话让人厌恶之处，乃在于其依托虚假的自然，在于其意指形式的繁复、多余，就像那些物品以自然的外观修饰、掩饰其实用性。保证完全自然，这一意愿使意指作用累赘不堪，这般笨重臃肿让人恶心：神话过于丰沛，其过度之处，恰恰就是其理据性。"［法］罗兰·巴特：《神话修辞术》，见《神话修辞术·批评与真实》，第219页。

[④]　［法］罗兰·巴特：《神话修辞术》，见《神话修辞术·批评与真实》，第180页。

歌神话进行了读解与破译。

比如，雅各布森发现，同一个"神话"（"俄狄浦斯情结"）的不同的、矛盾的版本，重复分布和贯穿在捷克诗人马哈（Mácha）的诗歌（如《五月》）、他与其朋友的书信以及他个人的日记中，这些版本与诗歌作品及日常记录之间的有机联系是不容否认的，在生平的"真实"与诗歌的"虚构"之间是没有精确界限的，正是这种虚实的融合构成了诗人的神话系统，而这种神话系统与另一位捷克诗人艾尔本又是相对立的。[①] 在对马雅可夫斯基神话的阐述中，雅各布森更明确地表明历史主义维度参与神话建构的可能与必要。在他看来，马雅可夫斯基的"自杀"不是个人的、偶然的事件，而是承受着迷失的20世纪初一代人不断重复的集体命运，古米廖夫、勃洛克、赫列勃尼科夫、叶赛宁、马雅可夫斯基等，纷纷被杀或自杀，且大都死于30—45岁之间。可以说，一种消极的、哈姆雷特式的焦虑与命运感，沉重地压在这些俄国知识分子的生活之上，一种突然的、强烈的虚无感淹没了他们。由此，雅各布森认为，一代人的生平与历史的进程之间的关系是奇特的：每个时代都向个人所有进行征用，正如突然之间，历史就发现了贝多芬的耳聋和塞尚的散光的用处一样，这个时代征用的或许是年轻人的激情，其他时代征用的可能是中年人的稳重或老年人的智慧，每一代人有每一代人的不同贡献和不同的服务期。马雅可夫斯基这代人出现在一个异常年轻的时代，正如其所说："我们独一无二，成为这个时代的面孔。时代的胜利吹拂着我们。"而这代人的悲剧在于，时代的发展又将他们的声音和情感截断了，定量配给的情感——欢欣与悲伤，讥讽与狂喜都已用光了，而依然没有任何补充兵力，没有任何增援。即便如此，"不可替代的这代人的突然爆发的结果，不是个人的命运，而事实上是我们时代的面孔，历史的急促呼吸"[②]。

雅各布森将马雅可夫斯基的个人命运与一代人的集体命运勾连起来，置入

---

① 雅各布森认为，批评家Grund的错误在于没有把"神话"当作艾尔本研究的中心问题，是浪漫主义认识论和诗学的基本要素；马哈的神话是"个体发生的"（ontogenetic），艾尔本的神话是"系统发生的"（philogenetic），"马哈与艾尔本是两种正好相对的话语，但他们不是浪漫主义与古典主义的对立，不是'以健康克服道德缺席'与'以积极态度面对生活'的对立。相反，他们是同一个文学运动的文学分支的对立"。See Roman Jakobson, "Notes on Myth in Erben's Work," in *Language in Literature*, eds. Krystyna Pomorska and Stephen Rudy, pp.379-396.

② Roman Jakobson, "On a Generation That Squandered Its Poets," in *Language in Literature*, eds. Krystyna Pomorska and Stephen Rudy, p.299.

当时的历史情境和时代背景之中，使得个人的诗歌"神话"暗指出某种超越个体、集体的历史意味与时代蕴涵，从中我们也可发现意在建构体系的文学史与历史携手同行的踪迹。[①] 诗人在历史进程中感知到自己诗歌的必然性，而他的同代人也感觉到诗人的命运并非偶然，他的生活就仿佛分镜头剧本，人们在最后一个镜头看到了整部戏剧的高潮，也看到了诗人生命的结束：神话如同能指指向所指一般，自然而然。可见，"诗歌神话"的"自然"归根结底是历史的必然，是神话系统运行的必然，而并非资产阶级政治神话凭借修辞术而有意制造的"伪自然"。

巴尔特明确意识到："神话概念具有历史属性，使得历史能够轻而易举地消除它。"[②] 现代神话及其所意指的意识形态内涵，被迫经受历史的篡改或抹除而成为政治蛊惑手段，这对于拆穿神话修辞术的欺骗性、"自然性"是不利的，对于一心建构"普遍神话"的雅各布森来说也是不能认同的。在雅各布森及与其志同道合的列维-斯特劳斯看来，"神话不仅是一种概念的结构，而且还是一种艺术作品，因为它可以在那些倾听它的人心中唤起深刻的审美感情"[③]，在雅各布森神话诗学中，神话与艺术作品一样，恒定而持久地存在着，无论是对于个人还是整个民族都是如此。这实际上意味着共时视角（视神话／文学为符号结构）与历时视角（视神话／文学为历史文献）、审美性与历史性的高度融合。

三　神话诗学：从"个人神话"到"民族神话"

如果说诗人的诗歌文本与诗人自身生平在特定历史语境中的对应关系，是个人的诗歌神话研究的核心的话，那么，口头英雄史诗作品与其所属民族在特定历史语境中的对应关系，则是民族的诗歌神话研究的重心所在。二者的共同点在于，无论是对某个诗人而言，还是对某个民族而言，诗歌文本都是作为一种艺术符号系统而存在的，而历史语境都是使文本与诗人（有名的个体诗人或

---

① 按雅各布森此时的主张，文学史（特别是诗歌史）包含了自身的过去、现在和未来，而不主张文学史独立于历史而前进，文学艺术家对符号与指称物之间的关系的处理应当被视为独立的行为，而不应视为指称物控制符号的一个事件。这与巴赫金相反，巴赫金强调的是小说家要将语言的非文学条件引入自己的话语并以此来确定自我方向的必要性。
② ［法］罗兰·巴特：《神话修辞术》，见《神话修辞术·批评与真实》，第181页。
③ ［美］罗曼·雅各布森、［法］列维-斯特劳斯：《波德莱尔的〈猫〉》，见赵毅衡编选：《符号学文学论文集》，第331页。

无名的集体诗人）结合的共同场域。正是在研究"个人神话"的过程中，雅各布森获得了极大的自信与方法论启示，如其所言："语言艺术和造型艺术之间、雕塑的相似性和邻近性之间相互关系的符号学问题，以及雕像作为俄国精神传统中的偶像的阐释问题，使我产生了艺术符号学（和符号学）与神话学之间相互关联的新想法。"[1] 如果说，在"个人神话"中，诗歌符号是建构诗人神话的最主要的基础材料，那么，在"民族神话"中，民间史诗、民间故事、民间传说等一系列艺术（文化）符号都成为建构民族神话的基础；如果说"神话"在当代诗人的个人神话中主要表现为一种题材的借用，或与人类原始情感、心理等密切相关的某些意象和主题的反复，是一种褪去了原始底色和活力而只能是一种比喻意义上的使用，那么，"神话"在民族神话中则常常是一种正当使用，因为民间艺术（如口头英雄史诗）能葆有一种鲜活的原始本色和生命力，表现出一个民族的神话思维和精神传统。

正是凭借着对神话和诗歌作品的历史语境之间关系的研究，雅各布森最终进入到俄国口头英雄史诗的研究中。早在 1915 年，雅各布森便利用莫斯科大学提供的奖学金研究了俄国北部的语言和史诗"Byling"，通过运用比较分析，他一方面从普遍的斯拉夫格律中（最终从印欧诗律中）推论出了口语史诗"Byling"的韵律结构，另一方面对史诗"Byling"情节的研究也帮助他检验了这些情节的古代基础，特别是它们的历史的、神话学的底层。可以说，对民间作品、它们的类型以及作为一种单独整体的关系的分析，开阔了雅各布森对新问题的视野，尤其是以新的眼光审视远古的神话主题。1939 年，就在德军入侵捷克斯洛伐克之前的几个小时，雅各布森还把他的一篇论文《凯琳沙皇，狗》（"Kalin Tsar, the Dog"）送给休格教授（Oldrich Hujer，1880—1942）审阅，这篇论文的主题是历史事实与史诗传统的要求相结合的问题。十年后在纽约时，他又与斯拉夫世界的历史学家 Marc Szeftel 一起，完成了对俄国文学纪念碑式的英雄史诗《伊戈尔远征记》的研究，其结果便是《〈伊戈尔远征记〉的难题》（"The Puzzles of The Igor' Tale"，1952），对这一史诗进行了仔细的、详尽的文本批评，包括对口语的和书写的传说传统进行了认真考察。这之后他又与塞尔维亚哲学家合作，研究了这一传统的重要影响。通过这一系列研究，雅各布森总结出研究斯拉夫史诗遗产的三种经典分析法：一是研究其神话学的底层（the mythological

---

① Roman Jakobson & Krystyna Pomorska, *Dialogues*, p.147.

substratum），二是研究其所贯穿的文学的凭借（如语言），三是研究其历史的反映，所有这些要素都必须相互决定，都应当被当作一个艺术整体的相互融洽的部分，而不是机械地拼在一起的单独个体，由此，这种结构主义的分析法建立了"神话—文学（语言）—历史"三位一体的分析模式，成为民族史诗研究的基本范式。

从个人神话转换为民族史诗这一问题出发，雅各布森走上了一条更开阔的道路，即系统阐释"斯拉夫神话学的比较重建"，以及这种神话学在普遍的印欧神话学（Indo-European mythology）重建中的广泛利用。他在哈佛时期即致力于这些研究，比如他在 1964 年莫斯科人类学代表大会上、在 1968 年布拉格斯拉夫学者大会上所做的报告等。[①] 在他看来，"民族宗教、民族语言和民族文化"（作为"言语"），是民族"神话"（作为"语言"）在具体历史语境中的体现，是实现"民族自决"的根本规则。比如就斯拉夫世界而言，虽然拜占庭帝国把一种民族语言的最高权力视为一种伟大的特权，但拜占庭帝制的倾向是将斯拉夫语从宗教中逐出，代之以希腊语，而以希腊语为范本发展而来的宗教—斯拉夫文化（或者说意识形态）保证了斯拉夫民族的独立性，它改变了拜占庭的这种选择少数的观念，否定了特权民族和特权语言，于是，斯拉夫文化的意识形态潮流在捷克、克罗地亚、保加利亚、塞尔维亚等地蔓延开来，斯拉夫世界由此而获得了民族宗教、民族语言和民族文化的"民族自决"（national self-determination）[②]。民族语言作为民族神话的核心载体，一定程度上成为民族精神的表征，正如 19 世纪德国古典语言学家洪堡特所言："一个民族的精神特性和语言形成这两个方面的关系极为密切，……语言仿佛是民族精神的外在表现；民族的语言即民族的精神，民族的精神即民族的语言，二者的同一程度超过了

---

① Roman Jakobson,"Linguistic Evidence in Comparative Mythology",in *Selected Writings Ⅶ: Contributions to Comparative Mythology: Studies in Linguistics and Philology, 1972-1982*, ed. Stephen Rudy, New York: Mouton Publishers, 1985, pp.12-32.

② 1943年，雅各布森出版了《古代捷克人的智慧：民族抵抗的古老基础》（*The Wisdom of the Old Czechs:Ancient Foundations of National Resistance*），支持民族意识和为文化与民族主权而战。该书经由捷克斯洛伐克文化界在纽约出版，雅各布森在该书中论述了斯拉夫文化与德意志文化持续斗争的观点，这在捷克斯洛伐克流亡者中间引发了广泛讨论，有些讨论知道1945年之后才最终终结。参见昂佳瑞·斯拉迪卡：《第二次世界大战时期的布拉格语言学小组》，许栋梁译，见张进、周启超、许栋梁主编：《外国文论核心集群理论旅行问题研究》，中国社会科学出版社，2018年，第5—6页。

人们的任何想象。"① 也就是说，在比较神话学中，民族语言（尤其是民族史诗所表现出的语言）发挥着文化区分和精神认同的双重功能，而"神话"结构正是支配民族语言、体现民族精神、实现"民族自治"的深层结构所在。

值得注意的是，雅各布森的这些比较研究与一般的民族主义或历史主义的怀疑论者截然不同，其方法论原则在于对资源的系统利用，其目的在于尽可能地重建前基督教斯拉夫（pre-Christian Slavic）的信仰。在他看来，中世纪作品和当代民间故事中涵纳了斯拉夫神话的遗迹，某种神话学的命名在口头的和书写的遗产中也已得到证明，并发现了它们所在的语境和功能，因此，必须对斯拉夫所拥有的类似命名，甚至存在于伦理的和宗教仪式中的意指术语，进行比较分析，必须对斯拉夫神话的遗产与其他印欧分支的相似遗产进行比较。而在斯拉夫和印度—伊朗世界（Indo-Iranian world）之间的宗教关系的历史中，也能够发现同样的现象。也就是说，许多斯拉夫的神话遗迹比古代日耳曼民族的（ancient Germanic）或古印度吠陀（Vedic）的神话更古老，后者的神话学虽然也古老，但已服从于文学重塑了。

总之，我们可以看出：作为语言学家的雅各布森，深刻地认识到民族神话与民族语言、民间创作有着不可分离的密切关系，神话决定并传达出民族文化模式的稳定性。雅各布森早年对方言材料和民间创作（尤其是民间史诗、歌谣、传说故事等）的搜集与思考，无疑为他此时民族神话学的比较重建、神话与文学（诗歌）之间的关系研究打开了方便之门，而他对语言（包括文学语言、民族语言等）中绝对的、形而上学的神话结构的追求，也表现出他的语言哲学是有意识地站在德国浪漫主义传统（如赫尔德、谢林）一边的。②

从普希金关于雕像的一组作品，到俄国民间史诗的神话学背景，再到试图运用比较语言学方法于普遍的斯拉夫—印欧神话，雅各布森的神话诗学研究综

---

① ［德］威廉·冯·洪堡特：《论人类语言结构的差异及其对人类精神发展的影响》，姚小平译，商务印书馆，1999年，第52页。

② 赫尔德被视为"斯拉夫民族文化复兴真正的父亲"（费舍尔语），他在《论语言的起源》中提出："他们的整个神话体系即在这些奇珍异宝之中，即在古代语言的词与名中：最初的词书就是这样一座发着声响的万神之殿！"谢林也在语言中见出一个"褪了色的神话体系"，语言以形式的和抽象的区分保存着神话中仍然被视为活生生的、具体的差异的那些东西（《神话哲学导论》）。雅各布森显然承继了此派观点，从而与19世纪下半叶亚尔伯特·库恩和马克斯·米勒的比较神话学观点（把神话视为"语言固有的必然产物"）相区别。参见［德］恩斯特·卡西尔：《语言与神话》，第103—104页。

合运用了语言学、社会学、历史学、人类学、考古学等多种学科方法，一步步扩大了"神话"所植根的场域，从文学文本到文化文本，从个人的生活情境到民族的历史情境，神话的功能也越来越举足轻重，从凸显个体的生平印记，到强化独立的民族自决意识，由点及线，由线及面，历经四十年，终建构起气势恢宏的神话诗学体系。从这个意义上来说，洛特曼所言的"结构主义不是历史主义的敌人"[①]对雅各布森具有双重的意义。

总体而言，雅各布森的神话诗学既不同于"以作者为中心"的传统文论，也不同于纯粹"以文本为中心"的形式文论，因为其目的不在于求证作者意图或否定作者的主体价值，也不在于真空地提纯文本的内在价值，而在于综合运用历史主义、结构主义和科学实证主义的方法，融合文本外的语境（作者或民族的原始语境）与文本内的语境（文本内或文本与文本之间共有的主题、意象等），以探究文本意义生成的条件机制，其结果是以一种后撤的和更包容的结构主义立场，熔作者（民族）、文本、历史（语境）于一炉，突破了单个文本的局限，修正了自己早期只专注于文本本身的形式主义偏颇，同时，也为诗歌研究、神话学研究以及斯拉夫文化在美国和欧洲的传播作出了重要贡献。当然，同一问题的另一面在于，如果过于专注于从不同类型的文本中寻找和抽象出共有的"神话"结构（如同维谢洛夫斯基的"母题"），那么，将会导致以普遍的、相似的共性掩盖特殊的、差异的个性，因为每个作品都是独特的，而非仅仅只是对神话结构的摹写。即便在摹写的过程中，不同的文本也是以不同的形式表现出不同的主观意图、社会指向和审美意蕴，这是不容否认的。而对"民族神话"的突出和强调，一定程度上在播撒"民族主义"思想的同时，也潜藏着"民粹主义"的危险，正如神话（古日耳曼神话）的"复兴"也可能会成为"纳粹主义"蛊惑人心的手段一样。

晚年时，雅各布森谦虚地说："所有这些还只是一份初步的蓝图，一份对神话和诗歌作品的迷人主题进行未来探究的草图。"[②]后来者如列维－斯特劳斯和罗兰·巴尔特，都曾在他这一未来蓝图上涂抹了浓墨重彩的一笔，但不可遗忘的是，雅各布森的结构主义神话诗学为他们开拓先路、启示标榜的重要意义。

---

① ［俄］尤·米·洛特曼：《文艺学应当成为一门科学》，李默耘译，《文化与诗学》2010年第1辑。

② Roman Jakobson & Krystyna Pomorska, *Dialogues*, p.151.

第四章

诗性功能占主导："文学性"的语言学阐释

　　雅各布森最初认为，"诗歌是发挥其审美功能的语言"，虽然他未曾排除诗歌中其他功能存在的可能性，但这一表述还是自觉不自觉地把"审美功能"视为诗歌唯一的、自足自为的功能。他之所以作出如此判断，自然是因为受到俄国先锋艺术尤其是赫列勃尼科夫等人先锋诗歌的"蛊惑"（见第一章），仿佛只有他们那种追求语音游戏的个性话语，那种过滤掉各种实用功能而剩下的纯粹的、"旨在表达"的诗，才是此意义上的诗歌：这显然是一种理想化的"片面的深刻"。因为任何时代、任何民族的诗歌都直白地告诉我们：诗歌不可能只是发挥审美功能的语言，它必然在特定的政治文化生活中发挥着多种功能。按孔子所言，"诗可以兴，可以观，可以群，可以怨"（《论语·阳货》），即诗歌至少可以发挥修身、言辞、交往、政治等多种功能，这也就意味着，诗歌语言中必然包含着相应的道德、政治、伦理等指向，而不仅仅只是指向符号自身。

　　在离开俄国形式主义激进的文学场之后，雅各布森逐渐意识到问题所在，借着结构主义思想的萌生和发展，他继续深入追问：审美功能是否是诗歌语言的唯一功能？实用语言是否具有审美功能？在人类的社会活动中，语言具有哪些功能？而审美功能又究竟处于怎样的位置，具有怎样的独特性？20世纪30年代在布拉格时，他以《主导》一文对这些问题作了初步回应，确立了"主导"的思想。但直到美国时期，尤其是五十年代在哈佛大学时，伴随着信息科学的发展，雅各布森在功能结构主义语言学基础上建构起较为成熟的语言交际六功能结构，这些问题才得到比较完善的解答。只是此时，他以"诗性功能"取代了"审美功能"的表述，[①]这似乎暗示了他从其早年"极端"激进主义立场的"撤退"，以及以结构主义修正和超越形式主义的愿望。由此，"文学性"问题转换为对语言艺术中占主导的诗性功能的阐释，对诗性在具体文本中的表现的探求；诗性功能理论成为雅各布森语言诗学的核心。

第一节　诗性功能与"对话"的可能

早在俄国形式主义时期（1919），雅各布森就区分了两种功能：交际功能（实用语言和情绪语言）和审美功能（诗歌），前者意向于所指，后者意向于符号自身。在布拉格时期，他开始接触到马泰休斯的"二功能说"（1923），即交际功能和表现功能。在布拉格学派的《论纲》（1929）中，雅各布森与哈弗拉奈克合写的第三章在谈及语言功能时，根据语言和语言外现实的关系，把语言的社会功能分为交际功能和诗性功能，认为当语言侧重于信息内容时，交际功能突出，当语言侧重于自身形式时，诗性功能突出，雅各布森后来所提出的六功能说大抵是以此为基本雏形的。此后，比勒的"三功能说"（1934）更启发了雅各布森的灵感。比勒没有赋予符号一种特殊功能，而是分别给发送者、接收者和所谈论的事情三个要素赋予表现功能、意动功能和描述功能，在语言行为中，三种功能都存在，但在多数情况下，其中一种功能占主导地位，即当重点落在不同的要素上时，语言就具有不同的功能。[②]这无疑给了雅各布森极大的启发，最终在美国哈佛大学时期（1956），他以此为基础，融合穆卡洛夫斯基提出的"审美功能"以及英国人类学家马林诺夫斯基（B. Malinowski）的"寒暄交谈"（phatic communion），而建构起系统科学的语言交际六功能结构。

[①] 在《主导》（1935）中，雅各布森提到了审美功能、指称功能和表现功能；在《索绪尔语言理论回顾》（1942）中，他提及审美功能、表现功能和认识功能；在《普通语言学当前的问题》（1949）中，他又提及诗性功能、指称功能、情绪功能和意动功能；后在《语言的元语言问题》（1956）中第一次完整地提出了诗性功能、指称功能、寒暄功能、元语言功能、情绪功能和意动功能。

[②] 钱军：《结构功能语言学——布拉格学派》，第138—139页。

一 诗性功能：语言艺术的主导功能

（一）语言交际六功能结构

在著名的《结束语：语言学与诗学》（1958）中，雅各布森融合布拉格功能—结构理论、新兴的信息科学理论指出：某一个言语事件或某一种语言传达行为（无论是书面的或是口头的），都由六个要素构成：发送者（addresser）、接收者（addressee）、语境（context）、信息（message）、[①]接触（contact）和代码（code）；信息（information）的焦点集中在不同的要素上就产生不同的功能，相应的依次是：情绪功能（emotive function）、意动功能（conative function）、指称功能（referential function）、诗性功能（poetic function）、寒暄功能（phatic function）和元语言功能（metalingual function）。语言交际的六功能（the six basic function of verbal communication）结构模式如下：

语境（指称功能）

信息（诗性功能）

发送者（情绪功能）————————————接收者（意动功能）[②]

接触（寒暄功能）

代码（元语言功能）

---

① "信息"一词在雅各布森的文章中有两种含义：六功能模式中的"信息"指发送者向接收者发出的东西，指语言符号；而在阐述功能模式过程中所提到的"信息"，相当于通常意义上所说的某种意思传达，相当于information。有研究者认为，此功能结构图式中的"信息就是能指""语境就是所指"，如田星《论雅各布森的语言艺术功能观》（《外语与外语教学》2007年第6期）、支宇《文本语义结构的朦胧之美》（《文艺理论研究》2004年第5期）。这两种观点都有错误："信息"是语言符号，但不能说只是"能指"，因为按索绪尔的理论，任何符号都是"能指和所指"不可分割的结合，雅各布森从未舍弃符号的所指，他所关注的"语义"（意义，meaning）即"所指"；这里的"语境"（context）指的是指称物（referent），属于言外语境，即non-verbal context，是这一言语交际活动所在的现实环境，而不能说就是"所指"。

② 在《语言学中的元语言》中，雅各布森将六要素和六功能融合在一张图示中；而在《语言学和诗学》中，二者分为两张图表示。两篇文章对此问题的论述基本相同，为论述方便，本书采用合二为一的图式。

　　当信息（information）的焦点集中在发送者身上时，就形成情绪功能，或称"表现"（explosive）功能，显示出发送者对所谈话题的态度和情绪，而不管这情绪是真还是假。语言中纯粹的情绪层次是由感叹词来表现的，[①]比如李白《蜀道难》开篇连用三个感叹词"噫吁嚱"，表达了诗人对蜀道险峻的惊叹。另外，情绪功能也会传达出明显的信息。为了证明这一点，雅各布森请莫斯科斯坦尼斯拉夫斯基剧院的一个演员，用 50 种不同的情绪状态创造出"今天晚上"这一短语的五十种相应的信息。这些信息被录制下来，其中大多数得到了莫斯科人的正确解读。雅各布森强调所有情绪密码都是经得起语言学分析的。

　　信息的焦点集中于接收者，就产生意动功能，其最纯粹的语法表现形式是呼语（vocative）和祈使句（imperative），它们在句法、词法甚至是语音上都背离了其他名词性和动词性句法范畴，都不受制于陈述句的真值测试（truth test）标准。如雅各布森举例说，在奥尼尔的戏剧《泉》中，当纳努严厉地说出"喝！"时，是不存在这个命令是真是假的问题的。

　　当信息的焦点集中在语境上，即特别强调指向具体事物的信息内容时，便产生了指称功能，这是最为人们熟悉和了解的一种功能，因此雅各布森也言之甚少。语言在诞生之初便具有指代作用，也就是认知作用，使人类认识到各种鸟兽草木之名。在左拉和莫泊桑等自然主义作家的作品中，指称功能起了很大的作用。

　　当焦点集中在发送者与接收者之间的接触时就形成了寒暄功能。雅各布森指出，有些信息主要是用来建立、延长或中断交际的，有些是用来检查交际渠道是否畅通，如"喂，你听见我说话吗？"；而有些则是为了吸引对方的注意力或确保注意力持续，例如电话一端问"你在听吗？"，而另一端则传来"嗯，哼"的应答声，这个保证接触的机制就是寒暄功能。它可以在大量程式化的客套语中表现出来（如中国人见面问"吃了吗？"），也可以在旨在延长交际的整个对话中表现出来（如两个陌生人第一次对话："今天天气不错。""是啊，天气真不错。"）。[②]

　　交际的双方不仅要保持交际渠道顺畅，还需要检查他们是否运用了同样的代

---

① 雅各布森认为，感叹词与指称语言的表达方式在语音系统和句法作用方面都不同，感叹词的语音系统包含有特殊的语音组合序列，甚至还包含有在别处显得非同寻常的语音，感叹词不是句子的组成部分，而是等同于句子。

② 雅各布森认为，语言的寒暄功能是鸟儿对话时与人类共有的唯一一种功能，也是幼儿最先习得的语言功能，幼儿在能够传递或者接受包含有信息的交流之前，就已经有交流的倾向了。

码。这时，焦点就转移到代码本身，起作用的是元语言功能。现代逻辑学已经区分出了语言的两个层次——谈论客体的"客体语言"（object language）和谈论语言代码本身的"元语言"（metalanguage）。元语言功能也就是对语言本身做注解的功能，即发送者用同一代码或另一代码系统中的一个或一组符号来取代使接收者感到有疑问的符号，从而使传递的信息更容易为接收者所理解。比如我们用白话文作为元语言解释文言文、以普通话解释方言等，如：外地人问："'大拿'是什么意思？"北京人答："就是能做主管事的人。"雅各布森强调，我们每天都在使用元语言，但常常意识不到话语中的元语言特征，如果没有元语言的操作，儿童不可能获得他的语言，而如果失去了这种操作能力，便会成为"失语症"者。

雅各布森认为，当信息（information）焦点集中于信息（message，或译"讯息"），即"意向于信息本身，为了其自身目的而聚焦于信息，乃是语言的诗性功能"[①]。也就是说，诗性功能的特性是意向于信息本身即语言符号的所有方面和层面的，在这一意向中，语言以其自身价值（self-valuation）而变得能够感觉到，它孕育和提升了在意向于指称物的日常话语中所未曾注意的潜在结构。如海子的诗句：

> 爱怀疑和爱飞翔的是鸟，淹没一切的是海水
> 　你的主人却是青草，住在自己细小的腰上，
> 　　守住野花的手掌和秘密[②]

鸟如何怀疑？海水如何能淹没一切？青草如何成为你的主人？又如何住在腰上？什么是野花的手掌和秘密？显然，这里的每句话都经不起真值检测，稍懂诗歌的读者也绝不会在诗歌中求取某种逻辑的、科学的判断，因为这样的语言正是一种"诗性功能"的语言，一种自在自为的语言，它仿佛具有某种神秘的力量，把我们的注意力吸引到符号本身。雅各布森的研究又表明，诗性功能并非那么神秘，它与语言的其他功能一样，在人类早期阶段每个人的话语中都存在，尤其在形成话语的过程中起着至关重要的作用。比如儿童入睡时出现的独白，自在自为的话语或者词语本身成了孩子的根本焦点，语言的交际功能就让位于诗性功能。

---

① Roman Jakobson, "Linguistics and Poetics," in *Language in Literature*, eds. Krystyna Pomorska and Stephen Rudy, p.69.此句原文为 "The set (Einstellung) toward the message as such, focus on the message for its own sake, is the POETIC function of language"。

② 海子：《亚洲铜》，《海子的诗》，人民文学出版社，1995年，第1页。

以上简略介绍的，就是雅各布森根据一切言语交际活动的六要素而区分出的语言系统的六种重要功能。值得注意的是，他强调，语言系统性的前提是建立在语言结构的内在逻辑之上的，而这内在逻辑就是"不均衡的功能观"（view of heterogeneity of the functions）。也就是说，在每种语言系统中，每种功能都能变成主导功能，主导功能与从属功能之间是不均衡的、"可变换的"（convertible，雅各布森借用汽车制造业的一个术语），而这六种功能不是简单的累积，而是内在关联的（interconnected），形成一个非常连贯的、综合的整体（coherent synthetic whole），应当从每种单独的情况进行分析。[①]可见，无论是六要素的交际结构，还是六功能的功能结构，都是由每个要素和功能紧密关联而组成的一种动态的、变化的、连贯的、综合的整体结构，相应的，意义不是存在于某一要素或功能中，而是存在于整个交际活动的过程之中，各要素或功能的变化会引起整体结构和意义的变化。

总之，雅各布森坚持"手段—目的"的功能主义模式，四十年如一日地专注于语言的多功能研究，在融汇各家之说的基础上建构起自己的"语言交际六功能结构"。其优越性在于：对语言功能类型的区分更加细化、科学，对一开始缺失的诗性功能的界定也越来越辩证和精密，整个结构是一个非常合理的、完整的体系，具有非常强的自洽性、可操作性和延展性。自诞生以来，这一结构模式已成为中西语言学、符号学、传播学等众多学科的重要内容，甚至被称为"雅各布森模式"而收入各类教材之中，影响巨大。在该结构中，"诗性功能"无疑是最独特也最重要的一个功能，是雅各布森语言诗学"单独分析"的对象，虽然诸多研究者都曾论及，但依然有些未被注意或有所误解的问题值得继续深究。

（二）主导、诗性功能与文学性

在《语言学和诗学》[②]中，雅各布森不仅创造性地提出了"语言交际六功能

① Roman Jakobson, "On Poetic Intentions and Linguistic Devices", in *Verbal Art, Verbal Sign, Verbal Time*, eds. Krystyna Pomorska and Stephen Rudy, p.77.

② 这篇文章是雅各布森1958年春天在印第安纳大学召开的讨论文体问题的语言学学术会议上的总结演讲，原题为 "Closing Statement: Linguistics and Poetics"，收入塞贝奥克（Tomas A. Sebeok）编的 *Style and Language*（《文体与语言》，1960）中，后以 "Linguistics and Poetics" 为题收入泼墨斯卡、瑞迪编的雅各布森文集第三卷《语法的诗歌和诗歌的语法》（1981）及《文学中的语言》（1987）中。该文总结了雅各布森四十年诗学研究的成果，被誉为"符号学文论史上的里程碑式著作"（赵毅衡语）。

结构"的系统模式，还明确表明"诗性功能"是该结构中最独特的一种功能：

> 诗性功能不是语言艺术（verbal art）的唯一功能，而只是语言艺术占主导地位的决定性的功能。而在其他的语言活动中，诗性功能只是次要的从属部分。①

也就是说，诗性功能使一种内在态度（即语言符号朝向其自身能指与所指的联合）成为必需，它也因此而在语言艺术中占有主导性的、决定性的地位，其他功能则退居其后；而在非语言艺术中，诗性功能则居于次要从属地位，其他功能（如指称功能）占据主导地位。由此可见，诗性功能在语言艺术与非语言艺术都存在，它并非是区分二者的唯一要素，换言之，它必须与"主导"要素相结合才能作为标准，对诗与非诗、文学与非文学进行判断和区分。如果说"文学性"（literariness）、"诗性功能"和"主导"是雅各布森语言诗学体系中紧密关联、不可分割的三个核心范畴的话，那么，"主导"则是通往"诗性功能"和"文学性"的第一扇门。

术语"主导"（the dominant）②并非雅各布森原创，而是来自他的"奥波亚兹"（即彼得堡"诗歌语言研究会"）好友迪尼亚诺夫（Yury Tynjanov）。在《论文学的演变》（1927）一文中，迪尼亚诺夫认为，文学是一个系统，文学作品也是一个系统，"由于系统不是各种要素在平等基础上的合作，而只是以提出一批要素（"主导因素"）并使另外的要素变形为前提的，作品就靠这种主导因素进入文学并取得文学功能"③。也就是说，文学作品系统中的各种构成要素并非处于同等地位，而是某个要素占主导，这一主导要素不仅使次要要素变形以服从其支配，更以其绝对的权威决定一个作品成为文学作品，并使其

---

① Roman Jakobson, "Linguistics and Poetics," in *Language in Literature*, eds. Krystyna Pomorska and Stephen Rudy, p.69.

② 也可译为"主导因素"或"主因"。国内学者一般译为"主导"，比如任生名将雅各布森此文首译为"主导"（参见赵毅衡编选：《符号学文学论文集》，第7页），另有谢梅《雅各布森"主导"理论与中国新闻娱乐化》[《西南民族大学学报》（人文社科版）2008年第4期]等。"主因"一般也作为"主要原因"的简称。故本文采用"主导"一语，更简练，也更合乎中国话语表达习惯。

③ ［俄］尤·迪尼亚诺夫：《论文学的演变》，见［法］茨维坦·托多罗夫编选：《俄苏形式主义文论选》，第109页。

在整个文学系统中获得文学功能。比如，假设"押韵"是诗之为诗的主导要素，如果一部作品是押韵的，那么，它就是诗，就是文学作品。从这个意义上说，这个主导要素就是"文学性"。迪尼亚诺夫在文章最后还指出："只有把文学的演变看作是一个系列，看作是和其它系列或体系进行类比并受其制约的体系，我们才有可能研究文学的演变。……文学演变的研究并不摈弃社会主要因素的主导意义，相反，只有在这个范围内才能全面地阐明意义。"①这种从更大的社会文化系统及其主导因素角度研究文学系统和文学演变的方法与思路，以及后来"布拉格学派"（尤其是穆卡洛夫斯基）的研究，都给了雅各布森极大的启示。

"主导"术语和理论的提出，是俄国形式主义理论不断修正和发展的必然结果，而这又与俄国当时的历史文化语境密不可分。在苏维埃政权建立初期，形式主义者借为未来主义艺术辩护的机会，掀起与先锋艺术革命相应和的影响巨大的"诗学革命"，即确立以"文学性"为研究对象来建立文学科学，主张以"科学实证主义"（艾亨鲍姆语）方法分析文学事实，极力强调文学与生活的差别，反对传统批评所采取的传记学的、心理学的以及社会学的文学阐释法。之所以坚持纯粹的形式分析，是因为对作品的结构原则、构造方式、音韵、节奏和语言材料进行语言学的归纳和分析，就如同自然科学一样，较为精确和可靠，极少受到社会政治环境因素以及哲学美学或历史哲学理论的影响，而内容恰恰相反。不难看出，这种形式理论背后实质上潜藏着一种有意与苏维埃政权及马克思主义学说保持距离甚至"干脆否定"的态度。②换言之，形式主义诗学貌似纯粹的方法论活动，其实有着非常强烈的意识形态背景、特征和一种"别有用心"的政治观，诚如韦勒克所言："1916 年出现了一个自称'形式主义'的运动，主要反对俄国文学批评中流行的说教作风；而在布尔什维克统治之下，形式主义无疑也是对于党所指定的马克思派历史唯物主义默不作声的抗议，或者至少是一种逃避。"③正是由于这种无关大局的"默不作声"，形式主义学派才得以与学院派批评、马克思主义批评、宗教哲学批评、直觉主义批评等共存于"十

① ［俄］尤·迪尼亚诺夫：《论文学的演变》，见［法］茨维坦·托多罗夫编选：《俄苏形式主义文论选》，第116页。
② "不同于那些把马克思主义简单化、庸俗化的理论家和批评家，形式主义者最初是干脆否定这个学说的。艾亨鲍姆宣称，'生活不照马克思说的那样建设，就更好'。至于科学和艺术，他认为，马克思主义对它们就完全不适用了。"［苏］阿·梅特钦科：《继往开来——论苏联文学发展中的若干问题》，第57页。
③ ［美］雷内·韦勒克：《批评的概念》，第263页。

月革命"之后的时代氛围中，而文艺学领域这种多元并存的局面也正是当时俄国纷繁复杂的社会思想的折射。但随着"社会改造"的推进和文化思想控制的加强，马克思列宁主义文学理论和美学理论最终上升为占主导地位的文学理论，这时的形式主义学派虽然也打着"革命"的旗号，但"为艺术而艺术"的形式主义艺术观却无法与"为无产阶级政治和文化服务"的现实主义艺术观达成一致，与当时的创作思想、政治方向以及战斗激情的矛盾特别大。因此，尽管什克罗夫斯基在1925年还公开表明"我们不是马克思主义者，过去从来不是，将来也不会是马克思主义者"①，但他们却根本无法阻挡文学论争最终演变为思想和政治批判，无法改变形式主义团体"自动解散"的命运。这充分证明，艺术不可能独立于生活（尤其是政治生活）之外，它的颜色必然要映现"飘扬在城堡上空的旗帜的颜色"，后者才是主导艺术的根本因素和力量。

对于俄国形式主义者而言，他们最初一直坚持把这种"主导"艺术的力量放在艺术系统内部，最典型的莫过于什克罗夫斯基提出"作为手法的艺术"，以"手法"决定艺术的特性（"文学性"）。但是，面对托洛茨基、卢那察尔斯基等马克思主义批评家的猛烈批判，尤其是面对梅特钦科后来所批评的"他们（指形式主义者——笔者注）的方法论是无法揭示文学作品和文学发展过程的特点的"②这一缺陷，形式主义者逐步调整和深化了自己的形式理论，将"形式"概念逐步与文学概念、文学现象的概念相结合，将关注重心从一般的诗歌手法问题过渡到小说情节布局手法、风格手法问题，乃至以形式的运动和变化来解释文学（尤其是小说）演变规律的文学史问题。形式主义者不像那些"幼稚的"文学社会学家在形而上学的意义上寻找文学进化和文学形式的主要原则，而是在文学传统本身的历史系统之中寻找"文学史事实"问题的答案，按艾亨鲍姆所言，"文学—历史事实是一个复杂的思维产物，其中最基本的因素是文学性。它的这种特征使得对它的研究只能沿内在—进化的线索进行，才能产生任何成果"③。文学史是形式的历史，也是历史的形式，这就将理论与历史、文学性与历史性、共时性与历时性紧密互动地结合在了一起，形成了一种独特的带有结构主义萌芽的"形式的历史观"，实现了对维谢诺夫斯基的历史诗学与波捷勃

① ［苏］什克洛夫斯基：《汉堡记分法》，转引自刘宗次：《译者前言》，见［苏］维·什克洛夫斯基：《散文理论》，第4页。
② ［苏］阿·梅特钦科：《继往开来——论苏联文学发展中的若干问题》，第160页。
③ 转引自［美］罗伯特·休斯：《文学结构主义》，第128页。

尼亚的理论诗学的综合与超越。这种"形式的历史观"使形式主义理论在外部环境非常严峻的情况下获得了最后拓展，而其对于道德事实和政治事实的忽视，同样也获得来自阵营内部（如日尔蒙斯基、托马舍夫斯基）的批评和修正。正是在这样的历史语境与具体情境中，迪尼亚诺夫适时地提出"主导"术语并从功能的视角研究诗歌语言和"揭示文学作品和文学发展过程的特点"，为雅各布森"主导"诗学的形成和发展打下了基础。从这个意义上说，"主导"诗学是俄国形式主义时期开的花，却是捷克结构主义时期结的果，具有跨时空的连贯性；从其隐秘的政治意涵来说，"主导"诗学显然也是对马克思列宁主义主导文艺思想、打压形式主义的一种揭示与抗议，这正如被当局噤声而只能借他人之名发表文章的巴赫金在理论领域建构起"对话"诗学。

　　1935 年春，任教于捷克马萨里克大学的雅各布森作了一次关于"主导"的演讲，首次系统地阐发了自己的"主导"诗学主张。[①] 首先，他明确界定了"主导"概念，所谓"主导"就是"一件艺术品的核心成分，它支配、决定和变更其余成分。正是主导保证了结构的完整性"[②]。也就是说，主导成分在整个结构中充当了强制性的、不可分割的要素，它规定了这一结构的整体性和根本特性，对文学作品而言，它就是决定作品主要文类特性和结构特征的功能，或按穆卡洛夫斯基的界定，主导成分是"作品中驱动并引导其他成分相互关系的成分"。关于"主导"的功能，雅各布森曾打过一个生动的比方："油"（oil）本身既不是一道菜，也不是多余的配料，而是一种功能性的组成部分。它可以改变食物的味道，甚至有时它的力量强大得足以使一条鱼丧失其原有的味道，正如在捷克语中，沙丁鱼的名称由 sardinka（沙丁鱼）变成了 olejovka（olej 是油的意思，ovka 是一个派生的后缀）。可见，当"油"这个成分在整个系统中占据主导地位时，就改变了系统中与其他成分之间的相互关系，系统的性质也因此而被重新定性。

　　其次，雅各布森认识到，任何主导要素（或主导成分）都不是固定的，而是处于不断变化之中。正如他所指出的，在 14 世纪的捷克诗里，诗的主导成分是押韵而不是音节安排，无韵诗是不能接受的；而在 19 世纪后期捷克的现实主

---

① 原文为捷克语，未发表。本文依据的是英译本，英译者为 Herbert Eagle。See Roman Jakobson, "The Dominant," in *Language in Literature*, eds. Krystyna Pomorska and Stephen Rudy, pp.41-46.

② Roman Jakobson, "Linguistics and Poetics", in *Language in Literature*, eds. Krystyna Pomorska and Stephen Rudy, p.41.

义的诗里，押韵不是必须的手段，而音节安排则成了主导成分，自由体诗是可以接受的；到了 20 世纪，语调（统一）又成为诗体的主导成分，既不必非要押韵，也不必非要有音节安排。可见，虽然这三种诗体中都有押韵、音节安排、语调统一这三个要素，但各有一个不同的价值等级系统，各自成为价值体系中的高级价值（主导成分），并决定其他的低级价值（从属成分）的作用和结构，这也就意味着，主导成分只能在某个文学时期和某种艺术倾向的框架内，才能决定一部作品被想象和评价为诗。因此，所谓"主导"实质上是变动的、功能性的主导，任何成分占主导的时期，都只是某一文体演变过程中一个共时性截面而已。主导成分不断转换，导致了文学系统的不断演变，这种转换不是随意的，而是有规可循的：

> 诗的形式的演变，与其说是某些因素消长的问题，不如说是系统内种种成分之间相互关系的转换问题，换句话说，是个主导成分转换的问题。通常在一整套诗的准则中，尤其在对某种诗的类型有效的一套诗的准则中，原来处于次要地位的因素成了根本的和主要的因素。另一方面，原来是主导要素的成了次要的和非强制性的要素。①

雅各布森敏锐地探察到文学（诗歌）演变的规律，即主导成分与次要成分之间相互关系的转换，它具有三种特性：其一，这种转换是在等级系统内部的一种转换。主导成分与次要成分之间不是一种你死我活的"战斗"，而是一种地位和功能的转换，比如在上例中，当音节安排成为主导成分时，曾经占主导地位的押韵并未消失，而是与语调一样成为次要成分，继续在诗体结构中承担相应功能，无论如何，它们都不会改变诗歌系统的整体结构。其二，这种转换既是历时性的也是共时性的。也就是说，转换和变化不仅要根据历时上的演变来陈述（先有 A 然后 A1 出现并代替了 A），而且这种转换也是一种直接经历的共时现象，一种相应的艺术价值。其三，这种转换是动态的、永不停歇的转换。因为任何主导成分都可能因为反复出现而失去活力和吸引力，最终被结构内部早已觊觎主导地位的次要成分所替代，这一过程正如"陌生化"手法变成"自

① Roman Jakobson, "The Dominant," in *Language in Literature*, eds. Krystyna Pomorska and Stephen Rudy, p.44.

动化"继而被新的陌生化所取代一样，循环往复，最终形成文学系统的不断发展，上述捷克诗歌几个世纪的演变便有效地证明了这一点。正因为认识到文学演变的这种整体性、历时共时统一性和动态性，所以雅各布森认为，什克洛夫斯基所谓的"一部诗作仅是它的艺术手法的总和""诗的演变只不过是某些手法的替换"等看法是错误的，因为任何艺术都不是艺术手法的简单累加，而是像语言系统一样，是"一个结构系统"，而且是"一套艺术手法的有规则有秩序的等级系统"①，艺术演变也不是新手法对旧手法的替换，而是手法的主次等级在诗歌系统内部的一种转换，从这个意义上说，在文学系统或者说文学史中，不存在"新""旧"，而只存在"主""次"。这种以"主导"为核心的"新的文学史观"，使俄国形式主义中后期的文学史研究发生了根本改观，变得格外丰富，也更具整体性、综合性，更加秩序化。②

再次，雅各布森认为，文学系统的演变并非孤立，而是在更大的艺术系统中进行的，这就必然涉及各门艺术之间相互关系的问题。在这一论域中，"主导"思想依然是十分有效的，正如雅各布森所指出的那样：

> 不仅在个别艺术家的诗作中，不仅在诗的法则中，在某个诗派的一套标准中，我们可以找到一种主导，而且在某个时代的艺术（被看作特殊的整体）中，我们也可以找到一种主导成分。譬如，文艺复兴的艺术有这样一种主导，代表着这个时期最高美学标准的，显然是视觉艺术。其他的艺术均指向视觉艺术，其价值按照与后者接近的程度来确定。另一方面，在浪漫主义艺术中，最高价值当定于音乐。因此，浪漫主义诗歌就指向音乐：它的诗体的核心是音乐性，它的诗体的语调模仿音乐的旋律。……而在现实主义美学中，主导成分是语言艺术，从而改变了诗的价值等级系统。③

---

① Roman Jakobson, "The Dominant," in *Language in Literature*, eds. Krystyna Pomorska and Stephen Rudy, p.45.

② 如古科夫斯基分析了19世纪诗的演变；迪尼亚诺夫和艾亨鲍姆以及他们的追随者，考察了19世纪前半叶俄国诗歌与散文的演变；艾亨鲍姆还以同时期是俄国散文和欧洲散文的背景论述了托尔斯泰散文的发展等等。See Roman Jakobson, "The Dominant," in *Language in Literature*, eds. Krystyna Pomorska and Stephen Rudy, pp.44-45.

③ Roman Jakobson, "The Dominant," in *Language in Literature*, eds. Krystyna Pomorska and Stephen Rudy, p.42.

由此可见，在艺术系统中，文学系统与非文学系统之间的关系同样是主导成分与次要成分的转换：当视觉艺术、音乐艺术成为文艺复兴时期的最高美学标准即主导的时候，居于从属地位的语言艺术只能"唯主导是瞻"，趋向于主导艺术并受其形式要素的支配性影响；而当语言艺术成为现实主义美学的主导成分的时候，文学又成为整个艺术等级系统中的最高级，现实主义文学成为其他艺术争相效仿的偶像。无论如何，文学始终处于不断的变动之中，在主导功能（地位）和次要功能（地位）之间不断转换，尤其是当居于次要地位时，它不得不以主导艺术的特性来改变自身，这种改变是迫不得已的，也是不动声色的，正如雅各布森所言："这种集中于一个实际上外在于诗歌作品的主导的情况，从本质上改变了依存于声音特征、句法结构和意象的诗的结构；它改变了诗的韵律标准和诗节标准，改变了诗的构成成分。"[①] 经过这样的"洗心革面"，音乐的"音乐性"就顺理成章地取代了原先被认可的文学的"文学性"，成为评判一部作品是否是文学作品的主导要素；而当文学艺术成为艺术系统主导的时候，这种情况则可能发生逆转。

最后，雅各布森还提出更复杂的情况在于，仅仅考虑文学系统在艺术系统中的变化依然是不够的，"选择何种特定的演变路线或至少什么是主导成分，这个问题只有通过分析文学系列和其他历史系列的相关性来解决"，也就是说，还必须考虑到文学系统与其他历史系列（文化领域）之间相互关系中的变化，尤其是文学艺术与其他种类的语言信息之间相互关系中的变化。而要考虑这些变化，就必然要从各系统结构（文学系统、艺术系统和文化系统）中主导成分与次要成分之间的等级转换出发，"过渡地带"（transitional regions）（或"过渡文类"）无疑是最有可能成为主导成分的地方，比如插图是绘画和诗歌的过渡地带，浪漫曲是音乐和诗歌的过渡地带，都有可能在演变中从边缘跃居主导，正如在某个时期被排斥在文学和诗歌之外的过渡文类（如书信、日记、笔记、旅行见闻等私人文学），在另一个时期（如在19世纪前半期的俄国文学中）倒可能成为主导文类，在总体文学价值中发挥重要功能。之所以会实现这种翻转，根本原因就在于，"它们包含着文学将要重视的那些要素，而那些被封为圭臬

---

① Roman Jakobson, "The Dominant," in *Language in Literature*, eds. Krystyna Pomorska and Stephen Rudy, p.42.

的文学形式却丧失了这些要素"①，正是这些要素使它们"翻身做主"，承担起文学的功能。

不难发现，我们对"什么是文学（艺术）什么不是文学（艺术）"的评价和判断，是和艺术价值系统的变化直接关联、不可分割的，后者的不断转换也就意味着评价体系的不断转换。在艺术系统内部，一件同样的艺术品常常会在不同的时期遭遇不同的对待，对此，雅各布森的认识甚为透彻，他说："在旧系统中为人轻视的，或被认为是不完善的、弄着玩的、歪门邪道的，或简直是错误的东西，或者异端邪说的、颓废的和毫无价值的东西，在新系统中，则可以作为一种积极的价值来采用。"② 换言之，那些曾经被误解、被否认、被批判的艺术创作，在经历主导成分的转换而形成的新标准体系中，将重新被接受、被承认、被发扬光大：这是一切艺术演进的常态。而艺术评价体系自然也应该与这样的变化同步，唯有如此，才有可能以一种动态的、比较的、结构的科学眼光，正确认识和评价文学（艺术）系统内部的变化，以及在变化的文化系统中文学（艺术）系统地位和功能的变化。

总之，不变的东西是不存在的，真正不变的就是"变化"。一方面，"主导成分"几乎无所不在，这对于我们理解和把握微观的文学作品结构与宏观的文学史结构，乃至文学史结构与更大的社会、文化、历史结构之间的关系提供了重要视角，正因为如此，雅各布森认为"它是俄国形式主义理论中最关键、最精微、最富有成果的概念之一"③。另一方面，主导成分又一直处于变化之中，使得文学系统与一切非文学的系统之间始终保持着暧昧关系，各自领域的容量和范围在不断变化，彼此之间的分界线也在不断移动、左右摇摆。因此，文学系统实质上是一个开放的、没有固定边界线的系统，它或主动或被动地接纳着非文学的异质性要素的融入，甚至以它们为自身的"主导要素"，而主导要素同样是流动的要素，正如本尼特所言，"文学的'主导要素'……是一个流动的要素，因此，一个文本是否可以被视作是'文学的'，或是在某一方面可以

---

① Roman Jakobson, "The Dominant," in *Language in Literature*, eds. Krystyna Pomorska and Stephen Rudy, p.45.

② Roman Jakobson, "The Dominant," in *Language in Literature*, eds. Krystyna Pomorska and Stephen Rudy, p.45.

③ Roman Jakobson, "The Dominant," in *Language in Literature*, eds. Krystyna Pomorska and Stephen Rudy, p.41.

被视作是'文学的'，取决于观察者所站的视点"[①]。根本上来说，无论观察者处在哪个视点、哪种历史情境，都无法否认：所谓"文学性"根本就不是文学系统自身所能决定的、实存的东西，而是在它与非文学系统的关系中才存在的一个抽象范畴，如韦勒克和沃伦在《文学理论》中所指明的："艺术与非艺术、文学与非文学语言之间的区别是流动性的。"[②]一言以蔽之：只有"流动的"文学性，而没有凝滞的文学性。当然，这绝不能成为相对主义者甚至虚无主义者的借口，因为雅各布森明确声明，每种具体的诗的法则，每套暂时的诗的标准，都包含着必不可少的独特的诸要素，没有这些要素，一部作品就不能被定义为诗。换言之，变化是绝对的，不变是相对的，一切变化中皆蕴含着不变，在变量中寻找不变量，正是雅各布森一以贯之的学术主张。因此，在历时性的文学演变中，总有共时性的截面，在那里，具体的诗歌法则和标准使其某些要素成为主导要素，承担起主导的诗性功能，从而决定了一个作品成为一个诗歌作品。

正是从"主导"概念及其影响下的文学演变的历史规律出发，雅各布森最终在《语言学和诗学》一文中提出了"诗性功能"说。他认为，诗性功能是语言艺术的主导功能，这实质上隐含着对两种错误观点的否定。

其一，一元论观点，即认为"诗性功能"是语言艺术的唯一功能。这种观点其实正是雅各布森早期所认可的观点，但随着结构主义文学观的建立，他逐渐摆脱了这种一元论。在《主导》一文中，他就明确写道："把一部诗作等同于一种审美功能，或说确切些，等同于一种诗性功能，这是宣扬自足的纯艺术、为艺术而艺术的那些时代的特征。在形式主义学派的早期阶段，尚可以看到这样一种等同的明显痕迹。可是这种等同是绝对错误的：一部诗作不单限于审美功能，另外还具有许多其他的功能。实际上，一部诗作的意图往往与哲学、社会学说等等密切相关。"[③]在这里，雅各布森既否定了把诗歌就等同于诗性功能的"为艺术而艺术"观念，也否定了俄国形式主义学派早期的幼稚观念，而是认为审美功能不是诗歌的唯一功能，除此之外，诗歌还具有多种功能；诗歌之所以是多功能的，是因为诗歌是一个整体结构，它不单以形式来发挥其审美功能，

① Tony Bennett, *Formalism and Marxism*, London: Richard Clay Ltd., 1979, p.112.

② Rene Wellek and Austin Warren, *Theory of Literature*, San Diego: Harcourt Brace and Company, 1984, p.25.

③ Roman Jakobson, "The Dominant," in *Language in Literature*, eds. Krystyna Pomorska and Stephen Rudy, p.43.

还以其内容承担起相应的哲学功能(如反思和批判)和社会功能(如认识和教育)。

其二,机械论观点,即承认诗歌的多功能,但有意无意地把诗歌看成是一种机械的多功能的复合物。持此论者常常无视诗歌的审美功能,而只专注于其他功能(如指称功能),因而将诗歌视为文化史、社会关系或个人生平的直接文献,这正是雅各布森早期极力批评的那些不顾"文学性"而胡乱抓人的"警察"(文学史家)所犯的错误。

雅各布森赞成的是第三种观点,即"不能把诗歌定义为一部只实现审美功能的作品,也不能定义为实现审美以及其他功能的作品;相反,诗歌应被定义为一种审美功能占主导地位的语言信息"①。也就是说,在诗歌这样的"词语艺术"中,审美功能不是唯一的、排他性的,而是占主导的、结构性的决定要素,其他功能不必在诗歌文本中缺席,它们只不过扮演次要的角色。二十余年后,雅各布森再次重申了这一观点,只不过用"语言艺术"替换了"诗歌",以"诗性功能"替换了"审美功能",在其诗学体系中,它们是一脉相承且等值的。

一旦确认了"诗性功能"在语言艺术中的主导地位,即诗歌是一种多功能结构,雅各布森就必须面对随之而来的两个紧密相关的问题:在语言艺术中,诗性功能与其他功能的关系如何?在非语言艺术中,诗性功能又与其他功能关系如何?其实,这两个问题最终指向第三个问题,即"诗性功能"是不是等于区分文学与非文学的"文学性"之所在?

对前两个问题,雅各布森坚持以"主导"和"等级"这两个核心范畴来予以回答。在他看来,以诗性功能为主导,就等于规定了这个诗歌结构的性质,规定了结构内多种语言功能的等级秩序。换句话说,关注符号自身(形式)的诗性功能,一定高于关注符号指称物(内容)的指称功能,对后者来说,符号与指称物之间具有最小限度的联系,符号自身只具有最小的重要性,而对于前者而言,它"通过提高符号的可触知性而加深了符号同指称物之间的根本分离"②,因此,符号与指称物之间有最大限度的距离,符号自身具有了最大的可感性和重要性。以海子的诗句来说:

---

① Roman Jakobson, "The Dominant," in *Language in Literature*, eds. Krystyna Pomorska and Stephen Rudy, p.43.

② Roman Jakobson, "Linguistics and Poetics," in *Language in Literature*, eds. Krystyna Pomorska and Stephen Rudy, p.70.

　　　　爱怀疑和爱飞翔的是鸟，淹没一切的是海水

　　　　你的主人却是青草，住在自己细小的腰上，

　　　　　守住野花的手掌和秘密 ①

"鸟""海水""青草""腰"等都是日常语言，在现实语境中都可找到具体的指称物，但是诗人采用了一系列的语法手段，比如诗句中的"鸟""草"和"腰"的押韵（ɑo），两个"爱"的重复，"……是……"的重复且倒装的句式，"飞翔"与"鸟"、"淹没"与"海水"、"青草"与"细小"的语义关联等，这些语言各层面的构成要素形成一个整体结构，产生一种可感的强制性的力量，使这些符号更为凸显，使符号与指称物之间发生分离。换言之，这些语言符号不指向某一具体的事物（如"某一只鸟""某一根青草"），而指向语言符号自身。雅各布森更恰当地指出，即使是在诗歌这同一种文体中，不同类型的作品也会表现出不同的次要功能和独特风格。比如在史诗中，主要使用第三人称，大量涉及的是语言的指称功能；在抒情诗中，主要使用第一人称，其语言大都具有情绪功能；而在第二人称的诗歌中，其语言则具有意动功能，或祈愿，或劝告，这取决于是第一人称从属于第二人称，还是相反。无论怎样，诗歌信息中所包含的这些功能都从属于主导的诗性功能，并受其改变。

　　我们注意到，在有关"诗性功能"的论述中，雅各布森显得格外谨慎，他甚至没有举他所熟知的诗歌作品来例证诗歌的"诗性功能"，而是紧接着定义之后赶紧声明："任何把诗性功能领域归结为诗或是把诗归结为诗性功能的企图，都是虚幻的和过于简单化的。" ② 后一种企图即上面所否定的一元论的简单观点，而前一种企图则是无视其他语言信息中存在诗性功能的虚幻观点。说雅各布森早期还坚决地将诗性语言和实用语言、诗性功能与实用功能对立，但他很快（1933—1934）就在实用语言中发现了非实用的诗性功能存在的可能，因为他注意到：诺瓦利斯和马拉美认为字母表是最伟大的诗歌作品，而像瓦泽明斯基、果戈理、帕斯捷尔纳克和克鲁乔内赫这样一批俄国诗人，则在酒单、沙皇服饰清单、时刻表和洗衣店账单中纷纷看见了诗性。究竟"何谓诗"？难道"一

---

① 海子：《亚洲铜》，《海子的诗》，第1页。

② Roman Jakobson, "Linguistics and Poetics," in *Language in Literature*, eds. Krystyna Pomorska and Stephen Rudy, p.69.

切韵文（verse）都是诗吗”？雅各布森禁不住感叹：“区分‘什么是诗歌作品’和‘什么不是诗歌作品’的界限，比中国国土的边境线还要不稳定。”[1]但为了确定这条“边境线”，他不得不放弃曾经的“虚幻”，而开始关注诗性功能在非文学语言中的表现。在稍后的《主导》中，他便说道：

> 实际上，一部诗作不是它的审美功能所能穷尽的，审美功能也不局限于诗作。演说家的演讲、日常交谈、新闻、广告、科学论文——全都可以具体运用各种美学设想，表达出审美功能，同时经常运用各种词语来表现自身、肯定自身，而不仅仅作为一种指称手法。[2]

指称功能是实用语言的主导功能，重在对指称内容进行传达，但这并不意味着诗性功能的缺席，它只是在整个系统的等级秩序中处于次要位置罢了。换句话说，实用语言依然可以运用表现和肯定符号自身的词语来实现其诗性功能，这在非文学语言中是司空见惯的。在《语言学和诗学》中，雅各布森分析了一个非常典型的例子，即艾森豪威尔的政治竞选口号“I like Ike”，充分证明了诗性功能虽居于从属地位，但大大增强了这一口号的力量与效果。[3]这样的例子在日常生活中，尤其在广告用语中，是屡见不鲜的。

按上所述，对诗歌本身的语言分析确实不能仅仅局限于它的诗性功能，对诗性功能的语言学研究也不能仅仅局限于诗歌，而必须越出诗歌的领域，因为人类的语言活动往往不只是一种功能的表达，而是多种功能的综合表现，雅各布森的这两个判断无疑是正确的。虽然语言艺术和非语言艺术都具有多功能性，甚至存在着彼此重叠的现象，但可以判定的是，它们各自的多功能结构有着不同的主导功能和等级秩序：在前者中，诗性功能占据主导地位，其他功能（如

---

[1] Roman Jakobson, "What is Poetry?" in *Language in Literature*, eds. Krystyna Pomorska and Stephen Rudy, p.369.

[2] Roman Jakobson, "What is Poetry?" in *Language in Literature*, eds. Krystyna Pomorska and Stephen Rudy, p.70.

[3] 雅各布森认为，这三个音节句式里的两个音节彼此押韵。后者/aik/完全包含在前者/la:k/中，形成回韵，诗人感觉目标对象被完全包围了，即Ike被众人的喜爱包围着。同时，"I like"和"Ike"又彼此押头韵，前者/ai/被包含在后者/aik/中，形成主体被客体包围的文字意象，仿佛喜爱Ike的人也为Ike所喜爱。See Roman Jakobson, "The Dominant," in *Language in Literature*, eds. Krystyna Pomorska and Stephen Rudy, p.43.

指称功能、情绪功能、意动功能等）居于次要地位；而在后者中，诗性功能居于次要地位，指称功能或情绪功能或意动功能等占据主导地位，至于是哪个功能占主导，则依据具体语境而定。必须注意的是，在非语言艺术中，虽然也利用诗性功能，但它并不发挥支配性的、强制性的或决定性的作用，不会改变整个系统的主导功能和根本性质。比如在上面的例子中，虽然诗性功能发挥着很大作用，诗性手法使其形式也成了有节奏的韵文，但依然无法动摇"I like Ike"是政治口号的根本性质，无法改变那诗化语句的商业广告性质，我们也不会把它们当作诗性功能占主导的语言艺术来研究。这也正是雅各布森所强调的："诗化的、音乐化的和绘画式的商业作品（广告之类）的出现，并没有从真正的诗歌、音乐和美术的研究中，单独分离出对这些商品的韵律形式、音乐形式或绘画形式的研究。"[①]

行文至此，第三个问题的答案似乎呼之欲出了：因为"诗性功能"在语言艺术和非语言艺术中同时存在，而只有当"诗性功能占主导"时才能够将二者区分开来，所以，从这个意义上说，"诗性功能占主导"才是"文学性"之所在，而不是像某些研究者那样，简单地将"文学性"与"诗性功能"直接等同起来，那恰恰忽略了雅各布森所重视的语言艺术与非语言艺术之间的差异，否认了文学结构的多功能性和等级性，忽视了"文学性"是一种流动的、功能性的存在形态，因而是一种机械主义的谬误。这样的推论才更符合雅各布森有关诗性功能的表述。当然，这里还有一个小问题需要简单辨析一下。

按雅各布森所言，诗性功能是语言艺术的主导功能，几乎所有的研究者都毫不犹豫地把这里的"语言艺术"（verbal art）等同于"文学"，然后顺理成章地认为"诗性功能＝文学性"，理由自然是不言而喻的——文学是语言的艺术。果真如此吗？这恰恰犯了一厢情愿的概念替换错误，其实，这里的"语言艺术"并非指"文学"，而只是特指"诗歌"而已，理由有三：其一，在《语言学和诗学》的整体语境中，他所言的"诗学"乃至"广义的诗学"[②]，并非我们今日文论所

---

① Roman Jakobson, "Linguistics and Poetics," in *Language in Literature*, eds. Krystyna Pomorska and Stephen Rudy, p.72.

② 雅各布森认为："广义的诗学，不仅研究诗歌中的诗性功能（在这里，诗性功能高于语言的其他功能），而且研究诗歌以外的诗性功能（在那里，语言的其他功能高于诗性功能）。"（*Linguistics and Poetics*, p.73）可见，"广义的诗学"研究的是诗与非诗中的诗性功能，这与"文学研究"既有重合之处（如小说中的诗性功能），也有超出其范围之处（如广告中的诗性功能）。

通用的"文学研究"之意，而是专指"诗歌研究"，比如他说"文学研究以诗学作为它的中心部分"，"诗学在文学研究中占据首位（leading place）"。其二，在文中，雅各布森所举例子与诗歌要么有关要么无关，前者如莎士比亚、济慈、席勒、爱伦·坡、诺瓦利斯、马拉美、瓦莱里、艾略特、史蒂文森、马雅可夫斯基等诗人诗作，以及霍普金斯、波捷勃尼亚等的诗论，后者如日常言语、现代广告、科学论文等，未有只言片语提及小说家及其小说（prose）。其三，可作为佐证的是，他在一次访谈中说道（1978），在他自青年时期以来研究的问题中，"语言（langue）和诗歌——普通语言和语言艺术，是我长期研究的一组对照和对立的主要问题"；[①]后来在反驳一些批评者的文章《对诗歌语法讨论的补充说明》（1980）中，他再次直言称"诗歌是一种语言艺术"，"诗学可被定义为：在言语信息的总体语境中，尤其是在诗歌中，对诗性功能进行语言细察"。可以说，雅各布森所表明的是：诗性功能是诗歌的主导功能，诗学是对诗歌中诗性功能的语言细察。同样是在这篇反驳文章中，雅各布森最后一次明确提及"文学性"这一概念：

> "文学性"，换言之，从一个言语行为（verbal act）到一个诗歌作品（poetic work）的转换以及实现这个转换的手法系统，是语言学家在分析诗歌时要发挥的主题。[②]

显然，这里所谓"文学性"就是"诗性"，即把一个言语信息转换为一个诗歌作品的手法系统，也即诗性功能在诗歌作品中具体的语言表现。而相较于60年前他第一次提出的"文学性"概念来看，"文学研究的对象不是文学，而是文学性，也就是使一个特定作品成为一个文学作品（a work of literature）的东西"，"诗歌"与"文学"、"诗性"与"文学性"之间的差异被悄悄抹平了。因此，与其说他关注的是文学与非文学的区别，不如说是诗与非诗之间的区别，与其说他关注的是"文学性"，不如说是"诗性"，"文学性"问题就这样不知不觉地被"诗性"问题所替换。无论雅各布森是有意还是无意忽视"诗歌"与"文学"、"诗性"与"文学性"之间的差异，就其表述来看，他显然将二者认同

① Roman Jakobson & Emmanuel Jacquart, "Interview with Roman Jakobson: On Poetics," in *Philosophy Today*, Vol.22, No.1, 1978(Spring), p.66.

② Roman Jakobson, "Retrospect," in *Selected Writings Ⅲ: Poetry of Grammar and Grammar of Poetry*, ed. Stephen Rudy, p.766.

为一了，诗性就是文学性，文学性就是诗性。如此一来，"诗性"或"文学性"在文学的非诗类型（如小说）中的表现便成了一个被有意悬置的问题。

尽管"诗性功能占主导"这一命题曾遭到质疑，[①]但不能否认，"主导"作为结构主义诗学和美学的一个核心概念具有重要意义和价值。正如休斯所评价的，"因为主导概念改进了他们的意识，所以，形式主义者能够以一种更为丰富和更加系统的方式重新书写了俄国文学史"，"通过拒绝放弃诗学的历时方面，形式主义帮助结构语言学完成了转变"。[②]事实上，早在 1928 年与迪尼亚诺夫合著的《文学和语言学的问题》一文中，雅各布森就表明了对诗学历史方面、对文学史系统的关注，他们指出："文学史（或艺术史）和其他历史系列是密切联系的；历史系列中的每一种系列都包括一堆特有的复杂结构规律。如果预先没有研究过这些规律，就不可能确立文学史和其他系列之间严格的类比。"[③]也就是说，雅各布森强调对文学系统内部结构规律的研究，把文学系统当作和社会历史诸系统相互作用中的一个独立系统，它既是整体的部分（社会历史系统中一个子系统），又是部分的整体（相对独立自足的文学系统）。这种态度无疑是对当时俄国以历史文化研究为主导的文学史观的反拨，既驳斥了达尔文或斯宾塞式的类似生物种族进化般的文学演化论，也有别于机械封闭的、只专注于手法的形式主义文学史研究。而在独立撰写的《主导》中，雅各布森沿此思路，不仅明确界定了"主导"概念，并借助"主导"解释了诗歌作品的结构特征，进而非常细致全面地解析了文学（诗歌）演变乃至艺术演变的内在规律，揭示出"文学性"的流动性（历时的"变量"）；他在《语言学和诗学》中进一步从功能角度研究文学系统内部结构规律，以"诗性功能占主导"确定"文学性"的具体表现（共时的"不变量"），不仅实现了"形式的历史化"和"历史的形式化"，更实现了语言诗学对早期俄国形式主义诗学中机械化弊病的修

---

① 比如荷兰学者杜威·佛克马认为，"诗性功能"在文学文本中并不一定占主导地位，而是和其他功能之间处于竞争关系（See D. W. Fokkema, "A Semiotic Definition of Aesthetic Experience and the Period Code of Modernism: With Reference to an Interpretation of Les Faux-Monnayeurs," in *Poetics Today*, Vol.3, No.1, 1982, pp.61-79）。国内有论者认为，佛克马的这一论见不失为对雅氏"诗性功能"概念的进一步补充（参见赵晓彬、韩巍：《雅可布逊美学符号学思想初探》，《外语与外语教学》2011年第3期）。

② ［美］罗伯特·休斯：《文学结构主义》，第139—141页。

③ Roman Jakobson and Jurij Tynjanov, "Problems in the study of Language and Literature," in *Language in Literature*, eds. Krystyna Pomorska and Stephen Rudy, p.47.

正和拓展，同时也对布拉格学派的诗学理论（如穆卡洛夫斯基的“前推”“主导”说）[1] 有所综合和发展，其意义可谓重大而深远。

在今天，雅各布森“主导”诗学仍具有不可忽视的阐释效力和理论价值，值得我们借鉴和反思。以中国新文学史的诗歌演变为例：20世纪初，“白话文运动”使具有鲜明口语特点的白话取代文言而占据现代汉语的主导地位，而这种白话又因为杂糅了“欧化”白话、古典文言以及本土的更为浅白的白话（俗语、土话），从而使以现代汉语作为语言基础的新诗受到诗歌系统内部存在的白话与文言、欧化白话与本土大众白话、口语化与书面化等对立因素的影响。20年代，为改变新诗的散文化、口语化倾向，借用西方象征主义诗语和中国古典诗语资源，中国“象征派”诗歌（李金发、戴望舒等）成为主导。30年代，“文艺大众化”讨论对俗言俚语、民间形式等“过渡文类”的强调，使浅近的、口语的本土大众白话逐渐成为主导新诗语言的话语，大众化诗歌兴盛，借用古典格律资源的“新格律诗”（新月派）、“晚唐诗”（戴望舒、卞之琳等）居于次要地位。40年代，本土化、口语化的大众诗歌（新民歌、朗诵诗、街头诗等）在抗战时期占主导，为抵制激情式写作的“感伤”而探索的“戏剧化”新诗（穆旦、杜运燮、郑敏等）居次要地位。50、60、70年代，“政治抒情诗”占主导。80年代，“第三代诗人”极端强调诗歌的语言，书面化的“朦胧诗”在新时期初占主导。90年代，文化转向，消解宏大叙事的“口语诗”（伊沙、韩东等）、“反讽诗”（王家新、欧阳江河等）在文化转向时期占主导。新诗的这种演变路线充分说明“整个新诗的历史进程，就表现为对语言和语境之困境的应对与解决”[2]，而这种“应对与解决”既是诗歌系统内部语言成分主次等级转换的必然结果，也是文学系统在艺术系统乃至文化系统中与其他系统（尤其是政治系统）之间相互关系变化的必然结果。

---

① 穆卡洛夫斯基是在思考诗歌语言与标准语言的关系问题时提出“前推”和“主导”说的。所谓“前推”就是“反自动化”，即指诗歌语言违反标准语言，“把表达和语言行为本身置于前景”；在此基础上，他提出“在语言成分前推较强的时期，标准规范的背景占主导地位，而且前推较弱时占主导地位的则是传统原则”（参见［捷克］穆卡洛夫斯基：《标准语言与诗歌语言》，见赵毅衡编选：《符号学文学论文集》，第19、21页）。穆卡洛夫斯基的“前推”“主导”理论是对俄国形式主义“陌生化”理论的补充与发展，而雅各布森的“主导”诗学则综合了穆卡洛夫斯基和迪尼亚诺夫的理论思想，它不仅是对诗歌作品整体结构的描述，更是在综合“功能”“结构”“历史”等方法论基础上对文学文本、文学演变以及“文学性”问题进行的深度解析和广度延展。

② 张桃洲：《现代汉语的诗性空间——新诗话语研究》，北京大学出版社，2005年，第11页。

当然，由于结构主义思维的局限，以及过分相信语言学的魔力，雅各布森在具体的文学研究尤其是诗歌批评实践中，往往只专注于解析诗性功能在文本中所呈现出的二元对立的语法结构，而并未彻底贯彻"主导"诗学的精神，即将文本置入更大的文学史结构乃至社会、文化、历史结构中历史化地、语境化地考察和评价其整体意义，由此陷入了"语言的牢笼"（詹姆逊语）。所以，在当下，我们必须认识到，仅仅从语言学的角度、从文学系统内部是不可能完全解释复杂的文学现象的。换言之，在当代文化语境中，我们需要领会和吸收"主导"诗学的内在精神，在变动不居的本民族现实语境、历史文化和文学观念中，在"形式"与"历史"的互动之间，去继续探求和追问这个"未完成"的问题——流动的"文学性"。

二　诗性：诗性功能的结构特性

让我们再次回到诗性功能的定义本身——"意向于信息本身，为其自身目的而聚焦于信息，是语言的诗性功能"。有研究者将诗性功能的这种"聚焦于信息本身"的特殊性称为"自我指涉性"（self-referentiality，简称"自指性"），并与法国结构主义（如罗兰·巴尔特）相关联，认为"自指性"是20世纪上半叶西方文学思想中暗含的一个重要概念，而雅各布森正是其中的穿线式人物。①对此，我们基本赞同，但同时认为："自指性"这一概念本身比较含混，且容易与"为艺术而艺术"相混淆，亦非雅各布森所使用，而是后来者如霍克斯、杰姆逊等提炼所得，就雅各布森的诗学理论来看，他自己使用的是"诗性"（poeticity）这个概念。因此，在这里，我们倾向于沿用"诗性"来标识诗性功能的这种现象学式的独特倾向，并与"诗性功能"这一术语相称。②

如果说语言交际六功能结构是个大结构的话，那么，每个功能本身也自成一个小结构，大结构的特性在于各功能之间交往对话，不以某一功能为中心，

---

① 步朝霞：《自我指涉性：从雅各布森到罗兰·巴尔特》，《外国文学》2006年第5期。

② "诗性"概念最先由维柯在《新科学》中提出，他认为"诗性智慧"是人类世界最初的智慧，它所指称的是原始人类所特有的思维方式、生命意识和艺术精神。"诗性智慧"的特征大体上表现于三个方面：一是诗性隐喻的以己度物；二是诗性逻辑的想象性类概念；三是诗性文字的以象见义、象形会意。参见〔意〕维柯：《新科学》，朱光潜译，人民文学出版社，1986年，第6、7、98页。

而小结构的特性由各功能自主决定，以某一要素为中心，大小结构之间既相互关联，又独立自治。对诗性功能来说，其结构特性就是诗性，以“信息”为中心。在六要素中，“信息”（口头信息、书面信息、电子信息等）本身就是语言符号系统中的一个符号系统，整个语言交际行为可看作是发送者和接收者之间的一种符号交换。而对于聚焦于信息自身的诗性功能结构来说，其自身由手段变成了目的，从而使其（符号系统）与指称物之间约定俗成的关系陷入短路，这样的信息仿佛成了与语境（客观世界）、与发送者和接收者都无关的封闭世界，而雅各布森又是坚决主张语言的“对话”性质的，这之间的矛盾该如何理解呢？

（一）诗性：加深符号与指称物的分离

早在《何谓诗？》中，雅各布森便反复言及“诗性”。在他看来，诗歌概念的内容是不确定的、暂时的和有条件的，但诗性功能，诗性，正如“形式主义者”所强调的，是自成一格的一个要素，是一个不能被机械地缩减为其他要素的一个独特要素，它可以被分离出来而独立自在，就像立体主义绘画中的各种手法一样。从艺术的辩证立场来看，诗性有其自身的存在理由，但它仍是一个特例，因为它虽然只是一个复杂结构的一部分，但却是最重要的部分，它必然改变其他要素并与它们一起决定整个结构的性质。只有当一个语言作品获得了诗性，获得了决定性意义的一种诗性功能，我们才能说“它是诗”。可见，雅各布森一开始对“诗性”的认识便是功能性、结构性的。在“主导”思想和语言多功能思想结合之后，诗性功能就成为语言艺术的主导功能，“诗性”便是使一个语言信息成为诗歌的主导要素。

随之而来的问题是，这个独特的“诗性”究竟如何显现其自身呢？雅各布森写道：

> 当词语被当作词语而感觉，而不是作为已被命名的指称物的一种纯粹表征，或一种情绪的宣泄，当诸多词语和它们的组合、它们的意义、它们的外在的和内在的形式，获得了它们自身的一种重量和价值，而不是冷漠地指向现实，诗性便出现了。[1]

---

[1] Roman Jakobson, "What is Poetry?" in *Language in Literature*, eds. Krystyna Pomorska and Stephen Rudy, p.378.

可见，诗性的现身在于词语只被感觉为词语，而不再被认为是指称事物或主观抒情的表征工具。换句话说，语言符号成为指向自身的语言符号，并因其自在自为的形式结构而获得"重量和价值"，亦即俄国形式主义理论中一再强调的"自身价值"（self-valuated）。显而易见，这依然是雅各布森形式主义诗学的延续，从中可以看见赫列勃尼科夫、克鲁乔内赫等所提倡的"词语作为词语"的遗韵，可以感受到什克洛夫斯基"复活词语"的热情。由此我们也可以看到，雅各布森并非要否定（也无法否定）现实语境的意义和存在，也并非要强行割裂符号与指称物之间的直接关联，而是认为诗性就是要使"符号与指称物决不相合"[①]，使符号自身成为具体可感的真实实体，即什克洛夫斯基所谓的"使石头显出石头的质感"，以此摆脱任何附加于符号之上的外在价值的重压与遮蔽，以符号自指的陌生化，取代指向现实的冷漠的自动化，重新唤起人们对符号本身的价值渴望和诗性（审美）诉求。

在《何谓诗?》的结尾，雅各布森再次表明了坚决要将符号与指称物相分离的必然理由：

> 因为，除了直接意识到符号和指称物之间的同一性（A 是 A1）之外，也有必要直接认识到这种同一性的不足（A 不是 A1）。这种自相矛盾是本质性的，因为没有矛盾，就没有概念的运动，就没有符号的运动，而且，概念和符号之间的关系就会变得自动化。行为活动将趋向停止，对现实的意识也将逐渐消亡。[②]

雅各布森借用马克思的矛盾学说，说明了正是因为符号与指称物（概念）[③]之间的矛盾，才促使了矛盾双方的运动，才避免了二者陷入自动化的僵化关系，而

---

① Victor Erlich, *Russian Formalism: History-Doctrine*, 3rd edition, p.154.

② Roman Jakobson, "What is Poetry?" in *Language in Literature*, eds. Krystyna Pomorska and Stephen Rudy, p.378.

③ 此处的"概念"（concept）等同于"事物"（object）或"指称物"（referent）。雅各布森所用术语虽然有时不太统一，但基本采用了索绪尔的术语和分类，如符号、能指（声音）、所指（概念）与客观物等。在悬置符号与客观物的关系并集中关注符号自身方面也遵循了索绪尔的思想，如后者认为"语言符号连接的不是事物和名称，它连接的是概念和音响形象"（［瑞士］费尔迪南·德·索绪尔：《普通语言学教程》，第101页）。不同在于，前者以语言诗学立场强调符号结构在诗歌中显现出的特殊"诗性"，而后者则以纯粹语言学立场强调语言符号的内部关系。

要使人类行为（尤其是语言行为）重新焕发生机，使现实重新为我们所知，也即"为了恢复对生活的感觉，为了感觉到事物"（什克洛夫斯基语），我们就必须"把被俘的诗歌词语领出监狱"（巴赫金语），必须呼唤"诗性"的出场。这正如托多罗夫所阐释的："词与物的自动关系对双方来说都是有害的，因为它使这两者服从感受并只适于这唯一一种智力活动。分裂这种自动关系，我们就会一举两得：我们认为词就是词，物就是物，摆脱一切命名行为，还它们以本来'真实'的面目。"[①] 从这个意义上说，"诗性"的功能亦即"分裂这种自动关系"而实现"陌生化"的功能，而符号与指称物分离的过程，也正是诗性（功能）压制指称（功能）占据主导的过程，用穆卡洛夫斯基的术语来说，就是将符号本身"前推"（foregrounding）成为前景，把指称和交流的目的后推，置入背景之中。[②] 而要实现符号本身的这种"前景化"，则必然要借助于"手法"，在诗歌中，语音和语法便是突出的手法系统。

在雅各布森看来，所谓的"现实"（reality）其实并不存在于真实的客观世界中，而是存在于符号世界（尤其是语言符号）中。因为人类是借助于各种符号系统来认识客观世界的，而语言正是其中最重要的符号系统，是存在、意识和其他任何东西的桥梁，它与指称物之间的同一关系一旦建立，便使我们"得物忘言"，言（符号）成为"透明性"（transparency）的虚设，而我们以为自己获得了真实的"物"和"现实"，其实只是习惯性的、自动化的符号认知而已。换句话说，也只有提升符号自身的象征性、可感性，使其摆脱"不言自明"的处境，才能使我们感觉到语言符号本身的现实性，从而更新我们对客观现实的认识。雅各布森早在赫列勃尼科夫的诗歌中便感受到这种"完全独立的现实"："赫列勃尼科夫的符号世界（symbolic word）如此彻底地成为现实，以至于他的每一个符号，每一个创造的词语，都被赋予了一种完全独立的现实，至于它和任何外在指称物的关系问题，甚至这些指称物的存在问题，都变成完全多余的了。"[③] 不得不承认，雅各布森

---

① ［法］茨维坦·托多洛夫：《批评的批评：教育小说》，王东亮、王晨阳译，生活·读书·新知三联书店，1988年，第18页。

② 穆卡洛夫斯基认为："在诗歌语言中，前推的强度达到了这样的程度：传达作为目的的交流被后推，而前推则似乎已它本身为目的；它不服务于传达，而是为了把表达和语言行为本身置于前景。"［捷克］穆卡洛夫斯基：《标准语言与诗歌语言》，见赵毅衡编选：《符号学文学论文集》，第20、27页。

③ Roman Jakobson, "Marginal Note on the Prose of the Poet Pasternak," in *Language in Literature*, eds. Krystyna Pomorska and Stephen Rudy, p.305.

中先锋诗歌的"毒"太深，他过早地在赫列勃尼科夫的诗歌中看见了符号世界的美妙图景，而绘制这幅图景的准确地说不是赫列勃尼科夫，而是"诗性"——诗性使"对现实的意识"永远生动，使符号活动永不停息。

有人可能怀疑：诗性果真有那么大的功用吗？对此，我们不妨以诗歌的"余波"——曲词为例加以察验。在《西厢记》第四本第一折中，对张生和崔莺莺有这样的描写：

> 【上马娇】我将这纽扣儿松，把缕带儿解，兰麝散幽斋，不良会把人禁害。哈，怎不肯回过脸儿来？
>
> 【胜葫芦】我这里软玉温香抱满怀，呀，恰便似阮肇到天台。春至人间花弄色，将柳腰款摆，花心轻拆，露滴牡丹开。
>
> 【幺篇】但蘸着些儿麻上来！鱼水得和谐，嫩蕊娇香蝶恣采。半推半就，又惊又爱，檀口揾香腮。①

不难看出，这些曲词写的是男女交媾的事实，但写得十分含蓄、美妙、生动，我们无法把它视作低级趣味的色情描写，相反，我们从这些唱词中获得了艺术的美感。原因何在呢？原因即在于"诗性"主导着这些符号，使其呈现出和谐的音律、平行的语法、朦胧的语义，"在极淫猥的现实世界上造成了一个美妙的意象世界"②，尤其是开口呼音节 /ai/ 自始至终的押韵，营造（歌唱）出张崔二人浓浓的"爱"意，而将所指称的交媾事实推到最遥远的角落。这正如朱光潜所言："音律是一种制造'距离'的工具，把平凡丑陋的东西提高到理想世界。"③而这"理想世界"归根结底是由"诗性"主导和提高的。

必须注意的是，雅各布森虽然强调"诗性"的出场必须建立在符号与指称物分离的基础上，但显然他不会也不可能相信符号与指称物之间会彻底决裂、一刀两断，他不否认指称功能在语言艺术中的存在就说明了这一点，因此，他只是说诗性"加深"（deepen）了符号与指称物之间的分离，而不是"割裂"（dissever）。此外，他并不否认语言的符号—指称物关系能被运用于非语言系统的分析中，比如在早年文章《未来主义》和《达达》中，他就使用隐喻—转

---

① 王实甫：《西厢记》，张燕瑾校注，人民文学出版社，1998年，第171页。
② 朱光潜：《谈文学》，《朱光潜全集》第四卷，安徽教育出版社，1988年，第181页。
③ 朱光潜：《诗论》，《朱光潜全集》第三卷，安徽教育出版社，1987年，第121页。

喻的两极来划分不同类型和形式的现代主义视觉艺术。当然，他所保留的观点是：艺术形式包括了被其他美学的或非美学的符号系统所否定的形式的能力和表意的能力。总之，符号与指称物的分离在诗性功能占主导的语言艺术中是必然的，但二者之间若即若离的关系也是必然的，一方面，诗性结构要求符号摆脱它的指称功能实现自指，另一方面，符号与指称物在语境中依然保持着藕断丝连的关系，从而使发送者与接收者在对话时，不得不游走于信息的形式（符号）和内容（指称物）之间，这似乎部分地证实了希利斯·米勒对雅各布森"自指性"看法的批评。①

（二）诗性、语境及内在对话性

我们无意爬梳雅各布森与巴赫金的历史渊源，但二人在"流亡"体验（前者属国外流亡，后者属"国内流亡"）以及文字上是一直有着"神交"的。

> 1956 年春，执教哈佛的雅各布森，获准前往莫斯科，参加国际斯拉夫语文大会。这位流亡半生的语言学大师，终得荣归故里，未免人老话多。会上他一面同老友叙旧，一面赞扬某个名叫巴赫金的苏联学者。与会者无言以对。②

雅各布森在《索绪尔语言理论回顾》（1942）中，就称赞巴赫金《马克思主义与语言哲学》（1929）中的社会学观点捍卫了"言语是社会性的"主张，并转引其"对话"主张，只是那时他还不知道"巴赫金"其人，而只能把功劳算在其假名的"Volosinov"头上。而巴赫金则"暗中与结构主义对话，私下与形式

---

① "最近几十年来，文学常常被定义为自我反映或自我指称（self-referentiality）。据说，文学独特，是因为它指向自己，指向自己的运作方式。比如，伟大的语言学家罗曼·雅各布森，把文学语言与语言的其他用途区别开来时说，文学表示的是'一套指向自己的语言'。我认为文学的这一特征被过分夸大了。这种说法诉诸一种隐含的性别歧视的区别，误导读者，使他们因文学枯燥的、女性化的、无聊的'自我反映'而摈弃文学。文学被认为好比凯特罗伊看着镜中的自己，而悖于男性化的语言应用（即在真实的世界中指称真实的事物）。说文学是'自我反映的'，就是说它是软弱无力的。"［美］希利斯·米勒：《文学死了吗？》，秦立彦译，广西师范大学出版社，2007年，第65—66页。
② 赵一凡：《巴赫金：与结构主义对话》，《从胡塞尔到德里达——西方文论讲稿》，生活·读书·新知三联书店，2007年，第199页。

主义较量，竟成为它们最出色的批评家，最具潜力的超越者"①，他确实是在拓展和修正形式主义的原则上，建立了自己的"语境决定"（context-bound）模式，而且看起来也像是一个"反雅各布森者"（anti-Jakobsonian），比如在其第一篇形式主义批评文章《学术上的萨里耶利主义》（1925）中，就针对雅各布森的形式观提出了批评：

> 很多学科如物理学、语言发声学、音乐美学等，都研究声音，但它们各自的研究方法不同，从这个意义上说，仅仅指出诗歌的材料是词语，说"诗歌的事实就是简单得如同牛叫一般的词语"，这些并不比牛叫更富有内容。这种空洞的不加揭示的论断中，潜伏着一种危险：把诗学引向语言学，偏重"语言事实"而忽略美学事实。这种情况果然发生在莫斯科语言学小组身上，包括雅可布逊本人和其他一些研究者。当然作为不同科学的诗学与语言学，有着原则的区别，两者的研究对象不同，处于互不相同的方面，属于科学思维的不同体系。所以雅可布逊也不得不更改其不确切的说法："诗歌是发挥着美学功能的语言。"这种说法就好得多，也准确得多，不过这里我们又遇到了美学，离开美学看来绝不可能论证任何的"审美功能"。②

现在看来，这些批评还是比较客观的。在"诗性"诞生之前，雅各布森主要关注的是诗语的声音层面，而且还尚未将声音与意义建立起必要的关联，并未认识到诗语内部的层级结构和功能差异，因此还较为幼稚。巴赫金虽有意区分诗学与语言学的界限，但却对雅各布森的"审美功能"加以肯定，或许他被"审美"二字所迷惑，以为它接近于自己所论的"审美活动""审美事件"。其实，雅各布森所强调的"审美"依然是语言符号本身的形式美，与作者、主人公之类无涉，与社会语境无关，他始终如一地坚持"把诗学引向语言学"，坚持符号自指的诗性功能，这也正表现了二人之间在方法论和认识论上的根本分歧。

比较来看，雅各布森的"诗性"模式与巴赫金的"对话"模式之间同样有着密切关系。比如，他们都同意发送者、信息和接收者是功能性的和结构性的，但

---

① 赵一凡：《巴赫金：与结构主义对话》，《从胡塞尔到德里达——西方文论讲稿》，第199页。

② ［俄］巴赫金：《学术上的萨里耶利主义——评形式（形态）方法》，《巴赫金全集》第二卷，第8页。文中所引的两句话皆出自雅各布森《俄国现代诗歌》。

雅各布森突出并确定的是符号信息，而巴赫金确定的是发送者与接收者所在的处境条件（语境）。① 在巴赫金的语境决定范式中，一切文学要素都是被"语境化"（contextualized）了的，都是社会意识形态的一部分，也都必须要经受社会学诗学的观照。比如，拿雅各布森最为看重的"词语"来说，巴赫金是这样认识的：

> 每一个词语都表明一种职业，一种风格，一种潮流，一种团体，一种特殊工作，一代人，一个时代，一天和一个小时。每个词语都感受着它所生存的强烈的社会生活的单个语境或复杂语境，所有的词和所有形式都有意图居于其中。在一个词中，语境的和谐（contextual harmonies）是不可避免的。②

对巴赫金而言，词语永远只是社会环境（语境）的客观存在的一部分，词语及其意义都存在于社会个体与个体之间的社会交流和反应之中。从这里，我们很容易就能理解，为什么"被发现"的巴赫金，能在 20 世纪 70、80 年代的西方文论界引起诸多后结构主义者的共鸣。比如，言语行为理论家和文学批评家都遵从相同的"语境主义"（contextualism），即"所有的形式都有意图"；卡勒和费什将他们的文学与批评的关系模式，建立在一个有条件的、对话的过程上，即内在结构与意义生成都依赖于体裁、潮流和个性的语境和谐；而克里斯蒂娃则要求一种雅各布森式诗学的巴赫金式修正（1980）；甚至德里达的语言"延异"概念也与此有关，意义始终处于不断转换和无根漂泊的延宕与差异之中。

与巴赫金的"语境化"不同，在雅各布森的"诗性"模式中，诗歌的相对自治和去语境化（decontextualized）倾向是鲜明的。他认为，诗歌不是由观念（ideas）或意识形态构成，而是由符号构成，词语是这种符号的唯一形式。进

---

① 在巴赫金的理论体系中，"语境"指的是语言所在的现实语境（尤指社会环境），是超语言学意义上的；而雅各布森所使用的"语境"绝大多数情况下指的是语言自身的环境，是语言学意义上的，与六功能结构中的"语境"内涵有所不同。本节所使用的"语境"是巴赫金意义上的。

② Mikhail Bakhtin, *Voprosy Literatury I Estetiki*(《文学与美学问题》，1934—1935), cited in Richard Bradford, *Roman Jakobson: Life, Language, Art*, pp.113-114.

一步说，诗歌提供自己的"话语域"（universe of discourse）[①]，它不是关于真实的世界或生活，而是关于诗语符号（词语）本身。因此，作为一个信息符号，诗歌话语比指称话语更努力地要求摆脱与语境的关系，而"诗性"正保证了这种努力成为现实，其结果就是一个诗性文本成为一个相对自足的结构，一个特定程度的"去语境化"的符号系统。之所以说是"相对"的，是因为雅各布森从未否认单个文学文本内部还存有其他功能（如指称功能、情绪功能），也从未否认文学文本与文学系统、作者生平及现实语境等毫无关系，恰恰相反，他对帕斯捷尔纳克、普希金、马雅可夫斯基等人诗歌或散文的研究，已有效地证明了他是将文本、生平、语境紧密统一的；之所以说是"自足"的，是因为这是聚焦于信息的必然结果，这也就意味着信息（诗性文本符号）的任何地方都是焦点。在下文中我们将看到，诗性功能在文本中的具体操作，即对等关系的利用和由此产生的平行和对称，为诗歌文本提供了一种张力的、交织的结构，增强并证明了这一结构的自足性，而能指在意义的生成和交流中扮演着积极的、建构性的作用，同样使意义的多重性（含混）得以实现。这正是雅各布森聚焦于"信息"而置"语境"于不顾的"底气"所在。

从某种程度上说，诗歌是一种相对自治的结构，但是一首诗不可能存在于真空里：它必然是历史文化语境的一部分，而不可能自闭于语境之外，若要解释它也必然依赖于这种语境。它可能继承或抗拒某些文学规范和价值，但在某些方面特定时代的文学惯例依然意义重大；诗歌所使用的特定时代的代码或代码群，与诗歌自身所存在的语境是共存的；一首特定的诗歌，可能意味着特定的某类读者和特定的阅读方式，如此等等。从这些方面来说，诗歌是高度语境化的。总之，诗歌是一个相对自治的、自足的结构，它在文学和历史文化语境中被语境化，而在诗性话语域中则去语境化，前者为巴赫金所看重，后者则为雅各布森所钟情。

[①] "话语域"概念最初由英国数学家、逻辑学家摩尔根（A. De Morgan）提出，美国符号学家皮尔斯后加以运用，"有时，话语域可能是物质宇宙；有时，话语域可能是某一戏剧或者小说的想象'世界'。有时话语域还可能是一系列的可能性。"雅各布森认为对话双方在交流中无论是直接提到还是暗指，话语域这一概念对于用语言学的方法研究语义学始终是一个相关的概念。比如他自己就借用此概念来指语言语境（言内语境），"术语语境与话语域等同，语境不仅指语言化了的语境，还指部分语言化或者没有语言化了的语境"。参见［美］罗曼·雅柯布森：《语言学的元语言问题》《意义的若干问题》，见钱军编译：《雅柯布森文集》，第64、199页。

雅各布森为什么没有加入巴赫金的"语境决定"模式呢？是由于他自己的个性，还是意识形态之类？答案是直接的——因为诗歌本身。在他看来，诗歌是属于人类文化的普遍现象，是语言的一种特殊运用，无论是语言符号材料，还是组合这些材料，抑或是影响语言符号与指称物之间关系的能力，诗歌都是独一无二的。在任何理解语言的机制和功能的两个中心要素，即符号的物质形式（如语音）与它的潜在意指（如意义）之间，诗歌突出和刺激了这二者相互作用的关系。因此，他希望保护诗歌神圣的独特性，像阿诺德（Matthew Arnold）那样，相信诗歌可作为一种陈腐的社会惯例和保守精神的替代物，或像英国的利维斯主义者、美国的新批评家那样，相信诗歌的写作和阅读包含了一种隐在的、集聚的关系，弥漫在我们感知语言和存在的元素里。认为诗歌是艺术，诗歌研究是美学，而与作为现象的语言、作为科学的语言研究相对立，这种认识是过时的，也是不准确的。诗歌能够告诉我们语言中介（mediation）的诸多性质，正如语言学能告诉我们诗歌的形式维度，语言学和诗歌的分析关系，必然要被平等的、相互催化的关系所代替。因此，在《语言学和诗学》一文中，贯穿始终的一个主题就是：语言学在其范围内有对诗歌进行研究的权利和义务。

巴赫金与雅各布森虽都用语言学方法对语言艺术进行研究，但他们各自的语言学立场是有根本差异的，这正造成了他们对语境和信息两要素各有偏重。巴赫金的语言学立场是"超语言学"（melalinguistic）①，在《陀思妥耶夫斯基的诗学问题》中，他明确指出，超语言学研究的是"话语生命中超出语言学范围的那些方面"，更准确地说，它的研究对象就是超出语言学领域的"对话关系"，在他看来，纯粹的语言学研究是无法解释文学作品语言的独白用法和复调用法之间的本质差异的，也无法在语言中找到任何对话关系。② 尽管如此，超语言学的研究必须运用语言学的成果，而不能忽视语言学。唯一可能使超语言学和语言学交汇

---

① 该术语俄文为"металингвистика"，按字面意思应译成"元语言学"，钱中文将此译为"超语言学"，以突出其超越纯粹语言学的社会学意图，更贴切，也更易于理解。在本文中，为了与雅各布森所言的"元语言"（解释语言的语言）相区别，故采用钱氏译法。

② "因为语言体系中各种成分之间，不会存在对话关系（如词汇中的各个单词之间，如各种词素之间等等）；如果从严格的语言学意义上来理解'文本'，那么文本里各种成分之间，也不存在对话关系。无论是同一层次上的不同单位之间，还是不同层次上的各种单位之间，都不可能有对话关系。这种对话关系，自然也不存在于不同的句法单位之间，例如在严格的语言学意义上的句子和句子之间，不同的文本之间，同样不会有对话关系。"
［俄］巴赫金：《陀思妥耶夫斯基诗学问题》，《巴赫金全集》第五卷，钱中文主编，白春仁、顾亚玲译，河北教育出版社，2009年，第238页。

的地方只可能是"对话交际"（两个主体间的话语），因为"语言只能存在于使用者之间的对话交际之中，对话交际是语言的生命真正所在之处"①。虽然文学语言和日常生活语言中，都渗透着对话关系，但是语言学并不研究其中的对话关系，而是研究普遍的"语言"本身，只有超语言学才以此为研究对象。假若两个信息只是同一主体的同一表述，则不产生对话关系，只有分别体现在两个不同主体的两个表述（即使是同一句话）中，彼此才构成对话关系。因此，就语言在文学领域的具体应用而言，巴赫金倾向于文学的"全语体性"②，即文学作品中的语言既是表达手段又是被描写的对象，而非纯粹语言学意义上的"诗性"或"文学性"。

以语言学家作为第一身份的雅各布森，坚持的则是纯粹语言学的立场。如果说巴赫金偏重于从外部领域（如社会学领域）来扩展语言学的话，那么雅各布森则更倾向于从内部领域来充实语言学本身，比如将诗学（狭义，诗歌研究）涵纳进来。虽然他并不否认诗学是文学研究的中心部分，占有首要地位，但他认为，诗学的研究主题是确定语言艺术与其他艺术以及其他语言行为之间的特殊差异，即语言结构的问题，而语言学是一门关于语言结构的普遍性的科学，因此，诗学应该被视为语言学的不可分割的组成部分，而诗学首要回答的问题——"什么东西使一个语言信息成为一个艺术作品"——必然只有一个语言学的回答，那就是"诗性"。诗性的话语域无论如何也无法超越语言学所能涉及的"话语域"，即同样只能在音位的区别性特征与语义之间徘徊，而无法像巴赫金那样，到超语言学的话语域（如社会、政治、宗教等）中去寻求所谓的真理价值，因为雅各布森明确说道："真理价值，就其本身而言，或完全作为（以逻辑学家的话说）——一种'超语言的实体'，都显然超出了诗学和普遍语言学的范围。"③对雅各布森而言，对文学作品的内部价值（词语的自我价值）的描述，才是文学研究者和语言研究者的分内之事。

两种语言学立场的差异，实质上就决定了巴赫金和雅各布森各自对文学作

---

① ［俄］巴赫金：《陀思妥耶夫斯基诗学问题》，《巴赫金全集》第五卷，第246、238页。
② 巴赫金认为："语言进入文学运用的领域。……语言在这里不仅仅是为一定的对象和目的所限定的交际和表达的手段，它自身还是描写的对象和客体。……在文学作品中我们可以找到一切可能有的语言语体、言语语体、功能语体，社会的和职业的语言等等。……'全语体性'正是文学基本特性使然。"［俄］巴赫金：《文学作品中的语言》，《巴赫金全集》第四卷，钱中文主编，白春仁等译，河北教育出版社，2009年，第272页。
③ Roman Jakobson, "Linguistics and Poetics," in *Language in Literature*, eds. Krystyna Pomorska and Stephen Rudy, p.63.

品类型的选择，前者选择了小说，后者选择了诗歌，这不是偶然的。巴赫金对独白式的诗歌和内在对话性的小说的区分值得我们注意：“在大多数诗歌体裁中，……不利用话语的内在对话性达到艺术目的，对话性不属于作品的‘审美对象’的范围，在诗语中被人为地抹杀了。可是在长篇小说中，内在对话性成为小说风格一个极其重要的因素，在这里得到艺术上特殊的加工。”[①]话语的“内在对话性”指的是渗透在整个结构及其语义和情味的对话性，诗歌话语之所以缺乏内在对话性，是因为诗人所遵循的思想是一个统一的且唯一的语言，这种语言是把词语中他人的意向全部抽掉，切断它们与特定意向、特定语境的关联之后的诗人自己的语言，由此，诗歌体裁只满足于一种语言（没有杂语）和一个语言意识（诗人的），所有进入诗歌作品的一切，“都必须完全淹没在里面，忘记过去在他人语境中的生活；语言只能记得自己在诗歌语境中的生活”[②]。诗歌话语的这种独白性与小说话语的内在对话性（比如陀思妥耶夫斯基的复调小说），形成了鲜明对照。如果说巴赫金是将小说确定为社会和意识形态的一种索引符号（index）的话，那么，雅各布森则是将诗歌确认为语言自我显现的一种象征符号（symbol）。不难发现，巴赫金对诗歌语言的认识与雅各布森的“诗性”认识也有重叠之处，在后者看来，诗人确实想要创造一种特殊的、统一的又唯一的“诗语”，赫列勃尼科夫对“世界语”的追求便是如此；语言对诗人而言也确实是意味深长的，“语言是诗的生命（being），而诗人，无论怎样地被它挫败和怎样地对它失望，仍不能不用它来做配做的事情”[③]。可以说，追求诗性（功能）的语言成为诗人艺术创造的最重要的目标。[④]但是，问题在于：诗性的诗歌是否只是“独白”，而真的不存在“对话”的可能呢？

雅各布森曾在《索绪尔语言理论回顾》一文中，借着对索绪尔某些观点的反驳提出了自己的“对话”思想。他所赞同的是雅库宾斯基的观点，“言语的对话形式是根本性的，而独白只是一个副产品”，并认为“即便考虑言语的独白形式，我们发现它根本的性质还是主体之间”。[⑤]也就是说，独白者既是发送者又是接

---

① ［俄］巴赫金：《长篇小说的话语》，《巴赫金全集》第三卷，钱中文主编，白春仁、晓河译，河北教育出版社，2009年，第62页。

② ［俄］巴赫金：《长篇小说的话语》，《巴赫金全集》第三卷，第76页。

③ 张隆溪：《道与逻各斯》，冯川译，四川人民出版社，1998年，第99页。

④ 这里所谈的“诗歌”“诗人”都是指其理想状态而言，在实际生活中，一定存在某些意向于作者、读者或现实语境的诗歌。

⑤ 钱军编译：《雅柯布森文集》，第18、21页。

收者，独白者（发送者）必须要考虑接收者的反应，使用与接收者相同的语言代码，并预先根据听话者进行调整，这和两个主体之间的对话是一致的。因此，在他看来，"言语"（无论双方对话还是一方自言自语）可以归纳为发送者与接收者之间的相互作用，是主体间性的共同体（intersubjective community）。这自然是对胡塞尔"主体间性"（intersubjectivity）哲学思想的化用。在他更为完善的语言交际六功能结构中，"言语"即"信息"（相对于"代码"），是发送者和接收者之间相互作用的符号共同体，而在信息内部必然蕴含着主体双方的投射：

> 在语言当中，任何发送行为都针对一个真正的或者想象的听话者，而且从一开始就针对听话者调整自己，也使听话者针对发送行为进行调整。说话者和听话者彼此互为条件，言语在其结构内部包含双方的痕迹。除了发送信息的发送者，还有另外一个主人，他按照自己的方式感知信息，理解信息，解释信息。[①]

如果我们只是孤立地看到"诗性"的自足或封闭性，甚至抽离出来单独讨论其"自指性"，而不顾其交际功能结构的整体性，也不顾其郑重提出的"对话"理论，恐怕是有违雅各布森的结构主义立场的。

其一，就表述来看，雅各布森特意在术语"set"（意向）后括号注明德语"Einstellung"，即意味着"信息"本身便是现象学的、处于意向活动之中的对象，而非主客对立的孤立的客体，亦非康德所谓的"物自体"（Dinge an sich）。

其二，就图示来看，很显然雅各布森所言的诗性功能只是信息可能实现的多种功能中的一种，只是整体交际结构的一部分，而诗性功能占主导的信息（比如诗歌信息）同样是整体交际结构（或称文学活动）中的一部分。在《语言学和诗学》中，他说得更直白："事实上，任何诗歌信息都是一种'准引述'的话语，带着所有这些提供给语言学家的'话里有话'（speech within speech）的特有的、错综复杂的问题。"[②] 比如，18世纪英国诗人查理·卫斯理（Charles Wesley）的圣诗《摔跤的雅各》（"Wrestling Jacob"），是由主人公雅各发送给"救世主"的一个信息，但同时也是诗人卫斯理发送给他读者的一个信息。简言之，

---

① 钱军编译：《雅柯布森文集》，第22页。

② Roman Jakobson, "Linguistics and Poetics," in *Language in Literature*, eds. Krystyna Pomorska and Stephen Rudy, p.85.

任何诗歌信息都是自治（诗性主导的信息）和他治（主体间交换的信息）的统一体，更准确地说，是"他治中的自治"，即"话里有话"。

其三，因此，诗性信息本身既包含自身的符号自指特性，也必然包含着发送者（作者）和接收者（读者）的"痕迹"，二者看似矛盾，其实是一枚硬币的正反面。币之一面，诗性功能占主导决定了信息结构的自身特性（"独白性"），信息结构作为相对自足的结构，可视为一个整体；币之另一面，信息的发送者和接受者决定了该信息在整体交际结构中的特性（"内在对话性"），此时，信息结构作为主体间性的共同体，可视为一个部分。两面之间既独立又紧密关联，前者通过"独白"实现其主导的诗性功能，生成信息符号自身的一般意义与语境意义，后者则通过"内在对话"而实现其次要的情绪功能、意动功能等，生成信息符号的历史—文化意义。

其四，巴赫金明确提出："话语内在的对话性，表现在一系列语义、句法和布局结构上。"[1]也就是说，语言的语法结构（词法、句法和语义等各层面构成的等级系统）同样可以表现出整个话语的内在对话性。正因为如此，在诗歌批评实践中，雅各布森把诗歌视为"语法的诗歌"，一心探究诗性（功能）在某首诗中是如何表现的，即找出"诗歌的语法"来，如押韵词和语义的一致与重复构成回声效果，形态语法范畴（尤其是语态）的相似与差异造成词语语义之间的对称与反对称，整体的对等原则和平行结构在一行之内、行与行之间甚至节与节之间形成前呼后应，等等。雅各布森确实听到了符号自身发出的一系列二元对话的繁多而有序的声音，并把它们细致而小心地传达给我们。

还需提到的是，在这里，雅各布森已初步接触到了"隐含的作者"（implied author，布斯术语）与"隐含的读者"（implied reader，伊瑟尔术语）对话的可能，尤其强调了读者与作者同等的主体性。在《语言学和诗学》中，他说得更直白："一首诗的诗歌形式完全保持了其可变的传达的独立性，而我也无意于取消西维尔斯（Sievers）提出的'作者的读者'与'读者'的问题。"[2]该文还谈及"期待受挫"等问题。然而，寻找语法形式结构的兴趣最终使其成了一个结构主义的文本解剖者，而非一个文学修辞学家或一个读者接受美学家。

颇有意味的是，生活中的雅各布森喜欢与他人交往对话，晚年时更是将与

---

[1]　［俄］巴赫金：《长篇小说的话语》，《巴赫金全集》第三卷，第57页。

[2]　Roman Jakobson, "Linguistics and Poetics," in *Language in Literature*, eds. Krystyna Pomorska and Stephen Rudy, p.81.

妻子泼墨斯卡的交谈编纂出版，名曰《对话》（*Dialogues*，1980）；而巴赫金则习惯于独来独往：这与他们各自理论的倾向性恰恰相反。托多罗夫对这二人的命运和理论都颇为熟知，或许他的这番话可以视为对他们"对话与独白"的另一种注释：

> 雅各布森的生活，对话的、交往的、全身心面对他人的生活，幸好补充了他的独白的和物化的言语和文学观。巴赫金的对话理论补偿并照亮了他的生命。哈伊尔·巴赫金身残而走动困难。罗曼·雅各布森斜视，视觉不周。然而，我们亦可以这样想象：盲视者和身残者汇集了他们的力量，身健者支持目明者，对话的实践者补充它的理论家。但是为此还应承认，生活的命运也生产意义。①

第二节　诗歌语法："文学性"在文本中的显现

诗性功能是如何在语言艺术中发挥主导作用的呢？这必然涉及文学性（或诗性）在文学作品中的具体操作和表现的问题，而这正是雅各布森语言诗学大展拳脚的地方，亦即其他语言学家和诗学家望而却步的地方。在20世纪60—70年代，雅各布森分别与各语种的专家合作，对二十余位不同时期、不同风格的诗人诗作进行了诗性功能的语言细察，涉及俄国、英国、法国、德国、葡萄牙、波兰、罗马尼亚、保加利亚、希腊等近二十个（种）国家和语言，②甚至还对中国的古典格律诗和日本古典诗歌进行了深入研究，其研究时空跨度之大（近十三个世纪，横跨欧亚），内容之丰富，分析之细致，令人惊叹，至今无人能出其右。

---

① ［法］兹维坦·托多罗夫：《对话与独白：巴赫金与雅各布森》，史忠义译，《西安外国语大学学报》2007年第4期。
② 这些诗人主要包括：马丁·哥达仕（Martin Codax，1250—1275）、但丁（Dante Alighieri，1265—1321）、菲利普·锡德尼爵士（Sir Philip Sidney，1554—1586）、莎士比亚（William Shakespeare，1564—1616）、威廉·布莱克（William Blake，1757—1827）、荷尔德林（Friedrich Hlderlin，1770—1843）、波德莱尔（Charles Pierre Baudelaire，1821—1867）、雅克·克拉尔（Janko Kral，1821—1883）、西普利安·诺维德（Cyprian Norwid，1821—1883）、赫里斯多·保特夫（Xp. BoTeBa，1849—1876）、米·爱明内斯库（Mihail Eminescu，1850—1889）、卡瓦菲斯（Constantine Cavafy，1863—1933）、叶芝（William Butler Yeats，1865—1939）、佩索阿（Fernando Pessoa，1888—1935）、布莱希特（Bertolt Brecht，1898—1956）等。

在这些分别用英、法、俄、德、捷、波等多种语言写成的研究文章中，雅各布森始终坚持以结构主义语言学方法，探究诗歌文本的"语法结构"（grammatical structure），或称"语法肌质"（grammatical texture）、"语法意象"（grammatical imagery），更准确地说，就是寻找诗歌语言在各个层面所使用的手法系统，即"文学性"。在他看来，诗歌的本质，诗性，不是在语言要素之外去寻找，给诗歌定性的是自足而独立的语言各个层面和要素有意识地操作；诗性是这诸多层面相互作用、相互重叠，以互惠、补充和对照的形式严格建构而成的。正因如此，雅各布森以丰富多样的诗歌批评实践，以比英美新批评有过之而无不及的"细读"功夫，为我们揭示出"文学性"在具体文本中实现的各个层面，为我们描绘出常被忽略的、语言自身所潜藏的一个复杂和精妙的"微观世界"。虽然这些批评也招致了诸多文学批评家的非议与指责，但不容否认的是，它确实使我们暂时摆脱了对所谓"真理价值"的追问，而引向了对"文学行为"具体化的一种检验，并由此开辟了理解文学自身结构的普遍化道路。

一 对等原则与平行结构

（一）对等：诗歌话语的普遍原则

布拉格学派认为，诗歌文本与非诗歌文本之间的区别在于前者对"标准规范"的违反，[①] 而雅各布森则坚持一种"经验的语言学标准"（empirical linguistic criterion），提出主导的"诗性功能"说，他认为，"诗性功能将对等原则从选择轴投射到了组合轴"。格雷马斯认为这个定义在诗学研究上引起了"革命的冲动"，实现了"从等级关系到等值（对等）关系"。[②] 那么，究竟何谓"对等原则"（the principle of equivalence），又何谓"投射"（project）呢？

在上一章中，我们已提到雅各布森的双轴理论，即人类的言语行为采用两种最基本的操作模式——选择和组合，选择轴和组合轴根据相似性和邻近性的原则进行操作，故也可称为隐喻轴和转喻轴，这是使我们的一切言语行为得以

---

① 如穆卡洛夫斯基认为，诗歌语言就是"系统地违反'规范标准'，违反标准的方式越多，该语言中诗歌的可能性就越大"，"诗的本质是对于标准规范的扭曲"。参见［捷克］穆卡洛夫斯基：《标准语言与诗歌语言》，见赵毅衡编选：《符号学文学论文集》，第20、27页。

② ［法］A.J.格雷马斯：《论意义——符号学论文集》上册，吴泓缈、冯学俊译，百花文艺出版社，2005年，第289页。

实现的纵横坐标。所谓"对等"，就是选择轴上根据相似性关联在一起的关系项之间地位同等，可以彼此替换，它是语言各个层面（音位、词法、句法、语义等）都必然存在的结构原则。比如，在"北京欢迎你"这个句子中，"北京"与"京都""京城"等是对等关系，"欢迎"和"迎接""接待"是对等关系，"你"和"我""他"是对等关系。而所谓"投射"，原是心理学术语，雅各布森借此来表明：原本作用于选择轴的对等原则，移入了组合轴中，使后者的组成部分之间也具有了对等关系，投射的结果也就使诗歌的语言单位具有了双重身份（既是组合图式，又是聚合模型）。

比较来看，在日常言语交际中，我们的任何话语也都是从选择轴投射到组合轴，因为我们语段中的每个词语都是经过选择然后组合成句的，组合即意味着按照语言规则（langue）把一个符号与其他符号连接在一起。一般来说，语段结构中的各项之间不构成对等关系，即"北京"和"欢迎""你"之间不存在对等关系。而在诗歌的话语结构中，"对等被提升为系统的构造手法"，选择轴上的选择关系（相似性）强加到组合轴的组合关系（邻近性）之上，使组成诗句的词语之间也形成了对等关系。比如，"绿垂风折笋，红绽雨肥梅"（杜甫《陪郑广文游何将军山林十首》之五），"绿"与"红"、"垂"与"绽"、"风"与"雨"、"笋"与"梅"，本是选择轴上的对等词，但在诗歌结构中被组合成对句了，而且，这种组合常会形成一种偏离甚至违背某些语言规则的个性化言语（parole），如这句的正常语序应当是"风折垂绿笋，雨肥绽红梅"，正是诗性功能赋予了诗语创新求变的特权。由此，我们可看出诗性话语与日常话语的差异：对等原则一般不作用于日常话语的"语言"层面，而作用于诗性话语的"言语"层面，换句话说，日常话语的组成部分由语法结构连接，诗性话语的组成部分按对等原则连接，语法原则是日常话语的主导原则，而对等原则是诗性话语的主导原则，我们不妨借用"分析的语言"和"隐喻的语言"来表示这二者。[1] 诗性话语中未尝不可以有分析的语言，但在选择轴上运作的对等原则无疑使诗语的隐喻性成为主导特性。

---

[1] "如果词与词之间的关系得到充分的表现并以语法形式组织起来，这就被称作'分析的关系'；如果词与词是通过对等原则而隐含地联系起来，这就是'隐喻的关系'。按照这两种关系构成的语言，我们分别称之为'分析的语言'和'隐喻的语言'。"［美］高友工、［美］梅祖麟：《唐诗的魅力——诗语的结构主义批评》，李世耀译，上海古籍出版社，1989年，第123页。

我们需要注意的是，诗歌中的对等不仅仅是词语的对等，更是诗语各层面的对等：

> 在诗歌中，一个音节与相同序列的另一个音节对等；词语重音与词语重音、非重音与非重音对等；长韵律与长韵律、短韵律与短韵律对等；词语有界限与词语有界限、词语无界限与词语无界限对等；句法停顿与句法停顿、无停顿与无停顿对等。音节变为构造手法的单元，长音和重音亦是如此。①

在这里，雅各布森主要说明了韵律对等，实际上，语法对等更为重要，比如形态素（性、数、格、时、体、式、态、称等）之间的对等，可以说，"按照对等原则考虑诗中的语音特征和语法特征是一种自然而简单的方法"②。当然，语言各层面对等的自由度并不相同，押韵词的音位对等是一般强制性的，如在格律诗中，而词汇、语义等对等选择则比较自由，在自由诗中更是如此：这与前面所言的语言单元的自由递增等级直接相关。

既然对等原则作为普遍原则在诗性话语中无所不在，那么，它与文本意义生成之间又有着怎样的密切关系呢？这需要我们对诗性话语中"对等原则"的内涵与作用作进一步探究。

其一，对等不仅意味着"相同"和"相似"，还意味着"相异"和"相反"。

如雅各布森所言，"选择是在对等（相似和不相似、同义和反义）的基础上产生的"。在他所举的例子中，"儿童"不仅与"小孩""少年"等因相似而对等，也与"成人""大人"等因相反而对等；对等辅音 /m/ 和 /n/ 之间，相似在于二者都是鼻音，相异在于一为双唇鼻音，一为舌尖鼻音。实际上，任何事物之间都可能会找到相似或相异之处，正所谓"万物毕同毕异"（《庄子·天下篇》)，同中有异，异中有同，而诗人的职责正在于同中寻异、异中求同，因此，"近

---

① Roman Jakobson, "Linguistics and Poetics," in *Language in Literature*, eds. Krystyna Pomorska and Stephen Rudy, p.71.

② ［美］高友工、［美］梅祖麟：《唐诗的魅力——诗语的结构主义批评》，第122页。

取譬"也好，"远取譬"也罢，都成为对等原则的体现。[①] 前者如"芙蓉如画柳如眉""霜叶红于二月花"之类，"霜叶"与"二月花"之间因同为红色而形成对等，这种对等追求的是"形似"；后者如"欲把西湖比西子，浓妆淡抹总相宜"之类，"西湖"与"西子"相去甚远，但因为恰到好处的美而形成对等，这种对等追求的是"神似"。正如刘勰所言，这些取譬类比是没有定法的，"或喻于声，或方于貌，或拟于心，或譬于事"[②]。无论如何，都以一种比喻（转喻、明喻、隐喻、逆喻等）的形式呈现出对等的特性，而这种对等形式也就使意义的丰富和含混成为可能。

其二，语音和语法的形式对等会形成语义的对等，尤其是在语音和意义之间，存在着必然的、不可分割的关联。

如雅各布森所言，"语音的对等，作为它的构成性原则投射到序列上，不可避免地包括了语义对等，而且，在任何语言层面、任何这样一种序列的构成部分，都激起了这样的两种相关联的体验，即霍普金斯所言的'为相似目的的比较'和'为不相似目的的比较'"[③]。也就是说，对等原则在语言各层面的投射，既产生了相似关系连接的各要素之间的比较，同时也引起了不相似的语义之间的比较。比如，雅各布森以爱伦·坡诗歌《乌鸦》一节为例来说明语音对等与意义之间的必然联系。两个相邻的词语"Raven"（乌鸦）和"never"（永不），在外形和语音上的对等构成镜像关系（/n.v.r/—/r.v.n/），成为首要的双关语，而每节开头都出现的"never flitting"（永不移动）与该节最后的"lifted nevermore"（一蹶不振）之间外形和语音上的对等，无疑又增强了乌鸦"永恒绝望"的象征意义。这正是雅各布森所言的，"在一个相似性强加于邻近性的序列中，两个彼此靠近的、相似的音位序列倾向于承担一种双关功能。语音相似的词语根据意义被放置在一起"。对此，雅各布森更明确地认为，语音与意义的相关

---

① "近取譬""远取譬"为朱自清在《新诗的进步》中所提出，"所谓远近不指比喻的材料而指比喻的方法；他们能在普通人以为不同的事物中间看出同来。他们发见事物间的新关系，而且用最经济的方法将这关系组织成诗"，这种"事物间的新关系"在诗语中便成为对等关系，"最经济的方法"便是省略。参见朱自清：《新诗杂话》，江苏文艺出版社，2010年，第7页。

② 刘勰：《文心雕龙·比兴》，见范文澜注：《文心雕龙注》，人民文学出版社，1958年，第602页。

③ Roman Jakobson, "Linguistics and Poetics," in *Language in Literature*, eds. Krystyna Pomorska and Stephen Rudy, p.83.

性是相似性叠加于邻近性之上的一个简单的必然结果。他把语音的这种意指功能称之为"语音象征主义"（sound symbolism），并认为这是一种不可否认的客观关系，建立于不同的感觉模式之间，尤其是视觉与听觉经验之间的一种现象联系之上。尽管戴维·罗比在评价雅各布森的这一观点时认为，"谁也不能保证所有的形式对等都可赋予诗歌以意义，也不能保证所赋予的意义对诗歌来说是有趣的和重要的"，但是，"有一点是明确无误的，这就是形式对等一旦与意义关系相联系就会变得意趣盎然"。[①]

其三，在话语的整体语境中，对等原则可以使对等要素的本义（字面意义）发生改变，而生成新的意义或引申意义。

在雅各布森看来，意义不是主观上不可捉摸的东西，而是语言（语法）结构的创造。他在语义学的基础上，区分了"一般意义"（normal meaning）和"语境意义"（contextual meaning），前者指符号本身具有的共性的意义，即布龙菲尔德所言的"一般或核心意义"，后者指由整个语境、话语域所给定的意义，即布龙菲尔德所言的"边缘或转换意义"，语境意义将一般意义具体化，甚至加以修饰。[②] 不难看出，雅各布森的区分充分兼顾到一个词语的原初本义，及其在特定语境中与其他词语相关联所形成的转义。在上面的例子中，我们也能发现，"乌鸦"在"永不"等对等词语的关系中发生了改变，由一只普通的"乌鸦"变成了"永恒绝望"的象征符号。再比如李白《送友人》诗句：

"浮云"与"落日"、"游子"与"故人"、"意"与"情"的对等和对称是显而易见的，在这个纵向的对照语境中，各个词语基本保持本义（注意"浮云"与"落日"之间的转喻关系）。而在横向的组合语境中，"浮云和游子""落日和故人"之间同样形成了重要的隐喻关系，"游子"因为先前的"浮云"而涂抹上漂泊无根的隐喻意义，"故人"因为"落日"而平添了"消失"和"持

① ［英］安纳·杰弗森等：《西方现代文学理论概述与比较》，第53页。

② 参见［美］罗曼·雅柯布森：《语言学的元语言问题》，见钱军编译：《雅柯布森文集》，第61—62。

久"的隐喻意义，反过来说，"浮云""落日"因为随后的"游子""故人"和"意""情"而获得拟人化的生命意义，而最后的"意"与"情"，则因为容纳了前二者各自的本义以及彼此之间的隐喻转义而成为多重的"情意"。纵横交错的整体语境使每个对等单元都获得了新的意义，而这意义在上下左右的张力中更显出充盈持存的韵味。由此可以看出，对等原则使诗性话语的"互义性"成为必然。[①] 虽然雅各布森并未明确指明作者和读者在对等原则实现过程中的作用，但综观他对语境意义的再三强调，和他在批评实践中对对等关系的执着寻找，皆可看出他对"互义性"是十分认同的。

其四，对等原则的投射强化了符号的任意性原则，模糊了符号的线性法则，并将共时性的联想关系加于历时性的句段关系之上，使意义的含混（ambiguity，复义）成为必然。

雅各布森指出，在指称语言中，能指与所指的连接是基于它们被编码的邻近性之上的，符号线性地指向指称物，这经常被混乱地标之以"语言符号的任意性"（如索绪尔）；而在诗性话语中，相似性强加于邻近性之上，组合轴的符号按照对等原则重新编码，这等于强化了符号的任意性原则，打开了能指与所指之间一对多、多对一等对应关系的可能通道（如"推敲"故事所表明的），其结果便是：符号的线性法则变得模糊，指称性被压制，符号自身的可感性变得鲜明，符号与指称物相分离。换言之，符号不再指向外在世界，而是反身指向符号自身——这便实现了"诗性功能"。符号自指使符号的选择与组合仿佛成了"符号的游戏"，这种符号游戏在中国所特有的"回文诗"中表现得尤为突出，如苏轼七律《题金山寺》：

> 潮随暗浪雪山倾，远浦渔舟钓月明。
>
> 桥对寺门松径小，槛当泉眼石波清。
>
> 迢迢绿树江天晓，霭霭红霞海日晴。
>
> 遥望四边云接水，碧峰千点数鸿轻。

---

① "互义性"概念由童庆炳先生提出，他认为："作品中的全部话语处在一个大语境中，因此任何一个词、词语、句子、段落的意义，不但从它本身获得，同时还从前于它或后于它，即从本作品的全部话语中获得意义。我们可以把这一语言现象称为'互义性'。"这一概念对于理解文本话语的语义生成、作者的意义创造以及读者的接受释义都具有重要价值。参见童庆炳:《维纳斯的腰带：创作美学》，中国人民大学出版社，2009年，第71页。

显然，这是一首回文诗，无论正读反读，都有意义。但最引人注目的还是这种游戏式的文字符号本身，平仄相间的和谐，押韵回环的完整，句读停顿的一致，成为美感的主要来源，无怪乎朱光潜在《诗论》中对民俗歌谣和诗词中的这种"文字游戏"赞赏有加。[①]

此外，对等原则的投射，也使选择轴上的共时性联想关系加于组合轴的历时性句段关系之上，分而言之：一方面，组合的语法关系和逻辑关系被联想的对等关系部分地取代，那些语法的、逻辑的连接词被"最经济地"省略掉，由此带来词语与词语之间不同程度的裂隙，如"香稻啄余鹦鹉粒，碧梧栖老凤凰枝"（杜甫《秋兴八首》之八）。这样的诗句可能是不合语法、不合逻辑的，但却以其"陌生化"而吸引读者的注意，而这裂隙也正成为意义生成的"不确定点"，有待于读者的联想和想象；另一方面，选择轴的共时性加于组合轴的历时性之上，两种秩序合二为一，使两个语言单元之间因其相似性而互相吸引，又因其相异性而互相排斥，更重要的是，那些共时性的语言同样具有历时性，因为它们身上都藏着历史的积蕴，承载着过去时代诗人们的不断赋意（比如汉诗中"月""水"等惯常意象），这正成为后来诗人们所无法回避的"影响的焦虑"。因此，对等原则可使这些浸润着历史积淀的语词，在新的诗人手中、在新的组合语境中，呈现出时空交错的张力，生发出历史与现实、群体与个体相交织的新的意义。

综上，由于单向度的意义生成（符号直达指称物）被压制，代之以多向度的符号之间的选择和组合，而被选择的词语既担负着历史的余意，又于组合中"不断地在互相修饰"，"互相破坏彼此的词典意义"，[②]使序列之间的裂隙不可避免，因此，意义的含混成为必然。正如雅各布森所言："含混是任何自我聚焦的信息的一种内在的、不可剥夺的特性，简言之，是诗歌的一种必然特征。"[③]归根结底，意义含混来源于对等原则的普遍性和强制力，来自诗性功能的支配性和统摄力。

---

① "从民歌看，文字游戏的嗜好是天然的，普遍的。凡是艺术都带有几分游戏意味，诗歌也不是例外。……巧妙的文字游戏，以及技巧的娴熟的运用，可以引起一种美感，也是不容讳言的。"朱光潜：《诗论》，《朱光潜全集》第三卷，第47—48页。

② ［美］克林斯·布鲁克斯：《悖论语言》，见赵毅衡编选：《"新批评"文集》，中国社会科学出版社，1988年，第319页。

③ Roman Jakobson, "Linguistics and Poetics," in *Language in Literature*, eds. Krystyna Pomorska and Stephen Rudy, p.85.有关雅各布森所理解的"含混"（"复义"）参见第五章。

总之，对等原则作为诗歌话语的普遍原则，将符号本身推到了前台，它开口自说自话，而不再小心地看指称物的脸色，它的手势腔调可能有些夸张，言语表达可能有些语无伦次，但意义也正弥漫于这样的含混之中。它的语音、词汇，它的句法、语义，层层叠叠，都成为具有诱惑力的"符号的游戏"，吸引人们的注意和想象，并向他们悄悄撒播着"不以物喜"的诗性愉悦，即使沉默，也在寂静中永恒地动。

（二）平行：诗歌语言的结构法则

对等原则构成了诗歌的平行（parallelism）结构。在雅各布森看来，"平行"是诗歌必需的、恒定的结构法则，"任何一个词或句子，当它们进入由普遍的平行原则建构起来的诗歌之中时，就受到这个系统的制约，立刻融入相关语法形式和语义价值的强大阵列"[①]。在晚年时他更是坦言道："在我的学术生命中，没有什么其他的主题能占据我对平行问题持续不断的思考。"[②] 那么，"平行"究竟为什么有如此大的"魔力"呢？

1."平行"概念的特征及发展

"平行"（parallelism）最初只是一个几何学概念。概括来说，构成平行的两项具有两个基本特征：其一，彼此相似且相异，即二者之间具有相似性，但也存在着间隔，一方不能取代另一方，也不能重叠而合为一体；其二，相互关联而依存，即平行是双方的，一方无法离开另一方而存在，没有这种必须的关联，就没有平行。由此也实现了从几何学"平行"向哲学"平行"的概念过渡，有学者已就此提出了"平行统一辩证法"的问题。[③] 按乐黛云所言，"平行统一不是一个与另一个融合，不是两个变成一个，而是在不同的发展之间互相影响、互相促进、互相启发"[④]。可见，平行的双方虽然存在着差异区隔，但又因其相同或相似而成为一个统一整体（结构）。无论是日常生活中的诸多事物，如楼梯、斑马线、铁轨、双杠等，还是音乐艺术中的"对位法"曲调（如赋格和卡农），

---

① Roman Jakobson & Krystyna Pomorska, *Dialogues*, p.179.

② Roman Jakobson & Krystyna Pomorska, *Dialogues*, p.100.

③ 参见扎拉嘎：《互动哲学：后辩证法与西方后辩证法史略》，中国社会科学出版社，2007年。

④ 乐黛云：《比较文学、世界文化转型与平行论哲学问题——〈互动哲学：后辩证法与西方后辩证法史略〉读后》，《社会科学管理与评论》2008年第4期。

无论是不同专业、不同学科之间，还是不同民族、不同国家的文化之间，我们都可看出这种平行统一的辩证关系。很显然，这种辩证关系如同爱因斯坦的相对论一样，为雅各布森所吸纳，既表现在他对语言艺术的平行结构的分析中，也体现在他对语言学和诗学的比较研究中，以及语言学与其他学科（如音乐学）的比较符号学研究中。

在诗学中，希伯来圣经诗歌中的平行模式最初引起了西方学者的关注，如包伯特·鲁斯（Pobert Lowth），他在其所译的《以赛亚》（1778）"序论"中最早提出"平行"概念：

> 一个诗节或诗行，与另一个诗节或诗行的和谐一致，我称其为平行。一个已给出的命题，第二个命题则附加于它或附属于它，与之形成意义上的等同或对比，或者语法构造与之相近，我将它们称为平行句；而相关句中对应的词或词组则是平行词。
>
> 平行的诗行可分为三类：同义平行、反义平行以及综合平行。……研究表明，平行的这几类不断地彼此混合，而且这种混合为作品提供了多样化和美。[1]

平行是一种和谐关系，存在于相应的诗节与诗节、诗行与诗行、词语与词语之间，其结果是语法结构的相似，意义的相同或相反。鲁斯的这一"平行观"简洁明了，在诗歌中也十分容易辨认，为后来对荷马史诗的语言肌质进行句法研究奠定了基础。

"同义平行"（parallels synonymous）指以不同的但对等的词语表达相同的意义，即提出的命题被再次重复，表达虽然是各种多样的，但整体的意义几乎是一样的。如：

> 不行恶人的计谋，
> 不站罪人的道路，
> 不坐讥诮者的座位。
> （《旧约·诗篇一》）

---

① Roman Jakobson, "Grammatical Parallelism and Its Russian Facet," in *Language in Literature*, eds. Krystyna Pomorska and Stephen Rudy, p.146.

"反义平行"（parallels antithetic）指以语言表达或意义的对立使二者保持一致，对立的层面可以是多种多样的，如句子中词语与词语的对立，或两个命题的矛盾对立等。如：

> 奸诈的人，耶和华视为可憎；
> 正直的人，上帝愿意亲近。
> （《旧约·箴言三十二》）

"综合平行"（parallels synthetic）指只以相似的结构形式组成的平行，即诗歌由一种纯粹的不同组成部分的对应而构成，名词对名词，动词对动词，否定对否定，疑问对疑问，等等，因此，平行句的物质外形以及句子承转等结构基本相同。如：

> 我的心上人啊，你全然美丽，毫无瑕疵。
> 我的新娘啊，请跟我一起离开黎巴嫩山，
> 跟我一起离开黎巴嫩山吧。
> 请你下来，从亚玛拿山顶，从示尼珥山顶，从黑门山下来，
> 离开狮子的洞，豹子的山。
> （《旧约·雅歌三》）[①]

希伯来圣经诗歌中"平行"的重要性及其历史地位被后来的研究者（如 Newman 和 Popper）所确认，并且 20 世纪 40 年代以来的研究也不断揭示出，"平行"结构同样也在荷马史诗、乌加里特（Ugaritic）诗歌作品以及古典的迦南史诗（Canaanite epics）等传统中有着密切相关的表现。这些研究通过对不同时代、不同地域、不同民族诗歌的比较分析，一定程度上证明了"平行"结构的普泛性与承继性，当然，这些研究又往往局限于某一孤立现象，因而相对显得狭隘而缺少统一。对此，雅各布森迫切提出，要对看起来变化无穷的平行进行一种更严格的语言学分析，以及一种精确的、综合的拓扑学分析。于是，他把现存

[①] 以上三段引文参见New World Translation of the Holy Scriptures Chinese (Simplified) (bi12-CHS)(《圣经》新世界中文译本), New York: Watchtower Bible and Tract Society of New York, pp.706, 831, 879.

的有关"平行"的诸多个案的、独立的现象研究综合起来，得出一个普遍的结论："在诗歌系统中，没有教条的平行，只有平行结构的一种潜在规则在运作。"①从而把作为一种形式特征的"平行"提升为一种根本的结构法则，真正将鲁斯的大胆而早熟的平行研究提高到一个新的水平，这正是雅各布森语言诗学的重要贡献之一。

2. 雅各布森的"平行"理论研究

雅各布森最早对"平行"问题的关注，可追溯到他在莫斯科大学时期对俄国民间创作尤其是口语史诗的研究，按其所言，"在我的学生时代，我就已经被俄国口语诗传统中叙事诗里鲜明的内在结构打动了，也就是被那种从头到尾将邻近诗节紧紧连在一起的'平行'打动了"②。尽管术语"平行"早在两百年前就已被用来描述圣经诗歌的诗律，但这一重要问题在当时却未引起俄国民间创作专家的兴趣。雅各布森敏锐地意识到这一问题的重要性，而且还觉察到：俄国诗歌的平行与芬兰史诗韵文的平行虽然相近，但是前者更加自由，也更加多样。沿着这一思路，他在《俄国现代诗歌》中就开始提出有关"平行"的基本观点：

> 诗歌语言包含一个基本操作，即将两个要素结合在一起。……这一操作的语意变量是：平行，比较（平行的一种特例），变形（投射到时间上的平行），隐喻（化二为一的平行）。……这一并置过程的音调上的变量是：韵律、类韵、头韵（或者重复）。③

值得注意的是，他将"比较""变形""隐喻"等操作手法理解为"平行"的各种表现形式，由此，"平行"便具有了某种更深层次的、不变量的结构特性，这成为其"平行"思想的基本出发点。后来，他又在霍普金斯的诗论（1865）中找到了有力的佐证。20 岁的霍普金斯在 "Structure of the Verse" 和 "Principle of Parallelism" 等文章中就提出："平行表达在我们的诗歌中扮演着重要角色"，"平行构成一首诗和彼此结合的次级系统"。他认为：

---

① Roman Jakobson & Krystyna Pomorska, *Dialogues*, pp.104-105.

② Roman Jakobson & Krystyna Pomorska, *Dialogues*, p.101.

③ Cited in James Fox, "Roman Jakobson and the Comparative Study of Parallelism," in R*oman Jakobson: Echoes of His Scholarship*, eds. D. Armstrong & C. H. Van. Schooneveld, Holland: P. de Ridder Press, 1977, p.59.

诗歌的技巧（artifical）部分，也许我们可以恰当地说，所有技巧，都归于平行的原则。诗歌的结构是连续平行的结构，其涵盖范围从希伯来语诗歌的特定平行和教堂音乐的轮唱，到希腊语、意大利语或英语诗歌的错综复杂的结构。[①]

雅各布森对这位 100 年前的天才诗人、诗论家尤为推崇，在《语法平行及其俄国方面》一文的开篇，他就对霍普金斯的这一真知灼见，即平行原则是一切诗歌的结构特性的基础，表示非常认同。之所以敢把"平行"提高到世界语言都共有的"法则的平行"（canonic parallelism），是因为雅各布森对全世界范围内的近二十种语言（印欧语系与拉丁语系为主）的诗歌作品都进行了细致深入的比较分析，他发现这些诗歌中都普遍存在着"平行"结构，而且，这一结构确实为我们认识不同语言之间，以及语言的不同层面之间的各种形式关系大有裨益。因此，他更加坚定自己的观点："平行"不仅仅只是希伯来语诗歌的纯粹的形式特征，也不仅仅是俄国民间文学的一种表达手法，而是一切诗歌语言的结构法则。

3. 平行结构的深层蕴涵

如果平行是一切诗歌语言的结构法则，那么，我们要追问的是：为什么诗歌中会出现平行结构？散文中是否也存在平行结构？平行结构究竟具有怎样的深层蕴涵呢？这是雅各布森的语言诗学必须回答的重要问题。

其一，平行结构的产生依然与语言的两极——选择和组合有着密不可分的联系。在《语言的基本原理》中，雅各布森指出：

在语言艺术中，语言的这两极的相互关系特别突出。对于这一关系的研究具有丰富的材料，见于各种诗歌形式，它们要求相邻的诗行必须平行，比如圣经诗歌或西芬兰语诗歌。在某种程度上，俄语口头诗歌也是这样。这为我们研究某一特定的语言社区，产生前后一致效果的原因提供了客观的标准。[②]

[①] Roman Jakobson, "Grammatical Parallelism and Its Russian Facet," in *Language in Literature*, eds. Krystyna Pomorska and Stephen Rudy, p.145.

[②] Roman Jakobson & Morris Halle, *Fundamentals of Language*, The Hague: Mouton Publishers, 1956, p.77.

也就是说，在诗歌语言中，选择和组合的相互关系成为突出关系，因为诗性功能"将对等原则从选择轴投射到组合轴"，所以，选择轴上相似性（相近或相反）强加于组合轴的邻近性之上，于是，相似性在序列组合中获得了某种优先权。比如，音位的特征和序列，包括形态的和词汇的单元，句法的和语法的单元，当它们经过选择出现在韵律的或诗节的相对应的位置时，都必然有意或无意地具有相似性，诗歌模式中的这种相继语言序列之间特定的相似性是强制性的，而且是在全世界的语言中都完美地显现出来的，可以说，在诗歌语言的每个层面上都形成了"回环往复"（recurrent returns），即构筑起层层叠叠的平行结构。雅各布森尤其指出，不仅相邻的诗行之间可要求平行，不相邻的诗行和诗节之间也同样可以要求平行。总之，平行是经由选择和组合而成的诗语的基本结构，是对等原则投射的必然结果，是占主导的诗性功能在文本中的具体表现。

其二，雅各布森认为平行的作用已经越出了诗歌语言的范围，许多类型的文学散文（即小说）都根据一种严格的平行原则被建构。

我们会发现，在相对自由的散文作品中，也存在着一种深层的、潜在的平行，也就是说，平行结构非规则地呈现其中，并且最大化地偏离时间相继原则。而比较散文中的平行和韵文中的平行来看，二者之间有着显著的层次差异。在诗歌中，韵律自身就表明了平行结构；韵文的韵律结构是一个整体：统一的旋律、重复的诗行及其格律组成部分，决定了各层面（语法的、词汇的以及组织意义的语音的）各要素的平行分布。而在散文中，语义单元一定程度上起着主要的、组织平行结构的作用，在这种情况下，通过相似、相反或邻近而连接的平行单元，积极影响着情节的安排、行动的主体和客体的个性以及叙述中的话题次序。雅各布森的见解是深刻而富有启发性的，我们不妨举例来看：

> 他突然明白了，这两扇小门并没有力量，真正夺去了他的妻子的还是另一种东西，是整个制度，整个礼教，整个迷信。这一切全压在他的肩上，把他压了这许多年，给他夺去了青春，夺去了幸福，夺去了前途，夺去了他所最爱的两个女人。[①]

---

① 巴金：《家》，人民文学出版社，2000年，第347页。

平行结构在散文中的这种呈现，在修辞学上我们称之为"排比"，即将词汇和句法结构相同或相似、意义相关或相近的三个或三个以上的句子组合在一起。可以发现：三个平行单元"整个制度""整个礼教""整个迷信"按照语义相近和所涉范围的大小有序地组合成平行句，突出了造成觉新之妻梅钰悲剧的罪魁祸首是封建家族制度，而这正是所有情节共同指向的主旨所在，觉新理解到这一点，也就意味着主体意识的觉醒和新生。而四个平行单元"夺去了青春""夺去了幸福""夺去了前途""夺去了他所爱的两个女人"，同样按照语义的相近和所涉价值的虚实而有序地组合成平行句，并与前面的"夺去了"相对等，觉新明白了自己以及梅钰的悲剧正在于那三座大山的重压首先剥夺了他们青春的生命，因此，只有走出封建家庭，才可能找到青春和幸福，才可能找到前途与爱情，这也对应于小说此前此后的情节安排。可见，散文中的平行为适应语义的要求而分布得相对分散，缺少规则，由此也就形成了散文所独有的语义节奏，而不像诗歌或韵文中的平行那样连续、集中、统一，其反复出现的节奏以韵律的整体结构而显现。无论怎样，平行结构与意义的生成是紧密相关、不可分割的。

此外，雅各布森还饶有意味地将文学散文置于诗歌和日常实用交际语言之间，并认为"中间现象的分析是比研究对立的两极更难的"。这并不是要拒绝研究散文叙事中的结构特性，而是说，"没有单独的文学散文，只有一系列关系，让它更接近于两极中的一个"。[①] 有意思的是，他将"民间故事"确定为这种中间现象的理想散文，这是因为个人化的散文一般风格多样，变化很大，而相比之下，高度类型化的民间故事（普罗普业已证明）则更加稳定和透明，个人散文越接近民间故事，它就越被平行主导。另一方面，民间故事的口语传统使用语法平行去连接连贯的诗行，为诗歌提供了最清晰的、最模式化的形式，尤其适合于结构分析。当然，他也指出，在托尔斯泰的散文中，这种平行手法和民间故事的朴素细致一样突出。

其三，平行结构是各层面构成要素之间的关系组合，主要存在三种关系：等级关系，二元对立关系，变量与不变量的关系。

等级结构是语言的首要特点，而对等要素正分布在从语音到语义的各个层面上，平行作为对等要素在结构序列中组合的结果，也必然体现在语言的等级

---

① Roman Jakobson & Krystyna Pomorska, *Dialogues*, p.107.

层面上。雅各布森认为："在结构和不同层面的等级要素中，存在着一个稳定的对应系统：句法结构、语法形式和语法范畴、词汇同义或完全相同，最后是语音和韵律的安排。这个系统通过平行将诗行连接起来，使之呈现出清晰的一致性和巨大的多样性。在整个矩阵背景下，语音、语法和词汇形式以及意义的多样化显得特别鲜明。"[1]也就是说，平行使对等系统成为一个统一稳定的等级结构，使语音、词汇、语法、语义等各层面的对应和变化清晰地呈现出来，正如上例中，平行原则使"整个制度""整个礼教""整个迷信"构成平行句，使其词汇、句法、语义的相同、相近和相异格外突出。可以说，无论诗歌还是散文，按平行法则形成的语篇的整体结构、行句的重章迭唱、韵律的和谐一致等，都决定了语法范畴、词汇语义、语音语调的分布。当然，韵律层面的平行一般为诗歌所特有，而散文中则少有。总之，平行结构的分析将使我们能够更细致而清晰地发现诗性话语的等级关系和组织结构。

平行是一种二元组合，即平行结构由二元对立关系构成，这是"平行"概念本身便已包含了的。换句话说，平行是一种对等，而不是一种区分，对立统一是其结构的辩证法所在。在诗歌语言的各层面中，二元对立从音位直至语义贯彻始终，使平行结构在各层面都形成一个系统，而系统之间又等级化地彼此关联、上下依存，没有区别性特征对立的平行，就没有音位；没有音位对立的平行，就没有词汇；没有词汇对立的平行，就没有句子，如此等等。可以说，对诗歌话语的结构分析，从某种意义上来说，就是寻找各层面的二元对立关系，因为这正是平行结构在诗歌语言中的普遍显现。雅各布森也确实是这样做的，并因此而被质疑。雅各布森还指出，同化了语言学方法论规则的人类学研究已经使我们发现，诗歌中的平行与神话中的平行以及仪式中的平行之间，存在着紧密联系，平行在传统和神话作品中的作用，揭示出在平行的结构特性中，有着更新的、出乎意料的可能性。平行的这种作用使其二元结构在文化人类学的各个层面上显现出重要意义，从而为研究平行的内在法则开辟了远景。

此外，"平行的任何形式都是不变量和变量的分配，不变量的分布越严格，变化就越易于被识别，效果也越显著"[2]，平行的"不变量"也即诗语各层面的对等要素之间的相同或相似，最常见的表现形态便是音韵和词语的相同或相似，

---

[1] Roman Jakobson & Krystyna Pomorska, *Dialogues*, pp.102-103.

[2] Roman Jakobson, "Grammatical Parallelism and Its Russian Facet," in *Language in Literature*, eds. Krystyna Pomorska and Stephen Rudy, p.173.

形成某种重复，而对等要素之间又同时存在着相反或不相似，形成某种差异。一方面，"变量之下隐藏的不变量在平行转换的拓扑学中占据着至关重要的位置"①，另一方面，在不变量的背景上，变化的变量显得格外醒目。因此，变量与不变量之间不同语言层面的波动分布，使平行的诗歌具有一种高度多样化的特性，并赋予各部分以个性，且彼此团结、尊重整体。例如：

> 蒹葭苍苍，白露为霜。所谓伊人，在水一方。溯洄从之，道阻且长。溯游从之，宛在水中央。
> 蒹葭萋萋，白露未晞。所谓伊人，在水之湄。溯洄从之，道阻且跻。溯游从之，宛在水中坻。②

在这平行的两节中，不变量的对等与重复，使相应位置上分配的变量（"苍苍"—"萋萋"、"为霜"—"未晞"、"一方"—"之湄"）变得凸显，而这些变量反过来也使不变的、严格的平行结构引人注意，使读者产生期待并被满足。可以说，不变量与变量的关系也成为贯穿在平行结构中的重要关系。

总之，平行结构的这三种关系紧密交织在一起，同等重要，同时共存，从而使平行结构在诗歌语言中获得最直观又最复杂的表现。最重要的是，这些关系使意义的生成更加多元化，我们可以通过等级关系，追踪意义的来龙去脉，也可以通过二元对立，感受意义在字里行间的冲突与强化，还可以通过不变量与变量的关系，预见可能出现的意义，因而平行结构把诗意的过去、现在和未来都交融在一起，真正使一首诗成为有骨有肉的整体。

二 语法的诗歌与诗歌的语法

按上所述，对等原则和平行结构成为诗性功能在诗歌文本中的具体表现，它们某种程度上可以成为判断诗性功能的客观标准，一个充分实现了对等原则和平行结构的文本，一定是实现了诗性功能占主导的语言艺术作品。在这样的艺术作品尤其是诗歌作品中，语法的对等和平行显得尤为重要，因为正是在语法层面（词

① Roman Jakobson, "Grammatical Parallelism and Its Russian Facet," in *Language in Literature*, eds. Krystyna Pomorska and Stephen Rudy, p.174.

② 《诗经》，刘毓庆、李蹊译注，中华书局，2011年，第314—315页。

法与句法），诗性功能在符号自身系统中获得了最大范围的实现，并作为中间的强制力量，将语音层面和语义层面关联起来，从而形成了统一整体。

毋庸置疑，"诗歌"常常并非"诗歌本身"，因为"诗歌在太多的时候被比喻成其他东西：时代的声音，文化的触须，民族的心跳，性别的面具，道德的盾牌"[①]。这确实是诗歌巨大的价值所在，然而，我们也恰恰因此而遮蔽了兰色姆的那句朴素箴言——"诗歌是一种语言"。这句让雅各布森情有独钟的话意味着：一方面，诗歌不是"语言"之外的其他任何东西，不是"志之所之"（《诗大序》）、"吟咏性情"（严羽语），也不是"兴观群怨"（孔子语），不是"情感的自然流露"（华兹华斯语），也不是"人生世相的返照"（朱光潜语），而是明"象"表"意"的"言"或"符号"本身；另一方面，诗歌已被证明是语言学系统中的一个最符号化的子码，语言的一切形式特征和本质在诗歌中都可以得到表现，语言的所有功能在诗歌中都可以实现。从这里出发，雅各布森的语言诗学便呈现出与传统诗学截然不同的面貌，诗歌的一切外在价值和意义都被排除在外，他所专注的是诗歌作为语言艺术的内在价值和意义，即由语音、语法和语义所构成的整体结构的价值和意义。那么，为什么雅各布森将诗歌认定为"语法的诗歌"，并持之以恒地寻找不同语言的"诗歌的语法"呢？他又是通过怎样的批评实践来呈现这些语法的呢？

（一）语法的诗歌

在雅各布森看来，"所有的语言都建立于语法范畴（grammatical categories）的系统之上，而这些范畴的意义是以这样的事实为特征的，即它们对一个特定的言语社群来说是强制性的"[②]。这种强制性正是语法范畴区别

① 王敖：《布鲁姆〈读诗的艺术〉序》，见［美］哈罗德·布鲁姆等：《读诗的艺术》，王敖译，南京大学出版社，2010年，第1页。

② Roman Jakobson & Krystyna Pomorska, *Dialogues*, pp.102-103. "语法范畴"有广义和狭义之分，广义语法范畴是各种语法形式表示的语法意义的概括，狭义语法范畴是词的形态变化表示的语法意义的概括，又称形态语法范畴，一般包括性、数、格、时、体、式、态、身、级等。美国语言学家博厄斯及其学生萨丕尔等都曾指出过"语法范畴的强制性"。如当我们用一种语言说话的时候，如果这种语言中存在单复数形式，那我们就必须在单数和复数中进行选择，而如果这种语言没有"数"的形式，那我们可以通过词汇手段的补充来表明这种区别，如英语有单复数，dog—dogs，而汉语中则没有"数"的形式，只能说"狗""一条狗"或"许多条狗"。

于词汇意义的特征所在，因此，语法范畴的这种强制性也必然成为诗歌语言的强制性，换句话说，语法系统是诗歌语言建立的必要基础，没有语法，诗歌就成了"空中楼阁"。早在与马雅可夫斯基关于诗歌手法的对话（1919）中，雅各布森就领悟到，韵律问题和语法问题之间有着密切联系，不存在语法缺失的（agrammatism）韵律，只存在符合语法的（grammatical）韵律以及违反语法的（antigrammatical）韵律。不单单韵律与语法紧密相关，语义与语法更是密不可分，"big"与"bigest"、"他"与"他们"之间的区别是不言而喻的。可以说，无论是在日常语言中，还是在诗歌语言中，完全非语法的话语是没有意义的，语法的强制性决定了"不要语法"是根本不可能的。

比较来看，日常语言符合语法是司空见惯的，而诗歌语言违反语法也是屡见不鲜的，前者是为了传达内容的直接有效，后者意在偏离惯常的语法规范而获得反常的、陌生化的效果。按乔姆斯基的术语来说，日常语言的语法以"受规律支配的创造性"（rule-governed creativity）为特征，如"我先打个电话给他"，而诗歌语言的语法则以"改变规则的创造性"（rule-changing creativity）为特征，如"客病留因药，春深买为花"（杜甫《小园》）等。[1] 进而言之，语法范畴在日常语言中和诗歌语言中的表现也存在着差异：

> 语法范畴的网络决定了我们整个语言的构造，这些网络的特征性标志在我们的日常语言中常常比较模糊，而在诗歌中则变得极富表现力，也更具有意义，正如语法平行所具体显露的。[2]

也就是说，同一个语法范畴，如"性"（阴性和阳性），在日常语言中没有什么明确的区别，因而是模糊不清的，而在诗歌语言的语法系统中，我们将注意到阴性与阳性之间的对立不仅具有书写的意义，而且经常还具有决定性的意义，比如在波德莱尔的《猫》中。又如人称和格等语法范畴，在日常语言中常被省略或忽视，而在普希金的"无意象诗歌"（imageless poetry）《我曾经爱过你》

---

① 乔姆斯基认为，"受规则支配的创造性"即根据语法规则创造出无限的句子，"改变规则的创造性"即打破现行的语法规则来构成语言变化基础的创造性。See N. Chomsky, "Current Issues in Linguistic Theory," in *The Structure of Language*, eds. J. A. Fodor and J. J. Katz, Englewood Cliffs, NJ: Prentice-Hall, 1964, pp.1-2.

② Roman Jakobson & Krystyna Pomorska, *Dialogues*, p.179.

中则发挥着至关重要的抒情功能。[①]

因此，雅各布森坚信：诗歌必然是"语法的诗歌"，语法范畴必然在诗歌中占据醒目而无可替代的位置，诗学必然以研究"诗歌的语法"为中心任务。之所以以"诗歌的语法"为中心任务，依然是与雅各布森语言诗学的研究立场紧密相关的。他的语言诗学既非一般的语言学研究，亦非传统的诗学研究，而是二者的联姻，寻求的是双方的互惠互利，而非单方面的自我满足。因此，他以语言学方法来探究"诗歌的语法"，既是为了揭示出诗歌语言潜在的深层结构，为了验证其"语言的诗性功能"理论，也是为了以此来反观和探究语言自身的特性与功能，来推动语言学研究的现代发展。在他看来，"诗歌的平行"为语言的语言学分析提供了有价值的支撑，而其中，"语法的平行"实为语言诗学研究的重中之重，因为诗歌系统中语法组织的自治作用是建立在语法平行基础上的。对试图研究非母语的语言系统中的诗歌平行的研究者来说，语法平行的研究是非常宝贵的，因为它使他能够决定系统之下的根本的语法特征。虽然语义比较也可应用于特定的平行系统中，为理解某种语言的语义重复以及某一社群的语言思想的独特性提供途径，但是语义是不断演变迁移的，本义也并不稳定，且易受到现实情境、个人用法以及言内语境等多重影响而发生变化。语义和思想之间的不对等情况时常存在，因此，当我们用语义方面来理解思想方面时，不得不非常小心。相较之下，语法的强制性和稳定性则是显著的，因而也最值得深入研究。

说得更具体些，"语法的平行"的重中之重就是"语法范畴的平行"。如果说语法平行是对等原则在诗语结构中表现的结果，根本上是诗性功能表现的结果的话，那么，语法范畴的对应或对立，则既确保了对等原则和平行结构的实现，也理所当然地成为符号自身最具表现力和意指性的关系。

　　在诗歌中，用于对应或对比的语法范畴中，我们可以找到各种可变的或是不可变的词类：数、性、格、级、时态、体、语气、语态，各类抽象或具体的、有生命的和无生命的词，普通名词和专有名词，肯定式和否定式，动词的限

---

① 前者参见［美］雅各布森、［法］列维-斯特劳斯：《波德莱尔的〈猫〉》，见赵毅衡编选：《符号学文学论文集》，第360页；后者参见Roman Jakobson, "Poetry of Grammar and Grammar of Poetry," in *Language in Literature*, eds. Krystyna Pomorska and Stephen Rudy, pp.128-132.

定式和非限定式，限定代词和补丁代词或冠词，以及各种句法要素和结构。①

雅各布森认为，语法意义（grammatical meanings）是所有语言里的强制性成分，必然比词汇意义更有结构，②因而也更容易研究，因为语法意义构成二元对立的一个系统。比如在这些语法范畴中，每一种都存在着各种对应（相同或相似）或对立（相反）关系，如单数对复数，阴性对阳性，主格对宾格，原级对比较级对最高级，一般体对进行体对完成体，过去时对现在时对将来时，主动态对被动态，陈述式对命令式对虚拟式，第一人称对第二人称对第三人称，以及名词、动词、代词等不同词法结构和句法结构（陈述句、疑问句、祈使句以及简单句、复合从句），等等，这些复杂多变的对立关系在诗歌语言中呈现出网状的密集结构，可称之为诗歌语言中最庞大、最潜在的"深层结构"。

进而言之，这些"深层"的语法不是单纯的语法，而是承担着修辞和表意功能的重要结构，因为"语法范畴的任何差异都具有语义的信息"。简言之，差异产生意义，这可以说是雅各布森对索绪尔差异论的继承和灵活应用。从某种程度上来说，文学就是一种修辞，正如弗莱所表明的，"如果非文学性的言语结构的特征是把语法与逻辑直接结合在一起的话，那么文学就可以描述为从修辞上将语法和逻辑组织起来。文学形式的大多数特征，如尾韵、头韵、音步、对立平衡、范例的运用等，都属于修辞的手段"③。简言之，在文学（尤其是诗歌）中，语音和语法都是修辞手段，如在波德莱尔、诺维德等从后浪漫主义到象征主义的诗人诗作中，都显著表明了对"语音修辞"（sound figures）和"语法修辞"（grammatical figures）（霍普金斯的两个术语）的嗜好。语法修辞是一种特殊的诗歌意义，正如霍普金斯所表明的，"语法修辞由于它自身的目的和意义而可被看见，并且高于和超过它的词汇意义的价值"④。在《语言学和诗学》中，

---

① Roman Jakobson, "Poetry of Grammar and Grammar of Poetry," in *Language in Literature*, eds. Krystyna Pomorska and Stephen Rudy, p.128.

② 雅各布森认为，语法意义由词法结构、词法类型、词性、时态体、语态等构成，词汇意义是字典给定的，而在这二者之间并无绝对的界限，词汇意义的许多类型在词法上并没有表现，而是由句法促动的。参见［美］罗曼·雅柯布森：《意义的若干问题》，见钱军编译：《雅柯布森文集》，第281、274页。

③ ［加］诺恩罗普·弗莱：《批评的解剖》，第357页。

④ Cited in Roman Jakobson, "Retrospect," in *Selected Writings Ⅲ: Poetry of Grammar and Grammar of Poetry*, ed. Stephen Rudy, p.769.

一向严谨的雅各布森为此还非常难得地说了一个诙谐的笑话，更直接地表明：“在诗歌中，任何语言要素都转变为诗歌言语的一种修辞。”[①]

在雅各布森看来，诗歌是利用语法的各种细微的标志来表达细微意义的，而这些标志的任何细微的变化，都会带来意义的变化和生成新的意义的可能。在下文雅各布森对但丁诗歌的语法分析中，我们将可以清楚地看到这一点。反过来说，一个诗句有无意义也可以通过对语法关系的分析来进行检测，比如：

Colorless Green Ideas Sleep Furiously

没有颜色的绿色的思想狂怒地睡觉[②]

这是美国语言人类学家德尔海姆斯（Dell Hymes）写的一首诗的题目（1957）。当读者面对这句话时，第一感觉是这句话充满着逻辑悖谬：“没有颜色”，又何来“绿色”？“思想”如何是绿色的？又如何“睡觉”？“睡觉”又如何是“狂怒地”？这样的句子在日常话语中是不可能出现的，是没有意义的。但是，这句话又显然是符合语法的，我们不妨来进行语法分析：“没有颜色的绿色”是“苍白的颜色”（pallid green）的同义表达，是一种逆喻（oxymoron），带有一丝警句效果；“绿色的思想”中的形容词“绿色”是比喻用法，类似的像麦尔维尔的名句“绿荫之下绿色的思想”；动词“睡觉”同样是比喻意义上的使用，喻指处于类似于睡觉的状态。比如呆滞、迟钝、麻木等，形容词“狂怒”则是比喻睡觉的疯狂状态。由此来看，语法关系确实创造了一个有意义的、可以进行真值检验的句子。雅各布森借用乔姆斯基所举的这个例子意在说明：语法形式（词语及词法等）能够表达像“绿色的思想”“神仙果”（ambrosia）、“斯芬克斯”（sphinx）

---

① Roman Jakobson, "Linguistics and Poetics," in *Language in Literature*, eds. Krystyna Pomorska and Stephen Rudy, p.93.雅各布森举出的笑话是：一位传教士责备他的非洲群众不穿衣服走来走去，“你自己呢？”他们指着他的脸问，“你不也裸露着吗？”“是，但那是我的脸。”“我们也是啊。”土著人反驳道，“每个地方都是脸。”

② 乔姆斯基在《句法结构》（1957）中举了这个经典例子，意在说明人类先天地就具有“语言能力”（linguistic competence），能够“转换生成”出无限的新句子，包括这种符合语法形式却未必有意义或意义荒谬的句子，这种语言能力不是像行为主义者（如C. Morris）所认为的靠刺激—反应而获得。在《博阿斯的语法意义观》中，雅各布森亦借用此例。参见［美］罗曼·雅柯布森：《博阿斯的语法意义观》，见钱军编译：《雅柯布森文集》，第270页。

等这样的不存在的或虚构的事物，即"不存在的事物可以像一种物质那样被体现出来"①，在此情况下，词语可以没有所指对象，但其本身并非没有意义。换言之，语法获得了比语义更独立的、更重要的存在价值，一个诗句可以没有明确意义或意义悖谬（如"无意义诗"），但其语法一定是有效的、有意义的（无论是合乎语法还是反语法）。这正是诗性功能主导下符号自身价值的体现。

总之，雅各布森通过对不同地域、不同时期、不同语言的大量诗歌的研究，发现不管是反复还是对比，语法都有一种组合的功能，而这种组合功能是与表意功能密不可分的。因此，雅各布森的语法意义论始终把语法与意义关联起来，认为"语法意义的选择和组合在我们的语言学思想和语言交流中起着根本作用"，语法是表达意义的语法，意义是语法表达的意义，二者不可分割，而不像乔姆斯基那样，试图建构"语法结构的完全非意义的理论"②。这就为诗歌意义的生成提供了实在的理据，从而有效地避免了"意义是主观上不可捉摸的东西"的错误认识。从这个意义上说，诗歌的语法分析就成为我们理解诗歌意义生成的必要前提。当然，我们还应注意到，他并没有把诗歌中的语法仅仅限定于"诗性功能"。他说："如果语法形式能变成诗歌的标志的话，那么语法在结构中的积极作用不能像韵律那样，被限定在其诗性功能中，因为它将获得更重要的和更普遍的作用。"③可见，语法不仅在占主导的诗性功能中发挥至关重要的作用，而且在次要的指称功能、意动功能等中同样发挥着不可忽视的作用，没有后者的有力衬托，恐怕前者会完全沦为"能指的自由游戏"。不管怎样，雅各布森对诗歌中语法的作用深信不疑，它们"构成了一个特殊的符号，一幅图画，一个神话"，它们虽然是从潜在的、隐藏的地方向我们招手，但毫无疑问，它们是"明了的、意义直白的、象征的"。④雅各布森以其勤劳而细致的批评实践，为我们呈现出一首首"语法的诗歌"中的一幅幅精美绝伦的图画——"诗歌的语法"。

---

① ［美］罗曼·雅柯布森：《意义的若干问题》，见钱军编译：《雅柯布森文集》，第278页。雅各布森认为，这些虚构的事物虽然在我们的生活经验中并不存在，但它们不仅可以用在字面意义上，还可以用在比喻意义上，如神仙果可以指给予我们神圣快乐的食品，而斯芬克斯可以指一个令人猜不透的人。参见［美］罗曼·雅柯布森：《语言学的元语言问题》，见钱军编译：《雅柯布森文集》，第63页。

② ［美］罗曼·雅柯布森：《博阿斯的语法意义观》，见钱军编译：《雅柯布森文集》，第269页。

③ Roman Jakobson & Krystyna Pomorska, *Dialogues*, p.124.

④ Roman Jakobson & Krystyna Pomorska, *Dialogues*, p.123.

（二）诗歌的语法：但丁一首十四行诗的语法肌质

雅各布森曾直言不讳地说："为了揭示文本的语法外形和强调它的艺术效果，我首先关心的是详细描述一种充分的、精确客观的、有效的技术。"[①] 在对不同语言、不同文化语境中诗歌文本的语法分析中，雅各布森始终贯彻着这一原则，比如他和列维－斯特劳斯合作对波德莱尔诗歌《猫》的分析（1962），和琼斯合作对莎士比亚第 129 首十四行诗的分析（1968）等，[②] 都已成为结构主义批评的典范之作，引起诸多研究者的效仿或对其进行研究和再批评。在这里，我们以另一篇同样具有代表性的语法批评之作为例，来切实感受和理解雅各布森"庖丁解牛"般的高超技术和结构主义批评的强大力量。

1964 年，雅各布森与意大利学者 P. Valesio 合作完成了《但丁十四行诗〈如果你看见我的双眼〉的词语构造》一文，细致分析了但丁十四世纪早期的一首十四行诗（"Se vedi li occhi miei"）的语法肌质。[③] 同年，他以此为讲稿在意大利的几个研究所进行讲演。原诗为意大利文（左），雅各布森尽可能按字面直译为英文（右），如下所示：

I
1 Se vedi li occhi miei di pianger vaghi　　　　　If you see my eyes inclined to weep 1
2 per novella pietà che'l cor mi struggle,　　　　For a new anguish which consumes my heart, 2
3 per lei ti priego che da te non fugge,　　　　I beg you for her who does not flee from you, 3
4 Signor, che tu di tal piacere l svaghi:　　　　my Lord, to relieve them from such an allurement: 4

II
5 con la tua dritta man, ciò è, che paghi　　　　that is, with your right hand to chastise 5
6 chi ;a giustizia uccide e poi rifugge　　　　the one who kills justice and then flees 6
7 al gran tiranno del cui Tosco sugge　　　　to the great tyrant whose poison he is sucking 7
8 ch'elli ha gia sparto e vuol che'l mondo allaghi,　which he has already spread and wants to flood the world, 8

---

① Roman Jakobson & Krystyna Pomorska, *Dialogues*, p.115.

② Roman Jakobson & C. Lévi-Strauss, "'Les Chats' de Charles Baudelaire," in *Selected Writings Ⅲ: Poetry of Grammar and Grammar of Poetry*, ed. Stephen Rudy, pp.447-464; Roman Jakobson & L. G. jones, "Shakespeare's Verbal Art in 'Th' Expence of Spirit'," in *Selected Writings Ⅲ: Poetry of Grammar and Grammar of Poetry*, ed. Stephen Rudy, pp.284-303.

③ Roman Jakobson & P. Valesio, "Vocabulorum Constructic in Dante's Sonnet 'Se vedi li occhi miei'," in *Selected Writings Ⅲ: Poetry of Grammar and Grammar of Poetry*, ed. Stephen Rudy, pp.176-192.

III {
9 e messo ha di paura tanto gelo　　　　　　　　　　and has put such an ice of fear 9
10 nel cor de' tuo' fedei che ciascun tace;　in the heart of your devotees that everyone keeps silent; 10
11 ma tu, foco d'amor, lume del cielo,　　　　　　　　but you, fire of love, light of heaven, 11
}

IV {
12 questa vertù che nuda e fredda giace,　　　　　this virtue which lies naked and cold, 12
13 levala su vestita del tuo velo,　　　　　　　　　raise her up clad in your veil, 13
14 che sanza lei non è in terra pace.　　　　because without her there is no peace on earth. 14[①]
}

十四行诗（sonnet）是欧洲文艺复兴以来非常流行的一种格律谨严的诗体，在霍普金斯看来，一首十四行诗就是"结构整体"（structural unity）的一个最好例子，因此，它也成为雅各布森的诗性功能普遍规则的结构性展现。而作为这种诗体的创造者，诗人但丁不仅明确意识到诗歌的语源学意义，而且在一种反复出现的相似形式模式的指引下，他以一种对等的表述对韵律的和分节的单元进行了描绘。这些部分的安排被视为最重要的艺术任务，并暗示出诗歌的组织结构和韵律关系。按照但丁的阐述，词语形式包含着词语的句法意义、它们的结构及其外在形状，可以说，他所理想的诗歌是一种对词语结构高度专一的诗歌。

雅各布森首先惯常性地根据这四节中的内在（尤其语法的）结构，把这首诗分为三种相似的关系类型：两个奇数诗节（Ⅰ，Ⅲ）不同于两个偶数诗节（Ⅱ，Ⅳ），这两对中的每一个都易于表现内在的语法关联；两个外部诗节（Ⅰ，Ⅳ）期待表现出不同于使内部诗节（Ⅱ，Ⅲ）连为一体的语法特征的共同特性；最后，前两节（Ⅰ，Ⅱ）在其语法组织方面，可能不同于后两节（Ⅲ，Ⅳ），因而是由不同的相似性联合起来的。因此，一首分四节的十四行诗呈现出相隔诗节之间的三套关系：①奇数（Ⅰ，Ⅲ），②偶数（Ⅱ，Ⅳ），③外部（Ⅰ，Ⅳ）；以及相邻诗节之间的三套关系：①前部（Ⅰ，Ⅱ），②后部（Ⅲ，Ⅳ），③内部（Ⅱ，Ⅲ）。

雅各布森认为，这首十四行诗根本不同于四个四行句的诗歌，因为所有的

----

① 笔者据英文尽可能直译为中文如下："如果你看见我的双眼将要哭泣/因为新的痛苦，消耗着我的心，/为了她不离你而去，我祈求，/我的上帝，使它们免受如此诱惑/就是，用你的右手去惩罚/那个人——杀死正义然后投奔/伟大的暴君，他正在啜饮暴君的毒药/他已将毒药播撒，并想要淹没世界，//一种恐惧之冰已经产生/在你的爱恋者心中，每个人保持沉默，/但是你——爱之火，天堂之光，//这种美德，裸露而冰凉地躺着/养育她吧，披上你的面纱/因为没有她，人间就没有和平。"

诗节都展现出一种相互对称，而且上面提到的三种关系类型，可被延伸至每节中四行的微观的相互关系。① 当然，该诗由相同数目的诗行组成前部与后部的两对诗节，而前后两对之间则不同。对称与非对称的一种精妙的联合，尤其是二分与三重的结构，在诗节的内在互相关联中成为一体，使得意大利诞生的"十四行诗模式"保持着持久的生命力。在初步的分类之后，雅各布森着重对其中蕴含的韵律平行和语法平行等潜在结构进行细致而深刻的揭示。

1. 韵律平行

雅各布森提醒我们，当分析该诗四行句与三行句之间的语法关联的时候，要记住：正数第二行与倒数第二行在四行句中是不同的，但在三行句中是相融的。但丁对三行句的偏好显然是与三行句有一个中间行相连的；由于同样的原因，与有组织的、有中心的形式相比，无中间音节的"音节数目相同的"节律于他而言低于奇数音节模式的。在这些奇数的十一音节诗句中，比如，抑扬格五音步诗句② 因为其语义的、语法的和句法的力量，被但丁称赞为极好的诗歌形式，因为这种诗句具有一个中间音节，两侧配以两个奇数的五音节。因此，该行的主要音节中心（以—表示）落在五个强拍的第三个上，附属中心（以着重号表示）与弱拍中的第二个、第五个音节相一致。简言之，序列中的逢三的音节——第三、第六、第九——都携带三个中心之一，其中第二个中心（即第六音节、强拍）是主要中心。这种规范表现出其韵律安排的可逆性，如下所示：

该诗的绝大多数诗行通过第六音节后或第五音节前（不常见）的分音符号，来使中间音节突出。这样一个词的结尾常常伴随着一个句法停顿。

雅各布森指出，在十四行诗的韵律惯例中，有一种惯例安排是"abba abba cdc dcd"，即在相同的对称和反对称这两个原则上，以不同的层级秩序建立起四行句和三行句。两个四行句都彼此对称，而三行句表现出一种反对称（cdc—

---

① 即奇数诗行、偶数诗行、外部诗行、前部诗行、后部诗行、内部诗行。

② 在西语诗歌中，音节的轻读为"抑"，重读为"扬"，这种固定的轻重音节搭配称为"音步"（foot），音步类型和诗行所含的音步数目即构成一首诗的格律（meter）。在十四行诗中，每行一般有11个音节，故轻重音间隔重复五次，这种格律称为"抑扬格五音步"（iambic pentameter），这是最为常见的一种格律类型。

dcd）。另一方面，四行句中的两对也是反对称的（ab—ba），而构成两个三行句的三个对句之间又是对称的（cd—cd—cd）。

　　abba 模式支配并贯穿着四行句的两个四重押韵的相互关系，这两种押韵中的每一个都是被分别延伸而现身的。在序列（$_1$vaghi—$_4$svaghi—$_5$paghi—$_8$allaghi）中，外部的句子（1，8）韵脚是语义相似的：inclined—wants, to weep—to flood，而内部的句子（4，5）则由一种密切的语法平行而联系起来：$_4$che tu…svaghi—$_5$che paghi。第二种押韵连接着外部的、语义的相关项：$_2$cor mi strugge 和 $_7$tosco sugge（比如语音联系：COr—tosCO 和 Strugge—Sugge），而内部两句碰到两个相同的动词，一个无前缀，一个有前缀：$_3$fugge—rifugge。另一方面，以不同的手法把韵脚粘合起来：$_2$strugge、$_3$fugge 句表明一种阳性中介，而 $_6$rifugge、$_7$sugge 句则表明一种阴性中介；$_1$vaghi、$_4$svaghi 句由一种派生词押韵连在一起。在第二诗节的第二、第四行，押韵词——$_6$rifugge，$_8$allaghi——属于但丁最喜欢的三音节词语形式。因此，只有偶数诗节的两个偶数行以一种偶数音节的单词结尾，此外，所有诗节的偶数行，偶数节的所有行，偶数三行句的偶数行，都以二音节的单词结尾。

　　三行句的押韵词区别性地反映出两种对立意象——否定的（negative，$-$）和肯定的（positive，$+$）。比如，$_9$gelo（冰）对 $_{11}$cielo（火）和 $_{13}$velo（面纱）；$_{10}$tace（沉默）和 $_{12}$fredda（冷）对 $_{14}$pace（和平）。因此，相对于奇数行的第一种序列，偶数行的第二种押韵序列呈现为一个反对称的镜像：$_9$（$-$）$_{11}$（$+$）$_{13}$（$+$）/$_{10}$（$-$）$_{12}$（$-$）$_{14}$（$+$）。与之相连，两个三行句的押韵序列（和整个诗行）之间表现出一种相似且相反的关系：$_9$（$-$）$_{10}$（$-$）$_{11}$（$+$）/$_{12}$（$-$）$_{13}$（$+$）$_{14}$（$+$）。这首诗最后一节所描述的"恶"与"善"之间戏剧性的争斗，在两个镜像的反对称关系中找到了它的创造性表达。

　　由此可见，四行句与三行句之间的韵律关系表现出一种显著的差异，同时，也表现出"一种沉默的结构关联"。四行句开端的最初韵脚和三行句结尾的最后韵脚，都是一个语法不同于其他词语（相同韵律序列）的单词，也就是说，形容词 $_1$vaghi 与其他的动词 $_4$svaghi、$_5$paghi、$_8$allaghi 相对，以及名词 $_{14}$pace 与动词 $_{10}$tace、$_{12}$giace 不同，都是偏离整首诗连贯的语法韵律的。四行句韵律中的其他七个单词都是行为动词。在四行句的韵律中，只有这些限定动词，名词完全缺席，而三行句则回应以四个名词（$_9$gelo，$_{11}$cielo，$_{13}$velo，$_{14}$pace）和两个非行为动词（$_{10}$tace，$_{12}$giace）。语法意象（grammatical imagery）上的这种彻底的不一致，是由两个前诗节（Ⅰ，Ⅱ）和两个后诗节（Ⅲ，Ⅳ）的韵律带来的，它们以其最紧缩的形式来概括这首诗的情节。

2. 语法平行

雅各布森明确指出，押韵词的语法不一致，不是这首十四行诗的内部诗行与外部诗行显露出的唯一区别特性，语法（词法和句法）上的相似与差异，尤其是语法范畴的平行，更是繁多而显著的。

（1）外部诗节与内部诗节

该诗的框架诗句——第1行与第14行——在语法组织上不同于其他行，而且，以这样一种不相似的背景为衬托，十二句内在诗行所选择的语法构造变得尤其醒目。在首句中，我们找到了一种第二人称的表述形式（vedi），一个不定式（pianger），一个形容词复数（vaghi），以及紧跟一个形容词性短语的唯一一个名词（occhi miei di pianger vaghi）。最后一句则包含了一个名词性主语从句（non è in terra pace），和整首诗中唯一的动—名结构（sanza lei）；此外，没有句法主语而只有语法性主语（即明确的或不明确的代词性主语），与该诗的其他十六个限定词结合在一起。对名词性主语的逃避，在六个动词带有的名词性宾语的衬托下显得尤为醒目。所包括的动名从句在该诗中表现出唯一普遍性的陈述，包含的一个仅仅存在的、恰当的语法性动词，这个动词甚至还是以一种特定的否定结构出现的。我们文本中的所有的十七个限定词都是单数形式。这种使名词远离动词、使所有的限定词单数化的倾向，表现出如此高妙的技巧，以至于在翻译中也是难以转换的。

雅各布森认为，该诗的语法范畴都从属于一种缜密选择，比如，所有简单的陈述、虚拟语气和不定式的形式，以及助动词的复杂形式，都只属于现在时态。一些纯粹的关系词，如人称代词，包括确定的和不确定的，名词性的和形容词性的，都带有该诗的抒情基调。

该诗的整个文本由两个主要动词的同一种时态构成。第Ⅰ节的倒数第二行中的 $_3$priego（beg，乞求）——一个现在时的第一人称"祈使"动词，后面跟着两个共同的、带有第二人称虚拟语气的语法从句；最后一节的倒数第二行中的 levala（raise，举起）也同样如此。其他的词语、从句直接或间接地从属于这两个独立动词——前一个是第一人称的动词，后一个是第二人称的动词。

另外，文本中还以代词之后的两种提喻法来暗指第一人称主人公，如第1句中的"我的双眼"，第2句中的"我的心"和第4句中的"我的上帝"。至于第二人称的主人公，在引导性的条件从句（if you）之后，在第 I 节的最后一行被顿呼，在第 III 节的最后一行再次出现，前者为一个单数的呼格表达，后者为一个复数的呼格表达，而该诗中唯一的句法性的独立名词——第 4 行中的 Signor（我的上帝）、第 11 行中的 foco d'amor（爱之火）、lume del cielo（天堂之光）——以一种同时出现的、意动的形式（第 4、11 行中的 tu "你"）显现。一种复数的虚拟语气——第 4 行的 svagh（缓解）和第 5 行的 paghi（惩罚）——跟在单个的呼格（我的上帝）之后，而单数的祈使语气——第 13 行的 leva（举起）——则在两个的呼格（爱之火，天堂之光）之前。两种语气都被间接的、所有格的代词形式所包围——第 3 行的 ti（you）、da te（from you），第 5 行的 tua（your）和第 10、13 行的 tuo（your）。

进一步来说，该诗还引入了两个第三人称个体，且都归属于从句——第 6 行中 who kills justice and the flees 离开另一个人物，第 7 行中的 the great tyrant whose poison he is sucking, which he（elli）has already spread and want to flood the world。这里的 "他"（elli）指这两个人物中的前者还是后者？如果 gran tiranno（大暴君）指的是代词（the one），第 9 行的 messo ha（has put）是与第 8 行的 ha sparto e vuol（has spread and want）相一致，还是与第 7 行的 sugge（sucking）相一致？这种不确定的可能性表明，由这种第三、第四层级的从句所指出的中介，被抑制在隐蔽处。

而在同一个从句结构的最底层出现了一个新的参与者，由代词 ciascum（everyone，每个人）所承担。萨丕尔已经对这个 "单数化的总体"（singularized totalizers）做了恰当界定："每一个 '单个' 都是突出的一个特殊 '单个'，这只为强调指出：这一系列所有其他的 '单个' 和这一个没有什么不同。"[①] 因此，雅各布森认为，呈现在这首诗中的任何行动，都产生于一个单独的中介，而行动者越不明确，他所表现出的行动就越不积极，所以，"每一个人" 都被冰封起来，被动地沉默。

雅各布森指出，在但丁的诗歌和诗歌理论中，他都寻求一种 "组合的极端物之间的对称"，即极端的差异形成一种对比。在外部诗节中，阴性词 pietà（痛苦）和 vertù（道德）之间的内在联系，被一种相似的模式所固定，即它们都是二音节词，

---

① E. Sapir, *Totality=Language Monographs*, cited in Roman Jakobson, *Selected Writings* III: *Poetry of Grammar and Grammar of Poetry*, ed. Stephen Rudy, p.182.

且最后的音节为重音。同样的，内部诗节中的"正义"与"恐惧"之间的内在联系，也保持在一种相似模式中，即它们都是倒数第二音节为重音的三音节词，且词前都有一个元音（$_3$la，$_9$di）。而且，该诗仅有的两个独立的短语都为两个外部诗节的倒数第二行所有——第Ⅰ节（倒数第二行）"为她祈求"（per lei ti priego）和第Ⅳ节（倒数第二行）"举起她"（levala su）——而关键词属于前一行："痛苦"在第Ⅰ节（倒数第三行），"道德"在第Ⅳ节（倒数第三行）。此外，"正义"和"道德"都遇到阴性词——$_5$la tua dritta（"你的右手"，第二个四行句的第一行）与$_{14}$in terra pace（"根本的和平"，第二个三行句的最后一行）。如果没有上帝的右手，就没有正义，没有价值，就根本没有和平，天赐的"爱之火"被乞求复活。因此，雅各布森认为，这首诗中的三个最重要的诗歌艺术的主题是：道德，幸福和"爱之火"。

雅各布森同时也认为，该诗中的阴性关键词，因为和实在动词、名词和形容词一起被频繁使用在一种隐喻结构中，所以丧失了它们的抽象性，如第二行"消耗我的心"，第六行"消灭正义"，第九行"产生如此恐惧之冰"，第12、13句"裸露地、冰冷地躺着""托起覆盖着你的面纱的她"。

（2）奇数诗节与偶数诗节

这首十四行诗一般被视为但丁的诗歌中唯一一首没有女主人公、没有提到"爱之崇拜"的诗。但雅各布森却认为，女主人公在这首诗的所有诗节中都被唤起。比如，一个抽象的阴性名词在每一节的倒数第三行凑对称性地出现：$_2$pieta（anguish，痛苦）—$_6$giustizia（justice，正义）—$_9$paura（fear，恐惧）—$_{12}$vertu（virtue，价值），可以发现：这四个词的第二音节都是重音，这些名词的对峙显示出一种深刻二元关系网络。依靠它们在奇数诗节或偶数诗节中的出现，句法功能和词汇意义把这四个关键词划分为两对。在偶数诗节中，"正义"作为一个直接宾语而出现，"道德"作为直接宾语的同位格而出现，两个概念作为同一个内容的两面而表现，且这两个重音的词都位于这行的第二个强拍上；而在奇数诗节中，介词结构中出现的"痛苦"和"悲伤"则以冠词来加强语气：2（a）—9（an）—10（the）。"痛苦"与"悲伤"都是诗人以及每个人的各自反应，这些反应与所承担的"正义—道德"不可分割，紧密相连：这些都是转喻性转换，从殉道的道德形象，转换成这个迷恋者为她的受难而担心的表现。第3行从句中的代词 lei（她），既上指第2行中的"痛苦"，也下指第6行中的"正义"，因为在所承受的"正义"之上的"痛苦"（一如"正义"本身）

是虔诚的，并且与上帝相关。

两个奇数诗节都由一套重要关系相连接：第Ⅰ节中的"痛苦"（倒数第三行）和第Ⅲ节中的"恐惧"（倒数第三行），引出与"心"的一种联系，而且"心"（cor）的重复出现因一种双音节韵而被强调，即第Ⅰ节第二行中的 Che'l cor 和第Ⅲ节第二行中的 nel cor。第Ⅰ节倒数第二行的动词"恳求"（priego）与第Ⅲ节倒数第二行的反义词"沉默"（tace），增强了第Ⅰ节（第二行）与第Ⅲ节（第二行）之间的音位关联。在两节的第二行中，"心"所承受的悲叹召唤出诗人和"每一个人"的相对立的反应。当然，这是一种"无声的呐喊"（cum tacent clamant），被迫的沉默对立于向上帝的申诉，但这次没有提及它的发出者。在这两种情况中，呼格的表达——第Ⅰ节（倒数第一行）的"我的上帝"与第Ⅲ节（倒数第一行）的"爱之火"，由代词"你"（tu）在邻近强拍中的对称来强调——押"cor"的韵，即第Ⅰ节中的 SignOR che TUhe 和第Ⅲ节中的 ma TU, foco d'amOR：这种内部的押韵，是但丁诗歌艺术中为人所熟知的手法。此外，奇数诗节的最后一行都向上帝呼求，而它们意动的语言形式都出现在该诗节的下一行末尾，由相同的押韵所标记：偶数四行句的第一行（$_4$svaghi—$_5$paghi），偶数三行句的第二行（$_{11}$cielo—$_{13}$velo）。

雅各布森更进一步指出，偶数诗节中的关键词——第Ⅱ节（倒数第三行）"正义"（giustizia）和第Ⅳ节（倒数第三行）"这种道德"（vertù）——同时性地、戏剧性地与阴性词（$_6$la，$_{12}$questa）结合而出现。在偶数诗节头尾相似的位置出现相同的"是"（è），一个作为肯定的插入语，一个作为否定的存在判断：第Ⅱ节的第一行"也就是，你的右手"（tua drittaman, ciò è）与第Ⅳ节的倒数第一行"没有和平"（non è in terra pace）。在同义关键词对照的差异中，支配性的及物动词——第Ⅱ节（第二行）"消灭"（uccide）和第Ⅳ节（第二行）"托起"（levala su）——显示出这两个诗节之间的反义性。尤其是，第Ⅱ节（倒数第二行）阳性词"世界"（mondo）充满着地狱似的流毒，对立于第Ⅳ节（倒数第二行）中期盼和平的阴性词"人间"（terra）。

（3）前部诗节和后部诗节

雅各布森发现，每个诗节都包含着与一个阴性名词连着的一个介词短语。在前部和后部诗节中，这些介词短语之间有着一种特定的语义类同（semantic affinity），如"for"（$_2$per），"with"（$_5$con），"of"（$_9$di），"on"（$_{14}$in）。在奇数诗节中，这些介词短语与关键词——如第Ⅰ节（倒数第三行）的"痛苦"

（pietà）和第Ⅲ节（倒数第三行）的"恐惧"（paura）——一起被构成。而在偶数诗节中，它们与同时出现的阴性词连在一起：第Ⅱ节（第一行）的"手"（man）和第Ⅳ节（倒数第一行）的"人间"（terra）。

前部诗节的开头和后部诗节的结尾，都是依靠一种意动形式构成的条件从句：第Ⅰ节（第一行）表达一种主观条件——"如果你看见我的双眼将要哭泣"（se vedili occhi miei di pianger vaghi）——依靠虚拟语气的"惩罚"（svaghi），第Ⅳ节（倒数第一行）表达一种普遍性的有效原因——"因为没有你人间就没有和平"（che sanza lei non è in terra pace）——依靠祈使语气的"请"（leva）。

雅各布森认为，在但丁的诗歌中，一个词语的重复暗示并表明复杂的平行，这是一种规则。比如，介词结构属于这种主从关系的次要部分（即从属部分），而介词结构中的代词"her"也都在第Ⅰ节和第Ⅳ节的第三行被确认。在这两个诗节中，这两行（第3与第14行）的更进一步的语境，存在于该诗中尚未出现在别处的对立面中；只有在这两行，所有强拍的三个内部的重心都落在相同元音上，就是说，落在 /e/，或重读或轻读（che）：第Ⅰ节（第三行）"per lei ti priEgo chE da tE NoN fugge"，第Ⅳ节（第三行）"che sanza lEi NoN E IN tErra pace"。在这里，否定意思由否定性的介词"没有"（sanza/without）和重复加倍的四个鼻音 /n/（saNza lei NoN è iN terra）所加强。

雅各布森再次强调，但丁诗歌中的语音组织，远远不是装饰性的，它表明了与其语义之间的一种隐秘联系。为诗中女主人公痛苦并祈求的引导性主题，以及最后对她的无以复加的颂扬，都与富有暗示性的"语音修辞"交织在一起。第一个关键词"痛苦"（pietà），被一系列单词所随声附和，如同回音一般——它的开头音节 /p/ 要么单独，要么与前元音 /i/ 在一起，而 /r/ 的表达经常性地嵌入或附加在一个词的结尾：PIangeR—PeR—Pietà—PeR—PRIego—PIaceR。最后的关键词"道德"（vertù）表现的像拼字游戏一般，其开头辅音—元音序列被重复两次：VErtà—VEstita—VElo；而它的末尾音节 /u/ 由一种内部韵律得到支撑：ma TU—questa verTU—levala sU。而且，最后三行句的头两行一再重复这个关键词的最初音节：①唇辅音 /v/，②元音 /e/，③流音，不过是按照不同次序表现的，如 FREdda（①③②），LEVa（③②①），VELo（①②③）；同时也围绕着一些语音非常一致的词，如 ₁₂quESTA—₁₃vESTiTA。在该诗的开头和结尾，有一些逆喻的非经常性和非共性的标记。双眼由作为视觉的中介或手段，变为被看的客体："如果你看见我的双眼"。丧葬的程式化表达（₁₂"裸露而冰凉"）唤起一种惯例的延续"在人间"或"安息"（in terra 或 in pace），但最后的推论短语"安息在人间"（in terra pace）又转向了一种安魂曲的曲调。

（4）相邻诗节之间

在雅各布森看来，相邻诗节之间的基本关联，在于随后诗节的开端与先前诗节的结尾之间的一种特定平行，即4—5，8—9，11—12行之间的平行。每个随后诗节，都以一种颠倒重复的、显现在先前诗节最后一行中的语法结构为开端。相邻诗节的相邻诗行都紧密联系，但其中的一行都并非依赖于另一行。比如，内部诗节（Ⅱ，Ⅲ）的两个外在诗行都包含过去时及物动词的第三人称形式（the one，everyone）；在第Ⅱ节（倒数第一行）中，助动词（ha/has）被置于宾语之后、分词之前（ch'elli ha già sparto），而第Ⅲ节（第一行）则是相反的次序：分词之后、宾语之前（e messo ha dipaura tanto gelo）。

又如，两个前部诗节都由同等的第二人称虚拟语气相连在一起，第Ⅰ节（倒数第一行）"诱惑"（svaghi）和第Ⅱ节（第一行）"惩罚"（paghi）；及物动词和直接宾语的顺序是交叉的：代词宾语（my Lord）在第一个虚拟语气（to relieve）之前，而第二个虚拟语气（to chastise）则在宾语从句（the one who kills justice）之前（第Ⅱ节第二行）。而在两个后部诗节的相邻诗行中，都含有人称代词的同位格：在第Ⅲ节（倒数第一行）中，同位格在代词之后；而第Ⅳ节（第一行）中，同位格与后面的代词有关系。

雅各布森继而指出，相邻诗节的每对分界诗行之间的关联，都由不出现在该诗其他诗行中的形态单元或句法单元的运用而加强：两个内部诗节之间的"过去时"（8—9），两个前部诗节之间的第二人称虚拟语气（4—5），以及两个后部诗节（Ⅲ，Ⅳ）之间的同位格（11—12）。

第一个三行句的最后一行是通过反义词与后一诗节相联系的：第Ⅲ节（倒数第一行）"火热"（foco）与第Ⅳ节（第一行）"冰冷"（fredda）、与第Ⅲ节（第一行）"冰"（gelo）相对应，第Ⅲ节（倒数第一行）"天堂"（cielo）与第Ⅳ节（倒数第一行）"人间"（terra）相对应。最后，两个三行句都以一个在该诗别处少见的一串鼻音结束——第Ⅲ节（倒数第一行）中的钝音 Ma, aMor, luMe 和第Ⅳ节（倒数第一行）中重复四次的尖音 /n/。这些响音序列表达出总结性的祈祷，其所在的四行同时与该诗的其他韵律相分离。它们试图将词语的重音从强拍转变为先前的弱拍，以一个在首词重音之下的弱拍，来建立五步风格的抑扬格结构：两个重音在第十一行，一个重音在随后一行。在最后的三行句中，重音位于每行的第一个弱拍上，而在第十一行，重音的弱拍都落在其内部音节上，由一个句法停顿所引导，表现出一种词语重音的两个音节的一种挑战性的地方。最后两行中，第二个强拍后的分音符号显然是效仿了 ₁₂questa vertù 的模式。

（5）中心与边缘之间

雅各布森还认为，特别值得注意的是这首诗的形态组织（morphologic texture），既表明了其两分法的即两个部分之间的不同表现，也表明了另一种"部分惯例"，也就是一种三分法组合，这使得十四行诗具有一个中心四行以及前后两边的五行，它的中心四行6—9，不同于前面的五行（1—5）和后面的五行（10—14）。在中心行中，有着第三人称的及物动词和代词，且代词是阳性的，而在最初的和最后的"五重奏"中，每行都提供第一人称或第二人称代词大多为阴性的。在这些"五重奏"中，五个动词属于第一人称和第二人称，六个第三人称的动词中有四个都与阴性词有关，而两个倾向于阳性的动词，则出现在与中心毗邻的过渡行中——第5行的"就是"（ciò è）和第10行的"每个人保持"（ciascun tace）。

而且，中心四行中的七个动词都是第三人称形式，也都是关于阳性词的。所有的动词和代词都在这一中心部分，而该诗的其他地方则没有，这指向了"正义"的凶手或它的帮凶。这一部分以及整首诗的中心两行（7—8），以一个松弛的语音标记（loose sound figure）——AL Gran***ALLAGHi——来构筑框架，聚焦于"罪犯"的两个恶行上（投毒，淹没），意味着达到它们中的每一个都称得上是"大暴君"（gran tiranno），而且聚焦于贯穿在四个深层的主从结构中对敌人阴谋的追踪上，利用了关系代词的宾语功能——₇whose（cui），₈which（che）——这也是我们在该诗其他地方找不到的。同时，中心对句（7—8）的后一行由三个及物动词系列所标记：₈ha sparto—vuol—allaghi（spread—want—flood）。

此外，唯有第一人称的及物动词——第3行的 beg（priego）——对立于该诗的其他所有动词，即"施事"动词（performative verb）对立于"述事"动词（constative verbs）。① 第二人称及物动词没有以肯定形式的从句出现，而只是以祈使的和条件的从句出现，如 ₁seved（if you see）或虚拟语气 ₄svaghi（to relieve），₅paghi（to chastise），或祈使语气 ₁₃leva（raise），而出现在这里的第

---

① 这是英国言语行为理论家奥斯汀（J. L. Austin）在其著作 *How to Do Things with Words*（1962）中提出的分类和术语，他将它们称之为"操作指令"（exercitive）。后来，为了适应语言学的需要，本维尼斯特利用并进一步具体说明了这些术语。

三人称的及物动词只是作为就事论事说明的一项规则。例外的情况是，虚拟语气 $_8$che'l mondo allaghi（want to flood the world），以强迫性的语义对照于第二人称的虚拟语气 $_5$che paghi（to chastise）（去惩罚）——发送方（我）的希望寄托于接受方（上帝）。

两个代词 lei（she）的出现，建立了与两个"五重奏"的首行之间的一种内部押韵：$_1$occhi miEI—$_3$per lEI 和 $_{10}$tuo'fedEI—$_{14}$sanaz lEI。诸多名词表明了受难者与表明其痛苦的代词从句之间的押韵。此外，$_4$i（它们）替换了 $_1$occhi miei（我的双眼），后者是两个名词的组合，并且是一个 /ó/ 和一个 /éi/ 落在第二个和第三个强拍上的所有格，它们分别是该诗中唯一出现的名词性复数和代词性复数。

可以看出，两个名词表现出两个语法的数量之间的一种提喻性关系，即所谓的"多中取一"。复数 my eyes（我的双眼）是单数 I（我）的替换形式，在短语 $_{10}$nel cor de'tuo'fedei（在你的爱慕者的心中）中，单数 cor（你）是一个关于复数 fedei（爱慕者）的语法的和句法的提喻，另一方面，当它被提升为主语时，这一复数则又采用了一种"单数化的总体者"的形式——ciascun tace（每个人）。

由此，雅各布森认为：这些看起来似乎是该诗支配性特点的例外情况，反而证明了一种倾向性的强制力，即以其唯一性（singleness）来表明任何实体，这可被当作是对严格而潜在的规则的决定性说明，而这些规则也正塑造了但丁诗歌的语法肌质。

（6）各节的独特语法及其之间的内在关联

在雅各布森看来，这四个诗节中的每一节都呈现出各自独特的语法特点，并且可以由占主导的一个不同言语部分来界定：

在第一个四行句中，主观抒情性只以第一人称的三种形式表现（一个动词的和两个代词的），而代词的出现率最高（占其总数的39%）。

在第二个也即最为壮丽的四行句中，具有八个限定动词（占全诗限定动词总数的44%），且只有两个时间副词——"然后"（$_6$poi/then），"已经"（$_8$già/already）——具有五层从句，而在其他节中只有一层或两层而已。

在沉思的第三节，及物动词数目降低到一对，而名词数量达到最大——八个（36%），被分为四对，首要的词和反常的修饰语，分为四个名词性修辞。

最后的三行句建立在对照和反义的基础上："躺下"（$_{12}$giace）—"托起"（$_{13}$levala），"裸露的"（$_{12}$nuda）—"覆盖的"（$_{13}$vestita），以及反义词"冰"（$_9$gelo）

/ "冰冷的"（$_{12}$fredda）— "火"（$_{11}$foco）。这一节包含了全诗所用的七个形容词中的三个（两个正常的形容词和一个分词），这三个词与前面诗节中的四个反常的形容词相比有所不同，它们在这里的功能不是作为名词修饰语，而是与这些形象情绪的、变形的特征相一致的整个从句修饰语——"裸露的且冰冷地躺着"（$_{12}$che nuda e fredda giace）和"托起覆盖的"（$_{13}$levala su vestita）。

此外，我们也可看出，这首十四行诗的部分惯例，是建立在其显而易见的诗节之间建筑式的（architectonic）内在关联基础之上的：

第一个四行句：诗人的个人痛苦和祈求：恳求恢复他内心平和的神圣的求情。

第二个四行句：要求对凶手进行惩罚，对谋杀正义地描述。

第一个三行句：普遍的恐惧和沉默，但唤起了神圣的爱。

第二个三行句：寻找升天的道德，设想去开创人间的和平。

雅各布森认为，"她"是该诗的主题和中心思想——要么名为"道德"（Vertù）、"正义"（Giustizia），这是人类最重要的显现；要么名为"痛苦"（Pietà）和"恐惧"（Paura），这是人类对道德受难（the martyrdom of virtue）的反应——它的出现与上帝以及经过"爱之火"的拯救密切联系，不可分离。第二个三行句的第三行，在三合为一的对她的胜利中，把三个富有意味的阴性词与被"天堂之光"照亮的"人间"和渴望的"和平"结合在一起，而且，第二个的两个名词之前的冠词是缺席的。

按萨丕尔的术语来说，我们可以说"存在物"（existens）取代了"出现物"（occurrents），这已由三行句中占主导的名词性韵律与四行句中的动词韵律之间的对立揭示出来，也通过两个内在诗节的整体语法清单之间，以及四行句中大量动词与三行句中大量名词之间的鲜明对照揭示出来。而且，第一次恳求上帝的虚拟语气的可能性（限定条件，依靠主要动词，和对要求的主观注解），显然不同于带有其无条件的、超然的祈使语气的第二次乞求。这些意动形式的固守的代词性宾语充满重要性：当虚拟语气指向恳求者时——$_4$I（我）——和指向有罪者时——$_6$chi（他，who）——祈使的目标在于"道德"——$_{13}$la（her），这是它的直接目标。

不得不承认，阅读如此冗长、烦琐的语法分析文章的过程是单调、枯燥而缺乏美感的，但雅各布森以其十足的耐心和明察秋毫般的深入剖析，充分证实了这首诗确实是一首"语法的诗歌"。它如一幅立体主义绘画，多维而井然有序，又如一支"戴着镣铐的舞蹈"，多变而不逾矩：各个层面的对等形成了重重叠叠的平行，无所不在的韵律平行和语法平行又构成了整个作品的肌质。更重要的是，雅各布森揭示出这些形式和语义是密不可分的，它们之间的对称性与相关性，是多样的、普遍的、透明的和重要的。同时，这也间接表明了但丁不仅是掌握了精妙绝伦的语言构造技巧的诗人，而且也是一位杰出的语言艺术家和语言学家。一首不过十四行、百余词的诗歌，雅各布森却用长达万余言的篇幅去条分缕析，这种认真执着的精神、精耕细作的态度和"游刃有余"的技艺，是一般学者难以企及的。

不仅如此，雅各布森还跳出了文本，将这首诗与文艺复兴时期的其他艺术关联起来，进行了横向比较，如乔托（Giotto，1266？—1337）、阿诺尔夫·迪坎比奥（Arnolfo di Cambio，1245？—1302？）以及乔瓦尼·皮萨诺（Giovanni Pisano，约1250—约1314）的雕塑艺术。他认为，语法学的和几何学的图像之间展现出了一种"姿态"上的密切相似，正如但丁在其学术性散文《飨宴》（"Convivio"，1304—1307）中，通过对天堂秩序与科学秩序之间的比较，描绘了"语法"和"几何"之间内在张力的特殊性：几何是在两个正确的规则之间移动，指向一个中心；而在语法中，因为其构成要素具有可变形、可转换的连续性，因此，即使是微弱的对照和差异也能被指出。因此，他最后总结道：

> 在视觉艺术中，具有对"某一词语、某一倾向和某一构造"的选择性和相互作用的诗歌语法，和具有"透视"（perspettiva）的几何学，为比较研究开辟了一个崭新的、广阔的领域。"新体诗"（dolce stil novo）的诗歌有着复杂而有效的语法组织，和同时代充满了不可抗拒的几何学创造法则的美术，推动着关键性的且尚未开拓的平行结构的手法问题，正是这些手法，塑造出意大利十四世纪文艺中的语言的、绘画的和雕塑的杰作。[①]

由此可见，雅各布森并没有将诗歌（文学）置入真空之中，也并不满足于"就诗论诗"的狭隘，而是以一种阔达的艺术整体结构观和历史文化意识，触摸到

---

① Roman Jakobson, "Vocabulorum Constructio in Dante's Sonnet 'Se Vedi Li Occhi Miei'," in *Selected Writings* III: *Poetry of Grammar and Grammar of Poetry*, ed. Stephen Rudy, pp.191-192. "新体诗"（亦称"温柔新体诗"）是中世纪后期意大利重要的抒情诗歌流派，以但丁、圭托内·达雷佐（Guittone d' Arezzo）和圭多·圭尼泽利（Guido Guinizelli）为代表，以但丁的《新生》为代表作。

一个特定时代的、一种普遍性的艺术诉求，即反抗那种平面化的、缺乏深度的中世纪"拜占庭风格"，而追求相似的构成要素之间的平行结构和透视感。这使得语言艺术和非语言艺术之间、诗歌语法与美术"语法"之间达成了默契，它们以不同的媒介、相同的手法，显示出整个文艺复兴时期的艺术走向。

对于质疑者来说，雅各布森的这种研究似乎是无效的，因为它只是一种阐释，而不能改变任何东西。正如波兰诗人 Jaroslaw Iwaszkiewicz 在他的诗中问道：雅各布森的研究改变了"Pan Tadeusz"（波兰诗人 Adam Mickiewicz 的长篇叙事诗——笔者注）的结构了吗？现在，我们可以回答：是，雅各布森的研究确实改变了艺术信息的结构，因为这些研究为我们提供了正确解码的线索。一个同样的信息能有许多可以"改变其结构"的解码方法，从这个意义上说，每个例子中的结构能不同地被理解。但是，在任何众多的变化中，总能发现一个不变的，也就是说，在丰富的解码中，我们能选择最合适或作为公分母的那一个。有了它的帮助，一个艺术作品能被重建，或者谬误遮蔽之下的真理可被揭示。

如果我们只是想当然地认为雅各布森是一个"技术至上主义者"，或者像乔纳森·卡勒那样盖棺定论似的认为"他（雅各布森）的分析实践是失败的"，恐怕是对雅各布森语言诗学的某种误读。当然，为了澄清误解和避免误读，也为了揭示其价值与局限，我们必须效仿雅各布森的比较研究方法，将其诗学理论与批评实践跟批评者（如卡勒、里法泰尔等）以及同时代的英美"新批评"的理论进行比较，将其结构主义审美符号学与法国结构主义符号学进行一定的对照，以看清其语言诗学在"语言学转向"过程中的地位与贡献，以及"文学性"问题在结构主义转向后结构主义的过程中的漂移轨迹。

第五章

"文学性"的出走: 走向后结构主义的"文本性"

作为诗性功能的杰出开拓者，雅各布森以其丰富而详尽的诗歌批评实践，在 20 世纪 60—70 年代的美国成为结构主义语言诗学的领军人物。正如欧陆结构主义语言学一开始遭遇到美国本土结构主义语言学的抵抗一样，雅各布森的语言诗学的方法和实践同样遭到立场各异的文学批评家的质疑和抨击，其中尤以法国学者里法泰尔、美国学者乔纳森·卡勒为代表。[①] 姑且不论欧陆传统与英美传统之间的差异和对抗，他们之间的论争与其说是两个阵营（结构主义与后结构主义）的对垒，不如说是一个战壕（结构主义）的内讧，其结果一方面促进了雅各布森的语言诗学在美国乃至欧洲诸国的进一步传播和发生影响，另一方面也促使雅各布森在更宽广的文化（艺术）符号学领域寻求"诗性"（文学性）存在的可能空间，这一主题也成为其生命的最后绝唱。

心怀欧陆一脉的人文传统，身处美国文化的熏染之中，雅各布森的兼容并包、虚怀若谷的能力显示得淋漓尽致。一方面，他从"语言科学的探路者"皮尔斯那里汲取符号学的思想滋养，并使其从历史的尘埃中挺身而出，重新绽放出迷人光彩；同时，他也从美国"新批评"派的著作中寻找惺惺相惜的诗学慰藉，在"以文本为中心"的共同旗帜下，他和兰色姆、布鲁克斯、比尔兹利等人各

[①] 其他重要的批评者和文章还有：Mary Louise Pratt, "The 'Poetic Language' Fallacy," in *Toward A Speech Act Theory of Literary Discourse*, pp.11-36；［法］穆南（George Mounin）：《结构主义者评波德莱尔》，见［俄］波利亚科夫编：《结构—符号学文艺学——方法论体系和论争》，佟景韩译，文化艺术出版社，1994年，第367—371页。

居大学要位，又彼此挥手致意。另一方面，他还与法国结构主义者们（如列维–斯特劳斯、拉康等）保持着密切关系，来往于剑桥与巴黎之间，进行着结构主义和文化符号学的"对话"；同时，他还对东方文化抱有浓厚兴趣，并对中国格律诗模式以及日本古典诗歌进行了细致的语法结构分析。可以说，雅各布森以其孜孜不倦的探求，在欧陆文化与美国文化、西方文化与东方文化之间，构筑起一架坚实且充满诗意的桥梁。而在从结构主义走向后结构主义的征途上，"文学性"问题也如蛹化成蝶一般发生着蜕变和"新生"。

第一节 批评与反批评：雅各布森和他的反对者们

雅各布森从语言的对立与对应、对称与反对称、对等形式与突出对照等特点出发，对诗歌结构进行了娴熟的解剖，为我们理解文学文本的"深层结构"迈出了重要的一步。这一深层结构不仅显示出每个层面的秩序化，而且还可能为智力自身（包括自然的和人为的）的运作提供某些证据。然而，对那些愤愤不平的反对者而言，这种"微观分析"无异于"活体解剖"（vivisection），是"空空洞洞"的，是"读者无法领悟"的，是"失败"的，如此等等。批评和反批评呈现出颇有意味的对峙，为我们更合理地理解雅各布森的语言诗学提供了十分有益的参照，对雅各布森而言，这些批评只不过是无数中伤中的几缕印痕而已。

一 "读者反应"与"文学能力"：里法泰尔和卡勒的批评

首先发难的是美国的法语教授、结构主义文学理论家米歇尔·里法泰尔（Michael Riffaterre），他在《描述诗歌结构：对波德莱尔〈猫〉的两种研究》（1966）这一长达四十三页的长文中，对雅各布森和列维–斯特劳斯分析波德莱尔诗歌《猫》的著名文章（1962）进行了批评。他的根本论点是：雅各布森和列维－斯特劳斯仿佛"超级读者"（superreader）或"原读者"（arthireaders），[①]将这首诗歌建构成了一首"超级诗歌"，没有把读者能够领悟到的和不能领悟到的语言特征区别开来，读者无法作出反应的音位和语法等各种对等成分，只能是与诗歌结构（poetic structure）相异的成分，而能够引起读者反应的成分，才是诗歌结构所包含的成分。而且，雅各布森也并没有告诉我们他所描绘的语法结构在诗歌与读者之间建立了怎样的联系，因此，"一首诗歌的语法分析至多不过是告诉我们那首诗的语法而已"，"这些手法的共性在于：它们被设计安排，为的是引起读者的反应——不管他的注意力如何散漫，不管代码如何演化，不管审美趣味如何变换"。[②]概而言之，雅各布森所揭示的语法是与诗歌"无关的语法"，读者的反应是文学研究应当考虑的。

可以看出，里法泰尔所坚持的是"读者反应"的批评立场，但又与费什的"读者反应文体学"（affective stylistios）不同。他并不认为文学研究就是要记录读者阅读文本的一系列原始反应，而是强调文本自身作为一个既定结构的自主性和自律性，以及在意义生成过程中的客观规定性，可以说，他徘徊于读者和文本之间，文本是先于读者的首要"结构"。在他看来：

> 结构是一个由几个成分构成的系统，改变其中的任何一个成分都必然要对其他成分产生影响，这个系统就是数学家们所说的"不变量"；系统内部的转变会产生一组同一形态的模式（即机械的互变形式）或变量。当然，所谓的不变量是一种抽象的说法，它是说变形后仍能保持结构的完整；因此，我们只有通过各种变量才能认识结构。我们同意列维－斯特劳斯的观点：一首诗就是一个结构，在其自身包含了自己的各种变量，这些变量排列在不同语言层面的纵轴上。[③]

---

① 里法泰尔认为，"超级读者"或"原读者"决不曲解所研究的具体言语交际行为，他们只是通过反复地感受它而更彻底地进行探究。他列出诗歌《猫》的"超级读者"的构成：波德莱尔；戈蒂耶和Laforgue；W. Fowlie，F. L. Freedman和F. Duke的一些翻译；我所能发现的一些批评家；雅各布森和列维－斯特劳斯；Larousse的词典；哲学的或教科书的脚注；我的学生以及信息以及没有脱离我的方法的其他灵魂等等。

② Michael Riffaterre, "Describing Poetic Structures: Two Approaches to Baudelaire's Les Chats," in *Yale French Studies*, No.36/37, Structuralism, 1966, pp.213, 214.

③ Michael Riffaterre, "Describing Poetic Structures: Two Approaches to Baudelaire's Les Chats," in *Yale French Studies*, No.36/37, Structuralism, 1966, p.201.

很显然，这种"结构"观念与雅各布森别无二致，雅各布森的语法分析所做的也正是在诗歌结构中寻找变量中的不变量，即在不同语言层面上发现对等和平行的关系系统。这种在诗歌中由各种关系形成的层层编织的系统，在非诗歌语言中是难以想象的，因此在雅各布森看来，对等原则为识别诗性功能提供了一个客观标准。但问题也正如里法泰尔所质疑的：这些精微的语法关系系统是大多数的普通读者所无法领悟到的，他们只能根据自身的阅读经验，发现一些显而易见的对等结构（如词语重复、押韵等）而已，这该如何解释呢？

　　有意思的是，在雅各布森作出回应之前，卡勒在其《结构主义诗学》（1975）第三章中，一边对"雅各布森的诗学分析"提出批评，一边又替他回应了对里法泰尔的批评：

> 　　他（里法泰尔——笔者注）所声称的"领悟的规律"并不能推进他的论点，也不能区分诗歌结构与非诗歌结构的方法。理由很简单，因为指明某一具体的系统，然后断言它不能为读者所领悟，这是极为拙劣的方法。另一方面，我们又不能以读者业已领悟的东西作为标准，这首先是因为读者自己并不一定知道哪些成分或系统导致所体验到的诗歌效果；其次，我们在原则上并不愿意剥夺批评家指出我们在文本中没有见到的东西的可能性，而批评家之所见，我们是愿意承认其重要性的；第三，这又因为倘若要把雅各布森之辈从各行其是的读者圈中逐出，我们势必又得另立其他种种相当随意性的标准和原则。[①]

卡勒的意思很明确：读者无法将其领悟到的东西与体验到的诗歌效果相对应，并作出判断，因此，读者的反应和"领悟"不能作为标准来区分诗歌结构与非诗歌结构，更何况，批评家有指明文本中各种存在可能性的权利和义务，他们所建立的阐释标准和原则是具有相当的严肃性和科学性的。卡勒的回答无疑是切中肯綮的。但是，我们也不难发现，他其实并未否认读者的权利和重要性，更准确地说，他比里法泰尔更强调读者在"诗歌效果"（即整体意义）生成过程中所发挥的功能，而将文本结构置于"等待被阅读"的地位。在卡勒看来，"作品具有结构和意义，因为人们以一种特殊的方式阅读它，因为这些潜在属

---

① ［美］乔纳森·卡勒：《结构主义诗学》，盛宁译，中国社会科学出版社，1991年，第110—111页。

性，隐含在客体本身的属性，要在阅读行为中应用话语的理论，才能具体表现出来"①。换言之，没有读者的阅读行为，文本的结构和意义无法自动生成，由隐而显，读者的阅读是使这些潜在属性具体表现的根本原因：这自然是一种"以读者为中心"的论调。但我们的疑惑在于：读者以怎样"一种特殊的方式阅读"，又如何"应用话语的理论"？对此，卡勒胸有成竹地提出了所谓的"语言学应用的最佳方案"：

> 恰如以某种语言说话的人吸收同化了一套复杂的语法，使之能将一串声音或字母读成具有一定意义的句子那样，文学的读者，通过与文学作品的接触，也内省地把握了各种符号程式，从而能够将一串串的句子读作具有形式和意义的一首一首的诗或一部一部的小说。文学研究与具体作品的阅读和讨论不同，它应该致力于理解那些使文学之所以成为文学的程式。②

在这里，我们不难发现乔姆斯基"生成语法论"的回声，事实上，他在第二章便仿照乔姆斯基的"语言能力"而提出了"文学能力"(literary competence)的概念。所谓"文学能力"指阅读文学文本的一套程式系统，具有该能力的读者相当于内化了一种文学的"语法"，使其能够把语言序列转变为文学结构和文学意义，能把一个语言信息纳入到文学传统中进行理解和阐释。换言之，他们是有经验的、训练有素的"理想的读者"。和里法泰尔一样，卡勒同样认为读者的这种阐释不是主观的想象，但不同的是，他没有将这种阐释的主动性交予文本结构本身，也没有还给作者，而是让读者牢牢抓住，因为在他看来，"真正的创作活动，都是由掌握了加工这些语句的巧妙办法的读者完成的"③。这套阅读程式或文学语法，是读者面对某个文学文本时便已经具备的先在条件，是读者通过不断接触文学作品而"内省地把握"了的符号程式，这正与雅各布森所强调的对具体文本结构的语法分析是背道而驰的：前者相信读者作为认识主体，具有理解文学效果、阐释文学意义的先验能力，而后者则相信文学文本是相对自足的意义结构体，细致的语法分析和批评实践能够使意义生成的规则程式凸显出来。换言之，读者和文本，读者阐释与语法分析，在意义生成过程中孰先孰后，孰轻

① ［美］乔纳森·卡勒：《结构主义诗学》，第174页。
② ［美］乔纳森·卡勒：《结构主义诗学》，第16—17页。
③ ［美］乔纳森·卡勒：《结构主义诗学》，第179页。

孰重，是他们争论的焦点。

毫无疑问，"文学能力"是卡勒结构主义诗学的核心，这一立论是与索绪尔乃至康德以来的先验认识能力的传统一脉相承的。从这一"先验认识能力"出发，读者的理解程式成为"使文学之所以成为文学"的必要条件和充分条件，是文学研究的对象。这就与雅各布森所主张的诗性功能占主导的"文学性"形成了尖锐对立。于是，卡勒对雅各布森的诗学分析便有了如此断定：

> 雅各布森提请人们注意各式各样的语法成分及其潜在功能，这对文学研究是一个重要贡献。但是，由于他相信语言学为诗歌结构的发现提供了一种自动程序，由于他未能认识到语言学的中心任务是解释诗歌结构如何产生于多种多样的语言潜在结构，他的分析实践是失败的。①

果然是后生可畏！卡勒先扬后抑地表明了这样的意思：雅各布森虽然用语言学方法揭示出了诗性功能在文本中表现的各种语法结构及其功能，但并未解释这些语法结构是如何使诗性（文学性）得以实现的。在他看来，恰恰是掌握了"文学语法"的读者使语法结构转换为诗歌结构。换言之，雅各布森只是以语言语法解释了一首诗的语言系统（语言理解），而并未理解和阐释这首诗的文学系统（文学理解），这两者是有实实在在的区别的。说得更直白些，如果没有"理想的读者"对文本的"文学理解"，"超级读者"对文本的"语言理解"是无效的，是失败的。因为卡勒认为"文学是一种以语言为基础的第二层次上的符号系统"②，所以，他机械地也是理想化地将文学文本的理解分为语言理解和文学理解两个层面，雅各布森的语法分析只是在语言层面的运作，而具有文学能力的读者则是在文学层面进行理解和意义阐释。按此说来，文学意义似乎是一个与语言意义界限分明的独立系统，但显而易见的是，这二者是一枚硬币的正反面，彼此依存、不可分割，否定其一或厚此薄彼都是错误的。卡勒先验地认定存在着一种独立自足的"文学意义"，这就注定了他的"结构主义诗学的视角是颠倒的，它的研究对象是从已知的文学效果出发，追溯到产生该效应的阐释程式"③。这与英美文学传统尤其是新批评的阐释传统相一致，却与雅各布森

① ［美］乔纳森·卡勒：《结构主义诗学》，第120页。
② ［美］乔纳森·卡勒：《结构主义诗学》，第174页。
③ ［美］乔纳森·卡勒：《结构主义诗学》，第12页。

由文本阐释到文学效果的语言诗学构成镜像关系。

在这重大的差异之上，卡勒通过考察雅各布森对波德莱尔《忧郁》组诗之一以及对莎士比亚第 129 首十四行诗的分析认为：雅各布森在诗学分析中，过分看重奇数与偶数的数字对称，而这些对称恰恰是毫无意义的，因为"在这首特定的诗歌中，只要你想到哪种组织结构类型，就一定能找到"[①]，所以，按照此种方法在诗歌中所发现的结构根本不具有独特的特征，而且雅各布森究竟要为自己的分析方法引出什么样的结论始终语焉不详。卡勒甚至亲自上阵，以雅各布森《诗学问题》一书散文体的"跋"为例，仿效后者的语法分析方法，寻找对称和反对称等语法结构，证明"相似成分的重复在任何文本中都可能看到"，"这种数字上的对称本身并不能作为语言的诗性功能特征的界定"[②]。由此，他提出了自己的构想：

> 把雅各布森关于诗学语言的论述作为读者在语法成分的指引下自己进行辨义运作的理论，它才能最大限度地发挥作用。侈谈文学文本中存在着大量的平行对称和重复，既没有意思，更无释义价值。关键的问题是语言系统会有什么样的效果，我们只有在自己的阅读理论中把读者如何处理文本的结构成分的过程具体化，才能得到真正的解答。[③]

这种想法不啻为调和文本论与读者论的中庸之法。然而，有意思的是，卡勒在这里还是不知不觉地绕回到了他所反对的立场上，即承认了雅各布森的诗学分析对读者辨义或释义的先在的指引作用，强调了文本结构的具体分析对读者阅读理解的重要价值。

总之，里法泰尔和卡勒都在文本之外提供了新的值得关注的对象——"读者"，前者秉持法国结构主义的立场，对读者的权利有所保留，文本结构依然是文学研究的重心所在，而后者则在英美新批评传统的包裹下，将重心移向了读者的阐释和评价。不管怎样，里法泰尔老成稳重的批评，卡勒年轻气盛的挑战，引起了雅各布森的高度关注，并随后进行了反批评。

---

① ［美］乔纳森·卡勒：《结构主义诗学》，第104页。
② ［美］乔纳森·卡勒：《结构主义诗学》，第107页。
③ ［美］乔纳森·卡勒：《结构主义诗学》，第116页。

二 "语言学拥抱诗学"：雅各布森的反批评

早在《语言学和诗学》的结尾，雅各布森便料到必然会有一些批评家反对语言学和诗学的联姻，他说：

> 语言学家和文学史家都逃避诗歌结构问题的时代，现在已经完全落在我们身后了。确实如 Hollander 所说，"似乎没有理由企图把文学与整个的语言学区分开来"。如果仍有一些批评家怀疑语言学拥抱诗学领域的能力，那么，我相信，那是因为一些心胸狭隘的语言学家对诗歌的无能为力，被误解为语言科学自身的一种不足。当然，在这里，我们都明确认识到：一个对语言的诗性功能耳聋的语言学家，和一个对语言学问题漠视且不熟悉语言学方法的文学学者，都是相当明目张胆的错误。①

果不其然，文学学者里法泰尔和卡勒以"读者"的名义对主张"联姻"的雅各布森提出了抗议。他们并非对诗歌结构问题有所逃避，而是从根本上怀疑以语言学"拥抱"文学（文本）的有效性和客观性。他们认为："诗歌可以包含某种结构，这种结构作为一个文学艺术作品的功能和效果中不起任何作用"②，即雅各布森所揭示的文本的语言结构并不等于全部的诗歌结构；"从诗学的观点看，需要解释的并不是文本本身，而是阅读、阐释文本的可能性，文学效果和文学交流的可能性"③，即诗学的焦点由语言阐释转向读者阐释，文本自身的权利旁落到文本之外的读者，这些自然都是雅各布森无法认可的。为此，他不顾年老体衰，在与泼墨斯卡的《对话》"诗歌与语法"一节中，以及长文《对诗歌语法讨论的补充说明》④中，对里法泰尔、卡勒以及 Leo Bersani、穆南（Georges

---

① Roman Jakobson, "Linguistics and Poetics," in *Language in Literature*, eds. Krystyna Pomorska and Stephen Rudy, pp.93-94.

② Michael Riffaterre, "Describing Poetic Structures: Two Approaches to Baudelaire's Les Chats," in *Yale French Studies*, No.36/37, Structuralism, 1966, p.202.

③ ［美］乔纳森·卡勒：《结构主义诗学》，第92页。

④ 该文原题为"A Postscript to the Discussion on Grammar of Poetry"，首发于*Diacritics* 1980年第1期；后题为"Retrospect"收入*Selected Writings* Ⅲ: *Poetry of Grammar and Grammar of Poetry*中（第765—790页）。

Mounin）等人的批评予以回应和反驳，这实际上也是对诸多心存疑虑者共同关心的一些焦点问题的答复。

其一，语言学立场。针对里法泰尔"语言学与诗学实现共存了吗？"的疑问，雅各布森寸步不让地再次重申了他在《语言学和诗学》中的观点，即语言学和诗学联姻、诗歌的语言学研究是合法且十分必要的；通过援引梅洛－庞蒂、罗兰·巴尔特、戴维·洛奇、洛特曼等人的相关言论，他更加强硬地表达了"语言科学"渗透语言艺术是不可阻挡的趋势：

> 我做这样的补充说明是为了表达这样的希望，即强力推进语言科学的一种彻底渗透，语言艺术的科学将不再理会任何削弱或破坏二者联合趋势的所有借口。①

在他看来，语言学享有开拓诗歌问题的权利，语言科学和文学科学的联合是大势所趋，这是无可争辩且任何人都无法阻挡的。而反对者由于怀着各种"过时的偏见"，或对当代语言学及其全景有所误解，因而把语言学当作一种封闭的学科，将其限制在研究"句子"的狭隘领域中，导致语言学家不能检测语言艺术的组成。雅各布森的自信和强硬不是凭空而来的，也不仅仅是语言学家的强烈学科意识使然，他清楚地看到了语言学在人类的社会交往结构中确实承担着重要功能。比如，在《语言学和其他科学的关系》（1970）中，他便详细阐述了一种内在的规范模式，即语言学处于中心，涵盖广泛的人文和社会科学，并拓展到其他科学的交往。在他看来，语言学在人文社会科学中的地位，就好像数学在自然科学中的地位，②甚至它还可以拓展到自然科学。语言学模式在人工智能语言的开发和研究中的应用，以及在法国结构主义者手中作为无往而不胜的文化分析和批判的利器，便充分说明了语言科学在 20 世纪 60 年代以来势不可挡的强大力量。而这背后的推手便是被罗蒂称为"语言学转向"（the linguistic turn）的哲学潮流，按其所言，这一转向的巨大意义"在于促成了如

---

① Roman Jakobson, "Retrospect," in *Selected Writings Ⅲ: Poetry of Grammar and Grammar of Poetry*, ed. Stephen Rudy, p.790.

② 布洛克曼同样认为："对于艺术、文学、哲学、心理学和社会科学等领域中结构主义所做的认识论的研究来说，现代语言学所起的作用，某种程度上相当于一种数学的作用。"[比] J.M.布洛克曼：《结构主义：莫斯科—布拉格—巴黎》，第76页。

下转变，那就是从谈论作为再现媒介的经验，向谈论作为媒介本身的语言的转变"[①]。而一旦索绪尔所开启的现代语言学的独立规则得以确立，语言学就会凭借其严格、高度的形式化，影响或渗透入其他学科，文学作为语言艺术，自然最早受其影响。这种转变和渗透入在雅各布森的语言诗学中表现得非常明显，甚至可以说，自索绪尔之后，雅各布森便以其卓越的语言学研究和诗学研究参与并有力推动了语言学转向的整个进程。[②]

其二，读者期待和能力培养。读者在诗学研究和文本意义生成的过程中究竟居于怎样的地位，发挥怎样的作用？对两位批评家共同关注的这一问题，雅各布森的回答是一分为二的。

一方面，雅各布森从未否认读者在语法分析过程中的存在，相反，他认为"读者"一直在积极地对文本语言的各个层面做出相应理解和期待。比如，他认为"诗歌的读者显然'可能不能把数字的频率'与格律的构成部分联系起来，但只要他理解到诗歌的形式，他不知不觉地就会获得它们'等级秩序'的一种暗示"[③]。也就是说，重读和非重读音节的出现频率作为诗歌格律的重要构成形式，为读者提供了某种音乐效果和语义暗示，由此，读者自然就会形成某种期待。正如俄语诗歌的听者或读者常常以相当高的可能性，期待着在四音步诗行的任何偶数音节上遇到一个词语重读，但帕斯捷尔纳克的某些诗歌常常剥夺词语重读，从而使读者期待受挫。

另一方面，雅各布森的诗学分析之所以要揭示文本的语法结构，并非要剥

---

① Richard M. Rorty, "Twenty-five Years After," in *The Linguistic Turn:Essays in Philosophical Method*, ed. Richard M. Rorty, Chicago: Chicago University Press, 1992, p.373.

② 学者盛宁认为，"语言学转向"是分两步完成的：第一步只是"语言的转向"，其中包括英美分析哲学将传统的哲学问题重新表述为"语言逻辑"的问题，使"语言"取代了传统哲学的"思维""意识"以及"经验"所占据的中心位置，也包括欧陆存在主义的现象学对于"语言"与"存在"关系的反思；第二步才是真正意义上的"语言学的转向"，即我们在20世纪60年代以后所看到的，是语言学的理论模式被当作一种新的认知范式，一种参照体系，来对过去的哲学问题和认识重新进行审视。但第二步从时间上追溯的话，实际上又是与第一步几乎同时发生的，因为"语言学的转向"必须追溯到结构主义语言学的奠基人索绪尔，而他与分析哲学代表人物维特根斯坦完成其《逻辑哲学论》的理论建构基本上在同一时期。参见盛宁：《人文困惑与反思——西方后现代主义思潮批判》，生活·读书·新知三联书店，1997年，第41—51页。

③ Roman Jakobson, "Linguistics and Poetics," in *Language in Literature*, eds. Krystyna Pomorska and Stephen Rudy, p.75.

夺或嘲弄一般读者的领悟能力，按其所言，"语法结构，和诗歌的许多其他方面一样，只是一般性地为普通读者提供一种艺术感知的可能性，并不需要他们去进行科学分析，也不赋予他们这样的能力"①。对比卡勒的读者阐释观点，可以看出，雅各布森的语法分析虽然不能使读者具备像他一样的科学分析能力，但他所揭示出的语法结构，无疑为读者更充分地感受和理解诗歌提供了巨大支持，不仅使读者"知其然"（意义），更知其"所以然"（意义如何生成），这显然正是培养普通读者具备"文学能力"和"文学语法"的必经之路。相较而言，卡勒一味强调读者的"文学能力"对文本意义的决定作用，而"文学能力"如何获得倒显得格外迷惑；里法泰尔把诗歌想象为"读者的反应"，而读者如何作出反应和对什么作出反应则令人生疑，他们所批评的雅各布森诗学分析倒正是答疑解惑之方。正如杰弗森、罗比所言，"雅各布森不只是描述或解释读者的有意识的理解过程，而且还从技术上解释诗歌语言的整体效果"②。由此看来，孰先孰后，孰对孰错，不言而喻。

其三，语法结构研究的正当性。批评者认为雅各布森诗学分析把文学作品的诗歌结构降减为语法结构的研究，认为他把诗歌的富于暗示性的力量只归因于语言形态层次之间的相互关系，归于句法平行或对照。对此，雅各布森在《对话》中做了正面的回应。他认为，批评家的这种看法是"毫无根据的幻想"，因为：

> 我们研究韵律，但没有人说诗歌就等于韵律，正如我们永远不会把诗歌降减为一个隐喻系统，或是一个诗节综合体，或是其他任何形式及其各种效果。但是，对韵律、比喻、诗歌节奏和"语法修辞"的研究，构成了诗歌分析的一些重要目标。而很长时间以来，诗歌结构都未得到缜密的分析。③

在这里，雅各布森简明而直接地表明了两层意思：第一，自己进行诗学分析的出发点和目标在于，以缜密科学的诗歌语法结构研究改变印象式的、价值评判性的传统研究的现状。长期以来，传统的诗歌研究专注于诗歌之外的功能和价

---

① Roman Jakobson & Krystyna Pomorska, *Dialogues*, pp.116-117.
② ［英］安纳·杰弗森等：《西方现代文学理论概述与比较》，第50页。
③ Roman Jakobson & Krystyna Pomorska, *Dialogues*, p.118.

值，而对诗歌的语法分析一直到雅各布森所处的 20 世纪 60—70 年代才被提上日程，且仍未得到深入勘探，从这个意义上说，雅各布森的开拓精神和科学实践的成效都是不容抹杀的。第二，语法结构研究只是诗歌研究的组成部分，正如韵律并不等于诗歌，而是诗歌的组成部分。他所强调的是：对某一具体诗人或诗歌传统进行韵律系统、语法修辞等规则的研究是一项有意义且有益的工作，诗歌的本体研究必然以韵律、比喻、节奏以及"语法修辞"等为重要目标，"诗歌中的任何单一现象其本身都不能被视为终极目标，而且诗歌结构中的所有方面都是相互关联进而构成一个独特整体的"①。可见，雅各布森并未以部分代整体，或是将整体消减为部分，而是格外突出诗歌结构的整体性和内部特性的彼此关联，而这些特性对诗歌作品的总体"效果"起何作用，则是另一个相对独立的问题。由此，雅各布森对卡勒追求所谓的"文学（诗歌）效果"也提出了批评："从结构语言学和诗学的视角来看，以诗歌'效果'的决定来开始分析，这是一个严重的错误，因为不懂得手段（means）的问题而做出这样的一个决定，只能导致幼稚而主观的研究。"②不知手段，焉知效果？相信任何了解诗歌、有文学阅读经验的人，都无法否认雅各布森的这一观点及其基础研究工作的合理性与巨大贡献。

其四，诗性功能占主导。与上述批评相关，雅各布森认为，诗歌结构研究包括对诗歌语言表现的多种功能的研究，但占主导的诗性功能应当是诗学研究的重心，诗性结构的主导地位不可动摇。因此，不存在与诗歌"无关的语法"，也不存在"不起任何作用"的某种结构，任何语法和结构都受诗性影响，并在诗性结构中承担相应功能。

> 虽然诗学通过语言之棱镜来阐释诗人的作品，并研究诗歌表现的主导功能——诗歌阐释的起点，但是，它的其他价值——心理学的、精神分析的或社会学的，依然可以进行研究，当然，是由上述学科真正的专家来研究。同时，这些专家必须考虑到一个事实：主导功能把它的影响强加于其他功能之上，其他光谱必须服从于这首诗的诗性肌质的光谱。③

---

① Roman Jakobson & Krystyna Pomorska, *Dialogues*, p.119.

② Roman Jakobson & Krystyna Pomorska, *Dialogues*, p.119.

③ Roman Jakobson, "Retrospect," in *Selected Writings* III: *Poetry of Grammar and Grammar of Poetry*, ed. Stephen Rudy, pp.766-777.

这是雅各布森反复强调的一个问题。诗学的主要任务就是通过语言学方法（"语言之棱镜"）来研究诗歌表现的主导功能即诗性功能，诗歌表现的从属的、非诗性的功能和价值属于其他学科的研究域，可被其他学科的专家所研究。但不可否认的是，在诗歌中，诗性的光照耀（"主导"）着诗歌结构的每个角落，任何非诗性的结构、与诗歌无关的语法都是不可思议的。诗人自身对语法的领悟也可以终结批评者的上述幼稚的推测，比如波德莱尔，他对语言充满着敏锐的洞察力和自信，他说道："语法，贫瘠的语法，它自身却变为了一种唤起魔力的东西。"[①] 诗人在《恶之花》中正是以诗性语言实现了这种"唤起魔力"的想法，"存在于世界上，在动词中，阻止我视其为偶然的一种纯游戏的神圣的东西。自由地操纵语言是为了唤起魔力的一种实现"[②]。在这里，诗人有意否定了偶然的语言游戏，诗歌中的任何语法都是"唤起魔力"的神圣技艺，按照他的意思，十四行诗所必需的就是一种结构性的、网络式的语法设计（design）。波德莱尔研究专家戈蒂耶已有力地证明了诗人这种高超的"设计"正是其诗歌中"不足与外人道"的隐秘印记。[③]

其五，诗学分析的客观性。里法泰尔认为：雅各布森的诗学分析带有"先入为主的、先验的"[④] 主观倾向，这种倾向使其只专注于寻找一系列的二元对立。卡勒甚至认为无论在诗歌还是在散文（广义）中，"只要你想找到哪种组织结构类型，就一定能找到"[⑤]。果真如此吗？

首先，雅各布森自表心迹："当我在研究诗歌文本的语法之时，我总是试图保持一种最大的客观性。"[⑥] 在他看来，语法范畴的分布对整首诗歌的整体和部分的艺术个性化作出积极贡献，这是不难看出的，并且易于对所选择的语法按统计学的方法检测其可能性和准确度。而在非诗歌文本中，语法范畴则是消

① Roman Jakobson, "Retrospect," in *Selected Writings Ⅲ: Poetry of Grammar and Grammar of Poetry*, ed. Stephen Rudy, p.769.

② Roman Jakobson, "Retrospect," in *Selected Writings Ⅲ: Poetry of Grammar and Grammar of Poetry*, ed. Stephen Rudy, p.769.

③ ［法］泰奥菲尔·戈蒂耶：《回忆波德莱尔》，陈圣生译，上海译文出版社，2011年，第46—52页。

④ Michael Riffaterre, "Describing Poetic Structures: Two Approaches to Baudelaire's Les Chats," in *Yale French Studies*, No.36/37, Structuralism, 1966, p.213.

⑤ ［美］乔纳森·卡勒：《结构主义诗学》，第104页。

⑥ Roman Jakobson & Krystyna Pomorska, *Dialogues*, p.117.

极的，难以检测的。更为重要的是，雅各布森身体力行地对宗教、哲学、玄言、战争、革命甚至情色等各种风格、主题、流派和文学传统的诗歌作品进行了深入细致的分析，并且，为保证客观和可靠，凡是歌谣都以诵读的诗歌代替，凡是口语的皆以书面作品代替，而"当我研究的诗歌是用我所未掌握的语言写成的时候，我一般会与以这种语言为母语的专家合作。在任何情况下，我都向我所分析的诗人的同胞求证，以此来小心地检测我的研究成果"①。正因如此，我们在雅各布森的著作中发现了大量的合作文章，这可以说是一个学者严谨、认真、"大胆假设、小心求证"精神的体现，而决不能被误认为是缺乏个人独创性的表现。

其次，雅各布森诗学分析的方法和步骤严格遵循结构主义原则，"一切从文本出发""一切从关系出发"成为其恪守的准则。他对自己的分析方法有着清晰的认知和表述：

> 分析诗歌的语法结构，解析诗节的结构，这只是第一步。其后，要对在整个诗篇中那些被选定的语法范畴的区别作出解释：为什么那样分布？又达到什么样的目的？尽管这样，在我自己的实践中，我还尽可能地在开始语法分析时就拟定出语义阐释的方向，对所发现的语法现象进行意义上的解释。②

相较于卡勒将文本解释的权利拱手送给"读者"，雅各布森则更关注形式与意义之间密不可分的联系，文本意义的生成首先应取决于文本自身的语言结构和语法分析，在此基础上才谈得上读者的解释。这种理论和实践的合理性、客观性和科学性，显然胜过卡勒所信赖的读者阐释的主观性和任意性。

再次，正因为做到"具体文本具体分析"，雅各布森的语法分析结果也与特定文本自身的特性相对应，而并非无意义地、无限制地、任意地寻找各种对立、对称或"拼凑数字"。如其所言：

> 尽管我的批评者们努力了，但他们在我的语法分析实例中没能找到一个重要的语言学错误。诗歌显示出所有种类的对称结构：除了直接对称，

---

① Roman Jakobson & Krystyna Pomorska, *Dialogues*, p.117.

② Roman Jakobson & Krystyna Pomorska, *Dialogues*, p.119.

我们还发现了所谓的镜像对称（mirror symmetry）和精巧的反对称；你还可以在诗歌的韵律分析中发现相似分配的广泛应用。众所周知的押韵形式——换韵、交韵、抱韵（aabb、abab、abba）——在语法修辞中也可找到相近的平行类型。例如，在一首四小节的诗歌中，这些修辞可以将前后两节或奇偶两节区分开，或最终将内部两节与外部两节区分开。那种认为想要发现多少对称范畴就能发现多少的想法，是和具体的分析经验完全矛盾的。[①]

在诗歌中，我们能观察到各种语法对称结构，这种对立的分布有着严格的规律性，其存在基础又是一种层级秩序的语言客观性，可以说，它们是明显属于诗歌语言的资源，对立要素的差异产生诗歌的全部价值，而在日常语言和新闻、法律或科学的散文语言中是几乎找不到的，因此，卡勒所谓的"人们能随意地进行布局分类"无疑是天真的。事实上，那些想在报纸或科学文章中找到像诗歌语法一样的对等结构的企图，都以失败告终，他们的努力只不过是"科学著作的无用而拙劣的模仿"罢了。正如卡勒在对雅各布森的《诗学问题》的"跋"进行语法分析时，一开始便"将过于简短的第一句撇开"，这种"粗枝大叶的处理"（卡勒批评雅各布森）恰恰暴露其随意取舍的主观态度，是与语言科学的科学诉求格格不入的。

最后，从"作者"角度来说，雅各布森认为，文本中语法对立的系统安排并非研究者主观赋予的，而是作者"无意识"地组织语法要素的结果。虽然作家和诗人一般不会提及他们先前的创作草稿，但是他们在运用语言材料的时候，确实经常表现出对潜在的语言运用方法的真正理解。如其所言："语法的诗歌及其文学产品，诗歌的语法——尚未被批评家们所知，绝大多数语言学家也是不顾的，但却被创造性的作家娴熟地掌握了。"[②]在雅各布森看来，波德莱尔、赫列勃尼科夫等便是这样的"创造性的作家"，前者知道凭借这种"隐秘的直觉"，通过出人意料的类比把最远距离的甚至相反的对象连在一起，而后者则在创作之后对自己自然而然创造的复杂结构感到震惊。此外，雅各布森对叶芝诗歌《爱的悲哀》前后跨越近六十年（1925—1982）的两个版本的语法分析（1977），对屠格涅夫在私人聚会上"无意识"地脱口而出的七个词的诗句分析（1979），

---

① Roman Jakobson & Krystyna Pomorska, *Dialogues*, pp.117-118.

② Roman Jakobson, "Linguistics and Poetics," in *Language in Literature*, eds. Krystyna Pomorska and Stephen Rudy, p.90.

都充分证明了他们也同样掌握了诗歌语法的奥妙。①当然，雅各布森也同时指出，虽然他们能够"无意识"地运用语言中所内含的一套复杂的语法关系系统，但却不能分离和界定这套语法关系，因此，这项任务有待于语言分析去完成——这正是雅各布森的语言诗学理论与语法批评实践所承担的核心任务。

实际上，这种"无意识"的、直觉式的理解和运用，归根结底是由上章提到的语法结构的强制性所决定的，这种强制性同样使普通读者能够敏感地觉察到诗歌中的言语区别。这好比听音乐，一个嗜好十四行诗的读者，能够体验和感觉到两个四行句或三行句的相似，而一个没有经过特殊训练但具有"语言能力"的读者，同样会指出这些句子之间韵律和谐的某些隐在要素，因此，这种理解程度的差异，并不能否定普通读者对语言科学所揭示的言语区别所具有的敏感性。对此，雅各布森在《诗歌中的潜在系统》（1970）中做了更明确的说明："在个性化诗人的作品中，直觉（intuition）可以作为复杂的语音结构和语法结构的主要的（并非罕见的）甚至唯一的设计者。这些结构，在潜在层面具有特殊的强大力量，不需要任何逻辑判断和专门知识的辅助就能发挥能动功能，无论是在诗人的创造活动中，还是在敏感的'作者的读者'的感知中。"②可以说，这些潜在系统——语音结构和语法结构，被个性化诗人直觉地应用于创作，也被敏感的读者直觉地感知和把握。

三 打破"结构"：从语言诗学走向文化诗学

综上所述，雅各布森以其对语言诗学的绝对忠诚，对语法分析的结构主义科学梦想，对里法泰尔和卡勒等人的批评进行了义正词严的反批评。最后，雅各布森也对他们做了总体评价：里法泰尔对波德莱尔文本的"描述"态度是任意的，他所设想的"一种纯粹虚幻的客观主义"是不存在的，因为虚幻的超级读者的解析装备根本无法开辟一条真实可信的处理文本的道路；而卡勒则忠实地遵从于过

① Roman Jakobson & Stephen Rudy, "Yeats'Sorrow of Love' Through the Years," in *Language in Literature*, eds. Krystyna Pomorska and Stephen Rudy, pp.216-249; Roman Jakobson, "Supraconscious Turgenev," in *Language in Literature*, eds. Krystyna Pomorska and Stephen Rudy, pp.262-272.

② Roman Jakobson, "Subliminal Verbal Patterning in Poetry," in *Language in Literature*, eds. Krystyna Pomorska and Stephen Rudy, p.261.

时的偏见，其文章"相当自负和外行，证明其无力抓住法语诗的本质以及一首诗的总体结构。卡勒所构想的自身批评任务只是批评和摈弃一切进入到诗歌作品的解析探究的基本原理，而他们自身则不采取任何积极的措施"①。当然，雅各布森也特意表明，他的目的并非是要把反对者的努力最小化，而是要"追求和捍卫对'语法的诗歌'问题和'诗歌的语法'问题的一种系统探究"。实际上，雅各布森还是应当感谢里法泰尔尤其是卡勒的批评的，因为"大多数读者对雅各布森的了解是通过卡勒的批评，而非直接阅读雅各布森本人的著作"②。

对照批评与反批评，一方面，我们必须承认：雅各布森的语言诗学理论及其语法分析实践，在传统文学研究的庙堂之外，矗立起一座宏大而精致的现代风格的结构主义圣殿，语言学者和文学学者怀揣着语言的通行证，耽溺于字句声色的悦耳之音，游走于纵横交织的语法网络之中，过着"不知有汉，无论魏晋"一般整齐有序的生活。当然，我们也不可否认，里法泰尔和卡勒的批评使"读者"从文本背后脱颖而出，犹如一道利光，映照出结构主义的语言封闭和自足自乐的文本愉悦，也照亮了接受美学和解构主义的前行之路。无论雅各布森承认与否，作为一个"专业读者"，他对诗歌的语法结构的阐释本身，便已经证明了读者在文本意义生成过程中的重要作用。当然，"文学性"的语言学立场促使其将文学研究的视域收束在文本的语法性之上，在文本意义的语法阐释与读者阐释之间，他毫不犹豫地选择了前者。而卡勒和里法泰尔则选择了读者阐释，试图从接受者一方来解释语言特性如何在诗里起作用，最好是运用雅各布森的理论来确定阅读过程的方位，来解释诗歌效果。按他们的意思，"文学性"一如文学效果（意义），没有读者的理解和阐释便无法"使一个作品成为一个文学作品"。这显然代表了结构主义诗学此后演变的方向，即打破文本相对自足的语言结构，向读者开放，向意义的各种可能开放，为"文学性"的漂移提供了预设。

其实，撇开分歧来说，他们三人又何尝不是"结构主义诗学"阵营中的亲密盟友呢？他们都提倡"一种旨在确立生成意义的条件的诗学"（卡勒语），都视文本为可分析的语言结构，都相信并借用语言学的魔力，都对科学地确定和分析文学的根本特性怀有信心。此外，三人都不同程度地流露出在 20 世纪 60—70 年代结构主义"转向"时期，也即德里达、福柯等后结构主义的"法国风"

---

① Roman Jakobson, "Retrospect," in *Selected Writings* Ⅲ: *Poetry of Grammar and Grammar of Poetry*, ed. Stephen Rudy, pp.785-788.

② Richard Bradford, *Roman Jakobson: Life, Language, Art*, p.88.

登陆美国之前的一种典型的暧昧态度。这种暧昧表现出他们在欧陆新观念与英美批评传统的持守与变通之间的态度。雅各布森无疑是葆有欧陆本色的学者，即使在美国哈佛大学多年也一心专注于结构主义语言学的诗学研究，对当时已占据文化传统主宰地位的"英美新批评"理论既吸纳又保持距离。而卡勒则在英美传统的文学批评观（以阐释和评价为使命）的影响下，将新批评与结构主义这一外来思潮融合起来，由此而形成了其"新瓶装旧酒"式的结构主义诗学。里法泰尔则介于两者之间。

通过评述和反思这场诗学之争，我们不难发现雅各布森对"文学性"、文本自足的语言结构、文学意义生成等理解的合理性与局限性（一定程度上代表了结构主义诗学的困境）；也不难看出，在日益兴起的美国"读者反应批评"和德国接受美学影响下，文学研究从"以文本为中心"的形式批评向"以读者为中心"的接受批评转变的必然趋势，以及后期结构主义者力图打破封闭性"结构"的努力和可能。然而，颇具吊诡意味的是，一旦"认定文本意义由读者内化了的阅读和理解程式所决定，这就剥夺了文本自身具有意义的可能性，作为文学研究最重要对象的作品也就无形之中降格，甚至被逐出结构主义的文学研究领域"[1]。这正是卡勒结构主义诗学的缺陷所在，而这种情况后来随着"文本"扩张、意义"撒播"、读者"漫游"式阅读的兴起更变得一发而不可收。当然，雅各布森的语法分析还是可以找到有效的理论支持的。比如德国接受美学理论家瑙曼等人就借鉴英伽登的观点，认为作品生产过程中蕴涵着针对读者的"接受导向"（rezeptionsvorgabe），即读者在接受过程中固然有着一定的自由取向和兴趣爱好，但是他的任何阐释和艺术体验只能在作品允许的范围内。也就是说，作品所能达到的效果，只能首先来自作品本身的结构、思想和艺术品质（即它向读者发出的信息），[2] 尽管"有一千个读者就有一千个哈姆雷特"，但读者读出的终究是哈姆雷特而不是哈利波特。如此看来，雅各布森认为作品的语法结构可以"为普通读者提供一种艺术感知的可能性"就不是虚妄之言了。

总之，他们三者之间并无根本矛盾，最好的解决方式莫过于彼此融通，即运用雅各布森的语言诗学理论来培养读者的"文学能力"，提高"读者反应"水平，使之成为"超级读者"，最终较为客观合理地解释诗歌效果。这显然代

---

① ［美］乔纳森·卡勒：《结构主义诗学》，第8页。

② 方维规：《"文学作为社会幻想的试验场"——另一个德国的"接受理论"》，《外国文学评论》2011年第4期。

表了结构主义诗学后来演变的方向，即打破文本相对自足的语言结构，向作为社会性和历史性而存在的"读者"开放，向意义的各种生成可能开放。这就为"语言诗学"走向更加开阔的"文化诗学"提供了预设和前景，为更加科学地理解文学意义的生成提供了新的可能。

第二节　"文学性"的两副面孔：语义结构与语法肌质

无论是在西方现代文学理论史上，还是在整个形式主义文论的发展历程中，英美新批评（Anglo-American New Criticism）作为一个独特流派，占据着承上启下的重要地位。自艾略特主张诗歌"自有其自身目的"、瑞恰兹将现代语义学引入文学理论之后，新批评便持守着"本体论批评"立场，坚持"以文本为中心"的批评方法，对诗歌语言的特性进行了深入研究，最终形成了以"语义结构"为核心的文学批评理念，为探究"文学性"问题而作出了不同于俄国形式主义、捷克结构主义和法国结构主义的卓越贡献。

而当新批评在"二战"后一跃成为美国各大学的主流批评流派时，与瑞恰兹恰同在哈佛大学任教的雅各布森虽然没有直接参与到新批评的活动中，但在当时的历史氛围中他有意识地借鉴了新批评的某些诗学资源，将之融于自己的语言诗学理论和探寻"语法肌质"的批评实践中，并反过来对瑞恰兹、维姆萨特等人产生了一定影响。[①] 尤其是在新批评式微之后，他凭借比新批评有过之而无不及的"细读"功夫，继续开拓出诗歌语法批评的广阔空间。因为条件所限，笔者无法查证和提供雅各布森与新批评派成员彼此交往的具体材料，但从理论层面来考察二者也未尝不是一种较为客观有效的方法。

---

① 在新批评中，维姆萨特的形式化批评和强调与雅各布森的方法有着极大的相似性（参见 W. K. Wimsatt, *The Verbal Icon*, Lexington: University of Kentucky Press, 1954）。而瑞恰兹则可能是承认雅各布森诗学解析力的最突出的英美批评家（Anglo-American ctitic），比如，在印第安纳研讨会上，他热情赞扬雅各布森的《语言学和诗学》，又在《泰晤士报文学增刊》（*TLS*，1970年5月28日）上热情地评价雅各布森和琼斯对莎士比亚第129首十四行诗的读解。在瑞恰兹的文章"Factors and Functions in Linguistics"和"Powers and Limits of Signs"中，雅各布森的影响表现得更为明显。See I. A. Richards, *Poetries: Their Media and Ends*, ed. T. Eaton, The Hague: Mouton Publishers, 1974; I. A. Richards, *Essays in His Honour*, ed. R. Brower, Oxford: Oxford University Press, 1973.

一 语义结构与语法肌质：文学本体论的不同选择

正如新批评派理论的集大成者韦勒克在《文学理论》（1941）中所言："艺术品似乎是一种独特的可以认识的对象，它有特别的本体论的地位。"[①] 这种共同的文学本体论立场和语言性认知，使雅各布森和新批评派都借助语言学方法寻求科学的"文学性"，由此形成了某种共振；而在"如何认识文学"这一问题上，二者又产生了分歧，形成了不同的本体论选择。

在兰色姆看来，本体批评家的持论在于："诗歌作为一种话语的根本特征是本体性的。诗歌表现现实生活的一个层面，反映客观世界的一个等级，而对于这样一个层面和等级，科学话语无能为力。"[②] 这意味着，他主张以诗歌话语即文本自身作为"本体"，提倡"以文本为中心"的客观批评。另一方面，他又认为诗歌的本体性来自表现现实生活，反映客观世界。这二者之间的不兼容性是显而易见的，诚如赵毅衡所言："兰色姆的矛盾体现了新批评派理论的根本立足点之混乱。他实际上是一只脚踩在唯美主义船上，另一只脚羞答答地向亚里士多德'模仿论'伸过去，是一种'平行主义'（parallelism）的折衷主义理论立场。"[③] 这种既指向文学本身又指向客观现实的折衷立场，显然是反对瑞恰兹的"伪陈述"论（pseudo-statement）的必然结果，[④] 而且与新批评派自始至终强烈的政治诉求（如"重农主义"运动）和教育实践（如大学科研与教学）等现实境遇密不可分。更有意味的是，新批评派的成员们，诸如布鲁克斯、沃伦、韦勒克等，对如此矛盾的"本体论"并不怀疑，或许是因为他们认为文学是"作为知识的文学"。无论如何，这种暧昧且无法调和的"本体论"立场，使兰色

---

① ［美］勒内·韦勒克、［美］奥斯汀·沃伦：《文学理论》（修订版），第173页。

② ［美］约翰·克罗·兰色姆：《新批评》，王腊宝、张哲译，江苏教育出版社，2006年，第182页。

③ 赵毅衡：《新批评——一种独特的形式主义文论》，中国社会科学出版社，1986年，第19—20页。

④ 1926年，瑞恰兹在《科学与诗》中把诗歌定义为"非指称性伪陈述"，他说，诗的语言，"其真理性主要是一种态度的可接受性。发表真实的陈述不是诗人的事"，即诗歌语言的真实性与现实无关，诗歌中所表达的真理只是一种"可接受性"或"使人信服的力量"，这种"诗歌真理"说引起新批评派与之进行论战。参见赵毅衡编选：《"新批评"文集》，第8—9页。

姆在以诗歌为本体时，不得不将其区分为"结构"（structure，或译为"构架"）和"肌质"（texture）两部分。

> 一方面，诗是一个意义的综合体，它具有两个不同的特征：逻辑结构和肌质。另一方面，诗又是声音的综合体，它有两个相应的特征：格律与乐句（肌质）。此外，为了满足我们所谓"人文关怀"的偏见，如果我们将声音从属于意义，那么，我们就可以将意义视为结构，而声音则是它的肌质，二者常常相互联结成为一体。①

兰色姆从建筑学借来这两个术语，意在为其从哲学借来的"本体"概念张目。在他看来，"结构"即语义结构（semantic structure），是可以用散文进行转译释义的逻辑核心，而"肌质"则是无法用散文进行转译释义的局部细节（如格律），二者共同构成诗歌的文本结构，而科学话语只具有逻辑结构，缺少肌质。按此来说，"肌质"正是区别诗歌话语与科学话语的本体。换言之，不可转译的、纷繁异质的"肌质"才是诗性或文学性之所在。然而，兰色姆的立场却又是矛盾的：一方面他认为诗歌的本质、精华及其所表现世界的本质存在的能力，在于"肌质"，而不在于"结构"；另一方面，他又认为诗歌的结构与肌质彼此分立，二者的关系如同"屋子的墙"和"墙上挂着的画幔"，② "毫无疑问，诗歌的意义比格律重要"③，肌质只是结构之上附加的、不相干的成分。总之，在兰色姆看来，"结构"比"肌质"更具有决定性作用，这就为文学陈述现实的"真理性"预留了通道。因为他念念不忘的是，"诗歌试图恢复我们通过感知与记忆粗略认识到的那个更丰富多彩、也更难驾驭的本原世界"④，这个"本原世界"其实也就是现实世界，而繁复多重、难以把握的"语义结构"也恰好与丰富多彩、难以驾驭的现实世界形成某种对应，使这种"复原"成为可能，并对现实中被现代传媒宠坏的、"日益败坏"的大众语言构成冲击和影响。

纵观美国新批评的理论和实践，情况也正是如此：除了布鲁克斯和沃伦在《理

---

① ［美］约翰·克罗·兰色姆：《新批评》，第182页。
② ［美］约翰·克罗·兰色姆：《纯属思考推理的文学批评》，见赵毅衡编选：《"新批评"文集》，第97页。
③ ［美］约翰·克罗·兰色姆：《新批评》，第177页。
④ ［美］约翰·克罗·兰色姆：《新批评》，第192页。

解诗歌》（1938）、维姆萨特和比尔兹利在《格律的概念》（1959）中有一些格律分析的实例外，他们所讨论的隐喻、复义、张力、反讽、悖论等一系列核心范畴，归根结底都是为了探究兰色姆所言的"生死攸关"的"不确定意义"，如韦勒克在《文学理论》（1949）"文学的本质"中所言，文学作品就是"交织着多层意义和关系的一个极其复杂的组合体"[1]。可以说，多义而复杂的语义结构（而非肌质）始终是新批评的出发点和归宿，是他们所倚重的名副其实的文学"本体"。换言之，"语义结构"僭越"肌质"而成为"文学性"之所在。他们不由自主地将文学的"本体特征"放在"语义结构"上，将兰色姆所论及的格律肌质和意义结构的双向互动过程缩减为"语义结构"内部的自主运作。在他们看来，"文学性"即文学文本的"语义结构"，而文学文本的语义结构必然是不确定的，是朦胧而多重的，其原因在于：构成一个文学文本的每个词语都具有其自身确定的本义（字面意义）和与之相关的、无法确定的联想义，同时，词语与词语之间通过不同方式的组合会形成特定的"语境"（context），这个语境又反过来成为一种"语境压力"，使这些词语的意义接受修饰、影响而发生歪曲和变形，产生某种新的甚至与本义完全相反的意义，这些意义相互交织，彼此渗透，最终融合成这个文本整体性的语义结构。语义结构所呈现出的这种多义性、多重性以及内在的既对立又统一的关系性，正是新批评所理解的"文学性"。

原因是多方面的，比如对于他们所教授的水平不一的大学生群体来说，不同文本之间的语义差异比格律肌质更易于发现和阐释。更主要的原因可能还在于，他们对兰色姆这种近似于俄国形式主义的"内容和形式"二分法不以为然，他们更热衷于文本结构的整体性和有机统一性，更相信诗歌语义结构的繁复性、多重性和不可释义性，为此，他们不惜把自己从语义学角度发现的某一种诗语特性推广为普遍性的文本结构原则，于是，"本体论批评"就衍生出"反讽批评"（ironical criticism）、"张力诗学"（tensional poetics）、"结构诗学"（structural poetics）等诸多别名。[2] 与其说他们继承了兰色姆老师的衣钵，不如说他们承继

---

① ［美］勒内·韦勒克、［美］奥斯汀·沃伦：《文学理论》（修订版），第18页。
② 如退特认为："一首诗突出的性质就是诗的整体效果，而这整体就是意义构造的产物，考察和评价这个整体构造正是批评家的任务。"因此他主张"张力"是一切好诗的共同性质（参见［美］艾伦·退特：《论诗的张力》，见赵毅衡编选：《"新批评"文集》，第109页）。布鲁克斯认为："结构是指意义、评价和阐释的结构，是指一种统一性原则，似乎可以平衡和协调诗的内涵、态度和意义的原则。"（参见［美］克林斯·布鲁克斯：《精致的瓮：诗歌结构研究》，郭乙瑶等译，上海人民出版社，2008年，第183页）

的是瑞恰兹的语义学文论的要义，只不过也将其心理学方法驱逐出批评理论罢了。所以，假如一定要给他们一个集体命名的话，"语义学批评"恐怕是最为恰切的。

与之不同，雅各布森坚决维护"语法肌质"（grammatical texture）的"本体"地位，并斩断了诗歌与现实世界的关联。按兰色姆所言，"如果一个批评家，在诗的肌质方面无话可说，那他就等于在以诗而论的诗方面无话可说，那他就只是把诗作为散文而加以论断了"①。雅各布森恰恰是在"诗的肌质"方面说得很多且做得很细的一个批评家。我们已经知道，在其语言诗学理论中，所谓"诗性功能"，就是符号指向其自身而不指向其他任何东西，这"任何东西"尤其新批评派与之藕断丝连的"现实世界"。在雅各布森看来，"诗性功能就是符号与指称物决不相合（not identical）"，即诗性通过增强符号自身的可感性而使其与指称物、与现实相分离，因此，诗性功能占主导的诗歌文本就是一个相对自足的、充满自在价值的语言系统，与现实无涉，也不反映或复原现实世界，语言结构成为独一无二的"本体"。而在这语言结构中，语法又因其先在的强制性被诗人"无意识"地应用和有意识地偏离，从而使诗歌成为交织着一系列对立关系的"语法的诗歌"。因此，诗歌分析就是寻找"诗歌的语法"，即主要揭示语法范畴的分布以及韵律的、分节的相关要素之间的显著关系。

有意味的是，雅各布森大胆借用了兰色姆的"肌质"概念，②将诗歌中存在而非诗中几乎不存在的这些对立分布的语法结构称为"语法肌质"或"诗歌肌质"（poetic texture），以此为题的诗歌分析文章就有《菲利普·锡德尼爵士〈阿尔卡迪亚〉中一首十四行诗的语法肌质》（1964）和《马丁·哥达仕的诗歌肌质》（1970）。③在这些文章以及那些已成经典的分析实例中，"语法肌质"成为"诗

---

① ［美］约翰·克罗·兰色姆：《纯属思考推理的文学批评》，见赵毅衡编选：《"新批评"文集》，第98页。

② 雅各布森在《莎士比亚的语言艺术》一文最后段落中，引用兰色姆文章"Shakespeare at Sonnets"（*Southern Review* 3, 1938）中的观点并予以反驳。兰色姆认为莎士比亚的这首十四行诗除了一些成对的结论外，"完全没有任何逻辑组织"，而雅各布森则细致分析了这首诗内在的语法结构，证明其是有逻辑的、有秩序的。See Roman Jakobson & L. G. Jones, "Shakespeare's Verbal Art in 'Th' Expence of Spirit'," in *Language in Literature*, eds. Krystyna Pomorska and Stephen Rudy, p.214.

③ Roman Jakobson, "The Grammartical Texture of a Sonnet from Sir Philip Sidney's Arcadia," in *Selected Writings* Ⅲ: *Poetry of Grammar and Grammar of Poetry*, ed. Stephen Rudy, pp.275-283; "Martin Codax's Poetic Texture: A Revised Version of a Letter to Haroldo de Campos," in *Selected Writings* Ⅲ: *Poetry of Grammar and Grammar of Poetry*, ed. Stephen Rudy, pp.169-175.

性"或"文学性"在诗歌文本中最引人注目的显现。又因为格律与音位、词法等密不可分，因此在实际分析过程中，格律肌质也被语法肌质涵纳其中，这两部分在他的批评文章中阐释得最为充分，相形之下，语义结构似乎成为由语法肌质而生成的次级结构，言之甚少。因为在他看来，无论语音还是语法，本身就是内在的意指结构，一方面，"语音修辞"的反复是诗歌的一种必不可少的构成原则，而"语音的对等，作为它的构成性原则投射到序列上，不可避免地包括了语义对等"[①]；另一方面，语法所暗示的可能性在诗歌中都被充分利用，相较于易变、模糊的词汇意义，"语法意义"的稳定性和强制性是词汇意义所不具备的。所以，虽然雅各布森一再强调语音、语法和语义之间不可分割的相关性和相互作用，但他更相信：正是语法肌质及其功能构成了作为"功能结构"的诗歌的"骨肉系统"（the skeletal and muscular systems），这一"潜在系统"（subliminal pattern）是所有诗歌中都存在的"不变量"，或者说"深层结构"，而语义结构则是既确定（由语音、语法等决定）又不确定（意义含混、多重）的"变量"。正是在语言层级的这种差异上，雅各布森与新批评派分道扬镳：后者沿着"不确定的意义"一路追寻"语义结构"，而前者则"在变量中寻找不变量"，孜孜以求"语法肌质"，并将兰色姆提出而其后学未能跟进的格律肌质问题继续引向深入。他们共同起步的地方，就是雅各布森在《语言学和诗学》结尾处所引用的兰色姆的那句话——"诗歌是一种语言"。

二 "文学性"：语义结构与语法肌质的特性

在共同的"文学性"诱惑和语言学信赖之下，新批评家和雅各布森各自作出回应，前者为这种"语义结构"提供了"隐喻""复义""张力""悖论""反讽"等众多特性，后者则不仅将"隐喻""复义""张力"等特性吸纳于"语法肌质"之中，还揭示出对等和平行的普遍特性和结构法则。

"隐喻"（metaphor）向来是文学研究者无法规避的话题，新批评自然也不例外。在瑞恰兹看来（1924），隐喻是引起情感态度反应的手段，是一种"把彼此相异、毫无关联的事物连在一起的绝妙手段，目的是通过它们之间的联系以

---

① Roman Jakobson, "Linguistics and Poetics," in *Language in Literature*, eds. Krystyna Pomorska and Stephen Rudy, p.83.

及人们在心中建立起的种种联结激发态度和冲动"①。而布鲁克斯则将隐喻提升为现代诗歌的普遍技巧（1949）："我们可以用这样一句话来总结现代诗歌的技巧：重新发现隐喻并且充分运用隐喻。"②维姆萨特则更加重视隐喻而轻视象征，且思考得更为辩证透彻（1954）："在理解想象的隐喻的时候，常要求我们考虑的不是喻体（vehicle）如何说明喻旨（tenor），而是当两者被放在一起并相互对照、相互说明时能产生什么意义。强调之点，可能在相似之处，也可能在相反之处，在于某种对比或矛盾，……但不论在任何情况下，某种相似和区别的关系对于意义的无限辐射扩展、对于实体性和具体性都是必不可少的，隐喻也正因此而得到重视。"③可见，无论从心理学、修辞学还是哲学、语义学等角度来看，"隐喻"都是诗人将两个相似或相反甚至毫不相关的语义概念——瑞恰兹称之为喻体（vehicle）和喻旨（tenor）——并置在一起，通过相互对照、相互说明而产生某种既矛盾冲突又和谐统一的意义。这种隐喻技巧的使用是展示和丰富词语概念的一种有效的曲折手段，文本的整体语义结构因此而呈现出间接性、丰富性和多义性。而科学语言恰恰要避免这种"隐喻"及其效果，要求直陈其事，语义简明。因此，"隐喻"被新批评视为"文学性"的一个重要特性。

雅各布森则认为"隐喻"不仅是一种生成意义的诗歌修辞手法，更是一种文化现象，不仅是语言艺术中的一种基本模式，更是非语言文化符号系统（如电影、巫术仪式、梦）中的一种普遍模式。在隐喻与转喻的二元模式中，雅各布森格外突出"隐喻"在诗歌中的结构性地位和作用，将"隐喻"或"隐喻性"和"诗性"或"文学性"关联甚至等同起来，从某种程度上来说，隐喻结构成为诗歌语言的"深层结构"，成为"文学性"在文本中直观而具体的体现。因为在他看来，诗歌文本是诗性功能占主导的语言结构，而"诗性功能将对等原则从选择轴投射到组合轴"，选择轴即根据相似性替换的隐喻轴，组合轴即根据邻近性结合的转喻轴，对等原则是诗性话语的普遍原则，所以，对等原则的投射使转喻的横向组合序列也具有了隐喻性，隐喻成为诗歌文本的结构特性，

---

① ［美］艾·阿·瑞恰兹：《文学批评原理》，杨自伍译，百花洲文艺出版社，1992年，第219页。

② ［美］克林斯·布鲁克斯：《反讽——一种结构原则》，见赵毅衡编选：《"新批评"文集》，第334页。

③ ［美］威廉·维姆萨特：《象征和隐喻》，见赵毅衡编选：《"新批评"文集》，第357页。

语言符号各层面上的对等关系也都具有了隐喻色彩，尤其是音位层和语法层的对等更是成为一种隐喻修辞，对应于语义层的对等。这种语法肌质的隐喻特性是非诗语言所不具备的。如其所言，在诗歌中，"任何序列都是一种比喻"，"相似性置于邻近性之上，给予诗歌以完全象征的、多元的、多义的特质"。简言之，语法肌质（如音位、词法、句法）的隐喻性使诗歌获得象征性、多元性和多义性。

"复义"（ambiguity），汉学界也常译为"含混"或"朦胧"，这是瑞恰兹的高足燕卜逊在其代表作《复义七型》（1930）中着力深究的一种语义结构。按兰色姆的评价，"含混是一种诗歌手法，存在于逻辑结构之中，这就是燕卜逊研究的要义所在"[①]。而燕卜逊本人则更倾向于将"含混"作为语言的一种普遍现象，从足够广泛的意义上来说，一切语言陈述都可说是含混的、多义的，如其所言，"我准备在这个词的引申义上使用它，而且认为任何导致对同一文字的不同解释及文字歧义，不管多么细微，都与我的论题有关"[②]。然而，他自己对"复义"一词的解释也含混不清的，比如他认为复义既对批评家很有用，又会陷诗人于困境，复义是不可有意为之却又可精心构筑的技巧，等等。但就其对两百多个古典诗歌的例证分析来看，他主要还是将"复义"作为诗歌的一种强有力的表现手段，强调诗歌语义结构的不确定性和多义性，"'复义'本身可以意味着你的意思不肯定，意味着有意说好几种意义，意味着可能指二者之一或二者皆指，意味着一项陈述有多种意义"[③]。对于科学话语来说，"复义"是不可思议的，比如"地球围绕太阳转"，是不存在第二种不同解释的，单义性可谓其显著特性。所以，总体来看，虽然燕卜逊的"七型"分类并不太科学，但"复义"之说确实对诗歌语言的本质提出了一种全新看法，作为新批评"语义结构"理论的重要构成部分之一，它为我们认识"文学性"提供了十分有益的参照。

雅各布森对"复义"同样有着深刻而全面的认识。在《语言学和诗学》一文中，他清楚地指明："复义是任何自我聚焦的信息的一种内在的、不可剥夺的特性，简言之，是诗歌的一种必然特征。"这实际上等于将"复义"看作是"诗

---

① ［美］约翰·克罗·兰色姆：《新批评》，第67页。

② ［英］威廉·燕卜逊：《朦胧的七种类型》，周邦宪等译，中国美术学院出版社，1996年，第1页。

③ ［英］威廉·燕卜逊：《复义七型》（选段），见赵毅衡编选：《"新批评"文集》，第310页。

性"之所在，因为在他看来，"诗性功能优于指称功能的地方不在于去除它，而在于使其复义"。可见，复义是诗性功能在诗歌文本中发挥作用的必然结果。他继而说道："让我们重复燕卜逊的话：'复义的诡计就在诗歌的每个根源（roots）里'。"① 显而易见，他对燕卜逊的"复义"之说是持赞同态度的，当然，他更看重的是"复义"在诗歌文本中的生成机制，即他所细察的语法肌质。不仅如此，雅各布森还将诗歌文本视为言语交际结构中的特定信息，认为"不仅信息本身，而且它的发送者和接受者都变得复义"。更准确地说，除了作者和读者外，抒情主人公或虚构故事讲述人的"我"，以及戏剧独白、祈愿、书信中所称的"你"，都是复义的。举例来说，18世纪英国诗人查理·卫斯理（Charles Wesley）的圣诗《摔跤的雅各》（"Wrestling Jacob"），是由主人公雅各发送给"救世主"的一个信息，但同时也是诗人卫斯理发送给他读者的一个信息。可以说，任何诗歌信息都是一种"准引述"的话语，这种"话里有话"的文学话语，正是提供给语言学家的特有的、错综复杂的问题。就此而言，文学话语的"复义"并不仅仅限于文本本身——文本的语法肌质（如与人称代词等语法范畴有关抒情主人公、叙事者等）生成部分复义，同时，文本的发送者（作者）和接受者（读者）也生成部分复义，二者共存相融，构成"话里有话"的复合意义。可见，雅各布森结合文本内与文本外的关系所理解的"复义"，远比燕卜逊或新批评所理解的作为文本"语义结构"的"复义"更为繁复，也相对合理。

二者能有所共鸣的或许只有"张力"，虽然也同样是在语义和语法的不同层面上。"张力"是新批评家退特为文本的"语义结构"发现的又一特性，在他看来，张力是"意义构造的产物"，是"诗的整体效果"，是一切好诗的共同特性，即"文学性"所在。术语"张力"（tension），是他将逻辑学的术语"外延"（extension）和"内涵"（intension）去掉前缀而得的一个语义学概念，按其所言："我所说的诗的意义就是指他的张力，即我们在诗中所能发现的全部外延和内涵的有机整体。我所能获得的最深远的比喻意义并无损于字面表述的外延作用，或者说我们可以从字面表述开始逐步发展比喻的复杂含意：在每一步上我们可以停下来说明已理解的意义，而每一步的含意都是贯通一气的。"② 可见，"张力"就是诗歌文本中外延（字面意义、词典意义）和内涵（比喻意

① Roman Jakobson, "Linguisitics and Poetics," in *Language in Literature*, eds. Krystyna Pomorska and Stephen Rudy, p.85.

② ［美］艾伦·退特：《论诗的张力》，见赵毅衡编选：《"新批评"文集》，第117页。

义、暗示意义）构成的有机整体的意义，^①这说明了文本语义结构内在的紧张性、平衡性和统一性。从这一界定中，我们也不难嗅出艾略特、兰色姆一脉所寻求的"感性与理性结合"的气息，也难怪他将"玄学派"的诗歌当作张力诗的典型范例。^②相较而言，科学语言对外延和理性有着天生的热爱，去除紧张的张力，在单向度的逻辑进程中不动声色地前行，是其追求所在，而诗歌则行走在充满张力的语义之弦上。

雅各布森感知到的"张力"则更加细微，它不仅存在于语义结构中，更存在于"语法肌质"中，像语法范畴与语法范畴之间、音节与音节之间等。比如，在《哈姆雷特》的第二幕中，词语"absurb"的重音音节一般落在强拍上，而在第三幕中则落在了弱拍上，也就是说，这个词语自身的重音第二音节和格律要求的强拍第一音节之间存在着矛盾，表演者可以自己选择重读的位置。因此雅各布森认为："强拍与普通词语重音之间的张力，内在于由表演者和听众对这独立一行中的不同实现中。"^③这意味着，在音步的惯例节奏和词语的自身节奏之间，按朱光潜的术语，就是在"音乐的节奏"和"语言的节奏"之间，^④存在着冲突和矛盾，"张力"由此而生，而表演者和听众都能凭借基本的格律规范和语音规则意识到这种张力的存在。又如，在爱伦·坡的下列诗句中，"while I nodded, nearly napping, suddenly there came a tapping. As of someone gently rapping"，三个押韵词有着相似的语法形态，而所有三个的句法都是不同的，因此，在相似的三个押韵词之间、不同的句法之间以及在押韵词所表明的不同语义之间都形成了无形的张力。在雅各布森看来，语法肌质的任何细微的颤动都会引起语义结构的动荡，相应地，语法肌质中存在的普遍的根本的韵律平行、语法平行等也产生相应的韵律张力、语法张力，波及到语义便形成对等的语义张力，比如在押韵的词汇单元 dove—love、light—bright、place—space、name—fame 之间，

① 赵毅衡指出："在形式逻辑中外延指适合某词的一切对象，内涵指反映此词所包含对象属性的总和，但新批评派用这两个术语时意义有所不同，他们把外延理解为文词的'词典意义'或指称意义，而把内涵理解为暗示意义，或附属于文词上的感情色彩。"赵毅衡：《新批评——一种独特的形式主义文论》，第57页。

② ［英］T.S.艾略特：《玄学派诗人》、［美］约翰·克罗·兰色姆：《诗歌本体论札记》，见赵毅衡编选：《"新批评"文集》，第34—71页。

③ Roman Jakobson, "Linguistics and Poetics," in *Language in Literature*, eds. Krystyna Pomorska and Stephen Rudy, p.80.

④ 朱光潜：《诗论》，《朱光潜全集》第三卷，第131页。

韵律相似与语义相似构成一种对等的张力关系。

在新批评的核心人物布鲁克斯看来，"悖论"（paradox）是诗歌之为诗歌的本质要素，诗歌语言就是悖论语言，"悖论正合诗歌的用途，并且是诗歌不可避免的语言。科学家的真理要求其语言清除悖论的一切痕迹；很明显，诗人要表达的真理只能用悖论语言"[①]。显然，这里的"悖论"已非古典修辞学所指，而布鲁克斯的定义也未免太过宽泛。大体而言，"悖论"语言是指相互矛盾的两种语义在字面上同时出现的一种语言，是内涵和外延都起重要作用的语言。在诗歌中，悖论使文本呈现出一种抵牾却又兼容的语义结构，这两种相互矛盾的语义之间形成冲突、对照和反衬，使文本的语义结构充盈着反讽、惊异、荒谬乃至戏剧性的效果。布鲁克斯甚至认为："所有能写入伟大诗篇的真知灼见明显都必须用这种语言来描述。"这种一厢情愿的夸张之辞是不足为信的。虽然科学语言确实要求用语稳定，语义严格限于外延之中，但很显然，并非所有的诗歌都是悖论之诗，并非所有的文学都用悖论语言，此外，在非文学的其他语言文本（如哲学、宗教文献等）中也常有精妙的悖论之语，如"无目的的合目的""不可言说的佛陀"等。可以说，"悖论"一定程度上指出了诗歌语义结构的复杂性和独特性，表明了"文学性"的局部特征。

"反讽"常被新批评当作"悖论"的同义词而频繁使用。[②] 布鲁克斯在继承德国浪漫主义文论的基础上对"反讽"做了深入阐释，他摈弃其师兰色姆的"保守"看法，[③] 而将"反讽"从修辞手法提升为诗歌语言的一种结构原则，即作为"文学性"的本质特性，认为反讽"存在于任何时期的诗、甚至简单的抒情诗里。……大量的现代诗确实运用反讽当作特殊的、也许是典型的策略"[④]。在与维姆萨特

---

① ［美］克林斯·布鲁克斯：《悖论语言》，见赵毅衡编选：《"新批评"文集》，第314页。布鲁克斯给"悖论"的定义是，诗歌语言（比喻）的"各种平面在不断地倾倒，必然会有重叠、差异、矛盾"（同上，第320页）。

② 严格说来，"反讽"与"悖论"还是有着细微差异的："悖论应当指矛盾的意义在字面上都出现，而反讽是指实际意义与字面意义对立"（赵毅衡编选：《"新批评"文集》，第333页）。换句话说，构成悖论的两种语义都出现在文本中，而构成反讽的两种语义中的实际意义不出现在文本中，前者如"信言不美，美言不信"，后者如鲁迅所写"'红肿之处，艳若桃花；溃烂之时，美如乳酪'。国粹所在，妙不可言"（《热风·随感录三十九》）。

③ 兰色姆认为："我相信，把反讽用于某一首诗的创作是无可厚非，只有当它被奉为诗歌的常规结构手法时，它才会令人反感。"［美］约翰·克罗·兰色姆：《新批评》，第172页。

④ ［美］克林斯·布鲁克斯：《反讽——一种结构原则》，见赵毅衡编选：《"新批评"文集》，第345页。

合著的《西洋文学批评史》中，他更是旗帜鲜明地要将"新批评"更名为"反讽诗学"，他主张，"我们可以把'反讽'看成一种认知的原理，'反讽'原理延伸而为矛盾的原理，进而扩张成为语象与语象结构的普遍原理——这便是文字作新颖而富于活力使用时必有的张力"[①]。可见，布鲁克斯将反讽视为普遍性的认知原理，并将反讽与语象（即符号）和诗之语义内容与诗之形式对应起来，虽然他同样强调内容与形式"相互依赖的关系"，但他最为关注的还是语义内容的矛盾以及由于语境压力而产生的语义变化。

　　而在雅各布森的论著中，几乎找不到"悖论"和"反讽"的身影，或许在他看来，这些从语义学出发且本身便充满含混性的概念不足以成为语言科学的核心武器。对于新批评将它们提升为具有普遍性的诗歌的结构原则，并视为"文学性"之所在，雅各布森也是不以为然的。在他看来，对等（equivalence）和平行（parallelism）才是诗歌语言的特性和文本结构原则，这是他的丰富而精细的诗歌语法分析实践所充分证明了的（参见第四章），一定程度上来说，它们可以作为标准判断一个文本是否具有"文学性"。正如布莱福德所言："布鲁克斯和燕卜逊的方法与雅各布森的普遍模型（转喻—隐喻的投射原则）有着明显的相似性，但他们都没有提出一种用重读和声音系统（用雅各布森的诗学术语就是"平行"）来解释语言的句法—语义的一种普遍模式。"[②]雅各布森表明，"对等"是诗歌语言的普遍原则，对等不仅仅是语义的对等，更是韵律和语法的对等，语义（意义）不是主观上不可捉摸的东西，而是语音对等和语法对等即语法肌质构造的必然产物。换言之，语义对等与语音对等、语法对等存在着必然的、不可分割的联系，我们完全可以从音位对等、语法范畴的差异变化之中觉察到语义的差异和变化。"对等原则的投射"使诗歌文本呈现出平行结构，"平行"是一切诗歌语言必须的、恒定的结构法则，与对等原则相应，平行原则也覆盖于诗语的各个层面（如音位、词汇、语法、语义）。其中，"语法的平行"（grammatical parallelism）是雅各布森语言诗学研究的重中之重，因为在他看来，诗歌是"语法的诗歌"，诗歌系统中语法组织的自治作用是建立在语法平行基础上的。而且，对试图研究非母语的语言系统中的诗歌平行的研究者来说，语法平行的研究是非常宝贵的，因为它使他能够决定系统之下的根本的语法特征。虽然语义比较也可应用

---

① ［美］卫姆塞特、［美］布鲁克斯：《西洋文学批评史》，颜元叔译，中国人民大学出版社，1988年，第692页。

② Richard Bradford, *Roman Jakobson: Life, Language, Art*, p.134.

于特定的平行系统中，为理解某种语言的语义重复以及某一社群的语言思想的独特性提供途径，但语义毕竟是不稳定的，一个词语的本义既会在语言的不断演变中发生迁移，也容易受到现实情境、个人用法以及言内语境等多重影响而发生变化，语义和思想之间的不对等情况时常存在。因此，当我们用语义方面来理解思想方面时，不得不非常小心。相较之下，语法的强制性、稳定性和相对自治性则是显著的，因而也最值得深入研究：这正是雅各布森与新批评最根本的区别。

需注意的是，雅各布森与新批评在各自探究"语法"和"语义"之时，都认识到"语境"对意义生成的重要作用。在布鲁克斯看来，反讽是语境对于一个陈述语的明显的歪曲，语境压力迫使特定文本的字面意义发生颠倒，生成新的、与字面意义截然相反的实际意义。不同的语境压力造成不同的反讽形式或类型，且不管有多少种形态的"反讽"，① 我们似乎都可以说，"反讽"是在特定语境中语义发生显著变化的矛盾的语言，一方面，诗句从语境取得它们在诗篇中的合法地位；另一方面，特定的具有稳定性的语境，也使诗句的语义结构在实际表达的语义（所言）与可能出现的语义（所指）之间形成某种张力或平衡。新批评派显然继承了瑞恰兹语义学研究的核心——"语境"理论，② 并将这条"定理"充分应用于语义特性的探寻中。除上述"反讽"受到"语境"的影响外，"隐喻"也同样如此，比如维姆萨特就认为，一首诗本身就是"语境"，"这是词语意义的一种结构，它使隐喻成立，亦即，它安排关键词 A 和 B 的方式使它们各自清晰可辨，并且互相说明而不陷入字面意义"③。可见，语境是使隐喻成立的必要条件，且它本身会干预这个隐喻的色彩。反过来说，如果隐喻脱离了语境而被随意地重复滥用，就很容易变得简单化，最终囿于字面意义而变成陈词滥调，即"死的隐喻"（dead metaphor）。这种语境观是颇为精辟合理的，也正是雅各布森在研究"语法肌质"尤其是隐喻问题时所未能涉及的，毕竟"语境"对语义的影响要远远大于它对语法和语音的影响。

---

① 布鲁克斯承认反讽形式的多样性，如悲剧性反讽、自我反讽、戏弄的、极端的、挖苦的、温和的反讽等；赵毅衡则尝试性地将反讽分为"克制陈述""夸大陈述与夸张""正话反说""疑问反讽""复义反讽""悖论反讽""浪漫反讽"等多种类型。

② ［英］艾·阿·瑞恰兹：《论述的目的和语境的种类》，见赵毅衡编选：《"新批评"文集》，第287页。

③ ［美］威廉·维姆萨特：《象征和隐喻》，见赵毅衡编选：《"新批评"文集》，第358页。

雅各布森非常重视语境，尤其是语境与意义之间的关系问题。他反对美国本土结构主义语言学派（如布龙菲尔德）分析语言结构不考虑意义的做法，而主张把语义学和语言学联系在一起。因此，他从语义学角度将意义（语义）区分为"一般意义"（normal meaning）和"语境意义"（contextual meaning），前者指符号本身具有的共性的意义，即布龙菲尔德所言的"一般或核心意义"，后者指由整个语境所给定的意义，即布龙菲尔德所言的"边缘或转换意义"。他认为："语言符号的意义必定是一般的，而不是具体的。Lion 只能泛指一般意义上的狮子，只有语境能告诉我们谈论的是哪一只狮子。"① 也就是说，语境发挥修饰或限定的作用，使一般意义具体化。不难看出，雅各布森的区分充分兼顾到一个词语的原初本义，及其在特定语境中所形成的转义。这些观点与新批评殊途同归，后者正是从语义学出发，注意到一般意义和语境意义之间的差异与对立，才发现了"语义结构"的诸多特性所在。不同在于，新批评所关注的语境完全是文本语境，是充分语言化了的语境，而雅各布森则从语言的对话本质出发，进一步注意到语境在主体交往中的多种形态与特性。在他看来，"语境不仅指语言化了的语境，还指部分语言化或者没有语言化了的语境。对于说话者或听话者而言，有的对话或者独白属于没有语言化了的语境，而整个语境是双方共有的"②。这就相当于扩大了"语境"概念的内涵（有形的、文本化的或无形的、非文本化的），真正使语境的思想最精确、最充分地运作起来，是主张"意图谬误""感受谬误"的新批评所不及的。

三 不可译的"文学性"：语义结构，语法肌质？

按雅各布森率先提出的"文学性"定义——"使一部作品成为文学作品的东西"，"文学性"应该是能够区分文学与非文学的某种东西；反过来，要检验某种"东西"是否是"文学性"，也就必须检验它是否具有区分文学文本与非文学文本的功能。我们知道，能承担区分功能的东西一定是不能在两种不同事物中进行转换的东西。换言之，对于文学文本与非文学文本来说，"不可转换的东西"才能承担区分二者的功能。所以，我们的问题就变为：这种"不可

---

① ［美］罗曼·雅柯布森：《意义的若干问题》，见钱军编译：《雅柯布森文集》，第277页。
② ［美］罗曼·雅柯布森：《意义的若干问题》，见钱军编译：《雅柯布森文集》，第279页。

转换的东西"，借用语言学的术语来说就是，这种"不可译的"（untranslatable）东西是什么？是"语义结构"，还是"语法肌质"呢？

概而言之，新批评和雅各布森都主张诗歌是"不可译的"，但理由各异。就新批评派的整体立场而言，他们反对兰色姆的"结构—肌质说"，如布鲁克斯称之为"释义谬说"，认为可释义的部分不过是"脚手架"，维姆萨特甚至借用黑格尔的辩证法将其称为"不相干理论"而加以否定，[①] 他们都主张诗歌是不可转译为散文的。他们所发现的"语义结构"的诸多特性，也都无一例外地表明：诗歌的语义结构根本就不像兰色姆所想象的那样可以转换为另一种说法，而是充满着矛盾、含混、悖谬，无法转译为其他非诗语言。正如退特所发现的，当考特奈·兰登把《神曲》的三行押韵诗节从意大利文译为英文后，"这节译诗失去了许多东西"，原文中暗含的隐喻意义或者说"言外之意"被取消了。[②] 总之，在新批评看来，"语义结构"是不可译的。

雅各布森在 20 世纪 20—30 年代翻译和编辑普希金诗歌时就对诗歌的"不可译性"有所体悟，后来随着研究的逐步深入，更加意识到这个问题实质上就是符号与意义的关联问题。他非常赞同美国符号学家皮尔斯对"意义"所下的符号学定义，即意义就是一个符号具有的转变成其他符号的可译性（translatability）。在《论翻译的语言学问题》（1959）一文中，他更直截了当地提出，"没有符号就没有意义"[③]。对艺术而言，符号与意义是同一枚硬币的正反面，在诗性功能占主导的诗歌中，符号自身即具有自在的价值与意义。因此，一方面，我们可以根据一首诗次要的认知功能（如指称功能），把这首诗译为散文（即"语内翻译"），或从一种语言译为另一种语言（即"语际翻译"），甚至可以将其转译为一部电影、一幅绘画等等（即"符际翻译"），这种不同符号之间的转换，正是其意义（语义）"可译性"的表现。另一方面，从诗性功能即符号自身的角度来说，语法平行是诗歌系统建立的基础，语法肌质有着相对独立的自治作用（the autonomous role），即有着区别于词汇意义的"语法意义"，语法意义的独特选择和组合产生一种特殊的诗性意义（poetic meaning），这是不

---

① 参见［美］克林斯·布鲁克斯《释义谬说》、［美］威廉·维姆萨特《具体普遍性》，见赵毅衡编选：《"新批评"文集》，第187—207、250—266页。

② ［美］艾伦·退特：《论诗的张力》，见赵毅衡编选：《"新批评"文集》，第123页。

③ Roman Jakobson, "On Linguistic Aspects of Translation," in *Selected Writings* Ⅱ : *Word and Language*, ed. Stephen Rudy, p.260.原文为 "There is no signatum without signum"。

可译的。此外, 雅各布森在研究未来主义诗歌中还发现, 根本没有"语法缺失"(agrammatism)的格律。换言之, 格律肌质作为诗人利用的"创造性的韵律要素"[①], 与语法肌质构成对等关系, 因此, 格律意义的独特选择和组合同样形成一种特殊的诗性意义, 也是不可译的。

举例来说, "马"在俄语中一般指各种辅助支撑的工具, 因此, "冰鞋"也能用"小马"(kon'ki)来表示。普希金在诗歌《叶甫盖尼·奥涅金》中写到初冬的乡村, 在这两个相邻的诗节中, 一边是农家小孩在用冰鞋(kon'ki)切刚刚冻结的冰, 一边是地主骑着马(kon')在冰面上跌跌撞撞, 无计可施: 农家小孩的喜悦和地主的索然无味形成对比。诗人以 kon'ki(冰鞋)和 kon'(马)这两个对等词构成鲜明的平行关系(语法平行和韵律平行), 而在翻译成其他语言时, 这些平行关系及其所暗示的意义都荡然无存, "冰鞋"所引起的"马"的形象更是无处可寻。综观各类译诗, 不难发现: 在诗歌的翻译转换中, 格律肌质的丢失最为醒目, 比如上章中, 但丁的诗歌经由意大利文到英文再到中文的翻译之后, 根本无法再找到相对等的韵律结构。即使是语义, 不同语言之间也很难形成对等, 正如雅各布森所言, "符号与符号之间一般也没有完全的对等关系"。总之, 雅各布森从对等原则出发认为, 无论是在"语内"还是在"语际", 诗歌(尤其是语法范畴格外重要的抒情诗歌)都是"不可译的", 勉强的翻译只不过是实现了词汇意义的大体转换, 而更具诗性价值的语法意义(包括格律意义)恰恰是难以甚至无法翻译的。正如他的布拉格同事韦勒克所直言的: "抒情诗歌的翻译是十分不完善的, 因为这些潜在的音响模式是不能翻译入另一种语言体系中的。"[②] 如前面所举的《静夜思》, 一旦由汉语转译为英语(或其他语言), 构成多层次隐喻和转喻关系的语音及语法的对等与对立便丧失了, 在语义上也表现出较大的不对等。[③] 从这个意义上来说, 诗确实是"在翻译中丢失的东西"(罗伯特·弗罗斯特语), 而这"丢失的东西"最主要就是以对等和平行为根本原则的语法肌质(包括格律肌质)。

然而, 不可译的"语义结构"或"语法肌质"能否真正发挥区分文学与非文

---

① Roman Jakobson, "On the Translation of Verse," in *Selected Writings V: On Verse, Its Masters and Explorers*, eds. Stephen Rudy and Martha Taylor, p.131.

② ［美］勒内·韦勒克、［美］奥斯汀·沃伦:《文学理论》(修订版), 第162页。

③ 参见王宾:《论不可译性——理论反思与个案分析》,《中国翻译》2001年第3期。文中以《静夜思》的英译为个案, 从语言学(尤其是词性)的角度分析了"不可译性"问题。

学的功能呢？这仍然是个未知数。综观雅各布森与新批评的理论和实践，可以发现：他们的研究套路是极其相似的，即从某一类诗歌（如民间史诗、玄学派诗）中抽象出某种结构特性（如平行、张力），然后应用于某一诗歌文本的细读分析，揭示出具有这一特性的语义结构或语法肌质，由此表明了这种结构实现了诗性功能，具有普遍性与阐释力。这种由归纳法和演绎法组合而成的循环阐释，使其在理论和实践的自洽性上似乎无懈可击，但问题在于：作为分析对象的诗歌文本，无论是布鲁克斯《精致的瓮》中选择的十多首诗歌，还是雅各布森选择的二十多种语言的诗歌，都已事先认定了其"诗歌"甚至"经典诗歌"的身份，不管承认与否，这种"有意"选择和"身份"认同是与其理论相匹配的。我们不得不问：如果面对一个任意的、崭新的且"身份不明"的语言文本，他们的这些语言学特性能否作为"文学性"而发挥区分功能呢？其操作性如何呢？我们可能会找出其中对等平行的语法肌质，找到或隐喻或反讽的语义结构，但不容否认的是，难以辨认的或超出这些特性的例子总是存在的，正如雅各布森发现诗性功能也存在于非诗语言、"文学性"也存在于非文学语言中一样，若仅仅以语言学为工具来确定"文学性"，难免会有"只缘身在此山中"的感叹。从这个意义上说，语义结构或语法肌质只是区分文学与非文学的充分条件，而非必要条件，它们为认识"文学性"提供了两种可能，但我们看到的却是"文学性"的两副模糊面孔。

综上所述，雅各布森与新批评分别为"文学性"提供了具有诸多结构特性的两种"东西"：语义结构与语法肌质。相较而言，虽然他们都把文学文本当作一个本体性的、语言性的认知结构，但语义认知的不确定性、主观性，正与语法认知的相对确定性、客观性形成鲜明对照。新批评派内部众声喧哗，不断"发现"各种新的语义特性，却并不在这些特性之间做严格区分，其理论自身的含糊性和任意性，正从反面说明了他们所追求的"客观批评"以及"文学性"其实只是幻象，我们完全有理由猜想：这样的语义特性或者说"文学性"还可以继续找到，甚至无穷无尽。如果说，新批评专注的是这些变动不居的"意义"，那么，"意义生成的条件"才是雅各布森心之所属，他刻意避免任何不确定的、主观的或者说"变量"因素，以科学实证的方法探究具有强制性和稳定性的"不变量"（语法肌质），揭示出文本中普遍存在的作为结构原则的对等和平行。如果说语义结构的隐喻、复义、反讽、悖论、张力等特性是使一个文本成为"文学性"文本的根本原因，那么，语法肌质的"对等原则的投射"则是产生这些特性的更潜在的、更根本的深层原因；如果说意义直露的"无意象诗"（imageless poems）让新批评无计可施的话，那么，雅各布森恰恰在这样的诗歌（如普希金的《我曾经爱过你》）中发现了"极好的语法比喻和修辞"，在语言的形态结构和句法结构中发现了诗歌潜藏的资源。① 因此，就科学性和深刻性而言，雅各布森所探究的"语法肌质"或者说"深层结构"比新批评的"语义结构"更接近稳定的、客观的本体，当然，这是以淡化意义以及不同诗歌的思想个性为代价的。

二者之所以有这样的差异，主要原因在于：其一，受不同传统的影响。雅各布森主要延续的是欧陆结构主义语言学传统，即从索绪尔到俄国形式主义再到布拉格学派，哲学上主要受拜占庭哲学、德国浪漫主义及胡塞尔现象学哲学的影响；新批评则主要接受盎格鲁—撒克逊经验主义文化传统的熏染，尤其是艾略特的"客观对应物""非个人性"思想以及瑞恰兹的语言学模式，哲学上主要受德国古典哲学（尤其是形式美学和辩证思想）以及实用主义思想的影响。其二，对文学研究和文学批评的不同认识。新批评认为，"真正的文学研究关注的不是惰性的事实，而是价值和质量"②，也就是对文学的价值进行客观阐释和评价。而雅各布森则认为，应在文学研究（literary studies）和文学批评（criticism）之间划清界限，因为文学批评难免"塞满批评家个人趣味和看法"，而文学研究才是对文学"客观的学术性的分析"。③ "文学研究者"与"文学批评家"的区别，也正是雅各布森与新批评家的区别，尽管他们都属于"学院派"，都属于"内部研究"，都意在阐释而非解释。

与差异相伴的是某些共同的形式主义局限：心怀科学主义的梦想，却自陷于"语言的牢笼"；承受人文主义的焦虑（包括对人文学科的焦虑），却置文本于无"人"之境；寄寓普遍主义的希冀，却迷失于某种"内在秩序"和"深层结构"。归根结底，由于共同的"本质主义"思维或者说本体论哲学的潜在影响，他们的

① See Roman Jakobson, "Poetry of Grammar and Grammar of Poetry," in *Language in Literature*, eds. Krystyna Pomorska and Stephen Rudy, pp.128-144; Roman Jakobson, "Linguistics and Poetics," in *Language in Literature*, eds. Krystyna Pomorska and Stephen Rudy, p.90.

② ［美］R.韦勒克：《批评的诸种概念》，丁泓、余徵译，周毅校，四川文艺出版社，1988年，第274页。

③ 原文为："给一个文学研究者冠以'文学批评家'的标签是错误的，就像称一个语言学家'语法学家'或'词汇学家'是错误的一样。句法学上的和形态学上的研究不能由标准语法的研究所取代，那些塞满批评家个人趣味和看法的关于文学创作的种种宣言，同样也不能代替对语言艺术的客观的学术性的分析。" Roman Jakobson, "Linguistics and Poetics," in *Language in Literature*, eds. Krystyna Pomorska and Stephen Rudy, p.64.

理论都打上了二元论的烙印,他们的实践都专注于寻找语义的或语法的二元对立。无论语义结构,还是语法肌质,都是"语言结构",因此,与其说他们"以文本为中心",不如说他们"以语言为中心";与其说他们发现了"文学性",不如说他们突出了文学内在的"文本性"或"语言性"。正如南帆所言:

> 有一段时间,几乎所有的人都听说过雅各布森的名言:文学研究的对象是文学之为文学的"文学性"。事实上,雅各布森与韦勒克不谋而合——他们都倾向于认定文学的本质在于某种特殊的语言。然而,各种迹象表明,新批评、形式主义学派或者结构主义的研究并未达到预期目标。理论家并未从文学之中发现某种独一无二的语言结构,从而有效地将文学从日常语言之中分离出来。换句话说,将某种语言结构视为文学本质的观点可能会再度落空。①

"语言结构"为雅各布森和新批评提供了认识文学本质的必要途径,但这个相对独立自治、封闭自足的"结构"一定程度上也成为束缚其自身的桎梏和牢笼,从而使"文学性"问题的解决再度落空。

随着语言结构或者说语言学模式的危机日益显露,符号学模式、后结构主义诗学适时吹响了入场号角,这正是法国结构主义乃至西方诗学的必然走向。当然,在解构思潮兴起之前,他们自身调节的努力也是不容抹杀的:韦勒克很快便意识到"内部"与"外部"相融通的必要,"文学性"由"声音层面""意义层面"而走向了"世界层面",②而雅各布森则将文学置入审美文化符号学的广阔领域中。无论如何,在结构主义走向后结构主义、语言学走向符号学、作品走向文本的过程中,雅各布森和英美新批评的努力既代表了"语言学转向"的历史进程中语言诗学的成就和方向,也预示着文学本体诗学最终走向更加开放、更加包容、更加科学的文化诗学的必然。

---

① 南帆:《文学研究:本质主义,抑或关系主义》,《文艺研究》2007年第8期。
② 韦勒克说:"虽然我曾向俄国形式主义和德国的文体学家学习过,但我并不想将文学研究限制在声音、韵文、写作技巧的范围内,或限制在语法成分和句法结构的范围内;我也不希望将文学与语言等同起来。我认为,这些语言成分可说是构成了两个底层:即声音层和意义单位层。但是,从这两个层次上产生出一个由情景、人物和事件构成的'世界',这个'世界'并不等同于任何单独的语言因素,尤其是等同于外在修饰形式的任何成分。"[美]R.韦勒克:《批评的诸种概念》,第277页。

第三节　"走出文学"：文学性的文化符号学踪迹

作为"具有明显符号学倾向的语言学家"[①]，雅各布森对符号学的兴趣，并非开端于他和丹麦"哥本哈根"学派领袖叶尔姆斯列夫（Louis Hjelmslev）一起推进符号语言学的合作（1939），亦非缘于他和新康德主义符号学家卡西尔在从瑞典到纽约的轮船上的邂逅（1941），更非来自于他和美国符号学家皮尔斯的冥冥"相遇"（1952），按雅各布森自己所言："在我青春期的时候，我与年轻的画家们待在一起，我和他们长谈关于绘画和诗歌的关系、视觉符号和语言符号间的关系。这样，对符号学的兴趣就进入到我的生命中来了。"[②] 正是在不同艺术符号系统之间的交往与对话中，年轻的雅各布森开始了语言学、诗学和符号学的研究工作，面对面的交流也使他意识到：这三者之间并没有界限，它们既相互交织，又各自独立，并不彼此挤压。

很显然，雅各布森对语言符号和视觉符号（绘画、姿势等）以及听觉符号（音乐）之间关系的关注，为其诗学研究提供了十分有益的参照，[③] 反过来，诗学研究也为其语言符号学、艺术符号学乃至文化符号学的建立奠定了坚实的"审美"（诗性）基础。在这里，我们不妨从符号学的角度，对雅各布森的审美文化符号学理论（尤其是对皮尔斯符号学思想的继承与发展），以及结构主义转向后结构主义过程中的法国文化符号学思想等，进行简要梳理和阐释，以勾勒"文学性"问题"走出文学"的可能踪迹。

[①] 李幼蒸依照图书主题分类学办法对符号学内容作出界定，他把索绪尔、雅各布森、叶尔姆斯列夫等人的研究归属于"具有明显符号学倾向的语言学家的研究"，皮尔斯是"具有明显符号学倾向的哲学家"，奥古斯丁、胡塞尔、维特根斯坦等则是"历史上对符号学问题有过较多探讨的哲学家"，巴尔特、托多罗夫、热奈特等的文学符号学是"现代具体学术领域中专门用符号学方法从事的研究"。参见李幼蒸：《理论符号学导论》（第3版），第12页。

[②] Roman Jakobson & Emmanuel Jacquart, "Interview with Roman Jakobson: On Poetics," in *Philosophy Today*, Vol.22, No.1, 1978(Spring), p.66.

[③] 在"Motor Signs for 'Yes' and 'No'"（1970）一文中，雅各布森对人类表达的视觉展示作了具有独创性的尝试说明，他证明，在不同文化中，姿势符号的自然性和惯例性之间的相互关系虽然以对立的方式表达，但它们分享了同样二元的、对立的特性。See Roman Jakobson, "Motor Signs for 'Yes' and 'No'," in *Language in Literature*, eds. Krystyna Pomorska and Stephen Rudy, pp.474-478.

一 雅各布森的审美文化符号学

概括而言，雅各布森先进的符号学思想不仅包括符号文本的句法和语义范围，而且还包括实用领域，比如审美信息的编码和各种各样的解码，以及各种文化语境等。因此，他在诸多方面为符号学作出了奠基性的贡献，比如：审美与非审美信息以及不同的符号系统（如语言符号和视觉符号）之间的关系；拒绝索绪尔的语言/言语和共时/历时的二分法；审美文本中的规范和违反规范的问题；审美文本中选择和组合的特殊关系；艺术表意如何运作的问题，以及它们如何被编码和被解码的问题等。他对符号学最突出的贡献在于创造性地综合了索绪尔、布拉格语言学派以及皮尔斯的符号学。这些问题前面已或多或少有所涉及，在此，仅就雅各布森一直关注的艺术符号学问题进行集中阐述，以观其审美文化符号学的独特内涵和对当代符号学研究的特殊贡献。

（一）从审美诗学到审美文化符号学

我们前面已经说过，在莫斯科语言学小组和奥波亚兹时期，雅各布森主要受到索绪尔语言学和胡塞尔现象学的启发，前者对共时结构的肯定和对历时研究的反对，促成了雅各布森对艺术品自足的假定以及检验其内在特征的兴趣，并继承了索绪尔将语言视为一个符号系统的思想，这为其放弃艺术的模仿原则打下了基础，语言符号系统从而成为雅各布森理解和比较其他艺术符号的根本模式；后者对新的符号学诗学、现代语言学和现代艺术来说都是一个重要的哲学资源，它假定意义并非超语言学的现实的一部分，而是语言符号自身的部分，通过强调心理学行为和朝向对象的直观行为之间的密切关系，而取代了笛卡尔式的"我思"和"所思"的区分。据此，雅各布森坚决要求放弃所谓"闲谈"式的文学研究，而以一种严格的科学态度朝向艺术作品本身，并在研究赫列勃尼科夫未来主义诗歌的过程中，提出了一种语言的技术模式和"有其自身目的"的审美功能的先锋观念，开始建构其审美诗学理论。

审美诗学是雅各布森文化符号学体系建立的第一步。在《俄国现代诗歌》（1919）中，雅各布森就明确提出，"诗歌是发挥其审美功能的语言"，"诗不过是旨在表达的话语"，也就是说，诗歌是指向符号自身（"自在的词的形式"）

的审美符号。这种相对自治的审美特性使诗歌文本中的"词语作为词语"被感觉，而不是作为外在于符号的某物的表征，符号与现实之间感觉到存在着一种张力和辩证的统一，符号与所指对象因为缺乏同一性而阻止了二者的自动化联系，由此产生了对符号本身的前推。按其后来建构的更合理的语言六功能结构模式来说，这正是审美（诗性）功能发挥主导作用的必然结果。这一审美诗学理论后来也成为布拉格语言学派审美符号学的基础。在广阔的审美符号学体系中，雅各布森不断开拓创新，直至生命的结束。

正如雅各布森始终处于与先锋艺术家的交往之中，其所研究的诗歌或者说诗学同样也处于与其他艺术的交往之中。他相信"各种艺术之间是相同的"，"各种艺术之间是可以比较的"，对于诗学或诗歌来说，"诗学研究的许多技巧并不限于语言艺术"，"许多诗的特征不仅属于语言科学的研究范围，而且属于整个符号理论、一般符号学的研究范围。这样一种见解不仅对语言艺术实用，而且适用于各种不同的语言，因为语言的性质同其他一些符号系统的性质，甚至同所有其他符号系统的性质（符号特征），都有着许多类似之处"[1]。这些带有总结性质的话语，正传达出雅各布森对符号学的真知灼见。这种符号学的"语言中心论"，既来自于洛克（John Locke）、兰伯特（Jean Henri Lambert）、布伦塔诺（Bernard Bolzano）、胡塞尔等思想家所赓续的符号学传统，[2] 更来自于他对语言学和诗学的长期浸淫，和对语言艺术与非语言艺术之间、语言学和其他学科之间关系的亲身感受和深刻洞察。[3] 按雅各布森的意思，无论是对作为符号现象的文学作品，还是对作为非语言符号的其他艺术，纯粹的语言学系统是无法探究其整体特性的，这就必须借助于索绪尔所设想的"一门研究社会生活中符号生命的科学"——符号学。换言之，它们必须在符号整体域的语境中被检验，语言诗学必然走向符号诗学，而诗学也必然走向艺术符号学乃至文化符号学，才能获得其自身的定位，发挥其特殊的审美功能。很显然，更大论域的符号学视角的开启，既打开了语言学通往其他科学的交往通道，也为诗歌打开

---

[1] Roman Jakobson, "Linguistics and Poetics," in *Language in Literature*, eds. Krystyna Pomorska and Stephen Rudy, p.63.

[2] Roman Jakobson, "A Glance at the Development of Semiotics," in *Language in Literature*, eds. Krystyna Pomorska and Stephen Rudy, pp.436-454.

[3] Roman Jakobson, "Language in Relation to Other Communication Systems," in *Language in Literature*, eds. Krystyna Pomorska and Stephen Rudy, pp.697-710.

了与非语言符号的交往空间，更为"文学性"由诗学进入艺术符号学乃至文化符号学提供了可能。当然，雅各布森与索绪尔一样，都认定语言学是一种语言符号科学，是符号学的一部分，又因为语言学所研究的"语言"是所有人类符号系统中最重要的、最中心的符号系统，所以，语言学是符号学的标准模型，语言学模式运用于其他符号系统的分析不仅是可能的，而且是必需的。

说"诗学必然走向艺术符号学乃至文化符号学"，对于形式主义时期的雅各布森来说，自然是难以想象的，因为那时他和他的同伴们一心想把"文学"这块任人践踏的领土变成自由独立的王国，所以，他们不顾一切地斩除曾经捆缚文学（诗歌）的一切绳索（社会的、心理的、政治的、历史的等等），甚至否定与绘画艺术的粗浅比附。然而，当"自由独立"的旗帜真正飘扬的时候，内外交困的"围剿"也随之而来——这并不是他们想要的结果。文学研究是继续"闭关锁国"，还是"改革开放"？雅各布森审时度势，选择了后者，而这选择的推动力应当归功于他在布拉格语言学会中的学术交往，对艺术交际性的坚持和发展。

布拉格语言学派美好的"集体生活"，为雅各布森建立上述符号学观念营造了十分有益的学术氛围。自索绪尔思想开始被布拉格语言学派接受之后，符号科学问题就一直是小组会议讨论的核心话题，即使在二战期间，所有的符号类型和艺术形式也都是基本的、一致赞成的话题。在小组期刊《词与语词艺术》（1935 年第 1 期）的导言中，我们看到：

> 符号问题是我们时代文化复兴中最迫切的哲学问题之一。所有现实，从知觉可感的到最抽象的精神构造的现实，对现代人来说显得是一个巨大的、庞杂的符号领域。然而，对该领域的检阅还处在婴儿期。因此，首先必须关注人类文化的那些领域，在其中符号的易变的内部构成以它的所有复杂性被揭示。语言毫无疑问就是这样一个领域。虽不是最简单的一个，但却是符号系统中最基本的一个。因为以语词这种持久的方式来表达的一切，存在于整个符号领域之中。[①]

显然，雅各布森和布拉格的同仁们之所以开始养育"符号学"这个"婴儿"，

---

① Ladislav Matejka, "The Sociological Concerns of the Prague School," in *The Prague School and Its Legacy*, ed. Yishai Tobin, Amsterdam: John Benjamins Publication Company, 1988, p.221.

不仅是基于现代人所身处的现实（物质与精神）语境的考虑，更是基于文化复兴的哲学开拓的时代要求。换句话说，虽然在"语言"作为最基本的符号系统的重要性上，捷克结构主义和俄国形式主义是达成一致的，但前者所安身立命的"结构""功能""符号"等核心概念，无疑比后者纯粹的"形式"和"手法"概念承担了更为重要的文化使命。也正因为这样的文化使命，雅各布森和穆卡洛夫斯基毅然地担当起建构文化符号学的重任，这在当时无疑是一个大胆的、超前的想法。从这个意义上说，以符号学视角、语言学方法来理解艺术，是布拉格语言学派的整体倾向，而非雅各布森的个人行为，雅各布森既为其奉献了自己的"文学性"思想和语言学方法论，也从中尤其是从他的同事穆卡洛夫斯基那里获得了"文化"和"审美"的滋养。1934 年，穆卡洛夫斯基在布拉格哲学大会宣讲的著名文章《作为符号学事实的艺术》中表明，所有的艺术作品都是一种审美符号，审美符号具有自主功能和交际功能这双重功能，因此，作品内在的符号结构及其外在的社会功能应同时予以考虑，这种艺术符号观或者说审美符号学，既是对俄国形式主义美学的结构性超越，也是对雅各布森的审美诗学的呼应和深化，尤其是当后者已对电影符号进行了颇有成效的符号学分析之后（1933）。

正如雅各布森把语言理解为人类交际的语言一样，他很早便坚持了艺术的交际特性，这既与上述穆卡洛夫斯基的审美符号学思想有关，也与索绪尔符号学的启示有关。在索绪尔看来，交际包括了一个发送者和一个接受者之间的符号交换，这种交换只有当某种条件被满足时才能有效，比如存在二者共同分享的代码、存在接触等。无论审美符号，还是非审美符号，都处于发送者和接受者的交际过程中，所以，审美符号只能由它与外在的非审美符号之间动态的、复杂的关系所区分，这正是雅各布森与迪尼亚诺夫在1928年的《结构主义者宣言》中所表述的意思。同样是在1934年，为了摆脱"追求艺术自足""为艺术而艺术"的形式主义骂名，雅各布森不得不在《何谓诗？》中自辩道：

> 无论是迪尼亚诺夫、马雅可夫斯基，还是什克洛夫斯基和我，都从未声明过艺术的自足。我们所试图表明的是，艺术是社会结构的不可分割的一部分，一个与其他结构相互作用的组成部分，由于艺术范畴及其与社会

结构其他构成部分的关系处在不断的辩证变化中，因此艺术自身也是易变的。我们所代表的并非艺术的分离主义，而是审美功能的自治。①

也就是说，曾经被拒之于文学研究之外的"社会"以更为庞大的"社会结构"的身份被再次召回，艺术结构只是社会结构的一部分，它既像其他结构一样具有社会功能（作为部分），也具有自治的审美功能（作为整体），二者在动态的社会历史结构中同时存在，共同塑造着艺术结构。按雅各布森所建构的交际结构来说，任何如艺术符号（信息）都是由发送者按照代码规范编码并在特定的语境中通过接触通道发送给接收人的信息。一方面，社会功能使艺术符号总是与其他符号系统处于动态关系中，其多重意义是由它所在的整个文化语境决定的，这种文化语境不仅包括哲学、政治、经济、宗教等系统，而且还包括发送者和接受者的已成为其部分经验的文化，以及不同的潜意识（无意识）心理体验等。另一方面，自治的审美功能又使艺术自身的符号结构具有自足的意义。简言之，艺术符号既反对"分离主义"或"孤立主义"，又保持相对自治，这正如"交际"（communication）一词本身所暗含的，"主体"既融入对话性的格局之中，又保持自我的独立，不被他者同化，从某种意义上来说，艺术符号便具有这样一种严肃的"主体性"。正如塔尔图—莫斯科文化符号学创始人之一伊万诺夫（Vjacheslav Vsevolodovich Ivanov）所指出的："符号学由对各种符号仅凭印象的研究慢慢变成一门严肃科学，这个转变正是由雅各布森开始的。"②这种"严肃"来自结构主义思想的灌注，来自他对语言各层面的自治与等级关系的认识，来自他对各种艺术符号的比较研究。在这里，这种自治的审美功能也不再是诗歌语言的特性，所有的艺术符号都受到"审美"的滋养，由此，审美诗学迈向了审美艺术符号学。③

---

① Roman Jakobson, "What is Poetry?" in *Language in Literature*, eds. Krystyna Pomorska and Stephen Rudy, pp.377-378.

② 转引自王铭玉、陈勇：《关于20世纪中期前的苏联符号学研究》，见顾嘉祖、辛斌编：《符号与符号学新论》，东南大学出版社，2006年，第222页。

③ 严格来说，雅各布森的审美艺术符号学与穆卡洛夫斯基的审美艺术符号学，虽然都注重艺术内在的符号结构与外在的文化语境的结合，但在"审美符号"问题上有着根本差异：前者专指发挥了审美功能（即符号自指）的语言符号或非语言符号，并非所有艺术都是审美符号，只有下文论述的"第四类符号"才是审美符号；而后者则认为一切艺术符号都是审美符号。相比而言，雅各布森更关注审美符号的自治性，穆卡洛夫斯基在后期尤为关注审美符号的社会性和文化性。

这种审美艺术符号学一直延续至"诗性功能"说的出现（1958）。如前所述，诗性功能既是相对自治的独立结构，又是语言六功能结构中的一部分，它既可以是语言艺术的主导功能，又可以是非语言艺术的从属功能。尤为重要的是，他承认指称等其他功能在语言艺术中的从属地位，这为指向现实的文化语境提供了通道，同时，他也肯定其他非语言艺术能够利用诗性手段来实现其自身的根本目的。简言之，诗歌（或文学）作为审美符号具有二重性，即：因为主导的诗性功能而获得指向符号自身的自指性，同时因为从属的指称等功能以及交际的整体结构和动态关系而获得指向文化语境的"文化性"（姑且用这一术语）。如果说前者是雅各布森着力研究的诗学的正当范围，那么，后者则溢出了诗学的边界，而进入文化符号学的领地。换句话说，对这样的审美文本进行解码，就必须依靠包括解码者主体地位在内的整个文化语境。由此，我们可得出一个结论和一个疑问。

结论在于：尽管他晚年有志于将"以语言学为中心"的符号学拓展到一切人文社会科学和自然科学，但毕竟年事已高，精力有限，更由于对艺术的持之以恒的兴趣和对政治等意识形态的有意疏离，所以，严格说来，他只建立了自己所热爱的"自指性"的审美艺术符号学，而并没有像巴尔特那样对各种社会文化现象进行符号学解析，或像巴赫金、洛特曼、乌斯宾斯基那样对文化进行意识形态分析，因此也就未能亲自建构起像法国或像苏联（塔尔图—莫斯科学派）那样一种更具文化包容性和社会批判性的"文化符号学"体系。[1] 当然，语言学模式是他们共同使用的利器，雅各布森的语言学和审美艺术符号学思想对他们有着至关重要的启示和影响，这是毋庸置疑的。宽泛而言，艺术无疑是文化系统中极其重要的文化现象，艺术符号学也正是当今符号学世界的主要领域，雅各布森不仅重视社会结构（文化语境），还曾提出应用于文化符号系统分析的隐喻和转喻模式等（参见第三章），从这个意义上来说，雅各布森又确实建立了一种以"审美"或"诗性"为独特标志的文化符号学，我们不妨称之为"审美文化符号学"。

与之相关的疑问在于：在非语言艺术（如电影、绘画、音乐等）中，如果诗性功能不是从属，而是主导，那么，它们将成为怎样的符号呢？借助皮尔斯

---

① 李幼蒸认为："一般所说的文化符号学大多指，对不限于语言表现的各种文化对象所进行的符号学研究，因此社会文化中的各种物质的、精神的和行为的对象，均可按照符号学观点和运用符号学方法，加以描述和分析。"李幼蒸：《理论符号学导论》（第3版），第611页。

的符号三分法，通过对艺术的结构主义符号学分析，雅各布森将它们称之为"第四种符号"。

（二）从皮尔斯符号三分法到雅各布森的"第四种符号"

在雅各布森之前，艺术很长时间都逃脱了符号学的分析，人们更关心的是艺术所表达的内容或意义，而非艺术符号的意指过程。但实际上，所有的艺术都和符号相连，无论是音乐或诗歌这样的时间艺术，绘画或雕塑这样的空间艺术，还是戏剧、马戏表演或电影这样的融合的、时间的艺术。可以说，艺术符号学的任务就是寻找这些艺术中共同的"语法"。这自然不是一个无用的隐喻，在雅各布森看来，"它指出了所有的艺术都运用一种建立在标记（marked）和无标记（unmarked）概念对立之上的两极的和意指的范畴的一种组织"①。那么，"诗歌的语法"能否成为艺术的共同"语法"呢？这不仅仅是语言诗学的问题，更是艺术符号学的问题。

实际上，除了诗歌，雅各布森一直没有放弃在其他艺术符号中寻找"审美"（诗性或文学性）的可能。于是，电影、绘画、音乐等视听符号，带着鲜明的现代性印记，从他的艺术视野中凸显出来，这成为诱惑他以及"文学性""走出文学"的第一步。同时，他也在寻找对语言艺术和非语言艺术进行比较研究的合适理论工具。于是，在生活稍微安定的20世纪50年代，皮尔斯（Charles Sanders Peirce, 1839—1914）因为其与索绪尔完全不同的符号学思想和释义理论（interpretant theory）

---

① 标记和无标记的概念最初用以讨论音位学问题，由特鲁别茨柯依在给雅各布森的信中提出（1930），雅各布森进行了阐发和推广应用。他认为，在语言系统的任何层面上，任何二元对立中必定有一项显得更加"自然"（more natural），即表现为标记的存在和不存在（无标记）这两者之间的关系，它们在语言系统中的分布是客观的；标记项的一般意义的特点是它传达的信息比无标记项所传达的信息更准确、更具体，而且还具有另外的信息，比如，在包含过去时与现在时对立的语言当中，过去时始终有标记，而现在时无标记。雅各布森最初以这种二元对立概念来研究诗歌中变量与不变量的问题。自雅各布森之后，标记与无标记这种对立概念不仅应用于音位学和语法学，也日益运用到语言的其他领域，甚至非语言的符号领域（参见［美］罗曼·雅柯布森：《标记概念》，见钱军编译：《雅柯布森文集》，第115—119页）。中国学者如赵毅衡将其译为"标出"或"标出性"（markedness）（参见赵毅衡：《文化符号学中的"标出性"》，《文艺理论研究》2008年第3期）。

而被雅各布森召唤上场了。这是其后期重要的思想资源。[①]

首先需要说明的是，在雅各布森之前，皮尔斯的符号学思想一直处于被遮蔽的状态，即使是 20 世纪 30 年代皮尔斯的作品集开始出版的时候，因为选集体系混乱的缘故，读者依然很难获得对皮尔斯整个遗产的完整理解和把握。雅各布森到美国之后，发现了皮尔斯符号学理论与自己的结构语言学多有契合之处，比如皮尔斯同样非常重视语言最小的区分单元，尊重语音和意义之间的关系等，遂开始致力于发掘、研究和应用皮尔斯的符号学思想，最显而易见的是，他坚决使用皮尔斯的 "semiotic" 这一术语而非索绪尔的 "semiology"。早在 1952 年的布鲁明顿人类学和语言学家的联合会议上，他就总结指出：皮尔斯是结构语言学的真正的、无畏的、最伟大的先驱之一，他不仅表明了符号学的责任，更绘制了它的基本路线；后在《简论皮尔斯——语言科学的探路者》（1977）一文中，他更是认为，假若一战后热烈的科学氛围里，索绪尔的《教程》能遇上皮尔斯的论证，"将可能改变普通语言学的历史和符号学的开端"，"如果我们真的懂得了皮尔斯的里程碑意义，许多事情能被理解得更早，更清晰"。[②] 由此可见，雅各布森对这位"伟大的美国语言理论家"（《意义的若干问题》）的符号学思想是多么热爱与推崇！正是由于雅各布森的赞赏和大力推广，才奠定了皮尔斯在符号学史上的地位，皮尔斯才可能在 20 世纪 70 年代以来的欧美符号学界乃至哲学界掀起巨大热潮，并影响至今。当然，与其说是雅各布森重新发现了皮尔斯并使之浮出历史水面，不如说是后者的符号学思想激活了前者长期的符号学储备，反过来，后者又以自己的结构主义思想对前者进行了补充和发展，提出了"第四种符号"的理论。

---

① 皮尔斯认为，符号的特征在于它是符号或表象（representamen）、对象（object）和解释（interpretant）三位一体的动态的符号行为，三者密不可分，一般称之为"符号三角"。需注意的是，解释项并非指人，而是指对该符号的概念，"符号三角"也不同于奥格登、瑞恰兹在《意义的意义》（1946）中提出的"语义三角"（符号、概念与指称物）。关于本文未讨论的皮尔斯符号学对雅各布森的影响，可参见李伟荣、贺川生、曾凡桂：《皮尔士对雅柯布森的影响》，《湖南大学学报（社会科学版）》2007年第2期。

② Roman Jakobson, "A Few Remark on Perice, Pathfinder in the Science of Language," in *MLN*, Vol.92, No.5, Comparative Literature, 1977, pp.1028-1029.

皮尔斯符号学影响最大、最为人知的是他的第二种"符号三分法"①。当然，也正如雅各布森所言，"最为人所知的东西也最易受到各种歪曲"。为此，雅各布森在《视觉符号和听觉符号之间的关系》以及《符号学发展一瞥》（1974）、《结构主义一瞥》（1976）等文章中对此多有论及，并做了重要的阐发、澄清和补充。皮尔斯根据符号与其对象的关系把符号分为三类：图像（icon）、索引（index）和象征（symbol）。按他自己的话来说，"图像"指"不仅仅借助自己的特征去指示对象，不论这样的对象事实上存在还是不存在，它都拥有这种相同的特征"，如照片、画像、雕塑等；"索引"指"通过被某个对象所影响而指示那个对象"，如路标的指示箭头，"烟"是火的索引等；"象征"指"借助法则和常常是普遍观念的联想去指示对象"，如鸽子是和平的象征。② 雅各布森认为，对于解释者（interpreter）来说，"索引"是通过一种真实的、存在的邻近性与对象（object）相联系，"图像"是通过一种真实的相似性与对象相联系，而"象征"则与对象之间没有强制性存在的联系。一个象征符号与同一系统之间的关系是以惯例规则为基础的。一个象征符号的可感能指与其可理解的（可翻译的）所指之间的联系，是建立在一种习得的、公认的、惯例的邻近性之上的。因此象征符号结构和索引符号结构都应用了一种邻近性关系（前者是人为的，后者是物理的），而图像符号的本质则在于相似性。另一方面，相对于图像和象征来说，索引是必然包括了其对象真实存在的唯一符号。可以说，雅各布森借助其惯用的相似性和邻近性这组对立关系所做的解释，是非常明晰、十分到位的，这也成为其推演的开始。

雅各布森一再强调，这三种符号之间的主要差异在于其组成部分的层次关系，而不是组成部分本身，因为对皮尔斯本人来说，他根本没有把符号只局限于这三种类型，也从未把符号分为这三个等级，符号的重要性就在于这三种符号的相互关系，它们能共存于同一个符号中，比如象征可以将图像和／或索引包含其中。具体来说，按照皮尔斯的观点，任何绘画的主要惯例在于其表征方式，由于相似是由惯例规则辅助决定的，那么，绘画符号就可被视为一种"象征图

---

① 皮尔斯认为符号有三种三分法，第一种是符号本身而言，它只是一种质、一种现实的存在物，或普遍法则，可分为质的符号（qualisign）、单一的符号（sinsign）和法则的符号（legisign）；第三种是按照它的解释者把它表述为可能性的符号，或事实的符号，或理由的符号，可分为表位或述位（rheme）、命题的（dicisign）或类似命题的（dicent）的符号。参见［美］皮尔斯：《皮尔斯文选》，涂纪亮编，涂纪亮、周兆平译，社会科学文献出版社，2006年，第279—281页。

② ［美］皮尔斯：《皮尔斯文选》，第280—281页。

像"（symbolic icon）。雅各布森甚至进一步推想，最完美的符号应该是图像的、索引的和象征的特性尽可能同等地被混合的符号。雅各布森的这种澄清，无疑是将每种符号当作层级性的结构系统，这不仅有助于恢复皮尔斯符号学的真相，更有助于解释符号（尤其是艺术符号）的特殊性和意义生成的多样性。

在这三种符号中，无论雅各布森还是皮尔斯，都尤为突出象征符号的特殊性，这是因为，在雅各布森看来，语言就是一个独立的象征符号系统，象征符号在人类言语（并不仅仅是言语）的创造性使用中占据着主导地位；而且，象征的存在方式与图像和索引都不同，它可以与对象无关，而通过一种"惯例的"（imputed）、习惯的邻近性从能指指向所指。对皮尔斯来说，象征符号是一种普遍法则，它不能表明任何特殊的事物，而只能表明一类事物。这是皮尔斯最富生成性的思想，也是雅各布森经常应用的。当然，雅各布森同时也承认，图像象征符号（iconic symbols）和索引象征符号（indexical symbols）在语言中所发挥的作用，还有待于深入检验。

由此出发，雅各布森也发现了皮尔斯的问题所在：一种特定的艺术符号可以是皮尔斯所划分的三种符号中的任何一种，或接近于象征，或接近于图像，或接近于索引，但显然在这些艺术特性中，最重要的符号的意指过程（significance）被忽略了。换句话说，作为实用主义哲学家的皮尔斯关心的是符号的实用结果，而非符号的意指过程。那么，这种意指过程的特殊性究竟在哪里呢？雅各布森认为，霍普金斯的"平行"说提供了最好的回答（见第四章）。雅各布森认为，平行是一切诗歌的结构法则，语音和语法的平行与对等正是意指的重要手段。对于艺术符号来说，"平行"作为所有手段中的一种典型特征，是在同一语境中由一种符号事实指向一种对等事实，包括这种指向意图被省略地加以应用。如果说每个符号或每种符号都是一种指向（referral），那么，这种"指向意图被省略"即不指向符号之外的符号，正是雅各布森所查明的符号自指的诗性功能占主导的诗歌符号。而这种符号在皮尔斯的三分法中是找不到对应的，这也就意味着：平行这种"手段"正是对皮尔斯三分法的补充，也必然存在着一种特殊的、符号自指的符号类型。

这不是主观的猜测，而是雅各布森以其二元对立的结构语言观对皮尔斯的三分法进行适度改造与补充得出的结果。他认为，皮尔斯的符号三分法是建立在能指与所指的邻近性/相似性和真实性/惯例性这两组二元对立之上的，按照这两组关系的彼此交叉，可以逻辑地预见到应当存在着"第四种符号"。如表2所示：

表 2 "第四种符号"示意表

符号（sign）	真实的（factual）	惯例的（imputed）
邻近性（contiguous）	索引符号（index）	象征符号（symbol）
相似性（similar）	图像符号（icon）	？

也就是说，在索引（真实的邻近性关系）、图像（真实的相似性关系）和象征（惯例的邻近性关系）之外，还存在着一种"惯例的相似性关系"（imputed similarity），这种关系使艺术手段（artifice）具体化，也是艺术的"内向意指过程"（introversive semiosis）的基础。也就是说，符号意指自身，只具有最小的指称性组成部分，即诗性（审美）功能成为其主导功能。雅各布森虽未给这种符号命名，但综合来看，其主要例证指的就是他一直关注并研究的诗性（审美）诗歌（参见第一、四章）、抽象电影、非表征绘画、音乐等艺术符号。

比如电影。[①] 雅各布森认为，符号是每种艺术的材料，电影要素的符号学本质对电影制作人来说是再清楚不过的，电影就是特殊的符号系统，而不是什么"动态的相片"[②]。电影中称为"硬切"的蒙太奇（镜头组合）正如同诗歌中相互对立的语法范畴的平行并置，"这种硬切，按照斯波蒂伍德的定义，就是将截然不同的镜头或镜头组并置，在观众的脑海中造成这些镜头或镜头组自身所并不反映的概念"[③]。也就是说，平行的镜头组合一如诗歌中平行的语法范畴，在电影符号系统中获得垄断地位，并生成相应的超越镜头自身的"语法"意义："平行"可谓是电影艺术的"语法"。对于"抽象电影"（abstract films），雅各布森虽然表示了"让人昏昏欲睡"的无奈，但也认为，这种电影在艺术家的意图和解

---

① 雅各布森对电影符号的关注，肇端于20世纪30年代早期，当时，他在朋友的安排下尝试了一段电影剧本的工作，从而有机会熟悉电影符号艺术的手法，并更直接地经验到转喻结构在电影中的内在价值（见第三章）。在《电影在衰落吗？》（1933）这篇文章中，他有力地批驳了当时流行的"有声电影标志着电影的衰落"等保守口号，指出了电影的符号特性，并讨论了电影代码和图像、电影符号的索引特性（涉及但未发展），以及电影艺术和其他艺术的关系等问题。

② Roman Jakobson, "Is the Film in Decline?" in *Language in Literature*, eds. Krystyna Pomorska and Stephen Rudy, pp.459-460.

③ Roman Jakobson, "Poetry of Grammar and Grammar of Poetry," in *Language in Literature*, eds. Krystyna Pomorska and Stephen Rudy, p.128.

码者的反应之间存在着严重分歧，因为这种被称为"视觉噪音"（visual noise）的电影是"一种非表征的视觉序列"，或者说是一种过分"硬切"的平行镜头的组合链，镜头符号成为其自身而具有审美意义，而不表征某种概念或意义。无论如何，雅各布森认为，"电影确实为符号学研究提供了一块非常富饶的土地"[1]。麦茨（Christian Matz）、帕索里尼（Pier Paolo Pasolini）、艾柯（Umberto Eco）、贝洛尔（Raymond Bellour）等人的电影符号学完全证实了他的这一判断。[2]

比如音乐。雅各布森认为，在音乐艺术中，相对应的要素是能被意识到的，因为彼此之间的相互对等或对立在一种特定的惯例中构成了主要的符号价值。如斯特拉文斯基一再重复的，"音乐由相似性原则所主导"，而在美国音乐学家梅耶看来，"在一种特殊的音乐风格的语境中，一种音调或音调群指向（并将引导有经验的听众去期待）后面随之而来的另一种音调或音调群，它们在音乐连续旋律的指定地方或多或少地得以实现"[3]。这种指向其后的"手段"，被作曲家理解为音乐符号的本质。可见，在诗歌符号中实现的审美功能同样以平行的"手段"在音乐符号中得以实现，音乐也是一种意指其自身的审美符号。

比如绘画。在雅各布森看来，抽象绘画的存在和成功本身便是无可辩驳的事实，色彩和几何图形之间的"应答"在表征性的绘画中只发挥非指定的作用，而在抽象绘画中则变为纯粹的符号价值。在绘画作品中，对立和对等法则（即平行结构）支配着空间范畴系统，并根据流派、时代、民族的代码而提供一种相似性的生动例证。可以说，所有艺术都与一系列的艺术惯例相关，而在所有的符号系统中，惯例是建立在使用和选择普遍的、可理解的潜力基础上的。总之，"惯例的相似性关系"或者说平行结构成为这第四种审美符号的共同"语法"。

雅各布森提出的第四种符号类型，无疑是发他人之所未发的深刻洞见。它既是对莫里斯（Charles William Morris）早期非常有限的审美符号的图像性（iconic

---

① Roman Jakobson, "On the Relation between Visual and Auditory Signs," in *Language in Literature*, eds. Krystyna Pomorska and Stephen Rudy, p.470.

② 比如麦茨的《电影：语言还是泛言语？》（1964）、帕索里尼的《诗的电影》（1965）、艾柯的《电影符码的分节》（1967）、贝洛尔的《影片分析》（1979）。

③ Leonard B. Meye, *Music, the Arts, and Ideas*, Chicago, 1967; Roman Jakobson, "A Glance at the Development of Semiotics," in *Language in Literature*, eds. Krystyna Pomorska and Stephen Rudy, p.453.

character）观念的补充和完善，^① 也是对皮尔斯符号三分法最有力的补充和完善。至此，雅各布森不仅将莫里斯和皮尔斯的理论吸收到结构主义符号学中来，还将其自身的诗学研究成果借助符号学的强大辐射力而推广至艺术符号学的辽阔领域，同时，"诗性"（"文学性"）的所在也由诗歌推向了电影、音乐、绘画等非语言符号，表明了"文学性""走出文学"、走向一切文化符号的可能。这似乎是雅各布森在引入符号学视角之后自然而然的"副产品"。

从中我们也可看出：雅各布森坚决捍卫抽象艺术，或者说非表征艺术在现代语境中的合理价值和合法地位。这正表明了他像他所喜欢的诗人波德莱尔一样，对现代资本主义工业文明中人的和艺术的境遇有着切实的感受和理解，对现代主义艺术的"不及物性"的审美倾向有着明确的认知和把握。这种"不及物性"恰如托多罗夫在谈论诺瓦利斯提出的"不及物语言"时所说的，是"除了表达自己之外不表达任何别的东西的表达方式，能够而且的确也充满极深刻的意义。甚至正是当我们好像什么也不谈论时，我们却说出了最多的东西"^②。可以说，雅各布森凭借其敏锐的直觉力认识并阐释了这种现代艺术的审美自律范式，其审美符号学研究表现出了一位人文知识分子对审美现代性的深刻思考，是对现代思想要求的一种直接回应。然而，可惜的是，随着20世纪60年代之后英美文化研究（cultural studies）的兴盛或者说"文化转向"（cultural turn），以及雅各布森的离世，其独特的审美符号学后继无人，不免黯淡下去。

当然，他对结构语言学（符号学）的先锋贡献早已成为世界科学遗产的一部分，并深远地改变了语言学。即使是在生命的最后二十年，雅各布森依然对符号学和基因代码以及大脑半球功能的不对称联系等跨学科的高端问题有着浓厚兴趣。对于前者，他与法国遗传学家 Francois Jacob 在法国电视台辩论；对于后者，他在《语言的框架》（*The Framework of Language*，1980）等专著中多有

---

① 查理斯·莫里斯（1901—1979），美国哲学家、现代符号学的创始人之一。在《符号理论基础》（1938）中，他把符号学划分为语形学、语义学和语用学，后在《科学、艺术和技术》（1939）、《美学与符号理论》（1939）中，又将符号学理论应用于艺术研究。他认为，科学话语、艺术话语和技术话语分别突出了语义、句法和语用维度，并认为"审美符号是一种特殊的图像符号"，即是一种实有所指的符号。新批评派（如兰色姆、退特等）都曾对莫里斯的符号学有所借用和批评，可参见［美］约翰·克罗·兰色姆：《新批评》，第192—200页；［美］艾伦·退特：《作为知识的文学》，见赵毅衡编选：《"新批评"文集》，第125—156页。

② ［法］茨维坦·托多罗夫：《象征理论》，第224页。

研究。① 此外，雅各布森还积极推动了"国际符号学学会"（IASS）的成立，为世界符号学研究组织的建设立下了汗马功劳。② 可以说，雅各布森对符号学领域的基础性贡献，革新了语言学、诗学、人类学和社会科学，甚至几乎所有的人类科学和人文科学。正如雅各布森研究专家 Winner 所言："如果没有雅各布森把语言学、诗学和符号学结合起来，指出了基本方向，苏联的洛特曼学派、波兰的文学和文化符号学家、捷克和斯洛伐克学者的当代符号学、匈牙利的文学和社会符号学，以及德国、法国、意大利和以色列符号学等都是不可想象的，更不用说符号学对列维－斯特劳斯人类学的重要贡献了。"③

然而，我们这趟漫漫旅程不得不途径法国，因为那毕竟是结构主义运动的大本营，是列维－斯特劳斯、罗兰·巴尔特等结构主义者的故乡，也是解构主义者德里达的藏身之处。

二　"文学性"的法国历险

自雅各布森将结构主义的火种送给列维－斯特劳斯之后，法国便在这位"结构主义之父"的带领之下，开始了轰轰烈烈的结构主义运动。不仅人类学得以从 19 世纪自然科学的绑架中解救出来，投向语言科学的怀抱，几乎所有的人文社会科学都禁不住诱惑，纷纷加入到这场认识论和方法论的革命之中。打头阵的是有勇有谋的"四个火枪手"：罗兰·巴尔特、米歇尔·福柯、雅克·拉康和路易·阿尔都塞，他们的"父亲"则在不远处默默注视着，即使在他们调转枪头或临危叛逃的时候，他也是最后一个坚守在结构主义阵地上的人，虽然在历史的车轮面前，他们都难免集体遇难的命运。太多的人谈论过这场革命的意义，

---

① See Roman Jakobson & Kathy Santilli, *Brain and Language: Cerebral Hemispheres and Linguistic Structure in Mutual Light*, Columbus: Slavica Publishers, 1980; Roman Jakobson, *The Framework of Language*, Michigan: University of Michigan, 1980.

② 1969年，雅各布森联合本韦尼斯特、格雷马斯、克里斯蒂娃、艾柯、马丁内、洛特曼、西比奥克（Thomas A. Sebeok）等符号学家，在维也纳发起创立了国际符号学学会，并担任主席。此后，学会每五年召开一次"世界符号学大会"。2012年，第11届世界符号学大会在中国南京师范大学召开。

③ Thomas G. Winner, "The Aesthetic Semiotics of Roman Jakobson," in *Language, Poetry, and Poetics: The Generation of the 1890s—Jakobson, Trubetzkoy, Majakovskij*, ed. Krystyna Pomorska, p.267.

但我们还是想提提多斯的说法："尽管结构主义有时也钻进死胡同，但它还是从根本上改变了我们认识人类社会的方式，以至于如果不考虑结构主义的革命，我们甚至都不会思考问题了。"①无论是对人类认识方式的革新，还是对"文学性"问题的思考历程来说，这无疑是一次并不浪漫的法国历险。

当革命的尘埃烟消云散之后，经过结构主义洗礼的我们，却发现在后结构主义的阵地上依然矗立着一个似曾相识却又模糊难辨的纪念碑："文本"（text）。正是这个被巴赫金所界定、俄国形式主义所聚焦、英美新批评所发展、结构主义所深挖的"文本"，因其客观性、静态性、自足性、封闭性，而不可避免地成为亟待攻破的牢笼和壁垒。无论是内部爆破（如巴尔特、克里斯蒂娃、德里达等），还是外部进攻（如"作者死亡，读者诞生"），无论是被泛化而成为文化研究的对象，还是被"互文"化而开始解构的漂流，或是被意识形态化而落入"话语"的圈套，目标都在于摧毁有"中心"的、"深层结构"的、稳定的小"文本"（text），而代之以无中心的、破碎的、不确定的复数大"文本"（Text）。这种"大"不是可以确定规模的"大"，而是"文本之外，一无所有"（德里达语）的有容乃"大"，"文学"只不过是这大"文本"中的一个微不足道的字符而已。"文本性"问题最终取代了人们一直企图用语言学方法解决的"文学性"问题，或者说，"文学性"问题在无形中被放逐了。

（一）法国结构主义文论中的"文学性"问题：以巴尔特为例

正如雅各布森在《语言学和诗学》中所言："普罗普的论民间故事结构的先锋著作告诉我们：一种始终如一的句法研究如何能成为一种极为重要的帮助，甚至在划分传统情节和在追寻它们的构成成分和选择之下的令人困惑的法则方面。列维－斯特劳斯的研究，展现出一个对相同的结构问题的一种非常深刻的但本质上相似的研究。"②这种研究也即是以语言学为结构模式的文化人类学研究。雅各布森为不同形态系统、句法系统提供了基础性的十五个普遍音位特征，而在列维看来，相似的区别性对立模式也支撑了各种类型的社会，家庭、性别、神话、烹饪、政治和仪式惯例等，这开启了结构主义语言学模式在法国文化界

---

① ［法］弗朗索瓦·多斯：《从结构到解构：法国20世纪思想主潮》上卷《序言》，第8页。

② Roman Jakobson, "Linguistics and Poetics," in *Language in Literature*, eds. Krystyna Pomorska and Stephen Rudy, p.89.

的惬意之旅，从某种意义上说，也开启了结构主义思想向存在主义思想挑战的序幕（如《野性的思维》最后一章"历史与辩证法"对萨特有关辩证理性和历史发展的观点所进行的驳难）。[①]一方面，我们承认列维没有在暗中损害雅各布森的诗性功能观，事实上，他们对波德莱尔《猫》的合作分析，恰恰表明了人类学与诗性范畴（作为文本的一种内在特质而不是一种外在期待和惯例的强加系统）是可以达成一致的；但另一方面，他把语言符号的研究逻辑地应用于人类的各种行为，尤其是对神话的结构分析（他强调自己的神话学研究是一种符号学研究），建立了比普罗普叙事结构更复杂的叙事结构逻辑学，成为法国结构主义叙事学研究的先声，而这恰恰是破坏雅各布森语言诗学的一个重要阶段（语言学不仅可以和诗学联姻，更可以和文化人类学联姻）。当然，决定性的冲击来自"文学符号学"教授罗兰·巴尔特。

结构主义时期的巴尔特，尽管并没有对"文学性"问题进行过专门研究，但这一问题实已渗透到他理论的每个角落，尤其是在他后来总结性的"文学科学"理论中，这自然是在他接受索绪尔（格雷马斯介绍给他）、叶尔姆斯列夫以及雅各布森乃至乔姆斯基的语言学理论影响之后，也是在他与皮卡尔的新旧批评论争之后。在《批评与真理》（1966）中，他认为，文学科学不是关于内容而是关于"形式"（forms）的科学，"它的对象并非作品的实义，相反地，是负载着一切的虚义"[②]。这虚义即是由符码所构成的多元意义。而要给这些多元意义以科学地位，则必须借助语言学模式，因为"文学科学的模式，显然是属于语言学类型的"，"语言学可以把一个生成的模式给予文学"，[③]正如转换生成语法以假设的描写模式解释无限句子的生成过程。如果说语文学只能解释词语的字面意义的话，那么，语言学则能够使模糊性语言有章可循，而文学语言与实用语言相比，正是这样一种缺乏明晰性的模糊性语言。一种超越字面意义的象征语言，一种可生成多种意义的复调语言，这是巴尔特的文学观，也是新旧批评之争的焦点。如其所言，"雅克布逊强调诗歌（文学）信息构成的模糊性。这就是说，这种模糊性不是指美学观点的诠释'自由'，也不是对其危险性作道德观点的审查，而是用符码使之形式化，把模糊性构成符码。文学著作所依

---

① ［法］列维–斯特劳斯：《野性的思维》，第279—311页。

② ［法］罗兰·巴特：《批评与真实》，温晋仪译，见《神话修辞术·批评与真实》，屠友祥、温晋仪译，上海人民出版社，2009年，第268页。

③ ［法］罗兰·巴特：《批评与真实》，见《神话修辞术·批评与真实》，第268页。

附的象征语言在结构上来说是一种多元的语言。其符码的构成致使由它产生的整个言语（整个作品）都具有多元意义"①。可以说，这种模糊性和多元意义既来自文学所使用的自然语言本身，也来自文学符号的结构特性，因为，在巴尔特看来，文学符号是一种含蓄意指符号。

在巴尔特的符号学思想中，"符号"大多指的并非是直接意指（denotation）的初级符号，而是含蓄意指（connotation）的二级符号，它们是两种表面上相互依存而彼此之间又存在结构性分歧的两级符号系统。（参见第三章）这种"含蓄意指"的符号除了前面所言的"政治神话"，当然还包括具有典型特征的神话体系——文学。在巴尔特看来，文学是由言语活动（初级系统）构成的二级系统（"寄生系统"），正如洛特曼所言的"第二模式系统"。言语活动是文学的"梦和直接的本质"，而寄生系统则是主要的，"因为它对于这个整体具有最后的理解力"。这种合二为一的关系正造成了文学话语的特殊性和含混性，而对文学的解读也就必须是在这两个系统之间不停地回转，因而文学意义也是一种复杂的、间接的二级意义、寄生意义。对文学问题巴尔特不吝笔墨，而对于"文学性"问题，巴尔特却言之甚少，唯有在《文艺批评文集》的序言中他这样简略地写道：

> 任何写出的文字，只是当其在某些条件下可以改变初级讯息（message）的时候，才变成作品。这些变化条件便是文学的存在条件［这便是俄国形式主义者们所称的"literaturnost"，即"文学性"（litteraturite）］。而且就像我的信件一样，这些条件最终只与二级讯息的新颖性（originalite）有关系。②

可见，在巴尔特看来，"文学性"与改变初级讯息（"言语活动"，直接意指）成为二级讯息（"文学"，含蓄意指）的"新颖性"有关。何谓"新颖性"呢？巴尔特在接下来的文字中又语焉不详，大抵可以把握的是，新颖性是文学的基础本身，是一种"奢华的沟通"，"是为赢得他人对你作品的欢迎而必须付出的代价"，③换言之，要新颖就要避免平庸。由此，巴尔特过渡到一个至关重要的区域——修辞学，它曾一度被理性主义、实证主义所压制，而现在，"它是借助于替换和意义移动来改变平庸的艺术"，"其双重的功能就是使文学避免

---

① ［法］罗兰·巴特：《批评与真实》，见《神话修辞术·批评与真实》，第265页。
② ［法］罗兰·巴尔特：《文艺批评文集·初版序》，第9页。
③ ［法］罗兰·巴尔特：《文艺批评文集·初版序》，第11页。

转换成平庸性的符号和转换成新颖性的符号"①。在这里，修辞似乎与俄国形式主义的"手法"概念尤其是"陌生化"之间形成了某种呼应。难道"文学性"就是"修辞性"？巴尔特又不免犹疑起来。"修辞学只不过是提供准确信息的技巧"，它"不仅与任何文学有关，而且与任何交际都有关"②。这是否意味着所有新颖性的交际符号都可能变为文学性的作品呢？巴尔特并没有回答。既建立、又拆除，既肯定、又否定，既确定、又游移，这正是巴尔特独特的写作风格，或者说是他"善变"的学术风格的体现。

与其说"文学性"是使初级讯息转变为二级讯息的修辞技巧，不如说是作家的一种"写作的欲望"，因为"在文学中，只有某种欲望才是最初的所指：写作是情欲的一种方式"③，正是这种"欲望"使初级讯息变为二级讯息。说得更准确些，这种"欲望"是"写作"之人（作家）对语言符号的情感与热情，尽管这些语言符号是贫乏的、苍白的、所有人共有的，但是"正是借助于过分的贫乏而不是过分的丰富，我们在谈论不可消失的东西"④，这种东西也即是文学所表达的"不可表达的东西"。如果说"艺术的整个任务就是不去表达可表达的东西，就是从作为贫乏而有力的激情语言的世人语言中提取另一种言语，即一种准确的言语"⑤，那么，"表达不可表达的东西"正是文学从直接的、可理解的言语活动中剥离出二级言语（特定的编码组合系统）而进行意指的东西。在这里，我们同样听到了雅各布森的"诗歌神话"的回声——"对难以表达的东西的一种暗指"。

必须说明的是，巴尔特对"文学性"的理解是与对"文学"与"写作"关系的理解密不可分的。如其所言，"结构主义逻辑的延续只能求助于文学，不是作为分析客体的文学，而是作为写作活动的文学。……因此，只有经历了结构主义阶段，才能把自己转变成一个作家"⑥。可以说，文学、写作、作家与结构主义以"语言符号系统"为中介，构成了一个彼此关联的整体性的论域，其中，

① ［法］罗兰·巴尔特：《文艺批评文集·初版序》，第12页。
② ［法］罗兰·巴尔特：《文艺批评文集·初版序》，第12页。
③ ［法］罗兰·巴尔特：《文艺批评文集·初版序》，第12页。
④ ［法］罗兰·巴尔特：《文艺批评文集·初版序》，第13页。
⑤ ［法］罗兰·巴尔特：《文艺批评文集·初版序》，第14页。
⑥ ［法］罗兰·巴特：《文学之科学》，《泰晤士文学增刊》（1967），收入《语言的飒飒声》，Le Seuil，1984年，第17页。转引自［法］弗朗索瓦·多斯：《从结构到解构：法国20世纪思想主潮》上卷，第290页。

"写作"无疑是理解"文学性"的关键。这里的"写作"是指巴尔特所特定的"不及物写作"（intransitive writing），是一种消除了外在的干预性、价值评判和一切功利色彩的"中性写作"或"零度写作"，也即是"一种毫不动心的写作，或者说一种纯洁的写作"①。"写作"之人是"作家"（author）（比如他所喜欢的罗布－格里耶），而不是"作者"（writer），作家"与一种总是前期的言语活动过着长期的姘居生活"，并在这个充满言语活动的世界中最终实现"将索引的象征转变成纯粹符号的行为"②。可以说，这种写作是自身便蕴含意义的形式，也就是"文学神话的能指"，文学概念赋予它以新的意指作用。这样的写作最终将建立一种全新的文学，其目标仅仅在于：文学应成为语言的乌托邦。巴尔特的文学"写作"思想看起来像非常自由地借用了形式主义者对日常语言和诗歌陌生化的区别，而他对"写作"的强调和特定阐释一定程度上也弥补了修辞学的过分普遍性，并使这种"新颖性"或"文学性"自始至终寄寓在语言符号结构本身，而不是文学或作家或写作之外。顺便说一句，"零度"，或许可以认为是结构主义者共同寻找、共同信奉的一种科学的、自由的形式美学，无论是列维－斯特劳斯、雅各布森，还是巴尔特。③

在巴尔特的结构主义符号学中，他虽然并不否定作家个人的主体性和选择自由风格的可能，但他更强调语言结构始终是一种具有普遍性的支配力量，对作家具有先在的强制性与约束力，"作家拒绝了传统文学语言的虚伪本性，激烈地偏离、回避反自然的语言、对文字（写作）进行颠覆，是某些作家试图拒

---

① ［法］罗兰·巴尔特：《写作的零度》，李幼蒸译，中国人民大学出版社，2008年，第48页。

② ［法］罗兰·巴尔特：《写作的零度》，第17页。

③ 如多斯所言，"列维－斯特劳斯在寻找家族关系的零度，雅各布森在寻找语言单元的零度，而巴尔特在寻找写作的零度"（《从结构到解构：法国20世纪思想主潮》上卷，第97页）。雅各布森在《零度符号》（"Zero Sign"，1939）中认为，语言不仅在能指层而且在所指层都"能够容忍有和无之间的对立"（《雅柯布逊文集》，第252—262页），零度符号是具有特定价值的符号，不是无所指的能指，而是有"零所指"的能指。这种无意义的"零度符号"什克洛夫斯基称之为"空洞的词"（empty word），而在拉康之后，我们可称之为"滑动的能指"（floating signifiers），或洛特曼的术语"偶然的词"（occasional words）。这些词只是一种能指游戏，主要目的是为了扰乱正常的语言组织，依靠特定的话语条件的语境和它们的构成系统而存在，其拼写组合对诗人和读者而言都是无可怀疑的，可以说，"无意义的诗"作为"零度符号"就是完全自指性的符号，是"诗性功能"的极端体现，这可以说是其"无意义"的意义。

绝作为神话体系的文学所采取的釜底抽薪之举。诸如此类的每一种反抗都是作为意指作用的文学的谋杀者"[1]。可见，作家以一种朝向语言结构本身的方式来实现对文学神话的意指作用的反抗，由此，文学话语便简化为单纯的符号学系统，文学意义便是指向其符号系统自身的意义。在这里，巴尔特实际上和雅各布森一起站在了"诗性功能"的战壕里。巴尔特对现代诗的看法同样也表明了这一点。

巴尔特将现代诗与古典诗相对立来谈，在他看来，古典诗是一种有光晕（aura）的诗，是一种集体性的、被说的、严格编码的、具有直接社会性的语言，而现代诗则是一种氛围（climat），一种客观的诗，是排除了人的因素的字词迸发而产生的一种绝对客体的诗，"现代诗共同具有的这种对字词的饥渴，把诗的语言变成了一种可怕的和非人性的言语。这种渴望建立了一种充满了空隙和光亮的话语，充满了记号之意义既欠缺又过多的话语，既无意图的预期，也无意图的永恒，因此就与一种语言的社会功能相对立了，而对一种非连续性言语的直接依赖，则敞开了通向一切超自然之路"[2]。可见，现代诗歌的语言不再承担古典式的社会功能，而是发挥语言潜在的一切可能性的诗性（审美）功能，它摧毁了语言的关系和一切伦理意义，它是"一种语言自足体的暴力"，是"一种梦幻语言中的光辉和新颖性"——又是"新颖性"！虽然雅各布森未必同意现代诗的"反人本主义"特性（诗歌信息也是主体间交换的符号），也未必承认诗歌完全取消了社会功能，但是，在"（现代）诗是语言符号结构而成并指向符号自身的独立自足的诗"这一点上二人是可以达成一致的，如巴尔特所言："当诗的语言只根据本身结构的效果来对自然进行彻底的质询时，即不诉诸话语的内容，也不触及一种意识形态的沉淀来讨论自然时，就不再有写作了，此时只存在风格，人借助风格而随机应变，并不需要通过历史的或社交性的任何形象而直接面对着客观世界。"[3] 这不是说诗歌否认了意识形态、历史性或社会性的存在与意义，而是说诗歌凭借其自身的象征性符号系统的结构便享有了意义的各种可能性。我们似乎可以说，这种"象征性符号系统的结构"正接近于巴尔

---

① ［法］罗兰·巴尔特：《神话修辞术》，见《神话修辞术·批评与真实》，第196页。
② ［法］罗兰·巴尔特：《写作的零度》，第32页。
③ ［法］罗兰·巴尔特：《写作的零度》，第34页。

特对当代西方文学的认识以及心中所构想的新颖的"文学性"。①

对于法国结构主义者而言，"结构主义"这一术语从来就不是一个一呼百应的口号，它更像是每个人为宣传自己的理论而打出的人言人殊的广告语，比如列维 – 斯特劳斯说："结构主义不是一种哲学理论，而是一种方法。它对社会事实进行试验，把它们转移到实验室。在这里，它首先注意的是关系，试图以模型的形式把它们表现出来。"福柯虽然最早提倡结构主义，却拒绝承认自己是结构主义者，他说："结构主义不是一种新方法，而是被唤醒的杂乱无章的现代思想意识。"与他们的理解都不同，巴尔特说，结构主义既不是一种学派，也不是一种运动，而是一种"活动"，它把对作品的制作与作品本身等同视之，其对象"并不是富于某些意义的人，而是制造意义的人。……意义之人，便是从事结构研究的那种新的人"②。换言之，结构主义者探讨的是意义以何种代价和依据哪些途径而成为可能，即意义的生成条件，而非意义本身。就此而言，巴尔特的文学结构主义与雅各布森的结构主义诗学都是"旨在确立产生意义的条件的诗学"，也正是在"结构的人"这一共同符号之下，批评家（分析家）与作家（艺术家）平起平坐，批评家就是作家，或者说是迟缓的作家，归根结底，都是从内心感受语言结构并对其进行操练和研究的人，他们仿佛占卜者，只负责说出意义之所在，却并不加以命名。这不啻让批评家和文学批评走出作家和作品的阴影而获得独立和新生，因为即使是在他的结构主义盟友如格雷马斯那里，"文学批评至多算是比喻性的自由翻译，一种并非原创性的符号学活动"③而已。之所以引入"批评"或"批评家"这个审视文学或"文学性"的视角，大半是因为与传统派皮卡尔论战的需要，换句话说，也是为了建立与之相对的"文学科学"的需要。

在巴尔特的"文学科学"理论中，文学是一个矛盾的符号系统："它既是可理解的，又是可质问的；既是说话的，又是缄默的。它通过重走意义之路与意义一起进入世界，但却又脱离世界所指定的偶然意义。"④可以说，它只向世

---

① 在1975年的一次访谈中，巴尔特被问及"30年来，文学是否似乎已从世界上消失了"，他回答说，因为"文学不能再掌握历史现实，文学从再现系统转变为象征游戏系统。历史上第一次我们看到：文学已为世界所淹没"。转引自李幼蒸：《罗兰·巴尔特：当代西方文学思想的一面镜子》，见［法］罗兰·巴尔特：《符号学历险》，李幼蒸译，中国人民大学出版社，2008年，第250页。

② ［法］罗兰·巴尔特：《结构主义活动》，《文艺批评文集》，第260页。

③ ［法］A.J.格雷马斯：《论意义——符号学论文集》上册，第9页。

④ ［法］罗兰·巴尔特：《结构主义活动》，《文艺批评文集》，第261页。

界提问，却并不作出回答，意义最终只是"悬空的意义"。正因如此，文学科学的目的"不是为了说明某一意义应该或曾被接纳，而是要说明某一意义为什么可能被接纳"[1]。也就是说，我们遵循语言学规律不是为了解释作品的确切意义（作品也不存在什么确切意义），而是为了描述（describe）作品的可接受性（acceptability）、可理解性（intelligibility），这才是文学作品作为一种历史存在（无论现在还是未来人们都能理解）的"客观性"的源泉。而要发现这种"客观性"，则必须依赖于一种与众不同的内在性批评，或者说，需要一种元言语活动的揭示。

正如斯特罗克所言："结构主义为了解释文本或文本群的结构，最先尝试了一种'内在的'批评形式，而且始终表现出了一种心无旁'物'的态度。"[2]这种内在批评的形式和态度也正是巴尔特的新批评与以皮卡尔为代表的学院批评的分别所在。在《两种批评》与《何谓批评？》中，巴尔特指出了法国当时存在的两种批评：一种是继承朗松实证主义方法的大学批评，一种是以萨特、巴什拉尔、戈德曼等人为代表的解释性批评，是与存在主义、马克思主义、精神分析学、现象学有关的意识形态批评。前者虽然拒绝意识形态批评，但在巴尔特看来，朗松主义本身就是一种意识形态，因为"它不满足于要求使用任何科学研究的所有客观规则，而是以对人、历史、文学、作者与作品具有整体的信念为前提"[3]。它不理会文学的本真存在，而且还使人相信文学的存在是不言自明的，仿佛文学只不过是对"翻译"作家所表达的感觉和激情，这些都掩盖在所谓的严格性和客观性之下，于是，意识形态就像走私品一样悄然进入科学主义的言语活动中，所有的"外在性"（诸如趣味、作者生平、体裁的法规、历史等）也都变成了所谓的"客观性"。正因如此，作为内在性批评的解释性批评，如果研究的是作品之外或文学之外的东西（如精神分析学研究作者的秘密、马克思主义研究作品的历史处境），那么，学院派也同样接受。而不可接受或被拒绝的正是一种在作品之内进行研究的内在性分析，比如现象学批评（阐释作品而不说明作品）、主题批评（重建作品的内在隐喻）和结构分析（把作品当作一种功能系统）。巴尔特主张的自然是结构分析，因此他的内在性的新批评似乎可以称为结构主义批评，比如《论拉辛》（1963）、《叙事作品结构分

---

① ［法］罗兰·巴尔特：《文学科学论》，《文艺批评文集》，第269页。
② ［英］约翰·斯特罗克编：《结构主义以来：从列维–斯特劳斯到德里达》，渠东等译，辽宁教育出版社，1998年，第14页。
③ ［法］罗兰·巴尔特：《何谓批评？》，《文艺批评文集》，第305页。

析导论》（1966）、《流行体系》（1967）便是其结构主义批评活动的杰出代表。

这种内在性批评同样也是一种矛盾的言语活动，"既是客观的又是主观的，既是历史的又是存在主义的，既是整体性的又是自由的"①。也就是说，批评家的元言语活动必须接受其所处时代的历史赋予和更新，也必然依据存在性的组织需要来进行选择（比如词语、知识、观念等），而他自己的快乐、抵制、困扰也都置入活动中。因此，批评语言也不是旧批评所要求的明晰性语言，而是如文学语言一样的模糊性的、象征性的语言，② 它是关于一种话语的话语，是在第一种言语活动（文学言语）之上进行的二级的或元言语活动的言语活动。

> 文学恰恰是一种言语活动，也就是一种符号系统：它的本质不在它的讯息之中，而在这种"系统"之中。也就在此，批评不需要重新建构作品的讯息，而仅仅需要重新建构它的系统，这完全像语言学家不需要破译一个句子的意义，而需要建立可以使这种意义被传递的形式结构。③

在巴尔特看来，批评关注的对象不是作品本身，而是生产体系，不是意指本身，而是意指过程，其根本任务不是发现"真实性"，而是去发现某种"可理解性"和"有效性"，也就是说，批评不需要去说普鲁斯特有没有说"真话"，而只要描述他建立了怎样的一种严密一致的、有效的、可理解的符号系统。批评的过程主要是对能指的解码和诠释，而不是对所指的揭露，所谓"重新建构它的系统"，即"不去破译作品的意义，而是重新建构制定这种意义的规则和制约"④。换言之，批评不是对作品意义的翻译，而是揭示生成作品意义的一些象征的锁

---

① ［法］罗兰·巴尔特：《何谓批评？》，《文艺批评文集》，第309页。
② 巴尔特、福柯、拉康等结构主义者批评话语的风格也表现出对明晰性的抵抗，这正如约翰·斯特罗克所言："拉康的语言不仅使那些积极配合的读者们感到沮丧，而且也不太可能被准确地翻译出来，他的语言到处充满了语词游戏和喻指，他想证明，无意识只有通过能指而不是所指，才能构建一串语言表达的链条。"（［英］约翰·斯特罗克编：《结构主义以来：从列维－斯特劳斯到德里达》，第20页）在我看来，列维－斯特劳斯、巴尔特乃至后结构主义的德里达也同样如此，修辞手法和修辞效果成为他们共同的追求。如果说这种明晰性是法国这个特定国度的民族品德，甚至是每个法国人都应具有的真实心灵的标志，那么，他们以语言的模糊性取代明晰性，无疑包含着对坚信这种"品德"的主流资产阶级话语权威的反抗与解构。
③ ［法］罗兰·巴尔特：《何谓批评？》，《文艺批评文集》，第309页。
④ ［法］罗兰·巴尔特：《何谓批评？》，《文艺批评文集》，第308页。

链和花环，一些同质性的关系。因此，批评家不是作品价值的评判者，而是一位"细工木匠"，他的工作是将一件复杂家具（文学作品）的两个部件榫接起来，"使其所处时代赋予他的言语活动适合于作者根据其所处时代而制定的言语活动，也就是说适合于逻辑制约的形式系统"①。可见，批评家的批评是与作家写作同等地位的一种创造活动，是一种逻辑意义上的纯粹形式的活动：这才是"真理"。虽然巴尔特一再说"批评不是科学"，但实际上，文学批评已经在文学科学的强力影响下成了科学，唯有如此，才能接近文学的真相。由此，我们也可以理解同样致力于探索文学科学的雅各布森，其批评实践努力专注于语法而悬置意义的良苦用心。从这个意义上说，巴尔特和雅各布森都可谓真正建立批评科学的"批评家"。

虽然学院派的旧批评也口口声声尊重文学的真实性，强调文学包含着艺术、情感、美和人性，以文学对象自身为本位来研究文学，不求助于人类学或历史学等其他科学来寻找"文学性"，但实际上他们只是像循规蹈矩的评判官那样行使"批判"功能，狭隘的资产阶级"良好的趣味"决定了他们只是想保护一种纯粹美学的特殊性而已，"它要保护作品的绝对价值，不为任何卑下的'别的东西'所亵渎，无论是历史也好，心灵的底层也罢；它所要的并不是复合的作品，而是纯粹的作品，隔断一切与世界和欲望的联系。这是一个纯粹属于道德范畴中腼腆的结构主义模式"②。最终，这种道德结构主义模式的"独特的美学，使生命哑口无言，并且使作品变得毫无意义"③。相比之下，巴尔特对文学和"文学性"问题的理解更加开放，他说：

> 事实上，文学的特性问题，只能在普遍符号理论之内提出：要维护作品内在的阅读就非了解逻辑、历史和精神分析不可。总之，要把作品归还文学，就要走出文学，并向一种人类学的文化求助。④

在他看来，"文学性"问题只有在符号学领域才可能被提出和解决，而要理解文学就必须"走出文学"，正如要理解作品就必须把作品真正归还给文学，而

---

① ［法］罗兰·巴尔特：《何谓批评？》，《文艺批评文集》，第308页。
② ［法］罗兰·巴尔特：《批评与真实》，见《神话修辞术·批评与真实》，第251页。
③ ［法］罗兰·巴尔特：《批评与真实》，见《神话修辞术·批评与真实》，第240页。
④ ［法］罗兰·巴尔特：《批评与真实》，见《神话修辞术·批评与真实》，第251页。

不是让其遭受文学之外的各种所谓"权威"或"真理"的奴役。问题是：要走到哪里去呢？巴尔特指出的方向是像逻辑学、历史学和精神分析学这样的文化人类学，它们都是内在性批评的典范，都具有系统的严密一致性，或者说，都符合巴尔特的科学化乃至"文艺复兴"的梦想。事实上，法国结构主义也可说是语言学和人类学杂交的产物，比如列维－斯特劳斯将结构语言学应用于神话等人类学研究，拉康借结构语言学重建弗洛伊德的精神分析，阿尔都塞借结构语言学保卫科学的马克思主义，等等。我们必须承认，这种"人类学的文化求助"或者说文化符号学援助，能使对"文学"和"文学性"的理解更为开放、更为合理，一定程度上也突破了雅各布森审美文化符号学框架的限制。但"走出文学"同样潜藏着消解文学的危险，无论是像雅各布森那样以语言学为符号学的中心模式，还是像巴尔特那样将符号学置入语言学门下，"走出文学"即意味着走入符号的海洋，正如文学符号汇入逻辑的、历史的、精神分析的等文化符号之中，而当我们埋头为维护文学作品的内在阅读而费尽心力的时候，抬头忽然发现，其他各种符号在"语言学的符号学"的光照之下，也都成为含蓄意指符号，也正以其同样系统化的内在特性（即使是无意识也具有语言一样的结构）而为人们争相"阅读"。文学符号的"文学性"湮没于各种非文学符号的"语言性"中，成为想象的"语言的乌托邦"，文学、"写作"、批评和文学读者都不再享有优待，因为医生也是破解密码的占卜者，城市也是一种写作，城市中移动的人即使用者也就是一种读者，如此等等。① 这似乎实现了索绪尔所设想的在社会生活的核心研究符号的生命，却未必是文学结构主义者——雅各布森和巴尔特——所期盼的结果。

一方面，雅各布森认为语言和文学的关系不同于语言和其他符号之间的关系，而巴尔特则试图解构这一观点，他认为这二者并没有什么内在的不同。换言之，语言学不仅可以应用于文学的结构分析，更可以应用于其他文化符号系统的结构分析，正如他从索绪尔出发，构筑起以语言学模式为基础（横组合关系与纵聚合关系）的、具有普遍性的"符号学原理"（《符号学原理》，1964），并应用到雅各布森从未涉及的诸如服饰、食物、家具、建筑等各种社会文化现象上，为我们描绘出一个曾经秘而不宣的"物的形式"世界，一个"语

---

① 参见［法］罗兰·巴尔特：《符号学与医学》《符号学与城市规划》，见［法］罗兰·巴尔特：《符号学历险》，第178、167页。

言"无处不在的结构性的、规则化的世界，一个"音乐总谱"（列维－斯特劳斯语）和"符号阵列"（拉康语）的世界。而在这个由普遍性的符号学科学（或如巴尔特所言的"物体语义学"）所构筑的世界里，文学和一件衣服、一碟小菜、一件家具、一则广告一样，只具有物的纹路和质地，却不再具有"人"的心跳和"历史"的余温。这自然不是巴尔特个人为了对抗萨特的存在主义而有意矫枉过正的结果，而是整个结构主义队伍大踏步前进之后的集体后遗症。关于结构主义的这种"反人本主义"和"反历史主义"弊病，学界已有诸多论证，兹不赘述。①

另一方面，雅各布森的语言学和诗学相联姻的分析，是建立在他相信语言（作为元语言）是根本的、原初的客观语言的基础之上。更重要的是，他相信诗歌是一种客观语言的实验（作为对象语言），其中，语言符号具有不可削减的实质，比如作为分子的音位，是与它的表意功能结合在一起的，即含混的意义也是与语法肌质（包括格律肌质）相对等的，是可以通过语法分析作出判断的。而在巴尔特看来，对象语言（文学语言）和元语言（批评语言）是不可预知的功能，经常在历史的、文化的和意识形态的元素支配下进行转换，而文学意义则是一种"悬空的意义"，是填充结构的"虚义"，是摇摆不定的多元意义，可以说，即使在结构内部，一切也都是不确定的，难以把握的。总之，巴尔特对元语言自我更新的历时分析为符号学批评开辟了新路，一定程度上也削弱了雅各布森的共时性的语言学—诗学模式。

1970 年，当巴尔特的《S/Z》与雅各布森与琼斯合作分析莎士比亚十四行诗

---

① 比如，"不论是列维－斯特劳斯、巴尔特，还是阿尔都塞和福柯，都将人打进了地狱，人已经掉进结构的网络中一声不吭。现在只有结构，只有无处不在的规则系统，无处不在的律令和制度在起作用，人只是结构中的一个符号、一个语法功能。不仅如此，历史也被忽略不计了，结构主义只关心共时性的东西，关心静止的结构法则，时间概念也被抛弃了，结构主义回避了历史，也回避了历史内容、历史所指、历史的'意义'，所有的内容都被掏空了，结构主义的对象永远只有骨架，没有血肉"。参见汪民安：《谁是罗兰·巴尔特》，江苏人民出版社，2005年，第122页。另可参见［美］弗雷德里克·詹姆逊：《语言的牢笼》，钱佼汝译，见《语言的牢笼·马克思主义与形式》，钱佼汝、李自修译，百花洲文艺出版社，1997年，第116页；［英］塞尔登等：《当代文学理论导论》，刘象愚译，北京大学出版社，2006年，第96页。

的文章同时出版的时候，[①]巴尔特一定听到了来自雅各布森语言诗学的"死亡丧钟"。当然，我们也可理解为这是后结构主义以"文本性"的名义为结构主义敲响的丧钟。

（二）从"文学性"到"文本性"

"丧钟为谁而鸣，我本茫然不晓，不为幽明永隔，它正为你哀悼。"约翰·多恩的诗句被海明威题写在小说的开端，正如尼采将"上帝之死"的讣告张贴在20世纪前夜的公告栏上。上帝死后，死亡的阴霾便笼罩在整个20世纪的上空。接下来死去的，只可能是"人"。因为"上帝之死不意味着人的出现而意味着人的消失；人和上帝有着奇特的亲缘关系，他们是双生兄弟同时又彼此为父子：上帝死了，人不可能不同时消亡，而只有丑陋的侏儒留在世上"[②]。在《事物的秩序》（1966）中，福柯不得不紧随其后宣布"人"的死亡讯息，当然，这里的"人"并非具体的人，而是概念的人，是人类学（anthropology）的概念，"人的终结或人的消失，是作为某种观念形态或知识形态的人的消失，是以人为中心的学科的消失，是以康德的人类学为基本配置的哲学的消失，最终，是19世纪以来的以人为中心的现代知识型的消失"[③]。在福柯看来，文艺复兴时期和古典时期（18世纪末之前）的知识型中并没有人的主体位置，词与物（符号与世界）之间是透明的，不需要"人"作为中介，而19世纪后，人作为知识的客体和认识的主体而成为现代知识型的产物，然而，这样的"人"也只是"有限"的人，终将为尼采的"超人"所取代。最终，我们等来的不是重建价值体系的"超人"，而是接踵而至的一场革命风暴和一纸"作者"死亡通知。对结构主义而言，它们都是噩耗，时间是1968年，地点还是法国。

在"文本性"出场之前，我们不得不铺陈这样的历史背景，尽管它们早已为众人所知。1968年的"五月风暴"，对结构主义者来说可谓一次重创，尽管德里达在此之前业已暗度陈仓地表明了结构主义的某种危机，这里指的自然是他的那篇名文《结构、符号与人文科学话语中的嬉戏》（1966）。如果说"结

---

① Roman Jakobson & L. G. Jones, "Shakespeare's Verbal Art in 'Th'Expence of Spirit'," in *Selected Writings Ⅲ: Poetry of Grammar and Grammar of Poetry*, ed. Stephen Rudy, pp.284-303.该文写于1968年，1970年由Mouton（The Hague-Paris）首次出版单行本。

② ［法］米歇尔·福柯：《福柯集》，杜小真编选，上海远东出版社，1998年，第80页。

③ 汪民安：《论福柯的"人之死"》，《天津社会科学》2003年第5期。

构主义不上街"是存在主义者对巴尔特这样的结构主义领袖的嘲讽，那么，雅各布森所遭遇的则是别有用心的政治攻击了。早在布拉格时期，他便受到反结构主义者 Petr Sgall 的指责，后者暗示结构主义语言学"只为延长资产阶级统治和证明其合法性而服务"①。在美国时期，他又被批评家 Bersani 公然指责为或隐秘或公开地抱有"结构主义梦想"，即"完全控制（社会）的永久而动人的幻想"，后者更是含沙射影地说，这能"容易地为独裁主义者的政治野心服务"。②不同的社会环境（法国和美国），相同的反科学的指责，都共同指向了结构主义的意识形态危机。巴尔特以《作者之死》（1968）对风暴作出了隐喻性的回应，以《从作品到文本》（1971）开始了从结构主义向"文本性"的转变，而雅各布森则恰恰以《莎士比亚〈精神的挥霍〉的语言艺术》（1968）和《若阿西姆·杜贝莱十四行诗的作品观察和结构分析》（1971）坚定地表明了自己对作者作品和诗性功能的结构主义信心。正如 1968 年那群充满自由欲望的中产阶级造反大学生们，虽然对鼓励秩序、等级、中心的"结构主义"嗤之以鼻，但他们却仍是革命的形式主义者，终究只能将象征性的反抗寄托于充满文学性的"语言无政府主义"之中。③从追求语言秩序的结构理论到破坏语言（社会）秩序的造反行为，从作品到文本，从"文学性"到"文本性"，这成为结构主义向后结构主义转向的"革命"底色。

1. 从作品到文本，从"文学性"到"文本性"

考察 20 世纪层出不穷的文本理论，我们可以发现，"俄国形式主义并没有明确使用文本这个概念，但是他们将作品与作家、社会的分离，确立了作品的自律性，并将其固定于语言学的模式下，这已经是现代文论形态的文本概念"④。无论雅各布森提出的"文学性"，还是什克洛夫斯基提出的"陌生化"，无疑

---

① Roman Jakobson, "An Example of Migratory Teams and Institutional Models," in *Selected Writings Ⅱ : Word and Language*, ed. Stephen Rudy, p.535.

② See Roman Jakobson, "Retrospect," in *Selected Writings Ⅲ : Poetry of Grammar and Grammar of Poetry*, ed. Stephen Rudy, p.772.

③ "所谓文学性，不是别的，而是通过对语言的风格化使用，不停逃脱日常语言的约束和追赶，尽可能获得一种意想不到的震惊效果。1968年的语言风格正是这样。"程巍：《中产阶级的孩子们：60年代与文化领导权》，生活·读书·新知三联书店，2006年，第338页。

④ 张良丛、张锋玲：《作品、文本与超文本——简论西方文本理论的流变》，《文艺评论》2010年第3期。

都开始聚焦于"文本"这一层面上的语言操作。当然，雅各布森等人当时所使用的术语还是"作品"（work），其延续的依然是此前的传统观念，也就是说，"文本"是作品中由词语交织而形成的编织物［"文本"一词从拉丁文词源上来说就是"编织物"（textus）］，是构成作品的物质性基础，而"作品"则蕴含了高于"文本"的意义（思想）指向和作者以及读者（批评者）的精神投射。虽然在"普希金的作品"与"普希金的文本"之间并不存在什么根本不同，但实际上"某某作品的文本"更符合他们（尤其是作为语文学家的雅各布森）心中所设想的价值等级。

而到了新批评和结构主义时期，伴随着"语言学转向"和"科学主义"的急切脚步，"文本"地位发生逆转，它变成了一个比"作品"更客观的语言结构，曾经至关重要的"价值、作者和美学三个要素都被结构主义批评置于一边，'作品'概念也就丧失了立足之地。取而代之的是文本，作为结构主义的科学研究对象，它无关价值、作者和美学，而只有客观的确定性"①。这种转变意味着真正"以文本为中心"的新的批评范式的建立。对于新批评来说，他们追求去除了"意图谬误"和"感受谬误"的文本本体的"语义结构"，对于雅各布森的语言诗学来说，他探求根据对等和平行原则而构成的文本的"语法肌质"，"肌质"（texture）成为他们对"文本"的共同理解；值得注意的是，他们虽然对"作者"置之不理，但根本上都并未否认"作者"对"文本"的创造者身份（这由他们的批评文章的标题即可见出），并相信即使是含混多重的意义，也都存在于某个特定文本的语境和结构（无论语义结构还是语法结构）之中，批评者的任务正在于借助于语言科学客观合理地揭示出文本意义生成的条件，换言之，"文学性"由传统文学作品的审美（精神）特性转向了文学文本的语言（符号）结构的特性，可以说，这是一种结构化、语言化、具有向心力的"文本性"。虽然结构主义的"文本"还保持着相对封闭的结构，但其内部已不可避免地蕴含着一些消解性的因子，比如不确定的多元意义、对等或平行要素之间的差异、读者（批评者）阐释的能动性等。

20世纪60年代，"文本"概念逐渐取代"作品"而居于文学研究和批评的主导地位，而对于法国结构主义内部来说，"作品"并未销声匿迹，有时还等同于文本而使用，但单个文学作品（文本）不再是研究对象，而是被"文学性"

---

① 钱翰：《从作品到文本——对"文本"概念的梳理》，《甘肃社会科学》2010年第1期。

所取代，正如托多罗夫所言："结构主义的研究对象，不在于文学作品本身，他们所探索的是文学作品这种特殊讲述的各种特征。按照这种观点，任何一部作品都被看成是具有普遍意义的抽象结构的体现，而具体作品只是各种可能的体现之一。从这个意义上说，结构主义这门科学所关心的不再是现实的文学，而是可能的文学。换言之，它所关注的是构成文学现象的抽象特质：文学性。"①在这里，"文学性"不再是新批评的"语义结构"，也不再是雅各布森的"诗性功能"体现于诗歌文本的语法结构，而是"具有普遍意义的抽象结构"，每个作品（文本）都只是这种"抽象结构"的转换生成物，对他而言，这个"抽象结构"也就是他从传奇故事、侦探小说等散文文本中抽象出的叙事模式（语法）。然而，他经过叙事语法分析而获得的所谓"抽象结构"，只能是大而化之的、没有多少创新意义的"可能的"解释，②这恐怕是他借用语言学进行逻辑推演的必然结果（比如人物是个名词、动作是个动词）。真正对"文本"概念、文本与作品关系以及"文学性""文本性"产生颠覆影响的依然是巴尔特，以及后结构主义的先锋者们。

2. "文本性"的开放：互文、延异与读者漫游

若问"何谓文本性"，即问"何谓文本"，它们是一个问题的两种问法。如果说我们可以从语言学和超语言学（metaliguistic）这两种意义上来界定"文本"，那么，我们同样可以从这两个方面来界定"文本性"。事实上，在《从作品到文本》中，巴尔特也正是在跨学科（interdecipline）的前提下引出"文本"这一研究对象的，尽管他在文中也认为对超语言学的怀疑是文本理论的一部分。③在文中，巴尔特给"文本"（text）列举了七条特征，涉及方法、分类、符号、复合、限

---

① Tzvetan Todorov, *Introduction to Poetics*, trans. Richard Howard, Minneapolis: University of Minnesota Press, 1981, p.6.

② 如托多罗夫在《〈十日谈〉的语法》中最后总结出的模式是："从四平八稳的局势开始，接着某一种力量打破这种平衡，由此产生了不平衡局面；另一种力量进行反作用，又恢复了平衡。"［法］茨维坦·托多洛夫：《散文诗学——叙事研究论文选》，侯应花译，百花文艺出版社，2011年，第59页。

③ ［法］罗兰·巴尔特：《从作品到文本》，杨扬译，蒋瑞华校，《文艺理论研究》1988年第5期。

度、阅读、愉悦等七个方面。可以说，这是自巴赫金最早界定"文本"内涵①之后最为完备的"文本性"概括，由此出发，我们就能顺藤摸瓜地把握到"文本"在后结构主义时代的可能命运。

在巴尔特看来，时间并非区分"作品"和"文本"的标准，古典作品可能会是"某种文本"，而当代作品则可能根本不是文本，因为"文本"并非时间廉价的馈赠，而是一种方法论的领域。换言之，"文本"并不像图书馆中的某部作品一样具有感性的、静态的、可触摸、可掌握的现实（物质）质地、空间和重量，它只是方法论领域中的客体对象，而并非确定的实体。同时，"文本"并不停留于确定的某处，或栖身于某个作者或某种体裁的分类之下，而是存在于来往穿梭的、永不停歇的生产过程之中。也就是说，文本是一种敞开的、不断运动的、不断"织成"的话语存在，是将其他文本织进自身的一种"编织物"，这些文本之间不存在等级秩序，只存在差异和相互指涉、相互投射的关系，因此，"文本"是一个复数。正如乔治·巴塔耶，其无可归类的作品正如其无可归类的身份（小说家、诗人、散文家、经济学家、哲学家、神秘主义者？），我们与其说他创造了诸多作品，不如说他创造了文本，甚至永远是同一文本。"文本"的这种兼容并包、打破传统分类、动态延伸的特性，正是"互文性"的体现。这可以说是文本的一个首要特性，是"文本性"的主要构成部分，托多罗夫甚至断言，"所有的文本性都是互文性"②。

在这里，巴尔特的同行，尤其是"太凯尔"集团的克里斯蒂娃（Julia Kristeva），对他的这种文本主张产生了重要影响。学界一般认为，克里斯蒂娃是在巴赫金的"对话"理论的启发下首次提出了"互文性"概念（intertextualité）（《巴赫金：词语、对话与小说》，1967），如其所言："'文学词语'是文本界面的交汇，它是一个面，而非一个点（拥有固定的意义）。它是几种话语之间的对话：作者的话语、读者的话语、作品中人物的话语以及当代和以前的文化文本……任何文本都是由引语的镶嵌品构成的，任何文本都是对其他文本

---

① 巴赫金是在超语言学意义上使用"文本"一词的，他把文本释为"任何的连贯的符号综合体"，并认为它是所有人文学科以及"整个人文思维和语文学思维的第一性实体"，以此区别于自然科学，因为自然科学的研究对象是自然界，而对于人文科学而言，"没有文本也就没有了研究和思维的对象"，其意图在于捍卫人文科学的科学性。巴赫金的文本概念与"话语""表述"经常同义使用（"作为话语的文本即表述"）。参见［俄］巴赫金：《文本问题》，《巴赫金全集》第四卷，第295页。

② ［法］茨维坦·托多洛夫：《批评的批评：教育小说》，第111页。

的吸收和转化。互文性的概念代替了主体间性，诗学语言至少可以进行双声阅读。"① 简而言之，"互文性"就是文本间性，是符号系统的互文性结构，按巴尔特的理解，一个文本就是一个交织了多个互文性文本的多元化的"大文本"。如果说克里斯蒂娃是借巴赫金的"对话"原则而将主体间性和历史性隐蔽地纳入"文本"中的话，那么，巴尔特则更坚决地在文本中剔除了"作者"的声音，作者的话语不再具有父亲式的权威，他只能以"客人"的身份返回文本"游戏"，因为"文本中的我，其自身从来就没有超出那个名义上的'我'的范围"。这自然是已经"死去"或"隐退"的作者，正如福柯所言："作者在文学作品中缺席、隐藏、自我委派或者自我分割，这是文学的特性。"② 当然，他们都共同强调了一个文本内部不是静寂无声的，而是回荡着过去或现在已完成的其他各种文本的回声，它们平等对话，"众声喧哗"，它们以其自身的能指作为引文和参照，最终构成一个连绵不绝、无边无际的能指的立体复合体。这些"其他文本"早已越出了文学文本的边界，而成为"文化文本"的链条，这个"文本"由此而成为吸收和转化了各种文化文本的"超级文本"，可能它还与文学有关，但更可能只是五花八门的引语集合、五颜六色的文化拼盘，由此也正落入英美"文化研究"的胃口之中。在那里，文学"文本"只是政治性和批判性的社会表征，而不再是语言性或"诗性"的结构生成。值得注意的是，巴尔特在《从作品到文本》中只有一处提及"文学文本"（"文学文本永远是似是而非的"），其余皆只称"文本"，这似乎就已喻示着在从作品到文本的转变过程中，"文学"在"文本"面前越来越丧失其重要的主语地位，甚至丧失其无关紧要的"修饰性"，"文本"的博大胸怀也越来越包容了与"文学"相关却也更加"似是而非"的文化内容。

自克里斯蒂娃和巴尔特的"互文性"观念诞生后，热奈特、里法泰尔、孔帕尼翁等人又相继探讨了一个文本与其他文本之间的指涉关系，比如热奈特提出"跨文本性"（transtextuality）概念，并指出五种类型的跨文本关系。③ 如果说，新批评的批评实践和雅各布森的诗歌语法批评主要关注的是相对封闭的单个文

---

① 转引自王铭玉：《符号的互文性与解析符号学——克里斯蒂娃符号学研究》，《求是学刊》2011年第3期。

② ［法］米歇尔·福柯：《知识考古学》，谢强、马月译，生活·读书·新知三联书店，2003年，第101页。

③ ［法］热拉尔·热奈特：《热奈特论文集》，史忠义译，百花文艺出版社，2001年。

本结构，那么，建立在"对话"原则之上的"互文性"文本（互文本）则从文本之内（如巴尔特、克里斯蒂娃）和文本之间（如热奈特）这两个维度打破了封闭的语言结构，而具有了指向世界、指向外在社会文化现实的可能，即"互文本正意味着语言学模式的文本与历史的、政治的、文化的、经济的文本的相互关联"①。与此同时，福柯将文本视为一种"话语"形式，复活了文本与文化语境尤其是社会制度、知识范型、意识形态等权力场域之间的密切关系；而结构主义的马克思主义者，如戈德曼将文学结构对应于经济结构，阿尔都塞将文学置于意识形态和科学知识之间，马歇雷则视文本是"无意识"的意识形态"生产"的产物，充满着被压抑的、未说出的裂隙和沉默，等等。总之，这些曾经被雅各布森等结构主义者们以"文学科学"的名义驱逐出"作品"或"文学"的文本或话语，在后结构主义时代以"文本（话语）间性"的形式重返文学领域，文本与世界重新接通，而要理解这样的陷入意识形态围攻的文本，必须凭借阿尔都塞的"症候式阅读"（symptomatic），而非雅各布森的结构主义语言分析和语法细读。

伴随着后现代生存境遇的日益符号化，符号学一路狂飙突进，追求"对符号的接近和体验"的"文本"理论和"互文性"理论也随之持续扩张，正如德国学者普菲斯特（Manfred Pfister）所言："互文性是后现代主义的一个标志，如今，后现代主义和互文性是一对同义词。"②（1991）在此语境中，"文本"终于超越语言学的框架限定，而进入超语言学的"符号帝国"，它甚至超越了法国解释学家利科（Paul Ricoeur）为"文本"定义的"任何由书写所固定下来的任何话语"③，一条微信，一则微博，一部电影，一首歌曲，一支舞蹈，一张照片（图片），一份菜单，一个手势，一个梦，等等，都是文本；在电影《无极》和恶搞视频《一个馒头引发的血案》之间、在西方某个画家的绘画文本和中国的象形文字文本之间，也都构成互文本；甚至整个社会、历史、文化都被视为"文本"，正如"新历史主义"者海登·怀特（Hayden White）的"元历史"和格林

---

① 王一川：《语言乌托邦——20世纪西方语言论美学探究》，云南人民出版社，1994年，第252页。

② Ulrich Broich, "Intertextuality," in *International Postmodernism: Theory and Practice*, eds. Hans Bertens and Douwe Fokkema, Amsterdam and Philadelphia: John Bejamins Company, 1997, p.249.

③ ［法］保罗·利科尔：《解释学与人文科学》，陶远华等译，河北人民出版社，1987年，第148页。

布拉特（Stephen Greenblatt）的"文化诗学"所主张的"历史的文本化"和"文本的历史化"，历史"作为一种文学虚构"而具有文学叙事的意味，文学与历史都是文本性的，彼此构成互文关系，文学文本成为各种社会文化力量、各种历史话语流通、各种意识形态汇聚并"商讨"的场所，文学性与历史性在"文本"这同一艘船上相互拥抱，彼此融通。

可以说，"互文性"不仅将"文本"从结构主义和语言学的牢笼中解放出来，更赋予它覆盖一切、消融一切的"权力"，其结果自然是文本的泛化，文学文本和非文学文本的界限愈发模糊。无所不在的文本构成我们身处的后现代景观，传递给我们生活的各种"意义"，而不断指涉的互文本又使我们不得不放弃对确定或终极意义以及意义生成过程的寻找，于是，我们生活在文本里，或者说，文本就是我们的生活。在泛文本观念中，文学文本不再享有任何优先或特权，和所有的符号文本一样，都存在于滔滔不绝的互文本中，它不再承担作者的创造性和成为审美作品的责任，"而是游弋在一种文化空间之中，这种文化空间是开放的、无极限的、无隔离的、无等级的，在这种空间中，人们将重新发现仿制品、剽窃品甚至还有假冒品，一句话，各种形式的'复制品'——这便是资产阶级所从事的粗俗的实践活动"①。当然，这也是中国的文本制造者们正"不得不"从事的实践活动，在各种题材雷同的文学文本、桥段相似的电影电视文本以及抄袭剽窃的学术文本中，我们已深刻感受到了"互文性"带来的巨大解构作用和震惊效果。

显然，巴尔特也以能指的嬉戏和所指的延宕表达了对德里达解构理论的附和与敬意。如果说我们可以从作品中挖掘出确定的和可理解的所指、内涵和意义的话，那么，文本则纯粹是能指的自由游戏，是符号的动态链条，"能指没有必要作为'意义的第一阶段'，情况恰好相反，它的物质通道受到关注是作为它的结果而引人注意的。同样，能指的无限性不再依赖于那些无法言喻的所指，而依赖于'游戏'（play）"②。可以说，文本正是能指嬉戏的舞台，能指与所指的关系不是确定的，而是滑动的，所指永远走在"延宕"的路上。这正是德里达的热爱。

---

① ［法］罗兰·巴特：《显义与晦义——批评文集之三》，怀宇译，百花文艺出版社，2005年，第161页。

② ［法］罗兰·巴尔特：《从作品到文本》，杨扬译，蒋瑞华校，《文艺理论研究》1988年第5期。参照汪民安引文（《谁是罗兰·巴尔特》，第143页）略有改动。

德里达没有像结构主义者那样从索绪尔语言学中提取出秩序性的"法则"，而是提取出任意性的"差异"，并应用于对"逻各斯中心主义"的解构以及所有二元对立的颠覆。在他看来，文本意指一切可能的指示物，不存在先于文本性的东西，"一个'文本'不再是一个业已完成的写作集子，不是一本书和书边空白之间存在的内容，它是一种差异化的网状结构，是由各种印迹织成的织品，这织品不停地指出身外的东西，指出其他差异化的印迹"[①]。也就是说，文本如语言一样都是一个差异系统，一个符号的意义，取决于它与其他符号之间的差异关系，文本同样如此，任何一个文本在内在外都处于互文本的关系之中，因此，文本只可能存在于差异之中，它的意义并不指向现实世界或自身，而是由它与其他各种文本（与其差异又与其关联）的关系所决定，从来就没有确定的文本"意义"，也不存在固定可寻的语法结构，而只有不断被涂抹、更改的"踪迹"（trace）而已。正如我们在词典中寻找 A 的符号意义，我们就会在包围 A 并与之差异的符号中得到 B 的符号解释，而 B 也正是词典中所要定义的词条，而由于要理解 B 的意义，我们又必须在包围 B 并与之差异的其他符号中查找到 C 的符号解释，依此类推，我们得到的不过是无限的能指、符号的不断符号化而已，所指永远被悬搁、迂回、替代、推迟、延缓、撒播（dissemination），永远处于"延异"（différance）之中——这个只能在书写中才能见出与"差异"（différence）的差异的生造符号，无疑是对"语音中心主义"和形而上学的神圣信仰最有力的解构。按其所言，延异是一切存在之源，存在于一切文本之中。这恐怕是最彻底、最"形而上学"的"文本性"了。

诚如郑敏所言："结构主义及一切形式主义要通过美的规律飞向不朽的形式，而德里达寻求自由的运动不再是线性的，他曲折往返于对立之间，解构任何对立的主奴关系，破坏直线，以无形无质无量的踪迹织成无形的网，在不停地解构与新生、再解构中得到自由运动的快感。"[②] 这种快感实则是一种知其不可而为之的境界，一种矢志不渝、追寻自由的现代精神。相较而言，巴尔特的阅读文本的愉悦和快感则是相对狭隘的享乐主义美学。当然，这不是说读者阅读无关紧要，恰恰相反，他们虽然都强调"文本"是无限开放的、互文性的、无法确定阅读和理解的踪迹网络，但也都承认读者解读（非传统解读）文本及文本

---

① Roland Barthes, "Living on: Borderlines," in *Deconstruction and Criticism*, ed. Bloom, New York: Continuum International Publishing Group, 1979, p.83.

② 郑敏：《结构—解构视角：语言·文化·评论》，清华大学出版社，1998年，第44—45页。

性的可能。问题是，"如果意义的意义指涉无穷，无休无止地在能指和能指间游荡，如果它的确切含义是某种纯然又无限的模糊性，它使所指的意义没有喘息，没有休息，而是与自身的机制合为一体，继续指意，继续延异"①，那么读者该当如何呢？此时的读者解读（比如德里达对柏拉图文本的解构阅读）自然不可能找寻到文本的稳定意义，因为意义永远在无法抵达的后退过程中，文本已是没有中心、没有结构、无边无际的文本，读者唯有对文本间性现象进行揭示（一如意义的游戏）。从这个意义上说，"读者"既是构成文本性的必要要素，又是消解文本性的帮凶，因为他已不再对意义、文本性等怀有明确的期待和追求，在巴尔特看来，他只是"相当空闲的主体"，他的阅读不过是一次无目的的、悠闲自得的"漫游"：

> 这个相当空闲的主体沿着有溪流流过的峡谷闲逛。他所见到的东西常常是复杂的和不可还原的，这个东西常常从异质、不连贯的物质和平面中显露出来。光线，色彩，草木，热量，空气，一阵阵声音的爆发，鸟的尖叫，来自峡谷对岸孩子的啼哭，小径，手势，近处远处居民的衣着。所有这些偶发事件部分是可辨认的，它们从已知的信码出发，但它们的结合体却是独特的，构成了以差异为基础的一次漫游，而这种差异复述出来时也是作为差异出现的。②

如果说阅读作品的读者是在消费和阐释作品的意义中而获得快乐的话，那么，阅读文本的读者则是在"以差异为基础的一次漫游"过程中享受到"闲逛"本身的快乐，这是一种"游戏"、生产、参与的快乐，而不是阐释的快乐。无论巴尔特还是德里达，无疑对"阐释"都抱有警惕，甚至否定，正如苏珊·桑塔格所表明的那样（1964），"传统风格的阐释是固执的，但也充满敬意；它在字面意义之上建立起另外一层意义。现代风格的阐释是在挖掘，而一旦挖掘，就是在破坏；它在文本'后面'挖掘，以发现作为真实文本的潜文本"③。无论

---

① ［法］雅克·德里达：《文字与差异》，转引自［美］乔纳森·卡勒：《论解构》，陆扬译，中国社会科学出版社，1998年，第116页。

② ［法］罗兰·巴尔特：《从作品到文本》，杨扬译，蒋瑞华校，《文艺理论研究》1988年第5期。

③ ［美］苏珊·桑塔格：《反对阐释》，程巍译，上海译文出版社，2011年，第7页。

是实证主义，还是新批评、结构主义、马克思主义、弗洛伊德主义等阐释，都试图在文本之"后"（或者说"之下"）挖出潜在的意义。他们不相信所看到的"文本"，而相信文本之下深藏着的另一个"文本"，为此，他们进行历史分析、结构分析、意识形态分析、精神分析等等，在"文本世界"之外创造出"另一个世界"，以此实现了对文本的征服，对意义的占有，对阐释学权威的炫耀。然而，解构主义的阅读却是一种"反对阐释"的阅读，读者只是漫游者而非阐释者，那些光线、色彩、草木、热量、空气等等都以本来的不同面目，从文本的平面中牵连不断地显露出来（取消了文本的深度结构），读者仿佛是在透明的玻璃上滑行，并融入其所听所见所感（觉）的风景之中，如此，文本就成了巴尔特在《S/Z》中所赞赏的"可写性（writerly）文本"，或者说差异性的文本。这是在"埋葬"了作者之后"新诞生"的读者，独享着"生产者"的角色，他甚至可以按照自己的欲望重新拆解信码而使文本面目全非，犹如巴尔特对一个严密的现实主义文本《萨拉辛》的所作所为一般。由此，我们也看到了巴尔特最后的走向——"享乐"。正如德里达在解构活动中获得了自由的快感，正如桑塔格热切地呼唤"艺术色情学"的出场，当然少不了尼采、拉康、德勒兹的某种启示，巴尔特最终将伦理学植入解构哲学之中，文本成为色情的、欲望的文本，阅读便是享受文本的愉悦，仿佛做爱。

走笔至此，文学似乎已不知去向，这恰如我们此刻在现实世界中的某种境遇。在后结构主义时代，雅各布森所苦苦追寻的"文学性"问题被更加开放的"文本性"问题所取代，互文、延异、读者漫游，已使文本变成了泛化的、平面的、没有结构、没有中心的文本，暗藏着斑斑驳驳、所指延宕的"踪迹"，散发着能指狂欢的后现代欲望。文学仿佛虚实相生的幽灵，徘徊于各种符号、各样文本的挤压之中，是继续与意识形态眉来眼去，还是向日常生活俯首称臣，这些雅各布森悬置的问题，在他死后再次摆在了文学和我们的面前。

在经历法国历险之后，最后再让我们顺着雅各布森的视线一起眺望东方。

三 雅各布森语言诗学与中国诗学

虽然雅各布森不曾来到中国，但他一直对中国以及东方文化抱有浓厚兴趣。他不仅对中国的诗歌传统非常熟悉，而且还"别有用心"地将中国古诗以及日本古诗纳入自己语言诗学的"世界版图"之中，[①]用以验证自己的诗学理论以及诗歌语法批评实践的普遍性与有效性。虽然这种"以中印西"的研究方法并非为我们所提倡，但不容否认的是，雅各布森有心要走出西方文学的拘囿，开拓更广阔的文学研究领域，因此他抱着谦虚、谨慎、好学的研究姿态和科学实证主义的精神来研究中国诗歌，其研究成果不仅合理地揭示了汉语诗歌最凸出的结构特征（"平行"），而且细致分析了中国格律诗的普遍模式及其生成机制，这就为中国诗歌研究提供了一种互补性的研究范式，促进了中国诗歌在西方世界的接受与传播，推动了中西诗学之间的互鉴与对话，至今仍有着不可估量的深远影响。同时，雅各布森积六十年之功构筑而成的语言诗学，不仅在他生前就已影响到中国诗学的发展，而且至今仍不断启发着我们的理论思考，显示出中西对话的可能与必要。

（一）雅各布森"平行"观与汉语诗歌

在雅各布森看来，汉语诗歌的平行结构在一切诗歌中是尤为醒目的。他曾借汉学家戴维斯（J. F. Davis）《论中国诗歌》（*On Poetry of the Chinese*，1829）的话说道："平行在中国诗歌构造中成为最令人感兴趣的特征，因为它提供了一种与希伯来诗歌中已表明的相一致的东西。"[②]这种"东西"即前文鲁斯所表明的三种平行模式，它们在中国古典诗歌中确实是十分常见的：同义平行如"采采芣苢，薄言掇之。采采芣苢，薄言捋之"（《诗经·芣苢》），反义平行如"池塘生春草，园柳变鸣禽"（谢灵运《登池上楼》），综合平行如"风急天高猿啸哀，渚清沙白鸟飞回。无边落木萧萧下，不尽长江滚滚来。万里悲秋常作客，百年多病独登台。艰难苦恨繁霜鬓，潦倒新停浊酒杯"（杜甫《登高》）。在中国诗论中，一般把这种相邻诗行的"平行"称为"对偶"或"对

---

① See Roman Jakobson, "Notes on the Contours of an Ancient Japanese Poem: The Farewell Poem of 732 by Takapasi Musimarö," in *Selected Writings* Ⅲ: *Poetry of Grammar and Grammar of Poetry*, ed. Stephen Rudy, pp.157-164.1967年，雅各布森出访日本，并写下这篇论文，对日本《万叶集》中的一首诗歌进行了细致的语法结构分析。

② Roman Jakobson, "Grammatical Parallelism and Its Russian Facet," in *Language in Literature*, eds. Krystyna Pomorska and Stephen Rudy, p.147.

仗"（antithesis），^①戴维斯认为综合平行是汉语诗歌最普遍的平行类型，其他两种类型一般都与之相伴而生，这是有一定道理的。当然，与希伯来诗歌主要追求意义或外形的平行相比，汉诗更讲究音义和谐的平行，如魏晋六朝的骈赋，将音律和意义的排偶推向极致，影响并促进了律诗的形成，上引杜甫七律即可见音义平行的精巧结构。^②相对应的意义要么由对等构成，要么由对立构成，几乎总是伴随着结构的对应，没有结构的意义经常能够找到，而没有意义的结构则极少发生，可以说，平行普遍地渗透在汉语诗歌中，形成了它主要的定性特征及其技巧之美的主要来源。

通过后来汉学家的发现，雅各布森注意到：汉诗的语言平行是与其逻辑结构相匹配的，而且在有意识的逻辑思维中承担着潜在的、积极的作用，因为中国人相信世界是由成对的事物、成对的属性、成对的观念构成的，比如天对地、圆对方、阴对阳、黑对白、父对子、君对臣等。而这种平行规则在汉语书面诗歌中继承得较为严谨，而在本土民间创作中则是有几分自在的。总体来说，各种形式的平行是汉语语言风格的最突出的特征，展现出与"世界的中国观念"相融合的密切关系，也可认为是在时间和空间的两种规范之间选择的游戏。雅各布森还坚定地断言："在任何情况下，对中国诗歌中平行的不同分析，都蕴含了丰富的、有益的相关结论和新发现的可能。"^③这可以说是他在研究中国格律诗（1970）之后的深刻感受。

（二）雅各布森对中国格律诗的研究

接上所述，在接触中国的格律诗之前，雅各布森对中国的诗歌传统便有了自己的认识和理解。后来，在为托多罗夫的译著《俄苏形式主义文论选》所作的序言《诗学科学的探索》中，他这样说道：

---

① "对偶"与"对仗"同属语言形式，但略有区别："对偶"一般侧重意义的关联，字数、结构等大体一致即可，对音韵要求并不严格；"对仗"则相对严格，要求词语的意义对等、词性一致、平仄相对，对偶不一定对仗，对仗一定对偶。如"先天下之忧而忧，后天下之乐而乐"（对偶不对仗）；"感时花溅泪，恨别鸟惊心"（对偶且对仗）。

② 这里谨采纳朱光潜之说。他认为：意义的排偶和声音的对仗是律诗的两大特色，二者都起于描写杂多事物的赋；在赋的演化中，意义的排偶较早起，声音的对仗是从它推演出来的，即"对称原则由意义方面推广到声音方面"；律赋早于律诗，在律诗中，意义的排偶早于声音的对仗。参见朱光潜：《诗论》，《朱光潜全集》第三卷，第211页。

③ Roman Jakobson & Krystyna Pomorska, *Dialogues*, p.101.

诗歌这个词最初在古希腊语中是"创造"的意思，在中国过去的传统中，诗（词语的艺术）和志（目的、意图、目标）这两个字和概念是紧密联系在一起的。俄国青年们力求探索的正是诗歌语言的明显的创造性与目的性。[①]

在这里，雅各布森对中国古代文论的"诗言志"命题的理解和阐释依然是本着"手段—目的"原则的，虽然并不完全符合这一"开山纲领"在中国古典文论语境中的真正内涵，但他对诗歌的语言创造性和主体目的性的强调，一定程度上也揭示了诗歌艺术的普遍共性所在。在他看来，中国诗歌的这种"创造性"，同样体现在语言（词语）层面，体现在按平行原则结构而成的格律模式中。在《中国格律诗的模式》一文中，雅各布森对中国格律诗进行了细致入微的结构分析。[②]

国内学者田星已对雅各布森的《中国格律诗的模式》一文做了细致的解读，其基本观点是，雅各布森"构建的中国格律诗的模式既简单明了，又具有高度的概括性，涵盖了音节组合、平仄、对偶和用韵这中国律诗的四大特征。……他运用对称与反对称的原理，深入细致地分析了中国格律诗的结构特征，揭示出中国格律诗的普遍模式及其成因，其意义不仅在于它开拓了我们对于中国诗歌的研究视野，更在于它揭示了中西诗学的同构模式，促使我们对这一现象进行进一步的思索与研究"[③]。可以说，雅各布森的这种结构主义语言学方法的研究，对于我们根深蒂固的评点式、印象式、感发式的古典诗歌研究有着重要的启示意义和借鉴价值，当然，我们同样需要反思的是，诗歌是否只是"词语的艺术"？中国诗歌有着怎样的独特性？中国诗学的独特性又表现在哪些方面？由于篇幅关系，本文对此不再赘述，相关思考将另作他文。

（三）雅各布森语言诗学对中国诗学的影响

20世纪80年代，伴随着语言学批评、结构主义文论的广泛传播，雅各布森语言诗学理论对中国诗学研究逐渐产生了重要影响。这主要表现在以下几个方面。

---

① ［法］茨维坦·托多罗夫编选：《俄苏形式主义文论选》，第1—2页。
② 该文于1966年夏天在加利福尼亚动笔，1970年以法语首先发表，1979年译为英文收入 *Selected Writings Ⅴ: On Verse, Its Masters and Explorers* 中。
③ 田星：《罗曼·雅各布森诗性功能研究》，南京师范大学博士学位论文，2007年，第94页。

其一，雅各布森语言诗学与中国古典诗歌研究。1989年，美籍华人高友工、梅祖麟的专著《唐诗的魅力》在国内出版，两位作者主要以雅各布森的结构主义语言学理论与方法来阐发中国"唐诗的魅力"，在当时确实为中国古典诗歌研究开辟出新的道路和方向。比如，在书中，他们一方面明确指出，尽管"对等原则"最初是以西方诗歌为基础而提出的，但这种原则对于中国的近体诗（主要指唐诗）是十分有效的，这是因为唐诗中存在着语义类别，而且诗中的名词部分具有表现性质的强烈倾向；另一方面，通过比较，他们也指出了雅各布森理论的不足以及与他的根本分歧，如"对等原则在说明诗的音韵方面是很有效的，而在意义领域的应用就不一致了"，"按雅各布森的观点，我们必须把对等原则限制在言语范围内，即限制在一首诗的实际文本的范围内，但我们发现自己又不得不要超出这种限制"①，等等。不容否认，借助结构主义语言学方法研究中国古典诗歌确实让人耳目一新，使人更加深刻地体味到唐诗的魅力所在，但也确如葛兆光所指出的："我们在《唐诗的魅力》有关唐诗语言的描述中既看到了西方句法理论在中国古典诗歌分析中的尴尬和局促，又看到了作者所谓'改造'后的分析方法的矛盾与缺陷。"②可见，如何实现中西诗学的完美融合，如何探寻中西诗歌的不同魅力，仍然是需要我们深思的问题。

其二，隐喻转喻说与中国"比兴"研究。中国台湾学者周英雄较早在《作为组合模式的"兴"之语言结构和神话结构》（1979）中运用雅各布森隐喻转喻理论来研究中国的比兴问题，③后来引发了余宝琳、奚密、孙筑谨等学者对此问题的一系列争论。其中，余宝琳的观点尤其值得注意。如在《隐喻与中国诗》一文中，她认为，"在西方，隐喻的理论基础是西方的二元论世界观，隐喻的本质是在现实世界和理念世界之间构建起联系，这种构建是一种完全的虚构和创新，而中国的比兴概念则是在人类世界和自然之间建立联系，这两个世界同处于一个现实世界，并不存在于另外一个超越感官的理念世界，它们的哲学基础是一种有机联系的世界观，即人类与自然之间存在着有机的同类感应，所以，比兴的两个相比事物之间是一种早已确立的有机关联，并不是一种虚构和创新

---

① ［美］高友工、［美］梅祖麟：《唐诗的魅力——诗语的结构主义批评》，第180页。
② 葛兆光：《语言学批评的前景与困境——读〈唐诗的魅力〉》，《读书》1990年第12期。
③ 周英雄：《结构主义与中国文学》，东大图书公司，1983年，第121—173页。

的构建，比和兴都不是隐喻"①。这可以说是从哲学根底上明确了中西诗学概念的本质差异，有利于我们建立平等的中西对话关系，而避免妄自尊大的自负和妄自菲薄的自卑。

通过这样的比较研究，雅各布森的诗学理论激发、补充和丰富了中国诗学研究，反过来，中国诗学也为雅各布森诗学提供了实践检验以及难能可贵的理论修正。如《唐诗的魅力》针对诗歌的"隐喻语言"而提出不可忽视的"分析语言"，以此否定了雅各布森将对等原则作为诗歌唯一关系法则的极端观点；针对把"对等原则限制在言语范围内"的弊端而提出应将"传统"概念引入结构主义理论。可以说，二者之间的兼容性和不兼容性使各自的诗学短长得以显现，这也从反面证明了中西诗学融合的可能与必要。

其三，"语言文学性"与"审美文学性"。雅各布森对"文学性"的探索是对文学文本建构规则的探索，只在语言学层面才存在，语言手法系统就是文学性，这种观点姑且称之为"语言文学性"；另外，占主导的语言的"诗性功能"作为对"文学性"的语言学阐释，并非是内在于文学文本中的某种实在的东西，而是表现为语言符号各个层面的一系列二元对立关系，文学意义就存在于语音、词法、句法、语义（较少涉及）等各层面二元对立元素的差异关系中。从总体上来说，这是一种"入乎言内"的理论建构。

"文学性"概念在中国的流传大致起于20世纪80年代，因为语言背景和文化背景的差异，"文学性"最初并不限于雅各布森特指的语言学意义上的文学特性，而是指宽泛意义上的文学的某些性质（包括思想内容、形象塑造、表现手段等），比如报告文学的文学性、戏曲剧本的文学性、电影的文学性之类。随后，在"美学热"洗礼下，文学逐渐摆脱了政治的从属地位和"形象"论的简单认知，"审美"成为区别文学与非文学的本质特征，比如当代文艺学家童庆炳最早提出文学审美特征论（1981），②此后又明确提出"文学是社会生活的审美反映"（1984），"文学是审美意识形态"（1992），这可谓"一个时代

① Pauline Yu, "Metaphor and Chinese Poetry Chinese Literature: Essays, Articles," in *Reviews* (CLEAR), Vol.3, No.2, 1981.转引自张万民：《中西诗学的汇通与分歧：英语世界的比兴研究》，《文化与诗学》2011年第1辑。

② 参见童庆炳：《关于文学特征问题的思考》，《北京师范大学学报》（社会科学版）1981年第6期；《文学与审美——关于文学本质问题的一点浅见》，《美学文艺学论文集》，北京师范大学出版社，1986年。

学人根据时代要求提出的集体理论创新"。① 在他看来,"文学性"就是"审美性","文学性"在具体作品中的表现是"气息""氛围""情调""韵律"和"色泽","气息是情感的灵魂,情调是情感的基调,氛围是情感的气氛美,韵律是情感的音乐美,色泽是情感的绘画美,这一个'灵魂'四种'美'几乎囊括了'文学性'的全部"。② 这是从认识论角度作的价值判断,这种观点我们不妨称之为"审美文学性"。比较来看,童氏之"审美文学性"恐怕只有"韵律"属于雅氏之"语言文学性"的考察范围,而其他"美"或直接或间接地与审美主体(作者)或审美评价的主体(读者)密切相关,而与雅各布森所谓的符号自指性的"审美"(诗性)无关。一言以蔽之,审美文学性倾向于"情感的评价"而非语言的自我呈现,或者说关注重心是由文本结构生成的整体效果,而非文本语言层面的差异关系。③ 从总体上说,这是一种"出乎言外"的理论建构。

　　这两种理论建构模式并非截然对立,而是存在着互相补充、彼此交融的必要,只有寻求"入乎言内"与"出乎言外"的融合,才可能更接近"文学性"问题的解答。举例来说:

　　　　十年生死两茫茫,不思量,自难忘。千里孤坟,无处话凄凉。纵使相逢应不识,尘满面,鬓如霜。

　　　　夜来幽梦忽还乡,小轩窗,正梳妆。相顾无言,惟有泪千行。料得年年肠断处,明月夜,短松冈。(苏轼《江城子·己卯正月二十日夜记梦》)

　　I have eaten/the plums/that were in/the icebox/and which/you were probably/saving/for breakfast/forgive me/they were deliciouse/so sweet/so cold (William

---

① 童庆炳:《怎样理解文学是"审美意识形态"?——〈文学理论教程〉编著手札》,《中国大学教学》2004年第1期。

② 童庆炳:《谈谈"文学性"》,《维纳斯的腰带:创作美学》,第382—390页。

③ 这里并不是说"审美文学性"对语言性不重视,事实上,在童庆炳看来,作为文学符号特性的语言是文学赖以栖身的家园,语言是文学的载体和对象,作家们在面对审美体验时常常感到"言不尽意"的语言痛苦,文学语言具有内指性、本初性和陌生化等深层特征(参见童庆炳:《维纳斯的腰带:创作美学》,第63—92页)。从总体上看,审美性更强调一种情感性、主观性的理解与评价,而相对缺乏一种科学性、客观性的解析与描绘,从"气息""氛围""情调""韵律""色泽"和"结构""语法""音位""对等""平行"等不同范畴的比较中,不难感受到两种诗学模式的差异。

Carlos Williams, "This is just to say")

就苏轼的这首悼念亡妻的词来说，情感性无疑成为文学性的代名词，整个文本似乎都在泪水里浸泡着，传达出作者悲哀、凄婉、孤寂、思念等复杂的多重的情感和审美体验。当然，仅仅具有强烈的情感是不能成就一个文学经典的，否则莽夫村妇的一句咒骂、一声号啕就是文学了。语言形式（比如上下阕的字数、平仄等需符合词牌"江城子"的格律要求）既是一种必不可少的载体，也是一种"有限手段的无限运用"（洪堡特语），使文学成为"戴着镣铐的舞蹈"，没有"镣铐"，文学只是情难自禁地手舞足蹈，没有"舞蹈"，文学只是冷漠无情的铁链，对于"文学性"而言，"镣铐"与"舞蹈"是具有同等价值的。我们既需要感知到字句声色的美妙，更要体味到字里行间蕴蓄的人情、人性、人伦之美，诚如苏轼所言："夫诗者，不可以言语求而得，必将深观其意焉。"[①] 只有"深观其意"，我们才可能超越语言层而抵达作为"人学"、作为审美艺术的本质特性。

诗歌《便条》原本只是美国诗人威廉斯留给妻子的一张便条而已。一般人认为是分行的形式使这样一则普通的"便条"变成了一首有意味的"诗歌"，实则分行只是使其具有了类似诗歌的外在形式，而真正使它成为诗歌并获得意味的，是其口语化的语言所表现出的音乐性的节奏和"情感的评价"（即"审美"），正是在韵律的作用下，在"审美"的观照中，日常语言成了诗性语言，"梅子"可被理解为西方工业文明背景下人与人之间（情感）关系的某种隐喻。反言之，如果我们随手拿报纸上的一则新闻报道来分行，想要获得一首诗歌恐怕是比较困难的，因为它常常只有真实性、客观性，而不具有"情感性""审美性"。

因此，使一个文本成为一个文学文本，并不只是形式要素在起作用，更为内在的、深层次的内容要素（尤其是情感）也在起作用，甚至是决定性的作用。"文学性"可谓形式与内容、语言性与审美性交融为一、不可分割的整体特性，文学是审美的艺术，也是语言的艺术，而审美性为所有艺术所具有，语言性则是以语言为媒介的文学所独有，二者统一，才能更辩证地解释文学之为文学的特殊性和一般性，正如我们只有穿越这两首语言、风格、情感等都截然不同的诗歌，才能真正理解爱情的刻骨铭心的疼痛和简单平易的温馨。

---

① 苏轼：《既醉备五福论》，《苏轼文集》卷二，孔凡礼点校，中华书局，1986年，第51页。

雅各布森诗学与中国诗学之间的差异，究其原因，除了中西文化观念和诗学传统上的差异之外，语言物质材料的差异也是必须考虑的重要原因。雅各布森的语言诗学建构在以拼音文字（俄文、英文、法文等）书写的文学文本之上，而中国诗学则建立在以汉文字（象形表意文字）书写的文学文本之上。正如郑敏所指明的，这两种文字在记载与传达事物方面存在着明显不同：

汉文字（视觉）：形（象形）+ 状态（指事）+ 智（会意）→感性印象→对象

拼音文字（听觉）：字母符号→抽象概念→ 对象①

由此可见，与拼音符号的能指相比，汉字符号的能指本身就已携带了更多的信息乃至意义，所以，当汉字传递信息时，它所传达的并非一个抽象概念（如拼音文字那样），而像是一幅抽象画，承载着关于认知对象的感性、智性的全面信息。比如，当我们看到"男"这个汉字时，首先得到是对象的感性印象——田里劳动卖力的人，而"man"则直接与对象的抽象概念结合在一起。从这个意义上来说，汉字就是一种文字与视觉艺术的混合体（书法是最为典型的表现），它比拼音文字更富有文化蕴涵性，表现出与相对呆板的、注重逻辑性的西语所不同的动态性、生命力，更接近现实生活和自然，因此，以汉字作为诗歌的媒体就比拼音文字写成的诗歌多了一层感性的艺术魅力，也因此，雅各布森式的西方诗学专注于对直观可见的诗歌语言进行理性逻辑的、科学性的条分缕析，而中国诗学则钟情于对含蓄深远的诗歌意境进行感性的、体悟式的审美涵咏。此外，因为汉语中没有诸如阳性/阴性、单数/复数等词尾形态的变化，所以也就避免了像雅各布森在理解和表述中的那种繁复和含混，以及为自圆其说而得出的某些令人难以置信的结论。②

总之，汉字和汉语的优越性早已为西方学者（如范尼洛萨、德里达等）所

---

① 郑敏：《结构—解构视角：语言·文化·评论》，第75页。
② 如在论述波德莱尔《猫》的文章中，雅各布森在"矛盾性地选择阴性名词作阳性韵脚"这个事实中看到了对诗中"性"含义主题的确认——例如猫和它的变体（巨大的人面狮）都具有雄雌同体的特点。即使不考虑语法中的"性"与生理上的"性"是否有关，我们仍然怀疑"阳性韵脚"这种诗律学中的技巧因素有任何"性"的含义。参见［美］高友工、［美］梅祖麟：《唐诗的魅力——诗语的结构主义批评》，第177—178页。

赞赏。在后现代语境中，西方诗学如何在中国诗学中寻找他们所缺乏的感兴精神，中国诗学如何在西方诗学中获得自身所缺乏的科学精神，已成为21世纪中西文论研究的一个双向课题。

结　语

　　1977 年，在献给雅各布森八十寿辰的文集《雅各布森：他的学术回声》（*Roman Jakobson: Echoes of his scholarship*）中，俄罗斯语言学家 Igor' Mel'chuk 就雅各布森对世界科学的总体贡献作了非常真切而客观的评价。针对雅各布森通过跨学科研究所发现的"不变量"主题，他写道：

> 　　在我们今天，很难再找到一个语言学家，以这样一种集中的和根本的方法来检测语言学与其他科学之间的联系：语言学和诗学，语言学和音乐学，语言学和人类学，语言学和信息理论，语言学和翻译理论，语言学和数学，语言学和心理学，语言学和符号学，如此等等。为这些，雅各布森全身心地投入了一种持续的、积极的关注。①

如其所言，六十年来，"在变量中寻找不变量"始终是雅各布森进行跨学科研究的基本驱动力。无论是在独立的语言系统中，还是在不同学科的比较中，都存在着普遍的不变量。可以说，所有这些研究问题都来自于"赫拉克利特假设"，即"变化是普遍的不变"，而在结构主义者心中，最普遍的、最本质的"不变量"就是"结构"，它既生成了实在世界，也生成了虚拟世界（艺术世界）。

　　而在诗歌和诗学的普遍领域中，大量的著作更是采纳和拓展了雅各布森的观点。比如，洛特曼在《论文本的结构描述中的一些主要困难》中处理了这样

---

① Roman Jakobson & Krystyna Pomorska, *Dialogues*, p.183.

一个问题，即把一首诗歌结构的"静态"描述与其各部分之间的"动态"影响关联起来，并为雅各布森的"空间、时间和语言符号"的模式提供了一个有益的补充；印第安纳学者 Edward Stankiewicz 在论文《诗性语言与非诗性语言的相互关系》中，对雅各布森的"印第安纳论文"（即《语言学和诗学》）的基本原理进行了有意思的重新考虑。而即使是站在卡勒的反雅各布森战线上的学者，如 Paul Werth，在其文章《罗曼·雅各布森的诗歌语言分析》中，也不得不把他的批评延伸到这样的问题，即我们如何利用投射原则来区分"好诗"和"坏诗"。当然，我们还可以在克里斯蒂娃的著作中看到她对雅各布森的诗学及语言学理论的赞扬，她认为雅各布森理论根源于俄国革命（政治）和未来主义（审美），特别强调了他与赫列勃尼科夫和马雅可夫斯基的联系。当然，她召唤的是巴赫金式的"语言学的历史认识论"和一种超语言学的"符号学"，这可以说是对雅各布森诗学的另一种贡献。[①] 但也正如我们已讨论过的，与雅各布森的语言学著作相比，他的文学理论常常不是被稳定地接受，而是被轻易地误解，但不管怎样，雅各布森的诗学思想已经成为西方文学理论体系的重要组成部分。

在本书的最后，我们有必要对雅各布森语言诗学思想的得（贡献）失（不足）及其治学之道进行总体省察和批判反思，这不仅有利于我们更准确、深入、全面地认识和评价其诗学观念，也有利于我们对后现代语境中未终结的"文学性"问题进行总结，寻求中西诗学融通的可能，更有利于我们获取推进当下中国文学理论研究和跨学科建设的宝贵经验和重要启示。

一　雅各布森语言诗学的得与失

（一）理论之得

在雅各布森看来，语言学是一种"立法科学"，[②] 以语言学方法来确立文学

---

① See Jury Lotman, "On Some Principal Difficulties in the Structual Description of a Text," in *Linguistics*, No.121, 1974, pp.57-63; Edward Stankiewicz, "Poetic and Non-Poetic Languange in Their Interrelation," in *Poetics, Poetyka, Poetika*, ed. D. Davie, Warsaw: Polish Scientific Publishers, 1961; Paul Werth, "Roman Jakobson's Verbal Analysis of Poetry," in *Journal of Linguistics*, 1976(12), pp.21-73; Julia Kristeva, *A Semiotic Approach to Literature and Art*, New York: Columbia Uniersity Press, 1980.

② 雅各布森选集第二卷第三部分的标题即为"走向一种立法的语言科学"（"Toward a Nomothetic Science of Language"）。See Roman Jakobson, "Retrospect," in *Selected Writings Ⅱ : Word and Language*, ed. Stephen Rudy, p.368.

研究的对象，来研究作为"纯语言学范畴"的文学语言，是最科学、最合理、最有效的。语言学成为文学研究（诗学）的立法科学，而"文学性"也因为获得了语言学的科学"法力"而具有了为文学科学"立法"的独特性质，使文学研究的范畴和对象不再游移，为文学研究成为具有客观标准的真正科学确立了基础。而且，从某种意义上说，"文学性"的"立法"地位一旦确立，不仅为文学科学赢得了独立和自尊，更理直气壮地为文学研究者"圈定"了专业性领地和可持续开拓的话语空间，换言之，文学研究者不再仅仅是文学接受者、阐释者，更是文学"立法者"。

要之，雅各布森语言诗学以语言学为诗学立法，以"文学性"为文学科学立法，并为此进行了艰苦卓绝的理论构建和批评实践，实现了对传统文学研究模式的革命性冲击，开启了以语言学方法探究"文学性"、建构文学理论的新风尚，开创了与"四派"截然不同的、以文学科学的独立自主为标志的现代文论新时代。这是其首要贡献。

为了探寻"文学性"，雅各布森既充分尊重和肯定文学以及文学研究的本体地位，又借助跨学科的视角和方法来探究文学的语言性问题，始终坚持语言学与诗学的联姻，为此也遭到了强调读者要素的里法泰尔、卡勒等文学批评家的反对和指责，直到晚年他都还在坚决捍卫语言学享有研究文学问题的权力。在他看来，每门学科（比如文学学、语言学）的知识都有其自身的独特性，而各种学科之间也都存在着相互的依存性，这二者应同等对待，不可顾此失彼。如若失衡，则可能导致一种孤立主义的偏见，一种徒劳的分离，也可能导致一种相当致命的"他治"（heteronomy），即一种科学凌驾于另一种科学之上的"殖民主义"（colonialism）。雅各布森的语言诗学有意识地避免了偏执一端，而恰当地揭示出这种辩证思想，既充分尊重和肯定了文学以及文学研究的本体地位，更借助跨学科的视角和方法来探究文学的特性以及文化的语言性问题，而跨学科性也正是结构主义的最重要的特点所在。雅各布森对文学的"追根溯源"式诗学细察（从史诗的民族性到抒情诗的语法性），以及跨学科性的语言学、符号学研究，不仅是其顺应自身学术兴趣、应合学科发展的必然，也是一种广阔的、复杂的政治经验的成果，我们已在其学术生涯和政治命运的夹缝中看到了保守与激进这两种力量的角力与撕扯，雅各布森以学术上的跨越完成了政治诉求的隐在表达。

要之，雅各布森语言诗学顺应现代学科发展规律，率先打破了语言学与诗学的学科界限，实现了二者的联姻，为语言学和诗学互惠互利、共同发展的跨学科建设提供了可供借鉴的成功范式。这种范式一定程度上克服了印象式、价值评判性的传统文学研究的主观性、任意性、意识形态性，突出了文学研究的客观性、科学性和语言本体性，为文学科学的建立和发展提供了重要的理论和方法论基础，也使得语言学模式迅速成为诗学之外其他学科争相利用的基本模式。这是其贡献之二。

语言学与诗学联姻的成果就是，诗歌被当作一个整体性的、相对自治自足的语言符号结构，语言的"诗性功能"（poetic function）被确立为诗歌的主导功能，而"诗学可被定义为：在言语信息的总体语境中，尤其是在诗歌中，对诗性功能进行语言细察"[1]。所谓"对诗性功能进行语言细察"也就是对占主导的诗性功能在诗歌文本中的具体表现进行细致入微的语法分析。就诗歌的整体性来看，爱伦·坡的《创作哲学》和波德莱尔的诗论都已清楚地表明：一个短小片段的特质在于，使我们能在诗歌的结尾处仍然保持对其开头的强烈印象——这使得雅各布森对诗歌的完整性和作为一个整体的效果格外敏感。在他看来，如果没有对文本整体投入关注，任何企图分析这些作品的片段都是无效的，而通过一种瞬时记忆而完成的对短诗的同步分析，不仅决定了其独特的结构法则，而且将其与长诗的结构法则区别开来。换言之，具有某些结构规则的这种短诗，类似于贯穿着某种主旨的有一定长度的音乐作品，它们为雅各布森同样提供了在检测史诗体裁的不同范例中所归纳的那些语法结构主题。雅各布森的哈佛同事布劳尔（Rewben Brower）曾劝他研究一些诗人的作品，并愿意提供一些完整的片段，但雅各布森拒绝了布劳尔的好意，因为他认为"长度是一个障碍"，对长诗结构的阐释要比揭示一首完整短诗结构的方法更为复杂。片段是无法被视为一首完整的诗的，因此他在其文章和所开设的课程中，尽量避免过于草率地对较长的文本进行分析。但事实上，雅各布森曾经分析过长诗的语法，如其所言："卡蒙斯的史诗（1572）、普希金的'青铜骑士'以及捷克浪漫主义诗人马哈的诗歌《五月》（1836），这几部世纪遗产曾经是我初期实验的愉悦主题。不用说，它们所显示出的精妙的语法结构丝毫不逊色于世上任何抒情短诗。"[2] 可见，雅各布森对短诗的"偏好"，恰恰体现出他对诗歌文本整体性的强调以及严谨的治学态度，卡勒指责雅各布森

---

[1] Roman Jakobson, "Retrospect," in *Selected Writings* Ⅲ*: Poetry of Grammar and Grammar of Poetry*, ed. Stephen Rudy, p.766.

[2] Roman Jakobson & Krystyna Pomorska, *Dialogues*, p.114.

的诗歌语法批评只局限于短诗是没有道理的。

要之，雅各布森语言诗学所关注的是诗歌作为语言艺术的内在价值和意义，即由语音、语法和语义所构成的自治自足的整体结构的价值和意义，这是"诗性功能占主导"即"文学性"在诗歌文本层面的具体显现。其语法批评实践的目的就在于追求和捍卫对"语法的诗歌"问题和"诗歌的语法"问题的一种系统的语言细察，其成果就是为文学研究提供了一种比英美新批评有过之而无不及的文本"细读"典范，在世界范围内树立了一种难以逾越的结构分析的高标。这是其贡献之三。

此外需要注意的是，雅各布森的散文诗学研究兼具了语言学研究的严谨和文学研究的敏感，开创了语言学的结构分析应用于散文研究的先例，并通过使散文与诗歌这两种话语类型紧密相关而为散文研究开辟了远景。也就是说，分析隐喻性的浪漫主义诗歌所用的语言学方法，完全可用于转喻性的现实主义散文的研究，虽然在这一方面雅各布森着墨不多，但毕竟为后来者（如托多罗夫、巴尔特、热奈特、格雷马斯等）提供了方向和方法，促进了结构主义叙事学的发展和繁荣。其隐喻诗学和神话诗学研究为文学的语言学研究融入了人文和历史的内涵，为文本增加了更为丰富的意义来源，比如作者个性、现实生活、历史语境等，一定程度上向外拓展了文学文本的结构和文化意义，补充了诗性功能所探寻的内在结构和语法意义，后者强调了在场的、明确表达的语言结构的作用，前者强调了不在场的、所暗指的超语言结构的文学价值，两相映照，对"文学性"问题作了较合理的回答。

两种研究方向决定了雅各布森诗学文章的两副笔墨、两种追求、两重境界，这正是其诗学理论的独特性和优越性所在。雅各布森并非一个"技术至上主义者"，他明确意识到"文学性"并不仅仅体现在文学系统内部，还存在于文学系统与其他系统的关系所组成的更大的社会结构之中，因此，他对"文学性"问题的语言学探索事实上有两种方向：一方面，侧重于以语言学方法共时性地研究文学系统本身，即以文本为中心，寻找对等平行的语法结构，揭示文学意义的生成条件，这是其诗性功能研究的任务；另一方面，侧重于综合应用语言学、艺术学、历史学等方法，力求共时性与历时性相结合，来研究文学与其他文化符号系统之间的关系，即以文本为中心，融合作者生平和历史语境，这是其散文诗学、隐喻诗学、神话诗学以及审美符号学研究的任务。前者以严格的科学性、客观性为要求，后者则蕴涵着更加现实而丰富的个人情趣、文化使命与民族意识，二者是一枚硬币的正反面，彼此渗透，相互补充，忽视任何一方，都不能认清其语言诗学体系的整体性和结构性。

（二）理论之失

不容否认，雅各布森以"文学性"问题为中心建构起结构主义语言诗学体系，其贡献与不足皆聚焦于此。

首先，就诗学和语言学的关系来说，雅各布森一定程度上是用语言学重新改造了诗学，只用语言学理论来解决"文学性"问题，使得文学理论研究逐渐被语言学理论所同化，甚至成为语言学研究的一部分，"文学性"似乎只是语言众多功能中的一种功能（诗性功能）而已，如此一来，文学研究的独立性在得到确立的同时，又有被消解的危险。

事实上，按巴赫金所言，"文学不单是对语言的运用，而是对语言的一种艺术认识，是语言的形象，是语言在艺术中的自我意识"[①]，也就是说，语言本身并不是单纯的符号、系统和结构等形式，它同时还积蕴着人类历史、文化、思想、传统等诸多内容，二者之关系如同盐溶于水中，不可分割。语言学的方法虽然将文学理论的研究对象和研究方法更加科学化、专业化，但毕竟是理论的抽象和概括，当真正面对复杂的语言现象（尤其是文学，尤其是诗歌）时，这种纯化的方法所发挥的作用必然存在着难度和限度，因为文学不仅具有语言性，更具有文化性。文学和语言、诗学与语言学的同构性和差异性是同时共存的，既不能各行其是，也不能削足适履，只能举案齐眉，相濡以沫。这似乎也是当下语言学者和文艺学家应当保持的平等对话、互利互补的开放姿态。

其次，以语言学探索"文学性"，必然颠覆"以作者为中心"的传统诠释观念和思维模式，而走向"以文本为中心"的语言诗学与批评实践，这使得雅各布森不得不过分强调语言系统以及无意识（潜意识）对作家的约束力和规范性，以及对文本意义生成的决定作用，而相对轻视作家运用语言的意图性、想象力和创造力，读者的"再创造"以及现实语境对文学意义生成的重要作用，这在一定程度上消解了文学独特的神秘性和艺术魅力，甚至取消了天才作家或文学经典存在的可能。在雅各布森技艺高超的语法批评之下，每一个文本都仿佛一个精致的、按"模子"炮制的、悬在真空中的花瓶，"文学"被降减为没有历

---

① ［俄］巴赫金：《文学作品中的语言》，《巴赫金全集》第四卷，第269页。

史光泽的、没有生命脉动的、没有哲思穿透的一堆语法结构，而非社会历史的场域空间之中的一种关系性存在。

举例来说，海子的诗歌《面朝大海，春暖花开》如果出现在中学语文课本中，那么，这个文本信息的诗性功能应是主导功能，情绪功能、指称功能、意动功能紧随其后；而如果这个信息是在房地产商的楼盘广告上，那么，意动功能则是主导功能，其次是诗性功能、情绪功能等。也就是说，文学文本如果不与作者或读者的意图、认识、语言能力以及现实的话语语境等关联起来，不发生"对话"关系，是无法断定它在"文学场"中的地位的，其意义自然也是难以完全断定的。换言之，判断文学语言符号是不是自指性的，不仅仅取决于符号自身，更取决于符号在与其外在因素（特别是现实语境）的对话中表现出怎样的功能，任何功能只有在对话中才能显示出意义，正如一个文本只有在文学场中才意味着是一个开放的、活的文本。

雅各布森研究专家布莱福德曾说道："雅各布森从不允许他对语言、系统和它们的运作的研究，与社会的、文化的、意识形态的具体指示或心理动机以及诗歌效果有关。相反，他经常用他的诗性功能模式作为一种不可改变的对照点，以对比于其他话语的转换系统和能被分类的、分析的符号系统。"① 换言之，雅各布森坚信，诗歌语言系统本身就是自足自治的符号结构，研究语言符号系统才是诗学研究的任务所在，诗人的职责不在于成为哲学家，而在于成为运用语言材料的艺术家。这似乎有"掩耳盗铃"之嫌，因为任何一位优秀的诗人都不会仅仅以语言材料为出发点和最后归宿，虽然不必都表现出深刻的哲理与思想，但起码要表达出人类所共通的某些现实经验、人性情感、人生理想以及审美情趣等内容。正如任何一个文学文本都不可能存在于真空里，它必然是历史文化语境的一部分，而不可能自毕于语境之外，若要解释它也必然依赖于某种具体语境。

需要注意的是，雅各布森虽然在理论层面指出了文学文本的意义含混性，但其诗歌文本的语法分析实践给人的总体印象是：文学意义是确定的、有限的、共时的，是可以而且必须用结构主义方法予以解析的，深层的语法结构（肌质）构成了文本并决定了文本意义的生成，结构主义批评仿佛变成了"复制的复制"（伊格尔顿语），而批评家也仿佛变成了"复制品"的专业勘探者。

文学之所以是文学，并不仅仅在于语法结构所揭示的有限的、确定的、共

---

① Richard Bradford, *Roman Jakobson: Life, Language, Art*, p.11.

时的"意义"（meaning），更在于可见的、可分析的语法结构之外"生成"或者说"氤氲"的无限的、不确定的、历时的"意义"（significance，也可译为"意味"），正如文学文本是由一个个有形的词语、句子编织或缝制而成，更是由句子与句子之间、词语与词语之间以及整体所形成的无形的东西构成，这种"无形的东西"我们或可称为"言外之意""象外之象""韵外之致"。说得更明确些，雅各布森把词语从意义中解放了出来，却没能把意义从语言中解放出来。鲁迅曾指出："世间有所谓'就事论事'的办法，现在就诗论诗，或者可以说是无碍的罢。不过我总以为倘要论文，最好是顾及全篇，并且顾及作者的全人，以及他所处的社会状态，这才较为确凿。要不然，是很容易近乎说梦的。"[①]雅各布森在解读马雅可夫斯基、帕斯捷尔纳克等友人的诗歌时，基本上能在语言分析之外做到鲁迅所倡的"知人论世"，而在其他语法分析实践中则大抵是"就诗论诗"，以至于给读者以沉闷、烦琐、冗长、难懂等不良印象，归根结底，是因为他视前者为文学批评，而视后者为文学研究。正如托多罗夫所指出的，雅各布森"认为语言学里只有关系语义学，这种语义学由词汇在组合段和聚合段内部的差异性和同一性组成，而把确定一部作品对某个时代、某个阶层或具体感受所表现的意义的任务留给了解释（评论）"[②]。因此，解释性的批评不乏人情味、历史感，而描述性的研究则充满科学性、客观性，虽然二者各有优劣，不可同日而语，但无论哪种研究，都应该力求成为一种具有历史性、当代性、人文性的研究。

按伽达默尔的哲学诠释学观点来说，任何一首以文字形式流传下来的诗（文字流传物），对于一切时代而言都是同时代的，其中蕴含着"一种独特的过去和现在并存的形式"。换言之，"语词的理想性使一切语言性的东西超越了其他以往残存物所具有的那种有限的和暂时的规定性。……凡我们取得文字流传物的地方，我所认识的就不仅仅是某些个别的事物，而是以其普遍的世界关系展现给我们的以往的人性本身"[③]。也就是说，一首诗就是一种历史流传物，具有过去和现在时代的同时性的持存意义，而当代的读者阅读（尤其是诗学家的研读）就是与这些意义自由交往，直接对话，参与到文本的当前意义之中。流

---

① 鲁迅：《"题未定"草·七》，《且介亭杂文二集》，《鲁迅全集》第6卷，人民文学出版社，2005年，第444页。

② ［法］茨维坦·托多罗夫：《象征理论》，第380页。

③ ［德］汉斯-格奥尔格·伽达默尔：《真理与方法——哲学诠释学的基本特征》下册，洪汉鼎译，上海译文出版社，1999年，第498页。

传物不是个别的事物，而是以语言"保存"了普遍的世界关系，因此，对其诠释的意义结果便具有了语言性、历史性和人文性的内涵，从这个意义上说，传统诠释学家（如施莱尔马赫和狄尔泰）所追求的永恒意义或"绝对客观"的真理是不存在的。而雅各布森恰恰以语言和结构为永恒客观的真理，其结构主义的语言诗学细致解析了文学的结构方式、审美方式和生成机制，但也因此而遮蔽了历史性和人文性的解说可能（这也正是"结构主义"理论遭受诟病和解构的主要原因）。当然，考虑到雅各布森主要处于现代主义而非后现代主义的整体语境中，我们也不能过于苛责，而应当抱有"了解之同情"。

最后，就其最核心的"诗性功能"理论而言，虽然它打破了其早期认为"审美功能"（诗性功能）是语言艺术唯一功能的一元论观点，也避免了把诗歌看成是一种机械的多功能复合物的机械论观点，但还存在着一些逻辑悖谬和不足。已有学者对此做了初步研究，[①] 这里再补充三点。

其一，雅各布森一方面认为诗歌是多功能结构，诗性功能占主导地位，指称功能等居从属地位，诗性功能与指称功能等和平共处，共同构成诗歌结构。但另一方面，他又认定诗性功能就是符号自指的，并通过对诸多诗歌的细察，证明诗歌确实是符号自指的，不指称对象，是与对象分裂的，这就相当于将诗性功能等同于整个诗歌结构，剥夺或者说架空了指称要素在诗歌结构中发挥功能的可能，使得指称功能与诗歌之为诗歌的真正的"诗性"或"文学性"无关。虽然他的主观意图在于强调和突出人们常常忽略的语法结构在诗歌中的作用和价值，但客观上还是回到了早期一元论的观点，并没有将结构主义思想贯彻到底。同理，在批评实践中，他就有意将所指（语义）淡化或悬置，而着重突出和强调能指，文本分析也就变成了对能指结构（语法平行）的揭示。

其二，雅各布森认为诗性功能在语言艺术和非语言艺术中同时存在，即试图拓展"诗性"概念，以容纳超文学话语的某些方面，但诗性语言的弱点也就同时浮出水面。他以程度的差异（主导或从属）取代了类别的二元差异，一定程度上弱化了诗与非诗的对立，使二者成为统一体，由此，非文学话语成为仅仅比文学话语低些的"弱诗性"（less poetic）的话语，这从表面上似乎是可以接受的，但这种让步对"内在文本特性构成文学性"的信仰造成了根本威胁。

---

① 参见岑雪苇：《诗性功能理论的逻辑问题——罗曼·雅柯布森诗学指谬》，《浙江工业大学学报（社会科学版）》2011年第4期。

雅各布森并不否认这种信仰，又尽量考虑文学之外的诗性，试图以某种方式中和非文学话语中的诗性部分，承认这样的话语也能成为"诗性"话语，只不过不是以在文学作品中的同样方法。总之，他坚持一种类别的差异但同时又否定这种差异，这使得其诗性理论不得不处于矛盾、尴尬的两难之境。

其三，雅各布森把"诗性"与"文学性"等同起来，主要以诗歌为结构分析的对象，而对散文则缺乏更广泛和更深入的研究（后由法国结构主义叙事学所承担）。他给出的理由是文本的长度、诗歌语言的独特性等，但一个显而易见的原因是，在诗歌中起主导作用的对等平行的语法结构（包括韵律结构），在散文中往往只是点缀，相对分散，缺少规则，语义在散文中则起着主导作用，也就是说，雅各布森所界定的"诗性功能"在散文中并不占据主导地位。当然，按他的意思这也是成立的，因为他把"散文"当作诗歌和实用语言的"中间现象"，也就是归于"非诗"，那么"诗性功能占主导"就能区分诗与非诗了。但如果从文学系统和文学性的角度来看，这种区分显然人为地破坏了文学系统的整体性（散文无疑是文学之一种），把散文与其他非文学（如广告、科学著作等）混为一谈，把诗歌（符号自指的一类诗歌）当成了文学的全部，把特殊当成了一般。因此，从文学文本这个层面来说，他所言的"诗性"至多只显示了"文学性"的三分之一而已，"诗性"不能代替或遮蔽"散文性"（小说性）"戏剧性"，更不能代替真正的"文学性"。

贡献与不足，洞见与盲视，是任何理论都同时共存的正反面，雅各布森的语言诗学自然也不例外。因其洞见，我们获得了新的视角、新的方法、新的成果；因其盲视，我们得以踏着他的足迹不断开拓新的道路，继续探访新的空间。因而，对其理论，我们无须神化，也不必苛责。

总之，雅各布森将文学从传统艺术形态的整体结构中解放出来，建立起文学独立的本体地位，明确其自治的审美本质，开启了审美现代性的认知思路。但与此同时，由于雅各布森的结构主义诗学理论与其他结构主义者一样，都出自现代性的知识学实践，即一种形式化的方法论指向，因此，在这种科学主义的诉求中不可避免地隐含着现代性的负面效应，比如，他将诗学当作语言科学的一部分，由此而导致其语言诗学的偏颇，即倾向于以科学的、理性的文学研究取代审美的、感性的文学批评，以对"真"的探究掩盖对"美"的诉求，这种理路即便不说是南辕北辙的谬误，也难逃缘木求鱼的错位。这种错位与其说是雅各布森个人极端信赖语言学的结果，不如说是启蒙之后西方科学主义、理性主义（工具理性）主导和影响学术研究的普遍结果。事实上，雅各布森自始至终徘徊于启蒙现代性与审美现代性、理性与感性、科学与美学之间，这与其随流亡而生的双重身份（美国实用主义者和欧洲人文主义者）与双重追求（科学本位和艺术本位）密不可分。正如结构主义的科学美梦注定要破灭一样，雅各布森的文学科学之梦也注定是一厢情愿的乌托邦。古今中外的文学事实与历史都已证明，面对集真善美为一身的文学，仅仅依靠"科学"是难以求解穷尽的。

当然，无论如何，雅各布森都不愧为"现代世界最伟大的思想家之一"（Edward J. Brown）。他以其严谨的学术作风和不断创新的诗人情怀，建构起包括语言交际六功能说、诗性功能说、隐喻转喻说、散文诗学、神话诗学、诗歌语法分析实践等内容丰富、规模庞大的结构主义诗学体系，其见微知著式的研究方法和多学科交叉互渗的研究成果，一定程度上避免了结构主义诗学过分抽象、只重"语言"不重"言语"的弊病。而在战火中逃亡、在异国他乡辗转生存的艰难命运，以及对生死、病症、时空、民族等的深刻体悟，又使得他对语言、文学与"意义"的思考始终或显或隐地投射了"人"和"历史"的身影，又总带有形而上的哲学意味和形而下的现实力量，也使得他对"文学性"问题的语言学探索自始至终蕴含着语言与文学、文本与意义、共时与历时、结构与历史等对立相生的某种张力。就整体而言，雅各布森的语言诗学既是语言学的，又是诗学的，既是共时的，又是历时的，既是抽象的，又是经验的，既是个人的，又是时代的，既是已经死去了的，又是永远活在当下、不会终结的。

（三）治学之道

雅各布森取得了辉煌的学术成就，其治学经验也带给我们（尤其是人文学者）诸多启示。归纳起来，大致有如下四个方面。

其一，优秀的学者应使科学素养与艺术修养相融合。雅各布森最大的特点在于，他不仅关注和研究语言（符号）科学，还对生理学、生物学、物理学、心理学、医学、信息学等自然科学有着持之以恒的兴趣，同时，他还涉猎了几乎所有的艺术门类，有着非常高的艺术修养。无论现实境遇如何，雅各布森都积极主动地融入其所在的文化界中，尤其是与先锋艺术家密切交往，这使他能够保持敏锐的直觉力和长盛不衰的创新能力，使其研究成果不仅促进了艺术学学科的科学化，也促进了语言科学的艺术化，实现了人文科学与自然科学之间的同步互动与综合发展，他也因此得到了人文科学界和自然科学界同行们的广泛认同和赞赏。正如雅各布森七十寿辰时，斯洛伐克现代著名诗人和文学评论家拉吉斯拉夫·诺沃迈斯基（Ladislav Novomesky）在文章《与先锋派在一起和在先锋派之中》（"With the Avant-Garde and Within the Avant-Garde"）中所说：

> 罗曼·雅各布森——无论喜欢还是不喜欢——已成为捷克和斯拉夫艺术与科学的先锋派之间不可缺少的连接纽带。在我们的文化史中，他占据了完全应当的地位，他的名字不应当也不能够被忽略。……他为我们的科学和艺术问题打了如此牢固的基础，以至于我们常常难以说他是一个把青春献给捷克斯洛伐克的俄罗斯学者，还是一个迫于纳粹的旋风而离开我们去往哈佛的捷克学者。[①]

时至今日，艺术与科学的差异性、互补性与同一性关系在西方学界得到了普遍公认。对西方学者而言，这两方面素质的培养在其基础教育阶段（甚至在更早的家庭教育阶段）就已开始了，而对于中国学术界和教育界来说，如何抛弃过分功利主义的艺术观和科学观，打破壁垒森严的学科界限，真正实现科学素养与艺术素养、人文科学与自然科学的融合，似乎还是一个任重道远的过程。

其二，学者应敢于反抗自己，"以今日之我攻昨日之我"（梁启超语），并在广泛的"对话"中酝酿和发展自己的理论。当别人还沉浸在文化的传统解释中的时候，雅各布森率先寻求一种全新的方式来解释文化，他迎向激进的未来主义和先锋艺术，但他从不在同一个地方停留太长，而是很快地就离他"自身"而去，寻求新的研究可能。他曾说，他就像那个试图拽着自己的头发离地而起的明希豪森男爵（Baron von Münchhausen），他总是想反抗他自己。正是在不断地"反抗自己"的过程中，雅各布森远离了固步自封的自我"重复"，真正将"创新"坚持到底。另一方面，雅各布森从来不是一个耽于冥想、不懂交际、不懂生活的人，他不仅与语言学家们积极交往，更广泛地与经济学家（如他的布尔诺同事 Karel Englis）、生物学家（C. S. Pittendrig）、政治活动家（Vladimir Clementis）等各个领域的专家、学者交往，这使其能够始终保持开放的、比较的学术视野和兼容并包的眼光与胸怀。

---

① Roman Jakobson & Krystyna Pomorska, *Dialogues*, p.178.

比如到美国后，雅各布森与波兰诗人 Julian Tuwim 会面并通信，讨论诗歌翻译问题；与墨西哥诗人 Octavio vioPaz 等非斯拉夫诗人讨论文学艺术，并试图与其合作研究诗人的语法与音位；还与杰出的巴西诗人、批评家和诗歌翻译家 Haroldo de Capos 进行了现场数据材料的观察和结论的交流，等等。雅各布森的弟子 Brown 曾回忆到，无论是在私下的会面中，还是在报告、研讨会以及给博士生的授课过程中，雅各布森经常发表一些对难以处理的文本进行正确阅读的洞见，由此，在这项耗费他全部精力和时间的计划中，他的朋友和学生们也都变成了他的"被动的"、惊奇的伙伴。可以说，雅各布森是将巴赫金的"对话"理论真正付诸理论和生活实践并取得巨大成就的学者。

其三，学者应抱有非常严谨、认真、负责的学术态度。1919 年，雅各布森就准备了一篇关于"不幸"的 21 行诗的分析文章，准备收入《诗歌语言理论选集》（*Collection on the Theory of Poetic Language*）中，但他当时觉得还只是一个草稿，需要用更精确的语言学分析规则来扩展和修改，结果，这篇"不幸"的文章直到他的关于"语法平行的俄国方面"的专著出版（1966）才用上：一篇小小的分析文章经过了半个世纪才成熟！而他却说："甚至这本专著在我眼里也仅仅是一个准备的草稿而已。"这种严谨、认真、负责的学术态度着实让人敬佩，让当代学人深思。

其四，学者对生活和研究要有激情，要有活力，要有革命精神。雅各布森曾非常赞赏捷克作家万裘拉（Vladislav Vancura），作家的遗孀后来在其回忆录中（1967）对其丈夫与雅各布森的友谊以及雅各布森本人有着形象的描画：

> 罗曼·雅各布森，俄罗斯血统，最有天赋的斯拉夫学者之一，一个相貌和品质都非同寻常的男人。这个有影响力的男人，有着较大的脑袋，茂盛的亚麻色头发，罗马神一样的脸庞，斜视的一只眼睛。但他并非一个为这样的瑕疵而烦恼的人。他充满活力，说起话来总带着令人鼓舞的激情和手势。[①]

不难看出，正因为雅各布森始终对日常生活、科学研究以及国家和个人前途都充满着热情和希望，所以，他能够历经种种逆境磨难而始终保持着旺盛的科学创新力，能够吸纳俄国或西方的哲学或理论传统却又不为其所束缚，凭借一丝

---

① Roman Jakobson & Krystyna Pomorska, *Dialogues*, p.178.

不苟的科学精神和打破常规的革命精神，开拓出自己的语言哲学和诗学理论。正如他的学生、当代俄罗斯语言学家伊万诺夫所回忆的那样，"雅各布森总是以正确的范畴思考最普通的事物，并且以特别的例子作为参照，还总是清晰易懂地表达出来。我们总是记得雅各布森是这样的一个人，他能带着愉悦从事科学研究，没有迂腐或者抱残守缺，在任何情况下，甚至在面对灾难的时候，他都能非常出色地、有意义地、成功地从事科学研究"[①]。这种乐观旷达、宠辱不惊、孜孜不倦的生命态度和研究精神，正是杰出学者所应具备的优良品质。

总之，雅各布森是一位综合型的人文科学家，兼具"狐狸"与"刺猬"两种思想性格。[②]他不仅以科学实证主义方法来研究文学，求取一元中心之"结构"，更重要的是他始终具有一种难能可贵的科学精神与人文理想，这不仅体现在他时刻关注现代科学（尤其是自然科学）的各种新发现，积极与众多自然科学家密切交往，更体现在他从不因循守旧，而是极富创造性地将各种自然科学研究成果应用于人文科学的研究过程中。在艺术领域，雅各布森同样始终遵守这样的原则，即将研究的结果应用到其他材料来控制对任何特定材料的研究结果。因此，他努力要求自己在某一领域（如诗歌）所观察到的现象要与艺术的其他领域相一致，这也就是为什么他从方言学和民间文学研究逐步转向了绘画、音乐和电影等更广阔的艺术领域。

二　未终结的"文学性"问题

在后结构主义时代，文学是否果如"文学终结论"者（如希利斯·米勒）所言，随着技术变革以及网络等新媒体的发展而走向了"终结"或"死亡"？这是中西文学研究者无法规避的根本问题。颇有意味的是，在雅各布森之后，他们通过审思文学日趋边缘化的后现代处境，都再次召唤"文学性"概念的出场。

[①] Krystyna Pomorska, "Introduction," in *Language in Literature*, eds. Krystyna Pomorska and Stephen Rudy, pp.10-11.

[②] "刺猬"和"狐狸"是以赛亚·伯林对作家、思想家的两种类型的二分法。前者将凡事都归系于某个单一的中心识见，一个多多少少连贯密合条理明备的体系，而本此识见或体系，行其理解、思考、感觉；后者追逐许多目的，他们的生活、行动和观念是离心的而不是向心式的，他们的思想或零散或漫射，在许多层次上运动，捕捉百种千般经验与对象的实相与本质。比如，黑格尔、尼采、普鲁斯特等是"刺猬"，亚里士多德、歌德、巴尔扎克是"狐狸"。参见［英］以赛亚·伯林：《刺猬与狐狸》，《俄国思想家》（第二版），第25—96页。

这似乎是又一次宿命的轮回。

在辛普森、卡勒等学者看来，"文学可能失去了其作为特殊研究对象的中心性，但文学模式已经获得胜利；在人文学术和人文社会科学中，所有的一切都是文学性的"。① 也就是说，"文学性"（或"文学性成分"）不但没有终结，反而在学术思想等领域更加普遍地蔓延或扩张开来，形成所谓"后现代文学性统治"，从某种意义上说，这也是对雅各布森的诗性功能理论（非文学语言如科学论文可以利用诗性功能而具有"文学性"）的一种延伸。对此，余虹、陶东风等国内学者表示认同，并做了进一步发挥："在严肃文学、精英文学、纯文学衰落、边缘化的同时，'文学性'在疯狂扩散。所谓'文学性'的扩散，可以从两个方面来理解（或者说有两个方面的表现），一是文学性在日常生活现实中的扩散，这是由于媒介社会或信息社会的出现、消费文化的巨大发展及其所导致的日常生活的审美化、现实的符号化与图像化等等造成的。二是文学性在文学以外的社会科学其他领域渗透。"② 而在王岳川、吴子林等质疑者看来，"文学性"在后现代的语境中不是蔓延、扩张或统治，而恰恰面临着消解、飘散等问题，当然，其间也不乏调和者，试图在"扩张论"和"消散论"之间寻求折衷。③

无论乐观或悲观，从这些争论中，我们完全可以感受到文学研究者对后现代文学处境的深刻焦虑，也似乎可以得出两个基本判断：其一，雅各布森于20世纪初提出的"文学性"概念在20世纪末获得了再次阐扬，其生命力和衍伸性正如两种"文学性"之间的差异（如文化冲动）一样，都是不容置疑的；④ 其二，

① 参见［美］辛普森：《学术后现代？》、［美］乔纳森·卡勒：《理论的文学性成分》，见余虹、杨恒达、杨慧林主编：《问题》第一辑，中央编译出版社，2003年，第117—131页；［美］乔纳森·卡勒：《文学性》，见［加］马克·昂热诺等主编：《问题与观点：20世纪文学理论综论》，史忠义、田庆生译，百花文艺出版社，2000年，第29页；余虹：《文学的终结与文学性蔓延——兼谈后现代文学研究的任务》，《文艺研究》2002年第6期。

② 陶东风：《文学的祛魅》，《文艺争鸣》2006年第1期。

③ 参见王岳川：《"文学性"消解的后现代症候》，《浙江学刊》2004年第3期；吴子林：《对于"文学性扩张"的质疑》，《文艺争鸣》2005年第3期；刘淮南：《"文学"性≠文学"性"》，《文艺理论研究》2006年第2期。

④ "当年俄国形式主义提出'文学性'问题，其文化冲动在于对历史文化派的否定；后来解构主义旧话重提，则与后现代的文化精神完全合拍。解构主义重提'文学性'问题，倡导文学向非文学扩张，只是在认识文学本质过程中的一个阶段和梯级，它为文学研究向更高阶段和梯级的升迁提供了铺垫。"姚文放：《"文学性"问题与文学本质再认识——以两种"文学性"为例》，《中国社会科学》2006年第5期。

如果说"一代有一代之文学"（王国维《宋元戏曲考·自序》），那么，一代也有一代之"文学性"，"文学性"问题永远是一个动态的、历史性的、未终结的问题。在此，我们不妨联系雅各布森所提出的"文学性"概念及其探索，以及从现代主义到后现代主义的语境更迭，来对文学研究的转变作简要的梳理，对当下如何认识和探求"文学性"问题作最后的总结。

首先，按前文所述，雅各布森从语言诗学的角度提出形式化的"文学性"问题，是顺应 20 世纪初现代主义艺术的形式主义思潮的必然。当时，受欧洲（尤其是德国、意大利）艺术思潮影响的俄国先锋艺术，也正寻求和建立一种独立的、纯粹的、自律的、与现实相区隔的现代艺术形式，雅各布森敏锐地感知到这种与传统艺术迥然不同的（或谓"反传统的"）现代转向，并将此种感知转换为对文学的语言性和文学学科的独立性的诉求。换言之，"文学性"问题的提出正是文学现代性的一种合情合理的显现。也正因为如此，雅各布森从一开始便自觉不自觉地以先锋的姿态在文学研究领域担当起现代立法者和启蒙者的使命。

需要注意的是，虽然雅各布森的语言诗学表面上看起来只是表达了一种理想的、纯粹的、自律的审美诉求，但实际上它同样是充满意识形态性的，正如卡林内斯库在论及后现代主义建筑时所揭示的，"现代主义者所设计的结构不仅应被视为美的事物，而且应被视为对未来光芒四射的世界之城的期盼，对一个象征着最终得到解放的非等级制社会的城市的期盼"①。同样的，我们在现代主义者、未来主义者——雅各布森所精心"设计"的语言结构中，也分明看到了超越"审美"或"诗性"的意识形态（尤其是政治意识形态）内涵，即对普遍的、理性的、宏大的未来世界的期盼，对一个平行的、对等的、有序的社会的期盼。这从其推广国际语、提倡"民族自决"、重建诗歌的民族神话等诸多活动可以看出来。

其次，20 世纪 60 年代之后，随着资本主义工业的快速发展，社会矛盾和文化矛盾日益凸显，现代化进程所仰赖的技术与科学从某种程度上成为压抑人性、阻滞人发展的负面力量，人成为物质消费主义严密包围下的被"异化""物化"的人。即使是曾经激进、极端的先锋派艺术，也难免陷入沉默甚至终结和死亡，"因为它已从一种惊世骇俗的反时尚变成了——在大众媒介的帮助下——一种

---

① ［美］马泰·卡林内斯库：《现代性的五副面孔》，顾爱彬、李瑞华译，商务印书馆，2002年，第299页。

广为流行的时尚"①。身在"时尚"之中而心在"荒原"之上的人们，逐渐失去了对普遍性、中心性、同一性哲学或永恒真理的信仰，由此，对"存在"的思考取代了对"结构"的迷信，对不确定性、非因果性、非理性秩序的感同身受取代了对确定性、因果性、理性秩序的终极追求，碎片化的、断裂的局部叙事取代了利奥塔（Jean-Francois Lyotard）所谓的"宏大叙事"（grand narrative）或"元叙事"，以斯皮瓦克（Gayatri C. Spivak）所谓的"不纯性"为美学本质的后现代主义取代了热衷于"纯粹性"的现代主义。不断积聚而又无法解决的现实矛盾和尖锐冲突，使得人与自然、人与人、人与社会以及艺术与现实等的关系问题再次复苏，"艺术关于什么""文学关于什么"成为超越艺术（文学）自律性的后现代问题，而"后现代主义不仅没有强化艺术的反抗否定功能，反而以高级艺术的沉沦和同通俗艺术合流为出路，这种结局无疑是艺术的一种自戕行为"②。这种自戕行为是把精英文化（诗歌）奉若圭臬的雅各布森所无法接受的。

后现代主义艺术在继承、反思和批判现代主义艺术的过程中，实现了对后者的反动和超越。当然，二者又都是对晚期资本主义制度的抗争，体现出相似的文化逻辑。20世纪80年代，在经历由贬到褒的正名过程之后的，"后现代主义"成为一种社会现实，在此氛围中，文学艺术再次"被迫"返回到社会历史文化研究的怀抱之中，发挥其应有的功能。因此，雅各布森所强调的"文学性"的本意内涵，必然突破"语言的牢笼"而寻求社会历史文化研究的新的赋意。很显然，一方面，后现代语境中的社会历史批评已不同于传统的（如丹纳）社会历史批评，无论是解构主义、新历史主义批评，还是后殖民主义、女权主义批评，文学都不再是形式主义批评的专属物，历史也不再是决定文学的、具有真实性、客观性的历史，历史文本自身成为能指的无休无止的游戏（德里达语），成为统治者所操控的权力话语（福柯语），历史成为主观性、虚构性、复数性的"文本"（historlies），与文学构成互文性的关系。另一方面，后现代主义文学普遍表现出平面化、拼贴化、游戏化的特征，取消历史深度，否定事件的因果逻辑和完整性甚至意义。因此，就其内在性而言，后现代主义文学试图走向去历史化、去社会化的语言狂欢，而就其外在性而言，又无法摆脱社会化（语境化）和历史化的批评与审视，"文学性"在二者的张力之中变得越发复杂、摇摆、难以

---

① ［美］马泰·卡林内斯库：《现代性的五副面孔》，第131页。
② 王岳川：《后现代主义文化研究》，北京大学出版社，1992年，第22页。

确定。虽然雅各布森语言诗学的价值不会缩减，但追求多元、多维、多义的后现代主义文化研究因其开放性和现实性，一定程度上实现了对雅各布森语言诗学和"诗性功能占主导"的反拨。[①] 当然，这种反拨又存在着弱化文学研究、消解文学性的危险，正如米勒在文化研究繁荣发展的背后看到了文学研究的衰退、文学行将消亡的征兆。[②] 这对于当下的中国文学研究来说是一个最值得警惕的问题，当我们只从文学中读出政治、阶级、性别等内容的时候，文学难免再次堕入"无主之地"的困境。

再次，后现代社会同时又是一个"表征危机"的"仿像"社会（鲍德里亚语），一个视觉（文化）主导的"景观社会"（居伊·德波语），一个符号泛滥、"文本"无处不在的社会。在后现代的文化景观中，艺术（文学）在古典时期所模仿（再现、表征）的"真实"变成了超真实，表征的对象（指涉物）被取消，而由数字网络技术、电子新媒体等生产的仿像（仿真的模拟物）反倒成了"真实"，它依据自身逻辑进行着自我复制、增值与传播。这些内爆的、与现实无关的种种信息、图像、信码、符号，借助于电视、电影、书刊报纸、电脑网络等各种媒介成为人们每天所经验的、感受的"真实"生活，现实仿佛被阻隔在重叠的、逼真的帷幕背后，人们无力甚至无心去探寻。和所有后现代艺术一样，文学艺术也正经受着这样的图像化扩张，换句话说，图像化也正成为文学后现代性的一个重要特征。当然，文学更具有着特殊的"文学性"，即以"语言"为媒介、以"审美"（诗性）为主导功能，正是"语言"使文学和世界之间始终保持着特殊关系。

"上帝说，要有光，于是就有了光。"（《旧约全书》）换言之，"太初有言"，不是"人说话"，而是"话说人"。正如维特根斯坦所预言的那样，"吾语言之疆界乃吾世界之疆界"，语言成为人类"存在的家园"，成了世界的本质，

---

① 比如卡林内斯库在《"论后现代主义"》一节中论及雅各布森的"主导"概念时说道，布赖恩·麦克黑尔在采纳雅各布森的"主导"概念时，将其从最初的"一统独尊"的含义中解放出来，也就是说，"主导"的概念无权声称自身是独一无二，"在一个时期中人们可以设想出许多主导，这取决于所选择的视角，想要研究的内容，以及这种研究的目的"。参见［美］马泰·卡·林内斯库：《现代性的五副面孔》，第327页。

② "文学行将消亡的最显著的征兆之一，就是全世界的文学系的年轻教员，都在大批离开文学研究，转向理论、文化研究、后殖民研究、媒体研究（电影、电视等）、大众文化研究、女性研究、黑人研究等。他们写作、教学的方式常常接近社会科学，而不是接近传统意义上的人文学科。他们在写作和教学中常常把文学边缘化或者忽视文学。虽然他们中很多人都受过旧式的文学史训练，以及对经典文本的细读训练，情况却仍然如此。"［美］希利斯·米勒：《文学死了吗》，第18页。

人类的所有文化、一切存在似乎都具有了语言性。而"语言学转向"和符号泛滥又导致了修辞学的复兴，因此人类的一切语言活动似乎都具有了修辞性或者说"文学性"（"诗性"）——虽然它已不具有雅各布森意义上的科学性诉求，而只意味着纯粹的符号性或修辞性。这种"语言扩张"的倾向为文化研究提供了理据，也催生了辛普森、卡勒、余虹、陶东风等学者所言的"文学性的扩张"理论。一方面，这种"扩张论"揭示出了后现代语境中文学性凭借语言的无处不在而享有了某种合法性的特权；另一方面，它同时也模糊了文学与非文学、文学语言与非文学语言、文学文本与非文学文本的界限，遮蔽了文学区别于非文学的"文学性"特质。因此，一方面，我们必须实现文学研究与文化研究（内部研究与外部研究）的结合，开辟通往更包容的"文化诗学"道路，寻求语言性、审美性与意识形态性的完美统一；另一方面，我们必须思考在仿真时代、图像化时代文学如何存在和发展的问题，既寻求文学性与图像化之间的平衡与融合，又必须坚持"文学性"的本质地位不动摇，而不能把文学混同于街心花园、市民广场等日常生活，过分夸大文学危机而盲目拓展文艺学的边界。正如质疑"扩张论"的学者所表明的，"无论我们是否进入了'读图时代'，文学都是永远存在的，文学研究也是永远存在的。我们没必要因为消费主义的时尚而转向，进行所谓文艺学的'自我救赎'"①。无论何时，"文学性"都是文学在某一社会历史文化结构中安身立命的根本，从这个意义上来说，雅各布森的文学本体论和审美自律思想有着十分积极的建构作用，值得坚守。

最后，文学研究已从现代过渡到后现代，从文学研究转向文化研究，我们不能再停留于从文学本身来研究"文学是什么"，也不能仅仅从语言学的视角来回答"文学性"问题，因为这极易使文学研究陷入本质主义、机械主义的窠臼之中。在后现代的学术研究过程中，"为什么"（"Why"，而不是"What"或"How"）更应当成为我们的提问方式，尽管这种追问不免带有某种解构性。与此同时，作为中国学人，还必须清醒地意识到，"'文学性'之所以凸现为一个问题并引发人们的强烈兴趣，和中国知识分子对西方现代性的认同有一定关联"，"在中国，'文学性'概念是特定社会历史文化关系的集中体现，是生活实践中漂浮的能指，是东西方文化关系结构的'转喻'"②。换句话说，我

---

① 吴子林：《对"文学性扩张"的质疑》，《文艺争鸣》2005年第3期。
② 周小仪：《从形式回到历史——20世纪西方文论与学科体制探讨》，北京大学出版社，2010年，第33、4页。

们必须对西方文论采取理解、借鉴和批判的态度。"西学东渐"的百年历史和理论实践业已证明：我们既不能走"全盘西化"的道路，也不能走"闭关锁国"的道路，而必须走"中西对话"的道路，即始终面向中国文学的当下实践和问题，一方面发掘、激活和转化本土已有的全部文论话语，无论传统的抑或现代的，另一方面，对西方文论进行全面深入的理解，尤其理解其中关涉中国文学的研究内容，以自我建设为根本目的进行借鉴和批判；二者不断交互、激发、吸纳或扬弃，最终建构当代中国文论的话语体系。在后一过程中，"理解"不是曲解或误解，而是历史性地诠释理论本身并借助西方"他者"的眼光来反观我们自身，这是借鉴和批判的前提；"借鉴"不是"山寨"或盲目认同，而是取其精华，使其落地生根于中国特定的历史文化语境，真正应用于中国文学问题和现实问题的解决；"批判"不是否定或拒绝，而是本着"了解之同情"的原则，规避其理论自身的不合理或不足之处，坚持"自我"意识，过滤掉其背后的某些意识形态色彩等，"中国文学理论必须摆脱西方文学理论的话语模式，成为本土的叙事。具体地说，中国文学理论必须显示独特的问题范式、思想传统和分析路径。这是深入考察中国文学的必要前提"①。因此，保持必要的反思和批判，不是因为什么"保守主义"或"民粹主义"立场，而是因为只有经过"主动或积极的本土化"②改造的西方学术理论和研究方法，才能够扎根于中国特定的历史文化语境，才能真正应对中国的现实问题，尤其是针对中国目前的社会文化状况（前现代、现代与后现代等各种思潮错综交织）而言。

综上，我们可以得出结论：雅各布森的语言诗学乃至结构主义文论、解构主义诗学都希望凭借技术化、科学化的语言学方法，对"文学性"问题作出满意的解答，希望找到一个恒定的、客观的"文学性"，以划清文学与非文学的界限。但事实上，正如童庆炳明确指出的，"有多少种文学观念，就会有多少种对'文学性'的理解。……'文学性'总是随着文学观念的改变而改变，这也正是'文学性'的复杂性所在"③。雅各布森自己也不得不承认，文学与非文

---

① 南帆：《中国文学理论的重建：环境与资源》，《中国社会科学》2015年第4期。
② 按李春青教授的看法，面对西方的学术理论和研究方法，中国学界进行"主动或积极的本土化"应做到三点：其一，尊重研究对象的独特性，调整研究方法以趋就之，而不是为了适应新的研究方法而扭曲研究对象；其二，取其神而遗其形，即大量阅读西方学术著作，从中获得启发、形成新的研究思路；其三，以"对话"为立场。参见李春青：《文化交流中的"本土化"问题》，《中国社会科学报》2012年11月2日。
③ 童庆炳：《维纳斯的腰带：创作美学》，第384页。

学的界限"比中国国土的边境线还要不稳定",总是处于不断的流动和变化之中。也就是说,"文学性"是不断流动和变化的,其"诗性功能占主导"之说只是为区分文学与非文学提供了一种可能,无法也不可能一劳永逸地解决"文学性"问题。只要时代在变化,文学观念就必定变化,因此,根本"没有一个抽象的、永恒的、客观的'文学性',只有具体的、历史的、实践中的'文学性'"[①]。我们只有在本民族的现实语境、历史文化和文学观念中才能审视变动不居的"文学性"。

相较于总体上"重意轻言"的中国诗学而言,雅各布森的语言诗学无疑为我们提供了一种思路,一种范式,一种补充,一种借鉴。因此,在全球化的时代语境中,要继续探索"文学性"这一未终结的问题,至少应该参照王国维的思路,即"诗人对宇宙人生,须入乎其内,又须出乎其外。入乎其内,故能写之。出乎其外,故能观之。入乎其内,故有生气。出乎其外,故有高致"[②]。换言之,文论家既要"入乎言内",又要"出乎言外",只有"入乎言内"才能把握和呈现文学语言的结构、本色乃至生气,知晓文本的生成机制,只有"出乎言外"才能真正理解和体验文学之为文学的意味、气韵和高致,获得超越文本的审美愉悦。只有出入有度,内外融通,彼此借鉴,取长补短,才能实现工具理性与价值理性的互补,弥合科学主义与人文主义的断裂,摆脱西方诗学二元对立思维的桎梏或中国诗论"得意忘言"的片面,才能在中西诗学比较以及文化比较的整体格局中重构我们自己的、较为合理的"文学性"认知,最终形成科学性、人文性、历史性、现实性合而为一的"中国文化诗学"(Chinese cultural poetics)话语体系,在"理论之后"世界文论的大合唱中发出自己的独特声音。

---

① 周小仪:《从形式回到历史——20世纪西方文论与学科体制探讨》,北京大学出版社,2010年,第4页。

② 王国维:《人间词话》卷上,《王国维论著三种》,商务印书馆,2001年,第43页。

参考文献

中文类

北岛:《时间的玫瑰》，中国文史出版社 2005 年版。

陈晓明、杨鹏:《结构主义与后结构主义在中国》，首都师范大学出版社 2011 年版。

陈寅恪:《陈寅恪集·金明馆丛稿二编》，生活·读书·新知三联书店 2001 年版。

程巍:《中产阶级的孩子们:60 年代与文化领导权》，生活·读书·新知三联书店 2006 年版。

顾嘉祖、辛斌编:《符号与符号学新论》，东南大学出版社 2006 年版。

黄晋凯等主编:《象征主义·意象派》，中国人民大学出版社 1989 年版。

季广茂:《隐喻视野中的诗性传统》，高等教育出版社 1998 年版。

金雁:《倒转"红轮":俄国知识分子的心路回溯》，北京大学出版社 2012 年版。

李春青:《在文本与历史之间:中国古代诗学意义生成模式探微》，北京大学出版社 2005 年版。

李龙:《"文学性"问题研究——以语言学转向为参照》，人民出版社 2011 年版。

李幼蒸:《理论符号学导论》(第 3 版)，中国人民大学出版社 2007 年版。

李增:《结构主义在美国的本土化过程研究》，东北师范大学出版社 2002 年版。

刘宁主编:《俄国文学批评史》，上海译文出版社 1999 年版。

刘勰著，范文澜注：《文心雕龙注》，人民文学出版社 1958 年版。

鲁迅：《中国小说史略》，百花文艺出版社 2002 年版。

倪梁康：《现象学的始基——胡塞尔〈逻辑研究〉释要》，中国人民大学出版社 2009 年版。

钱军：《结构功能语言学——布拉格学派》，吉林教育出版社 1998 年版。

苏轼：《苏轼文集》，孔凡礼点校，中华书局 1986 年版。

唐圭璋编：《全宋词》，中华书局 1965 年版。

童庆炳：《维纳斯的腰带：创作美学》，中国人民大学出版社 2009 年版。

童庆炳：《中国古代文论的现代意义》，北京师范大学出版社 2001 年版。

童庆炳：《在历史与人文之间徘徊——童庆炳文学专题论集》，北京师范大学出版社 2007 年版。

汪民安：《谁是罗兰·巴尔特》，江苏人民出版社 2005 年版。

王国维：《王国维文学论著三种》，商务印书馆 2001 年版。

王实甫：《西厢记》，张燕瑾校注，人民文学出版社 1998 年版。

王一川：《语言乌托邦——20 世纪西方语言论美学探究》，云南人民出版社 1994 年版。

王岳川：《后现代主义文化研究》，北京大学出版社 1992 年版。

徐复观：《中国艺术精神》，华东师范大学出版社 2001 年版。

杨建刚：《马克思主义与形式主义关系史》，人民出版社，2017 年版。

叶舒宪编选：《结构主义神话学》，陕西师范大学出版总社有限公司 2011 年版。

余虹、杨恒达、杨慧林主编：《问题》第一辑，中央编译出版社 2003 年版。

扎拉嘎：《互动哲学：后辩证法与西方后辩证法史略》，中国社会科学出版社 2007 年版。

张冰：《白银时代——俄国文学思潮与流派》，人民文学出版社 2006 年版。

张冰：《陌生化诗学：俄国形式主义研究》，北京师范大学出版社 2000 年版。

张进、周启超、许栋梁主编：《外国文论核心集群理论旅行问题研究》，中国社会科学出版社 2018 年版。

张隆溪：《二十世纪西方文论述评》，生活·读书·新知三联书店 1986 年版。

张隆溪：《道与逻各斯》，冯川译，四川人民出版社 1998 年版。

赵奎英：《中西语言诗学基本问题比较研究》，中国社会科学出版社 2009

年版。

赵晓彬等：《雅可布逊的诗学研究》，人民文学出版社 2014 年版。

赵一凡：《从胡塞尔到德里达——西方文论讲稿》，生活·读书·新知三联书店 2007 年版。

赵毅衡编选：《符号学文学论文集》，百花文艺出版社 2004 年版。

赵毅衡编选：《"新批评"文集》，中国社会科学出版社 1988 年版。

赵勇：《整合与颠覆：大众文化的辩证法》，北京大学出版社 2005 年版。

郑敏：《结构—解构视角：语言·文化·评论》，清华大学出版社 1998 年版。

中华书局编辑部编：《全唐诗》，中华书局 2008 年版。

中央编译局编译：《马克思恩格斯选集》，人民出版社 2012 年版。

周启超：《白银时代俄罗斯文学研究》，北京大学出版社 2003 年版。

周小仪：《从形式回到历史——20 世纪西方文论与学科体制探讨》，北京大学出版社 2010 年版。

周英雄：《结构主义与中国文学》，东大图书公司 1983 年版。

朱光潜：《诗论》，《朱光潜全集》第三卷，安徽教育出版社 1987 年版。

朱光潜：《谈文学》，《朱光潜全集》第四卷，安徽教育出版社 1988 年版。

朱自清：《新诗杂话》，江苏文艺出版社 2010 年版。

［比］J.M. 布洛克曼：《结构主义：莫斯科—布拉格—巴黎》，李幼蒸译，中国人民大学出版社 2003 年版。

［波］切斯瓦夫·米沃什：《诗的见证》，黄灿然译，广西师范大学出版社 2011 年版。

［波］亚当·沙夫：《结构主义与马克思主义》，袁晖、李绍明译，山东大学出版社 2009 年版。

［德］彼得·比格尔：《先锋派理论》，高建平译，商务印书馆 2005 年版。

［德］海德格尔：《在通向语言的途中》，商务印书馆 2008 年版。

［德］威廉·冯·洪堡特：《论人类语言结构的差异及其对人类精神发展的影响》，商务印书馆 1999 年版。

［德］胡塞尔：《纯粹现象学通论》，李幼蒸译，商务印书馆 1992 年版。

［德］埃德蒙德·胡塞尔：《逻辑研究》，倪梁康译，上海译文出版社 1998 年版。

［德］汉斯－格奥尔格·加达默尔：《真理与方法——哲学诠释学的基本

特征》，洪汉鼎译，上海译文出版社 1999 年版。

〔德〕恩斯特·卡西尔：《人论》，甘阳译，上海译文出版社 1985 年版·

〔德〕恩斯特·卡西尔：《语言与神话》，于晓等译，生活·读书·新知三联书店 1988 年版。

〔德〕康德：《判断力批判》，宗白华、韦卓民译，商务印书馆 1964 年版。

〔德〕弗里德里希·威廉·约瑟夫·冯·谢林：《艺术哲学》，魏庆征译，中国社会出版社 2005 年版。

〔俄〕巴赫金：《巴赫金全集》，钱中文主编，河北教育出版社 2009 年版。

〔俄〕尼古拉·别尔嘉耶夫：《自我认知》，汪剑钊译，上海人民出版社 2007 年版。

〔俄〕亚·勃洛克：《知识分子与革命》，林精华、黄忠廉译，东方出版社 2000 年版。

〔俄〕格奥尔基·弗洛罗夫斯基：《俄罗斯宗教哲学之路》，吴安迪等译，上海人民出版社 2006 年版。

〔俄〕高尔基：《不合时宜的思想》，余一中、董晓译，花城出版社 2010 年版。

〔俄〕奥斯普·曼德尔施塔姆：《曼德尔施塔姆随笔选》，黄灿然等译，花城出版社 2010 年版。

〔俄〕叶·莫·梅列金斯基：《神话的诗学》，魏庆征译，商务印书馆 1990 年版。

〔俄〕鲍里斯·列·帕斯捷尔纳克：《阿佩莱斯线条》，乌兰汗、桴鸣译，上海译文出版社 2011 年版。

〔俄〕维克托·什克洛夫斯基等：《俄国形式主义文论选》，方珊等译，生活·读书·新知三联书店 1989 年版。

〔俄〕列夫·托尔斯泰：《艺术论》，张昕畅等译，中国人民大学出版社 2005 年版。

〔俄〕维谢洛夫斯基：《历史诗学》，刘宁译，百花文艺出版社 2003 年版。

〔苏〕阿·梅特钦科：《继往开来——论苏联文学发展中的若干问题》，石田、白堤译，中国社会科学出版社 1983 年版。

〔苏〕维·什克洛夫斯基：《散文理论》，刘宗次译，百花洲文艺出版社 2010 年版。

〔苏〕托洛茨基：《文学与革命》，刘文飞等译，外国文学出版社 1992 年版。

［法］罗兰·巴尔特：《符号学历险》，李幼蒸译，中国人民大学出版社 2008 年版。

［法］罗兰·巴尔特：《符号学原理》，李幼蒸译，中国人民大学出版社 2008 年版。

［法］罗兰·巴尔特：《文艺批评文集》，怀宇译，中国人民大学出版社 2010 年版。

［法］罗兰·巴尔特：《写作的零度》，李幼蒸译，中国人民大学出版社 2008 年版。

［法］罗兰·巴特：《神话修辞术·批评与真实》，屠友祥、温晋仪译，上海人民出版社 2009 年版。

［法］罗兰·巴特：《显义与晦义——批评文集之三》，怀宇译，百花文艺出版社 2005 年版。

［法］雅克·德里达：《声音与现象》，杜小真译，商务印书馆 2010 年版。

［法］弗朗索瓦·多斯：《从结构到解构：法国 20 世纪思想主潮》，季广茂译，中央编译出版社 2004 年版。

［法］米歇尔·福柯：《福柯集》，杜小真编选，上海远东出版社 1998 年版。

［法］米歇尔·福柯：《知识考古学》，谢强、马月译，生活·读书·新知三联书店 2003 年版。

［法］A.J. 格雷马斯：《论意义——符号学论文集》，吴泓缈、冯学俊译，百花文艺出版社 2005 年版。

［法］泰奥菲尔·戈蒂耶：《回忆波德莱尔》，陈圣生译，上海译文出版社 2011 年版。

［法］安托瓦纳·贡巴尼翁：《反现代派——从约瑟夫·德·迈斯特到罗兰·巴特》，郭宏安译，生活·读书·新知三联书店 2009 年版。

［法］阿兰·罗伯－格里耶：《快照集·为了一种新小说》，余中先译，湖南美术出版社 2001 年版。

［法］安托万·孔帕尼翁：《理论的幽灵——文学与常识》，吴泓缈、汪捷宇译，南京大学出版社 2011 年版。

［法］保罗·利科尔：《解释学与人文科学》，陶远华等译，河北人民出版社 1987 年版。

［法］茨维坦·托多罗夫：《巴赫金、对话理论及其他》，蒋子华、张萍译，

百花文艺出版社 2001 年版。

［法］茨维坦·托多罗夫：《象征理论》，王国卿译，商务印书馆 2004 年版。

［法］茨维坦·托多罗夫编选：《俄苏形式主义文论选》，蔡鸿滨译，中国社会科学出版社 1989 年版。

［法］茨维坦·托多洛夫：《批评的批评：教育小说》，王东亮、王晨阳译，生活·读书·新知三联书店 1988 年版。

［法］茨维坦·托多洛夫：《散文诗学——叙事研究论文选》，侯应花译，百花文艺出版社 2011 年版。

［法］克洛德·莱维–斯特劳斯：《结构人类学》，谢维扬、俞宣孟译，上海译文出版社 1995 年版。

［法］列维–斯特劳斯：《野性的思维》，李幼蒸译，商务印书馆 1987 年版。

［法］克洛德·列维–斯特劳斯：《列维–斯特劳斯文集 6·神话学：裸人》，周昌忠译，中国人民大学出版社 2007 年版。

［法］热拉尔·热奈特：《热奈特论文集》，史忠义译，百花文艺出版社 2001 年版。

［古希腊］亚里士多德：《诗学》，罗念生译，人民文学出版社 2008 年版。

［加］马克·昂热诺等主编：《问题与观点：20 世纪文学理论综论》，史忠义、田庆生译，百花文艺出版社 2000 年版。

［加］诺思罗普·弗莱：《批评的解剖》，陈慧等译，百花文艺出版社 2006 年版。

［美］M.H.艾布拉姆斯：《镜与灯：浪漫主义文论及批评传统》，郦稚牛等译，北京大学出版社 2004 年版。

［美］克林斯·布鲁克斯：《精致的瓮：诗歌结构研究》，郭乙瑶等译，上海人民出版社 2008 年版。

［美］韦恩·布斯：《修辞的复兴》，穆雷等译，译林出版社 2009 年版。

［美］阿兰·邓迪斯编：《西方神话学论文选》，朝戈金等译，上海文艺出版社 1994 年版。

［美］弗雷德里克·杰姆逊：《后现代主义与文化理论——杰姆逊教授讲演录》，唐小兵译，陕西师范大学出版社 1987 年版。

［美］弗雷德里克·R.卡尔：《现代与现代主义——艺术家的主权（1885—1925）》，陈永国、傅景川译，中国人民大学出版社 2004 年版。

［美］乔纳森·卡勒：《结构主义诗学》，盛宁译，中国社会科学出版社1991年版。

［美］乔纳森·卡勒：《论解构》，陆扬译，中国社会科学出版社1998年版。

［美］马泰·卡林内斯库：《现代性的五副面孔》，顾爱彬、李瑞华译，商务印书馆2002年版。

［美］道格拉斯·凯尔纳、斯蒂文·贝斯特：《后现代理论——批判性的质疑》，张志斌译，中央编译出版社2011年版。

［美］伊·库兹韦尔：《结构主义时代：从莱维－斯特劳斯到福科》，尹大贻译，上海译文出版社1988年版。

［美］高友工、［美］梅祖麟：《唐诗的魅力——诗语的结构主义批评》，李世耀译，上海古籍出版社1989年版。

［美］约翰·克罗·兰色姆：《新批评》，王腊宝、张哲译，江苏教育出版社2006年版。

［美］苏珊·朗格：《艺术问题》，滕守尧、朱疆源译，中国社会科学出版社1983年版。

［美］哈罗德·布鲁姆等：《读诗的艺术》，王敖译，南京大学出版社2010年版。

［美］皮尔斯：《皮尔斯文选》，涂纪亮编，涂纪亮、周兆平译，社会科学文献出版社2006年版。

［美］爱德华·萨丕尔：《语言论——言语研究导论》，陆卓元译，商务印书馆1985年版。

［美］苏珊·桑塔格：《反对阐释》，程巍译，上海译文出版社2011年版。

［美］伊万·斯特伦斯基：《二十世纪的四种神话理论——卡西尔、伊利亚德、列维－斯特劳斯与马林诺夫斯基》，李创同、张经纬译，生活·读书·新知三联书店2012年版。

［美］赫伯特·施皮格伯格：《现象学运动》，王炳文、张金言译，商务印书馆2011年版。

［美］R.韦勒克：《批评的诸种概念》，丁泓、余徵译，周毅校，四川文艺出版社1988年版。

［美］勒内·韦勒克、［美］奥斯汀·沃伦：《文学理论》（修订版），刘象愚等译，江苏教育出版社2005年版。

〔美〕卫姆塞特、〔美〕布鲁克斯：《西洋文学批评史》，颜元叔译，中国人民大学出版社 1987 年版。

〔美〕罗伯特·休斯：《文学结构主义》，刘豫译，生活·读书·新知三联书店 1988 年版。

〔美〕罗曼·雅柯布森：《雅柯布森文集》，钱军编辑，钱军、王力译注，湖南教育出版社 2001 年版。

〔美〕詹明信:《晚期资本主义的文化逻辑》,张旭东编,陈清侨等译,生活·读书·新知三联书店 1997 年版。

〔美〕弗雷德里克·詹姆逊：《语言的牢笼·马克思主义与形式》，钱佼汝、李自修译，百花洲文艺出版社 1997 年版。

〔瑞士〕皮亚杰：《结构主义》，倪连生、王琳译，商务印书馆 1984 年版。

〔瑞士〕费尔迪南·德·索绪尔：《普通语言学教程》，高名凯译，商务印书馆 2009 年版。

〔瑞士〕沃尔夫林：《美术史的基本概念：后期艺术中的风格发展问题》，潘耀昌译，北京大学出版社 2011 年版。

〔意〕翁贝尔托·埃科：《符号学与语言哲学》，王天清译，百花文艺出版社 2006 年版。

〔意〕维柯：《新科学》，朱光潜译，人民文学出版社 1986 年版。

〔英〕以赛亚·伯林：《苏联的心灵——共产主义时代的俄国文化》，潘永强、刘北成译，译林出版社 2010 年版。

〔英〕以赛亚·伯林：《俄国思想家》（第二版），彭淮栋译，译林出版社 2011 年版。

〔英〕罗伊·博伊恩：《福柯与德里达：理性的另一面》，贾辰阳译，北京大学出版社 2010 年版。

〔英〕E.H.贡布里希:《艺术与错觉》,林夕等译,浙江摄影出版社 1987 年版。

〔英〕特伦斯·霍克斯：《结构主义和符号学》，瞿铁鹏译，上海译文出版社 1987 年版。

〔英〕安纳·杰弗森等：《西方现代文学理论概述与比较》，包华富等编译，湖南文艺出版社 1986 年版。

〔英〕戴维·E.库珀：《隐喻》，郭贵春、安军译，上海科技教育出版社 2007 年版。

〔英〕斯科特·拉什、〔英〕西莉亚·卢瑞:《全球文化工业:物的媒介化》,要新乐译,社会科学文献出版社 2010 年版。

〔英〕戴维·洛奇编:《二十世纪文学评论》,葛林等译,上海译文出版社 1987 年版。

〔英〕艾·阿·瑞恰兹:《文学批评原理》,杨自伍译,百花洲文艺出版社 1992 年版。

〔英〕塞尔登等:《当代文学理论导读》,刘象愚译,北京大学出版社 2006 年版。

〔英〕约翰·斯特罗克编:《结构主义以来:从列维 - 斯特劳斯到德里达》,渠东等译,辽宁教育出版社 1998 年版。

〔英〕维特根斯坦:《逻辑哲学论》,郭英译,商务印书馆 1962 年版。

〔英〕威廉·燕卜荪:《朦胧的七种类型》,周邦宪等译,中国美术学院出版社 1996 年版。

〔英〕特雷·伊格尔顿:《二十世纪西方文学理论》,伍晓明译,北京大学出版社 2007 年版。

〔英〕特里·伊格尔顿:《理论之后》,商正译,商务印书馆 2009 年版。

步朝霞:《自我指涉性:从雅各布森到罗兰·巴尔特》,《外国文学》2006 年第 5 期。

岑雪苇:《诗性功能理论的逻辑问题——罗曼·雅柯布森诗学指谬》,《浙江工业大学学报(社会科学版)》2011 年第 4 期。

方维规:《"文学作为社会幻想的试验场"——另一个德国的"接受理论"》,《外国文学评论》2011 年第 4 期。

冯巍:《回到雅各布森——关于"文学性"范畴的语言学渊源》,《文艺理论研究》2018 年第 3 期。

葛兆光:《语言学批评的前景与困境——读〈唐诗的魅力〉》,《读书》1990 年第 12 期。

乐黛云:《比较文学、世界文化转型与平行论哲学问题——〈互动哲学:后辩证法与西方后辩证法史略〉读后》,《社会科学管理与评论》2008 年第 4 期。

李春青:《文化交流中的"本土化"问题》,《中国社会科学报》2012 年 11 月 2 日。

李伟荣、贺川生、曾凡桂：《皮尔士对雅柯布森的影响》，《湖南大学学报（社会科学版）》2007 年第 2 期。

刘淮南：《"文学"性≠文学"性"》，《文艺理论研究》2006 年第 2 期。

罗钢：《叙事文本分析的语言学模式》，《北京师范大学学报（社会科学版）》1994 年第 3 期。

南帆：《文学研究：本质主义，抑或关系主义》，《文艺研究》2007 年第 8 期。

戚雨村：《博杜恩·德·库尔特内和喀山语言学派》，《中国俄语教学》1988 年第 2 期。

钱翰：《从作品到文本——对"文本"概念的梳理》，《甘肃社会科学》2010 年第 1 期。

陶东风：《文学的祛魅》，《文艺争鸣》2006 年第 1 期。

童庆炳：《怎样理解文学是"审美意识形态"？——〈文学理论教程〉编著手札》，《中国大学教学》2004 年第 1 期。

汪民安：《论福柯的"人之死"》，《天津社会科学》2003 年第 5 期。

王宾：《论不可译性——理论反思与个案分析》，《中国翻译》2001 年第 3 期。

王铭玉：《符号的互文性与解析符号学——克里斯蒂娃符号学研究》，《求是学刊》2011 年第 3 期。

王岳川：《"文学性"消解的后现代症候》，《浙江学刊》2004 年第 3 期。

吴泓缈：《"相似"和"相近"——雅各布森的隐喻与借喻》，《长江学术》2008 年第 2 期。

吴子林：《对于"文学性扩张"的质疑》，《文艺争鸣》2005 年第 3 期。

姚文放：《"文学性"问题与文学本质再认识——以两种"文学性"为例》，《中国社会科学》2006 年第 5 期。

余虹：《文学的终结与文学性蔓延——兼谈后现代文学研究的任务》，《文艺研究》2002 年第 6 期。

余华：《虚伪的作品》，《上海文论》1989 年第 5 期。

张良丛、张锋玲：《作品、文本与超文本——简论西方文本理论的流变》，《文艺评论》2010 年第 3 期。

张万民：《中西诗学的汇通与分歧：英语世界的比兴研究》，《文化与诗学》2011 年第 1 辑。

赵一凡：《结构主义》，《外国文学》2002 年第 1 期。

赵毅衡：《文化符号学中的"标出性"》，《文艺理论研究》2008 年第 3 期。

周启超：《当代外国文论：在跨学科中发育，在跨文化中旅行——以罗曼·雅各布森文论思想为中心》，《学习与探索》2012 年第 3 期。

［俄］尤·米·洛特曼：《文艺学应当成为一门科学》，李默耘译，《文化与诗学》2010 年第 1 辑。

［法］罗兰·巴尔特：《从作品到文本》，杨扬译，蒋瑞华校，《文艺理论研究》1988 年第 5 期。

［法］兹维坦·托多罗夫：《对话与独白：巴赫金与雅各布森》，史忠义译，《西安外国语大学学报》2007 年第 4 期。

英文类

Barron, Stephanie and Maurice Tuchman, eds., *The Vant-Garde in Russia 1910-1930: New Perspectives*, Los Angeles: Los Angeles County Museum of Art, 1980.

Bennett, Tony, *Formalism and Marxism*, London: Taylor & Francis e-Library, 2005.

Bloom, Harold et al., *Deconstruction and Criticism*, New York: Continuum International Publishing Group, 1979.

Bradford, Richard, *Roman Jakobson: Life, Language, Art*, London and New York: Routledge, 1994.

Brown, Edward J., ed., *Major Soviet Writers: Essays in Criticism*, New York: Oxford University Press, 1973.

Erlich, Victor, *Russian Formalism: History-Doctrine*, 3rd edition, New Haven and London: Yale University Press, 1981.

Holenstein, Elmar, *Roman Jakobson's Approach to Language: Phenomenological Structuralism*, Indiana: Indiana University Press, 1976.

Jakobson, Roman, *Selected Writings Ⅰ : Phonological Studies*, ed. Stephen Rudy, The Hague: Mouton Publishers, 1962.

Jakobson, Roman, *Selected Writings Ⅱ : Word and Language*, ed. Stephen Rudy, The Hague-Paris: Mouton Publishers, 1971.

Jakobson, Roman, *Selected Writings Ⅲ : Poetry of Grammar and Grammar of Poetry*, ed. Stephen Rudy, The Hague, Paris and New York: Mouton Publishers, 1981.

Jakobson, Roman, *Selected Writings* Ⅳ *: Slavic Epic Studies*, ed. Stephen Rudy, Paris: Mouton Publishers, 1966.

Jakobson, Roman, *Selected Writings* Ⅴ *: On Verse, Its Masters and Explorers*, eds. Stephen Rudy and Martha Taylor, The Hague: Mouton Publishers, 1978.

Jakobson, Roman, *Selected Writings* Ⅶ *: Contributions to Comparative Mythology: Studies in Linguistics and Philology, 1972-1982*, ed. Stephen Rudy, New York: Mouton Publishers, 1985.

Jakobson, Roman, *Language in Literature*, eds. Krystyna Pomorska and Stephen Rudy, Cambridge, Mass.: The Belknap Press of Harvard University Press, 1987.

Jakobson, Roman, *On Language*, eds. Linda R. Waugh and Monique Monville, Cambridge: Harvard University Press, 1990.

Lakoff, George and Mark Johnson, *Metaphors We Live By*, Chicago and London: The University of Chicago Press, 1980.

Jakobson, Roman, *Six Lectures of Sound and Meaning*, Cambridge, Mass.: MIT Press, 1978.

Jakobson, Roman, *The Framework of Language*, Michigan: University of Michigan, 1980.

Jakobson, Roman, *Verbal Art, Verbal Sign, Verbal Time*, eds. Krystyna Pomorska and Stephen Rudy, Minneapolis: University of Minnesota Press, 1985.

Jakobson, Roman and M. Halle, *Fundamentals of Language*, The Hague: Mouton Publishers, 1956.

Jakobson, Roman and Krystyna Pomorska, *Dialogues*, New York: Cambridge University Press, 1983.

Jakobson, Roman and Kathy Santilli, *Brain and Language: Cerebral Hemispheres and Linguistic Structure in Mutual Light*, Columbus: Slavica Publishers, 1980.

Jakobson, Roman and L. Waugh, *The Sound Shape of Language*, London: Harverser, 1979.

Lodge, David, *The Model of Modern Writing: Metaphor, Metonymy, and the Typology of Modern Literature*, London: Edward Arnold, 1979.

Matejka, Ladislav and Krystyna Pomorska, eds., *Reading in Russian Poetic:*

Formalist and Structuralist Views, Cambridge, Mass.: MIT Press, 1971.

Peterson, Ronald E., *A History of Russian Symbolism*, Amsterdam and Philadelphia: John Benjamins Publishing Company Co., 1993.

Pomorska, Krystyna, ed., *Language, Poetry, and Poetics: The Generation of the 1890s—Jakobson, Trubetzkoy, Majakovskij*, The Hague: Mouton Publishers, 1987.

Pratt, Mary Louise, *Toward a Speech Act Theory of Literary Discourse*, Bloomington: Indiana University Press, 1977.

Rorty, Richard, ed., *The Linguistic Turn*, Chicago: Chicago University Press, 1992.

Rudy, Stephen, *Roman Jakobson, 1896-1982: A Complete Bibliography of His Writings*, The Hague: Mouton Publishers, 1990.

Thompson, Ewa M., *Russian Formalism and Anglo-American New Criticism: A Comparative Study*, The Hugue: Mouton Publishers, 1971.

Tobin, Yishai, ed., *The Prague School and Its Legacy*, Amsterdam: John Benjamins Publication, 1988.

Todorov, Tzvetan, *Introduction to Poetics*, trans. Richard Howard, Minneapolis: University of Minnesota Press, 1981.

Toman, Jindřich, *The Magic of a Common Language: Jakobson, Mathesius, Trubetzkoy, and the Prague Linguistic Circle*, Cambridge, Mass.: MIT Press, 2003.

Toman, Jindřich, ed., *Letters and Other Materials from the Moscow and Prague Linguistic Circles, 1912-1945*, Ann Arbor: Michigan Slavic Publications, 1994.

Wellek, R., *Discriminations: Further Concepts of Criticism*, New Haven: Yale University Press, 1970.

Broich, Ulrich, "Intertextuality," in Hans Bertens and Douwe Fokkema, eds., *International Postmodernism: Theory and Practice*, Amsterdam and Philadelphia: John Bejamins Company, 1997.

Chomsky, N., "Current Issues in Linguistic Theory," in J. A. Fodor and J. J. Katz, eds., *The Structure of Language*, Englewood Cliffs, NJ: Prentice-Hall, 1964.

Greenberg, C., "Modernist Painting," in C. Harrison & P. Wood, eds., *Art in Theory 1900-1990: An Anthology of Changing Ideas*, Oxford: Blackwell Publishers

Ltd., 1992.

Jakobson, Roman, "Tasks of Artistic Propaganda," in M. L. Gasparov, ed., *Works on Poetics*, Moskva: Progress, 1987.

Jakobson, Roman, "The Futurist—A Collection of Materials," in Jangfeldt,ed., *Stockholm Studies in Russian Literature*, Swedish: Stockholm University, 1992.

Effenberger, Vratislav, "Roman Jakobson and the Czech Avant-Garde between Two Wars," in *American Journal of Semiotics*, Vol.2, No.3, 1983.

Jakobson, Roman, "A Few Remark on Perice: Pathfinder in the Science of Language," in *MLN*, Vol.92, No.5, 1977.

Jakobson, Roman, "A Russian Poet in the Court of Russian Literature," in *Tribuna*, Vol.3, No.45, 1921.

Jakobson, Roman, "The Beginnings of National Self-Determination in Europe," in *The Review of Politics*, Vol.7, No.1, 1945.

Jakobson, Roman, "The Byzantine Mission to the Slavs," in *Dumbarton Oaks Papers*, Vol.19, 1965.

Jakobson, Roman, "The Puzzles of the Igor' Tale on the 150th Anniversary of Its First Edition," in *Speculum*, Vol.27, No.1, 1952.

Jakobson, Roman and Jacquart, "Emmanuel, Interview with Roman Jakobson: On Poetics," *in Philosophy Today*, Vol.22, No.1, 1978(Spring).

Riffaterre, Michael, "Describing Poetic Structures: Two Approaches to Baudelaire's les Chats," in *Yale French Studies*, No.36/37, Structuralism, 1966.

附　录　罗曼·雅各布森年表 *

1896	旧历 9 月 28 日（新历 10 月 10 日），出生于莫斯科。
1914	进入莫斯科大学，拉扎列夫东方语言学院。
1915	3 月，与莫斯科大学历史语言系的几个学生一起，创立了莫斯科语言学小组，并担任主席，直到 1920 年。
	1915 年和 1916 年暑假期间集中组织了俄罗斯方言和民俗领域的研究工作。
1918	莫斯科大学毕业。
1918—1920	担任莫斯科大学的助理研究员。
1919	5 月，在莫斯科写作《俄国现代诗歌》，意在介绍赫列勃尼科夫的文集（后未出版）。
1920	成为莫斯科戏剧学院正音学的教授。
	7 月 10 日抵达布拉格，作为第一个苏维埃红十字会代表团的翻译出访捷克斯洛伐克，并留在捷克斯洛伐克，直到 1939 年其被纳粹占领，1937 年正式成为捷克公民。
1921	《俄国现代诗歌》（*Novejšaja russkaja poèzija*）出版。
1922	*O češskom stixe* 出版。

---

* 本年表由笔者译自史蒂芬·鲁迪（Stephen Rudy）整理的英文稿，有删改。另外，可参照阅读鲁迪编辑整理的 *Roman Jakobson, 1896-1982: A Complete Bibliography of His Writings*(The Hague: Mouton, 1990)。

1926	10月6日，布拉格学派创立，担任其副主席。
1928	4月10—15日，在海牙参加第一届国际语言学家会议。
1929	*Remarques sur l'evolution phonologique du russe omparee a celle des autres langues slaves* 出版。
	10月6—13日，在布拉格参加第一届国际斯拉夫语言学者会议。
	开始成为杂志 *Slavische Rundschau*（F. Spina 和 G. Gesemann 编辑、Walter de Gruyter 和 Co., Berlin 出版社出版）东斯拉夫部分负责人。
1930	获布拉格大学博士学位。
	4月15日，马雅可夫斯基自杀。
	12月18—21日，在布拉格参加国际语言会议。
1931	*K xarakteristike evrazijskogo jazykovogo sojuza* 出版。
	年底，从布拉格搬到布尔诺。
1932	7月3—8日，在阿姆斯特丹出席国际语音科学大会。
1933	9月19—26日，在罗马参加第三届语言学家大会。
1933—1934	任布尔诺马萨里克大学助理教授。
1934—1937	任马萨里克大学客座教授。
1935	4月29日，在布拉格语言学派做"胡斯时期的诗歌"演讲。
	7—8月，访问保加利亚。
1936	8月27日—9月1日，在哥本哈根参加第四届国际语言学家会议。
1937—1939	任俄罗斯语言文学和老捷克马萨里克大学副教授。
1938	3月21日，在布拉格语言学派做语音分析的基础知识的演讲。
	6月25日，俄国语言学家特鲁别茨科伊去世。
	7月18—22日，在根特大学参加第三届国际语音科学大会。
1939	3月15日，纳粹占领捷克斯洛伐克，雅各布森逃出布尔诺，躲在布拉格等待签证。
	4月21日，抵达丹麦，任哥本哈根大学客座教授。

9 月初，离开丹麦来到挪威，任奥斯陆大学客座教授。

1940　　　　　4 月 9 日，纳粹入侵挪威，逃入瑞典。

任乌普萨拉大学客座教授。

1941　　　　　《儿童语言、失语症以及音位的普遍现象》（*Kindersprache,
　　　　　　　Aphasie und allgemeine Lautgesetze*）出版。

6 月 4 日，抵达美国纽约港。

1942　　　　　1942—1946 年，在纽约任教，担任普通语言学等教授，另任
　　　　　　　东斯拉夫语音史研究所斯拉夫音位学教授。

8—9 月，工作于纽约公共图书馆，组织收集阿留申语言和民
俗材料。

1943　　　　　*Moudrost starých Čechů* 出版。

1943—1946　　任哥伦比亚大学语言学客座教授。

1944　　　　　成为纽约语言协会及其杂志《词语》的首创会员。

1946　　　　　任哥伦比亚大学新成立的捷克斯洛伐克托马斯·G. 马萨里克研
　　　　　　　究所主席，直到 1949 年。

1948　　　　　与 H. Grégoire 和 M. Szeftel 合作出版关于最古老的俄罗斯史诗
　　　　　　　研究的集体成果《伊戈尔远征记》。

1949　　　　　任哈佛大学斯拉夫语言与文化和普通语言学的塞缪尔哈扎德十
　　　　　　　字勋章教授，当选为赫尔辛基 Societé Finno-Ugriénne 会员，
　　　　　　　以及美国艺术与科学研究院研究员。

1950　　　　　5 月 10 日，在牛津大学发表关于斯拉夫史诗格律的就职演讲。

当选为国际语音协会、语言学协会（伦敦）和美国声学学会的
名誉会员。

1952　　　　　6 月，与 C. M. Fant 和 M. Halle 合作，进行语音分析。

参加 Wenner-Gren 基金会举办的人类学国际学术研讨会。

1953　　　　　出席克拉克大学的表现语言学会议。

1955　　　　　9 月 15—21 日，在贝尔格莱德出席第三届斯拉夫学者国际会议。

当选为塞尔维亚科学院院士。

1956	《语言学基础》（与 M. Halle 合作）出版。

任美国语言学会主席。

5 月 17—22 日，作为美国代表去莫斯科参加第一届斯拉夫学者国际委员会。

5 月 21 日，在莫斯科大学做"美国的普通语言学和斯拉夫语言学"演讲。

5 月 23 日，到苏联科学院语言研究所做"美国的音位学发展"演讲。

5 月 24 日，到世界文学研究所做关于马雅可夫斯基的演讲。

1957	任麻省理工学院客座教授。

自 1958 年 7 月起再次任客座教授，任期 6 个月。

一直在麻省理工学院任职，直至 1970 年荣誉退休；同时于 1965 年在哈佛大学担任席位，直至荣誉退休。

8 月 5—9 日，在奥斯陆参加国际语言学第八次研讨会。

9 月 23—26 日，在布拉格参加关于夸美纽斯的生活和工作的国际研讨会。

11 月 25 日，在麻省理工学院与 Niels Bohr 讨论语言学和物理科学的关系问题。

11 月 25 日，在麻省理工学院举办"语言学与物理学"讲座。

当选为国际语音科学委员会主席。

1958	4 月 17—19 日，出席美国印第安纳大学关于诗歌语言的会议。

9 月 1—10 日，赴莫斯科参加第四届斯拉夫学者国际大会。

10 月 3—6 日，出访匈牙利，在布加勒斯特讲学一周。

10 月 16—20 日，在波兰克雷尼察出席文学理论会议，做"诗学的语言方面"和"语言学与格律"讲座。

1959	成为春季学期行为科学高级研究中心研究员。

9 月 30 日—10 月 2 日，在埃尔福特出席符号与语言体系国际学术会议。

做国际杂志《斯拉夫语言学和诗学》创刊编辑。

当选为波兰科学院院士。

1960　　1960—1961 年，继续留在行为科学高级研究中心。

4 月 14—15 日，参加"语言及其数学特性的结构"研讨会。

8 月 18—27 日，在华沙波兰科学院参加关于诗学的国际会议。

当选为荷兰皇家科学院科学和文学外籍院士。

1961　　4 月 13—15 日，在纽约参加关于语言共性的会议。

5 月 4 日，获美国芝加哥大学荣誉博士学位。

6 月 8 日，获剑桥大学荣誉博士学位。

9 月 4 日，获奥斯陆大学荣誉博士学位；当选为爱尔兰文学与历史文物皇家学院荣誉会员。

9 月 6—9 日，在赫尔辛基参加第四届国际语音科学大会。

9 月 10—16 日，在赫瑞德出席第十二届拜占庭学国际大会。

1962　　选集第一卷《音位学研究》出版。

8 月 27 日—9 月 1 日，在马萨诸塞州剑桥市出席第九届语言学家国际大会。

10 月 1—10 日，去莫斯科参加国际斯拉夫语言文化研究委员会会议。

1963　　5 月 19 日，在牛津大学举办伊尔切斯特讲座和俄罗斯民间诗歌讲座。

5 月 21—23 日，在伦敦出席关于"语言障碍"的基金座谈会。

5 月 31 日，获乌普萨拉大学荣誉博士学位。

6 月 7 日，获密歇根大学荣誉博士学位。

9 月 17—23 日，在索菲亚参加第五届斯拉夫学者国际会议。

11 月 10—13 日，在加州大学洛杉矶分校脑研究所出席关于演讲、语言和交流的会议。

1964	5月7—9日，在华盛顿敦巴顿橡树园的拜占庭研究中心出席"斯拉夫的拜占庭使命"座谈会。
	8月3—10日，在莫斯科出席第七届国际人类学与民族学大会。
	8月24—31日，在华沙出席波兰科学院的关于斯拉夫语和通用度量的国际会议。
	11月11—14日，在波士顿参加关于语音和视觉形式的感知模型的AFCRL研讨会。
1965	1月12日—2月2日，出访意大利，并在意大利的学术团体和大学里面做了很多演讲。
1966	选集第四卷《斯拉夫史诗研究》出版。
	6月—7月，出访索尔克生物科学研究所。
	6月9日，获新墨西哥大学荣誉博士学位。
	8月4—11日，访问苏联，在莫斯科出席第十二届关于心理学的国际会议。
	8月13—16日，在列宁格勒的巴甫洛夫研究所参加关于言语产生和言语感知的国际研讨会。
	8月19—25日，在爱沙尼亚的塔尔图大学参加符号学研讨会。
	9月3日，在美国当选为捷克斯洛伐克艺术与科学学院名誉会员。
	9月5日，在佐治亚州第比利斯大学参加鲁斯塔维里纪念活动。
	9月13—18日，在卡齐米日出席波兰科学院举办的国际符号学研讨会。
	10月22日，获格勒诺布尔大学荣誉博士学位。
	11月6日，获尼斯大学荣誉博士学位。
1967	1月30日，获罗马大学名誉博士学位。
	7月，出访日本。
	8月17—24日，出访莫斯科。
	8月24—28日，出访华沙。

8月28日—9月2日，出访布加勒斯特，参加第九届语言学家国际大会。

9月5—16日，出访萨格勒布和杜布罗夫尼克。

9月16—23日，出访巴黎。

1968　8月6—13日，在布拉格出席第六届斯拉夫学者国际大会。

8月13日，获布拉格斯查尔大学荣誉博士学位。

8月15日，获布尔诺浦大学荣誉博士学位。

8月21日，获得斯洛伐克科学院金奖。

9月4—29日，出访巴西，并在多所大学做演讲。

10月2—4日，在巴黎参加特别委员会社会科学联合国教科文组织的会议。

10月3日，做"当代语言学与其他科学的关系中的要点和目标"演讲。

10月14—17日，在米兰出席由Olivetti公司组织的"社会与普遍世界中的语言"研讨会。

1968年至1969年冬，任普林斯顿大学斯拉夫语言和语言学客座教授，并举办六场关于"声音和意义的语言表现"的研讨会。

1969　3月6—7日，在克拉克大学发展心理学研究所，做关于海因茨·沃纳的演讲，主题为"从婴儿期到语言形成的路径"。担任布朗大学春季班客座教授，主讲"诗歌语言分析简介"课程。

7—8月，担任加利福尼亚州拉·乔艾拉索尔克生物研究所客座研究员。

9月14—18日，出席布拉格关于哲学家君士坦丁的学术研讨会。
担任布兰迪斯大学1969—1970年冬季班客座教授，主讲现代诗学课程。

12月8日，获萨格勒布大学荣誉博士学位。

1970　任布朗大学1970—1971年冬季班客座教授，课程关于语言的创造力研究。

10 月 26 日，获台湾大学荣誉博士学位。

1971　选集第二卷《文字和语言》和选集第一卷的第二版出版。

4 月，去罗马出席康维诺关于 Premarinismo e Pregongorismo 的
　　国际研讨会。

11 月，任耶鲁大学客座教授，举办三场"语言和语言艺术结构
　　性分析的当下与永恒问题"讲座。

1972　2 月 38 日，任法国大学教授，做四场演讲。

2 月 14 日，任比利时鲁汶大学荣誉教授和法语教授。

10 月 20—27 日，作为匈牙利科学院嘉宾出访匈牙利。

10 月 27 日—11 月 5 日，作为保加利亚科学院嘉宾出访保加利亚。

11 月 20—30 日，作为阿尔塔文化研究所嘉宾出访葡萄牙。

12 月，任法兰西学院客座教授。

1973　《诗学问题》（*Questions de poétique*）出版。

8 月 21—27 日，参加华沙斯拉维兹第七届国际交流会。

任纽约大学秋季学期客座教授。

1974　5 月 18—31 日，作为社会研究所嘉宾出访马德里。

6 月 2—6 日，参加米兰国际符号学研究协会会议。

6 月 9—15 日，在苏黎世大学举办讲座。

11 月 16—17 日，出席纽约大学普希金座谈会。

12 月 27 日，出席美国语言学学会 50 周年研讨会纪念活动。

当选为英国社会科学院通讯院士。

1975　编辑出版特鲁别茨科伊的书信和笔记。

获特拉维夫大学哲学荣誉博士学位。

3 月 18 日，参加颁授仪式。

3 月 23 日，在以色列特拉维夫诗学和符号学研究所落成典礼上
　　发表演讲。

5 月 16—17 日，在牛津大学沃夫森学院演讲。

5月21—22日，在比勒费尔德大学演讲。

5月26—27日，在科隆大学举办讲座。

5月28日，在杜塞尔多夫莱茵—威斯特伐利亚学院举办讲座。

1976　　获哥伦比亚大学荣誉博士学位。

5月12日，举行就职仪式。

出访斯堪的纳维亚。

9月4—5日，在隆德大学举办讲座。

9月8日，在斯德哥尔摩大学举办讲座。

9月9日，在斯德哥尔摩皇家技术学院举办讲座。

9月11—12日，在奥斯陆挪威社会语言学研究所举办演讲。

出席约翰·霍普金斯大学百年校庆。

9月26日，参加查尔斯·桑德斯·皮尔斯的符号学和艺术研讨会。

1977　　当选为芬兰人文社会科学外籍院士。

1978　　5月3—6日，参加密歇根大学符号学艺术国际研讨会，并发表
　　　　　"言语与诗歌中声音的意义"演讲。

11月8日，参加美国驻巴黎使馆向列维－斯特劳斯致敬活动。

1979　　选集第五卷《论诗歌、诗歌大家与诗歌探索者》和《语言的语
　　　　　音形式》（与 Linda R. Waugh 合作）出版。

3月16日，参加耶路撒冷爱因斯坦百年学术座谈会。

6月1日，获哥本哈根大学哲学荣誉博士学位。

9月29日，在莫斯科国立大学举办讲座《语言学的一些紧迫任务》。

10月1—5日，在第比利斯参加格鲁吉亚科学院组织的关于无
　　　　　意识精神活动的国际研讨会。

1980　　《对话》（与 Krystyna Pomorska 合作）出版。

分别于2月12日、3月4日和3月8日在威尔斯利女子学院举
　　　　　办"俄语、文学和文化的非凡道路"讲座。

分别于 3 月 13 日在明尼苏达大学、4 月 23 日在耶鲁大学、5 月 6 日在纽约大学，举办"脑与语言"讲座。

1981　选集第三卷《语法的诗歌和诗歌的语法》出版。

1 月 16 日，荣获罗马国家研究院哲学和语言学"国际费尔特里内利奖"。

5 月 24 日，获布兰代斯大学荣誉博士学位。

6 月 24 日，获牛津大学荣誉博士学位。

1982　获国际黑格尔协会和斯图加特市"黑格尔奖"。

7 月 18 日，逝世于美国马萨诸塞州剑桥市。

后　记

这是我的第一本真正意义上的学术专著。

尽管它只是我学术生涯的第一块石头，尽管它还很不完美，但我格外珍视它，因为它是我近十年来生命心血的凝结，更因为它蕴藏了太多美好难忘的时光和深厚真挚的人情。

2010年9月，我负笈北上，成为童庆炳老师的博士，开始了在北京师范大学的三年读博生活。现在回想起来，那段时光可能是此生最单调、最焦虑而又最幸福、最愉快的日子。除了吃饭，每天十五个小时左右的时间都用来看书和写论文，和雅各布森较劲，也和自己较劲。寒来暑往，花谢花开，最终完成了三十万字的博士学位论文。对我的这篇论文，童老师更是投注了难以言尽的关心和指导。他不仅同意了我的这个并不时髦的选题，并指明了可行的研究思路、具体的研究方法以及相关的参考书目，更是在开题之前，花了好几天时间，戴着老花镜，逐字逐句审阅了我的开题报告并做了细致的批注，让我惭愧且感动不已。在写作过程中，他更是不断地为我出谋划策，反复提醒我要力求做到"高度的历史语境化"，要做到"了解之同情"，要提出自己的观点和看法，如此等等。无论是在红楼3栋的客厅里，还是在北医三院的病床前，他时刻关心着我论文的进展情况，提出了许多建设性的修改意见。这点点滴滴，汇聚成河，静默而恒久地奔流在我心底的河床上，激励着我，更温暖着我。唯一可以欣慰的是，2015年5月，我的这篇博士论文被评为"北京师范大学优秀博士学位论文"，他在电话里向我表示祝贺，比我还要高兴。没想到，这竟是我们之间的最后一次通话，一个月后，他突然从金山岭长城驾鹤西去。一转眼，童老师离开我们已整整四年！现在，这本书终于要付梓了，而我只能擅自做主，把他当年写的导师评阅意见作为本书的第一序言，我想他会同意并乐意见到这本书的出版。

要感谢的人还有许多。犹记 2013 年 6 月 1 日的博士论文答辩会上，杜书瀛、唐晓敏、赵勇、方维规、陈雪虎五位教授组成的答辩委员会，认真审阅了我的论文并给予了充分肯定，一致评定为"优秀"等级，而他们所提出的不足，为我后来的修订和完善提供了方向。毕业六年来，一直忙忙碌碌，从未停歇，既要应对单位的教学、科研、项目申报等各种任务，还要应对家庭里外的各种大事小事，以及个人爱好的文学创作、文学批评等诸多琐事，尽管如此，心里一直对这本书念兹在兹。我将文中的一些章节内容抽出，进行再加工和再完善，修改为二十余篇单篇论文。承蒙王峰、王嘉军、虞淑娟、王艳丽、夏忠宪、张晓东、赵炎秋、李春青、赵勇、陈雪虎、高建平、杨阳等老师和编辑朋友的关爱与帮助，这些论文先后发表在《文艺理论研究》《南京社会科学》《社会科学战线》《俄罗斯文艺》《中国文学研究》《文化与诗学》《中国文学批评》《中国社会科学报》等国内有影响力的报刊上，其中多篇被人大复印资料《文艺理论》《外国文学研究》全文转载，多篇被 "中国社会科学网" "求是网" "人民论坛网" 等全文转载，被《安徽文学年鉴》摘选收录。其中的一些论文还在一些国际或国内学术研讨会上进行发言和交流，得到了许多同行专家的认可和指正。如果不是他们的鼓励和支持，我想这本书可能还会一直待字闺中吧。

这些年来一直偏安一隅，栖身在家乡的这所地方高校，按照童老师当年的教导，专心耕作自己的一亩三分地。学校旁边是一个有百年历史的公园，名曰"菱湖"，我常一个人去那里散步，于是自号"菱湖学者"。正是在菱湖散步中，我决定出版这本书，作为一个阶段性的总结。此后可能还会关注"文学性""语言诗学"等问题，但应该会逐渐告别雅各布森，而走向更广阔的天地。当然，我感谢雅各布森，因为正是在深入阅读和阐释其诗学理论的过程中，我看到了一个杰出学者所能够达到的广度、深度和高度，看到了诗歌语言学批评的广阔空间，从而借此来审视中国的诗歌批评与文学研究，算是走"中国化"的道路吧。也因为从事雅各布森研究，而有幸认识了著名斯拉夫文论家周启超老师，并参加了其主持的国家社科奖金重大项目"现代斯拉夫文论经典汉译与大家名说研究"，此书也是该项目的阶段性成果之一。在此感谢周老师在百忙之中慷慨赐序，让此书增色不少。

这些年来也一直在跟随著名文论家、美学家高建平老师、朱立元老师学习。先后参加高老师的两个国家社科基金重大项目"20 世纪中国美学史"和"美学和艺术学关键词研究"；2017 年 9 月，又经高老师推荐到复旦大学跟随朱老师做访问学者，参加其主持的"双马工程"子项目"当代中国马克思主义美学研究"，对中国现当代美学思想史有了较为深入的理解，发表了一些美学文章。以此为基础，成功申报了自己的第一个国家社科奖金项目"新时期中国美学的存在论转向与理论形态建构研究"。诸位老师的人格风范和学问精神都给了我很大影响，能得到他们的关心和提携，我深感荣幸并尤为感激，也更坚定了"朝抵抗力最大的路径走"（朱光潜）的决心。

本还想对这本书本身说点什么，转念一想，愿读此书的读者必定是学有所好的读书人，我写得好或不好，他读完自然心中有数，是用不着作者在这里饶舌的，于是不说也罢。每本书有每本书的命运，正如每个人有每个人的人生。

最后，感谢安庆师范大学学术著作出版基金的资助，感谢人民出版社融媒分社赵新兄、陈文龙兄为这本书付出的辛勤劳动。感谢父亲和妻儿的默默支持，并谨以此告慰母亲的在天之灵！

韶华易逝，人生易老。年届不惑，愈发对学问、对生命心存敬畏。尤其是这些年，经历了太多的生老病死、人间冷暖，虚无幻灭之蛇时不时地朝我窥视，此间的悲痛愁苦，不足为外人道也。唯有静静地一个人坐在书房里，看看书，写写文章，才觉得心平气和，有所寄托，有所慰藉，才觉得没有辜负时光，没有辜负父母给的这副躯壳。"文章千古事，得失寸心知。"写下的已成过往，未写下的似乎尚可期待，作为一个"百无一用"的书生，我所能做的，不过是在这个不知何往的世界里继续走自己的路，活着，爱着，写着！

是为记！

江　飞

2019 年仲夏于宣城莲湖名邸寓所